国家社会科学基金项目资助（项目编号：15CZW008）

国家社科基金丛书
GUOJIA SHEKE JIJIN CONGSHU

诗画歌吟

——现代中国诗歌创作与绘画关系研究

Poetry and Painting

A Study on the Relationship between Modern Chinese Poetry Creation and Painting

蒋霞 著

人民出版社

目　　录

序

　　诗画关系一直是批评家们关心的论题。无论是在中国还是西方，都曾出现过诗画同一说和诗画差异论。苏轼有"诗中有画，画中有诗"之论，郭熙也有"诗是无形画，画是有形诗"之说。如果落到创作实践，既有"由诗入画"的诗意画，也有"由画入诗"的题画诗，呈现了诗画一律的互渗融合，尽管它们各自的艺术效果并不一样。西方莱辛《拉奥孔》也有诗画分界说和诗优画劣论。现代朱光潜、宗白华和钱钟书也对诗画关系有所论及。近年来，诗画关系在图像理论背景中又有新的开发，"文学图像论"当属新世纪"新学问"，回应了图像时代的学理诉求。实际上，百年来中国"诗画关系"研究虽超越了传统文人雅趣，但也多停留在文献考证及材料叠加，缺少历史勾连和现实回应。就现代诗歌与绘画关系而言，也因其丰富繁杂而晦暗不明，它的历史演变和逻辑关联，它的本体论、价值论和形式论都值得关注和讨论。在读到蒋霞大作《诗画歌吟——现代中国诗歌创作与绘画关系研究》之后，我的困惑也就释然了。

　　该著作别具一格，有特色和新意。首先是选题有新意。它对现代诗歌和绘画关系的历史语境、主体内容、生成原因、相互影响和艺术形式等问题，都有全方位的讨论，体现了作者思考的精深和思维的缜密。

其次是文献丰富。作者翻阅了大量文献资料,立论有根有据,既有对诗画关系命题的考察,也有对现代诗歌和绘画思潮的历史勾勒,都立足于翔实的文献资料,体现了立论的严谨务实。再次是角度独到。作者立足现代诗歌与绘画的整体关系,从写实主义、现代主义、传统主义和大众主义等思潮入手讨论现代诗歌与绘画关系,重点是文艺思潮,而非作家作品,既不是传统诗画论,也不是现代图像理论,而是中国现代诗歌和绘画思潮论,讨论它们各自的历史流变、内容特点及意义关联。虽然不少现代诗歌和绘画的历史情形已获共识,但因"文艺思潮"视角的激发,而生长出新的意义。当我阅读论著时还多有不解,论著对人们熟悉的诗画作者,特别是兼具诗人和画家的丰子恺、闻一多、艾青、凌叔华、叶灵凤、林风眠、李金发等并没有作重点讨论,后来发现,论著重点放在了影响研究和平行研究,沿着梳理现象、分析关系、讨论问题的研究路径,采取整体把握和综合阐释,超越个例分析,在现代诗歌和绘画思潮之间确立问题意识和问题框架。论著真知灼见不少,也存在不均衡的地方,我个人比较偏爱和认同现代主义和传统主义部分内容,感觉个别地方还可做细致而深入的思考。

该论著还是作者承担的国家社科基金"现代中国诗歌创作与绘画关系研究"的结项成果。从选题准备到申请项目,从查阅资料到课题撰写,其中,还发表了多篇标志性论文,反响不错,可谓是作者用功用心颇深之作。我相信读者比我的感受更为精确和深刻。在这里,我只是想给大家提供一点阅读感受,算是题外话。同时,也希望蒋霞在学术长途上的步伐更加坚实有力。

2021 年 7 月 10 日于重庆北碚嘉陵江畔

导　　论

在源远流长的人类艺术领域中,关于不同门类艺术关系的探讨,没有哪两门艺术像诗歌和绘画那样广泛地引起人们长期持续的关注,诗画关系也成为中西文艺学、美学、比较文学研究的经典论题。由此也形成了一些固见,如诗画关系已成为嚼烂的菜根乏善可陈,中国诗画关系即"诗画一律",西方诗画关系即"诗画相分"。平心而论,诗画关系既然在中西方都活跃了千余年,它必定有丰富的内蕴得以承载时间的淘洗,同时以发展的眼光来看,诗画关系也不是一成不变的,即使"诗画一律""诗画相分"也存在具体内涵的争议。因此老树也可以开出新花,诗画关系是一个可以不断生长的命题,传统论题可以进行现代化创新,外来论题也可以发生本土性转化。

一、 研究背景:中西诗画关系传统

作为学术研究中的"显学",中国传统诗画关系历来就受到关注与研讨。中唐时张彦远在《历代名画记》中讲道,汉朝的蔡邕"书画与赞皆擅名于代,时称三美";王献之画扇并题赋;顾恺之依嵇康诗作画。同书还提及唐朝的"郑虔三绝",类似画家尚有顾野王(陈)、张璪(唐)等。张彦远之说明确了诗与画的密切关系,并指出了代表性的人物。关于诗画关系的明确论述当始于北宋。丁元的题画诗中有"要知诗画本一源,笔端须有千钧力"一句,更为人所熟知的是苏轼"诗中有画,画中有诗""诗画本一律"的论断。郭熙也说"诗是无形画,画是有形诗"(《林泉高致》)。关于诗画的联姻与交浸,宋朝孔武仲、黄庭坚、张舜民、邵雍等,元朝杨维桢,明朝李贽、张岱等,清朝叶燮、沈德潜等皆多有议论。古人常把诗称作"有声画""无形画",把画称作"有形诗""无声诗"。古人的论断基本上都是从具体的诗画作品出发,就内容、艺术形式等抒发感想,属于点评式、感发式的参悟,可谓中国诗画研究的古典、初级形态。同时他们的言论又成为现代后学们研究的对象,具有双重身份。综其言论,可将传统诗画关系概括为"诗画一律"观。此时的诗与画不是全称命题,乃是特称命题,皆是指以山水为主包括花鸟兽禽等自然景观物象为对象题材的艺术创作。而诗画一律的内涵包含两层意思:一是指画与诗一律,即绘画不应限于描摹物象,还应像诗歌一样寓兴会心、寄性抒情;二是指诗与画一律,即诗歌不仅要抒发情志,还应像绘画一样体物相形、描形摹态。① 可见,"诗画一律"观主张诗与画借鉴对方所长以补己之短,发展完善自身。

在西方,诗画关系也源远流长,"诗和画的关系在西方是一个老问题"②。但与中国传统诗画关系不同,"西方诗画关系论中居于主导的思想是分不是合,是异不是同"③。在《诗学》里亚里斯多德(前384—前322)即指出诗不同于造型艺术的画,"有一些人,用颜色和姿态来制造形象,摹仿许多事物,而另一些人则用声音来摹仿"④。罗马统治时期的希腊散文家普鲁塔克(约46—126)也主张诗画分离。直到19世纪法国诗人、艺术批评家波德莱尔(1821—1867),20世纪80年代波兰哲学家、美学家塔达基维奇都主张诗画有别,而在诗画比较中划分高下是西方文艺学的一贯做法。持"画优于诗"论者有意大利画家达芬奇(1452—1519)、英国文学家艾迪生(1672—1719)、法国浪漫主

---

① 刘石:《"诗画一律"的内涵》,《文学遗产》2008年第6期。
② 朱光潜:《拉奥孔·译后记》,载朱光潜译:《拉奥孔》,人民文学出版社1979年版,第216页。
③ 刘石:《西方诗画关系与莱辛的诗画观》,《中国社会科学》2008年第6期。
④ [古希腊]亚里斯多德:《诗学》,罗念生译,人民文学出版社1962年版,第4页。

义画家德拉克罗瓦(1798—1863)等。持"诗优于画"论者则有法国启蒙思想家狄德罗(1713—1784)、德国美学家黑格尔(1770—1831)、英国批评家赫士列特(1778—1830)、英国浪漫主义诗人雪莱(1792—1822)等。其中影响最大的当属德国文艺理论家莱辛(1729—1781)的诗画异质说和诗优画劣论。总体而论,在诗画之争中"诗优于画"论更占上风,但双方的论点都不乏主观臆断以及片面、错误乃至荒谬之处。

中西方诗画观差异悬殊,源于中西不同的哲学思想。中国艺术主要受道释思想影响,讲究综合,在道家天人合一思想之下,中国诗书画乐舞等艺术不仅致力于跨艺术门类的汇通,而且最终追求艺术与人生、自然达致圆通无碍之境。西方哲学崇尚分析,善于对每门艺术的特点、规律进行辨析,有利于学科的分化,现代文化体制即建基于此。

诗画关系研究基本都限于古典时代,以中国的旧体诗与中国画,西方19世纪前的诗与画为研究对象。那么这样一个具有跨学科视野的论题,它的命运是否在近现代就终止了? 近来,学者刘剑以《西方诗画关系研究:19世纪初至20世纪中叶》(专著,2016)问鼎西方近现代诗画关系,而关于中国现代诗歌绘画关系的整体研究仍付之阙如①。那么,在现代中国,诗与画之间还有没有关联? 若有,是怎样的关系? 与中国古典诗画传统有何因缘? 与西方诗歌和绘画又是怎样的关系? 这些疑问都是本文试图触及的命题。

二、　研究思路与内容范畴

自晚清民初以来,中国社会发生了翻天覆地的变化,所谓"三千年未有之大变局"(李鸿章),在思想文化上,外来思潮涌入,传统文化面临挑战,多元化渐成一种新态势。在诗歌绘画领域,传统形式仍居主流,新艺术形式不断涌现。在文学革命白话文运动的影响下,受到西方译诗的启发,中国出现了一种

---

①　已有的是单个作家作品研究,如对艾青、闻一多的诗歌创作与绘画的关系的研究。

新的诗歌形式:用白话文写作的、分行不押韵的诗歌,谓之"新诗",而古已有之的中国传统诗歌则成为"旧体诗"。在绘画领域,在传统的中国画①之外,西方的油画、水粉、水彩、木刻、漫画等形式也随西学东渐大潮进入中国。一时间中国文艺领域呈现中西并行、新旧杂陈的局面。因此,诗画关系也出现嬗变,传统的"诗画一律"已不再能概括现代中国的诗画状况,西方的"诗画分离"也不能简单应用于其上。因此,为了将这错综复杂的史实条理化,本文权且按照思潮分作四大类:写实主义、大众主义、现代主义和传统主义,由此展开分门别类的讨论。但实际上,几大类的诗歌绘画之间有着千丝万缕的联系,尤其是诗人画家的身份往往并不单一而是兼顾几类创作,这才是文学艺术史的本真状态,艺术的运转流变是自由的、自为的,没有明确的分界,思潮及类型的划分则是事后人为的。

在中国现代文学三十年的语境下,从整体上讨论诗歌与绘画的关系无疑是一个宏大的工程。首先需要明确的是研究思路,是否遵循古已有之的诗画关系思路,如诗中有画、画中有诗、诗画交融。由于本文着眼的是现代中国诗歌与绘画的整体关系,而非单个或几个作品之间的研究,因此不能局限于传统诗画关系的研究路数,否则大量有价值的艺术现象便无法纳入分析,从而影响对现代中国艺术图景的理解。因此,本文除了在艺术本体层面上探讨诗画关系外,还对其外部关系进行了适当研究,除了运用影响研究外,也注重平行研究。在四个主体部分,皆遵循"文学艺术现象梳理——双方关系分析——问题意识研讨"的研究思路。

具体而言,四大思潮的诗歌与绘画的关系并不相同。在写实主义部分,绘画主要指的是油画。作为西画的一种经典画种,古典油画并不追求也无法达到古典诗歌的效果(西方古典诗歌以叙事性的史诗为代表,视觉性的绘画显

---

① 此处采用"旧体诗"和"中国画"的称谓,是考虑到这两个概念比"旧诗""国画"有更少价值判断、更多艺术形式的界说。而"新诗"一词已成定格,便不再改称"新体诗",但本文仍取其格式新、时间新之意,不含价值判断。

然无法讲述故事），而是试图与雕塑艺术相通，在二维平面空间中塑造出似真幻觉的立体效果，也正是这点使油画强调视觉呈现。因此当探讨写实主义绘画与诗歌的关系时，便不能局限在诗画交融的本体层面上，基于其大量史实，应当是在外部关系的层面上，如艺术功能观、发展策略、历史遭际等。而与写实主义作为一种艺术观念、创作方法所不同，大众主义是基于接受对象的概念，强调目标对象的大众化、通俗性，同时不同于西方市民社会基础上大众主义的消费性、娱乐性，在革命不断、战争仍频的中国现代时段，大众主义一度分蘖出左翼文艺、抗战文艺，发展出中国现代大众主义的特殊形态。大众主义与写实主义的关系又很密切，有些观念与手法就直接从写实主义发展而来，如对社会生活现实的写照与批判，如实刻画对象的创作方法。作为一种与革命息息相关的艺术形态，大众主义诗歌与绘画不是独立自主的艺术，它们的存在依赖于诸多外在的因素，因此其关系也不能局限于诗画本体论的层面，而应密切联系其"文艺生态"，即要在革命诗意的层面上来看。现代主义是最当其时的思潮，是当下正流行的世界文艺思潮，在中国却走了一条异常崎岖之路。从主观性表现来看，在本文所论的三种现代文艺中，现代主义诗歌与绘画的关系最密切、最"对位"，是现代意义上的诗画交流。在当时就普遍存在的一种观点是，西方现代艺术受到东方艺术的启示，以中国为源头、经日本中介的东方艺术，以强烈主观性的表现，呈现出一个不同于西方客观再现性的艺术世界，同时也给西方艺术以神启，影响了西方艺术向当代的转型。而这种影响了西方艺术转型的东方艺术的根源，即中国的传统诗歌与绘画，它们在最本真的意义上实现了诗画相通，形成中国文艺学、美学上的经典命题——"诗画一律"。"诗画关系"这个结构也成为针对中国诗歌与绘画的特殊关系的特指，而并非字面意义上的普泛性的诗歌与绘画的关系。也正基于此，本文除了在第四章传统主义部分直接采用"诗画关系"的称谓，其他三章均使用"诗歌与绘画的关系"来指称。

三、 结构框架与问题意识

对现代中国诗歌绘画现象的分别梳理是论述的基础,由此导向对二者关系的爬梳,最终发掘其中隐含的问题,引发新的思考与启示。在四种主义中,都显露出一些"裂缝":或是一些矛盾,或是一些有意味的话题,正是这些问题赋予本文以学术意义和不断生长的动力。本文未必能圆满解释这些问题,但问题的提出本身就是一种意义。

(一)整体导向

在现代性的视角下,思考 20 世纪上半叶中国诗歌与绘画的交互关系及对艺术发展的启示意义。在现代学术体制下,学科之间、学科内部不同门类之间的差异凸显,而彼此间的联系变得隐匿,如何充分而不过度地发掘这种潜在的关系? 写实主义、现代主义、大众主义和传统主义并非截然分离,而是存在复杂的联系,在研究中应如何兼顾其独立性和关联性? 这些主张又是不断衍变的,如何在动态发展中把握其本质? 如何将上述关系研究与艺术的未来发展相关联,发现其对当代艺术发展的启示意义甚或警诫意义? 这些均是指导本文的整体问题意识。

这些问题意识在每一章中又具体化为不同的分论题。例如:在西方 20 世纪意味着保守、落后的写实主义与被视为先进的、代表着未来方向的现代主义被同时引入中国,两者的命运发生了怎样的时空倒置? 它们与中国现代的诗歌和绘画结合产生了怎样的成果? 诗与画之间又存在怎样隐匿的关系? 面向大众、为大众服务的"大众主义"诗歌绘画也具有另一种现代意义,它们与特定的民族国家诉求相遇,发生了怎样的关系? 又怎样作用于诗画艺术领域? 在西方绘画参照系已广泛存在的语境中,传统主义对中国传统价值结构采取一种自觉的保护主义态度,这种态度是保守式的文化守成还是另一种现代表现? 在此情境下,中国传统"诗画一律"的美学观念又发生了怎样的现代嬗变?

（二）写实主义

分析写实主义思潮影响下诗与画的关系。20 世纪初,写实主义从西方引入中国,一变其在源发国的落后形象而为最先进、最实用的思潮,并对中国文艺产生了广泛的影响。在该思潮的影响下,中国现代诗歌、绘画的理论与创作均发生了深刻的变化。受这同一思潮影响的诗与画关系如何? 对整体性的艺术领域具有怎样的影响? 由此通过写实主义推进中国诗画关系外部研究的深入,如写实主义的推行是基于政治因素、事功目的,但写实主义的推行又切实推进了中国艺术的现代转型。已有的诗画研究多是针对中国传统诗画的本体研究,中国古代社会是一个静态的文化同质体,艺术的发展动力多来自自律性演进的内在要求。比较而言,中国现代社会则是一个变动不居的文化多元复合体,艺术的衍变不仅有内在的动力,还有外因促使,甚至有时外因的作用占了上风,如写实主义、大众主义。因此以诗画关系为研究中心,可辐射至诗画的周边时空,研究诗画与外部环境之间的关系,如外来思潮、民族国家诉求、艺术家的身份变迁等对诗与画的影响。

（三）大众主义

思索大众主义诗歌与现代木刻运动及漫画的关系。作为新文化运动后兴起的一种新主张,大众主义与不同的时代思想相结合,经历了不断变化的历史,如从精英化到意识形态化的变迁,并具象化在诗歌和美术领域,使诗歌、绘画从思想观念到艺术形式都发生了巨变,对中国文艺产生了深远的影响。以大众主义文艺为例,推进对艺术与周边时空的关系的研究,如艺术与非艺术的边界,艺术的形式本体与社会功能(如民族国家诉求),艺术的自律性与他律性,艺术与体制机构(如左翼作家、美术家联盟、延安鲁艺)之间的关系。这些问题大多在写实主义思潮中便日渐凸显,在大众主义中发展到高峰。

（四）现代主义

探讨最新潮的现代主义诗歌与绘画的关系。现代主义是最具有现代都市特征的思潮，它通过西化青年的倡导、实践进入中国，为古旧的人们带来了一种全新的艺术体验。但"新"并不意味着在文艺思潮之争中能"赢"，现代主义在与"时过境迁"的写实主义、"骸骨的迷恋"的传统主义、革命化的大众主义的同台竞争中败下阵来，一度销声匿迹、转入"地下"，而后又在20世纪40年代重燃了一次高潮。现代主义经历了一个被现实化的过程，无论是诗歌还是绘画对现代主义的吸取都是有限度的，诗人画家们心中总有着挥之不去的现实情结。诞生于西方现代社会的现代主义思潮，在进入中国的过程中被本土化了，这是现代主义的消解还是民族化？同时，人们对现代主义的接受也有着中国"艺术场"的作用，不少人对现代主义的认识、接受正是通过中国传统艺术，他们在现代主义的唯美观、主观性等特征上看到了中国传统画派的笔墨情趣、写意性，进而更欣然地接受现代主义。因此，以对现代主义诗歌绘画的研讨，可以思考如何对外来资源进行接收和转化，它与本国传统应具有怎样的聚散离合，从而为中国艺术在本土资源与异域文化的取舍态度及自身风格的确立等方面提供有益的借鉴。

（五）传统主义

探讨现代境遇下传统诗与画的关系，这是中国现代诗画关系研究的核心问题。传统诗画观凝聚了中国古人关于艺与道、诗与画、艺术与人生等诸问题的探索。在社会历史巨变的情境下，旧体诗与中国画纷纷纳入了新的因素，如题材上现实感增强、审美趣味上"俗"化，这种吐故纳新的"拿来主义"态度为传统诗画带来了怎样的命运？是衰落、解体还是现代转化？诗与画的关系发生了怎样的新变？对民族艺术的发展具有怎样的意义？在传统主义领域中，存在一个颇有意味的现象：先前"崇洋"的诗人画家纷纷向传统回归，作旧体诗,画中国画,这是传统的魅力还是惰性使然? 中国 20 世纪的传统主义既是古与今的问题,也是中与西的问题,集中了对中国传统与西方现代的关系思考,由此牵涉出古今中西资源的对话与博弈。例如,如何用西方艺术理论来激活中国传统艺术理论,从而发掘中国传统诗画理论的当下意义? 如何在中西方美学观点的互证和阐述中,实现西方美学思想的本土化和中国传统美学思想的创造性转化? 如何以"多样统一"的融合观,把东西方艺术思想的精粹融为一体? 因此,以诗画关系为研究中心,可以探寻在社会现代转型期,应如何面对不同的文化资源并确立自身的处身态度。

(六)诗画融通的效度与限度

探讨诗画融通的效度与限度之间的辩证关系。以诗歌和绘画为例,不同的艺术既要保持独立性,又可向他者借鉴以丰富自身,二者如何把握其"度"? 如何保持两者的动态平衡与相对合理性? 怎样划定不同艺术的边界? 怎样才能使跨界借鉴不至于消解自身,并与本身的艺术形式有机融合? 怎样才能使融合不致成为拼凑与杂糅? 如何理解艺术从原始交融状态到后来的分离,再到对融合的重新倡导? 这是历史的循环还是螺旋式上升,抑或其他规律? 由此,以诗画关系为切入点,可对艺术的自律与跨界、传统与现代等问题作出启示。

对中国古代社会,人们往往发现它内在相通的一面,如占主流地位的诗画一律论,而对现代社会,人们则偏重谈论它相异的一面,如诗画分离论。事实上,中国古代社会是统一性中包含差异性,而中国现代社会则是差异性中包含统一性。古代的诗画关系到现代时段并非截然中断,它或者换了一副面孔出现,或者潜入地下变成隐学。本文便旨在发掘其潜在的关联,推进中国诗画关系研究。

第一章　写实主义诗歌与绘画

　　一说起"写实主义",就不得不提起另一个相关概念——"现实主义"。这两个概念在中国文艺领域常常不作区分地混用,总体而论,使用"现实主义"的时候居多尤其是在文学领域,"写实主义"一词更多出现在绘画领域。从来源看,这两个概念都是外来词,均译自 realism,但不同的翻译反映出对 realism 的不同理解,折射出文学与绘画两种不同的形式语言所承载的艺术内涵、思想意义与社会期待的差异。

　　作为一个边界模糊的概念,realism 的含义复杂而多元。它首先是作为 Romanticism(浪漫主义)的相对概念而出现的术语,这时"r"应替换成"R",变成 Realism,专指主要发生在 19 世纪法国的艺术运动。作为一种运动,这个术语的所指并不宽泛,其基本特征是反叛传统的历史题材、神话与宗教主题及英雄诗史,而将目光放在现实的、非理想化的普通生活上,它的目标就是严格地、真实地、客观地、不加修饰地再现现实世界。由此含义扩展,realism 可指一种正视现实的文学艺术精神,由此含义缩小,还可指一种如实反映现实的创作观念、风格、方法。三层意思密切关联,都表明了文学艺术与社会现实的某种关系。

　　从大量中文、译文及使用情况来看,译作"现实主义"更强调精神与内容,如"现实主义精神"。尤其是作为一种思潮,"现实主义"在特定的时代背景下吸纳了方兴未艾的马克思主义,以批判现实的姿态出现如"批判现实主义",

表现出较强的社会目的性和政治功能性。而译作"写实主义"偏重于方法与形式,更具有客观性和科学性,如"写实手法"。因此,本文在述及精神、内容时多用"现实主义"一词,而当论述方法时则多选"写实主义"一词。本章从整体上则采纳"写实主义"的译法,这与本章的范围选择相关。抗日战争全面爆发前的时段是本章论述的重点,这时期在新文化运动的影响下,科学观念普遍流行,可谓影响到了所有领域,当然文学艺术领域也不例外。较之"现实主义"的译法,"写实主义"一词更体现出其与科学思想的密切关系。"在20世纪二三十年代的中国,这个词汇的翻译更多地适合于'写实主义',林文铮也注意到了浪漫主义之后的写实主义'甚且名为自然主义'。"①同时,本章在写实主义思想的大旗下,排除了具有明显的大众化特征的左翼文艺与抗战文艺,将之单列为"大众主义"来讨论。本章所论的诗歌与绘画皆是文学艺术家的自由专业创作,带有精英化特征,虽已逐渐背负上启蒙、救亡的使命,但总体而言,尚能保持自律性发展。而对于左翼文艺与抗战文艺来说,文学艺术与外部环境、社会诉求之间的关系已彻底改变,文艺已丧失了自由发展的空间,其美学特征也因之变异。例如,革命现实主义诗歌与初期白话诗、文研会写实派诗歌的艺术特征已大相径庭,因此当单独论述,此时"写实主义"一词也已不能准确反映时代的文艺,换成"现实主义"一词更好。

第一节 写实主义诗歌与绘画概观

一、 写实主义诗歌

中国现代诗歌领域写实主义的兴起,是由理论作其先导,在实践过程中,理论也一直承担着指导诗歌创作的职责,这是写实主义诗歌的一大特点。较

---

① 吕澎:《20世纪中国艺术史》上卷,北京大学出版社2007年版,第205页。

早论及写实主义的是陈独秀,他是在文学而非诗歌的层面上提倡写实主义的。作为新文化运动与文学革命的发难者,他的观点影响广泛而深远。1915年,陈独秀在发表于《青年杂志》第一卷的《现代欧洲文艺史谭》一文中,第一次比较系统地介绍了欧洲文艺思潮从古典主义、浪漫主义到写实主义、自然主义的发展历程。对于写实主义的兴起,他说道:"十九世纪末,宇宙人生之真相,日益暴露,所以赤露时代,所谓揭开假面时代,宣传欧土,自古相传之旧道德旧思想旧制度,一切破坏,文学艺术亦顺此潮流由理想主义再变为写实主义(Realism)更进而为自然主义(Naturalism)。"①该文持进化论观点,肯定了文艺思潮依次更迭的合理性,并把中国古代文学归为古典主义和理想主义(浪漫主义),认为现代文学必将发展到"写实主义"阶段。"吾国文艺,犹在古典主义理想主义时代,今后当趋向写实主义,文章以纪事为重,绘画以写生为重,庶足挽今日浮华颓败之恶风。"②对此,胡适于1916年10月致信陈独秀,"此言是也",③肯定陈的主张。1917年,陈独秀在具有重要影响的宏文《文学革命论》中,提出"写实文学""国民文学""社会文学"三大主义对抗和取代旧文学,该文高扬现实主义精神,主张文学应随时代而动,"因革命而新兴与进化"。④

(一)初期白话诗⑤:浅白的写实

1.理论主张

陈独秀的观点起着思想上的先导意义,初期白话诗人纷纷响应,肯定写实

---

① 陈独秀:《现代欧洲文艺史谭》,《青年杂志》第1卷第3号,1915年11月15日。
② 陈独秀:《通信·答张永言问》,《青年杂志》第1卷第4号,1915年12月15日。
③ 胡适:《寄陈独秀》,载胡适编:《中国新文学大系·建设理论集》,上海良友图书印刷公司1935年版,第31页。
④ 陈独秀:《文学革命论》,《新青年》第2卷第6号,1917年2月1日。
⑤ 关于"初期白话诗"的界定存在争议,本文采用茅盾的定义,并结合现代诗歌发展史,以1921年"文研会"成立及初期写实派诗歌形成为分界点,将1915年《新青年》创刊至1920年期间的新诗统称为"初期白话诗"。最早运用"初期白话诗"这一概念的是刘半农,他在1932年编辑《初期白话诗稿》并作序。参见李怡:《重审中国新诗发展的启端——初期白话诗研究综述》,《中国现代文学研究丛刊》1996年第2期。

主义的创作倾向。胡适在《寄沈尹默论诗》中说，自己"受'写实主义'的影响太深"，不会作脱离实际的艳诗艳词。在《谈新诗》中，他多次提倡"写实的描画"，肯定"完全写实"的诗歌。刘半农在《我之文学改良观》里，在对文学与文字即文学与非文学做了区分后预言：那些非文学的应酬之文，必将伴随"崇实主义"在中国新文学中的发展而被淘汰。他对散文、韵文的改良提出见解，流露出肯定写实主义的趋向。李大钊认为，"我们要求新文学，是为社会写实的文学"，"博爱心为基础的文学"，"为文学而创造的文学"。①

在诗歌理论上，初期白话诗人表现出写实主义的倾向。在文学的真实性问题上，主张真实地面对社会和反映社会。胡适在《易卜生主义》中认为，写实主义的"根本方法"，便是"睁开眼睛来看世界的真实现状"，"说老实话"，"把社会种种腐败龌龊的实在情形写出来叫大家仔细看"。罗家伦在《驳胡先啸君的〈中国文学改良论〉》中提出，"文学里的写实主义"追求的是"实有其情，实有其事，实有其境"。关于诗歌与人生的关系，认为诗歌是人生的表现，持人生论文学观。罗家伦认为，"文学的生命，是附于人生的；文学的作用处，是切于人生的变"。更进一步，对于"诗（包括一切韵文）的体用特质是什么？"他认为，"文学是人生的表现和批评，从最好的思想里写下来的，自然诗也如此"。他还引用了黑德森、华次华斯、卡莱尔的诗论为证："黑德森 Hudson 在《诗的研究》一篇说'诗是人生最要紧的表现'；华次华斯 Wordsworth 在《诗的研究》一文里说：'诗是人生的批评而有美感，有真理的'；卡莱尔 Carlyle 在《诗的辩护》一文里说诗是'有音韵的思想' Musical Thought。"②俞平伯认为，文学家的唯一天职是"老老实实表现人生"，"新诗的大革命，就在含有浓厚的人生的色彩上面"。"诗是人生底表现，并且还是人生向善的表现"，"诗以人生做他底血肉，不是离去人生，而去批评，或描写人生的"。③ 刘延陵也认为，

①　李大钊：《什么是新文学》，《星期日·社会问题号》1920 年 1 月 4 日。
②　罗家伦：《驳胡先啸君的〈中国文学改良论〉》，《新潮》第 1 卷第 5 号，1919 年 5 月 1 日。
③　俞平伯：《诗的进化的还原论》，《诗》第 1 卷第 1 号，1922 年 1 月 1 日。

"诗人的天职不在歌吟以往的死的故事,而在于歌吟现在的活的人生"①,与胡适提倡"活文学"反对"死文学"的思想一致。在题材上,主张广泛反映社会问题。胡适认为新文学应当"推广材料的区域","如今日的贫民社会,如工厂之男女,人力车夫,内地农家,各处大小摊贩及小店铺,一切痛苦情形",以及"今日新旧文明相接触,一切家庭惨变,婚姻苦痛,女子之位置,教育之不宜……种种问题,都可供文学的材料"。② 在情感表达上,主张有感而发、真实自然。胡适即多次表达过"有什么材料,做什么诗;有什么话,说什么话"③的意思。刘半农认为,新文学的宗旨是"作自己的诗文,不作古人的诗文。"④关于创作方法,提倡"具体的做法","注重实地的描写","以质朴的文词写人性",倡导"可懂性""明白清楚主义",追求通俗易懂。胡适在《文学改良刍议》中提出反对用典对仗,废止格律,用俗字俗语实写今日之社会情状,在《尝试集》自序中提出"用朴实无华的白描工夫"。

2. 创作述评

如果把胡适的白话诗"尝试"看作中国新诗的肇始,那么中国新诗便是起步于写实主义。1917 年 2 月,《新青年》第 2 卷第 6 号刊出了胡适的《白话诗八首》⑤。这是胡适实践文学改良主张的试验,也是白话诗最早的"尝试"。诗歌为抒情短制,感情真挚地书写现实人生及感受。诗歌采用写实的手法,即胡适所谓的"具体的写法",运用一定环境中的"平常影像"即意象如蝴蝶、老鸦、萤火、红叶、月光等来寄托作者的情思,抒发"平常"之情感。诗歌不用典,不对仗,不拘平仄,语句大都通俗明白。这些诗作内容平淡,从形式到意境都

---

① 刘延陵:《美国的新诗运动》,《诗》第 1 卷第 2 号,1922 年 2 月。

② 胡适:《建设的文学革命论》,载《胡适文存》卷一,上海亚东图书馆 1921 年版,第 88 页。

③ 在 1918 年 8 月 15 日《新青年》第 5 卷第 2 号所载《新文学问题之讨论》中,胡适两次表达过这样的意思。此前,在《建设的文学革命论》中,他也说道:"有什么话,说什么话;话怎么说,就怎么说。"

④ 刘半农:《我之文学改良观》,《新青年》第 3 卷第 3 号,1917 年 5 月 1 日。

⑤ 这八首诗是《朋友》(收入《尝试集》时改为《蝴蝶》)《风在吹》《湖上》《梦与诗》《醉》《老鸦》《大雪里一个红叶》《夜》。

未完全脱出旧诗词的窠臼,胡适自称为"解放脚",还不能算是严格意义上的白话诗。

朱自清认为,最早出现的真正的白话诗是1918年1月的《新青年》第4卷第1号上刊出的胡适、沈尹默、刘半农三人的九首白话诗①。这些诗作摆脱了旧体诗词格律的束缚,创造了新的自由诗体。它们强调从诗人自己的生活实际出发,抒写真情实感,表现出写实主义文学的一些基本特征,形成中国写实主义新诗潮的源头。它们实践了胡适关于"实写今日社会之情状",创造"真正文学"②的理论主张,也响应着陈独秀文学革命论"三大主义"中的"建设新鲜的立诚的写实文学"③的倡导,显示了"五四"新诗最初的实绩。这组白话诗在思想、语言和体式上都有较大突破,在中国现代诗歌史上具有开创性的意义。

从第4卷第1号开始,《新青年》以后各期都陆续刊登白话诗,至1919年5月15日发行的第6卷第5号止,共发表白话诗60余首。除上述三位作者外,还有陈独秀、李大钊、鲁迅、沈兼士、周作人、李剑农、陈衡哲等,他们构成《新青年》诗人群。此外,以1919年1月创刊的《新潮》为阵地,聚集了俞平伯、罗家伦、傅斯年、康白情等诗人,形成了《新潮》诗人群;在1919年6月创刊的《星期评论》上发表诗歌的有刘半农、沈玄庐等,他们被称为《星期评论》诗人群。④ 上述诗人构成了初期白话诗人的主体。1920年新诗社选编出版了《新诗集》,共选诗103首,崇文书局印行许德邻选编的《分类白话诗选》,选诗148首。同年,中国新诗史上第一部个人诗歌专集出版,即胡适的《尝试集》。一些诗人于后几年出版了这一时期的诗歌创作专辑,如刘半农1926年出版《扬鞭集》,收1917—1920年的诗作;康白情1923年出版《草儿》,收1919—

---

① 这九首诗是胡适的《鸽子》《人力车夫》《一念》《景不徙》(唯有这首是五言句),沈尹默的《月夜》《人力车夫》《鸽子》,刘半农的《相隔一层纸》《题女儿小蕙周岁日造像》。

② 胡适:《文学改良刍议》,《新青年》第2卷第5号,1917年1月1日。

③ 陈独秀:《文学革命论》,《新青年》第2卷第6号,1917年2月1日。

④ 游友基:《中国现代诗潮与诗派》,广西师范大学出版社1993年版,第34页。

1920年的诗作;刘大白1923年出版《旧梦》,收入他"五四"时期写的新诗616首。上述种种情形记载着初期白话诗的成绩,表明了它的繁荣,也标志着现代写实主义诗歌的初步形成。

初期白话诗的写实主义特征首先表现在思想内容上:摆脱了旧诗"帝王权贵、神仙鬼怪及个人的穷通利达"①的狭窄范围,广泛抒写社会现象和人生问题,大致形成了四大主题。

其一,以直面现实的精神,暴露社会的黑暗和腐朽,控诉军阀的黑暗统治,鞭挞封建专制主义的罪恶,揭露贫富悬殊,同情底层民众。陈独秀的《丁卯除夕歌》、刘半农的《车毯》、沈玄庐的《夜游上海所见》揭示了贫富对立。刘半农的《卖萝卜人》《学徒苦》,康白情的《草儿在前》《棒子面》,刘大白的《卖布谣》《田主来》《新禽言之群》《金钱》,沈玄庐的《十五娘》反映了下层社会的苦难,对剥削阶级的贪婪残暴给予了无情的揭露和控诉。上述诗歌在形式上尚有不足之处,如语言叙述化、散文化,但流露出自发的民主思想,寄予了诗人的人道主义同情。

其二,赞美下层民众,歌颂"劳工神圣",如刘半农的《铁匠》、刘大白的《劳动节歌》《五一劳动歌》,康白情的《女工之歌》,周作人的《两个扫雪的人》。"那背枪的人,/也是我的朋友,我们的兄弟"(《背枪的人》),显现出周作人与众不同的认识,表现出人性的光辉与平民意识。诗人的感情已不再停留在同情怜悯的层次上,而是升华为感谢与祝愿,显出朴素的"劳工神圣"思想的端倪。

其二,沈尹默的《月夜》、胡适的《鸽子》表达的反对封建礼教、追求人格独立、个性解放的思想也为初期白话诗所发扬。被胡适誉为"新诗第一首杰作"的周作人的《小河》,意境"浑融","融景入情,融情入理"(朱自清语),以象征的手法,隐喻民主自由、思想解放的时代潮流在阻挡中于地下潜滋暗长,终将以摧枯拉朽之势而爆发,摧毁抱残守缺的"坚固的石堰"。胡适的《我的儿子》表达的是一种全新的父子关系,否弃了传统的孝道观念,高扬现代的人格独

---

① 陈独秀:《文学革命论》,《新青年》第2卷第6号,1917年2月1日。

立、精神自由的理念。黄琬的《自觉的女子》表达反对封建礼教、争取女性权利的思想。胡适的《"权威"》《乐观》《礼》,俞平伯的《菊》高扬个性解放精神,表达对自由的渴望。

其四,写景是我国古诗的一大传统,初期白话诗也有不少描写真切、感情深挚、画意清新的写景佳作,如刘半农的《晓》、胡适的《中夜》《江上》,李大钊的《山中即景》《山峰》,俞平伯的《春水船》《冬夜之公园》。"设色的妙手"康白情作了不少写景诗、纪游诗,如《雪后》《日观峰看浴日》《晚晴》《江南》。"斑斓的石色,/赭绿的草色,/和这红的,黄的,紫的,蓝的,白的,松铺在一地山花相衬——人压在半天里"(《暮登泰山西望》)。赋色清新明朗,色彩斑斓,富有画面美,和诗歌轻松、愉悦的情感相吻合。此时的写景诗在意境上、形式上都与古诗拉开了距离,体现出新时代的气息,表现了对美的追求。但"五四"前后是一个破旧立新的时代,各种社会问题才应是先进知识分子关注的焦点,因此纯粹的写景诗遭到了批评。如傅斯年作《深秋永定门城上晚景》一诗,在写景上可谓上乘之作,但鲁迅批评道:"《新潮》里的诗写景叙事的多,抒情的少,所以有点单调。此后能多有几样作风很不同的诗就好了。"[1]傅斯年回信表示同意鲁迅的观点,并且指出"这单调是离开人生的纯粹描写",因此"我很后悔我的诗不该发表"。[2] 由此可见初期白话诗的旨归在社会现实和人生问题,而不仅仅是形式上的变革,这也是文学革命提出的思想革新的要求。

1937 年,茅盾在《论初期白话诗》中,概括了早期新诗的主要精神、内容题材及创作方法,对这一阶段的写实主义诗歌做了准确的总结。他认为,初期白话诗"最主要的精神""最一贯而坚定的方向"即"写实主义",并进一步论述到"写实主义的精神,在初期白话诗中,题材上是社会现象和人生问题的大量抒写,方法上是所谓'须要用具体的做法,不可用抽象的说法'"。[3] 不少诗评

---

① 鲁迅:《对于〈新潮〉一部分的意见》,《新潮》第 1 卷第 5 号,1919 年 5 月 1 日。
② 傅斯年:《新潮》第 1 卷第 5 号,1919 年 5 月 1 日。
③ 茅盾:《论初期白话诗》,《文学》第 8 卷第 1 号,1937 年 1 月。

家也指出了初期白话诗的"写实"特色。朱自清认为:"胡氏后来却提倡'诗的经验主义',可以代表当时一般作诗的态度,那便是以描写实生活为主题,而不重想象,中国诗的传统原本如此。因此有人称这时期诗为自然主义。"①蒲风也认为,新诗"尝试期""一致的潮流是自然主义",并将初期白话诗的社会"写实"分解成几个要素,"人道主义是这时的诗歌的骨髓","新诗是和政治斗争分不开的","盲目的歌颂劳工神圣","反对旧礼教"。② 蒲风的社会意义分析在后来的现实主义诗歌发展中得到了加强和深化。孙玉石认为:"初期白话诗作者群是以现实主义为特征,并以自己幼稚而丰富的实绩构成新诗现实主义主潮最早的源头。"③

初期白话诗包容了不同的诗歌创作倾向,如浪漫主义、象征主义,这些倾向在后来的诗歌流变中得到了不同程度的发展。但初期白话诗的主导倾向是现实主义,以现实的精神,白描为主的写实手法,广泛地反映时代社会面貌,直面各式各样的人生。它已初步触及一些社会的本质问题,但毕竟太平淡太肤浅,还不能深刻挖掘生活的本质,"真"则真矣,但欠深刻,它需要加深思想内涵,扩大精神境界。诗体的解放也未达到十分自觉的程度,新的诗体还未完全建立起来,诗味淡泊,有时不免流于散文化。初期白话诗的功绩更多在于筚路蓝缕,现实主义诗艺的进一步发展和成熟则留待 20 世纪 20 年代初兴起的文学研究会(以下简称"文研会")写实派诗歌。

(二)文研会诗歌:人生写实派

1. 理论主张

初期白话诗完成了"白话"的历史任务,"诗"则交给了继起的文研会写实

---

① 朱自清:《中国新文学大系·诗集·导言》,上海良友图书印刷公司 1935 年版。
② 蒲风:《五四到现在的中国诗坛鸟瞰》,《诗歌季刊》第 1 卷第 1—2 期,1935 年。
③ 孙玉石:《论刘半农诗艺现实主义的丰富性》,《北京大学学报》(哲学社会科学版)1991 年第 5 期。

派诗歌。1921 年 1 月,文研会成立,提出"为人生"的文学口号:"将文艺当作高兴时的游戏或失意时的消遣的时候已经过去了。我们相信文学是一种工作,而且又是于人生很切要的一种工作。"《文学研究会宣言》高扬的这一宗旨,较之"五四"初期"人的文学""国语的文学"更前进了一步。它已不再停留在人道主义的悲天悯人和挣脱封建束缚的个性解放追求上,而是"被理解作'文学应当反映社会的现象,表现或讨论一些有关人生一般的问题'"①,指明了文学的社会功利性与写实主义的创作方法,把"五四"初期的社会理想和美学理想明确化了。

在诗歌领域,文研会写实派诗歌在初期白话诗理论主张的基础上,深化了"为人生"的写实主义诗歌理论。在诗与生活的关系上,茅盾认为"文学的目的是综合地表现人生,不论是用写实方法,是用象征比譬的方法,其目的总是表现人生,扩大人类的喜悦与同情,有时代的特色作它的背景"②,他在《文学与人生》中引用西洋的名言"文学是人生的反映(Reflection)"③。"惟有充实的生活是汩汩无尽的泉源""充实的生活就是诗",④"人生譬之如波浪,诗便是那船儿"⑤。"文学是人类感情之倾泻于文字上的。他是人生的反映,是自然而发生的,他的使命,他的伟大的价值,就在于通人类的感情之邮"⑥。"文学的对象是人生,他的作用是批评人生,表现人生。……文学是人生的表现,是人生的批评,那么文学的本质便是人生。"⑦他们要求诗表现时代精神,写出人生的"血与泪",提倡"注意社会问题,爱被损害者与被侮辱者"。在诗的效

---

① 茅盾:《中国新文学大系·小说一集·导言》,上海良友图书印刷公司 1935 年版。

② 沈雁冰:《文学和人的关系及中国古来对于文学者身份的误认》,《小说月报》第 12 卷第 1 号,1921 年 1 月 10 日。

③ 沈雁冰:《文学与人生》,载郑振铎编《中国新文学大系·文学论争集》,上海良友图书印刷公司 1935 年版,第 150 页。

④ 叶圣陶:《诗的泉源》,《诗》第 1 卷第 4 号,1922 年 7 月。

⑤ 俞平伯:《冬夜·自序》,上海亚东图书馆 1922 年版。

⑥ 郑振铎:《新文学观的建设》,《文学旬刊》第 37 期,1922 年 5 月 11 日。

⑦ 瞿世英:《创作与哲学》,《小说月报》第 12 卷第 7 号,1921 年 7 月 10 日。

用上,强调新诗的社会功利性,认为新诗具有"指导人们的潜力","安慰人生的使命",是"向人们说话"的喉舌,①主张诗"表现人生,导人向善,来唤醒民众而给他们力量","激励人心的积极性"。② 为丰富写实主义诗艺,还主张运用想象,诗应当"是想象与感情中得来的人生的批评"③,突出形象性、想象与感情,表现个性,同时也强调以理性进行观照,以哲学为"诗的灵魂"。强调诗歌的主情特征,"诗歌是人类的情绪的产品"④,"在我们的新诗里,正需要这个'人的热情底色彩'"⑤。主张鲜明地表现诗人自己的个性特征,写出"各个人的人格或个性"⑥。在表现手法上,主张采取"描写社会黑暗,用分析的方法解决问题",提倡"于材料上最注重精密严肃,描写一定要忠实"的"写实主义"⑦,倡导学习自然主义的两件法宝"实地观察和客观描写"⑧。在审美风格上,追求"真率"、"质朴"、平易、清新,"我们要求直率"⑨。在诗体上,提倡自由体,"诗歌的声韵格律及其他种种形式上的束缚,我们要一概打破"⑩。文研会写实派诗歌从诗歌的本质、形式、风格等方面深化了初期白话诗的写实主义主张。

2. 创作述评

作为写实主义文学的一部分,写实派诗歌在上述观念指导下探索前进。1922 年 1 月,中国新文学史上第一个新诗专刊《诗》创刊于上海,标志着从初

---

① 叶圣陶:《〈诗〉底出版底预告》,《时事新报·学灯》1921 年 10 月 18—20 日。
② 茅盾:《"大转变时期"何时来呢?》,载《茅盾全集》第 18 卷,人民文学出版社 1989 年版,第 414 页。
③ 瞿世英:《创作与哲学》,《小说月报》第 12 卷第 7 号,1921 年 7 月 10 日。
④ 郑振铎:《雪朝·短序》,上海商务印书馆 1922 年版。
⑤ 朱自清:《冬夜·序》,上海亚东图书馆 1922 年版。
⑥ 郑振铎:《雪朝·短序》,上海商务印书馆 1922 年版。
⑦ 茅盾:《什么是文学》,载郑振铎编《中国新文学大系·文学论争集》,上海良友图书印刷公司 1935 年版,第 153 页。
⑧ 茅盾:《自然主义与中国现代小说》,《小说月报》第 13 卷第 7 期,1922 年 7 月。
⑨ 郑振铎:《雪朝·短序》,上海商务印书馆 1922 年版。
⑩ 郑振铎:《雪朝·短序》,上海商务印书馆 1922 年版。

期白话诗衍化而来的写实主义诗艺的深化。《诗》的发起人朱自清、刘延陵、叶绍钧、俞平伯是写实派诗歌的重要作者,此外,在《诗》上发表作品的还有徐玉诺、郑振铎、王统照、沈雁冰、周作人等。《小说月报》《文学周报》也是写实派诗歌的发表阵地。除了报刊发表诗作外,结集诗集也是一种途径。1922 年6 月即出版了朱自清、俞平伯、周作人、刘延陵、徐玉诺、郭绍虞、叶绍钧、郑振铎八位诗人的诗合集《雪朝》。一些诗人的专辑也在这时期先后出版,如徐玉诺《将来之花园》、王统照《童心》、俞平伯《西还》、朱自清《踪迹》、徐雉《雉的心》。1923 年,随着《诗》停刊,文研会诗人向小说、散文、理论研究转向,初期写实派诗歌走向中衰。随之具有古典主义和浪漫主义倾向的新月派兴起,象征派异军突起。现实主义的再次崛起则借助了革命的契机,先由普罗诗人导向了革命现实主义,后在中国左翼作家联盟(以下简称"左联")的旗帜下彻底革命化,发展成现实主义的特殊样态。

初期白话诗的写作题材在文研会写实派诗歌中都有继承,并且其精神内涵被开掘得更深:个性解放的追求为社会批判所替代,人道主义的思想中掺入了更多的社会意识,从较肤浅的现实人生的反映发展到对生活本质进行概括和理性思考,对未来的憧憬由朦胧变得愈加清晰。

(1)对现实的批判与反抗

对现实黑暗的暴露更具有广度、深度和力度。军阀混战、兵匪横行造成人民家破人亡,带来无尽的恐怖与灾难,成为众多诗人书写的题材,如李之常《战栗之夜》、周仿溪《破案之后》、馥清女士《人间》、叶绍钧的长诗《浏河战场》。徐玉诺在揭露黑暗、鞭挞现实方面用力颇多,歌调最为悲苦,如《杂诗》《小诗》《农村之歌》《夜声》《火灾》。《火灾》叙写故乡被毁、生灵涂炭的景象:"没有恐怖——没有哭声——/因为处女们和母亲,/早已被践踏得像束乱稻草一般/死在火焰中了。/只有热血的喷发,/喝血者之狂叫,/建筑的毁灭,/岩石的崩坏,/枪声,马声……/轰轰烈烈的杂乱的声音碎裂着"。如此激愤的揭露暴行、批判罪恶的诗作在当时也是颇为少见的。

文研会诗人不仅同情人民的受难与挣扎,还鼓励他们起来反抗,初期白话诗的人道主义思想已加入了社会革命意识。俞平伯在《可笑》中对社会表示愤慨,在《破晓》《歧路之前》里激励奋斗,在《无名的哀思》里则歌颂工农群众。徐玉诺在《宣言》里喊出"我们将否认世界上的一切",我们将"更造个新鲜的自由的世界"。《假如我不是一个弱者》宣称不恤生命,用暴力与旧世界对抗。叶圣陶的《五月三十日》高歌:"心心融合为大心,/手手坚持成坚障",号召集体战斗。朱自清写于1921年底的《星火》已暗示反抗的星火埋藏在苦难的人民心中,到了1924年的《赠 A.S.》、写于"五卅"时的《血歌》《给死者》和写于1926年的《战争》则明确地歌颂中国共产党领导的反帝反封建革命,为早年朦胧的反抗辨明了方向。由笼统的反映现实黑暗,到更加具体深入的写实描写,由直面血与泪的现实人生,到宣扬社会革命,批判现实与改造现实结合了起来,体现出写实主义诗歌思想内涵的发展与深化。

(2)对理想的追寻

与对现实黑暗的暴露、反抗相对应的是对理想与光明的热切呼唤。这也是写实派诗歌区别于初期白话诗的一个特点。理想与现实构成了写实派诗歌思想内容的两极。他们对理想的追寻热烈而执着。徐玉诺的《小孩子》梦想着"将来之花园",坚信理想必将实现。王统照的《独行的歌者》书写了一位独行的歌者对理想的不懈追求。朱自清深信"走尽荒郊,便是人间底道","你要光明,你自己去造!"(《光明》)。诗人希望把"'未来'的种子","快好好地种起来"(《新年》)。后来新的阶级力量给了写实派诗人朦胧的希望,他们继续歌颂着劳工神圣。那穿着"蓝褂儿,草鞋儿,/赤了腿,敞着胸的朋友","见了歧路中彷徨的我",他"殷勤地指点我","我接触着他纯白的真心"(朱自清《人间》)。在苏俄,十月革命的胜利使劳工神圣变成现实,韩伯画便"赤裸裸的从大路上向红云跑去了!"(朱自清《送韩伯画往俄国》),这首诗已表现出对处于新生状态的共产主义事业的讴歌。郑振铎在《生命之火燃了!》中呼喊道:"让铁锤与犁耙把静默冲破吧!/让枪声与硝烟把沉闷的空气轰动了吧！/只要高唱革命之歌呀！/生命之火燃了！熊熊地燃了！"初期写实派诗歌具有了一定的社会主义思想倾向。

（3）对心灵的探索

在书写外在世界的同时，文研会诗人还注目于内心，对人的心灵、对人生意义与价值进行探索，这更能体现文研会诗歌的深度和力度。他们对内在心灵的探寻并不玄妙，仍然是社会现实的清晰投影。在沉重的现实之下，诗人们有着迷茫、颓唐、摇摆的思想历程，他们真诚地解剖着自己。徐玉诺袒露着自己的苦闷和烦恼，"烦恼是一条长蛇"，"一刻不离地跟着我"（《跟随者》）。在《现实与幻想》中，他哀叹"可怜的逃不出牢笼的人类呀！""黑暗里歧路万千，叫我怎样走好？"他歌颂死亡（《杂诗》），咏叹墓中死者的安逸（《墓地之花》），把死亡看作解脱（《死的蕴藉》）。徐玉诺真诚地袒露着自己思想中的阴暗面，在写实派诗人中具有代表性。叶绍钧的《黑暗》："便是太阳光，也自有他烛照所及的极限吧？/惟是黑暗是广大而无边。"俞平伯的《欢悲底歌》《呓语》抒发了对"五四"的复杂感情和"五四"落潮期的寂寞、悲怆。

写实派诗人的可贵之处在于，他们在深刻分析自我的基础上，最终走出了颓唐，摆脱了苦闷，体现出积极的现实主义精神。唱着自己的挽歌①的徐玉诺歌颂有意义的牺牲："一根火柴燃着了；/马上又熄灭了。/但是它的光芒，/照彻了世界。"（《杂谈》）郑振铎高呼："沉睡者，/起来，起来！……复仇女神在翱翔，/在拍翼，/听呀，她正在凛厉的号叫着呢。/你们难道还忍在安睡！?"（《战号·卷头语》）朱自清的《自从》表明要从撒旦手里夺回那已失的"人间底花"。他的《毁灭》是新诗史上成功描写知识分子通过痛苦的心灵自省，毁灭旧我、重获新生的长诗。

（4）自然歌吟与情志寄托

把自然视作现实的对立面，正面赞美自然或以自然寄托某种情志，这是写

---

① 郑振铎称徐玉诺是"新中国诗人里第一个高唱'他自己的挽歌'的人"。参见郑振铎：《将来之花园·卷头语》，上海商务印书馆 1922 年版。

实主义的自然描写。如果把自我融入自然,与自然同化而歌唱,则是浪漫主义的自然抒写;如果把自然作为某种象征,视作内心世界的对应物,则成了象征主义的自然描写。写实派诗人在敏锐地捕捉自然物象的基础上,表现出自然的精微奇妙,吟唱着大自然的赞歌。

俞平伯的写景纪游诗,如《潮歌》《孤山听雨》《晚风》《竹箫声里的西湖》勾画出自然山水之美。朱自清的《沪杭道中》《秋》《纪游》《湖上》《细雨》均为写景佳作。郑振铎的《柳》《雁荡山之顶》《夜游三潭印月》《一株梨树》等,也对自然美发出了由衷的赞美。写景诗表现了诗人的某种审美趣味,具有积极的意义。有的写景诗则直接寓情于景,借景抒情,表达特定的情思,诗人的主观性彰显无疑。朱自清《沪杭道上的暮》:"风渗荡,/平原正莽莽,/云树苍茫,苍茫,/暮到离人心上。"以苍茫的暮色抒离人的愁绪。刘延陵的《落叶》寓悲寂之情于"纷纷地坠"的落叶,徐玉诺用"落叶"悲叹人生悲情。王统照的《谁是我的最大安慰者》也借"波光散""云影落""夕阳下""纸窗白"来抒写"凄恋"和"心痛"。这类诗有着明显的寄托,"景"是抒情的因由,诗人借"景"表达对现实人生的思索。

文研会诗歌对写实主义的深化,不仅表现在题材的扩大、内容的丰富深化,还体现在将这些内容展示出来的方式上,即诗歌的艺术表现力的增强。诗人们按照现实主义原则客观地、真实地反映现实人生时,能够透过现象挖掘其本质,加入理性的思考,反映出社会现象的本质特征。并且,这种反映不是以抽象的说理,而是以形象描写或意象表现来暗示,达到形象化的说理。朱自清的《羊群》以羊和狼的故事表现弱肉强食的社会本质。《宴罢》以微醉的"我们"与"饥且疲"的阿庆的对比写出了两极分化的社会现实。《小舱中的现代》通过描写一艘小轮中纷繁扰攘的叫卖、喧嚣与争夺,表现出现代社会物欲争逐的时代特征。《战争》则写了显性的军事战争与隐性的人际斗争。这些诗篇已不再停留在现实社会的一般写实,而有着更深刻的理性思考,提出了带有人生普遍性的问题,触到了社会的本质。徐玉诺、王统照的诗篇也借形象来表达对现实的感受与思考。"现代地上满满都是刺"（徐玉诺《问鞋匠》），"人生的背面，既是黄色的面具与刮肤的利刀"（王统照《虚伪》）。文研会诗人们"热衷于人生观"，借诗表达对社会、人生的理性思考，包含了较大的社会容量，体现了现实主义精神。然而，一旦理性的表达溢出了艺术形式的规约，诗作就不免流露出理智化的倾向，以理害情，灼伤了诗艺与诗美，如俞平伯的《游皋亭山杂诗初次》。

在手法上，主要运用写实的方法对外界事物进行客观的、真实的描写，表现生活的直观，是一种客观的外部描写。这种描写并不意味着诗人感情的零度化，而是融入了主观的客观，即如上所述从本质上把握客观。对此，以朱自清于 1925 年 6 月对文学的界说具有代表性："'表现自己'实是文学——及其他艺术——的第一义；所谓'表现人生'，只是从另一方面说——表现人生，也只是表现自己所见的人生罢了。"①在写实的基础方法上，广泛采用比喻、拟人、象征等其他表现手法，丰富写实主义诗歌艺术。例如，朱自清喜好用羊群、狼、煤、路灯、小草、旅路、小舱等象征性意象，但其象征的内涵简单、明确、单一，象征体就是现实生活中某实体的映射，与李金发的象征主义截然不同，因此朱自清的象征手法仍属于写实的范畴，是一种变形的写实。

在初期白话诗开拓的新领域中，文研会诗人已具备自觉的现实主义意识，深化了现实主义内容，发展了现实主义艺术，在诗歌领域为现实主义奠定了较为坚实的基础。当然，它们的缺陷也是存在的，诗歌文人化、理想化，未能真正深入到下层人民中去，与现实人生仍存在一定的距离，因而诗歌的思想蕴含还不够深厚，诗歌境界还不够阔大。风格上追求"直率""质朴"，"有什么话便说什么话，不隐匿，不虚冒"，"只是把我们心里所感到的坦白无饰地表现出来"②，导致

---

① 朱自清：《文学的一个界说》，载《朱自清全集》第 4 卷，时代文艺出版社 2000 年版，第 1329 页。

② 郑振铎：《雪朝·短序》，上海商务印书馆 1922 年版。

想象张不开,多流于直白与浅露,仍然少蕴藉,缺乏足够的"余香与回味"①,可说是初期白话诗弊端的延续。这些缺陷都成为下一次诗学变革的动力。

(三)七月派诗歌:战斗的现实主义

面对风云变幻的时代局势,诗歌这个时代的尖兵敏锐地感受到了时代的变化,并迅速作出回应,20世纪20年代初已萌生政治抒情诗这一新的诗歌体式的雏形。20年代后半期形势的进一步严峻化加速了诗歌的政治化,到20年代末形成了政治抒情诗的大潮。它把火热的革命激情包裹在粗糙的艺术形式中,把早期新诗客观地、平直地、质朴地反映现实的写实主义与当时最大的现实——革命相结合,热烈地为革命而歌唱,把写实主义推进到一个新的阶段,发展出革命现实主义。革命现实主义一扫旧写实主义的平淡之气,高扬英雄主义和理想主义的激情,因此又与革命浪漫主义结下不解之缘。真实确切的革命目的性使它迅速脱离文人式的精英化写作,走向大众化歌唱,从普罗诗派到中国诗歌会呈现出一条清晰的发展线索。大众化的方向对革命现实主义诗歌起着决定性的作用,规约着它的题材内容、语言方式、审美品格、艺术风格等,与以前的文人化精英式写作拉开了距离,因此本书将其从"写实主义"一章中提取出来,放在"大众主义"一章中论述。而在现实主义和革命两大主题间保持合理平衡的是仍坚持精英化写作的20世纪40年代的七月诗派。作为在硝烟炮火中诞生并成长的诗派,七月诗派有着自觉的革命意识,他们进一步把文研会朦胧的"为人生"的目标与具体的社会革命相联系。胡风、阿垅等理论家以高扬主体的现实主义为诗派奠定了坚实的理论基础。同时,他们中的许多人自身即是战士,对革命、战争这些宏大主题有着亲身体验和深刻感受,因而能够把理性思考与感性经验相结合,把时代要求与个性特征相结合,创作出兼具社会价值与诗学价值的诗歌。七月诗人在现实主义战斗精神的指引

---

① 这是朱自清评价初期白话诗的用语,对于文研会写实派诗歌来说也大体适用。

下,"为祖国而歌",高扬反抗精神和"复仇的哲学",表达深广的忧患意识,把理性思考与主观战斗精神相结合,创作出崇高的诗歌与不朽的诗魂,成为时代的一面旗帜。

七月诗派因胡风编辑《七月》杂志而得名。如果从1937年9月胡风在上海编辑出版《七月》周刊算起,到七月诗派在1949年7月第一次文代会开幕的掌声中自然解体为止,七月诗派在诗坛活跃了12年,贯穿了抗日战争和解放战争时期,随着战争一起发展、消亡。这种特殊的发展历程对它的诗学追求有着重要的影响。七月派诗人主要在《七月》《希望》《诗垦地》《呼吸》《泥土》《蚂蚁小集》等文学刊物上发表作品,一部分诗人还由"七月文丛""七月诗丛"出版作品集。七月诗派的作者主要活跃在国统区,一部分来自解放区和沦陷区。在长期的发展中,七月诗派经历了刊物、成员的变迁与流动,但保持了比较稳定的作者队伍,维持了鲜明的流派特色,这和理论家胡风的积极组织密不可分。1981年由人民文学出版社出版的《白色花(二十人集)》和周良沛选编的《七月诗选》大体反映了七月诗派的状况。七月诗人"始终欣然承认,他们大多数人是在艾青的影响下成长起来的"。①他们大都是二十岁左右的青年,且大都是共产党员,"由于气质和风格相近,逐渐形成了一个相互吸引、相互感染、相互激励前进的流派"②。怀着相同的人生理想和艺术追求,七月诗人在战争的背景下结集,以炽热的诗情、战斗的人格最大限度地"拥抱"生活,"突入"客观,"为祖国而歌",以如花的诗笔铸就崇高的诗魂。

1. 变革现实的积极行动者

七月诗派的精神导师是胡风的老师兼战友鲁迅,他提出的"现实主义战斗精神"由七月诗派充分继承并大力弘扬。在《七月》创刊号中,胡风的《愿和读者一同成长——代发刊词》一文,即可看作七月诗派的宣言:"中国的革命

---

① 　绿原:《白色花·序》,载绿原、牛汉编:《白色花(二十人集)》,人民文学出版社1981年版。
② 　绿原:《白色花·序》,载绿原、牛汉编:《白色花(二十人集)》,人民文学出版社1981年版。

文学是和反抗日本帝国主义的斗争(五四运动)一同产生,一同受难,一同成长的。斗争养育了文学,从这斗争里面成长的文学又反转过来养育了这个斗争。"在另一篇文章里,胡风说到"现实主义者底第一任务是参加战斗,用他的文艺活动,也用他的行动全部",只有先做"向前突击的精神战士",才能做一个真正的诗人。① 七月诗人用行动实践了胡风的理论,他们自觉参加了 20 世纪三四十年代各种形式的斗争,"努力把诗和人联系起来,把诗所体现的美学上的斗争和人的社会职责和战斗任务联系起来"②,努力实践"诗人与战士""诗与真"③的结合。

七月诗人具有强烈的政治意识和战斗意志、战斗欲望,在诗歌中化为强烈的反抗精神和"复仇的哲学"④。这在徐放的《在动乱的城记》中有典型的表现:"我,——/我要像子弹,/穿出闷抑的枪膛,/向黑暗的中国南方的低沉的密云深处/打出去,/我,——/渴望为我们的时代,/写出一篇雷鸣电闪的文章!"田间的《给战斗者》不啻为一篇诗的抗战宣言书:"是开始了伟大战斗的/七月啊!""七月,/我们/起来了。"阿垅曾在抗战时期参加上海保卫战,他的牙齿被敌人的子弹打破,他在诗里说道:"打碎了我底牙齿",但"我"仍要咬噬敌人,"用我底钢一样的仇恨"。他的《给诅咒者》《穿两条裤子的云》《写于悲愤的城》书写正面反抗。孙钿认为,"勇敢的战死/就是最大的快乐"(《夜葬》)。彭燕郊的《冬日》《春天》《岁寒》描写冬天战斗的场景,《夜歌》以诗意的画面,书写潜伏战斗的情景。冀汸的《跃动的夜》展现全民总动员、全民投入抗战的热烈景象。化铁的《暴雷雨岸然轰轰而至》用暴雷雨象征由战略防御转入战略大反攻的人民战争的巨大威势。

七月诗人大都是抱着探索人生的目的走上诗歌道路的,创作对于他们与

---

① 胡风:《论战争时期一个战斗的文艺形式》,载《胡风评论集》中卷,人民文学出版社 1984年版,第 23 页。

② 绿原:《白色花·序》,载绿原、牛汉编:《白色花(二十人集)》,人民文学出版社 1981 年版。

③ 《诗与真》是绿原的一首诗。

④ 《复仇的哲学》是绿原的一首诗。

其说是一种艺术的选择,不如说是一种人生、政治的选择。他们把诗和现实人生如此紧密地结合在一起,使创作本身已成为一种变革现实的人生形式。因此,针对徐志摩《我不知道风在哪一个方向吹》,罗洛写下《我知道风的方向》,绿原立志"不是要写诗,是要写一部革命史呵"(《憎恨》)。他们是"奴隶诗人",唱出苦难的秘密;他们更是"战士诗人",歌唱真理的胜利;他们的诗是荆棘,"不能插在花瓶里";是血液,"不能倒在酒瓶里"(绿原《诗人》)。对七月诗人来说,"诗就是射向敌人的子弹,诗就是捧向人民的鲜花,诗就是激励、鞭策自己的入党志愿书"①。

2. 深广丰厚的忧患意识

在"诗与真"中探索着救国之道与自我价值实现的七月诗人们,在如磐的黑暗现实下,被激发起一种具有传统底蕴的忧患意识。他们的忧患意识摒除了传统"悲士不遇"与"忧生之嗟"的"小我"之叹,继承了屈原、杜甫、龚自珍等民族脊梁忧国忧民的"大我"意识,并注入新的时代精神,成为中国现代诗歌的宝贵精神财富。

七月诗人的忧患感首先来自对国家、民族命运的关切,因此重大题材和战争事件成为激发灵感的契机。皖南事变之后,冀汸作《七月底轨迹》一诗,用一系列相反的意象形象地画出了政治高压气候,饱含着一个正直的知识者难言的痛苦和满腔的愤懑。杜谷的《寒冷的日子里》也表现了皖南事变后国统区的政治气候:严寒、狂风、暴雨。人生的普遍苦难也紧扣时代的脉搏,引发忧国忧民的情怀。彭燕郊的《小牛犊》以沉重的笔致,借一头小牛犊悲剧的一生,书写了苦难的民族。阿垅的《再生的日子》、鲁藜的《泥土》、冀汸的《我不哭泣》、罗洛的《旅途》,无不展示着诗人各自的心灵历程,也无不映照出时代的风云,回响着民众的呼声。七月诗人的忧患也来自自身生命意志被压抑。绿原的《复仇的哲学》:"一朵朵不祥的乌云/盖在我们

---

① 绿原:《白色花·序》,载绿原、牛汉编:《白色花(二十人集)》,人民文学出版社1981年版。

的头顶上","我们发现自己/在悬崖峭壁面前"。阿垅的《琴的祭献》咏叹："这没有诗的日子！……/我甚至无弦。"朱健在《沉默》中也说："啊,密云期/啊,冬天……""黑色的沉默"。

在积极突进人生的战斗意志下,七月诗人的忧患意识褪去了前人常有的悲观、绝望,焕发出勇气与希望,包蕴着反抗的力量。艾青指出："把忧郁与悲哀,看成一种力！……伫望暴风雨来卷带了这一切,扫荡这整个古老的世界吧！"①阿垅则称之为"一种压抑的力流,一种更蕴藉的战斗"②。鲁沙的《滚车的人》中,滚车的人的生活是艰苦的,但却没有西西弗斯的悲剧性,而是用生命滚出了道路,这既是对底层民众的书写,也是对民族命运的隐喻。彭燕郊笔下的冬青树经过了"多少冰霜的鞭挞/多少风雪的侵蚀",终于开花了,"就在这钢绿的叶上/写下了/我底欢喜中的悲哀/我底在泪与笑中间的/痛苦的挣扎"(《冬青只是在开花》)。"地狱之门在希特勒底蹒跚的背影最后消灭以后严密关闭"(阿垅《末日》)。忧郁之中蕴含着反抗、破坏的伟力。七月诗人通过人格的内省、特殊环境下的自我磨炼与对理想的追求,寻求着克服忧患的力量,磨砺出坚韧而伟大的人格。

3. 高扬主体的现实主义

七月诗派把从普罗诗派、中国诗歌会继承的主体激情用理性加以规约,用理论加以深化,发展出高扬主体的现实主义,成为其从理论到创作的总体特色,也是与传统现实主义最大的区别。高扬主体的现实主义强调人的主体精神,把诗人的整个生活实践与创作过程视为"对于血肉的现实人生的搏斗"过程,认为关键在于发挥诗人的主观能动性。

在创作中,当现实生活、客观对象进入人的意识的时候,首先要高扬主观战斗精神。胡风解释为,这就是说在创作过程中首先要提高作为诗歌主体的诗人的思想觉悟、理论水平、认识生活和感受生活的能力,也即是提高对于客

---

① 艾青:《诗论》,复旦大学出版社 2005 年版,第 35 页。
② 阿垅:《箭头指向》,《希望》第 1 期,1945 年 12 月。

观现实的把捉力、拥抱力和突击力①,反映在诗歌创作中,即强调理性精神的渗透。在《诗与真》中绿原宣称"用诗找寻理性的光",在细密的观察和严肃的思考下,他写下一系列政治抒情长诗。《给天真的乐观主义者》对国统区的社会现状进行了全面的描写。《终点,又是一个起点》对抗战中的八年及抗战以后的"艰难的行程"做了高屋建瓴的历史性总结。《伽利略在真理面前》借对伽利略的歌颂,颂扬了无畏追求与捍卫真理的英雄精神,喻指对当前斗争的肯定。牛汉的《鄂尔多斯草原》在过去、今天、明天的时间之流中抒写人民生活的悲壮历程。诗人记载了民族历史生存的艰辛与壮烈,歌颂了民族的坚强意识与韧性精神,对民族的历史进行了深刻的审视与反思。七月诗人善于通过对现实生活的具体描写升华到具有更高意义的哲理性书写,善于通过对人们生存处境的把捉升华到对整个民族命运的思索,从而赋予其诗歌以思想的力量和理性的光芒。

在对客观现实的理性认识的基础上,以高扬的主观战斗精神去拥抱客观,"向赤裸裸现实人生搏斗"。即是说,诗歌创作不能仅仅停留在对客观形象的摹仿上,而必须要求作者"主观精神作用的燃烧"。七月诗人认为,现实主义文学"永远是要求情绪的饱满的","没有情绪,作者将不能突入对象里面,没有情绪,作者更不能把它所要传达的对象在形象上、在感觉上、在主观与客观的融合上表现出来"②,反对徐迟的"抒情的放逐"主张。七月派的诗歌有着鲜明的个体性审美经验,带着情感的温度和生命的热度,表现出浪漫主义的特征,可谓"浪漫的现实主义"。这即是说,七月诗人反对主观主义与客观主义倾向,要求诗作首先要扎根于现实人生,又要有浓郁的内在激情、理想色彩与丰富的想象力。

---

① 胡风:《论现实主义的路》《人道主义和现实主义》等,载《胡风评论集》下卷,人民文学出版社 1985 年版。

② 胡风:《论战争时期一个战斗的文艺形式》,载《胡风评论集》中卷,人民文学出版社 1984 年版,第 19 页。

七月诗人"主观精神作用的燃烧"在唐湜诗意的话语中可见一斑:"'一切的窗户/向大街开着,/只要一声呐喊:/无数激怒的面孔/就会从屋子里跳出来,/集合在一起——/集合起来,集合着/一切苦烟似的悲恨,/变成烧灼世界的光柱,/冲向黑暗的天空,/不许枭鸟飞过!'(绿原《你是谁》)多么强大的生命力,'巨人似的夜敲着暴雨点似的大鼓,在中国的充溢着尸首的荒野演说起来了……'连抽象的口号也变成了吉诃德那样的刚勇者了。诗人似乎是浑身抖擞着,铁青了脸来写他的诗章的:'当火焰的意志润滑着希望的轮片,唱出了欢乐的歌,为什么不用痛苦做原料来养育生命,从死亡渗透出来的生命,热烈的生命呢?'这声音多么强大、有力!不为传统与修养所限制。他们赤裸裸地从人生的战场上奔跑了来,带着一些可爱的新鲜气息与可惊的原始的生命力,掷出一片燃烧着的青春的呼喊与崭新的生活感觉。"①

4.崇高的诗歌风格

胡风认为,"诗人底生命要随着时代底生命前进,时代精神底特质要规定诗的情绪状态和诗的风格"②。20世纪40年代是血与火的年代,时代精神赋予七月诗歌以力之美,这种崇高、豪放、悲壮的美学风范被九叶诗人唐湜冠之以"崇尚的山",十分妥帖。

七月诗派崇高的风格首先来自具有时代特征的宏伟主题——民族解放战争与人民解放战争。这两个主题的神圣性、正义性与崇高性,在当时的中国是其他题材所不可比拟的,也是任何柔弱、纤巧、迂缓的感情和审美风格所无法负载的,只有雄浑、宏大、壮美的心灵与风格特征才能匹配。七月诗人以他们的诗作实践着政治抒情诗"真实、庄严和强壮"的要求。他们以规模宏大的政治抒情长诗,对20世纪40年代两次解放战争及风起云涌的时代形势,进行了

---

① 唐湜:《诗的新生代》,载唐湜:《新意度集》,生活·读书·新知三联书店1990年版,第23—24页。

② 胡风:《民族战争与文艺性格·今天我们的中心问题是什么》,载牛汉、绿原编:《胡风诗全编》,浙江文艺出版社1992年版,第753页。

史诗性的艺术概括，表现出雄强豪迈的格调，具有高度的社会价值与诗学价值，例如绿原的《复仇的哲学》《你是谁》《给天真的乐观主义者》《终点，又是一个起点》《伽利略在真理面前》，徐放的《在动乱的城记》，冀汸的《跃动的夜》《旷野》，牛汉的《彩色的生活》，郑思的《秩序》，胡征的《我回来了》，方然的《报信者》，彭燕郊的《春天——大地的诱惑》，曾卓的《母亲》，化铁的《船夫们》，杜谷的《写给故乡》。政治抒情短诗也以不同的角度切入宏大的时代主题，展现了历史的真实，表现了抒情主体的革命激情与生命意志，例如胡风的《为祖国而歌》《血誓》，鲁煤的《我愿越过墙去》《一条小河的三部曲》，绿原的《诗人》，彭燕郊的《山国》，芦甸的《大海中的一滴水》，阿垅的《到战斗里去呵》《纤夫》，胡征的《七月的战争》，冀汸的《我不哭泣》《今天的宣言》，牛汉的《鄂尔多斯草原》，鲁藜的《果实》，天蓝的《队长骑马去了》，朱健的《中国的诗》，孙钿的《行程》，朱怀谷的《碑》。七月诗人通过抒写祖国、民族、人民、大地、草原、群山等无比巨大的形象，抒发强烈的爱国主义思想，礼赞坚忍不拔的民族精神，燃烧不息的生命之火，唤起无畏的战斗意志，发挥强劲的内在力量，唱出了一曲曲雄伟悲壮的战歌。

　　在诗歌形式上，七月诗派也追求力之美。阿垅在谈到诗行排列时说，"排列有两种性质：力的排列和美的排列"，两者中"美的排列只是次要的；只有力的排列，才是真正首要的"，但它们"并不是脱节的，孤立的"，而"应该是合谐的整体"。① 诗行排列关涉情绪的表达与节奏的缓急，从而关涉诗歌的风格特色。首先，情绪的饱满、激昂、亢奋赋予诗歌以力度。阿垅要求诗歌创作时要有"典型的情绪"："那种钢铁的情绪，那种暴风雨的情绪，那种彩虹和青春的情绪"，以及"这种情绪底高度的达到，和它底完全而美丽的保证"。② 田间的

---

① 阿垅：《排列片论》，载阿垅：《人·诗·现实》，生活·读书·新知三联书店 1986 年版，第 36—42 页。

② 阿垅：《形象再论》，载阿垅：《人·诗·现实》，生活·读书·新知三联书店 1986 年版，第 50—51 页。

诗拥有鼓点般跌宕的情绪,显得激昂有力,《给战斗者》是一曲激昂的誓师词。阿垅的诗情绪充沛、刚劲有力。《纤夫》一诗饱含着"人底力和群底力",那一条纤绳上,"组织了脚步,组织了力""组织了群""组织了方向和道路",不啻为一首力的颂歌。另如阿垅的《写于悲愤的城》《去国》。其次,力之美也体现在诗歌的节奏上,最典型的莫过于田间的"鼓点诗"。他以诗行割切、句子短小、停顿频繁、语气短促造成鼓点般的节奏,仿佛打鼓一般,每一句都敲打着读者的心弦,造成一种独特的力的韵律。胡风的《为祖国而歌》有着"浩浩荡荡的情绪的旋律","浩浩荡荡的排列的旋律","一气呵成的欲罢不能的力量"。① 孙钿节奏短促、铿锵有力的阶梯体,朱健长短相间的诗句,都具有力之美的诗形与节奏。

七月诗派以时代宏大主题为抒情的依托,通过诗歌形式的精心营造,加以铺叙、描写和直抒胸臆的手法,形成了"浮躁凌厉""奔腾扬厉"的审美风范,显示出"时代激情的冲击波"的力量之美,具有崇高的美学风格。

二、 写实主义绘画

(一)初期油画:样式移植与习作性创作

1.理论主张

在画论中较早论及"写实"的是康有为。1917 年,他的《万木草堂藏画目》问世,其序言发表于 1918 年 9 月 1 日《中华美术报》创刊号。在文中,康有为认为,"中国近世之画衰败极矣",究其原因即在于"摈画匠"而兴文人画。画匠"专精体物",具有高度的写实能力,这也是唐画"精深妙丽",宋画"无体不备,无美不臻",达于"西十五纪前大地万国之最"的一个最为重要的原因。但由于北宋以后画论大都贬低形似,倡导写意,使"简率荒略""以气韵自矜"

---

① 阿垅:《排列片论》,载阿垅:《人·诗·现实》,生活·读书·新知三联书店 1986 年版,第43—44 页。

的文人画大行其道,中国画遂日渐衰落,至清代更是"衰弊极矣"。而对观西方绘画,写实正是西方艺术长盛不衰的关键因素。因此,欲拯救中国画的命运,应参酌西方写实手法,激活中国写实传统,复归"以形神为主"的唐宋院画传统,"合中西而为画学新纪元"。①据刘海粟回忆,康有为收藏有提香、拉斐尔、米开朗基罗和米勒的名画复制品,认为"今宜取欧画写形之精,以补吾国之短","写形之精"与拉斐尔的"创写阴阳妙逼真"成了中国画改良的关键。②康有为的画学观与他的社会观一脉相承。在《万木草堂藏画目序》中他说道:"今工商百器皆藉于画,画不改进,工商无可言。"这种思想早在1898年就已形成:"一切工商之品,文明之具,皆赖画以发明之。"③在《欧洲十一国游记》中他又说道:"非止文明所关,工商业系于画者甚重。"(1904)他反复强调美术与工商业发展的关系,无疑将文化价值的取向与具体的艺术问题简单地等同起来。康有为以"写实"为重的西画观,无疑包含着实学思想的因素。康氏把调和中西写实画法,看作是"器用之学"的物质力量,与其"物质救国"论相呼应,隶属于他的"托古改制"的改良主义政治主张。

作为近代新思想的萌蘖,康有为改良思想影响了中国近现代一大批知识精英,近如其弟子梁启超。梁启超继承并补充了老师的观点,以"观察自然"为"美术的关键"和"科学的关键",以写实连接起美术与科学、自然,提出"真""美"同源,以"真"为美术的起点和准则。④梁启超的观点显示出近代西方试验美学的影响,虽带有一定的局限性,但在20世纪20年代前期能够唤起人们以自然为本源,以真为美术的起点和标准,仍然是有意义的。

1918年1月15日的《新青年》第6卷第1号上,登载了两篇题为《美术革

① 康有为:《万木草堂藏画目》,载吴晓明编:《民国画论精选》,西泠印社2013年版,第8—12页。

② 刘海粟:《齐鲁谈艺录》,山东美术出版社1985年版,第86—87页。

③ 康有为:《物质救国论》,载《康有为全集》第8卷,中国人民大学出版社2007年版,第93页。

④ 梁启超:《美术与科学》,载《饮冰室合集》第5册,中华书局1988年版,第101—102页。

命》的文章,一是佛学家、美学家吕澂的来信,一是《新青年》编辑陈独秀的作答。两篇文章均是康有为改良思想的延续和发展。吕澂所谓的"美术"包括绘画、雕塑、建筑,绘画是他谈论的重点。吕澂认为,"我国今日文艺之待改革,有似当年之意(意大利,笔者注),而美术之衰敝,则更有甚焉者",并以绘画为例进行了阐述。他由此提出美术革命之道:阐明美术的性质和范围,阐明我国美术自唐以来的源流,阐明欧美美术之变迁与美术界的大势,阐明美术之真谛。吕澂的文章针对美术界的问题而发,他并没有提出具体的改革方案,而是就美术领域提出四个问题,引发人们对美术改革的关注与思考。

针对吕澂的来信,陈独秀发出了真正的"美术革命"的号召。"若想把中国画改良,首先要革王画的命",其手段即是"采用洋画写实的精神","譬如文学家必用写实主义,才能够采古人的技术,发挥自己的天才,做自己的文章,不是钞古人的文章。画家也必须用写实主义,才能够发挥自己的天才,画自己的画,不落古人的窠臼"。并认为中国画在南北宋及元初时期"还有点和写实主义相近",而自"学士派鄙薄院画,专重写意,不尚肖物",这种风气便由元末的倪、黄,至明代的文、沈,至清朝"三王",变本加厉,遂使中国画衰败至极。因此,如此的画学正宗必须被打倒,输入西方的写实主义。陈独秀是借吕澂之文浇自己的块垒,完全不顾吕澂提出的问题,而是借题发挥,阐发他思想革命的议题。陈独秀的"美术革命"和当时的"文学革命"一脉相承,都是他领导的"新文化运动"的组成部分,贯穿其中的是主张个性解放、高扬个人价值和尊严、发挥个人创造性潜能的思想,是"科学""民主"的反封建精神。陈独秀是从思想文化和政治主张上立论的,他的功利性美术观与吕澂的纯美术观之间的分歧,是后来长期争论不休的"为社会"与"为艺术"两大美术观的肇始。

综观康、梁、吕、陈的上述观点可见,他们都是在"中体西用"及其相联系的"道器论"的主导思想下,将西画及其写实特征当作中国绘画生存和发展的补充因素。所不同的是,康、梁侧重于"写实"的技术层面,主张在不动摇传统艺术地位的前提之下,将"油画"作为新的手段引入中国,以弥补传统绘画的缺陷。陈、吕侧重于"写实"的精神层面,主张唤起人们以自然为基础的科学精神,培养积极的关注人生的社会态度。他们的思想被人们从不同的方面加以继承。

在"为社会而艺术"与"为艺术而艺术"之间取得平衡的画家应属徐悲鸿。1914年,徐悲鸿到上海谋生,不久便以其较强的造型能力获得康有为的赏识,后受到康氏思想影响,接受了康氏写实主义的观念,成为康氏"中国画改良论"最有力的实践者。"中国画学之颓败,至今日已极矣。"①如此的判断与康有为如出一辙,这是他提倡中西融合的现实基点。"西方画之可采入者融之",写实造型便是最大的可取之处。"中国画不能尽其状,此为最逊欧画处"②,因此"欲救目前之弊,必采欧洲之写实主义"(《美的解剖》,1926)。如此的观点在徐悲鸿的论述中频频出现,如"倡智之艺术,思以写实主义启其端"(《悲鸿自述》,1930),"美术应以写实主义为主,虽然不一定为最后目的,但必须用写实主义为出发点"(对《世界日报》记者的谈话,1935),"写实主义足以治疗空洞浮泛之病"(《新艺术运动之回顾与前瞻》,1943)。不同于政治家康有为、革命家陈独秀所谓的与"写意"相对的"写实",画家徐悲鸿所说的写实主义排除了笼而统之的模糊性,具有了派别的属性——欧洲学院派写实主义。他从法国学院派画家哥蒙和达仰那里学到了写实主义的方法,真正从美术学科的内部进行绘画变革,其改良中国画的方案也更具可行性。例如他于1932年提出"新七法":位置得宜,比例正确,黑白分明,动态天然,轻重和谐,性格毕现,传神阿堵。这种绘画基本功训练立足于西方古典造型系统,又结合了中国绘画的形神论,被徐悲鸿视为培养健全之中国画家的途径。画家徐悲鸿的观点在当时具有代表性和普遍性。人们倾向于认为,只有经过写实主义的阶段,中国艺术才能踏上康庄大道,从20世纪20年代的李毅士到40

---

① 徐悲鸿:《中国画改良论》,《绘学杂志》第1期,1920年6月。
② 徐悲鸿:《中国画改良论》,《绘学杂志》第1期,1920年6月。

年代的诸多画家都持此论调①,如李铁夫、颜文樑、吕斯百、吴作人、张安治、吕霞光、孙多慈、顾了然、文金扬、艾中信、张倩英、孙宗慰、陈晓南、冯法祀以及黄显之、董希文、李瑞年、李宗津等。②

在徐悲鸿的绘画事业发展中,蔡元培是一个不可忽视的关键人物。蔡元培给了他实现理想的机会,如聘其为北京大学画法研究会导师,推荐其公费赴法留学,推荐其为南京中央大学艺术系教授,委派其任北平大学艺术学院院长等。蔡元培对徐悲鸿的赏识,一个重要原因是对其艺术观念的认同。如蔡元培在北京大学画法研究会上做演讲时提出对习画者有两种希望:"多作实物的写生及持之以恒二者是也。"他比较中国画与西洋画的异同,"中国画始自临摹,外国画始自写实",目的是希望中国画取西画之长,"采用西洋画布景写实之佳"。蔡元培的美术思想带有科学主义的色彩,他认为西洋画即是建基于昌明的自然科学之上,他希望"用科学方法以入美术","除去名士派毫不经心之习,革除工匠派构守成见之讥"。③ 从根本上说,蔡元培寄望于中国绘画能担负起重建人文关怀的重任。这也是他认同徐悲鸿以艺术为传统文化代表的观念的原因,并以自身拥有的行政力量大力推行,成为对中国现代美术影响最大、贡献最卓著的人。

写实主义的观念在民国时期影响极大,几乎波及所有的绘画门类,至少是在方法上为国人所接受。持表现主义美术观的林风眠也主张,"绘画上基本的训练,应采取自然界为对象,绳以科学的方法,使物象正确的重现,以为创造之基础"④。林风眠主要是在方法论的层面上论及写实主义,希望以此矫正摹仿、抄袭的陋习,致力于中国绘画的复活。1942 年《上海艺术月刊》指出:"中

① 潘公凯:《中国现代美术之路》,北京大学出版社 2012 年版,第 288—289 页。
② 吕澎:《20 世纪中国艺术史》上卷,北京大学出版社 2009 年版,第 214 页。
③ 蔡元培:《在北大画法研究会之演说词》,载《蔡元培美学文选》,北京大学出版社 1983 年版,第 80—81 页。
④ 林风眠:《中国绘画新论》,载吴晓明编:《民国画论精选》,西泠印社 2013 年版,第 146 页。

国艺术应走哪一个派别,这是一个不容易置疑的问题,不过,要踏上西洋艺术的正途,自然先要经过一个坚固的写实时期,从写实中求变化,这是一个颠扑不破的定理。不经过坚固的写实期,闹一些流派上的争论,对于艺术的演进,一定仅是空虚。"①这种观点代表了当时一种普遍的认识。

2. 创作述评

绘画中的写实主义主要针对西画系统中的油画而言,兼及水彩画、水粉画、色粉画、素描等,中国画不在讨论之列。从审美观来看,写实和写意分别可作为中西两大美学传统,西方绘画在后期印象派以前均追求"像",是为写实,"写实"是西方艺术的基本观念与技法。中国画则从来不以形似为最高目标,而是以传神抒情达意为上。西方的写实技法部分引入中国画,目的是以新的艺术手段来弥补传统绘画"重意轻形"的某种不足,改良中国画以避免被现代社会淘汰的命运。这是在"中体西用"思想的主导下,将油画写实特征当作一种中国绘画生存和发展的补充因素来加以利用,并未改变其写意大传统,因此此时的中国画也不能以"写实主义"来指称。中国画作为一种特殊的绘画形态,具有与西画完全不同的特征,当单独讨论。

在中国 20 世纪前半期的"洋画运动"中,写实主义绘画是对西方古典绘画的样式移植,人像、风景、静物是重点选取对象,代表性画家是 20 世纪初期至 30 年代在欧洲留学学成回国的画家,如李铁夫、徐悲鸿、颜文樑。这个阶段又经历了 20 年代至 40 年代的演变和转化。20 世纪初至 20 年代是西画在中国奠基的阶段,是学院写实主义时期。这时真正立足于写实主义的画家并未占很大比例,徐悲鸿、颜文樑、李铁夫、李毅士等代表画家在他们的写实作品中多围绕古典绘画的传统样式,在风景、人物和静物等方面,进行习作性创作,取得了丰富的成绩,为写实主义打下了坚实的基础。这类题材与社会现实关系不大,是油画在自身领域内的艺术探索,体现出这批画家留学欧洲所受到的油

---

① 《问题解答》,《上海艺术月刊》第 6 期,1942 年 4 月。

画教育与影响。作为一种全新的艺术形式,油画在中国最初的发展只能是摹仿西方,因而西方较近代的油画传统成了中国油画家学习的范本,自印象派开始独立的风景画、静物画以及具有历史的人物画成为主要的画种。不少中国油画家也正是通过对西方油画传统的某种遵从而获得国际认同,如颜文樑、吕斯百、方君璧均凭借精湛的油画能力参加巴黎沙龙展。当把西方的油画艺术横向移植到国内的时候,难免会出现与国内的社会现实、艺术传统、审美观念相脱节的情况,这也是油画初入中国时难以被接受的原因之一。这种不适感是油画这种新材质在推动中国绘画现代化时的一种必然遭遇。同时,为克服这种艺术的差距带来的龃龉,在接受西方油画规范的时候,中国油画家也积极发挥自己独立的思考,调动传统艺术的积淀,加入一些自由的表现,形成具有自身特色的油画。诸多画家的油画都不乏中国情韵,如方君璧的人物肖像画、吕霞光的风景画、张充仁的绘画,而这也是西方世界认同其油画的一个原因。如何在遵从规范与个性表现之间保持合理的"度",维持彼此的平衡,是所有的创作都面临的问题,是艺术发展的内在动力,也是具有无限延展性的饶有意味的课题。

(1)徐悲鸿

中国现代写实绘画以徐悲鸿为代表,他以中西绘画兼善的才力,致力于中西融合的绘画探索,为中国画的现代化作出了贡献,他的成就与缺陷都是中国绘画古今转化的重要经验。

徐悲鸿的西画实践主要包括素描和油画。他认为,素描是造型艺术的基础,"研究科学,以数学为基础;研究艺术,以素描为基础"[1],"研究绘画之第一步工夫即为素描,素描是吾人基本之学问,并为绘画表现唯一之法门"[2]。素描在他心中有如此重要的地位,因此他在欧洲八年,主要精力致力于此。徐悲鸿开始学素描,画的是石膏像,这些画作全是一块块方形组合,突出体现了他

---

[1]　尚辉:《现代名家翰墨鉴藏丛书·徐悲鸿》卷八,西泠印社 2009 年版,第 49 页。

[2]　此话源出于 1926 年徐悲鸿的《在中华艺术大学讲演辞》。

"宁方勿圆"的观点，"方"意为显出结构和组织的关系要点，"圆"意思反之。如作于 1925 年的《石膏男人体》即是一幅精品。该画的突出特点是把材料石膏的质感、硬度与对象人体的肌肉的起伏、弹性巧妙地统一起来。在技法上，画作把线条、明暗、块面三个基本要素完美地结合起来；在构图上，采用 S 形造型，重心在左脚，右腿呈动态，动静结合，动态平衡。画石膏像不久即开始画人体，徐悲鸿在早期于此着力尤多。他学习西方古典主义人体素描的传统，吸收印象主义对于外光和色彩世界的表现，提高了素描的表现力，他的素描有的光影很强，有的光线平淡而渲染细腻，有的明暗分面很鲜明。他的人体素描，不仅外形与内部解剖正确，表现出体积和空间的深度，而且还注意对象内心世界的丰富性，表现对象的个性和精神气质。因此这些人体素描，既是造型艺术基本功训练的习作范例，又是具有独立审美价值的艺术品，如诸多女人体、男人体素描。1924 年是徐悲鸿素描突飞猛进的一年，众多精品即诞生于此时，如《持棍男人体》《裸体少年》。留欧期间，他画了数以千计的人体、人像、动物、马、风景及画稿等素描作品，努力学习他最青睐的普吕东的理想主义素描风格："雄奇幽深、坚劲秀曼"（《悲鸿绘集·序》,1925）。他的素描体现了他总结的"新七法"，也实践着他提出的"宁方勿圆，宁拙勿巧，宁脏勿洁"的艺术观。

在严格的素描基础上，徐悲鸿的油画继承西方古典艺术严谨、完美的造型传统，并吸纳印象派对光、色的表现，创造了一幅幅"栩栩如生"的画面。徐悲鸿的油画基础训练是大量严格的人体写生，如女人体、男人体、老人体，1927 年作的几幅《女裸体》和《男人体》代表了他人体油画的高度。这些习作造型严谨精确，表现出徐悲鸿对形体运动规律的精准掌握与表现；动作姿态多典雅舒展，具有一种音乐般的旋律感，显示出画家古典主义的审美趣味。并且，徐悲鸿善于根据男女、老幼、种族、强弱的不同而分别造型，表现出各个群体的特征：年轻女子身体丰腴、姿态婉转、肌肤滑润，是青春与美的象征；壮年男子身材魁梧高大，肌肉结实有力，富于力与美之感；老人则瘦弱、干瘪、软弱无力，表现其苍老、衰退之相；幼儿则肥圆、细腻，表现其稚嫩、可爱之态。人体写生本是一种技法训练,但形式从来都不是孤立的,画家对形式的选择与表现无不显示出画家的主体性,徐悲鸿笔下的写生人物优雅、柔和、隽永、刚劲,显示出优美或崇高的风格。

图1-1 徐悲鸿《少妇像》

如果说人体写生尚属习作,更多注重技巧层面,那么肖像画则已经是正式的油画创作,不仅要求形似,还需要神似。徐悲鸿通过不同的构图、姿势、光线、色彩、角度、艺术处理的变化,塑造了不同性格、气质、风度的人物。1920年的《持扇女像》是有具体年代可考的最早的一幅油画,它已显示出徐悲鸿在油画方面的天才。1922年画的几幅老妇像,面部留下明显的笔触,显示出更大的写意性,用笔也更加熟练。1923年的几幅《持棍老人像》、1924年的《老人像》都是人物肖像的精品,用笔纯熟、色彩丰富,层次多而统一,笔触踏实准确,画面厚重浑朴。①《少妇像》(1940)描绘的是女画家李青萍,她的画具有现代风格。李青萍与潘玉良、方君璧、关紫兰、唐蕴玉、丘堤、孙多慈等女画家同列。在画中,李青萍呈扭身交臂状,空间穿插,侧光照射,色彩鲜丽,笔触豪放自如,表现出少妇明朗的性格特色与青春勃发之美。"徐悲鸿在对《少妇像》的表现上,除了重视透视解剖的准确、明暗塑造与光色的和谐、质感和内在精神的表现之外,画面稳定但变化丰富的构图也很有特色。这表现在人物的头颈以下是侧对观众的,而人的脸部却又是正面的,其蕴含的内在动势是不言而喻的。人物的右胳膊整体上是侧对观众的,但是胳膊肘和手又有透视深度,左手由于搭在了右腿的外侧而与右胳膊形成呼应,使画面在构图和动态上形成了丰富的变化。尤

①　陈传席:《徐悲鸿》,河北教育出版社2003年版,第82—84页。

其是背对观众放置的椅子,不仅打破了人物在构图上大体呈现出来的三角形,还与人物面部正对观众的角度形成对比,加强了对人物面部的反衬作用,具有强化主题的意义。"①该画的另一特点在于引入了中国绘画思想,亮丽的色彩构置减少了面部的明暗对比,增强了平面感,豪放自如的笔触处理赋予画面写意的意味,显示出画家所深具的传统底蕴。

　　徐悲鸿的油画表现出他深厚的素描功底,结构要点准确、突出,并且也像其素描一样体现出"致广大而尽精微"的观点。他的油画不只有细腻一路,也有粗犷之风,不只有几乎不见笔触的,也有用大笔触的,还有粗细结合的,这是缘于他广泛学习欧洲各家油画,并有机融汇中国画学思想的结果。②

　　(2)其他画家

　　和徐悲鸿一样,颜文樑也是一位推崇西方写实绘画的画家和艺术教育家。早年在商务印书馆当艺徒的经历,培养了他精密观察、表现对象的能力。他的西画大多比较工细,如1929年获巴黎春季沙龙展荣誉奖的《厨房》(1920)。这幅画充分发挥了色粉画细腻的表现力,对中国江浙一带旧式厨房进行了精细刻画,屋宇门窗透视准确,水缸、碗橱等描绘均精细入微。该画也表现出颜文樑高度的构图技巧,在严格的透视之下,通过不同物体在画面空间中不同位置的摆放,充分体现其前后关系,最大限度地展现画面的纵深感和空间感。这幅画曾极受达仰赞赏,他只是委婉地指出两个孩童的造型略显单薄。颜文樑也曾自述,这幅作品入选沙龙的主要原因是精湛的透视和造型能力。作于同一时期的《画室》(1919)、《肉店》(1921)也具有同样的风格。以至颜文樑到巴黎留学后,所画的《巴黎凯旋门》(1929)、《巴黎铁塔》(1930)等仍然保持了这种工细的作风。在巴黎留学期间,颜文樑的油画主要接受的是古典写实主义和印象派的影响。古典写实主义培养了他精细的笔画、严谨的造型、匀净的线条和典雅的色彩。印象派则促进他对风景静物的观察与表现,并成为他所

---

①　唐培勇、赵辉:《徐悲鸿绘画鉴赏》,中国轻工业出版社2010年版,第17页。

②　陈传席:《徐悲鸿》,河北教育出版社2003年版,第84、87页。

擅长的领域。在印象派的启发下,颜文樑对光有着充分的认识,反映在画面上则是对色彩的运用。他执着于对真实光下各种色彩变化的表现及错综复杂的深度描写,他的画颜色沉稳、饱和,变化微妙,冷暖对比加强了表现效果,其风景画不乏抒情的表现,可谓抒情性的写实绘画。他喜爱描绘日光、月光或灯光照耀下的水面,大概因为这最能够表现光色变化。他作了多幅此类画作,如《柳浪闻莺》(1925,水彩)、《平湖秋月》(1925,水彩)、《湖亭冬雪》(1925,水彩)、《六和挂帆》(1925,水彩)、《冷泉品茗》(1925,水彩)、《兰溪返棹》(1926,水彩)、《敌楼月夜》(1926,水彩)、《沧浪溪栅》(1926,水彩)、《印度洋之中秋》(1928,油画)、《吉布蒂之晨》(1928,油画)、《英国议院》(1929,油画)、《威尼斯运河》(1930,油画)、《威尼斯水巷》(1930,油画)。这些画在体现西方古典艺术严谨的绘画法则之余,吸收了印象派对光和色的细致描写,在技法上充分利用了光影冷暖的反差,水彩画融入了东方意蕴,富于自由的表现。

图 1-2　颜文樑《厨房》

　　吕斯百是徐悲鸿的学生与助手,受徐悲鸿影响,主张写实主义绘画,油画题材限于静物、风景和人物肖像。在法国留学期间,接受学院传统的基本功训练,受到欧洲现实主义画派影响,也曾一度热衷于象征主义和后期印象主义,并因此受到徐悲鸿的严厉批评。此时期他的绘画笔触稳健有力,色彩纯化雅致,注重画面整体的真实性,不乏学院式的典雅气息。获得法国春季沙龙荣誉奖的《野味》,准确掌握了对象的结构和色调,笔法厚实而通透,在颜色上以土色类的暖色为主,这种并不十分抢眼的暖色,在平实中有着一种基于现实的感染力,整个画面流露出含蓄、恬静的永恒美感。回国后主要坚持写实主义到印象主义前期的艺术观,继续着简练质朴的油画语言。这一时期他创作了一批具有个人趣味的作品,如《湖上》《水田》《鲶鱼》,流露出浓郁的田园气息。《鲶鱼》具有高度的写实性,是吕斯百静物画中的精品。这一时期是他的风格成熟期,正如他的挚友常书鸿评价:"斯百在巴黎的三年,一直在发展他自己的作风……雄健、朴素、浑厚,他的画面经过了这三重组织,像一幅厚重的地毯,没有华丽的辞藻,没有虚伪的布置,一笔一笔如踏在雪地上的脚步。我们看得见他如何样子放下笔头,又如何样子提起笔头。决不偷工取巧的油滑,把重要关头放在交代不清的偶然中。这是他的功力独到之处。他的绘画一如其人,……朴素厚重……他的用色也和用笔一样厚重雅致,没有虚俗浮套,没有显耀人家耳目的不必要的夸张。"①

　　吕霞光先后师从田汉和徐悲鸿,在前者的普罗艺术思想的影响下,他曾在抗战时期参加郭沫若主持的国民政府军事委员会政治部第三厅(以下简称"第三厅")美术科,但他的艺术思想主要来自徐悲鸿的写实观。他在法国接受了学院古典主义的训练,练就了扎实的写实功力。吕霞光的素描善于运用明暗对比造型,黑灰白的层次过渡缓和而自然,线与面的结合恰到好处,并注意光的点染,增强了立体感。油画题材集中于人体、肖像、静物及风景,物象造

---

① 常书鸿:《怀念画家吕斯百》,载《吕斯百绘画作品集》,岭南美术出版社1997年版。

型皆逼真如实。但他的风景画不是纯写实主义,而是带有个人主观设计的印记,在用色上受到印象派的影响,在山峰的造型上则带有中国画的意味。笔触细腻的风景画带有德拉克罗瓦的浪漫风情与抒情意味,笔触粗犷的风景画则有塞尚的影子,其画作有着画家自身的主观意趣表达。

图1-3　方君璧《吹笛女》

方君璧大致是中国现代最早赴法留学的女画家之一,她接受了系统的法国学院派美术教育。然而之前她却没有系统学习过中国画,因此西画的阴阳透视等技巧先入为主地进入她的艺术观和绘画史,融入了她一生的油画和中国画创作。同时,她对中国传统艺术的了解和倾心又使她不强调写实绘画所要求的体积和坚实,而是把传统的写意趣味融入油画,创作出具有中国韵味的油画,形成其油画的最大特点。蔡元培评价:"借欧洲写实之手腕,达中国抽象之气韵。"这特点也正是异国人士看重方君璧的重要原因。例如入选法国春季沙龙展的《吹笛女》描绘了一位剪着西式短发,却身着中式服装的女子吹笛的情状,女子姿态婉转,眼眉低垂,表情专注。在风景描绘上,她则常常使用概括的笔触,笔法大胆而洒脱,追求大体的写实,不关注细部的表现,画面风格坚实浑厚而又温和清新,带有东方女性柔婉的气质。

由于特殊的时代背景,徐悲鸿的艺术成就、艺术影响及他的美术教育,主张写实主义的画家中有一部分即是徐悲鸿的弟子,如上述的吕斯百、吕霞光以及吴作人、张安治、孙多慈、顾了然、文金扬、艾中信、张倩英、孙宗慰、陈晓南、冯法祀等。艺术史家因此将之命名为"徐悲鸿学派"。除此而外,还有一大批画家没有直接接受过徐悲鸿的艺术教育,但是在时代风潮与自我选择的合力下,他们也不约而同地以写实主义为主要艺术追求,如方君璧、张充仁、李毅士、司徒乔。这些艺术家基本都有留学海外的经历,西方绘画是他们写实观念和技法的主要来源,油画也成了写实绘画的典型画种。当这些艺术家回国后,运用在欧洲学习的技术,将油画这一新的画种用于对中国现实的反映,他们不同程度地带来了西画对中国的影响,也为油画这种材料成为中国艺术的一部分奠定了基础。写实主义以现实主义的精神对那些希望将艺术用于对现实的关怀的画家来说非常适用。同时,写实主义也是一种观察世界的方法,是主观主义艺术的基石,写实方法是画家需要掌握的基本技艺。以至于在当时,写实性的油画成为主张学习西方的年轻人所选择的艺术形式。在因缘际会下,写实主义在中国特定时期成为时代主潮是一种必然。

（二）新写实主义：现实与抗战的新方向

20 世纪 20 年代到 40 年代可谓新写实主义的时期。所谓"新写实主义",是指此时写实主义的样式移植,超越了艺术本身风格语言的范围,而与"艺术为人生"的观念相挂钩,与"救亡图存"的民众思想相呼应。但是"新"却并不意味着这种写实主义位居主流。实际状况是,20 世纪 40 年代的大多数写实绘画没有像木刻那样将艺术更多地与现实政治相联系,而是继续在艺术的领域中探索,即使如民族风情和日常生活的题材也不过是画家们一种趣味上的变化,以及对写实绘画语言的进一步发挥。即便如此,这种新变仍是可贵的,由此,写实主义在中国获得了更强大的刺激,其创作和接受的范围也迅速蔓延。这时期原有的写实主义画家,如李毅士、徐悲鸿等逐渐拓展新的创作样式,在历史典故神话中寻找新的创作灵感,形成一批具有象征意味的历史题材作品,以回应中国社会现实的特有情境。同时在中国西画界,还涌现出一批新起的写实主义画家,如吴作人、吕斯百、司徒乔、董希文等。他们关注现实,创作了一系列关注民生的社会题材作品,开始着手于"中国风"油画的探索实践。"30、40 年代中国油画在艺术思想、艺术趣味、艺术风格上发生的明显变化,使油画从外来的高雅艺术朝向表现现实的悲欢离合,联系普通中国人的本土艺术发展。从艺术与现实生活的关系而言,油画逐渐成为最贴近现实人生,最能寄寓政治、文化理想的画种。"① 徐悲鸿认为"在先已受欧洲写实主义刺激者,迨'九一八'直至与倭寇作战,此写实主义绘画作风,益为吾人之普遍要求","抗战使写实主义重新抬头"。② 由此可见,从 20 世纪 20 年代到 40 年代,西画在中国的传播逐渐趋于理性的"试验"意识,最终立足于本土文化情境,形成价值判断、语言借鉴与风格塑造。写实主义的样式移植便从参照西方文化的情境,转向关注中国文化的情境,开启了油画中国化的探索之路。③ 虽然这种民族化的探索尚在起始阶段,成绩欠丰厚,但毕竟是一个正确的新方向。

1. 徐悲鸿

当徐悲鸿于 1927 年秋回国时,国内的文艺风气已经朝着革命转向,这不能不对他发生影响。④ 徐悲鸿以大量杰出的素描和油画肖像奠定了在中国现代西画史上的地位,但是为他赢得巨大声誉的还是要数具有思想意义的绘画,如历史画《田横五百士》《傒我后》《愚公移山》《蔡公时被难图》,包括为一些抗战将士作的肖像画。

《田横五百士》这幅大型油画(宽 349 厘米,高 197 厘米,近 7 平方米)始作于 1928 年,历时两年完成,取材于《史记·田儋列传》,是中国油画中少有

---

① 李超:《中国早期油画史》,上海书画出版社 2004 年版,第 443 页。

② 徐悲鸿:《西洋美术对中国美术之影响》,载王震编:《徐悲鸿文集》,上海画报出版社 2005 年版,第 120 页。

③ 李超:《中国早期油画史》,上海书画出版社 2004 年版,第 414—421 页。

④ 当然,徐悲鸿历史题材油画的创作,其影响因素是多方面的,除现实环境激发外,法国学院派的训练方法也是一个重要因素,如他的老师弗拉孟、柯罗蒙都是杰出的历史题材绘画大师。徐悲鸿的历史画情结在他的弟子中也形成传承,如冯法祀《沫血》(1935,草图)、张安治《后羿射日》(1937)、吴作人《黄帝战蚩尤》(1942)。或者更确切地说,当时中国内忧外患的现实境况与法国学院派的历史画训练互相影响、互相激发,共同促成了中国写实主义历史画的独特景观。

的情节性绘画。徐悲鸿选取田横诀别五百壮士的场景,突出了他大义凛然的气节与英勇不屈的精神。画面表现了徐悲鸿在法国学院派画家达仰影响下对动作的强调。田横神情肃穆地向诸壮士抱拳道别,他身躯挺立,抱拳有力,眼神坚毅。他对面的诸壮士动作、表情各异,但都表现出对田横的无比信任和崇敬,他们起到了对田横进行陪衬、对比以及烘托悲壮气氛的作用。其横幅构图是老师柯罗蒙的典型构图风格,紧密的众多人物占据了画面大部分空间,形成一种紧张感。田横是画面中心(他大致位于画幅横向的黄金分割点上),其余壮士在他侧对面,形成了左右两个半面,左边人数多,但单个分量轻,右边仅有田横、马和一名马夫,人数虽少,但由于田横作为主人公分量最重,因此左右达到了总体平衡。在用色上,前景中心较为明亮,两侧逐渐暗去,并过渡到暗黑的树木和远方大地,唯有蓝的天空和白的云朵是亮色,并与前景的光线形成了呼应。前景的阳光照射不仅有利于人物立体造型,也为这个故事褪去了凄惨、恐怖之气,增加了悲壮、崇高之气。主人公田横以最醒目的红色象征崇高,其余壮士或蓝衣,或白衣,或黄衣,与田横的红衣形成互补和陪衬。画面层次过渡微妙自然,显示出落落大方的学院气派。在技术上,以严格的素描为基础,采用学院派的梅索尼埃(Jean-Louis-Emest Meissonier)、热罗姆的立体写实的造型方法,又融合了一些中国技法,是融合中西的艺术典范。

《田横五百士》是徐悲鸿的艺术主张最为重要的表现:历史画情结、道德立场、宏大叙事、古典趣味,而这些在 1928 年的《蔡公时被难图》中就有了显现。这幅画描绘的是"五卅惨案"中被日本军阀杀害的外交特派员蔡公时准备离开办公室的场景。这种历史画情结和道德立场来自欧洲绘画对徐悲鸿的影响(他的几位法国老师弗拉孟、柯罗蒙、达仰都是历史题材绘画大师),他因此认为,艺术应该秉承正义、道德、良知去反映现实。而这也正是他与蔡元培的艺术观相吻合的一面。通过《田横五百士》徐悲鸿再次表明,写实历史画是真正的艺术,写实绘画与真实、科学、历史有着深切的关联。洋溢在历史画中的是英雄主义的气节,蔡公时、田横及五百壮士自不待言,最有意思的是徐悲鸿把《田横五百士》中唯一的黄衣者描绘成自己的形象,以鲜亮的黄色与通透的红色形成对应,构成画面中心,这种设计应是对不畏强暴、追求正义的直接表达。徐悲鸿的历史画丰富了绘画的叙事性,在场面的选择上,遵从莱辛提出的原则,选择了最富于包蕴性的情节化瞬间,延展了画幅有限的空间,赋予绘画以想象性,使空间艺术向时间延展。徐悲鸿历史画的成功使中国油画在静物、人体、风景等客观题材之外,开拓了另一个新的领域。这个领域对内容意义的诉求、对重大题材的选择更加适合现代中国的历史与社会,也因此赋予油画在中国长远发展的动力,并成为后来写实主义油画的重要成就之一。

表明徐悲鸿与时代有着更紧密联系的为油画《放下你的鞭子》(1939)。《放下你的鞭子》最初是由田汉根据德国作家歌德的《威廉·迈斯特的学习时代》中的眉娘故事改编成的独幕剧,后由陈鲤庭及崔嵬等人集体改编成抗战街头剧,在国内外多地演出,影响广大。1939年徐悲鸿到新加坡为抗战卖画筹款,时值"中国救亡剧团"在当地演出街头剧《放下你的鞭子》,剧中的香姐由著名演员及画家好友王莹饰演。戏剧感动了徐悲鸿,激发他创作出艺术生涯中最重要的爱国题材油画巨作《放下你的鞭子》。

图1-4 徐悲鸿《放下你的鞭子》

徐悲鸿捕捉到王莹在剧中那"万花敢向雪中去,一树独先天下春"的风采,花了大约十天时间完成此接近真人比例的作品(高144厘米,宽90厘米)。画作独以香姐入画(未画其父),描绘香姐身穿白底蓝纹、上绘祥麟瑞凤图案的服装,手持红绸,翩跹起舞,周围观众扶老携幼,有人身着军装背着长枪,有人衣衫褴褛,神情都十分专注。油画将抗战时群众的生活及心理状态细腻地刻画了出来。在画面结构上,香姐占据了显要的前景位置,背景有透视深度,色彩以平实为主,同时以鲜艳的红色引人眼目,突出主题,形成层次感——人物面部的微红与绸子、腰带、鞋子的鲜红形成色彩的层次。此画的价值不仅仅在于绘画的艺术性,更在于题材、主题的时代意义和历史价值,因此成为这个时代具有代表性的文献,也成为徐悲鸿艺术生涯中最具感染力、宣传力和号召力的作品。

2. 其他画家

无独有偶,司徒乔几乎在同一时期也以《放下你的鞭子》(1940)为题创作了一幅油画。他选取父亲上前安慰女儿的情节,用粗放而流畅的笔触对人物作了入木三分的刻画,重点突出人物的精神状态:女儿的悲愤,父亲的悔恨。整个画面统一在沉郁的暖色调中,特别是香姐的形象,在红光的照射下显现为明亮的色调,十分醒目,成为画面的视角中心。同时,画面对深度、视觉和构图造型的处理也很高明。在场景处理中,画家减弱了物体的透视,在平面的背景上,只切入了半张桌子、一把二胡、一截竹竿和大半个锣鼓,简练地点明人物活动的环境,重点突出前景的人物。

《放下你的鞭子》使司徒乔闻名画坛,同时还反映出他的绘画特点与艺术观。就题材主题、艺术功能来看,《放下你的鞭子》是司徒乔一贯的社会苦难主题的自然发展,也鲜明地表现出司徒乔与当时众多画家的不同:以艺术为批判的武器。司徒乔贫寒的出身与艰辛的生活经历奠定了他平民主义的立场,即使后来欧风美雨的求学经历,也并未把他变成追慕时尚的前卫艺术家,而是促使他对西方写实绘画的方法论进行了深入思考。在艺术观上他始终把人道主义的立场与挣扎在生死存亡边缘的国家、民族紧密结合。因此当中国油画界的主要努力方向是在形式上追随西方,着笔于裸女、贵妇、风景、静物以及现代主义题材的时候,司徒乔却把其画面的景致锁定在民间疾苦的社会现实。鲁迅在《看司徒乔君的画》一文中说道:"他不管功课,不寻导师,以他自己的

图1-5 司徒乔《放下你的鞭子》

力,终日在画古庙,土山,破屋,穷人,乞丐……"①而这点正是鲁迅看重其画的一个原因。在司徒乔1926年6月于中央公园水榭举办的首次个人画展上,鲁迅花20元买去《五个警察与一个○》(素描)、《馒头店门前》(水彩)两幅画,前者描画警察的暴虐,后者描画穷人忍饥挨饿。《老百姓》(素描)是画家常画的人物肖像,画家塑造了一个穷人的典型形象:脸上深刻的皱纹、悲愤的眼神、粗糙干裂的手、竖立的头发,无疑是对黑暗社会的有力控诉。《饥饿》(粉画)、《父女》(水彩)、《义民图》(竹笔速写,长卷)皆是描画国统区人民水深火热的生活。

就艺术风格而言,徐悲鸿的《放下你的鞭子》具有古典式的优美,而司徒乔的《放下你的鞭子》则带有强烈的情绪表现,这种表现甚至重于描绘,画面富有戏剧性。整个画面浓重的色调既是人物悲愤情绪的表现,也是画家自身

① 鲁迅:《看司徒乔君的画》,载《鲁迅全集·三闲集》第4卷,人民文学出版社2005年版,第73页。

强烈情绪的表达。其实,在司徒乔的画笔下,无论是贫民、普通人肖像、废墟荒舍还是主题宣传画,都具有强烈的表现力、深切的情志和坚毅的意志力。因此,不同于吕斯百、吴作人等写实画家的内在性,司徒乔对现实的关注激情使他不执着于对象的物理特性,而重在画面中突出主观情感、情绪的表现。对于这点,徐悲鸿曾在1928年有着精到的评价:"司徒先生对色调之感觉,为当代最敏之人,又有灵知之笔,供其纵横驰骋,益以坚卓。"①鲁迅评说道"这抱着明丽之心的作者,怎样为人和天然的苦斗的古战场所惊,而自己也参加了战斗"②,道出了司徒乔具有意志力的坚韧性格与带有强烈情绪的绘画特色。何香凝评说他"所写旧日劳苦大众的形象,激愤、同情之心,溢于画面","他的画感情真挚、奔放……笔情恣纵,真情回荡"。③司徒乔在日记中也自道心曲:"我要在穷困中拒绝一切利诱……我要跑进他人的呼吸里,共分他们的气息。我要看清自己的周遭,向人类灵魂跑去。"如此的话语不禁让人想起七月诗人,他们高扬主观战斗精神的诗歌与司徒乔充满主观激情的写实主义绘画是否有着某种精神上的相通性?因此在技法上他也不拘泥于学院性的技术,而不乏自由的表现、个性的发挥,营造出刚健质朴的画风。司徒乔的油画是徐悲鸿写实主义思想的继承,更是其发展,以人道主义的同情关注社会,同时也萌发了20世纪三四十年代革命主题绘画的某些因素。

对现实与政治更加关心且有着自觉的革命意识的画家是唐一禾。这点在他对画材的选择上可见一斑。他曾拒绝为宋美龄画像,他说:"我的画是要传的,我画的人也应该要能传的。"④他画的能传的人物有《伤兵之友》(1939)、《女游击队员》(1941)、《村妇》(1943)、《穷人》(1943)、《田头送茶》(1944)。这些自由创作都带有主题性,以对社会底层的关注、对革命的敏感而具有积极

---

① 吕澎:《20世纪中国艺术史》上卷,北京大学出版社2007年版,第218页。
② 鲁迅:《看司徒乔君的画》,载《鲁迅全集·三闲集》第4卷,人民文学出版社2005年版,第74页。
③ 何香凝:《司徒乔画集·序》,人民美术出版社1980年版。
④ 陆定一:《唐一禾画集·序》,人民美术出版社1957年版。

的意义。虽然其中某些肖像画在艺术性上尚不完美,如《村妇》《穷人》因采用古典绘画的肖像技法,人物表现失却了写生的真实性、生动性而带有室内摆放的特征。但这些不成熟的案例却是油画民族化的一种历史文献,可为后来的画家们提供启示。① 唐一禾的艺术选择形塑于他的人生经历。他 1924 年进入北平美术专科学校学习,受到诗人闻一多的影响,培养了政治上的敏感性,在此期间创作了《铁狮子胡同惨案图》抨击军阀段祺瑞政府。后于 1927 年中断学业,回到武汉参加北伐革命军的政治宣传工作,画了很多宣传画,张贴在宣传列车上,随车分发,流动宣传。1930 年赴法师从当代画家劳伦斯学习油画,对学院写实绘画与素描很感兴趣,这期间也培养了古典主义的趣味。1934 年回国,在战争气氛日渐浓厚的情况下,创作了很多具有古典主义风格的抗日主题宣传画。如 1937—1938 年抗战时期,他组织、领导学生画了四十多幅一丈多高的巨幅抗日宣传画在武汉流动展出,其中大部分宣传画完全出自他的手笔,如《正义的战争》《还我河山》《敌军溃败丑态》《铲除汉奸》(今皆已不存,只留存目)。他还有一些计划尚未完成,如 1935—1936 年他准备创作一幅大型主题油画《伟大的行列》,并画了人民的速写作为素材。他还准备画抗战史画,在抗战胜利后创作八幅油画并初步拟定了题材内容。如果说司徒乔在艺术精神上联通了七月诗人,那么唐一禾则进一步在现实政治抉择上以画家兼艺术战士的身份走向了"战士诗人"的七月诗人。

使唐一禾留名艺术史册的是未完成的油画《七七的号角》。作为现存的抗日画稿,该画较好地融合了画家的艺术理想与政治诉求,吹响了"为祖国而歌"的"血誓"号角,是中国绘画走向政治宣传画的一种过渡。现存画稿是唐一禾于 1940 年为创作巨幅油画而制成的草图。尽管由于种种具体的原因,此画没有最终完成,但是,就遗存的草图来看,这仍算得上一幅反映抗战生活的佳作。在横幅的画面上,描绘了一个学生文艺宣传队走向街头进行抗日救亡

① 吕澎:《20 世纪中国艺术史》上卷,北京大学出版社 2007 年版,第 219 页。

宣传的情景。这种活动在大后方是随处可见的,也是唐一禾所任教的武昌艺术专科学校的师生经常举行的。画中的人物形象多以他的弟子和音乐系的学生为依据。由于有坚实的生活基础,且是有感而发,画中的人物既有个性特征,又揭示出那个时代热血青年的共同气质,队列的行进感和朴实无华的暖色调很好地表现了主题,产生了激励观众加入这抗日洪流中来的号召力。未完成的《七七的号角》(1940)和完成的《胜利与和平》(1942)形成了有意思的对比。尽管主题相同,但它们在观众中引起的反响却截然不同。《胜利与和平》描绘的是一个西式的胜利女神为一个中国男子加冠的情景,风格完全是欧洲古典主义,此画不管是选材、构图还是风格,都与中国现实格格不入,因此受到了批评。① 在西洋画中国化及文艺大众化②的进程中来看,不算成功的《胜利与和平》仍可作为画家在艺术之路上的一次不无益处的探索。《七七的号角》从日常生活中取材,采用未经夸张的写实手法表现不同阶层的人的觉醒,虽是未完成稿却成为唐一禾的代表作。这个对比至少说明了两点:其一,新艺术的引进需要考虑受众、时代和环境,只有找到二者的契合点,艺术才能在新环境中扎根、发芽。这是写实主义、现代主义在现代中国具有相反的命运的原因,也是大众主义在 20 世纪三四十年代风行一时的原因。其二,这反映出当时的一种观念:重要的是主题的表达,风格只是次要的因素。在中国特殊的时代环境下,画家关注的不是语言形式与风格特色,而是现实中的问题。这种目的性思维也是中国画家在引进西画时偏重于技术性的写实方法而忽视不同流派、思潮、画家的差异的原因。

　　和唐一禾一样,也是一位艺术战士的画家还有冯法祀,甚至可以说,他比

---

　　① 例如,朱金楼在《中央日报》上批评唐一禾的画就像"一篇欧洲中古骑士小说,确具西洋的'名画规模'。我们曾经主张目前中国画家应多作有关抗战的作品,但对这类作品的题材处理,不能不十分郑重,而事前一个作家对于现实摄取的正确和体验的深刻,尤其重要。即如唐先生笔下的'女战士'也就应该随便拉一个艺专女学生,全身披挂起来,便以为她真是'战士'了"。
　　② 西洋画中国化的实现是在艺术家们 20 世纪 40 年代走向西部的过程中,文艺大众化的实现则是延安文艺。

图1-6　唐一禾《七七的号角》

唐一禾更加"革命",是一位常青的"红色画家"。冯法祀在中央大学就读期间就倾向于进步活动,1935年参加"一二·九"学生运动,1936年参加中国共产党地下组织领导的"南京学联"。这些经历促使他1937年中央大学毕业后即背负画箱奔向延安,途中遇到红军(后改编为八路军),即被原总政治部留下从事抗日宣传工作。1938年参加"首都平津学生救亡宣传队团",不久参加第三厅美术科,创作大型水粉画《平型关大捷》及连环画、宣传招贴画多幅。后奔赴延安鲁迅艺术学院(以下简称"鲁艺")学习并毕业,1940年参加抗敌演剧队,辗转于桂、赣、黔、川数省,历时五年,作大批素描、速写、壁画,油画《靖西老妇》即作于这一时期。1948年加入中国共产党。这些不乏传奇色彩的红色经历在油画家中是绝少的,使他的人生历练、治艺养分及作品的现实深度与思想力量都超过了徐悲鸿的其他弟子如吴作人、吕斯百、张安治、艾中信、孙宗慰,也促成了他革命现实主义的艺术观。即使如徐悲鸿的历史画创作也只是演绎古典题材、以古喻今,而冯法祀的革命现实主义创作则直接显示了一种来自现实的真实的力量。因此冯法祀不仅在"徐悲鸿学派"中独树一帜,而且在中国现代油画史上也画出了独特的坐标。他的艺术与人生是画家兼战士的代表,比唐一禾还更加接近战士型的七月派诗人。

　　也正是基于上述原因，一提起冯法祀，除了想到他优秀的客观题材作品，如油画《雁荡山》(1936)、《颐和园》(1936)[①]，更多想起的是他那些具有革命现实主义倾向的作品，从 20 世纪 30 年代的《宣传》(1937，草稿)、40 年代的《开山》(1944)、《饿死的兵》(1943)、《捉虱子》(1948)、《演剧队的晨会》(1948)、《反饥饿反内战大游行》(1948)、矿工组画(1948)到 50 年代的《控诉会》(1950)、《刘胡兰就义》(1957)及 90 年代的《南京大屠杀》(1991，与学生申胜秋合作)，形成了一条清晰的发展脉络。

　　《捉虱子》的创作源自画家在中缅前线深入战壕的观察和速写。此油画是战争生活的生动记录，描绘了国民党军队士兵在前线战斗生活的一个侧面：艰苦的物质条件使士兵们骨瘦嶙峋，身上长满了虱子，他们利用战斗间隙在战壕里捕捉自己身上、战友身上的虱子，神情专注而略带苦涩。作品笔触简练、流畅、朴实，色彩真实、平实，作品风格写实又充满情感。《捉虱子》将国民党军队对士兵的不体恤与战友间朴素的关怀形成了对照，既符合了主题性绘画的意识形态需求，也表达了画家的人道主义情怀，是政治诉求与人

图 1-7　冯法祀《捉虱子》

---

　　① 　这两幅画深受徐悲鸿、吴作人的赞赏。吴作人一直将《雁荡山》挂在中央大学艺术系的办公室，从南京带到重庆，也照例挂在学校办公室。《雁荡山》于 1943 年在苏联参加中国艺术展览时，苏联评论家对作品在构图、色彩等方面所体现的中国画传统的特点与风格，给予了充分的肯定。

性化表达完美结合的佳构,受到闻一多先生的高度赞扬:油画《捉虱子》为抗战中难得的现实主义佳作。

大型主题性油画《反饥饿反内战大游行》反映的是1947年5月20日北平学生反饥饿反内战的游行示威活动。这是画家冒着极大的风险,根据自己的亲身经历,以许多真实人物为模特创作的。它记录了画家从事革命工作和进步创作的一段历史,也记载了国立北平艺术专科学校师生们(如教师冯法祀、李宗津等,学生侯一民、冯法祀夫人张云先等)满腔热血投入救国学生运动的一段历史,具有重大的思想意义。作品充满了行进中的力量感。

冯法祀选择用油画投身民族抗日救亡运动,用艺术来为民族抗战作贡献。他的现实主义主题性油画具有深刻的思想意义,充满了强烈的时代感和现实性,表现出强烈的爱国主义精神和民族责任感,弥补了油画创作在这方面的严重不足。在艺术上,坚持写实主义手法,追求坚实厚重的审美力量,下笔肯定有力,注重大体面的转折和大氛围的营造,不拘泥于细节,亦不流于浮华。1946年徐悲鸿在《民族艺术新型之剧宣四队》一文中,专就绘画部分评论道:"以急行军作法描写前后方之动人场面,题材新颖作法又深刻而后者尤为重要,如不深刻则失却最有价值之真实,将变为无意义。冯君能把握题材,写之极致,以绘画而论,可谓抗战中之珍贵收获也。"冯法祀明确的政治目的意识与左翼思想使他的主题性油画成为一种过渡,导向了革命现实主义绘画。也正是这点使冯法祀成为新中国成立前后徐悲鸿的艺术转型愿望的真正实现者。①

和唐一禾、冯法祀一样,参加了第三厅美术科的画家还有倪贻德、李可染、周多、段平右、王式廓、罗工柳、力群、赖少奇、王琦、丁正献、卢鸿基等。他们的

---

① 新中国成立前后,徐悲鸿对来自解放区的创作方法和风尚,表现出很大的兴趣。他说自己提倡写实主义二十多年,却从未走进大众,流露出改变自己艺术的愿望。他教导弟子们要跟随新时代新风尚,进行艺术转型,创作出反映现实的力作。但是这种转型对于徐悲鸿本人及大多数弟子来说实属艰难,甚至已不可能,而几乎只有冯法祀将学院派写实绘画与新现实、政治意图及个人表现结合得自然而完好。

主要工作是为武汉提供抗战形象方面的宣传,同时也由于快速的时间要求和材料上的匮乏,因此他们作了许多壁画或宣传画,这些作品直接成了宣传的武器。这些画虽然不是正宗的油画,但大多借用了西方写实绘画的方法,所以有学者认为,"目前流行的一般'宣传画'多为西洋画"①,也即当时提出的"西洋画中国化"——写实手法或形式加上抗战化的内容②。如他们中很多人本来就是西画家,常借用西画技法进行创作,如王式廓的《台儿庄大捷》《南口会战》、冯法祀的《平型关大捷》,因此这些画也可以看作西画的变体形式。

"战地写生团"也是画家们走进抗战的重要形式。1938 年 4 月,在徐悲鸿、田汉的支持下,吴作人与孙宗慰、陈晓南、林家旅、沙季同等中央大学艺术系师生组成"战地写生团"奔赴湖北、河南的前线阵地写生和收集素材,成为艺术接近抗战现实的典型例子。通过战地写生,吴作人画出了大量抗战作品:《前线兵营》(1938,炭笔)、《赴战前夕》(1938,炭笔)、《前线速写》(1938,炭笔)、《搜索》(1938,布面油画)、《重庆大轰炸》(1940,炭笔)、《不可毁灭的生命》(1940,炭笔)、《空袭下的母亲》(1941,炭笔)、《防空洞》(1942,布面油画)及《黄帝战蚩尤》(1942,布面油画)。在战争形势和不断扩大的左翼思想的影响下,写实主义画家们的艺术思想、创作题材、创作心态等都发生了明显的转变。例如,张充仁油画的艺术面貌在抗战前后就发生了显著变化,从风景、人体、肖像等客观性题材转向战事画等主题性绘画。1937 年后张充仁将画笔指向家国危亡的社会现实,创作了《恻隐之心》(1937)、《从废墟上建设起来》(1946)等作品。前者以上海淞沪抗战为背景,反映了上海市民积极救助前方战士的情景;后者反映了日本侵华战争对上海工业的破坏。朱屺瞻也创作了有关淞沪抗战的油画。此类抗战生活题材油画的出现,表明写实主义画家们在新的时代环境下,以新的题材和形式,努力走进生活,接近大众和主流。

---

① 洪毅然:《抗战绘画的"民族形式"之创造》,《战时后方画刊》第 14 期,1941 年 1 月 3 日。
② "西洋画中国化"及"中国画现代化"的提法均出自《中央日报》1940 年 5 月 25 日第 3 版。

以抗战为分界,诗歌绘画在题材、主题上的变迁也引起其他方面的改变,最突出的是风格由平实向崇高的转变。这在七月诗中有着突出的表现(如前文所述),而在绘画中也有着程度不同的体现。抗战以后,人们认为艺术家应将视野从"美丽柔和的风景静物"转向当前最大的现实——抗战,"以血泪画出我们的精忠报国图,以颜色绘出敌人的残暴行动,在抗战到底的国策下,完成我们唤起民众、共雪国仇的使命"。①"战争拒绝柔美,拒绝风雅和个人的感伤主义。在形式语言上,抗战美术排斥曲线美,也不推崇静态的表现,而是崇尚'力'与运动的表现,着意于对壮美和崇高的追求。……有'力'的'硬性'的作品,在内容上必须是战斗的、生活的,即要通过战斗的、生活的素材,去表现民族的意识和民族伟大的理想;在形式语言上应该是简洁的、朴素的、明朗的、动态的。黄蒙田说,抗战中的美术,不论绘画、雕塑还是其他门类,'必须是有一个总趋向的内容'。在表现方式上,则必须要有'雄伟、煽动、强烈的刺激的技巧'。"②由此,与战前学院写实主义以"写生"的方法观察、描绘对象,以达到表现视觉真实的目的所不同,抗战中的写实主义是以写实的态度和手法对待现实生活,"所采用的不是理想的、幻想的、夸大的题材,而是实实在在的现实生活的表现"。它力图如实表现现实并带着自己的情感积极参与其中,"在客观中加入主观,使事物得以强化地表现",并且它所强调的主观精神也已不再是个人主义的理想和情感,而是群众的理想和民族的爱憎。③由此可见,抗战后的写实主义已衍变成了现实主义,它已不仅仅是一种技法语言,而是形成了一种与学院写实主义迥异的美术观和创作模式,因此又被称为"新写实主义"。这种"新写实主义"与七月诗派的诸多主张有着相通之处,在此意义上,写实(现实)主义诗歌与绘画产生了共鸣。

---

① 星廊:《以艺术为武器》,《抗战画刊》1938 年 6 月。
② 黄宗贤:《抗日战争美术图史》,湖南美术出版社 2005 年版,第 147 页。
③ 倪贻德:《从战时绘画说到新写实主义》,《美术界》1939 年第 2 期。

（三）油画中国风：写实主义的新路

20 世纪 40 年代的油画在进行着中国风的探索，为画家们提供艺术发展的灵感与契机的是"走向西部"的经历，尤其是对敦煌艺术的临摹学习。常书鸿、吴作人、董希文、司徒乔、吕斯百等一批油画家，正是在这一特定时期走向西部边陲，感受民族文化精神，从敦煌艺术中吸取营养，尝试油画与中国传统绘画相融合。

1944 年常书鸿在敦煌已工作了一年，这时他创作的《临摹工作的开始》一画，显然受到了敦煌艺术的影响，桌布、花瓶与人物的正确透视关系在写实绘画意义上已不存在甚至被歪曲。作为背景的壁画、中景的人物以及前面的桌布共同构成了一个装饰性的平面。敦煌艺术与现代主义艺术在互证互释中共同推动着常书鸿的写实绘画语言实验。越到后来，他对色彩和笔触的使用越加自由和放纵，

图 1-8 常书鸿《临摹工作的开始》

以至于到了晚年已臻于色彩强烈、用笔粗放、油彩不经调和就直接涂抹在画布上的逸笔草草之境界，只有在尚且可以辨认的物象上觅得"写实"的痕迹。

走出都市、走向西部也成了吴作人艺术转折的契机，使他的油画在题材、形象、笔法及情绪上都发生了相应的变化，被认为是"民族化"的转变。在西北之行前，吴作人的油画风格保持了欧洲学院派传统：深晦的调子、严谨的造型、细腻的笔触，带有伦勃朗、哈尔斯、戈雅、维米尔等的影响。西北之行后，"中国伟大的西北与西部边地，少数民族的生活情况——那白山黑

水,广漠和草原,那朴实可爱而生活在原始形式中,几乎被人们遗忘了的人民和地区"①成了画家关注和表现的对象。《戈壁神水》《祭青海》《青海市场》《哈萨克》《玉树》和《高原傍晚》《喇嘛寺复道》及大批速写、水彩,荡涤了以前作品爱用的"纤柔的笔触和灰暗的色彩",代之以"热炽的色和简练的线""感伤过去了,潜隐变为开朗,静穆变为开始流动"。他"开始用浓郁的中国笔色来描绘中国的山川人物,这中间可以望见中国绘画气派的远景"。② 尤其是《乌拉——记1945年青海旅行时所见》(1945)和《藏女负水》(1946)影响甚大。西部的阳光和风情使画家抛弃了欧洲学院派深晦的色彩和凝重的调子,代之以强烈的色彩与明快的调子,减弱了对物理上的体积、重量等坚实造型的追求,代之以画面的整体气氛与格调。同时,他从敦煌壁画中学习造型手法,探索如何在油画中吸收中国传统写意艺术的表现手法,领悟到传统的线条和平面效果的重要性。③

图1-9 吴作人《藏女负水》

西部的经历对董希文油画的转型发生了重要影响。他于1942年10月在重庆完成的《苗女赶场》可谓转型的开端,此画无论在题材上、风格上、艺术语言上均显示出新的倾向。对于这幅以贵州少数民族日常生活情景为画题的油画,艾中信评说道:"苗女描绘得朴素而秀丽,皮肤的用色透明纯净,熟练地运用了西欧的传统

① 吴作人:《"七七"以来国统区的油画》,载《吴作人文选》,安徽美术出版社1988年版,第25页。

② 郑君里:《西北采画》,载李超:《中国早期油画史》,上海书画出版社2004年版,第441页。

③ 吕澎:《20世纪中国艺术史》上卷,北京大学出版社2007年版,第376—378页。

绘画技法。可是形象的刻画，包括服饰、道具和景物的处理，却部分地采用了中国传统绘画的线描。"①两年的贵州生活激活了董希文的民族艺术思维。1943 年 7 月，他前往敦煌临摹壁画，两年半的敦煌经历决定了他油画题材、风格、艺术语言的根本转变。《祁连放牧》（1943）、《戈壁驼影》（1947）、《哈萨克牧羊女》（1948）均以边塞风情区别于都市和西洋趣味。在《哈萨克牧羊女》里，画家已很纯熟地使用平面性的构图和概括的装饰性语言，线条在油画中的表现也运用自如，画家对使用油画材料来表现"中国风"有了进一步的自信。

司徒乔新疆写生作品《生命的奔腾》《哈萨克家庭》《新疆集体舞》《珠勒多斯草原》，色彩热烈明快，画风清新优美，树立了自己的油画风格。

作为南京中央大学徐悲鸿的学生，孙宗慰奉行写实主义油画，造型坚实，对色彩有特殊的敏感力。1940 年春，他作为学校派出

图 1-10　董希文《苗女赶场》

的助手，协助张大千临摹敦煌壁画，期间他又到青海等民族地区写生。之后他的绘画明显发生了变化，造型上带有传统绘画的印记，画面上开始出现单纯的线条和平涂的色彩，《蒙藏人民风俗》组画是这类作品的代表。

第二节　写实主义诗歌与绘画关系探微

以影响研究的视角考察写实主义诗歌与绘画发现，二者之间的直接关系很微弱，但间接的关系仍可发掘。作为中国现代史上最早开始的弃旧更新的

---

① 艾中信：《董希文的创作道路和艺术素养》，载《董希文画集》，人民美术出版社 1995 年版，第 1 页。

现代文化运动,文学革命对其他艺术领域的革新均形成了影响,绘画自然在列。英国学者苏立文指出,"由胡适 1917 年发起的白话文运动,从另外一方面对美术产生了强有力的刺激。……文学作品中作家对自我的发现是热情洋溢而真挚的,并很快感染到美术界。白话文运动的意义及其对其他艺术界的影响在于,虽然艺术界使用的某些形式和技术是从西方引进的,如油画和十四行诗,但它确是一场中国人的运动,表达的是纯粹的中国人的真实感情。"①胡适首倡的白话诗在形式上、精神上均影响了绘画。就诗歌形式而言,白话入诗的主张无疑为石破天惊之论,这种决绝的革新姿态为艺术家冲破中国画的藩篱、引进油画这种新材质树立了榜样。就诗歌精神上看,民主、自由、科学的文学精神也为油画的自由表达作出了启示。而新诗肇始期的白话诗是写实主义诗歌,同时写实主义油画也几乎是最早引入中国的西画,目前所知最早留学欧美学习油画的李铁夫便是学习的写实主义油画。因此在不严格的意义上可以认为,在新文化运动和五四运动时期,写实主义诗歌引动了写实主义绘画。

这种影响关系若凝聚到一个人身上,毫无疑问是陈独秀。他在文学和美术领域均较早树起革命大旗,并成为其变革的精神领袖。早在 1915 年 11 月陈独秀就向国内介绍了欧洲文艺思潮的发展历程,肯定了写实主义思潮的兴起是文艺发展的自然结果,是中国当前文艺发展的路向。1917 年 2 月,他直接树起了文学革命的大旗,提出了"写实文学"的主张。时隔不到一年,1918年 1 月他又借回复吕澂来信之机,发出了"美术革命"的号召。陈独秀的思想意识决定了他的文学观和美术观,而其文学观又影响了其美术观。

从影响研究的角度得出的结论是如此单薄、概括,不足以说明写实主义思潮下的诗歌与绘画的关联,假如换一个视角,以平行研究的类比、对比方法进行观照,结论就丰富得多了。下面便选取诗论画论、诗作画作、发展策略及遭遇的历史情境四方面进行比较,以期对写实主义诗歌绘画有更深入、全面的理解。

---

① [英]迈克尔·苏立文:《东西方艺术的交会》,赵潇译,上海人民出版社 2014 年版,第192 页。

一、 诗论画论：求同存异

作为两种不同语言形式的艺术，一是声音的、文字的抽象艺术，一是平面造型的具象艺术，诗歌与绘画的差异是绝对的、本质性的。但在更大的历史文化视阈的范围中来看，两者也并非不可沟通，它们之间存在一些相通性、相关性。在中国现代历史中来考察，救亡图存的时代背景使诗歌和绘画更多地走到了一起，其艺术精神上相通相融的一面盖过了以语言形式差异为核心的诸多不同，姑且称之为"求同存异"。

（一）不同的内涵侧重点

同为写实主义，但其内涵在诗歌领域与绘画领域却不尽相同：在诗歌中有一个从文学思潮到文学精神的转变过程，兼及创作方法；在绘画中则主要指艺术精神（观念）基础上的艺术风格与创作方法，次及美术思潮。

作为现代的产物，现实主义思潮是19世纪欧洲的一种文艺思潮，旨在反对浪漫主义。中国现代诗论的写实主义主要是对它的横向移植和改造，而不是传统精神与方法的自然延续。即是说，正是在外来思潮的激发下，中国诗歌结束了漫长的古典时期，开启了现代旅程，同时激活了与之有关的古典传统。因此，中国现代诗歌的现实主义品格与西方19世纪的现实主义思潮关系甚深。早在1915年，陈独秀在引入写实主义概念的时候就是基于思潮的层面。他首次对欧洲文艺思潮作了较为系统的介绍，依照进化论的观点看待从古典主义、浪漫主义到现实主义、自然主义的发展历程，并据此认为，中国古代文学属于古典主义和浪漫主义，现代文学将发展到写实主义阶段。但是，当西方思潮开启了现代诗论的写实主义之后，诗人们的关注点却更多转移到了写实主义的精神或思想层面，既抛弃了思潮本身，也对西方"写实"手法和艺术经验不够重视。例如，俞平伯、罗家伦、刘延陵均认为，诗歌之职在于忠实地表现、批评当下鲜活的人生，强调的是不隐讳、不作假、直面现实的文学精神。而对于创作方法,仅仅是模糊的"具体的做法而非抽象的做法"(胡适),也即简单的"白描"手法(胡适)。朱自清认为,"'具体的做法'不过用比喻说理,可还是缺少余香与回味的多。能够浑融些或精悍些的便好"。① 龙泉明曾论说"胡适及其他新诗开拓者们很少专门论及创作方法"。② 无论白描还是比喻,都更多来自中国传统经验而非西方理论。也许正是理论的薄弱,导致许多诗人空有满腔的热情和丰富的思想,却无法用完美的形式表达,造成写实派诗歌艺术的贫弱。

在绘画领域则是另一番景象。晚明之后的"西画东渐"带来了一种和中国传统迥然不同的绘画形式,国人在深感陌生和惊奇的时候,把最早的关注点集中在"画法"问题上,尤其是明暗和透视。"泰西绘具别传法",这种由西画早期的自然流入所带来的对形式语言的"采真",对写实技法的关注,对中国美术发展影响深远,在现代绘画中一直处于基础性地位。经过新文化运动和五四运动的洗礼,"写实"已与明清之际所惊异的"逼真"新画法,以及与对"彩色以油绘而成"的"写真传影"的材料性能的关注有着本质上的差异,它去除了"中体西用"的思想,有着从文化上革古更新的意义,"写实"已成为新文化的一部分,具有了精神层面上的意义。所以,此时的"写实"虽也强调艺术风格、创作方法,但已不仅仅是一种新画法、新材料,更主要的是一种新思想、新观念,即陈独秀所谓的"洋画写实的精神"。20 世纪 20 年代,大批留学欧美日的学生陆续返国,开启了对西方美术的自觉选择之旅。这时为早期"西画东渐"所忽略的绘画思潮、流派、风格的分野才有所彰显,但也只是停留在一般性的介绍上,尚未有更加深入细致的研究,显现出理论工作的薄弱。留学生们多数带回欧洲较近代的油画传统,如 19 世纪中期的写实派、近代的印象派以及更近的野兽派、立体派。虽然所受的西画派别影响不一,但多数人的理论和

---

① 朱自清:《中国新文学大系·诗集·导言》,上海良友图书印刷公司 1935 年版。
② 龙泉明:《文学研究会诗歌创作综论》,《华中理工大学学报》(社会科学版)1995 年第 4 期。

创作,对写实风格与技法的看重仍胜过对思潮的关注,因而大都倾向于选择人像、风景、静物的题材,运用以写实为主的技法,再加以一些较自由的笔法,开启了新的表现。① 徐悲鸿在法国师从学院派画家哥蒙和达仰,但其写实主义的观念却并非来自这两位绘画导师,而是源于康有为的改良思想。达仰对他最大的影响乃是方法。在《惑——致徐志摩书》里,徐悲鸿把不同派别、不同创作倾向、具有不同意义和地位的画家罗列在一起,依据的也是他们所共有的"写实"的基础方法。② 并且,他把自己所理解的科学方法总结为"新七法",作为写实主义的造型原则。此外,李铁夫、李毅士、冯钢百、颜文樑、吴作人、常书鸿、张充仁等人尽管所接受的师承和画派影响不同,但在肯定写实技术作为造型基础,作为在美术教育中的基本手段等方面是大体一致的。他们的油画大多属于欧洲古典与近代传统,也是以写实性为基本的主导技术规范。在写实主义领域之外,也有不少艺术家把写实技法作为绘画造型的基础。如主张表现主义的林风眠认为,应尽量吸收西画写实的新方法,作为绘画的基本训练,以为创造之基础。具有现代艺术倾向的陈抱一也主张,应从西洋绘画的写实传统和纯熟的写实技巧入手,去开拓新的艺术观念、艺术风格和艺术表现方法,而不是机械地对西方现代艺术流派作形式上的模仿。③

---

① 李铸晋、万青力:《中国现代绘画史》第二卷,浙江大学出版社 2012 年版,第 150 页。

② "如普吕动之高妙,安葛尔之华贵,特拉克罗利之壮丽,毕于维史之伟大,薄奈爱耐之坚卓敏锐,干连之漂渺虚和,达仰、白司姜勒班习及爱倍尔之精微幽深,谷洛之逸韵,倍难尔之浑博,薄特理之清雅,吕特之强,驼荡之雄,干尔波之能,米莱之苍莽沉寂,穆耐之奇变瑰丽。又沉着茂密如孤而倍,诙诡滑稽如陀绵,挥洒自如如穆落,便捷轻利之特茄史,神秘如穆罗,博精动物如排理。"徐悲鸿:《惑——致徐志摩书》,载王震、徐向阳编:《徐悲鸿艺术文集》,宁夏人民出版社 1994 年版,第 92—93 页。普吕动今译为普吕东,安葛尔今译为安格尔,特拉克罗利今译为德拉克罗瓦,毕于维史今译为夏凡纳,干连今译为卡里埃,白司姜勒班习今译为勒帕热,谷洛今译为科罗,吕特今译为吕德,驼荡今译为罗丹,干尔波今译为卡尔波,米莱今译为米勒,穆耐今译为莫奈,孤而倍今译为库尔贝,陀绵今译为杜米埃,特茄史今译为德加,穆罗今译为莫罗,排理今译为巴依。

③ 阮荣春、胡光华:《中华民国美术史》,四川美术出版社 1992 年版,第 173 页。

（二）相异的中国传统资源

上述诗论和画论中写实主义内涵的差异，与各自的传统资源有关。总体而论，民初的写实主义与晚清经世致用的实学思潮一脉相承，具体到不同的艺术领域，现实主义精神和写实主义方法在中国古典诗歌中源远流长，但在绘画中却比较稀薄。

就诗论来看，孔子以"兴观群怨"论诗，荀子提出"明道""致用"，王充认为文章"为世用"、刘勰作《文心雕龙》、白居易提出"文章合为时而著，歌诗合为事而作"，柳宗元提出"施之事实，以辅时及物为道"等，一脉相承的是都重视从文艺的认识功能和教育功能方面强调经世致用的价值，包含着直面现实、求真务实的现实主义文学精神。在创作中，自《国风》发端，经汉乐府到杜甫、白居易直到清代的《红楼梦》等小说，现实主义精神与如实描绘对象的写实手法也一脉相承。因此不少学者诗人认为现实主义是我国古代诗歌的主流。所以，虽然中国现代诗歌的写实主义主要是对外国思潮的模仿，但仍然有丰富的传统资源可资借鉴。或者也可以认为，西方写实主义文学思潮进入中国如此顺利，并迅速发展壮大，成为现代文学的主流，也正因为有着两千多年的现实主义传统作积淀，这是其他文学思潮所不可比拟的。如现代主义思潮在现代中国虽煊赫一时，但很快烟消云散，即在于当时的中国既没有接受现代主义的现实条件，也缺乏其历史传统。

绘画领域则不然。从绘画的自觉时代六朝开始，正视现实的创作精神与如实描写的写实手法就不是我国绘画的主流。从写实精神看，像《清明上河图》这种反映普通现实生活的绘画可谓凤毛麟角，有的也是如《韩熙载夜宴图》此类反映贵族生活的绘画。从绘画史来看，西方写实观念与手段从文艺复兴到印象派之前一直占统治地位，而传统中国画的"写形"①在宋代辉煌一

① 中国传统画论中没有"写实"这个概念，但有类似写实的思想，如宗炳《画山水序》中有"以形写形，以色貌色"一说，谢赫"六法"中有"应物象形"一法，顾恺之在《魏晋胜流画赞》中提出"以形写神"的主张。因此，当谈论中国传统绘画"写实"问题的时候，均采宗炳之说，称为"写形"。

时后便走向没落,取而代之的是写意文人画。并且中国画的写形也与西方的写实大相径庭,如前者为平面化的表现,而后者创造的是三维空间的逼真幻觉。从写实观念看,西方写实是以焦点透视法的科学理性精神为依托,中国传统绘画则以"步步移""面面观"等散点透视法则为根据,呈现在画面上的是对多次观察的综合。就技法而言,西方古典油画以焦点透视、明暗块面、解剖、光学等科学手段对自然进行摹仿,传统中国画的写形则通过以大观小、线描等笔墨形式描绘自然。因此,用西方观点看中国的写形已经脱离了"真实"而表现出较强的主观性。就审美风格而言,中国画形成了"写意"的大传统,在此传统之下,即使工笔花鸟人物在单个形体上近于"逼真",但在画面整体意境上仍属于写意,如背景的主观化构造与写意笔法。总体上看,中国画走的是一条与现实相疏离的道路,表达的是理想而非现实。即使带有写实性的工笔画表现的也是理想化的对象,舍弃了光影明暗等考虑,表现的是"一般"而非西画的"特殊"与"此在"。在写意的大背景下,写实主义的西方绘画在明清之际初入中国时才会产生如此大的震动,写实的画法也自然成了国人长期关注的焦点,以致不同思潮、流派的差异均不同程度地被抹杀了。中国现代写实绘画无法从传统中吸收到充足的养分,借鉴异域经验便成了主要的途径,在这点上与现代诗歌中外兼收、古今并取的姿态形成了区别。

以上差异是诗歌、绘画两种形式语言的历史际遇与当代情境,而一旦遭遇20世纪之交的具体历史,一道压倒性的光芒遮蔽了所有差异,将不同的学科纳入同样的历史浪潮,显示出前所未有的共性,这道光芒就是启蒙与救亡。

(三)均主张艺术的社会功能观

民族、国家诉求是提倡写实主义的深层动因,改造、变革社会是其旨归。在民族危亡的特殊时代背景下,中国现代文学与美术的发展都不纯粹是文学、美术学科内部的问题,而是和"救亡"与"启蒙"、"改良"与"革命"等政治、社会命题紧密关联。因此,提倡写实主义者也可以分为两类:政治家、思想家,诗人、画家。前者站在时代前沿,他们的思想往往对中国文学、美术的走向起着决定性作用,比如康有为与陈独秀;后者更着眼于诗歌、绘画的本体层面,将写实主义的吁求落实到创作中。

康、陈二人都不是文学家、画家,但都很关注艺术的发展。康有为提出了"中国画改良论",在《万木草堂藏画目序》中系统地阐述了他关于中国画变革的主张。这些主张不是纯粹的美术命题,而是他的政治理想的延伸,两者具有同样的逻辑思路。康有为的政治思路是:找出欧美走向富强的根源,然后在中国传统中发掘出对应物,参酌西法加以改良,使之能够适应并推动当代社会的发展。这是一种新的中体西用论,既坚守中国的根本,也吸纳西方的某些精神,因此既不同于张之洞等只推崇西方文明的物质方面而否定其精神方面,也不同于陈独秀等全盘西化论者对中国传统的彻底否弃。在此思路下,康有为从西方宗教改革得到启发,欲把孔教定为中国国教以拯救国家。在美术领域,他游历欧洲,对拉斐尔的绘画推崇备至,并得出"一画师为世重如此"的身份政治判断,由此发现意大利绘画与国家复兴之间具有关系,进而在中国传统中找出形神兼备的宋代院画与之对应,摒弃荒率写意的文人画而改立写形的唐宋院画为正宗,推进他"以复古为更新"的思想。

作为新文化运动的发难者,陈独秀的文学观和美术观都服膺于他激烈的反传统思想。像当时大多数知识人一样,陈独秀信服进化论,把社会达尔文主义作为理论基石,认为孔学已成了束缚社会进步的羁绊,必须彻底摧毁,而代之以先进的西方科学、民主精神,体现出一个职业革命家彻底的、坚决的、不妥协的精神气质。在文学领域,陈独秀发出"文学革命"的号召,在美术领域则直接发出"美术革命"的呼声,并具化为革"王画"的命。他认为,应摒除那种"与吾阿谀夸张虚伪迂阔之国民性互为因果"的旧文学,"实写今日社会之情状",[1]"文学家必用写实主义,才能够采古人的技术,发挥自己的天才,作自己

---

① 陈独秀:《文学革命论》,《新青年》第 2 卷第 6 号,1917 年 2 月 1 日。

的文章,不是抄古人的文章"。在绘画上,"王画"代表的笔墨程式就像儒家的"三纲五常"一样,是僵死的教条,束缚画家的创造性,脱离社会,是应该被"打倒"的"偶像"。而西方写实绘画来自自然,反映现实生活,"画家也必须用写实主义,才能够发挥自己的天才,画自己的画,不落古人的窠臼"。[1] 写实主义包含科学的精神,具有塑造新国民的因素,因而值得提倡,他突出强调的是文学美术与国民性互相塑造的关系。可见,陈独秀对旧文学、文人画的恶评,对西方写实主义文学和绘画的提倡都出于他变革社会的根本意图。上述思想家、社会革命家的思想观念直接影响到社会风气的形成与艺术界的选择。

选择写实主义的诗人们纷纷抛弃了纯艺术观,加强了诗歌的社会意识,对诗歌的社会功能进行自觉的思考,把诗歌与改造国民性、改造社会的目标相联系。在绘画领域,艺术家们引入西方古典绘画中的写实风格,并将其与救亡图存的社会功能加以联系,呈现"主动误取"的特有格局。正是这种自觉的历史使命感,使一些倾心于浪漫主义、现代主义的文艺家最终仍选择了写实主义。例如鲁迅欣赏安特莱夫作品中那种"象征印象气息",在他的诗歌《爱之神》《桃花》中也表露出浪漫主义的气息。茅盾也并不认为写实主义是最好的创作方法,且多次指出写实主义、自然主义的弊端,他认为"今后的新文学运动是新浪漫的文学"。诸多初期白话诗作者也不自主地在诗作中表达过浪漫情怀,如胡适的《鸽子》《乐观》、刘半农的《铁匠》。但在理论上他们都主张写实主义,在创作中也有意识地运用写实主义,他们的创作无论是小说还是诗歌,都无不以现实主义为主流。[2] 吕斯百曾对塞尚感兴趣,他的某些作品也留有塞尚的影响,如参加 1934 年巴黎春季沙龙的《水果》(1931),同样参展的《野味》(1931)则表现出夏尔丹的影响,但他的油画主导风格无疑是写实主义的。这预示着,当诗人画家的心性所向与民族道义、国家责任发生矛盾时,虽然他们内心纠结、痛苦,但最终选择了后者,以宏大主题掩盖了个人追求,他们并非

---

[1] 陈独秀:《美术革命》,《新青年》第 6 卷第 1 号,1918 年 1 月 15 日。

[2] 温儒敏:《新文学现实主义的流变》,北京大学出版社 1988 年版,第 13 页。

想以写实主义"去创最高格的文学"①艺术,只是自觉服膺于民族国家需求与社会良知。但同时艺术趣味并不因此而消泯,它时而会泛起,成为丰富写实主义的因素。由此也可见,写实主义亦不是封闭的系统,具有开放性和兼容性,可以吸纳其他成分以丰富自身。这也是写实主义在中国现代诗歌、绘画史上长盛不衰并不断变换面貌的一个原因。

同时有一个有意思的现象:在20世纪20年代,无论是在诗歌领域还是绘画领域,持写实主义观的文学艺术家都并未占很大比例。"当各种主义和流派进入中国之时,现实主义只是其中的一派,而且并没有太多的作家自称是现实主义或者信奉现实主义,这种情况差不多持续到20世纪30年代。在这一时期,也很少人把现实主义看作是唯一的方法或主流。"②在油画领域,这时真正立足于写实主义的画家也并不是主流。但写实主义却在历史上得到了很高的评价,这应当是和写实主义诗歌、绘画对历史使命感和社会责任感的承担有关。

作为近现代最早进入诗论与画论的新思想,写实主义的倡扬带有以民族国家、时代社会为主导的创作良知和责任意识,它与诗歌、绘画相结合,成为当时方兴未艾的多种救国思潮之一。这是在西方价值观的冲击下,中国先进的知识分子仓促应战、主动思考的一种应对之策。其中与社会现实关系较近的政治家、思想家的言论往往激越甚至偏激。也许这是面对积重难返的现实沉疴不得已而为之的权宜之计,以"过正"达至"矫枉"的目的。但他们过激的言论对中国诗歌、绘画所产生的不良后果也是不容忽视的,如陈独秀的革命论发展为整体性的对中国传统文学与文人画的批判,造成中国传统诗学画学的式微乃至断裂。比较而言,身为艺术家的诗人、画家们的言论更为温和,持论也更多从艺术内部出发,因而更具有可行性,所产生的效果及影响也更持久。

---

① 沈雁冰:《茅盾全集》第18卷,人民文学出版社1989年版,第38页。
② 殷国明:《再论中国新文学中的"现实主义情结"》,《文艺理论研究》1994年第6期。

（四）均以艺术精神为过渡

上述政治家、艺术家在诗歌、绘画中高扬写实主义，虽都出于对救亡图存的历史使命感和艺术的社会功能的认同，却并不像 20 世纪 30 年代的革命诗歌、宣传画那样使人感觉峻急、突兀、生硬，一个重要原因即是对艺术精神的重视。他们以艺术精神为跳板，途经思想革命的桥梁，连接起诗歌、绘画的形式语言与社会功能，其逻辑思路是：艺术的形式语言载体的变更，可以引起艺术精神的变更，艺术精神的变更又可以促使主体思想观念的变更，由人的改造进而实现社会改造的目的。

晚清梁启超等人掀起的"诗界革命""小说界革命""文界革命"也不是纯粹的文学改良，而是其维新政治的文化举措。由于梁启超直接把文学改良嫁接到政治改革上，中间缺少必要的过渡，难以使人信服，所以虽然初期煊赫一时，但很快烟消云散，对政治、社会、文学的影响也微乎其微。"五四"时期的文学艺术变革则在一定程度上克服了这个弊病，新文化运动为之提供了必要的思想启蒙。"五四"的诗人画家们一般不再把文学艺术直接当作政治的工具，即使要通过文学艺术走向政治，中间也经过了思想革新的桥梁。在他们眼里，写实主义对现实的如实描摹、真切反映不仅仅是一种技法，如文学中的白描、绘画中的写生，可以矫正逸笔草草、"简率荒略"（康有为）之弊端，更是一种正视现实的人生态度，可以让人"睁开眼睛来看世界的真实现状"，要"肯说老实话"，"把社会种种腐败龌龊的实在情形写出来叫大家仔细看"，[①]可以纠正"瞒"和"骗"的文艺，"真诚地，深入地，大胆地看取人生并且写出他的血和肉来"，[②]可以纠正传统绘画的摹仿、抄袭、陈陈相因及"毫不经心之习"（蔡元培语），"治疗空洞浮泛之病"（徐悲鸿语），"挽今日浮华颓败之恶风"（陈独秀语）。早在 1855 年，批评家德努耶（Fernand Desnoyers）即在《艺术家》杂志撰

---

① 胡适：《易卜生主义》，《新青年》第 4 卷第 6 号，1918 年 6 月 15 日。
② 鲁迅：《论睁了眼看》，载《鲁迅全集·坟》第 1 卷，人民文学出版社 2005 年版，第 255 页。

文呼应普朗什的写实主义主张:"'写实主义'一词,用于将真诚、明察秋毫的艺术家与那些继续以有色眼镜观察事物者区别开来。"1856 年,迪朗蒂进一步阐述道,"写实主义合理地主张真诚和刻苦工作,反对假内行和惰性……以便唤醒人们的心灵,热爱真理","写实主义意味着坦诚和完全的个性表现,它是对传统惯例、模仿和任何种类的画派的抨击"。① 中国的文学艺术家们也认为,写实主义对现实的忠实反映,有利于培养直面现实的精神、诚实认真的态度、不虚夸不伪饰的姿态以及民主的精神,这是塑造新时代新国民的要求,对于矫正传统因袭模仿、恪守程式、封闭固化的弊端具有积极的作用。由此,写实主义已越出了艺术的范畴,与重塑国民精神、重建中国文化的宏大主题联系了起来。一个艺术概念通过主体精神的塑造,通向了国民性改造的大话题,从而间接地作用于政治,发挥了艺术的"无用之用"。

(五)均以科学主义为思想风气的背景

在 20 世纪初期,写实主义能够成为文化人首先关注和引进的对象,与新文化运动所高举的"科学"和"民主"两大旗帜息息相关。作为一个外来词,科学指的是西方近代发展起来的一种以认识自然为目的,以揭示自然的本质和内在规律为任务的思想系统。科学的客观性、唯物论以及对外在世界的认识功能成为写实主义的思想基础,写实主义所强调的模拟、逼真、再现无不以科学精神为根基。独倡写实绘画的徐悲鸿认为,写实绘画是基于一种观察世界的方法,"艺术家应与科学家同样有求真的精神"②。蔡元培则直接呼吁:"用科学方法以入美术。"③

具体而言,科学观中的进化论成为写实主义的指导原则。达尔文的生物进化学说是 19 世纪最有影响力的学说之一,斯宾塞将进化论的一般原理引入

---

① 转引自曹意强:《写实主义的概念与历史》,《文艺研究》2006 年第 7 期。
② 徐悲鸿:《当前中国之艺术问题》,天津《益事报》1947 年 11 月 28 日。
③ 蔡元培:《在北大画法研究会上的演说》,《绘学杂志》第 1 期第 6 号,1920 年。

人类社会和历史领域,形成社会达尔文主义。赫胥黎在《进化论与伦理学》中讨论了进化在什么样的控制下可以避免道德退化和社会崩溃。严复于1898年把赫胥黎的著作翻译成《天演论》,对中国自古以来的历史循环论形成冲击,使中国新知识分子豁然开朗,忽然明白了中国近代落后的原因:物竞天择,于是纷纷成为进化论的信徒。五四文学革命和诗歌革命便受到了进化论思想的催化与促动。胡适依据进化论思想,提出"一时代有一时代之文学"的"历史的文学观念",肯定五四文学革命势在必行。诸多文学家也基于进化的眼光来提倡写实主义。茅盾认为,"西洋的小说已经由浪漫主义(Romanticism)进而为写实主义(Realism)、表象主义(Symbolism)、新浪漫主义(New Romanticism),我国却还是停留在写实以前,这个又显然是步人后尘",但是"其间进化的次序不是一步可以上天的",所以还是应该"尽量把写实派自然派的文艺先行介绍"①。上文所述,一些新文学家、画家虽然在艺术趣味上青睐于浪漫主义、现代主义,但从理性考虑都强调写实主义以适应思想革命的要求,这种矛盾现象的根本动因在于救亡图存的现实需要,而其理论根基即在于进化论。作为一种认识论和方法论,进化论自有它的局限性,但在当时却不失为一种先进的科学武器,为中国新知识分子提供了变革社会的动力与方法。

不仅如此,科学还在思想革命的意义上与写实主义不谋而合。作为对中世纪神学的反对,科学建立了全新的世界观、认识论和价值论,推动了欧洲社会从中世纪到近现代的历史转型,某种程度上成为先进的代名词。我国正是在社会变革的意义上接受西方科学观的。例如,我国科学主义的首倡者之一陈独秀即把科学观与民主观紧密联系:"要拥护那德先生,便不得不反对孔教、礼法、贞节、旧伦理、旧政治。要拥护那赛先生,便不得不反对旧艺术、旧宗教。要拥护德先生又要拥护赛先生,便不得不反对国粹和旧文学。"②陈独秀把"科学"与"旧艺术"相对立,暗指"科学"与"新艺术"相应和。在他的逻辑

---

① 沈雁冰:《小说新潮栏宣言》,《小说月报》第11卷第1号,1920年1月25日。
② 陈独秀:《〈新青年〉罪案之答辩书》,《新青年》第6卷第1号,1919年1月15日。

中,"科学"与"旧宗教"的"儒教""佛教""道教"是彻底决裂的,"民主"也与"孔教"为核心的"礼法""贞节""旧伦理""旧政治"相对立,因而"科学"和"民主"殊途同归,都成为反封建反传统的利器。而"写实主义本身就是艺术领域的民主运动,库尔贝对普鲁东的认同,例如他将普鲁东放置在一个普通的生活环境中加以描绘的态度,构成了对人们习惯了的崇高与非同凡响这类特质的放弃"①。在陈独秀这里,科学、民主、写实达到了统一,归附于启蒙与救亡的大旗下。在因缘际会下,科学观成为"五四"时期最为时兴的思想,人们企图"用科学洗礼中国一切底学问"②,甚至出现了对科学的某种程度的迷信,成为文艺界写实主义兴起的强大时代背景。

二、 诗作画作:异同交错

理论规约创作,创作反哺理论。对写实主义内涵理解的差异导致创作分道扬镳。在理论上,写实主义在诗歌中强调艺术精神,忽视写作技巧,而在绘画中则刚好相反,突出创作方法和技巧,看轻内容和题材。表现在创作中,写实主义诗歌更具有历史使命意识和家国情怀,更富有现实针对性和社会功能性,在题材选择上多是时代、社会、人生,而写实主义绘画则更偏向于艺术探索,题材多是风景、静物、人物,由此显示出两者不同的价值定位和艺术追求。

写实主义在初期白话诗的题材选择上多为暴露社会黑暗,揭露贫富悬殊,同情底层民众,控诉军阀统治,反抗封建礼教;赞美下层民众,歌颂"劳工神圣";表达个性解放、人格独立的"五四"新思想;描写自然风景。总体而言,是以直面现实的精神,抒写自己对社会人生的真实感受。这些题材具有反帝反封建、提倡新思想的意义,直接反映了当时的时代精神,也可谓以特殊的形式参与社会革命,在诗歌领域具有先锋性的意义。这些题材对于清末陈陈相因、僵化腐朽的旧体诗来说具有革命性的意义,也在继起的文研会写实派诗歌中

---

① 吕澎:《20世纪中国艺术史》上卷,北京大学出版社 2007 年版,第 222 页。
② 林毓生:《中国传统的创造性转化》,生活・读书・新知三联书店 1988 年版,第 193 页。

得到了继承和深化。在明确的"为人生"的文学宗旨下,文研会写实派诗歌把诗歌的形式表达、感性形象与理性认识的融合推进到一个新的阶段,以对现实的批判与反抗、对理想的追寻、对心灵的探索以及对自然的歌吟、对情志的寄托深化了诗歌的社会价值与美学价值。由上可见,写实主义诗歌一开始便否弃了纯艺术观,张扬诗歌的社会性与功利性,注重内容意义,歌吟现实人生,具有自觉的历史使命感与社会责任感,在主题题材、内容意义、语言形式等方面推进了中国诗歌的现代化。

　　作为社会变革的积极参与者与推动者,写实主义诗歌随着时代的发展走向革命,成为革命的尖兵是顺理成章的事情。于是在全民抗战的硝烟炮火中诞生了一个特殊的写实主义诗派——七月诗派。至此,写实主义完成了向现实主义的蜕变,成为名副其实的现实主义流派。七月诗派随着战争一起成长,它以精英化的姿态审视、思考、参与战争,紧密地和时代、革命、战争"拥抱",在新诗史上树立了一道新的界碑。它继承了新诗肇始即确立的现实主义传统,把政治抒情诗、中国诗歌会倡导的革命现实主义发展到更加成熟的阶段。作为该派的理论先导,胡风提出"主观突进客观"的高扬主体的现实主义,成为七月诗派在诗歌理论上的主要贡献。"主观战斗精神"是胡风诗论的精髓,也是其对革命现实主义理论的贡献。胡风认为,"在现实生活上,对于客观事物的理解和发现需要主观精神的突击;在诗的创造过程上,客观事物只有通过主观精神的燃烧才能够使杂质成灰,使精英更亮,而凝成浑然的艺术生命"。该理论强调客观现实和诗人主观感情的融合、统一,认为这样才可以避免"没有能够体现客观的主观","热情离开了生活内容",把哭泣或狂叫"照直吐在纸上"的主观主义,也才可以避免"生活形象吞没了思想内容,奴从地对待现实,离开了主观的客观",进而有助于现实主义诗歌克服公式化、概念化、标语口号的倾向,达到感觉、意象、思想、情绪的充实饱满。

　　中国现代绘画中的写实主义则是从艺术材质、观念、技法的探索开始,注重形式探索,它与现实的距离始终较远。其绘画题材主要是风景、静物、人物,直接描绘现实乃至抗战的写实油画始终不是主流,并且走向现实、革命的步伐也非常缓慢而慎重。写实主义大家徐悲鸿即是一个例子。他虽然创作了《田横五百士》这类借古喻今的历史画,《放下你的鞭子》这种抗战题材的油画,但毕竟是采用历史画、人物画等较为隐晦的方式。他的绝大多数创作是和抗战无关的。他最关心的始终是艺术而非绘画的内容、意义等,他对画作的评价也总是艺术优先。即使抗战处于僵持阶段,他仍这样认为:"我只求画中人身体上那几个部门活动,颇不注意他的社会阶级。有许多革命画家,虽刊画了种种被压迫的人们,改变了画风,但往往在艺术本身,无何等贡献。"①他在评论解放区木刻的时候,在意的也是写实的技法而非画面的内容意义,恰好与解放区主流意识的评价相反。徐悲鸿的学生吴作人亦如其师,在 1937 年 4 月,他还冷静地分析艺术的表现不必受题材的局限:"所有一切,能看到的,能感受到的,都是艺术表现的题材。重要艺术家有了充分的心灵和技巧的修养,到处都能流露出时代的呼声。所以真正民族的或时代的产品并不是表面的题材或故事,都是艺术品内在的生命;色彩、笔调、动态或者是表情,这都是艺术品最有力量的表白。"②即使在抗战的僵持阶段,吴作人仍坚持着早年蔡元培、林风眠、林文铮等人的艺术观,主张艺术的社会性而非直接的功利性:"艺术使我们奋发,艺术使我们感叹,艺术使我们疲乏的精神振作,艺术使我们勇往直前,在这共同反应之下,我们共同的情感就集合起来而发生无可阻挠的力量。"③常书鸿对于将艺术用于政治日的持否定态度,对于艺术为政党的政治宣传服务非常反感,因此 20 世纪 40 年代拒绝了去国民党党史办公室执行党史图画绘制的任务。李瑞年在抗战期间仍感兴趣于自然主义的风景画,而没有致力于前线的抗战宣传。

---

① 王震、徐伯阳编:《徐悲鸿文集》,宁夏人民出版社 1994 年版,第 430 页。
② 吴作人:《中国新兴艺术之动向》,载《吴作人文选》,安徽美术出版社 1988 年版,第 13 页。
③ 吴作人:《我们需要艺术》,载《吴作人文选》,安徽美术出版社 1988 年版,第 16 页。

前述差异体现出写实主义在诗歌、绘画领域中推动中国文艺现代化的不同之路：在诗歌中以白话形式打头阵，以相应的思想内容垫其后，两者互相支持、相融为一，取代古典诗歌而推动中国诗歌现代化；而在绘画领域，西画对中国绘画现代化的首要贡献即是油画这种新材质的引进，在于创造"逼真"效果的写实性技法，内容的现实性与革命性几乎位居末尾。正如有学者指出，在中国的特定情境下，油画转化为写实的新文化因素，在当时具有"图其体式"的启蒙意义而受到普及化的推广。① 这也同时反映出诗歌、绘画对启蒙、救亡的不同理解：诗歌以思想意义为革新的武器，绘画则以体式的变革为手段。正因为如此，诗歌、绘画对时代的反应速度、敏锐度、紧密度截然不同。大体而言，诗歌"先"于绘画，"高"于绘画，且"敏"于绘画，如 20 世纪 20 年代中期，当诗歌已经开始向"左"转时，油画尚处于习作性的静物、风景、人物等客观性题材的创作阶段。因而在文艺发展史上，诗歌往往充当了排头兵的角色，对绘画形成某种引领，这在政治性、革命化的大众文艺中尤为突出。

但是，不管怎样，油画从前期纯粹的风景、静物、人物等客观性题材探索发展出描绘社会现实与革命主题的一支，毕竟是一种新的有益的动向。这表明中国现代油画逐渐走出对欧洲油画的一味模仿，更大程度地融入中国情境，开始探索民族化之路。同时抗战现实主义以较学院写实主义更深入、更真切地对社会的参与更加符合"文艺服务于大众"、服务于民族战争的特殊时代要求，并由此获得更加广阔的发展空间。写实油画中这种并非主流的发展趋势，与诗歌中从社会写生到七月诗派为战斗而歌的发展趋势可对勘而观。它表明，在时代环境的刺激下，诗歌与绘画在主题、风格、艺术功能等方面不乏从分野走向接近，从写实主义走向现实主义的共同趋向。在此过程中，不同的艺术家焕发出相同的历史使命感与民族国家意识，不同的艺术形式也映射出革命现实主义的影子。

---

① 李超：《中国早期油画史》，上海书画出版社 2004 年版，第 414 页。

三、 发展策略：兼容并包

现代写实主义诗歌与绘画自 20 世纪初诞生以来，一直不断往前发展，在特殊的时代背景下成为主流甚至取得独尊的地位，显示出旺盛的生命力，除了外在社会环境的促动外，自身的艺术探索也是一个重要的缘由。诗人、画家们对写实主义的观念、技法、风格进行了多样的探索，不断借鉴其他思潮之所长，使写实主义表现出开放的姿态与兼容并包的精神，获得了更加阔大的发展空间。即使就思想界来看，对中国美术发展影响甚巨的蔡元培也没有独尊写实主义，他既支持徐悲鸿，也对现代主义倾向的林风眠大为赞赏与大力支持，表现出开放的眼光与多元化的精神。①

（一）写实诗歌：受现代诗艺滋养

诗歌在从写实主义向现实主义发展的过程中，没有固守"写实"一途，而是以开放的姿态借鉴其他艺术观念与方法，不断丰富自身的诗艺。"在这一时期，也很少人把现实主义看作是唯一的方法或主流。"②这种开放性是写实主义能够在 20 世纪 20 年代和浪漫主义的竞争中，在 30 年代和现代主义的较量中不被淘汰，以至于到 40 年代成为主流的一个重要原因。

初期白话诗给人的印象是"作诗如说话"，其实这只是事情的一个方面。胡适还认为寄托诗要能"言近而旨远"，在表现人人可懂的文字的事实中，可以"寻出一个寄托的深意"。俞平伯认为，作诗"最怕平铺直叙没有包含"，并将"象征派"与近代的"写实派"一视同仁地看待而不加拒斥。康白情主张新诗"遣词要质朴而命意要含蓄"，使人读了产生"言有尽而意无穷"的美感，甚至认为如果能产生美感作用，即使"因想像而涉于神秘"也是可以的。刘半农

---

① "即便是蔡元培提倡的写实，也没有像徐悲鸿那样否决西方的现代主义。"参见吕澎：《20 世纪中国艺术史》上卷，北京大学出版社 2007 年版，第 210 页。

② 殷国明：《再论中国新文学中的"现实主义情结"》，《文艺理论研究》1994 年第 6 期。

对"不可懂"的诗也抱着宽容态度。这些主张体现了开拓期写实主义诗论的开放性和丰富性,是对胡适"明白清楚"原则的突破和超越,有利于写实主义诗艺的丰富。①

在创作中,初期白话诗在写实主义的总体风格下包容了不同的倾向,如浪漫主义、现代主义,尤其是象征主义为写实主义诗歌创作提供了有益的启示。例如,有学者认为,初期白话诗与象征派诗歌有着联系,"初期白话诗所接受的外国影响是多方面的,它所吸收的既有几个世纪以来西方文艺复兴、启蒙主义和批判现实主义时代的艺术营养,也有当时方兴未艾的现代主义的'世纪末的果汁'。……例如刘半农的《窗纸》,从一张尘封雨渍的窗纸,幻化出一幅幅荒诞的、富有象征色彩的现实社会生活的画面。这与其后李金发的《里昂车中》、王独清的《失望的哀歌》、戴望舒的《夕阳下》等,显然有着某些相通的地方。若从诗歌'画意'的角度来考察,则《窗纸》带有一些与象征派诗歌'同源'的'印象派'绘画的意味。"②不仅是刘半农的《窗纸》,还有他的《敲冰》、胡适的《权威》、周作人的《小河》都是近似于寓言的诗,以浅近的象征手法表达作者对社会的思考。诗人们以寓言和象征的笔调,状物叙事抒情,表达人生体悟与社会哲理。由于诗歌的意象与传达的哲理之间有比较明晰和直接的关系,所以仍然不属于象征主义而归属于写实主义的范畴。即使有些诗作情感表达相对模糊、朦胧,但仍然不是以典型的象征手法而是以平实的写实方法作成的,如刘半农的《其实……》《案头》。这类诗歌打破了初期白话诗平白如话、过分直白的特点,吸收了中国传统诗歌含蓄性和暗示性的特点,或说找到了中国式"写意"与西方式"朦胧"之间的连接点。透过他们平实的语言仍可以对诗歌的意蕴进行把握,并不如象征主义式的晦涩,所以仍是写实主义诗歌。有的诗歌带有现代主义的诗情,但透过它并不艰深的语言,基于中国社会

---

① 孙玉石:《论刘半农诗艺现实主义的丰富性》,《北京大学学报》(哲学社会科学版)1991年第5期。

② 江锡铨:《中国现实主义新诗艺术散论》,北京大学出版社2005年版,第60页。

现状的现实感仍然历历在目。例如刘半农的《在墨蓝的海洋深处》受到了波特莱尔散文诗的影响,抒写人生无法逃脱的痛苦与不幸,但它的意象所指仍较为明显,不同于象征主义的不确定性,所以仍属于写实主义诗艺的拓展。[①]

初期白话诗开创的风格特色为后来的诗歌所继承与发展,如继起的文研会写实派诗歌。朱自清的《羊群》《小舱中的现代》、徐玉诺的《能够到天堂的一件事》带有简单的象征印记。徐玉诺的一些杂诗、小诗偏重于内心思索,也含有浪漫主义、象征主义的因素,还有一些诗具有朦胧、神秘的色彩,如《在黑暗里》《黑色斑点》。他的《跟随者》无论是对烦恼之情的抒发,还是以蛇喻烦恼的手法,都显示出象征主义的痕迹。王统照早期追求"爱"与"美"的诗歌带有浪漫主义色彩,主观抒情性较强。但他们的浪漫不似创造社的狂热而更显深沉,他们的感伤也没有创造社那样消极而带有向上的色彩。

七月派诗歌在秉持现实主义精神的基础上,对多样化的现代主义营养广取博收。绿原《终点,又是一个起点》、徐放《在动乱的城记》、化铁《暴雷雨岸然轰轰而至》、冀汸《跃动的夜》、阿垅《写于悲愤的城》、郑思《秩序》都带有"鲁迅先生的尼采主义的精神风格,崇高、勇敢、孤傲,在生活里自觉地走向战斗"[②],带有郭沫若狂飙突进的诗风与艾青式的忧郁、悲愤。外国浪漫诗歌自由奔放的气质对他们来说也别具吸引力。"如绿原既有拜伦雄辩和尖锐的词锋,也有海涅的幽默泼辣;牛汉、冀汸有着惠特曼的自由奔放、不事雕琢的诗风;杜谷有着泰戈尔的幻想和优美的情致;鲁藜有着叶赛宁的简洁、纯净的自然美;孙钿有着马雅可夫斯基的情感与节奏相组合的冲击力量。"[③]他们的诗歌中,宏大的自我形象、充满意志力的抒情主人公在猛烈的反抗、热烈的歌颂中站立起来,充分显示出诗人的本质力量和创造伟力。这是不同于写实主义

---

① 孙玉石:《论刘半农诗艺现实主义的丰富性》,《北京大学学报》(哲学社会科学版)1991年第5期。
② 唐湜:《诗的新生代》,载唐湜:《新意度集》,生活·读书·新知三联书店1990年版,第22—23页。
③ 龙泉明:《中国新诗流变论》,人民文学出版社1999年版,第512页。

客观、平实的自我形象,是现实主义、浪漫情怀与时代精神相结合的产物。

(二)写实绘画:受现代与传统画艺的双重滋养

20世纪初至20年代,在对西方油画写实主义样式移植的过程中,李铁夫、徐悲鸿、颜文樑、李毅士等代表人物,以古典绘画的传统样式,选择风景、人物和静物的题材进行创作。其中,有的画家忠于欧洲学院派风格,以严格素描造型为基准,如徐悲鸿;有的画家在素描造型的基础上,部分地采用印象主义的色彩技法处理,如颜文樑。在中国现代油画史上,对写实主义具有最大影响力的思潮即印象主义。印象主义也是在写实主义的基础上发展起来的美术思潮,与写实主义关系甚深,所以对它的学习也并非无因。如果把古典写实主义和现代主义看作两种样式的极致,那么中间地带就是印象主义。这种过渡性质使得众多写实主义画家纷纷向印象主义学习用光用色的技法而不背离写实主义的原则。印象主义帮助画家们形成表现性的写实风格,进行色彩风格的多种创作实践。例如,印象主义增强了颜文樑观察自然与描绘自然的能力,使他的风景画以生动的对光色的表现而具有抒情的意味,形成一种特殊的写实——抒情性写实主义。吕霞光也以印象主义技法形成风景画的浪漫情调。吕斯百、冯法祀等画家也受到印象主义的影响。有学者认为,以颜文樑为代表的艺术传承,便是以印象主义风格为集成的写实主义。[1] 其实,艺术风格从来就不是死板的公式,它需要在开放性中汲取发展的动力。例如,"库尔贝等写实主义者始终没有完全摆脱浪漫主义的'花饰'。艺术史家将19世纪40年代至60年代的法国写实主义称为'浪漫的写实主义',米勒即其代表人物。浪漫的写实主义讴歌乡村生活的简朴,其作品令人回想到17世纪荷兰和西班牙绘画,以及夏尔丹等法国画家的作品"[2]。

---

① 李超:《欧画东渐——中国留欧西画家的艺术活动》,上海锦绣文章出版社2009年版,第6页。

② 曹意强:《写实主义的概念与历史》,《文艺研究》2006年第7期。

在印象主义以外,时兴于20世纪的现代主义诸流派也在当时留学欧洲的画家心中留下了痕迹,有的即在后来的绘画中无意识地流露了出来,形成对写实绘画语言的补充乃至冲击。而转变需要契机,对于留学的画家们来说,回国便是一个最重要的契机。常书鸿即是一个典型的例子。他在留法期间获得的成绩让中国留学生称羡,这些成绩说明了西方艺术界对他的认同,认同的原因即在于常书鸿对西方学院派绘画的严格遵从与天才表现。在他1935年之前的作品里,无论是风景画还是人体画,都明显可见学院派绘画所要求的对结构、体积以及空间关系的表现。而在1936年的《街头幼女》中,新的变化已露端倪,在构图上忽略了写实绘画对空间处理的要求,前面的幼女与远处的房屋、人物被安排在一个平面上。1939年的《"平地一声雷"与仙人掌》的静物画中,装饰性意味明显。1941年的《裸女》与他在法国时期的人体油画风格迥异:在结构上,结构的坚实被画面单纯的调子所削弱;在构图上,空间的层次表现明显不足,显露出平面安排的装饰性意味;在人物造型与色彩上,带有一种异域情调,让人联想起高更笔下的塔希提妇女。这种转变几乎可以以1936年回国为分水岭。脱离了欧洲画坛与学院教育的大环境,国内的艺术环境对常书鸿来说是更自由更轻松的。因此早年在法国时所耳闻目睹的后期印象主义、野兽派、表现主义的语言方式在记忆中被唤起,融入自由的艺术创作中,丰富着他的绘画语言实验。这种艺术的转型在1943年之后,便与敦煌艺术的经历有关。是西方现代主义艺术唤起了常书鸿对中国传统艺术的重新发掘,还是集体无意识中的传统艺术思维拉近了他与现代派艺术的距离,这个问题已无法理清了。但是可以明确的是,表现性语言赋予了他的写实绘画以转变的契机,使之获得发展的新动力。

与常书鸿关系深厚的吕斯百在学院里学习写实主义绘画的时候,也为学院外的"现代艺术的汪洋大海"所吸引,"经历了从心慕夏凡纳的理想化的象征主义风格,到追随夏尔丹朴素的写实主义作风和同为写实主义一脉的印象主义画家西斯莱,并进一步关注、研究现代艺术流派诸家的形式与风格,如塞尚、维雅尔等人",为此他受到了恩师徐悲鸿的严厉批评。吕斯百"对印象主义和之后的画家及艺术探索有自己的分析和选择。塞尚与夏尔丹有同样的实在,研究塞尚使吕斯百强化了对物象结构和画面构成的意识"①。这些现代绘画因素未使吕斯百背离严格的学院写实主义教育标准,未动摇他的油画写实主义的本质,反而是被他有机融入写实绘画中,成为丰富写实油画的有益成分。

印象主义对画家们的影响重在光色的技法上,并未撼动他们对艺术本质的写实主义的认识,而真正对他们形成巨大影响的还是中国的艺术传统。中国传统绘画的意境、气韵、写意性语言对写实主义油画具有潜在的影响,使作品透出中国意蕴与民族色彩。在这点上,现代绘画和诗歌一样,都以反传统的姿态登场,但却得到传统的滋养和启迪,这可谓探索革新与传统的复杂关系的一个生动实例。颜文樑是一个有意思的例子。他在绘画技法上借用印象主义对冷暖色的处理方法,使画面对光与色的表现更加灵动、丰富,整幅画作荡漾着光色的旋律,但是营造的意境却是中国式的。尤其是他的风景画有着对传统意境的继承与创新,那悠远的意味是古典趣味的现代表现,但消泯了王维、荆浩、关仝、董源、巨然、李成、范宽、郭熙等一路发展下来的山水画的枯寂荒寒,显露出人间的温度与画家对绘画的内在性理解。有研究者指出,颜文樑"始终坚守西洋画的阵地",但是"他的根柢又是参照着中国文化的气息,所以他的西洋画笔散发着中国文化的气息。……他后来的众多风景画中,经常出现一位或坐或立的少女,脚边总有一或二只嬉戏的小猫,这种布局总让人体味这是具有中国气派的西洋画"②。另如,方君璧的油画《吹笛女》以女子的服饰、演奏的乐器、表情、姿态营造出中国式的情韵。张充仁在油画创作中也有意融进中国传统绘画的写意趣味,创造出平和委婉的意境,独具个人风

---

① 关红实:《永远的田园诗风——探寻吕斯百油画创作的重要时期与代表作品》,《美术》2005 年第 12 期。

② 钱伯城:《追求形神结合的大师颜文樑》,《中国油画》1997 年第 3 期。

格。胡善余在 20 世纪 40 年代的绘画也属于富有个人色彩的写实主义,而他的笔法也不拘囿于写实方法。中国意境、气韵、构图进入油画,是中国画家在摹仿西方的基础上的自由发挥,是油画民族化的一种早期尝试,也是中国油画走向成熟的必经之路。甚至可以认为,中国情韵、中国艺术的特点是油画家们形成个人风格的一个重要因素,不管早还是晚,西画家们都不同程度地吸纳了中国艺术,这种倾向越到画家老年越加突出。而国际画坛对中国油画的评价,在基础性的技法等因素外,本国的艺术传统也是一个重要的评价标准。

图 1-11 颜文樑《漫步枫桥》

这种倾向被界定为融合主义之一种,即"侧重于西方写实性语言与传统写意语言的结合"。以徐悲鸿为例,"徐悲鸿在 20 世纪 30 年代的写实风格的油画创作中,时常融会了某种象征主义的倾向,从中不同程度地显现了油画中国风实践的迹象。《田横五百士》被称为中国油画进行民族化探索的早期代表作品之一。欧洲古典绘画的传统构图与中国绘画长卷样式在创作中获得了一种结合,其中西融合形态自然不是停滞于表层的画法参照和材料引用之间,而是从深度范围将油画语言和中国历史文化图像,进行精神蕴涵的调整和契合"①。和欧洲时期全部精力投入素描和油画的训练中所不同,回国后他更多的是从事中国画创作。中国画造型的基本手段是线,用色大都是固有色,常常不画背景,以一片空白代替,观察物象也不如西洋画那样客观化,而是重神遇不以目视。这些中国画的特点被带入他的油画创作中,形成

----

① 李超:《中国早期油画史》,上海书画出版社 2004 年版,第 440 页。

油画民族化的初期范例。① 对徐悲鸿来说，这也许更多是非自觉的②，但他具有自己风格特色的油画作品，对于其他油画家来说却是一种有益的启发。

对于徐悲鸿所代表的油画风格的这种转型，鲁迅曾在评价陶元庆的绘画时一语道破——"民族性"问题："他以新的形，尤其是新的色来写出他自己的世界，而其中仍有中国向来的魂灵——要字面免得流于玄虚，则就是：民族性。"③这个问题在 20 世纪早期的油画实践中不突出。20 世纪 20 年代之前，在油画作为文化样式进行移植的过程中，引进的成分居多，本土化的探索显得相对局部和潜在，它只是以艺术家个体的行为方式，潜在地出现在对"纯正的基调"和"民族精神"综合平衡的追求中。随着抗战的爆发，民族救亡意识成为时代主旋律，艺术家的油画本土化探索也由前一阶段自觉的个体行为转化为集体行为，并由此开启了"油画中国风"的探索，构成 20 世纪中国油画民族化的早期尝试。应该说，这种民族化的探索是中西融合的高级阶段，是在更高层面上的兼收并蓄，它关系到油画这个外来画种能否被中国接受，成为中国艺术的一部分等问题。

写实画家们这种自由而开放的态度，可以借用吴作人 1946 年在上海《时代日报》上的话来归结："只要能欣赏 Fra Angelico，就不怕不懂阎立本；一幅 Durer 的水彩风景画会使人疑为唐人所作；假如我们看到过高昌壁画或者敦煌莫高窟的北朝作风，我们就不会觉得西方表现派或野兽派的恐怖；这种类似的例子多的是，中国艺术与西方艺术界限究竟在哪里？"④

在诗歌与绘画的跨风格借鉴中，它们纷纷从客观再现趋向主观表现，无形

---

① 陈传席：《徐悲鸿》，河北教育出版社 2003 年版，第 87 页。

② "新中国成立以后徐先生曾说过：他以前没有想到油画民族化的问题，如果考虑到这一点的话，他自信是可以找出一些眉目的。"参见艾中信：《怀念徐悲鸿老师》，《美术》1978 年第 6 期。

③ 鲁迅：《当陶元庆君的绘画展览时》，载《鲁迅全集·而已集》第 3 卷，人民文学出版社 2005 年版，第 573 页。

④ 吴作人：《中国画在明日》，载《吴作人文选》，安徽美术出版社 1988 年版，第 200 页。

中打破了不同类型艺术间泾渭分明的畛域,搭建起沟通主客观艺术的桥梁。但无论是抒情性的写实、象征性的写实,还是浪漫性的写实,都是在"真"的基础上的自由发挥,都是对真实自我的书写,都是以现实主义精神为艺术根柢。

四、 历史悖谬:过时/应时

不管是诗歌还是绘画,在 20 世纪初确立自己的现代化方案的时候,都面对纷繁复杂的西方潮流,它们都不约而同地选择了写实主义。但写实主义在当时的西方已是过时的潮流,而它被作为一种救国的方案、一种科学观引进来,却实实在在地推进了中国诗歌、绘画由古典向现代的转型,形成文艺史上一个颇有意味的话题。

(一)写实诗歌:在世界现代诗潮中的"逆时"选择

作为一种文艺思潮和运动,现实主义于 19 世纪 30 到 60 年代在欧洲兴起并占据文坛主流。它注重写实,主张客观、真实地描绘现实生活,力避主观性,通过真实的细节描写表现时代或人物性格的本质特征,具有批判性、暴露性和改良性的特点。现实主义作家在启蒙思想的熏陶下成长起来,以人道主义为武器,注重描写社会底层生活及"小人物"的悲剧命运,在政治上主张改良主义。现实主义主张塑造典型环境中的典型性格,重视人与社会环境的关系,突出时代、环境对人物性格的影响,坚持典型化原则,较深广地反映社会各阶级、阶层的精神面貌。现实主义思潮在欧洲的出现由多方面因素促成。从社会政治上来看,19 世纪 30 年代资产阶级在欧洲范围内取得胜利后,劳资矛盾逐渐上升为社会主要矛盾,资本主义的现实显露出黑暗和丑陋,人们不得不用冷静的眼光来看待他们的生活地位和相互关系,形成了冷静务实的社会心理,反映在文学上就出现了现实主义新倾向;从思潮上来看,自然科学的重大发现,唯物主义哲学、空想社会主义学说的长足发展,促使文学转向真实、客观的创作方法;从文学史上来看,19 世纪的批判现实主义是在继承以往文学中的现实主义传统的基础上形成的。欧洲自文艺复兴以来,文学中的现实主义倾向日趋强烈。人文主义文学、古典主义文学、启蒙主义文学等在客观、真实反映现实生活方面积累了丰富的经验,在创作实践上形成了现实主义传统。

我国的现实主义思潮直到"五四"前后才兴起,并且主要不是由中国古代文学的传统延伸发展而来,而是在对上述 19 世纪欧洲现实主义包括俄国现实主义的横向吸收和改造中形成的,是世界性现实主义思潮传入的结果。之所以形成这种跨地域跨时间的学习借鉴,是因为诗人学者们在中国的现实情境与现实主义思潮之间发现了某种契合性与相通性。20 世纪之交的中国,民族危机严重,现实矛盾交错,不亚于 19 世纪的欧洲,具有暴露性、批判性的现实主义无疑为知识分子观察与参与社会提供了思想的武器。现实主义包含的人道主义思想帮助诗人们转换了文学表达的方向,注目于社会下层及小人物命运。现实主义中的科学因素、唯物主义哲学观对于先进的知识者来说也极具吸引力,它们很快便被运用于反封建的革命运动中。而现实主义对理想的期冀没有浪漫主义的狂放,它在平实中反而更具有现实可能性。基于上述缘由,中国知识分子在 20 世纪初面对风起云涌的现代思潮时,大多选择了大半个世纪之前的现实主义。也正因为上述原因,现实主义在中国正当其时,是 20 世纪初中国最早的现代思潮,成为现代文化意识的一部分。现实主义以"为人生"的视点,切近了文学与人生的关系,以对现实的真切观察与真实书写,打破了"瞒和骗"的旧文学,从文学观念的现代化入手,推进了中国文学蜕旧更新的历程,以文学对社会的功用,参与了社会改造,呼应了新文化运动肇始的反封建的思想革命运动。并且由此,中国的现实主义文学汇入了 20 世纪世界现实主义的潮流中。20 世纪的现实主义文学与 19 世纪批判现实主义和无产阶级文学一脉相承而又有所创新。它继承了 19 世纪现实主义文学反映现实、反映复杂的阶级和经济关系,张扬人道主义,呼吁和平,支持弱小民族等主张,在国际政治舞台上发挥了重要作用。同时,它更注重对人的精神和个性进行探索,挖掘物质对精神的重压,描写敏感的知识分子复杂的内心世界。它坚持文学反映时代的现实主义原则,也吸收了现代主义的一些表现手法,如象征、意象、荒诞等。

但在世界范围内,20世纪已经不是现实主义占主流,而是现代主义风起云涌的时代。继流行于19世纪后半叶的法国前期象征主义之后,后期象征主义产生于"一战"后,在20世纪20年代达到高潮,40年代接近尾声。与传统文学比较,象征主义具有鲜明的特征:创造病态的"美";表现内心的"最高真实";运用象征暗示的手法;在幻觉中构筑意象;用音乐性来增加冥想效应。表现主义流行于20世纪初至30年代的欧美文学中。它始于绘画,后波及音乐、诗歌、戏剧、小说、电影等各领域,具有以下特征:抽象化;变形;时空真幻错杂;注重声光效果;象征和荒诞的手法。未来主义是20世纪兴起于意大利的一个文学流派,其宗旨是同旧的文化传统决裂,追求文学艺术在内容和形式两方面的彻底革新。在主题上,未来主义者把文学变成现代生活的"动力学",集中表现运动中的物和人,通过动态来赞美运动感、力感和立体风格;在形式上,未来主义者彻底摒弃传统手法,运用自由不羁的字句,取消或破坏语言规范,打破传统句法与正常韵律,搞文字游戏和图案剪贴、组合等。达达主义于"一战"期间产生于瑞士,"达达"的名字纯属偶然,没有任何意义。该派《宣言》宣称达达就是自由,就是破坏,就是怀疑一切、否定一切、打倒一切。达达主义从思想和组织上直接孕育了超现实主义。超现实主义是"一战"后在法国兴起的一个文学流派,反对逻辑推理的思维活动,推崇潜意识和梦,甚至让文学成为梦幻、潜意识乃至精神错乱的产物。以上现代主义思潮深受唯心主义和非理性主义影响,其中所包含的虚无主义、神秘主义、悲观主义和个人主义的色彩对于以理性主义推进现代化的中国来说龃龉不合。它是在西方特定的社会情景下产生的思潮:第三次工业革命彻底改变了资本主义传统的经营方式,并使政治也发生了很大变化;垄断资本主义社会中人与社会、人与自然、人与人、人与自我四种基本关系产生了尖锐对立;科学技术逐渐显示出双刃剑的面貌;西方现代哲学、心理学得到进一步发展。现代主义是西方资产阶级知识分子精神危机的自我表现,它可以为现代中国提供一些启示,但在中国缺乏深入发展的土壤。

所以诸多诗人虽受到现代主义的影响,但其诗学实践却仍归属于写实主义,例如刘半农。1920 年刘半农到英国和法国留学,这时正是英美意象派运动和法国象征派诗潮盛行的时候。他无疑受到了这些时兴思潮的影响,创作更加注重"意象呈现",例如《血》中的耶稣,《夜》中坐在公共汽车顶层领略伦敦夜景,荒场上饥饿的小孩,伦敦、巴黎街头卖身维生的妓女,刻铜画上战败归来的悲哀的士兵,整天弯着腰叮叮当当敲的胡子花白了的老木匠,柏林街头以乞讨为生的流浪的赤脚儿童。这些人生景观与诗歌形象的选择,显然受到了西方现代诗人对于大城市小人物命运的关注的影响,浸透着一种现代人的新的社会意识和审美观念。但这些新意识与新观念却没有成为他以后诗歌创作的主导思想,反而是从中显现出的人道主义思想一以贯之地灌注在他的诗歌创作中,融入对中国社会现实的关注,汇入写实主义思潮的大流。刘半农具有"输入外国文学使中国文学界中别辟一个新境界"[①]的自觉意识。面对世界各种艺术潮流和方法的大量涌入,他依据时代的需要和自身审美情趣,自觉地在多种外国文学思潮中选择了写实主义,率先完成了艺术选择与社会选择的结合。他对写实主义的预见和选择,对于陈独秀首张文学革命大旗时对"写实主义文学"的倡导是一种有力的呼应[②]。刘半农的诗学选择在当时留学欧美的学生中具有代表性。另如胡适在美国留学期间,受到意象派诗歌的影响,他的文学改良主张和诗歌创作都留有相关痕迹,但胡适更多的是以意象派反传统和创新的思想作为本国诗歌变革的动力,最终纳入了写实主义的轨道。

---

① 刘半农:《复王敬轩书》,《新青年》第 4 卷第 3 号,1918 年 3 月 15 日。
② 孙玉石:《论刘半农诗艺现实主义的丰富性》,《北京大学学报》(哲学社会科学版)1991年第 5 期。

（二）写实绘画：在世界现代艺潮中的"保守"抉择

20世纪初，当中国艺术家们放眼西方，瞩目于其艺术的时候，正是现代美术风云激荡的时期。20世纪初，欧洲的古典写实主义潮流在经历了法国古典主义的鼎盛时期之后，面临着严峻的时代选择。科学对于宇宙世界相对真实的发现，以及摄影术对于物体外观的逼真的捕捉，导致了绘画从视觉思维、观照方式到表现手段的多种震荡和反思。可以说，19世纪与20世纪之交是艺术的分水岭，风行于19世纪末叶的科学主义化的印象主义为客观艺术的终极，继起的后期印象主义为主观艺术的发端。紧接着，野兽派兴起于1905年，立体派流行于1908—1914年，未来派出现于1910年，抽象派诞生于20世纪初的俄国，表现主义创生于20世纪初的德国，达达派则于1920年在巴黎召开大会发表宣言。这些派别以渐次前卫、激进的眼光，把艺术从传统推进到现代。总体而论，印象派以后的现代画派的兴起，以法国为中心的现代绘画运动，开始影响并改观着20世纪伊始的世界美术的进程。

这些在西方急剧变动的社会形势下出现的艺术派别，是20世纪西方的当代艺术，它们"和文学界接受现代文学思潮一样，对于中国的知识分子产生了巨大的吸引力"[①]。但是对它们的引进却停留在一般性的介绍上，尚未有人做过深入细致的研究，理论工作较为薄弱。并且一旦进行艺术选择的时候，中国艺术家的步伐还是显得缓慢甚至保守，对于现代艺术来说，他们最乐意接受的是其开始阶段的印象派、后期印象派，并把它化入自己的艺术观和审美视野。那些激进的艺术主张毕竟脱离了中国的现实土壤，因而可以给予画家们一定的艺术启发，但很少成为他们的艺术选择。野兽派的绘画已经表现出科学破产后的艺术时代的特征，而20世纪初的中国，科学和民主作为刚引进的新思想，正是反帝反封建的两面旗帜。立体主义在反传统的口号下有浓厚的形式

[①] 朱伯雄、陈瑞林：《中国西画五十年（1898—1949）》，人民美术出版社1989年版，第488页。

主义倾向,而中国的艺术界正掀起反传统文人画的浪潮,主张以内容意义的充实挽救中国绘画之颓弊。未来派以"否定一切"为基本特征,否定国家机器,否定传统文化,主张彻底抛弃艺术遗产和传统文化,和中国当时的反传统浪潮似乎很相似。但在类似现象的背后却是根本不同的思想根基。未来派是小资产阶级革命情绪、无政府主义与虚无主义思想的混合,而20世纪初的中国正是反侵略反压迫的时代,是高扬理想的时代。未来派主张打破理性的形式规范,用自由不羁的语句随心所欲地进行艺术创造,表现出反理性主义、盲动主义的倾向,对于张扬理性大旗的中国来说也过于超前。达达主义除了否定一切外,没有对绘画艺术提出任何建设性的主张,作品也缺乏美学价值,它很快风流云散的命运也宣告了其艺术主张的失败。因此,对于如下事实也就不难理解了:当"1921年的法国,在艺术领域里的激进主义者正在向超现实主义方向进发,毕加索已经离开了他于1907年开始的立体主义进入了新古典主义时期;在德国,1911年臻于顶峰的德国表现主义主要代表马尔克、马克死于第一次世界大战之后,奥托·迪克斯和格罗兹保持了表现主义在形式上的夸张,并正在向着新客观主义的方向演变"①的时候,徐悲鸿却于1920年进入达仰的工作室,开始系统学习法国学院式绘画。而在20世纪30年代,当现代主义持续推进的时候,常书鸿在1933年还在孜孜不倦地学习学院派的技法。

作为一种思潮,写实主义在19世纪中叶兴起,它以反贵族化的古典主义、浪漫主义的姿态提倡"为民众表现",开启了现代绘画的民主倾向。"写实主义夹在浪漫主义与象征主义之间,是19世纪40年代至70—80年代欧洲的艺术主流,它从法国蔓延到英国、美国和其他地区,包括俄罗斯,其影响一直延续到20世纪,在苏联被称为'现实主义'。"②写实主义强调艺术的真实性与客观性,反对主观臆造和粉饰太平。写实主义画家赞美自然,歌颂劳动,全面、深刻地展现了现实生活的广阔画面,尤其描绘了普通劳动者的生产和斗争,技巧上

---

① 吕澎:《20世纪中国艺术史》上卷,北京大学出版社2007年版,第207—208页。
② 曹意强:《写实主义的概念与历史》,《文艺研究》2006年第7期。

追求形状、色彩的逼真。写实主义与传统文艺分道扬镳,甚至可以说具有前卫特色,不是因为其艺术技法的更新,而是在于其艺术观的民主倾向。这点与20世纪初中国的现实需求正相吻合,自然吸引了艺术家的目光。

其实,中国现代绘画的写实主义不是对西方19世纪写实主义思潮的简单复制和移植,它有着更加宽泛的含义。更确切地说,中国绘画的写实主义是在传统的写意大背景下,对西方绘画"写实"观念和技法的摹仿与学习。因此西方绘画在主观性的现代艺术之前的"画得像"的绘画都是中国写实主义的营养之源。其中,在写实主义思潮之前的古典主义、新古典主义和浪漫主义是中国写实画家最青睐的几个学习典范。这几种美术思潮不仅以高度的写实技巧,也以所蕴含的精神意义吸引了中国艺术家,古典主义的理性精神、新古典主义的启蒙精神、浪漫主义的创造精神都与20世纪初中国的时代精神相吻合。

颜文樑的《法兰西近代之艺术》一文具有代表性。在文中,颜文樑对法国18世纪以降至19世纪末的艺术推崇备至,对新古典主义、浪漫主义、写实主义的绘画盛赞有加。他把诗人和画家一同评论,"诗人如缠绵悱恻,旖旎曲折的拉码丁(Lamartine),尖锐深刻,风流雅丽如卢骚,与画家大卫(David)、华多(Watteau)、部骇(Boucher)、格尔滋(Greuze)等,同为并起之秀,握一时代艺术界之牛耳"。"若安格尔(Ingres)、普吕东、德拉克罗瓦、微支、柯罗、米勒等,吾当推之为法兰西之宝,尊之为法兰西之魂"。因为这些艺术不唯"直追造化""巧夺天工",更"已至臻乎真","真"即为能传达情绪,表现国民性,见出一国之文化与社会诸现象。并以此标准对洛可可艺术、印象主义、立体主义、后期印象主义、构图主义、表现主义、恶魔主义、达达主义提出批评,并由此判定近代法兰西艺术"迟滞不进""日形衰落"。① 颜文樑的观点通过杂志发表、办学教学等途径形成了一定影响。吴作人等写实画家

---

① 颜文樑:《法兰西近代之艺术》,《艺浪》第2卷第1期,1934年。

持论与颜文樑大致类同。

除思潮本身的特点以外,艺术家们的海外学习经历和师承也是决定其绘画选择的重要因素。从 20 世纪 20 年代开始,大批留学生赴欧洲或学习西洋美术或考察或举办展览。他们身处欧洲美术由古典传统向现代艺术转换的时期。留学生们以巴黎画坛为中心,以巴黎国立高等美术学院等为主要的求学之地①。巴黎的画坛风尚和学院体系影响了他们的艺术定位。再者,巴黎众多的美术馆也是画家们观摩、临摹的重要场所,其中收藏的是经过时间淘洗的经典作品,古典写实绘画很丰富,而正当其时的现代主义绘画却正经历时代的检验,尚未收入馆藏。这也对留学生们形成了潜在的影响。例如,徐悲鸿先入徐梁美术院研习素描,后考入巴黎国立高等美术学院,先后师从四位法国老师:弗朗索瓦·弗拉孟(Francois Flameng)、费尔南德·柯罗蒙(Fernand Cormon)、帕斯卡·达仰·布弗莱(Pascal Dagnan-Bouveret)和阿尔伯特·贝纳尔(Albert Besnard)。他们都是 19 世纪中后期至 20 世纪前半叶的一批坚持写实主义的法国学院派画家。同时,他在课余便到卢浮宫和卢森堡美术馆观摩、研究,临摹普吕东、德拉克罗瓦、委拉斯盖兹、伦勃朗等大师的作品。1926 年他到布鲁塞尔的博物院临画,偏爱鲁本斯的作品。1927 年赴意大利和瑞士,观摩了圣彼得寺的雕刻、西斯廷教堂米开朗基罗的壁画。徐悲鸿的经历具有代表性,他接受了学院教育与艺术馆的熏陶,自觉倾向于古典写实风格。再如,1930 年正是现代主义继续发展的时期,吴作人来到法国留学,在巴黎美术学校学习一个月后,转赴比利时考入布鲁塞尔皇家美术学校。他的老师巴思天教授劝告他不要跟从现代主义的艺术实验,这是画商为了牟利而鼓动年轻艺术家搞形式主义的。吴作人听从了老师的劝告,致力于写实艺术,取得了优秀的成绩。

这种写实主义绘画通过留学生引入国内,形成了与传统写意画相对的局

---

① 另外还有巴黎叙利恩绘画研究所、法国里昂美术学院、法国第戎高等美术学校等。巴黎的私立美术教育机构如徐梁美术院也是重要的留学之地。

面。它以观察自然的客观精神,接通了与科学的血脉;以对现实生活(包括风景、静物、人物及社会现象)的描画,开创了新的绘画表现领域,输入了现实主义精神;以对真实的忠实刻画努力切近事物与存在的本质内核,召唤灵性的力量与形上的意义。写实主义跨越了时间的界域,为现代中国画带来了转变的契机,推动了中国画的现代化进程。相应的学院教育体系的引进也使行会性质的图画学校向着现代化、正规化方向发展。在 20 世纪初,对西方艺术来说已经过时的写实主义对于正在挣脱封建主义的中国却是现代的与应时的。虽然备受争议,但在中国现代艺术中,徐悲鸿代表的"自然主义"流派却远比对西方先锋艺术持开放态度的"形式主义"流派更具主导地位。因为中国艺术的不同流派在面对西方艺术时,相互之间的竞争所营造出的中国艺术现代图景,更多的是对一种更好的、普及性艺术的努力,而不是对先锋艺术样式的吸纳。① 但"二徐"之争也暴露出写实主义的局限性与过时性。② 一批更为现代的艺术家欲以更为当代的时兴艺术表达变动中的中国情绪,但他们忽视了时间与地域的不对等性。在 20 世纪上半叶的世界性现代主义时期,写实主义在中国却以一种基于绘画、教育和社会三个层面的共谋,在与现代主义的竞争中确立了自身的位置。

五、 诗情画意:互相借鉴

作为两种不同形式的艺术,诗歌与绘画各具所长,语言的诗长于叙事、抒情;形色的画善于描摹形状,它们各自所长为对方所模拟,形成跨艺术领域的借鉴,构成艺术史上有意味的话题。就写实主义领域来看,诗歌与绘画也在有

---

① 《徐悲鸿和他的法国老师:杰出的艺术历程》,《东方早报》2014 年 11 月 12 日。

② 对于徐悲鸿 1929 年发出的对塞尚的苛责,徐志摩在《我也惑》中明确表示了诧异,"就在现在,塞尚已经接踵著蒙内,米莱,特茄史等等成为近代的典型(Classic)","塞尚在现代画术上,正如洛坛在塑术上的影响,早已是不可磨灭不容否认的事实,他个人的艺术的评价亦已然渐次的确定——却不料,万不料在这年上,在中国,尤其是你的见解,悲鸿,还发见到这 1895 年以前巴黎市上的回声"。因此徐志摩感叹:"我如何能不诧异? 如何能不惑?"

意无意间借用对方的艺术表达:画借诗以"景",诗借画以"情"。但此处所谓的借用并非指写实主义诗歌与绘画的严格对应,不是指写实主义诗歌如何影响了写实主义绘画,也并非指写实主义绘画怎样影响了写实主义诗歌,而是一种宽泛的意义所指:写实主义诗歌表现出画意,写实主义绘画也透露出诗情。

(一)画借诗以"景"

作为一种造型艺术,绘画拥有自己的语言:色彩、线条、构图等,以此构成一个具象的世界。诗歌是一种语言艺术,无论在文字层面还是声音层面,都是由抽象的符号组成的抽象世界。但文学的神奇之处就在于,它以抽象的手段可以达至具象的目的,人们通过符号的特定组合可以"看见""听见""闻到""触摸"广大的世界,这种神奇的力量即来自想象。正如诗人歌德所说:"绘画是将形象置于眼前,而诗则将形象置于想象力之前。"[1]因此,研究绘画对诗歌的影响,在技法层面上即是要探讨诗歌如何借鉴绘画的特点更加具象化,如何使绘画的形象感、直观性表现在诗歌中,如何使人们由符号化的文字激发起想象中的形象、意境。由此绘画的几大形式要素——色彩、线条、构图纷纷加入诗歌的想象世界中。这是在一般性的意义上谈论诗歌中的绘画因素。自觉引画入诗的诗人首推初期白话诗的康白情,而集大成者无疑为现实主义诗人艾青。

1. 康白情:诗要具有"戏剧的作用"

在写实主义诗人中,较早明确论及诗歌借鉴绘画要素的诗人是康白情,只不过他不是单独论诗与画,而是将诗与其他艺术形式放在一起论述。在《新诗底我见》[2]中,康白情提出,诗要具有"戏剧的作用",意思是诗歌要具体化,在人们头脑里能够唤起对所描写对象的想象,如身临其境一般。"把我所得于对象底具体的印象具体地写出来。我们写声就要如听其声;写色就要如见

---

① 蒋一民:《音乐美学》,人民出版社 1991 年版,第 37 页。
② 康白情:《新诗底我见》,《少年中国》第 1 卷第 9 期,1920 年 3 月 25 日。

其色;写香若味苦触若温若冷就要如感受其香若味若触若温若冷"。他以诗为例,"'小胡同口,/放着一副菜担/满担是青的红的萝卜,/白的菜,紫的茄子;/卖菜的人立着慢慢地叫卖。'我们读了就如看见的一样。'忽地里扑喇喇一响,/一个野鸭飞去水塘。/仿佛像大车音波,漫漫地工——东——当。'我们谈了就如听见的一样。这就是具体的写法,就是戏剧的作用"。"图画可以使我们底诗里有色;音乐可以使我们底诗里音节谐和;雕刻造型种种美术可以使我们作诗曲尽戏剧的作用之妙。"①康白情主张诗歌要融通多种艺术形式,使之成为立体的戏剧。他的主张在 20 年后九叶诗人的"新诗戏剧化"理论中得到更高也更深的重现。戏剧主要诉诸观者的视觉和听觉,在视觉上即连续画面的动态组合,因此也可以说是一种特殊形式的绘画。

康白情所谓的画面感主要指色彩,上述他所引的诗句便构造了一幅生动的画面,其中最引人瞩目的就是鲜明的色彩。在观景纪游之作中,他常以丰富的色彩表现绚烂的自然景色:"绿的,暗蓝的,是原上的秧田。/白的,黄的,赭红的,不就是湖么?"(《庐山纪游三十七首·八》)。他善于以舒朗的笔墨描写颜色渐变的细腻的视觉效果,"要白不白的青光成了藕色了,/成了茄色了。/红了——赤了——胭脂了。/鲤鱼斑的黑云,/都染成了一片片的紫金甲了"。(《日观峰看浴日》)。相邻色组合在一起,在颜色渐变中显示出和谐感。他青睐于绿与蓝的搭配:"绿油油的韭畦中,/锄着几个蓝褂儿的庄稼汉。"(《疑问》)。阳光使色彩更加鲜亮:野花"点上阳光,/更紫金得可爱了。/绿叶子边底缝里/尽填着花花路路的胭脂色"。(《斜阳》)。康白情不愧为"设色的妙手"(梁实秋语),运用丰富的颜色词,在写景诗中营造了一个五彩斑斓的世界。他赋色细腻,色调明朗,富有层次感,和诗歌轻松、愉悦的情感基调相吻合,表现出"五四"初期诗人重新发现自然、发现自我的欣喜、欢悦之情。

在绘画的色彩之外,康白情的诗歌也不乏对物象形体的表现。《幡》中的

---

① 康白情:《新诗底我见》,《少年中国》第 1 卷第 9 期,1920 年 3 月 25 日。

诗句"缘银边的蓝云块儿浓抹在天和海底圆线上"有着鲜明的轮廓线:蓝色的云有着银色的边,天和海形成一道圆弧。"三迭泉仿佛挂着三铺白珠帘似的"(《庐山纪游三十七首·二十三》),以"珠帘"比喻"三迭泉",形象而贴切,恰如其分地描写出泉水悬空而下的状态。

善于描写自然景观的康白情,在津浦铁路上坐火车前进时,以车窗为画框,用诗歌《江南》勾画了三幅图,每幅都不乏和谐的构图。第一幅:"赭白的山,/油碧的水,/佛头青的胡豆土。/橘儿担着;/驴儿赶着;/蓝袄儿穿着;/板桥儿给他们过着。"远景是"赭白的山",中景是"油碧的水",近景是"佛头青的胡豆土",前景是姿态各异的行人。第二幅:"赤的是枫叶,/黄的是茨叶,/白成一片的是落叶。/坡下一个绿衣绿帽的邮差,/撑着一把绿伞——走着。/坡上踞着个老婆子,/围着块蓝围腰,/哼哼地吹得柴响。"背景色彩鲜明——红黄白三色的秋叶,前景有坡下与坡上、走着与踞着、绿色与蓝色的对比。第三幅图:"柳椿上拴着两条大水牛。/茅屋都铺得不现草色了。/一个很轻巧的老姑娘,/端着个撮箕,/蒙着张花帕子。/背后十来只小鹅,/都张着些红嘴,/跟着她,叫着。/颜色还染得鲜艳,/只是雪不大了。"这是一幅近景的农家生活情趣图。三节诗三幅图,从远景到中景到近景,层次分明地呈现出一个和乐的民间生活图景。"山坳上零零碎碎,断断续续,上上下下地排着许多颜色/鲜艳的房子——各种西洋式的房子。/黑压压的,横成一杠的却是中国式的街道。"(《庐山纪游三十七首·四》)。"零零碎碎""断断续续""上上下下","黑压压""横成一杠"分别凸显了西洋房子、中国街道在整体布局上的特点,语言简约而富有表现力。"远近几条白亮亮的山溪蜿蜒着流入云里"(《庐山纪游三十七首·二十一》),则勾画出一幅典型的中国水墨山水画。

2. 艾青:"诗应该是文字的绘画"

在谈论诗歌与绘画的关系问题时,艾青是一个重要的个案,因为他曾主攻美术,是一位画家。1928年艾青考入杭州国立艺术院,受教于绘画界的名流:潘天寿教授中国画,孙福熙教授水彩画,王月芝教授油画和木炭画。同年,艾青前往法国,目的也是学习绘画。他到蒙巴那斯大街一家"自由工作室"画人体素描,到卢浮宫等巴黎著名艺术博物馆参观学习。这一时期,正流行于欧洲的后期印象派画家如莫奈、马奈、德加、毕加索对他产生了影响。回国后,他加入了"中国左翼美术家联盟",并与友人一同创办了"春地美术研究所"。他在从事进步美术活动时被捕入狱,丧失了绘画机会,转而从事诗歌创作。但是前期学习绘画的经历在他心中留下了不可磨灭的印象,对他的诗歌艺术形成了影响。艾青回忆,在牢狱里,"我开始试验在速写本里记下一些瞬即消逝的感觉印象和自然观感之类,学习用语言捕捉美的光、美的色彩、美的形体、美的运动……"①这是打通以抽象的语言为媒质的诗歌与以形象的色、线、形为媒质的绘画的初次可贵的努力。可以说,艾青诗歌在艺术上与众不同之处之一,即在于他打通了诗歌与绘画的界限,在诗歌中融进了诸多绘画因素,实践着"绘画应该是彩色的诗,诗应该是文字的绘画"②之论,创造了新的诗歌境界。他曾自述:"如果问我写诗有什么便宜的地方,就是我还学过几天画,对形体,对色彩,对调子和距离有一定的经验。我认为诗人也好,小说家也好,对于色彩、气味、物体的距离等东西,应该具有敏锐的而且准确的感受能力。"③有人因为他的诗"受益于绘画的因素",戏谑地称之为"母鸡下鸭蛋"④,艾青也欣然接受。从绘画思潮来看,艾青受到的是后期印象派的影响,而非西方写实主义绘画的影响,这也造成了论述艾青时的纠结:究竟应该把他放在写实主义还是现代主义章节论述? 本文认为艾青主要是一位现实主义诗人,他的现实主义诗艺融合了其他成分,如象征主义诗歌、现代主义绘画,由此丰富了其现实主义诗艺,形成博大浑融的境界。从整体上看,艾青诗歌具有较强的理性和秩序,他把自己的主观情思有机地融入有序的诗歌建构中,走的是一条稳健的诗歌

① 艾青:《诗论》,复旦大学出版社 2005 年版,第 279 页。
② 艾青:《诗论》,复旦大学出版社 2005 年版,第 282 页。
③ 艾青:《诗论》,复旦大学出版社 2005 年版,第 107 页。
④ 艾青:《诗论》,复旦大学出版社 2005 年版,第 281 页。

发展之路,与现实主义诗艺的思路更为一致。或许,莫奈、马奈、德加的印象派绘画对色的解放,毕加索的立体主义绘画对形的解放对艾青最大的影响乃是对绘画的新的理解及对绘画要素的强化,反映到诗歌创作中,便是更加自觉的绘画追求。因此,对艾青诗歌里显示出的现代派痕迹不明显的一般性绘画要素,皆放在本章论述;对具有明显现代主义绘画印记的部分则归入"现代主义"一章论述。

（1）"以准确而调和的色彩描画生活"①

马克思说:"色彩的感觉是一般美感中最大众化的形式。"②对于普通大众来说,对绘画的最初的强烈感受即来自色彩。对于非画家的诗人来说,其诗作中最鲜明的绘画要素也是色彩,如上所述的康白情。当普通读者以非专业化的眼光看艾青的诗歌时,已可感受到鲜明的色彩的旋律,当进一步深究细探便会发现,其色彩的表现不似一般诗人的粗疏、大略,而是画家匠心独运的创造,这种创造有着自觉的理论思考作支撑。

在抗战的硝烟炮火中,20世纪30年代的纯诗化与革命化的两极诗歌主张没有得到和解。面对这种形势,艾青经历了"创作上痛苦的沉思"③,他在桂林办诗歌讲座,写《诗论》,力图矫正诗歌创作中的偏至现象,使诗歌在艺术性与功利性之间达至平衡,走向和谐。《诗论》可谓对此前中国现代诗歌创作与理论作了高水平的总结。在这随感式的诗化的表达里,从绘画走向诗歌之路的艾青常常以绘画作比喻或比较。其中,色彩便是论述的一个重点。"一首诗里面,没有新鲜,没有色调,没有光彩,没有形象,——艺术的生命在哪里呢?"④作家要善于调节文字的颜色和声音,颜色、声音和作品要交融为一,不

---

①　艾青:《诗论》,复旦大学出版社2005年版,第30页。

②　马克思:《政治经济学批判》,载《马克思恩格斯全集》第13卷,人民出版社1963年版,第145页。

③　艾青:《为了胜利》,《抗战文艺》第7卷第1期,1941年1月。

④　艾青:《诗论》,复旦大学出版社2005年版,第40页。

可分离,"很多作品是有显然的颜色的,同时也是有可以听见的声音的"①,"调子是文字的声音与色彩,快与慢、浓与淡之间的变化与和谐"②。诗人对语言的驾驭犹如画家对色彩的调控:"语言必须在诗人的脑子里经过调匀,如色彩必须在画家的调色板上调匀。"③应当"给思想以翅膀,给情感以衣裳,给颜色以声音,给声音以颜色"④。这些散论式的诗论既是对诗歌创作应然状态的论述,也是对他自己诗歌创作的总结和要求。艾青是继闻一多之后,对诗论中的色彩观作出突出贡献的诗人。

出版有诗集《彩色的诗》⑤的艾青也是一个设色的妙手,他笔下的诗歌构成了一个五彩纷呈的世界。这些色彩多具有较强的情感渗透,它已经成为艾青诗歌的重要语言表达手段。《铁窗里》的色彩描写,无论是通过牢狱的铁窗真实看见的景象,还是诗人回忆与想象中的情景再现,都绝非自然写真,而渗透了作者强烈的思想情感。如"溶铁般红热的奔流着的朝霞","拥上火的太阳的东海的云","漫山遍野的火焰般的红杜鹃","如浓墨倾泻在素绢上的阴霾",表达了诗人虽身陷囹圄却热情满溢、企盼自由的阔大心境。《向太阳》里的色彩亦可作如是观:"穿着红色背心的清道夫""挑着满箩绿色的菜贩""举着白袖子的警察""第一个到菜场去的棕色皮肤的主妇"。

有的色彩完全是主观性赋色。《我的季候》:"乌黑的怨恨,金煌的情爱/它们一样的与我无关……"在色彩心理学上,黑色常给人压抑、沉重之感,常与死亡、悲哀、恐怖、绝望等相联系,因此用它来形容怨恨,恰到好处地将色彩与人的生理感觉和心理感觉融合起来。黄色是亮色,给人明朗、轻快、愉悦等感觉,将其和情爱相连,也是顺理成章的修辞逻辑。《大堰河——我的保

---

① 艾青:《诗论》,复旦大学出版社 2005 年版,第 22 页。
② 艾青:《诗论》,复旦大学出版社 2005 年版,第 26 页。
③ 艾青:《诗论》,复旦大学出版社 2005 年版,第 30 页。
④ 艾青:《诗论》,复旦大学出版社 2005 年版,第 76 页。
⑤ 艾青诗集《彩色的诗》1980 年由江苏人民出版社出版发行,内收《彩色的诗——读林风眠画集》一诗。此诗作于 1979 年冬,评论的是林风眠的彩墨画。

姆》:"呈现给你黄土下紫色的灵魂。"《芦笛》里有诗句:"由玛格丽特震颤的褪了脂粉的唇边/吐出的堇色的故事。"堇色是紫色的一种,即淡紫色。紫色属于暗色,在人的心理上易引起忧郁、哀伤等情感,用来修饰无形的"灵魂"和"故事",便赋予了"灵魂"和"故事"以悲哀的情感,让人看到了普通农妇大堰河凄苦的一生,想象到了故事悲惨的结局。

艾青诗歌赋色,大致遵循色彩心理学的规律,用黄、红、蓝、绿来形容积极、明朗的情感,用黑、灰、紫来形容消极、忧郁的情感。如用红色象征希望、光明(《火把》),用绿色象征生命(《北方》),用灰白象征忧伤(《吹号者》),用紫色象征悲伤(《向太阳》)。这种用色特点逐渐集中到艾青诗歌的两大主导性意象上——土地和太阳。土地类意象有土地、旷野、道路、北方等,其色彩为灰、灰白、灰黄、黑等冷色调、暗色调,表达了诗人对国家危亡、民族苦难的痛切之情。《雪落在中国的土地上》以"雪落在中国的土地上/寒冷在封锁着中国呀……"为全篇的基调,色调以白色和灰色的冷色调为主,与诗歌的主题、诗人的心境相一致。牛汉评价道:"它是一曲悲愤的交响乐,它是一幅意境深远色彩斑斓的大幅油画。"①太阳类意象包括太阳、火焰、黎明、春天等,诗人赋予其以明亮、鲜艳的红色、黄色、金黄色,这类暖色调、亮色调表现了诗人追求光明、高扬理想、热情澎湃的精神。《向太阳》里,太阳有着浓重的色彩:"太阳是金红色的圆体/是发光的圆体/……它红得像血。"《刘草的孩子》:"夕阳把草原染得通红了。"这类诗作突出表现了艾青用"燃烧的笔""蘸着燃烧的颜色"(《向太阳》)谱写着光辉的"彩色的诗"。②

艾青诗歌的意象已不是点缀式的散见于字里行间,而成为其诗歌的主导性力量,具有统摄全局的作用,因此也可以说,艾青诗歌以显在的意象为依托,建构起了潜在的意境,从点发展到面,从局部走向整体。

---

① 牛汉、郭宝臣编:《艾青名作欣赏》,中国和平出版社1993年版,第133页。
② 张景兰:《彩色的诗——论艾青诗歌中的色彩描写》,《山东师大学报(社会科学版)》1999年第2期。

（2）"一首诗必须具有一种造型美"①

在色彩之外，艾青也很重视诗歌的形象感。他认为，"一首诗必须具有一种造型美，一首诗是一个心灵的活的雕塑"②，"使流逝幻变者凝形"③，"诗人在这样的时候，显出了他的艺术修养：即除了他给所写的事物以明确的轮廓之外，还能使人感到有种颜色或声音和那作品不可分离地融洽在一起"④。在20世纪80年代，艾青在谈到朦胧诗和晦涩问题时，仍以绘画作比，他说应当"善于把有意识的变形与画不准轮廓区别开来"⑤。"有意识的变形"是在扎实的素描、速写的工夫的基础上进行的主动创造，而"画不准轮廓"是基本功不过关，属于艺术形态建设的缺陷。和色彩相比，对造型的强调更显示出艾青在美术方面的素养。

艾青笔下有诸多形象鲜明的描写，有圆圆的 ORANGE，"像燃烧的太阳般点亮了/圆圆的玻璃窗——"（《ORANGE》）；有"贝壳般的云朵""鱼鳞样银浪般的天"（《铁窗里》）；有"弯着的皱裂的手掌"（《老人》）。而最具造型感的是对伸直的手或臂的描写：巴黎"伸着颈，直向高空"，"我"向着你巴黎"伸出了我震颤的臂"（《巴黎》）；大堰河"直伸着的手"（《大堰河》）；"像冬天的林木的枯枝般的手"（《川灾》）；"伸着古铜般巨臂的新世界创造者"（《铁窗里》）；乞丐有一双"永不缩回"的"乌黑的手"（《乞丐》）；"饥馑的大地/朝向阴暗的天/伸出乞援的/颤抖着的两臂"（《雪落在中国的土地上》）。每一个形象都不失为一帧特写，突出的是人物凝固于一瞬的动作，而不是一系列连续的活动，仿佛一尊尊雕塑，极具造型感。这便形成一个有意思的话题：艾青放弃诗歌擅长的描写连续动作的优长，转而僭越造型艺术绘画、雕塑的领地，用诗

---

① 艾青：《诗论》，复旦大学出版社 2005 年版，第 19 页。
② 艾青：《诗论》，复旦大学出版社 2005 年版，第 19 页。
③ 艾青：《诗论》，复旦大学出版社 2005 年版，第 76 页。
④ 艾青：《诗论》，复旦大学出版社 2005 年版，第 22 页。
⑤ 艾青：《诗论》，复旦大学出版社 2005 年版，第 213 页。

歌表现凝万端于一瞬，"使流逝变换者凝形"。对于诗画界限，艾青是了然于心的，他曾这样比较道："诗比起绘画，是它的容量更大。绘画只能描画一个固定的东西；诗却可以写一些流动的、变化着的事物。"①但在上述形象描写中，他却把莱辛的诗画异质说进行了颠倒，但同时也形成特有的艺术效果：以一瞬蕴含丰富。向巴黎"伸出了我震颤的臂"这一形象背后，饱含着多少弱国子民的青年对代表先进文明的都市的极度向往与焦躁不安的复杂情感。乞丐"永不缩回"的"乌黑的手"的形象，比连篇累牍地描写国破家亡的人民所遭受的巨大创痛更具有包蕴性和暗示性。

艾青也善于描写连续性动作，"风，/像一个太悲哀了的老妇，/紧紧地跟随着/伸出寒冷的指爪/拉扯着行人的衣襟，/用着像土地一样古老的话/一刻也不停地絮聒着……"（《雪落在中国的土地上》）。诗句将无形的风进行有形化描写，连续用"跟随""伸出""拉扯""絮聒"等动词，形象生动地写出了寒风的情态，极富表现力。同时，诗歌在喻体的选择上也很精妙，用"太悲哀了的老妇"形容风不仅新颖、贴切，而且暗合了诗歌的思想主题：深刻的现实主义批判精神。

艾青为画家阳太阳的画作《女战士》写有一首同题题画诗："纤美的耳朵谛听着；/春色的天外的悠长的号角，/温柔的心遂荡起了，/对于祖国土地深沉的爱；/把眼睛凝住在战斗的遐想里，/圆润的肩背上了枪。/你的短了的黑发是美的，/你的绿色的军服是美的，/我祝祷里的你中国的女性啊，/一天，你宽阔的前额，/将映上胜利的曙光。"诗歌通过外形描写"纤美的耳朵""圆润的肩""短了的黑发""宽阔的前额"，色彩描写"黑发""绿色的军服"以及明暗描写"宽阔的前额，/将映上胜利的曙光"，勾画出一位抗战女战士的立体形象。

（3）"有如画家一样的渗合自己情感的构图"②

色彩和形体都是绘画的重要形式要素，但均只具有局部的意义，意思是

---

①　艾青：《诗论》，复旦大学出版社 2005 年版，第 279 页。

②　艾青：《诗论》，复旦大学出版社 2005 年版，第 20 页。

指,只有色彩或形体还不能构成一幅完整的画面,必须借助于构图。构图作为造型艺术的一种语言,是指作品中艺术形象的结构配置方法,艺术家为了表现作品的主题思想和美感效果,在一定的空间安排和处理人、物的关系和位置,把个别或局部的形象组成艺术的整体。构图是造型艺术表达作品思想内容并获得艺术感染力的重要手段。谢赫所谓的"经营位置"即指绘画的构图。对诗歌构图的追求,更显示出艾青良好的绘画修养。在《诗论》中,艾青说道:"诗人应该有和镜子一样迅速而确定的感觉能力,——而且更应该有如画家一样的渗合自己情感的构图。"[1]"曾问过自己吗——/我有着'我自己'的东西了么? 我有'我的'颜色与线条以及构图么?"[2]

"阳光在沙漠的远处,/船在暗云遮着的河上驰去"(《阳光在远处》),这句诗在构图上与王维的"大漠孤烟直,长河落日圆"有着异曲同工之妙。在开阔的画面上,苏伊士河在沙漠中蜿蜒至地平线,近处的天空乌云密布,阳光流泻在远远的沙漠上,把天与地连接了起来,印象派绘画对阳光的处理技巧于此清晰可见。一条船正向远方驶去,连通了暗色的近处与亮色的远处,同时增添了人的因素,使画面不似王维诗画的荒远之境,而带上了世间生活的气息。

牢狱的铁窗仿佛一个画框,框里的画面几经变换,在这些"风景画"里,诗人"看见""烙铁般红热的奔流着的朝霞","潮退后星散在平沙上的贝壳般的云朵","如披挂在贵妇人裸体上的绯色薄纱的霓彩","法兰百绘画里的塞纳河上的晴空","微风款步过海面时掀起鱼鳞样银浪般的天","温煦的朝日在翩跹的鸽群的白羽上闪光","夜游的蝙蝠回旋在沉重的暮气里"。被囚禁的只是身体,精神仍无限自由并充满活力。

《老人》一诗犹如在描述绘画的过程:"在那条垂直线的右面/半件褴褛的黑制服/三颗铜纽如沿着直线/晃着三盏淡黄的油灯"。画面中直线与圆、黑色与淡黄构成了两组对比构图。《生命》犹如一张静物写生画:"我伸出一只

---

[1]　艾青:《诗论》,复旦大学出版社 2005 年版,第 20 页。
[2]　艾青:《诗论》,复旦大学出版社 2005 年版,第 45 页。

赤裸的臂/平放在壁上/让一片白垩的颜色/衬出那赭黄的健康","青色的河流鼓动在土地里/蓝色的静脉鼓动在我的臂膀里","五个手指/是五支新鲜的红色"。在白底的"画布"上呈现出赭黄、青、蓝、红的旋律,表现了健康、蓬勃的生命力。《雪落在中国的土地上》勾画了一幅明暗对照鲜明的夜景图,一豆灯火亮在漫天黑夜里:"沿着雪夜的河流,/一盏小油灯在徐缓地移行/那破烂的乌篷船里/映着灯光,垂着头/坐着的是谁呀?"《黎明》:"希望在铁黑的天与地之间/会裂出一丝白线——",极具画面感的黑白对比,强化了在黑夜里盼望黎明的主题。

3.其他诗人诗作

不仅仅是康白情、艾青,诸多诗人的诗作中都不乏画意的表现。尤其是初期白话诗,由于提倡"须要用具体的做法,不可用抽象的说法",诗人们往往采取实录的方式写作,诗歌多表现出画面感。对此,周作人的《画家》一诗中的诗句,对初期白话诗以写实的画面反映社会生活的艺术追求进行了形象的概括:"这种种平凡的真实的印象,/永久鲜明的留在心上;/可惜我并非画家,/不能用这枝毛笔,/将他明白写出。"①

白话诗开山之作——胡适的《白话诗八首》中就有不少具有画面感,如《蝴蝶》《风在吹》《湖上》《老鸦》《大雪里一个红叶》《夜》。其中,《湖上》一诗最具有诗情与画意。《湖上》:"水上一个萤火,/水里一个萤火,/平排着,/轻轻地,/打我们的船边飞过。/他们俩儿越飞越近,/渐渐地并作了一个。"诗歌描写了夜晚的湖面上,萤火虫傍水而飞的情景,语言轻巧,描写真切,具有写景抒情诗的韵味。诗歌营造的情景也富于画面感:在暗黑而泛着微光的湖面上,亮的萤火虫成为视觉焦点,大片的黑与一点的亮构成强烈的反差,引人遐思。诗歌仿佛一首舒缓的小夜曲,让人想起颜文樑所喜爱的对夜晚水面的描绘,这时光的所在成为画面抒情性的关键。刘半农的《晓》,李大钊的《山中即景》

---

① 周作人:《画家》,《新青年》第6卷第6号,1919年6月。

《山峰》,俞平伯的《春水船》《冬夜之公园》《暮》《晚风》,傅斯年的《深秋永定门城上晚景》均是写景抒情并自带画意的诗篇。

关于初期白话诗"诗中有画"的特质,学者江锡铨作了较为全面的阐述。在他的专著《中国现实主义新诗艺术散论》中,专论初期白话诗的第二章即命名为"初期白话诗的诗情画意"。江锡铨认为,初期白话诗的诗情画意主要体现在诗歌采用具体的描写,呈现出生动的画面,"从初期白话诗的'尝试'时期开始,诗人们即力避在诗中谈玄说理,而出之以生动的画面、具体的描写",其中又大致分为写景状物类与社会写实类。① 写景状物类诗歌以第一首白话诗——胡适的《蝴蝶》为开山之作。《蝴蝶》"以一幅简略素朴的诗画,隐约传达出作者自己淡淡的孤寂感"。沈尹默的《月夜》"以一幅风前月下,人与树傲然兀立的写实的画面,传达了一种令人深思,又令人感愤,属于一个新的时代的诗情'画意美'"。俞平伯的《冬夜之公园》"朦胧、清冷的画境里,凝聚着作者丰富、质朴的感受"。社会写实类诗歌以胡适和沈尹默同题的《人力车夫》、刘半农的《相隔一层纸》出现较早,它们"以这样蕴含着朴素的阶级对立意识的社会生活的诗意'写生',开启了中国新诗的社会风情画册的扉页"。此类诗歌另如刘半农的《车毯》《卖萝卜人》,周作人的《两个扫雪的人》《背枪的人》。"康白情的《草儿在前》、沈尹默的《三弦》、俞平伯的《春水船》以及其他初期白话诗中,作者对于社会、对于历史、对于人生的思索和探寻,也往往都是寄寓于现实生活真实的、具体的刻画。"沈兼士的一首纪游小诗《真》:"我言'草香树色冷泉丑石都自有真趣,妙处恰如白话诗'",形象地概括了初期白话诗的美学追求。"初期白话诗的诗情画意,正是重'具体的做法'、重真情实感、重社会生活和人生问题摹写,'未加雕饰'的写实主义精神的艺术升华。""诗人不但'画'出了画家能够画出的色彩和形体,而且'画'出了画家所难以

---

① 江锡铨对"诗中有画"的界定很宽泛,把社会、人生写实类也归入"诗中有画"。而本文对"诗中有画"的界定更狭窄,大致认定直接表现出视觉性、画面感的诗歌为"诗中有画",这类诗歌多为写景状物类。

画出的思索和呼声。从这个意义上，我们也许可以说，初期白话诗的作者们，同时也是时代的'写生'画家。"因此，"这时期白话诗的一个共同美学特征"是"摈弃繁冗的说教和无病呻吟，力图用具体、清新的诗意'写生'来渲染时代气息"。而这种"画意美"既是对中国"诗中有画"传统的继承，又"以容纳新的思想内容和新的意境，用写实主义手法具体描绘社会生活和人生感慨，使得'诗中之画'更具时代气息，更臻完美"。①

在文研会写实主义诗歌中，也有一批写景状物纪游的诗篇表现出诗中有画的特质，如俞平伯的《潮歌》《孤山听雨》《晚风》《竹箫声里的西湖》，朱自清的《沪杭道中》《秋》《纪游》《湖上》《细雨》，郑振铎的《柳》《雁荡山之顶》《夜游三潭印月》《一株梨树》。其中，俞平伯的诗歌独具深婉之致，是纪游诗篇中的佳作。《孤山听雨》一诗以饱含情愫的诗笔，描绘了一幅湖山浴雨的水墨画卷，朱自清赞道："写景也以清新著，如《孤山听雨》。"②该诗融合了古诗意境、名士气度与现代诗情，是一幅有声有色的文人水墨画卷，充分体现了俞平伯诗歌的特点："凝练、幽深、绵密"，"有不可把捉的风韵"③，行笔"奇峭而有情趣"，"曲折跳动，像是有意求奇求文"④。

七月诗派是诞生于战争岁月并随之一同成长的诗派，它以强烈的主观战斗精神、现实主义倾向和高度的艺术特质，成为一个具有鲜明印记的诗派，即使在抗战诗歌的大潮中也很容易被辨认出来。在他们笔下，对景观的描写也独有一番情韵。"秋虫唧唧/远地磷火闪烁，/天空那么高丽/前哨的兄弟们/架起火/把午夜点缀，/这时候/我们偷袭去。"(《偷袭》)这是侯唯动笔下的夜景，不同于一般诗歌中静谧、祥和、幽深、恐怖、冷寂的夜，也不同于七月诗派的前辈诗人艾青《火把》中那个明亮闪动、让人激动的夜，这里的夜融合了安

---

① 江锡铨:《中国现实主义新诗艺术散论》，北京大学出版社 2005 年版，第 51—63 页。
② 朱自清:《我是扬州人》，中国工人出版社 2013 年版，第 146 页。
③ 朱自清:《冬夜·序》，上海亚东图书馆 1922 年版。
④ 张中行:《俞平伯》，载《张中行经典》，江苏凤凰文艺出版社 2018 年版，第 17 页。

静与躁动、和平与战争、黑暗与火光,是一个复杂的综合体。仅从画面感上看,这也是一幅美妙的明暗构图:在黑的底色上,最引人注意的是黄亮的火光,与之相配的是星星点点的磷火,天空微亮,与地面之光构成了呼应。这样的诗情画意是属于前线战士的,是在战争的紧张氛围的空隙中体会出的,折射出战士们对这场战争的深刻认同与积极参与。"七千发大炮,三百磅炸弹,/三百磅硫磺弹触怒了地雷;/红的火,绿的田园,/黑的烟,白的云,/把天地织成一个混乱"(庄涌《祝中原大战》)。诗歌以红与绿、黑与白两组对比色的强行组合造成强烈的视觉冲击,引发同样强烈的心灵冲击,巧妙地表现战争的激烈与残酷。几种颜色的交织,仿佛打翻了调色板,在"把天地织成一个混乱"的同时,把国家、社会也织成了空前的混乱,由此诗歌的深层意义得以建构。七月诗人创造了独特的诗情画意,一个远离了静谧、优美的崇高意境,该意境和诗歌的主旨啮合无间。

(二)诗借画以"情"

在写实主义画家中,徐悲鸿是一个诗文书画兼善的典型,他对于中国传统的诗画相通有着深刻的理解,并将之融化在自己的艺术评论和创作中。他在《游英杂感》(1933)里将康斯太布尔(Constable)比作杜甫,将透纳(Turner)比作李白。"至若浑茫浩瀚,气象万千,光辉灿烂,笔参造化者,则有与康司太勃并世之特纳!特纳为英国画派之巨星,亦近代画派之太宗。吾恒比之诗人李太白,而康则近杜甫也。"[①]19世纪英国最伟大的风景画家康斯太布尔是写实主义的先驱,他终其一生致力于描绘英格兰风景,其画以绚丽、浑厚的色彩,描绘了真实、朴素、清新的农村生活场景,洋溢着抒情诗般的情调。著名诗人和画家布莱克评说道:"这可不是对自然的写生,这是灵感!"康斯太布尔的风景画不仅受到德拉克罗瓦等画家的推崇,还受到法国著名文学家司汤达的赞赏。

---

① 徐悲鸿:《为人生而艺术:徐悲鸿自述》,文化艺术出版社2015年版,第35页。

透纳是 19 世纪英国浪漫主义风景画家，不同于康斯太布尔画作的宁静、和谐，透纳的风景画注重表现空气、气氛，充满了运动、激荡，让人感受到大自然的浪漫、崇高，有一种壮丽炫目的诗美，洋溢着能够迸发出震撼力和戏剧效果的气氛，对后期印象派绘画影响巨大。因此徐悲鸿把康斯太布尔比作杜甫，把透纳比作李白，也是切合实际的。两位画家的风景画都充满了诗意，徐悲鸿对之的推崇，从侧面反映了他对"画中有诗"的认同。

1947 年，徐悲鸿在《当前中国之艺术问题》一书中说道："至如梅南尔（Rene Menard）画中充满诗意；塞冈第尼（Segantini）之画如闻上界笙歌之乐境，尤以倍难尔（Aleert Besnard）之作品凤凰于飞，和鸣锵锵，中国古人亦均无之。"①在评论印象主义画家时，徐悲鸿充分运用了通感的手法，以诗歌、音乐来论画：梅南尔的风景画涌动着诗意，意大利画家塞冈第尼笔下的阿尔卑斯山回响着旋律，注重光影效果，强调色彩对比的法国画家倍难尔的作品也如同一首音乐。画中的音乐感也是一种诗意的呈现。可见，徐悲鸿对绘画的诗性有着执着的偏爱，这种爱好时不时会在其创作中流露出来。

作于 1924 年的《浴》便是一幅具有诗情的油画。此画的新奇之处在于，这本是一幅人体油画，但又不是常见的画室中的写生技法训练。画面中加入了河边、柳树等背景，同时将西方技法与中国情韵相结合，在光色的辉映下，人体写生的油画变成了一首婉丽的抒情诗。徐悲鸿的弟子、著名画家冯法祀评价道："《浴》是徐悲鸿人体油画中水准最高的一幅，在柔和光线照射下，色调清新、协调、典雅而宁静。这幅画不完全是写实作品，有构思的成分在里面。徐悲鸿大师在这幅画中融入了中国传统文化的韵味，还有西方印象派技法在里面，是难得的佳作。"②

传统诗性精神或隐或显地包含在徐悲鸿的创作中，赋予其作以中国情调的独特韵味，例如《箫声》（1926）、《鸡鸣寺道中》（1934）、《漓江风景》（1934）、

---

① 徐悲鸿：《徐悲鸿论艺》，上海书画出版社 2010 年版，第 183 页。
② 沈培新：《徐悲鸿作品解读》，安徽人民出版社 2007 年版，第 185 页。

图1-12 徐悲鸿《箫声》

《月夜》(1937)、《庭院》(1942)。"《箫声》具有典型的意境之美。此作饱含着游子思乡的绵绵情思和诗意,其中中国美女哀怨的表情、整个画面色调的清幽与浑厚和谐、中国乐器箫发挥的情感作用等景象所体现出来的诗意,可与中国古代的边塞诗相媲美。中央美院教授冯法祀评价此画说:'我们现在来看这个《箫声》,从思想内容上它就是一种怀念故国的意思,怀念故国像箫声一样的悠远,是很有意境的而且很高的意境……很崇高的一种意境。'《箫声》正是中国意境之美与西方油画形式的一次成功的完美结合。"①《箫声》以身着中式服装的女子吹箫为画材,以面部、手及前臂的写实与服装、背景的写意相结合的笔法,以深晦的色调和独具匠心的构图,营造出忧伤的情调,仿佛一首幽婉的抒情诗。

徐悲鸿的学生兼助手吕斯百也偏爱绘画的诗意,在自己的艺术个性下发展出独具特色的"画中有诗"——田园诗趣。在法留学期间,除了学习法国学院艺术的技术趣味和形式,吕斯百还青睐时兴的现代艺术,如夏凡纳的理想化的象征主义绘画、西斯莱的印象主义风景画。夏凡纳艺术的独特性在于,那些带有象征意味的绘画具有装饰风,可是却并没有走向技术主义,反而被画家引入到诗的境界——一种梦幻般的、古朴的诗意。夏凡纳也成为法国绘画从古典向现代过渡的艺术家。夏凡纳绘画为吕斯百所倾慕,对此,与吕斯百情同手

① 唐培勇、赵辉:《徐悲鸿绘画鉴赏》,中国轻工业出版社2010年版,第35页。

足的同学与朋友常书鸿看得最清楚:"斯百爱他有诗意的画面,斯百爱他能将里昂阴湿雨天的水洼变作天国乐园的莲池,那种富于想象力的头脑。"①对夏凡纳绘画的喜爱源于吕斯百心底对诗意的追求。同时,不同于夏凡纳对带有神话色彩的诗境的表现,吕斯百以自己的心性,钟情于中国特色的乡村诗意。"选择夏凡纳为师承对象是出于吕斯百心底里乡土情感对夏凡纳画面诗意的共鸣。这种影响奠定了他日后写实主义作风中的诗意品质,在中国油画史上独树一帜。吕斯百对夏凡纳将'天上、人间'理想化触合而产生的如入仙境般的诗意并不满足,他要表现从自己现实体验中累积而孕育出的诗意,略带乡愁和苦涩的情感。"②与夏凡纳相比,印象主义画家西斯莱的绘画更具有生活实感,他终其一生描绘的都是他生活中的塞纳河畔、莫雷、圣-芒美、马利等地的村落、乡间、雪景。西斯莱的风景画流淌出静谧、孤独、朴素的诗意,唤起了吕斯百心中的田园诗情。

　　有研究者认为,"在重庆,吕斯百在20世纪40年代以一幅《庭院》而被誉为'田园画家'"③。此话虽有过誉之嫌,却从一个方面指出了《庭院》(1942)的特点及其在吕斯百绘画中的地位。对于《庭院》,艾中信指出,这是在柏溪农村吕斯百曾居住的房东家的房子,"我也在这院子里住过几天。曾站在这幅画的视点上看这个已经破落的院子,觉得吕先生面对这景物,似乎并没有什么主观的设想,也并未美化它,而是把握自己的感受,把自然景色加以纯化,就这样把和煦阳光下的恬静的农家情调表达出来了。他画得那么自然、朴素、从容不迫,任凭感情汩汩流露"④。《庭院》是一幅乡间风俗画,采用吕斯百惯用的土类色为基调,描绘了一个普通农家的庭院,表现了阳光下宁静的农家生活,具有浓郁的乡村生活气息。如果以《庭院》为中心,串起吕斯百这一时期

---

①　常书鸿:《怀念画家吕斯百》,载《吕斯百绘画作品集》,岭南美术出版社1997年版。

②　关红实:《永远的田园诗风——探寻吕斯百油画创作的重要时期与代表作品》,《美术》2005年第12期。

③　王倩:《平实的精神叙述——论韩景生的油画艺术》,《中国美术馆》2012年第9期。

④　艾中信:《怀念吕斯百老师》,载《吕斯百绘画作品集》,岭南美术出版社1997年版。

的作品,便会对其绘画的田园诗意有更深的理解。《莴苣、菜花和蚕豆》
(1942)造型坚实,《鲇鱼》(1944)生动逼真,《野鸭》(1947)具有西斯莱、塞尚
的影响,这些静物画在对象选择、造型设计、色彩调配、情调表现等方面可谓对
他十年前入选巴黎春季沙龙的《野味》(1932)的一种发展。它们就是农家"庭
院"里的物品,寄托着对乡村平静生活的情感,营造出一片田园诗境。这是
"一批堪称中国油画史上经典之作的油画作品","初现了吕斯百朴素、儒雅的
田园风貌,使他赢得了'田园画家'的美誉"。① 宗白华评价吕斯百的绘画道:
"我们看斯伯(百)的每一张画,无论静物、画像、山水,都笼罩着一层恬静幽远
而又和悦近人的意味,能令人同它们发生灵魂上的接触,得到灵魂上的安
慰。"② 秦宣夫在1944年吕斯百首次个人油画展后评价道:"我觉得吕先生的
作品中最难得的一点是有统一的风格。而他的风格中最特别的地方是美的鉴
别力之纯正和一种乐观的,温暖的,宁静的,中节的,诗的情趣。二者皆非力学
而能的。"③

在写实主义油画家中,颜文樑的风景画最具有诗意,一个重要原因就是他
对外光色的自如运用,再加之相对疏松的笔法,因此被称为印象派绘画。无论
是水彩画,如《柳浪闻莺》(1925)、《平湖秋月》(1925)、《湖亭冬雪》(1925)、
《六和挂帆》(1925)、《冷泉品茗》(1925)、《兰溪返棹》(1926),还是油画如
《月光河》《庭院夜色》(20世纪40年代)、《雪夜》(1947),均光色交融,意境
悠远,画家充分把握了光对景物的影响,在冷暖对比中创造意境,营造出浓郁
的诗情画意。颜文樑天生有着对色彩的敏感,在画面中不断探求对色彩的捕
捉,不论是自然界的月光、日光、雪光,还是人造的灯光,他都极具用心地进行
处理,力求把色彩的巧妙对比与色阶层次的微妙变化,精确地表现出来,创造

① 关红实:《永远的田园诗风——探寻吕斯百油画创作的重要时期与代表作品》,《美术》
2005年第12期。

② 宗白华:《凤凰山读画记》,《时事新报·学灯》1944年4月20日。

③ 秦宣夫:《吕斯百先生的艺术》,《中央日报》1944年4月15日。

一种宁静、幽雅的美,因此他的绘画又被称为抒情性的写实绘画,独具特色。学生黄觉寺评价其师的艺术道:"颜先生早期创作,画种繁多,有中国画、铅笔画、水彩画、粉画、油画等。但不论从哪一画种的作品来看,都能窥见其刻意追求写实,且具诗境韵味,

图1-13 吕斯百《庭院》

无怪乎徐悲鸿先生称其艺为'精微幽深',并赞为中国之梅索尼埃。"①金冶还评说道:"颜文樑先生所画的虽然是西洋的风景画,但他却早从青年时代起,就始终习惯于在这种画上以诗配画或以画配诗。"②诗画配本来是中国画的形式,运用到西画上并不多见(徐悲鸿曾用过),颜文樑的这种"借用"表现了他对诗画相通相融的主张:无论是西画还是中国画,绘画的本质即展现形式之美,并从中体现韵外之致,以有限的画面追求无限的境界。而且越到老年,画家所持的诗画相配的主张表现得越明显:在画面中营造光色辉映的境界,给油画配以诗句并粘贴在画框外侧。这表现出画家对中国传统艺术的深切认同,打破中西画界限以后对绘画更加自由的把握,以及对油画民族化的探索。

20世纪40年代的西部之行激活了画家们新的艺术敏感区,西部边疆少数民族地区独特的风景、人情、物理给了画家们新的灵感,激发了他们豪迈的

---

① 黄觉寺:《〈颜文樑〉序——画家的生平与艺术》,载《颜文樑》,上海人民美术出版社1985年版。

② 金冶:《颜老夫子》,载王骁编:《二十世纪中国西画文献 颜文樑》,文化艺术出版社2009年版,第24页。

诗情。董希文的《戈壁驼影》(1947)以疏松的笔致、深暗的色调、饱满的近景构图,描绘了一支骆驼旅队行走在日落时分的沙漠上,在昏黄的夕阳照射下投下黑色的长长的影子,一种苍茫、悲凉之感洋溢其间,引人无限感慨与喟叹。画面融汇了画家对日落的灿烂景色的感动,对迥异于混浊都市的边地风景的体认,对驼队象征的人世苍茫的感慨以及受到的西方绘画光影表现手法的影响等诸多因素,营造出一种边塞诗般的意境,受到徐悲鸿好评:"塞外风物多悲壮情调,尤须具有雄奇之笔法,方能体会自然,完成使命。本幅题材高古苍凉,作风纵横豪迈,览之如读唐岑之诗,悠然意远。"①在表现新疆马群飞腾的生命力上,司徒乔的新疆写生作品《套马图稿——生命的奔腾》无疑更富于激情与表现力。该画是司徒乔新疆系列画稿之一,描绘的是牧民在群马中套马的情景。画面构图充实饱满,盈框皆是雄壮、矫健的新疆马,笔触粗大概括、流畅自如,色彩沉稳厚实、热烈奔放,充分表现出马匹飞腾奔跑嘶鸣之态,充满动势与张力,仿佛一首昂扬的边塞诗,标题《生命的奔腾》亦富有诗意。同时,该画带有草图性质,不似完成的作品那样严密,反而更带有绘画过程的韵律感。《生命的奔腾》把司徒乔绘画的特点——浪漫的写实,表现得十分充分,与其他写实画家的静态描绘区别了开来。司徒乔在《新疆猎画记》中记述道:"荒寒骋马,雪海逶迤,望着澄澈如水的青天,重又前进,无数牧户农庄,星缀银野,鞭举而雪花乱飞,蹄落而血泥印长,忆昔年肄业燕京,立冰绘雪之痴,至此可谓极雪国大千之大观,可是要真表现雪景,还要有澄明心境之修养,使能悟其洁;有灵快笔触,始能状其清,一个岭南游子,走马匆匆,所能表达的实在有限。"这段话以诗意的笔法,表达了画家们来到西部所经历的视觉上、精神上、心灵上的冲击和变化,西部对于岭南游子、江东游子和中原游子来说,本身就充满异域诗情,西部题材绘画也自带一种独特的诗意。无论是司徒乔的《哈萨克家庭》《新疆集体舞》《珠勒都斯草原》《搬家》《牦牛》《刁羊》,还是董希文的

---

① 李超:《中国早期油画史》,上海书画出版社 2004 年版,第 442 页。

《苗女赶场》《哈萨克牧羊女》《祁连放牧》,抑或是吴作人的《戈壁神水》《祭青海》《青海市场》《哈萨克》《玉树》《高原傍晚》《喇嘛寺复道》《乌拉——记一九四五年青海旅行时所见》和《藏女负水》,或热烈奔放,或清新明朗,或古朴苍茫,创造了具有个人印记的西部风情与诗意。

图1-14　司徒乔《生命的奔腾》

第三节　写实主义:一个复杂的存在

从 realism 这个概念的翻译开始,就见出"写实主义"的复杂性,它不仅在诗歌领域和绘画领域的侧重点不一样,而且从根本上说,其内涵上的不确定性来源于其哲学上的困境,"无边的现实主义"便是对此的形象概括。就中国现代文艺史来看,写实主义尤其变幻多端,它逐渐朝着现实主义方向演变,而中国现代时段的现实主义也不是西方文艺学意义上的客观现实主义,而是具有中国现时特点的革命现实主义。至此,写实主义因其"落后性"淡出历史舞台中心。"淡出"并非意味着完全退场,而仅仅指处于边缘或隐匿的位置。作为一种观察世界的视角、表现世界的方法,写实主义一直有着自己的作用和地位,每当艺术衰退或停滞的时候,写实主义便再次焕发出活力,成为激活艺术的动力。从这个意义上说,写实主义从未过时,它可以记录历史,反映现在,也可以表述未来。

一、 写实主义的哲学困境

20世纪初中国的写实主义这个概念一开始是和向西方学习科学、民主的潮流相伴随的。甚至可以说,中国在引进写实主义的时候,是把它作为科学的一部分看待的,写实主义概念的背后有着科学的精神,它被赋予了求真的意志。这就涉及写实主义的哲学问题:"真"(reality)。关于"真"的讨论是西方哲学上的老问题兼难题,自哲学诞生以来就一直争论不休。柏拉图认为,形而上的理念才是真实,感官世界是错觉,是不真实的,并以"三张床"为喻来进行说明:首先要有床的理念,这是超越于经验之上的至高无上的概念;然后木匠根据该理念制造出现实世界中的床;最后画家依据木匠造出的床绘成图画。因此艺术是"理念"的摹本的摹本,它与真理隔着三层,不能反映真实,由此否定了艺术的真实性,否定了艺术的价值。柏拉图哲学形成了西方哲学传统,对后世影响深远。"这位轻视当时艺术的哲学家,不料他的'理念论'反成希腊艺术适合的注释,且成为后来千百年西洋美学与艺术理论的中心概念与问题。"①直至黑格尔为止,西方哲学家基本上都信守柏拉图理论,认为"真实"分为对立的两个方面:"真实的实在"即"理念"和"纯粹的表象"即"经验"。它们也常常被转换为更为通俗的概念,如"精神"与"物质"、"本质"与"现象"、"理性"与"感性"、"内在"与"外在"。② 例如黑格尔即认为,事物都有两副面孔,人只能看见表象,本质和真实唯有上帝可见。这种神义论哲学观是古典社会的思想基石。

---

① 宗白华:《论中西画法的渊源与基础》,载宗白华:《美学散步》,上海人民出版社2005年版,第216页。

② 吕澎:《20世纪中国艺术史》上卷,北京大学出版社2007年版,第222页。

依据该哲学观,写实主义遭到了人们的讥讽乃至否定,认为它仅仅是对日常现实的反映,描绘低级、凡俗的事物,未能反映更高的真实。"法国批评家佩里耶(Charles Perrier)1855 年在《艺术》杂志上发表言论攻击写实主义,认为'写实主义的论点是自然足矣'。他的意思是,写实主义者以为自然尽善尽美,只需如实模仿,不必依据理想典型而对之加工处理。现代派诗人波德莱尔在评论 1859 年沙龙时,把写实主义者贬称为'实证主义者',认为写实主义者企图'按事物的原样或可能成为的样子复现事物,假定我(观察主体)并不存在……',写实主义的世界只不过是一个'无人的宇宙',它是'一种粗俗,枯燥无味,缺乏想象之光的艺术'。波德莱尔还讥讽说,在写实主义者心目中,现实世界中的事物不过是一部'象形文字词典',缺乏实质精神。"①

中国古代诗论画论亦从未以写实形似为鹄的,而是以"气"为上,这源于中国哲学思想。《周易》认为,天地万物的产生是"阴""阳"二气交互作用的结果,所谓"一阴一阳之谓道",这便从世界本源的层面上确立了"气"的地位。在哲学思想的统领下,文学艺术充分发挥了气论思想。汉代《礼记·乐记》云:"合生气之和,道五常之行,使其阳而不散,阴而不密,刚气不怒,柔气不慑,四畅交于中,而发作于外,皆安其位而不相夺也。"《乐记》继承了《周易》思想,认为音乐即阴阳、刚柔和谐作用的结果。《乐记》以气为审美活动之本的观念,对后世文艺理论和美学产生了深远影响。在文学领域,曹丕提出"文以气为主",强调作品风格、气度与作家气质个性的关系,开创了以气论文的先河。后世论文多讲求以气为上,例如刘勰在《文心雕龙》中主张以气论文。在绘画领域,南齐谢赫在《画品》中提出"六法"论,以"气韵生动"为首,涉及描绘对象的真实性的"应物象形""随类赋彩""经营位置"分别位居第三至五位。"六法"论开启了中国古代绘画理论自觉的时代,"六法"成为中国古代美术创作、品评的标准和美学原则,"气韵"也成为绘画之首要因素,如近现代的

---

① 曹意强:《写实主义的概念与历史》,《文艺研究》2006 年第 7 期。

黄宾虹认为"气关笔力,韵关墨彩"(《论画书简》)。中国古人如此看重"气",甚至达到偏激的程度,例如从唐朝伊始,文人们以"气"贬低写实形似绘画的价值,苏轼的"论画以形似,见与儿童邻"便是典型之论。

不管是西方还是中国,对写实的批评、质疑乃至贬抑都并不意味着写实主义的消亡,反而证明了写实主义的存在。仅以西方为例,西方自15世纪开始一直到19世纪末,绘画一直追求逼真地描摹对象,并取得了丰富的成绩。自文艺复兴开始,文学中的现实主义倾向渐增,人文主义、古典主义、启蒙主义文学在对现实生活的真实书写上积累了愈加丰富的经验,在此基础上19世纪兴起现实主义文学思潮。正是有了如此丰富的成绩,才有了对写实主义的批评。由此也可看出,柏拉图对艺术虚幻性的揭示,对艺术的贬斥并没有阻止人们从事艺术的步伐。人们认为,既然自然是理念的显现、上帝的造物,那么秉持这种理念,并以此为典范,去伪存真,就可以不断接近真实。这也可谓对柏拉图的反向继承。这种观念可追溯到亚里斯多德的模仿说。亚里斯多德给艺术下的定义就是"模仿自然",意指艺术是探究自然奥秘即永恒理念的途径,艺术可以反映真实,肯定了艺术的价值,由此与其师柏拉图的理念论相反。中国的写实主义画家颜文樑也认为,他们的代表性风格就是"透过对某一事物的再现"实现符合古典主义科学法则的"真",从而达到美,"没有真的就没有美,美就要附在真实上面"。①

但不管是"摹仿自然说"还是对写实主义的批评,都不可避免地遇到了难以解决的矛盾:作为"纯粹的表象"的形象与"真实的实在"究竟是怎样的关系? 它们如何相关联? 视觉的真实是否应该求助于理性的判断? 这些内含的哲学矛盾既推动了写实主义的发展,也形成了写实主义的反对力量。例如,当放弃了对自然的再现,人们则转而关注艺术手段本身,如格林伯格的现代主义理论呼吁绘画回归平面本性。而最极端的反对意见是对艺术写实的可能性的

---

① 李超:《中国早期油画史》,上海书画出版社2004年版,第419页。

彻底否定。20 世纪兴起的抽象艺术、行为艺术和装置艺术认为，"既然绘画要么是'真实存在'的错觉，要么是对自然的不完全模仿，那么为何不直接将现成品当作艺术呢？美国现代艺术博物馆和伦敦泰特美术馆曾合办过一个展览，名为'真实的艺术'，展品是画有条纹和染上颜色的巨大画布、胶合板、塑料和金属做成的庞然大物。既然写实主义复现的既不是事物的全部表象，又不是事物的本质，为何不干脆像杜尚那样直接把现成的小便池放到艺术展览馆呢？"① 以杜尚为代表的达达主义运动不仅在视觉艺术领域，也波及诗歌、戏剧等领域。达达主义诗歌反逻辑的语词组合，既不写实，也不表意，亦不抒情，彻底放弃对意义的探求。

二、 写实主义作为一种艺术动力

不管历来对写实主义的反对多么强烈，它却并未消亡，不仅一直存在，而且反复证明它是一种激发艺术活力的动力。每当艺术衰退，总免不了与生活远离，与自然隔阂，这时就会出现重新发现自然、回归自然、贴近生活的呼声，这种要求对客观世界进行细致观察与忠实表现的潮流即写实主义思潮。在 1836 年的沙龙评论中，法国作家普朗什（Gustave Planche）便把写实主义作为复兴、革新艺术的一种手段。16 世纪末至 17 世纪初欧洲出现写实主义倾向，西班牙的里瓦尔塔（Ribalta）、里贝拉（Ribera）、委拉斯贵支、苏巴朗（Zurbaran），意大利的卡拉奇（Carracci）兄弟、卡拉瓦乔（Caravaggio）以及法国的风俗画家、肖像和静物画家，都倡导回归自然，提倡写实主义艺术。② 这次思潮兴起的背景是反对样式主义与学院派美术。样式主义盛行于 16 世纪下半叶至 17 世纪的意大利。这群艺术家一味模仿拉斐尔、米开朗基罗的绘画风格，突出强调技法和美，有媚于时尚、因袭传统乃至矫揉造作的倾向，画界以"样式"一词来形容其只知模仿表象，而没有得到大师精髓的特点。样式主义

---

① 曹意强：《写实主义的概念与历史》，《文艺研究》2006 年第 7 期。
② 曹意强：《写实主义的概念与历史》，《文艺研究》2006 年第 7 期。

的流行在一定意义上标志着文艺复兴盛期的结束。学院派美术盛行于 17 世纪的意大利,带有折中主义的特色,过分强调法则,作品题材大多是宗教或神话,在技法上偏重素描而轻视色彩。学院派美术为古典主义艺术奠定了基础。样式主义和学院派美术都放逐生活,一味讲究形式和构图技巧。作为对这种形式主义、手法主义的反对,写实主义思潮兴起,主张艺术表现真实生活,并影响现实生活,旨在扭转矫揉造作的风气,扭转艺术的衰势,恢复艺术的生气。这股思潮继承文艺复兴的传统,并推开 17 世纪现实主义艺术的大门。

这种现象在美术史上屡见不鲜。例如当印象主义发展到末期感到乏力的时候,塞尚说道:"在千万种现有图像重负之下,我们的视觉有点疲乏了,我们已不再观看自然,而是一遍又一遍地观看图画。"因此,他告别艺术中心巴黎,回归故乡普鲁旺斯艾克斯镇,一心"依据自然重画普桑",重新发掘绘画表现的活力,开启了后期印象主义绘画。而在当代中国,不断涌现的写实画展与写实主义研讨会也说明,人们已意识到,专事风格的作品缺乏生命力,因而转向重新启用写实主义来激活当下的艺术。① 中国绘画史上也不乏以写实促进艺术发展的例子。南陈的姚最较早在《续画品录》中提出"心师造化"论。唐代画家张璪进一步发展为"外师造化,中得心源"的艺术创作理论,成为中国美学史上"师法自然"理论的代表性言论。北宋的范宽主张"与其师古人,不若师诸造化"。许多学者、艺术家在分析中国近代绘画衰微的成因时,也纷纷归罪于注重临摹、不重写生的绘画传统,例如康有为、陈独秀、徐悲鸿、黄宾虹,从而把振兴之道寄托于写实,如俞剑华认为,"欲揽狂澜,非提倡写生,提倡创作,排斥临摹不可"②。

诗歌发展史也证明现实主义是一种充满活力的文艺思想与创作方法。中国诗歌的伟大开端——《诗经》即现实主义的杰作,不论是在思想内容上还是艺术手法上,它都为后世诗歌开启了多元化的大门。继承《诗经·国风》"民

---

① 曹意强:《写实主义的概念与历史》,《文艺研究》2006 年第 7 期。

② 俞剑华:《中国绘画史》,台湾华正书局 1984 年版,第 1 页。

间自然性情之响"的汉乐府多数为现实主义的描绘,它们以其匠心独运的立题命意,高超熟练的叙事技巧以及灵活多样的体制,成为中国古代诗歌新的范本。汉末建安时期,"三曹"(曹操、曹丕、曹植)及"建安七子"(孔融、陈琳、王粲、徐干、阮籍、应旸、刘桢)继承汉乐府民歌的现实主义传统,第一次掀起了文人诗歌的高潮。他们的诗作表现了时代精神,具有慷慨悲凉的阳刚气派,形成被后世称作"建安风骨"的独特风格。两晋时期的诗歌创作则逐渐走上形式主义的道路,诗歌内容空泛,缺乏流传千古的杰作。对这种局面的打破一直要等到东晋末年的陶渊明。隐居不仕的陶渊明,在崇尚骈骊、重形式而轻内容的时代气氛中,继承乐府的现实主义传统,把田园生活作为重要的创作题材,给诗坛带来接近现实的作品,为古典诗歌开创了新的境界。唐朝作为中国诗歌的高峰期,现实主义诗歌是一支重要力量,如思想性与艺术性兼具的边塞诗。作为中唐时期最杰出的现实主义诗人,白居易继承并发展了《诗经》和汉乐府的现实主义传统,在文学理论和创作上掀起了一个现实主义诗歌的高潮,即新乐府运动。晚唐后期,又出现了一批继承中唐新乐府精神的现实主义诗人,如皮日休、聂夷中、杜荀鹤,他们的诗锋芒毕露,直指时弊。明清文学的主要成就是小说,启功所谓"宋以后的诗是仿出来的",诗歌创作缺乏创新性,未有超出前代之作。如明代诗歌在拟古与反拟古的反复中前行,没有出现杰出的诗人、诗作。清代诗词流派众多,但大多数作家均未摆脱拟古主义和形式主义的套子,也难有超出前人之处,并首当其冲地成为现代诗歌革命的对象。作为"五四"文学革命的先锋,现代诗歌把清末民初的旧体诗看作"假文学""死文学",欲以新的时代精神和诗歌形式取代之,写实主义便是新诗人选择的一大利器。他们呼唤直面现实的精神,以写实主义白话诗冲击旧诗营垒,重新唤回诗歌面对现实的书写力,也重新激活了诗歌的表现力。

三、 写实主义、历史与当代性

作为一种艺术运动,不论是在诗歌领域还是绘画领域,写实主义的目标都是在对当代生活作真实、细致的观察的基础上,对现实世界进行客观、真实的个性描绘与再现。因此,写实主义强调当代性,并由此延伸出一定的未来性。在对时间的认识上,写实主义大师库尔贝坚定而执着,他曾在 1861 年宣称:"绘画在本质上是一种具体实在的艺术,只能再现真实和存在的事物。它完全是一种物质语言,其言词由一切可见物象所构成;任何抽象、不可见、不存在的物象,都不属于绘画的范畴。"因此,过往的历史被他排除在写实主义绘画之外,唯有当代世界成为库尔贝认为的写实主义的有效题材。据此,杜米埃和马奈提出,艺术家的神圣使命是反映自己所处的时代。① 这点对 20 世纪上半叶的中国诗歌与绘画来说很受用,"当下性"立马和民族国家的大时代、大主题联系了起来,艺术选择与社会使命完成了统一。而这种"当代性"又因其特殊性在以后的时间中被反复述说、演绎,演变成了新中国成立后的革命历史题材创作,当时的"当代性"由此变成以后的"历史性",获得了历史题材创作的意义。这是写实主义在中国情境下对时间的把握与表述。

对当代性的强调与史学观的发展有关。19 世纪科学的发展极大地改变了人们的生活方式与思想观念,物质上突飞猛进,现代化迅速推进,因此在观念上人们形成一个信念:人类社会在各方面都将像物质上一样,线性地向前发展,进步的观念由此产生。在此观念下,人们认为当代优于历史,未来优于现在。这种新的史学观影响了 19 世纪的人文社会学科,写实主义即在此背景下产生。在此史学观下,历史题材也需要与经验现实发生联系,由此获得存在的根基,此即 19 世纪史学的目的:"让历史服务于当代"。这点在徐悲鸿身上有较为突出的表现。在 20 世纪上半期历史题材欠缺的艺术环境中,徐悲鸿的历史巨作《田横五百士》《徯我后》无不具有现实针对性,无不以现实感作为历史画存在的理由。徐悲鸿具有古典主义的审美趣味,却无意于古典主义对往昔的追怀,他的眼光是当下的甚至是未来的。

---

① 曹意强:《写实主义的概念与历史》,《文艺研究》2006 年第 7 期。

如上所述的历史画与现实世界之间具有联系尚属于程度较低的历史画"当代性",更彻底的是放弃古代的题材及其所宣扬的永恒的价值与理想,转而以现实世界中普通人的生活为题材,偏离了表现高尚情感与高贵形式的主旨。从古典绘画到历史风俗画再到无所寄托的风景画等,人们关注的焦点从非凡的崇高主题变为普通的日常经验表达。人们认为,"真"就蕴含在日常题材中,历史画的古典主义情结是经过了修饰的,因而是特殊性的、欠真实的。新历史观倡导者丹纳曾说:"抛弃制度及其机制理论,抛弃宗教及其理论体系,去努力观察人们在工场,在办公室,在农田中的生活状况,连同他们的天空、田野、房屋、服装、耕作和饮食,正如我们到达英国或意大利时会立刻注意到人们的面容、姿势、道路和旅舍,街头散步的市民、饮酒者。"①这样的观念解放极大地拓展了艺术家们表现的题材范围。由此,中国 20 世纪初写实主义的风景画、人物画、静物画及社会写实诗歌、写景诗也获得了意义。它们远离政治、革命等时代宏大主题,也与历史无涉,却以对当下普通景观的个性化再现实现了与历史、与当代的对话。并且,也正因为它们远离政治革命、历史事件,因而能够进行更加纯粹的艺术形式探索。艺术上的这种变化根源于社会的民主进程。随着资产阶级革命在欧洲的全面胜利,特别是法国大革命的成功,封建贵族阶级的统治被彻底摧毁,作为其意识形态反映的艺术也随之发生了变化,由贵族趣味向市民审美观转变,平民化色彩渐增。这种民主精神对于弃旧更新的 20 世纪初的中国来说是急需的,因此当抹去了中西历史进程的差异,它们也成为中国现代艺术的重要组成部分。

四、 写实主义的边界

写实主义是一个相对的概念,这即是关于写实主义"边界"的讨论。与此相关的是,写实主义的内涵一直是个令人费解的难题。模糊有时也是一把双

---

①　曹意强:《写实主义的概念与历史》,《文艺研究》2006 年第 7 期。

刃剑,一方面使人们无法对概念进行清晰的定义,另一方面也使概念有了伸展的余地与发展的空间。写实主义之所以具有长久的生命力,是否也与后一方面相关? 作为一种艺术运动,我们可以在公认的写实主义作品中发现超越写实的意义。"米勒的《农夫与锄头》真实地再现了在辛勤劳动后,支撑着锄头喘息片刻的农夫形象,它常常被美术史教科书描述为写实主义的代表作,其实此画表现的是《圣经》里上帝对诺亚说的一段话的含义,其象征性并不亚于德国象征主义画家弗里德里希(Caspar David Friedrich)的《雾海上的漫游者》!同样,我们也常把英国拉菲尔前派亨特(William Holman Hunt)的《我们的英吉利海岸》视为写实主义作品,因为它如实地描绘了萨塞克斯海岸的美丽风景,而忘却了它的真实象征意义:无防御的英国教会何以抵抗罗马教皇的攻击?"①而毕加索的立体主义绘画《格尔尼卡》也因其对战争的诅咒被视作"无边的现实主义绘画"。② 在有的学者眼中,颜文樑的绘画是印象派而非写实主义,周作人的《小河》、刘半农的《在墨蓝的海洋深处》、徐玉诺的《跟随者》则是象征主义诗歌。这类意义的跨越既是写实主义对自身的丰富,也是它与其他思潮相沟通的内因。写实主义不仅仅是所写(画)即所见,也是所写(画)即所想,它对语言、画面进行了重构,绝非自然主义式的客观反映。因此,写实主义也是一种表达自我的方式,只是相对隐藏而已,与直接表现性的现代主义比较起来,写实主义是一种传统的方式。

作为一种绘画艺术风格与创作方法,写实主义在当代可谓大有可观。这时"写实主义"一词要变更为"写实",或更确切的"具象"一词。具象绘画是指画面创造了清晰可辨的影像与图像的绘画。它与传统写实绘画的根本区别在于,具象绘画的思想根基是现代甚至后现代意识。传统的道德诉求、政治诉求、真善美统一的追求让位于现代的虚无主义与荒诞感。此时"写实"的外表

---

① 曹意强:《写实主义的概念与历史》,《文艺研究》2006 年第 7 期。
② 吴艳丽:《作中国现实主义、现代与后现代主义绘画流变的内在整合逻辑探究》,载《〈美术研究〉杂志社专题资料汇编》2012 年 1 月,第 48—64 页。

下包裹的是象征主义、超现实主义的精神内核,因此有人称之为"具象表现主义",又称之为"后现代主义的复古写实"。此时的写实已经与传统的写实相去甚远,可谓抽象的写实。这也提出了一个新问题:究竟怎样判定艺术类型?是依据创作手法、艺术风格还是意义表达?但不管怎样,以上都表明写实主义尚未僵化,它有着开放性和延展性,有着自身的活力,可以表述当代与未来。

五、 写实主义诗歌与绘画的错位与对位

从人类本性上看,诗在于表达心绪,而画在于复制图像,因此画之本质是写实,而诗之天性在抒情。由此来看,诗歌与绘画并不对应。但艺术的精妙就在于它并不总是墨守成规,有节制的逾矩可能焕发新的生机。宗白华在评论莱辛《拉奥孔或论诗和画的分界》时也曾说道:"造型艺术和文学的界限并不如他所说的那样窄狭、严格,艺术天才往往突破规律而有所成就,开辟新领域、新境界。"①当诗僭越抒情、叙述之职而涉足描形绘影之域,便在写实的层面上与画发生了奇妙的相遇;当画不满足于复制和呈现而寄望借此抒情达意时,也便走向了诗。

《尚书》曰:"诗言志,歌永言。"诗用以表达人的思想、抱负、志向,歌则是通过对诗的吟唱,来延长诗中所包含的人的思想、抱负、志向,突出表达诗意。《尚书》指出了诗表达思想意志的作用。西汉司马迁《史记·滑稽列传》记载:"孔子曰:'《书》以道事,《诗》以达意……'"意思是,《尚书》是用来记述往古事迹和典章制度的,《诗经》是用来表达人的意志的,由此来谈怎么治国。朱光潜解释说,志与意含有近代语所谓情感,从心理学的角度说,意志与情感不易分开,因此《诗》既"达意"又抒情。《毛诗序·大序》曰:"诗者,志之所之也。在心为志,发言为诗,情动于中而形于言。"诗是人的意志的一种表现形式,萌动于心则为意志,抒发出来就是诗。情感在心里激荡,于是用语言把它

① 宗白华:《诗(文学)和画的分界》,载《美学散步》,上海人民出版社2005年版,第13页。

表达出来。《毛诗序》明确提出了"在心为志"和"情动于中",指出了诗歌言志与抒情之间的联系,在"诗言志"的基础上,第一次鲜明地强调了诗歌的抒情性,对诗歌创作与理论来说都具有开创性的意义。后世学者、诗人发展了诗言志抒情尤其是抒情的主张。例如,晋代陆机《文赋》:"诗缘情而绮靡,赋体物而浏亮。"南朝梁刘勰《文心雕龙·明诗》:"诗者,持也,持人情性。"南朝梁钟嵘《诗品序》:"至乎吟咏情性,亦何贵于用事?"唐代诗人白居易在《与元九书》中说:"诗者,根情、苗言、华声、实义。"至现代时期,鲁迅说道:"诗歌起于劳动和宗教。其一,因劳动时,一面工作,一面唱歌,可以忘却劳苦,所以从单纯的呼叫发展开去,直到发挥自己的心意和感情,并偕有自然的韵调;其二,是因为原始民族对于神明,渐因畏惧而生敬仰,于是歌颂其威灵,赞叹其功烈,也就成了诗歌的起源。"①鲁迅也认为,诗歌诞生于"发挥自己的心意和感情"及"歌颂其威灵,赞叹其功烈",即抒情表意。综上可知,诗歌的原初意义是表达自身思想情感而非如实描写对象。从这层意义上也可说,将"写实"与"诗歌"连接起来就是一种错位,"写实主义诗歌"仿佛一种"异类",是后发展起来的诗歌类型。

关于绘画的起源,可借用郭沫若对中国文字的解说:"中国文字在结构上有两个系统。一个是刻画系统,另一个是图形系统(六书中的象形)。刻画系统是结绳契木的演进,为数不多。这一系统应产生于图形系统之前。因为任何民族的幼年时期要走上象形的道路,即描画客观事物形象而要能像,还需要一段发展过程。"人类的绘画起源于岩壁刻绘,且有一个从符号系统走向象形系统的过程。在符号化阶段,指事功能和象征意义是绘画的全部。随着人类表现力的增强,逐渐能够描绘出对象,图画进入到象形阶段,这时写实成为绘画的本意,而初级阶段的指事意与象征意仍然存在。自从人们能够"写实"开始,如何画得像成为一个不断追求的目标。石洞壁画是这个写实"进化链"上

---

① 鲁迅:《中国小说的历史的变迁》,载《鲁迅全集》第9卷,人民文学出版社2005年版,第312页。

的第一环。在世界各地均十分常见的石洞壁画绘有马、牛、犀牛、狮子、猛犸象或打猎的人等形象，引发人们对其绘画初衷的不同猜测。有的假说指出，原始人认为绘画可以捕捉动物的灵魂，使他们狩猎更为顺利；一些假设则认为那是泛灵论的一种表现，表达人们对自然的尊敬；有的认为那是作为应用资讯的传播。这些观点都无外乎功能观和象征观。值得注意的是另一类观点：这是人类与生俱来的自我表达的非功利需求。可见，绘画萌发于人类复制图像的本能，"画得像"即"写实"成为绘画的原始要义。"人类通过图像认同客观世界的本能，暗示了作为观念的写实主义的第三个复杂因素，即任何图像、任何艺术或多或少带有'写实'的成分。误笔成蝇、败壁成像，说明人有投射形象的本能，就是把任何东西解释为相应事物之形状的能力，因此，一个抽象的点或面也是相似的形式'写实'。正是基于这一点，有人说抽象绘画最真实，不仅真实于'理念'，而且真实于作为物质的自身。"①从此意义上可认为，写实是绘画的题中应有之义，"写实"与"绘画"的结合是对位的。

从上述诗与画的源起看，二者各有所宗，并没有直接关系。但在二者的发展过程中，一方面，其各自的原始含义仍然规约着诗与画的本质，成为其最核心的要义；另一方面，诗与画均不断变迁：含义丰富化，类型拓展化，功能多元化。在越界的层面上，诗与画产生了对话。

作为不同媒材的艺术，"画所处理的是物体（在空间中的）并列（静态）"②，而诗是一种声音的艺术，它依靠的是词语在时间中的排列，因此诗要趋向画，就得向空间发展，而画要趋向诗，就得向时间借力。对此，莱辛在《拉奥孔》里进行了理论界说，"既然绘画用来摹仿的媒介符号和诗所用的确实完全不同，这就是说，绘画用空间中的形体和颜色而诗却用在时间中发出的声音；既然符号无可争辩地应该和符号所代表的事物互相协调，那么，在空间中并列的符号就只宜于表现那些全体或部分本来也是在空间中并列的事物，而

---

① 曹意强：《写实主义的概念与历史》，《文艺研究》2006 年第 7 期。
② ［德］莱辛：《拉奥孔》，朱光潜译，安徽教育出版社 2006 年版，第 89 页。

在时间中先后承续的符号也就只宜于表现那些全体或部分本来也是在时间中先后承续的事物。……但是一切物体不仅在空间中存在,而且也在时间中存在",因此在特定的情景下,"绘画也能模仿动作","诗也能描绘物体"。①

我们先看"诗中有画"。"全体或部分在空间中并列的事物叫做'物体'。因此,物体连同它们的可以眼见的属性是绘画所特有的题材。"②而诗的材质是抽象的声音或文字,不具有可视性,因此诗中有画的"画"不是眼见的画家笔下的"画",而是想象中的虚构的"画"。为了唤起读者头脑中画的幻象,诗需要在基本的抒情、叙述之外,发展新的手法与功能,此即"描绘"。"诗也能描绘物体,但是只能通过动作,用暗示的方式去描绘物体",而且"诗在它的持续性的摹仿里,也只能运用物体的某一个属性,而所选择的就应该是,从诗要运用它那个观点去看,能够引起该物体的最生动的感性形象的那个属性"。③从这个意义上看,诗歌运用写实的手法可以构造出图画,该图画千人千面,具有不确定性,这正是诗歌的非视觉性带给读者的多种想象的可能。但不管怎样不同,既然为绘画,就具有程度不同的写实性。由此可说,通过描绘、摹仿,诗歌在绘画的本义——写实的层面上与绘画相通,二者从错位走向了对位。

再看"画中有诗"。画的本性在于复制图像,只要它能满足眼睛的需求,画的艺术功能就达到了。但是当画不安于自身"眼睛的艺术"的定位,而想追求色彩的意蕴、线条的张力和画外之意时,便迈向了思想的领域,与诗有了交集。对此可借用克莱夫·贝尔(Clive Bell)对艺术的界说:"在各个不同的作品中,线条、色彩以某种特殊方式组成某种形式或形式间的关系,激起我们的审美情感。这种线、色的关系和组合,这些审美的感人的形式,我称之为意味的形式。'有意味的形式',就是一切视觉艺术的共同性质。"④画是一种形式

---

① [德]莱辛:《拉奥孔》,朱光潜译,安徽教育出版社 2006 年版,第 91 页。
② [德]莱辛:《拉奥孔》,朱光潜译,安徽教育出版社 2006 年版,第 91 页。
③ [德]莱辛:《拉奥孔》,朱光潜译,安徽教育出版社 2006 年版,第 92 页。
④ 马奇:《西方美学史资料选编》下册,上海人民出版社 1987 年版,第 1064 页。

的组合,"有意味"预示着这种形式不只具有色、线、形等视觉因素,还蕴含着视觉因素之外的含义,这便通向了诗性。有意味的画便是诗性的画,这时的画面不是一览无余的有限的空间,在画之外还有可供品味、咂摸、思索的韵味,"含不尽之意,见于言外",此之谓"画中有诗"。"画中有诗"实则是借助了诗歌的虚构和想象之双翼,将实在的画面进行了虚化,由此写实的绘画被赋予了抒情言志叙事的功能。可见,"画中有诗"将写实性的绘画引向虚境,这时诗与画还是相通的,却已不在写实的层面上,而是在诗歌的原义和本义——抒情达意的层面上,因此,对写实主义诗歌绘画来说,也可谓一种错位。

第二章　大众主义诗歌与绘画

与"写实主义""现实主义"这两个使用广泛的概念不同，无论是在诗歌领域还是绘画领域，"大众主义"的概念都很少出现①，使用较多的是"大众化"一词。鉴于"大众主义"和"大众化"是两个同质化的词语，因此为使本书各章命名统一、协调，故在整体上采用"大众主义"的提法。

"大众主义"和前述的"写实主义"不是同一个层面上的概念，具有不同的划分标准。"写实主义"是基于文艺精神、创作观念、创作风格、创作方法的概念，与之相应的是"浪漫主义""古典主义""象征主义"等。而"大众主义"是建立在受众基础上的一个概念，与之相对的是"精英主义"。因此，"大众主义"和"写实主义"在内涵上存在交叉："写实主义"既有面向大众的一面，也有面向精英的一面；在表现、象征等观念与手段之外，"大众主义"也包含了现实的精神与写实的观念、方法。例如，本章所论的一些革命文艺、抗战文艺，就具有现实主义的特征，属于革命现实主义文艺，之所以没有放在"写实主义"一章论述，是基于其更为突出的文艺大众化特征。

---

① "大众主义"一词的提出和使用，最典型的当属潘公凯教授主持的国家社科基金后期资助项目"'自觉'与'四大主义'——中国现代美术之路"。

第一节 大众主义诗歌与绘画概观

在中国现代文化的发端期,诗歌与绘画都以弃旧图新的姿态喊出了"革命"的口号,1917 年初的"文学革命"与 1918 年初的"美术革命"前后相继,成为新文化运动的重要实绩。文艺界的这两次"革命"都以启蒙主义为思想根基,以"化大众"为旨归,意在通过文学艺术的现代变革达至思想改造乃至社会变革的宏伟目标。文学艺术由以前的载道宣教的政统工具、自吟酬唱的文人雅趣一变而为社会改革的利器,中上阶层、诗人墨客的狭窄表现范围被打破,"引车卖浆之徒"(林纾语)的一般民众进入到关注视野,此即"大众"首次大规模地进入高雅文学艺术的视域范围。虽然此时的"大众"仍处于被教化的地位,但毕竟开启了现代民主社会的先声。而为了"化大众",文学艺术纷纷从受众的接受角度进行考量,萌发了最初的"文艺大众化"思考。从根本上说,相对于古代社会的思想文化专制与文化精英主义,现代社会主张文化民主,大众化是必然趋势。

一、 大众主义诗歌

(一)民众文学①:从"象牙之塔"到"十字街头"

写实主义诗歌部分所述的初期白话诗和文研会写实派诗歌,如果换个角度来看,也是本部分所论的民众文学。"五四"文学革命的一个最大功绩就是白话文取代文言文,这即从文化的工具——语言文字的角度保证了大众参与的可能性。胡适曾在 1916 年 6 月的讲演中指出,"今日所需,乃是一种可读、可听、可歌、可讲、可记的言语","要读书不须口译,演说不须笔译;要施诸讲

---

① 虽然民众文学直接研讨的是文学而非诗歌,但基本思想在各种文学体裁中是一致的,也适用于诗歌。

坛舞台而皆可,诵之村妪妇孺皆可懂"。① 胡适从语言的角度首倡大众化,代表了"五四"文学革命对大众化的最初认识。

盛极一时的"国民文学"则从文学的角度触及了大众化的议题。胡适的《文学改良刍议》提出文学"八事",陈独秀的《文学革命论》号召"建设平易的抒情的国民文学",皆主张以浅显明白的平民文学代替烦琐雕琢的贵族文学。而较早从理论上进行阐述的是周作人《人的文学》一文。周作人开篇即提出:"我们现在应该提倡的新文学,简单的说一句,是'人的文学'。应该排斥的,便是反对的非人的文学。"这便是在文学上提倡人道主义。关于"人"的含义,他从两方面界定:"从动物"进化的,从动物"进化"的,合起来即"灵肉一致的人","兽性与神性,合起来便只是人性"。周作人认为,"我所说的人道主义,并非世间所谓'悲天悯人'或'博施济众'的慈善主义,乃是一种个人主义的人间本位主义","是从个人做起。要讲人道,爱人类,便须先使自己有人的资格,占得人的位置"。② 周作人所论的"人"还停留在抽象的层面上,是与"兽""神"相对的概念,具有普遍性、一般性,也可看作一种"大众","人的文学"亦可看作一种特定的"国民文学"。在一般性的"人"的层面上来论文学,代表了对旧有的"小众"文学的反叛,具有思想解放的意义,因此该文在当时具有震慑性的意义。以至于十几年后,胡适仍评价该文是"当时关于改革文学内容的一篇最主要的宣言"③。

对文艺大众化的发展更具影响力的是以《文学旬报》1922 年 1 月起组织的"民众文学的讨论"为中心的探讨。这次讨论主要研讨如何采用民众喜爱的文学形式和内容,怎样使文学更接近民众等问题。论争由朱自清和俞平伯的讨论引发。1921 年,朱自清作《民众文学谈》一文并寄给俞平伯,俞平伯看

---

① 胡适:《逼上梁山》,载胡适编:《中国新文学大系·建设理论集》,上海良友图书印刷公司 1935 年版,第 14 页。

② 周作人:《人的文学》,《新青年》第 5 卷第 6 号,1918 年 12 月 15 日。

③ 胡适:《中国新文学大系·建设理论集·导言》,上海良友图书印刷公司 1935 年版。

后不太赞同他的看法,于是写了《与佩弦讨论"民众文学"》一文予以回应。1922 年 1 月,《时事新报·文学旬刊》发起"民众文学"大讨论,朱自清、俞平伯、郑振铎、徐昂若、路易等人撰文参与。他们都是文学研究会同人,因此这次讨论也可视为文学研究会对民众文学的态度。

这次论争对"民众"的概念,"民众文学"的内涵、内容与形式,文学的民众化与精英化等问题进行了讨论。通过论争,基本形成这样一种共识:文学和民众文学应当分开。这样既可以保持文学的纯正性,又可以完成文学启蒙的任务,既可以使文学走向民众,又可以保持文学的精英性和独特性。这是新文学在"大众化"的历史背景下的一次自我突破与发展,也初步显示出文学"民众化"所遭遇的两难处境。这次讨论虽然留下了诸多待解决的问题,但其积极意义不容忽视:讨论了"民众"的概念,并有了较为明确的界定,为民众文学的发展做了准备;进一步促使民间被发现,促进了中国文学的现代化;将文学和"民众文学"相区分,防止文学的功利化。从 20 世纪 20 年代中期开始,在政治等外部因素的干预下,文学逐渐放弃"个体"走向"群体",知识分子逐渐放弃启蒙者的精英身份,向民众看齐,文学也逐渐被民众文学所吞没。在此背景下来看民众文学的讨论,尽管也不乏功利性的考虑,但基本都限定在文学的范畴,使得这一阶段"民众文学"的创作带上一定的精英色彩,仍属于"五四"时期,和 20 世纪三四十年代完全放弃启蒙身份的大众化创作区别开来。"民众文学"讨论可谓文学在"走向民间"之前维护自身的一次努力,以及面对越来越汹涌的"大众""民间"挑战的一次防守,它同时开启了文学大众化的诸多话题。①

新文学在启蒙、精英、大众之间的挣扎、犹疑、转变,可以用《幻洲》杂志来做一个不十分准确的比喻。1926 年 10 月创造社"小伙计"们创办了《幻洲》半月刊,每期分为上下两部,分别命名为《象牙之塔》和《十字街头》,分别由叶

---

① 黄小丽:《论文学研究会对"民众文学"的探讨》,《南京社会科学》2009 年第 8 期。

灵凤和潘汉年主编,这显然参照了日本作家厨川白村的杂文集《出了象牙之塔》和《走向十字街头》。《象牙之塔》主要刊载具有唯美颓废色彩的文艺作品,《十字街头》则主要刊登关于文坛和社会的述评、杂感。在叶灵凤的编辑方针下,《象牙之塔》信奉艺术无功利性,表现出海派文化浓郁的商业气息。而潘汉年当时已是革命党人,后来又是"左联"的重要成员,一直从事无产阶级革命工作,在他的指导下,《十字街头》打出"新流氓主义"的旗号,"狂喊打到绅士、学者",认为"生在这种世界,尤其不幸生在大好江山的中国,只有实行新流氓 ism(主义),方能挽狂澜于既倒","认为现在凡是感到被束缚,被压迫,被愚弄,被欺侮……的青年,假如要反抗一切,非要信仰新流氓 ism 不行"。① 虽然这种带有泼皮风的文字与叶灵凤式的唯美颓废风的文字在精神特质上具有某种共通性,但也反映出走出象牙之塔,走向十字街头,走向民间,走进民众的意向。有研究者指出:"1928 年杂志和报纸与大众的结合带来了政治化和商业化这种文学生产的新的变化。在这里,文学似乎不可避免地与'五四'文学断裂,转变成为大规模的意识形态与商品生产,并且成为一种独立运作的力量。"②《幻洲》的上下部正可作如是观,分别受到了海派文化和革命文化的影响,它们也大体可视为文艺界"为艺术""为人生"讨论的延续和发展。推动文艺走出唯美的象牙之塔,走向行动的十字街头的时代风向,就是当时日渐高涨的左翼文化。

(二)左翼诗歌:"引导大众的正确的出路"③

新诗仿佛 20 世纪初的一道光芒,照亮了旧体诗无法触及的诗歌领域,但照亮的同时也定然带来阴影,新诗白话化的同时必然遭遇与大众化的纠葛,这

---

① 亚灵:《新流氓主义(一)》,《幻洲》第 1 卷第 1 期(下),1926 年 10 月 1 日。
② 旷新年:《1928:革命文学》,山东教育出版社 1998 年版,第 19 页。
③ 同人等:《关于写作新诗歌的一点意见》,《新诗歌》第 1 卷第 1 期创刊号,1933 年 2 月 11 日。

个与生俱来的特点随着中国加速革命化的时代发展越来越突出。1925 年五卅运动加剧了中国革命化的进程,初期白话诗、文研会写实派诗歌主张逐渐显得落伍,上述的民众文学讨论也暴露出其时代局限性。时代呼唤着能够反映其现象与本质的新诗歌,这种新诗歌孕育于初期白话诗的母体,在国民文学、民众文学的讨论中滋长壮大,终于在革命化的社会氛围中破壳而出,此即左翼诗歌。左翼诗歌在文学观念、题材内容、艺术风格、表现手法以至于诗人姿态上,全面刷新了写实主义诗歌,它以对时代的敏锐感应、热情抒写开启了一个新的诗歌时代。在一定程度上说,20 世纪 40 年代的七月诗派更像是对左翼诗歌的继承和发展。

1. 主题革命化

在革命现实主义的创作原则下,左翼诗歌表现了阶级意识的觉醒,发出了阶级抗争、民族反抗的呐喊,唱出了时代的最强音。在工农阶级意识的自觉下,中国诗歌会诗人群以"农人、工人的生活"①为主要表现对象,充分暴露社会的黑暗。在他们的诗歌中,可以看到资本家对工人的残酷剥削(关露的《马达》),童工的悲惨生活(关露的《童工》),建筑工人、纺织工人的凄惨境遇(温流的《打砖歌》《搭棚工人歌》、王亚平的《纺织室里》)。中国诗歌会诗人还把诗笔指向了农村阶级压迫、经济破产、兵匪成灾的普遍现象。休基的《祖父的牛》描述了地主对农民的残酷压榨。天虚的《老农苦》、苏俗的《秋收》、一朴的《好年景》、锦舒的《布谷》表现了农村破产的惨状。吕绍关的《恐怖的夜》、曼晴的《兵灾》描述了兵匪对农村的抢掠。阶级意识的觉醒更表现在鼓励反抗斗争。蒲风的《茫茫夜》诗集里多是鼓吹反抗的诗作,如《动荡的故乡》《地心的火》表现了激烈尖锐的阶级大搏斗。蒲风的长篇叙事诗《六月流火》集中反映了"围剿"与反"围剿"的斗争。杨骚的《乡曲》叙写农村的反抗,关露的《哥哥》表现五卅惨案中的反抗斗争,蒲风的《征服环境》表现了对革命根据地的

---

① 同人等:《关于写作新诗歌的一点意见》,《新诗歌》第 1 卷第 1 期创刊号,1933 年 2 月 11 日。

希望。他们"自觉地站在被压迫者的立场"上,"导大众以正确的道路"①,具有其他诗派所无法比拟的阶级意识的自觉。

时代的最强音由反帝反侵略的诗歌唱出。中国诗歌会诗人描述了九一八事变后中国人民的民族苦难,如王亚平《撒河桥》、穆木天《歌唱呀!我们那里有血淋淋的现实!》、蒲风《满洲,我的爱人》、任钧诗集《战歌》。全民族的抗战更是喊出了时代的最高音。穆木天的诗集《流浪者之歌》、蒲风诗集《钢铁的歌唱》不仅描写日本帝国主义的侵略暴行,而且展现了人民的奋起斗争。柳倩的《震撼大地的一月间》以"一·二八"事变为主要内容,深刻地揭示了反帝斗争中人民力量的强大,蒲风称之为时代的"史诗"。王亚平的《向黄河》充分表现了人民反抗侵略的顽强意志。穆木天的《流亡者之歌》、蒲风的《游击队》、柳倩的《突击》、青鸟的《游击战颂》、何谷天的《义勇军打仗景》等,热情歌颂东北人民抗击侵略者的英勇斗争。

左翼诗歌高扬革命现实主义精神,强调题材的"第一性""最前进性",即具有重大意义的社会题材,要求诗人、艺术家"站在进步的正确的观点上,来深刻地把握极复杂的客观现实"②,把握时代的主要矛盾,揭示历史发展趋势。20世纪30年代中国社会的矛盾集中表现为日益尖锐的阶级矛盾和民族矛盾,即人民大众与国民党反动统治以及日本帝国主义的斗争。城市劳资矛盾、罢工游行示威、农村阶级压迫、经济破产、兵匪成灾、天灾人祸、"围剿"与反"围剿"的斗争、五卅惨案、九一八事变、一·二八事变、七七事变等事件在左翼诗歌中都得到了不同程度的书写,这些内容赋予左翼诗歌以高度的思想性、时代性与先进性。中国诗歌会诗人的诗心紧随时代的脉搏而跳动,以血的激情唱出了时代的最强音,谱就了时代的主旋律。

----

① 同人等:《关于写作新诗歌的一点意见》,《新诗歌》第1卷第1期创刊号,1933年2月11日。

② 杨骚:《怎样学写诗歌——从诗的特殊性谈起》,载杨骚:《急就篇》,上海引擎出版社1937年版。

2. 形式大众化

左翼文艺为了配合政治斗争,把文艺大众化作为重要的追求目标,中国诗歌会致力于"大众歌调"的创造。《新诗歌》在创刊号《发刊词》中宣称:"我们要用俗语俚语,/把这种矛盾写成民歌小调鼓词儿歌,/我们要使我们的诗歌成为大众歌调,/我们自己也成为大众的一个。"(穆木天的《我们要唱新的诗歌》)所谓"大众歌调",即是普通大众能够阅读、愿意阅读的诗歌。蒲风的解释更加明白:"所谓大众化,是指识字的人看得懂,不识字的人也听得懂。"①为此,中国诗歌会通过多种方式,力求诗歌通俗化、大众化。

在抒情方式与表现方式上,主张"抒情单纯化""表现具体化",追求直抒胸臆与直接描摹。诗歌意象单纯,而非朦胧多义,多描述性意象,少象征性意象,即使是象征性意象,其象征义也简单显明。这点颇似初期白话诗与文研会写实派诗歌,与它们所反对的新月派、象征派、现代派诗歌迷离的情思、朦胧的诗情与晦涩的语言形成鲜明的反照。在"诗形方面也亟求普遍、通俗大众化而成为大众的诗歌"②,大量采用歌谣、小调、鼓词、儿歌等民间艺术形式。如《新诗歌》创刊号中的大部分作品即是上述形式,1934 年 6 月 1 日出版的"歌谣专号"登载歌 22 首,谣 22 首,可谓中国诗歌会致力于歌谣时调创作的集大成者。诗形上的探索是在对民间形式选择性借鉴、改造的基础上,"借着普通的歌、谣、时调诸类的形态,接受它们普及、通俗、讽诵的长处,引渡到未来的诗歌"③,"创造新格式"④。这种新格式诸如叙事诗、讽刺诗、朗诵诗、街头诗、诗剧、合唱诗、儿童诗、方言诗、明信片诗,其中有些诗形在后来发展壮大,在革命运动中发挥了重要作用,如叙事诗、讽刺诗、朗诵诗、街头诗。它们是在民歌基础上的自由体新诗,诗句大体整体,又自由变化,诗节之间没有大的跳跃,诗句

---

① 蒲风:《关于前线上的诗歌写作》,载《蒲风选集》,海峡文艺出版社 1985 年版,第 922 页。
② 《我们底话》,《新诗歌》第 2 卷第 1 期,1934 年 6 月 1 日。
③ 《我们底话》,《新诗歌》第 2 卷第 1 期,1934 年 6 月 1 日。
④ 同人等:《关于写作新诗歌的一点意见》,《新诗歌》第 1 卷第 1 期创刊号,1933 年 2 月 11 日。

之间联系也较松散，采用传统的赋比兴的表现方法以及白描、重叠、排比等民歌技巧，如蒲风的《茫茫夜》、温流的《青纱帐》、任钧的《十二月的行列》。语言上也追求朴实平易、通俗易懂，"用现代语言，尤其是大众所能说的语言"①，"避免一切死文字"，"用最有力最新鲜的词句，合乎大众的韵律"，"去表现大众的生活"②。

为了完成大众化的目标，中国诗歌会还致力于恢复诗歌的音乐性，使诗与乐结合起来。针对新月派末流的"豆腐干"式、无理断句分行，以及现代派把诗看作视觉艺术，中国诗歌会认为诗是听觉艺术，强调其音乐性和自然质朴的特质。对此问题，鲁迅曾在1934年11月1日给窦隐夫的信中说道"五四"以来的新诗"没有节调，没有韵，它唱不来就记不住，就不能在人们的脑子里将旧诗挤出，占了它的地位"。蒲风也多次强调，"诗歌是武器，而歌唱是力量"③。穆木天认为，"诗歌应当同音乐结合一起，而成为民众可歌唱的东西"④。诗歌"要紧的是要使人听得懂，最好能够歌唱"⑤，这样才能最大程度地发挥现实战斗作用。因此，他们倡导朗诵诗运动，力图使诗的语言具有外在的节奏感与韵律性而易于表演。更进一步，诗人们和音乐家合作，使诗真正成为歌。蒲风有意识地写作歌词，众多诗人纷纷以"歌""曲"为题创作诗歌。聂耳为石灵的《码头工人歌》、蒲风的《打砖歌、打桩歌》、温流的《打砖歌》谱曲，贺绿汀为关露的《春天里》谱曲，沙梅为任钧的《车夫曲》谱曲，任光为任钧的《妇女进行曲》谱曲，孙慎为蒲风的《摇篮歌》谱曲，创作出一首首脍炙人口的歌曲，在民众中广为传唱，极大地加强了诗歌的宣传力量。⑥

---

① 蒲风：《关于前线上的诗歌写作》，载《蒲风选集》，海峡文艺出版社1985年版，第922页。

② 王亚平：《新诗歌的内容与形式》，载王训昭编：《一代诗风》，华东师范大学出版社1996年版，第355页。

③ 蒲风：《一九三六年的中国诗坛》，载《蒲风选集》，海峡文艺出版社1985年版，第700页。

④ 穆木天：《关于歌谣之制作》，《新诗歌》第2卷第1期，1934年6月1日。

⑤ 同人等：《关于写作新诗歌的一点意见》，《新诗歌》第1卷第1期创刊号，1933年2月11日。

⑥ 龙泉明：《中国新诗流变论》，人民文学出版社1999年版，第208页。

中国诗歌会在采用民间资源、创造大众化诗歌方面具有重要的过渡意义，它既是对新诗初创期诗歌歌谣化运动的继承和发展，又是抗战时期诗歌民间化运动的先导。

3. 风格：时代的战鼓

中国诗歌会诗歌情调高亢激越，富于乐观主义精神，诗风质朴刚劲。他们的诗歌消泯了新月派的低回婉转、象征派的晦涩暧昧、现代派的轻淡离迷与刹那感兴，而充满战斗的意志与反抗的精神，凝聚着火山爆发般的激情与扫荡旧世界的强力。蒲风的《火·风·雨》突出地代表了诗派的主调："火！火！火！""把囚禁你的屋宇烧掉，把窒息你的社会烧焦！""风！风！风！""把那些高低不一的树木拔下！把那些凹凸不平的宇宙推倒！""雨！雨！雨！""把充满了血腥的大地洗净，把塞满了瘴气的宇宙冲毁！"他们的诗歌是"时代的战鼓"，具有狂飙突进的气势。在20世纪30年代新月派、现代派哀婉、忧郁、颓丧的浅吟低唱外，中国诗歌会以革命的激情引吭高歌，表现出积极向上的情感，充满了革命乐观主义精神，诗风质朴、刚健、清新，唱出了时代的主旋律。

4. 主体：诗人兼斗士

1940年，蒲风在《序林风的〈向战斗歌唱〉》中说道："但愿诗人不要纯是诗人，同时更应是一个斗士。"①此话不仅真切地道出了蒲风对自身的定位，也是对活跃在20世纪30年代的中国诗歌会诗人的形象概括，这就是一种介于战士与诗人之间的新型作家。这种现象从20世纪30年代开始，到40年代蔚为大观，例如"胡风就评田间是第一个抛弃了知识分子灵魂的战争诗人"②。

作为中国诗歌会最重要的组织者，蒲风于1942年走完了他既拿笔杆子又拿枪杆子，是诗人又是战士的光辉而短暂的一生。他16岁入团，19岁入党，1938年春第二次国共合作时期，受中共组织派遣，到国民党陆军任上尉书记，1940年秋参加新四军，曾任皖南文联（当时称"总文抗"）副主任等职。在战

---

① 蒲风：《序林风的〈向战斗歌唱〉》，《前线日报·战地》1940年4月8日。

② 孙党伯、陆耀东、唐达晖：《闻一多论新诗》，武汉大学出版社1985年版，第132页。

争的环境中,他一手拿笔,一手拿枪,随军转战,坚持抗日,新中国成立后被追认为革命烈士。虽然蒲风的上述革命活动已经越出了中国诗歌会期间,延伸到了抗战时期,但都是蒲风在革命思想影响下的思想倾向与行为选择,二者具有统一性,他在抗战期间的言行是 20 世纪 30 年代的言行顺其自然的发展。因此,从抗战期间文艺家的政治选择、文艺活动也可以反观他 30 年代的思想与实践。

蒲风的革命经历在中国诗歌会诗人群中具有代表性,他们都或多或少地参与了革命,最突出的是女诗人关露。九一八事变后,关露参加上海妇女抗日反帝大同盟,1932 年入党,同时加入"左联"。1939 年冬至 1945 年,她受中共地下党派遣,先后打入汪伪政权和日本大使馆与海军报道部合办的《女声》月刊任编辑,成为共产党的"红色间谍"。她在该刊发表长篇小说《黎明》,以此作掩护,收集日伪机密情报,并积极组织策反,功勋卓著。其他的诗人也多有如下经历:参加进步活动被捕,如辛劳、杜谈;参加新四军战地服务团,如王亚平、辛劳、柳倩、曼晴;奔赴解放区工作,如王亚平、曼晴、杜谈;参加中华全国文艺界抗敌协会,如穆木天、任钧、柳倩、杨骚;加入中国共产党,如辛劳、杜谈、曼晴。他们以自己的诗笔和行动,实现着九三学社成员任钧在《新诗话》中所表达的心曲:"真、善、美的诗篇,一定是由诗人用生命、和血、和泪去写出来的,决不是用'笔'去'做'出来的。"共产党员沈泽民甚至强调,革命文学家如果不参加工人罢工或者品尝牢狱的滋味,是不能创造革命文学的。①

(三)抗战诗歌:"诗歌服务抗战"②

1. 国统区朗诵诗

在诗歌领域,抗战爆发以后具有明显的大众化追求的诗歌是中国诗人协

---

① 吕澎:《20 世纪中国艺术史》上卷,北京大学出版社 2007 年版,第 290 页。
② 这是 1938 年 8 月 7 日延安第一个街头诗运动日时,诗人们发表的《街头诗宣言》中的话。

会诗歌和解放区诗歌。它们都是对 20 世纪 30 年代左翼诗歌的继承和发展，前者是中国诗歌会的直接延续，后者则在新的社会空间下发展出新的内涵。1936 年春，"左联"自动解散，中国诗歌会同人着手筹备中国诗人协会。1937 年 4 月，该协会成立，代表着中国诗歌会解体。中国诗人协会主要由中国诗歌会诗人组成，除中国诗歌会的诗人如蒲风、穆木天、王亚平、柳倩、任钧、温流、袁勃、锡金、芦荻等继续发挥作用外，众多新生力量如黄宁婴、雷石榆、陈残云、罗铁鹰、林林、周钢鸣、力扬、高兰、高寒等显示出更大的活力。这个诗歌群体在形式上较为松散，但中国诗歌会的血脉关系及共同的诗歌追求使他们在精神上相通相连。他们创作的思想倾向、艺术风格与中国诗歌会基本一致，高扬革命现实主义，提倡诗歌大众化，借助民间诗歌资源，只是在诗歌内容上随时代变化而变迁，代表了国统区诗歌革命化与大众化的追求。

如果说中国诗人协会的诗歌更多是上一阶段左翼诗歌的延续，那么更具有抗战时代特色的是朗诵诗。朗诵诗，顾名思义，即在街头、集会、广播中通过朗诵的方式表达的诗歌，它注重现场性和表演性。有学者认为："新诗在 20 世纪 40 年代从'贵族化'转向'大众化'的关键，是抗战时期勃兴的诗歌朗诵化运动。"①由此思路进一步发挥，朗诵诗也是新诗由知识分子化走向民间化的重要桥梁。朗诵诗具有现场影响力，是一种"动"的艺术形式，像戏剧、音乐一样成为组织民众、发动民众的有效工具。

1938 年 10 月，在武汉文艺界举行的纪念鲁迅先生逝世两周年大会上，朗诵了高兰的《我们的祭礼》和柯仲平的诗，在文艺界引起较大反响。这可算是朗诵诗的首次大规模亮相。此后，朗诵诗在武汉蓬勃开展起来。冯乃超、锡金、高兰都是积极参与者，高兰出版有《高兰朗诵诗集》。武汉陷落后，朗诵诗运动转移到重庆，由"文协"组织。光未然、徐迟是积极推动者。抗战后期，在昆明等地也曾开展朗诵诗运动，闻一多、朱自清、李广田都是积极参与者。几

---

① 龙泉明：《中国新诗流变论》，人民文学出版社 2002 年版，第 405 页。

乎与国统区朗诵诗运动同一时段,延安等抗日民主根据地也开展了朗诵诗运动。"西北战地服务团"及 1938 年元月成立于延安的"战歌社"和抗大文艺社,都积极开展这一运动。"西北战地服务团"组织了诗歌朗诵队深入前线,以诗歌鼓舞战士的抗战热情。战歌社在建社之初以开展朗诵诗为主要任务,每周举行集会研讨诗歌、朗诵诗歌,同时走到哪里就把诗歌及朗诵带到哪里。抗大文艺社也积极创作朗诵诗,开展朗诵活动。在 20 世纪 40 年代的解放区,群众性的活动场面,节日活动现场或战斗鼓舞的地方,都要举行诗歌朗诵会。可以说,当时的诗人都曾创作过朗诵诗,而富于战斗性的诗篇大多被朗诵过。在朗诵诗运动中,诗人与战士合二为一,朗诵即战斗,诗歌即武器,艺术通过民众化的效应把社会功能发挥到极大程度。从抗战开始直至整个 20 世纪 40 年代,朗诵诗运动都在广泛地开展着,它有力地配合了抗战宣传,促使诗歌从庙堂走向民间,使诗歌的大众化和民间化取得了可观的实效。①

朗诵诗得以高扬,主要在于其大众化的现实功效。穆木天、茅盾等人都肯定"朗诵诗就是诗歌大众化的一个方式"②。茅盾还论及朗诵诗的民间化趋向:"这是个要把文艺各部门中,一向是最贵族式的这一部门,首先换装而吵吵嚷嚷地挤进泥腿草鞋的群众中"去的运动,是"新诗的再解放运动"。③ 柯仲平甚至以自己的朗诵诗创作重新诠释了文人创作与群众性运动的关系。他的不少诗篇往往不是首先形诸笔墨,而是在反复朗诵中成形的,如长诗《平汉路工人破坏大队》。他认为,朗诵也是一种创作,诗既在朗诵中诞生,也在朗诵中成长,追求把诗从"眼看的"变为"嘴唱的"。他的朗诵诗实践打破了笔头写作与口头朗诵的界限,带有复归诗歌原始状态的意味。茅盾认为,诗歌"当其尚为民间的野生的艺术时,本来是口头的",因此柯仲平独特的朗诵诗创作方式也暗合了抗战诗歌民间化的发展趋向。

---

① 龙泉明:《中国新诗流变论》,人民文学出版社 2002 年版,第 406 页。
② 穆木天:《诗歌朗诵与诗歌大众化》,《时调》第 3 期,1937 年 12 月。
③ 茅盾:《为诗人们打气》,《中国诗坛》第 3 期,1946 年 4 月。

朗诵诗大众化、民间化的意义来自思想内容上的战斗性,二者互相依存。任钧、臧克家、李广田都对此进行了论述。著名的朗诵诗诗人高兰认为,朗诵诗应"表现人民大众的思想感情,它应有明朗的革命的功利目的,要以强烈的战斗思想唤起和组织教育广大人民大众为伟大的民族解放和抗日战争服务"①。作为一种特殊的诗歌形式,朗诵诗的大众化和战斗性对艺术形式提出了要求。除了表现方法上通俗易懂、深入浅出、形象鲜明生动、语言朴实等基本要求外,还需要音韵响亮优美、朗朗上口、可唱可诵,强化音节,在最小的文字空间里爆发出最强烈、最饱满的音响效果;需要朗诵者和观众的密切配合,朗诵者以强烈的抒情造成"紧张"的艺术氛围,"紧张"的现场氛围有利于朗诵者艺术个性的形成和强化。可见,朗诵诗现场效果的取得,是放逐了诗歌抒情的"小我",而诉诸社会化的"大我",朱自清在《论朗诵诗》中即认为"朗诵诗是群众的诗,是集体的诗"。因此,朗诵诗以对观众的现场效应,实现了即时的诗歌大众化,是真正实现了群众化的大众接受的诗,它把中国诗歌会的大众歌调落到了实处,而它面对的观众即是民间的主体,因此也是实践诗歌民间化的先声,且对解放区诗歌的进一步大众化、民间化具有先导性的意义。有学者就认为:"如果说此前的中国诗歌会的'大众合唱诗'是朗诵诗运动的先声,那么此后'在民歌和古典诗歌基础上发展新诗'则是朗诵诗运动的继响。"②1948年,李广田在《诗与朗诵诗》一文中对新诗及朗诵诗的发展路向总结道:"一、从个人的,到群众的;二、从主观的,到客观的;三、从温柔的,到强烈的;四、从细致的,到粗犷的;五、从低吟的,到朗诵的。"这一归纳是大体符合新诗发展历史的。

2.解放区街头诗与民歌体叙事诗

在诗歌大众化与民间化上更有代表性的是崛起于同时期的解放区诗歌群。它的活动范围包括以延安为中心的抗日根据地,以及由此向四面推进的

① 高兰:《高兰朗诵诗集·自序》,汉口大路书店1938年版。
② 章亚昕:《新诗运动与现代美学思潮》,《社会科学战线》1989年第2期。

解放区,主要是陕甘宁边区、晋察冀边区和太行山区。这是在中国共产党领导下的与工农密切结合的新型诗歌群体:它在诗歌观念、审美追求、成员构成、诗与政治的关系等方面都体现出与之前诗歌不同的特征。这是一个庞大的诗歌群体,掀起一次又一次诗歌浪潮,把诗歌革命化、大众化和民间化运动推向一个新的发展阶段。

在诗体建设上,20 世纪 30 年代的中国诗歌会进行了开创,它尝试了叙事诗、讽刺诗、朗诵诗、街头诗、诗剧、合唱诗、儿童诗、方言诗、明信片诗等的创作,为诗歌大众化作出了重要贡献。其中的某些诗歌形式在解放区诗歌中得到了大力发展,有力地促进了诗歌大众化与民间化,尤其值得一提的是街头诗与叙事诗。

街头诗这种诗歌形式古已有之,一直在民间流传,但它真正形成巨大影响,促成群众性的诗歌运动,是在抗战时期的延安。延安的街头诗不仅指题写在街头或墙头上的诗歌,也包括派生出的岩壁诗、传单诗、路边诗、战壕诗、枪杆诗、地雷诗、手榴弹诗、背包诗等。它们共同的特征是抗战的主题、富于宣传鼓励性的内容、短小通俗的形式以及大众化的艺术取向。街头诗多为抒情短诗和小叙事诗。受 20 世纪 20 年代的小诗影响,街头诗喜欢说理,往往寓理于情、理中含情。街头诗运动的口号"让诗和人民在一起!"体现出其初衷是把诗歌从文人小圈子里释放出来,让其返归大众,形成群众性的诗歌热潮。辛劳在《墙头诗段论》中即认为,"如果使诗歌走上大众化,写出能为大众所需要所喜欢的诗歌,必须从街头诗做起。它是诗歌大众化的先锋"。街头诗政治性强、火药味浓,直接发表在街头、墙头、传单与岩壁上,且有的被配作画,有的被谱成曲,最大程度地拉近与读者的距离,因此其社会效应远远超过了朗诵诗、合唱诗。① 在宣传抗战、发动群众、团结群众、打击敌人方面,街头诗发挥了枪炮所不及的战斗鼓舞作用。正如袁勃指出,街头诗"在各个战斗场合里,显示

---

① 龙泉明:《中国新诗流变论》,人民文学出版社 2002 年版,第 475—479 页。

出了一种目的;当冲锋号未吹起时,它就要准备冲锋,号召冲锋;当肉搏快开始前,它就要准备肉搏,号召肉搏;并直接参加在战斗的过程中"。①

作为解放区兴起较早的新型诗体,街头诗受时代的感召而生,政治色彩鲜明,宣传性鼓励性极强,有力地配合了抗战,形成巨大的影响。同时也正因为其鲜明的宣传效应,街头诗一开始就与标语口号结下不解之缘,并因此被称为"政治号筒""时代鼓角",也因此受到责难与诟病。为此,田间多次进行辩解和澄清。以他为代表的街头诗人也确实创作了许多优秀的诗歌。但无法掩盖的事实是,很多诗人没有处理好诗与标语口号、政治话语的关系,注重了"街头"而忽略了"诗"。因此从整体来说,街头诗的思想意义远大于其艺术价值,它在诗史上的地位也主要来源于其政治功用性、历史记载性而非其艺术性。对此作出一定弥补的为 20 世纪 40 年代中后期兴起的民歌体叙事诗。它无论在"量"上还是"质"上都超越了同时代的其他类型的诗体,成为抗战时期诗歌创作的代表性成果。

20 世纪 40 年代中后期,历史处于转折关头,它对概括生活的广度,反映现实的深度都提出新的更高的要求。人们对时代、社会、人生的认识也更加深刻,他们用更理性的目光审视整个时代,渴望能够把握时代发展的规律,他们发现自己正在参与的现实生活和战斗生涯本身就是一部恢宏的史诗。于是历史性思索的长篇著作多了起来。在诗歌领域长诗的创作也繁荣起来,引人注目的即解放区的民歌体叙事诗。李季的《王贵与李香香》便是一次成功的创作,标志着民歌体叙事诗的成熟。在《王贵与李香香》的鼓舞下,民歌体叙事诗创作高涨起来,形成空前未有的热潮。阮章竞的《漳河水》《圈套》、张志民的《王九诉苦》《死不着》、田间的《戎冠秀赞歌》《赶车传》、李冰的《赵巧儿》、方冰的《柴堡》都是民歌体叙事诗的优秀之作。此外,还有柯仲平、孙犁、公木、邵子南、陈辉、柯岗、魏巍、胡考、高咏、鲁藜、胡征、郭小川、贺敬之、侯唯动

---

① 袁勃:《诗歌的道路》,《新华日报》《新华增刊》1941 年 7 月 7 日。

等诗人的创作,形成了民歌体叙事诗的洪流。这些诗歌继承了"五四"以来的现实主义传统,对现实生活的反映更加深刻和广阔,具有浓郁的时代气息和深刻的社会意义。它们注重选择具有政治意义的重大题材,全面反映解放区人民的斗争和生活,配合了政治的需要,促进了革命运动。大多数诗歌洋溢着强烈的时代精神、火热的战斗激情与革命的英雄气概。[1] 此时大量出现的叙事诗汇入了 20 世纪 40 年代叙事性文体兴盛的大潮之中。"此时理论家普遍注意到叙事诗体式与现实主义之间的亲和性,叙事诗对'客观'具有天然的倚重和宽广的容纳。"[2]

除了在内容上"大众化"以外,这些诗歌更在艺术形式上进行了有意的探索,注重民间性的营造。其一,在主题、情节上追求单纯化、明确化。为了适应工农兵群众的接受水平,民歌体叙事诗不像现代派、象征派诗歌追求主题的朦胧性、多义性,而是最大程度地追求主题的单一性、简单化。围绕着单一而明确的主题,情节设置也颇简单,基本上是一因一果的形式,曲折但不繁复,叙事性作品那种众声喧哗的复调形式付之阙如。敌我矛盾是主要故事情节,正面与反面力量的区分泾渭分明,恰如黑白木刻。其二,注重对中国传统艺术尤其是民间文艺的借鉴学习。赋比兴、对比、夸张、排比、衬托、渲染、复沓等传统手法和技巧的运用,增强了诗歌的艺术表现力。同时,注意采纳民间资源。相对而言,国统区诗歌民间化运动具有市民气息,如诗人们多借用小调、大鼓、皮簧、金钱板等形式,老舍即做过用大鼓调写长诗的尝试,而解放区的诗歌民间化运动显示出农民趣味,诗人们普遍把歌谣、民谣、说唱、快板等民间形式有机融入诗歌中。如《王贵与李香香》主要采用"信天游"的形式,《漳河水》采纳漳河一带流传的民歌小调,田间的《赶车传》、张志民的《王九诉苦》《石不烂》借鉴唱本、快板的句式、韵脚和节奏,并加以改造。还有大量叙事诗虽未明显

---

① 龙泉明:《中国新诗流变论》,人民文学出版社 2002 年版,第 480—481 页。

② 张岩泉:《20 世纪 40 年代中国现代主义诗歌研究——九叶诗派综论》,华中师范大学出版社 2012 年版,第 62 页。

地采用哪种民歌形式,但是也广泛吸纳了民间文艺因素,突出讲故事的叙事性与便于传唱的歌唱性,具有浓郁的时代气息和民歌风味。其三,语言上力求口语化、大众化、乡土化。诗人们广泛采纳了群众口语、谚语、俗语、歌谣、寓言等形式,经过加工运用在诗歌创作中,形成了新鲜活泼、明白晓畅、刚健清新、质朴平易、精练流畅的诗歌风格。艺术上的积极探索使民歌体叙事诗在一定程度上避免了街头诗诗艺的薄弱,配合内容题材上前所未有的深度和广度,为实现毛泽东文艺思想,开拓诗歌民族化、大众化的道路,作出了重要的贡献。同时,鲜明的民歌风格使它们与唐祈、牛汉、杭约赫、黄宁婴等国统区、沦陷区诗人创作的带有文人色彩的叙事长诗区分开来,在诗史上划出了自己的坐标。①

除了上述内容与形式的大众化之外,还值得一提的是诗歌创作主体的大众化——诗人身份进一步战士化。解放区诗人中有一部分工作在解放区各级党政、文化、教育、宣传部门,其中报刊编辑、记者最多,成绩最突出。他们长期生活在广大的农村,活跃在对敌斗争的前线,因此对战地生活很熟悉,也积累了丰富的战地体验和感受。这些诗人构成了一份长长的名单,如艾青、柯仲平、光未然、何其芳、萧三、严辰、鲁藜、严文井、吕剑、胡征、侯唯动、李季、田间、李雷、邵子南、方冰、魏巍、陈辉、孙犁、管桦、胡可、邓拓、戈焰、高鲁、阮章竞、叶枫、洪荒等。还有一些诗人活跃于人民军队中,对军队、战士、战斗的情况非常熟悉。虽然许多人写诗是偶一为之,但在长期的革命战争的历练下,也涌现出创作上质高量大的诗人,如天蓝、刘笳、雷烨、胡可、陈陇、商展思等。这些诗人"当时都有军事、行政、文化方面的本职工作,又在艰苦而快乐的本职工作中激发着诗的灵感,写下数不清的异彩纷呈的诗作,组成边区革命战争的气势磅礴的交响诗"②。他们以强大的群体创作实力对社会产生了巨大的冲击和影响,形成一个诗坛生力军的群体形象,其中最闪亮的是对当时更对以后的中国诗坛产生影响力的杰出青年诗人,如贺敬之、郭小川、闻捷、公木、柯岗、戈壁

---

① 龙泉明:《中国新诗流变论》,人民文学出版社 2002 年版,第 483—484 页。
② 王剑青、冯健男:《晋察冀文艺史》,中国文联出版公司 1989 年版,第 114—115 页。

舟、蔡其矫。①

他们经受着血与火的考验,以革命斗争需要为创作宗旨,他们身兼两职,既是战士,又是诗人,他们一手拿枪,一手握笔,诗歌仿佛无形之枪,也成为对敌斗争的锐利武器、服务人民的有力工具。"他们在敌机轰炸下没有掩避的场所写诗;他们在冒着敌人炮火的进军途中写诗;他们在密密的丛林里和高高的山岗上写诗;他们在乡村宣传抗日的土墙上写诗。"②他们带着诗奔赴以延安为中心的各解放区参加战斗,甚至一些诗人还以血肉之躯殉了他们为之奋斗的革命事业,也殉了他们所热爱的诗,如沙可夫、雷烨、温沙、王子展、瞿世俊、任霄、劳森、陈辉。其中,陈辉是解放区诗人的典型代表。为配合对敌斗争,他写了许多短小精悍的"墙头诗"和"传单诗",并把后者散发到战斗的前线阵地。此外,他的许多诗篇就是在前线的地堡、地道里写成的。《晋察冀通讯》曾赞扬他道:"陈辉是一个十分勇敢的战士,善于拿笔,也善于用枪,用手榴弹。"③延安诗人中少数人在来延安前是专业诗人,大多数人是与解放区的新政权一起诞生、成长的。对于前者来说,延安整风运动对之进行了思想改造,毛泽东在《讲话》引言中就强调,没有经过改造的知识分子不属于革命的无产阶级。因此这些知识分子努力按照毛泽东的精神,使自己成为劳动人民中的成员,积极转变思想作风,改变与群众的关系,使诗歌真正走进大众,扩大了诗歌与民众的联系。而对于后者来说,毛泽东文艺思想就是延安文艺的指导思想,因此他们一开始受到的就是革命的教育,天然地就是革命战士兼诗人。所以上述诗人与新政权的关系都是和谐一致的,他们在毛泽东文艺思想的指导下,以新的世界观、人生观、价值观去认识世界,自觉地以一名革命战士、新社会的创建者的身份投入生活,从而对诗歌与世界、文艺与政治、诗人与大众的关系进行了新的阐释,丰富了已有的内涵。

---

① 龙泉明:《中国新诗流变论》,人民文学出版社 2002 年版,第 466—468 页。
② 艾青:《中国新诗六十年》,载《艾青全集》第 3 卷,花山文艺出版社 1994 年版,第 486 页。
③ 龙泉明:《中国新诗流变论》,人民文学出版社 2002 年版,第 472、467、468 页。

二、　大众主义绘画

（一）北京艺术大会：“提倡民间的表现十字街头的艺术”①

文学界“为艺术”“为人生”的讨论在美术界也同样存在，在 20 世纪二三十年代持续了十余年之久。20 年代初，艺术界即开始了对艺术的自律性、功能性等问题的思索。俞寄凡在 1923 年解释“艺术的艺术”：“简单地说，就是艺术的独立性。就是说艺术有独立的目的，独立的活动，决不能把艺术当作改进政治经济宗教道德等的计划和器械。”②这种艺术独立性的言论与文学界对纯文学、纯诗的提倡，其思路是一致的，以“五四”个性解放的思想为武器，以文艺独立论反对封建的文艺附庸论，以民主意识反对封建主义，在 20 世纪 20 年代初期以前具有进步的历史意义。这种观点与中国美育的首倡者蔡元培的思想有差异。蔡元培主张“艺术社会化”“社会艺术化”，即通过对纯正的艺术的提倡和艺术运动的开展，造成新的时代精神，从而实现社会化改造。蔡元培的观点既不是纯艺术至上论，也不同于后来的功利性文艺观，而是在艺术和功能之间走了一条社会化的道路。这种观念在 20 世纪 20 年代以后的发展中越发代表了一种时代要求。因此在 1929 年俞寄凡修正了自己的观点，抛弃了纯艺术论，认为艺术与社会是有关系的，这种关系不是直接的反映与改造，而是以时代精神为过渡，“造成新的活泼的时代与精神”，创造“改造时代精神之艺术”③，由此与蔡元培的观点达成一致。这种观点在家国危亡的时代，较之“为艺术而艺术”之论更符合现实需求，因此也得到了广泛的认同，发展为主流话语形态。

蔡元培美育思想的最好执行者当属林风眠。推崇现代主义的林风眠也主

---

① 这是 1927 年 5 月林风眠发起并组织的北京艺术大会的标语中的一句。
② 俞寄凡：《解释“艺术的艺术”》，《艺术》第 2 号，1923 年 4 月。
③ 俞寄凡：《新时代与艺术》，《美展特刊》第 3 期，1929 年 4 月 16 日。

张艺术的纯正性,但却不是把艺术禁锢在"象牙之塔"中,而是主张走向社会,即以"真正的艺术品"的创造引导大众追求美,进而实现"艺术社会化""社会艺术化"的理想,通过艺术的手段达到国民性改造的目标。因此,林风眠从根本上不同于"为艺术而艺术"之论,他试图在"为艺术"与"为社会"之间进行调和,涌动其间的是理想主义的激情。为实践其理想,林风眠于1927年5月发起并组织了为期一个月的声势浩大的北京艺术大会,旨在"实行整个的艺术运动,促进社会艺术化",促使艺术走向大众、走进民间,进而影响民众、教化民众。大会的标语响亮且具有号召力:"打倒模仿的传统的艺术! 打倒贵族的少数独享的艺术! 打倒非民间的离开民众的艺术! 提倡创造的代表时代的艺术! 提倡全民的各阶级共享的艺术! 提倡民间的表现十字街头的艺术!"

这次大会对于艺术社会化具有重要的意义。首先,北京艺术大会是一次对民众的美育熏陶。它调动了诸多艺术资源,除国立北京艺专师生的作品外,还向社会大量征集美术作品,邀约了形艺社、艺光社、红叶社、西洋画社、心琴画社、漫画社等社团以及汤定之、陈半丁、齐白石、王梦白等北京著名画家参展①,邀请周作人、邓以蛰、丁西林、张仲述、杨振声及陈源、凌淑华夫妇来参加批评茶会,努力实践集中艺术力量,"实行整个的艺术运动"的宗旨,为民众提供了一个高水平的欣赏空间。它采用混合制布展,"其陈列次序,系采该校教授克罗多之建议,取混合式,打破中画、西画、图案画之界限,即各系之分组(如山水、花卉、工笔)亦不分,完全以作品配置相称与否为准,且一律编为号数",为观众提供了艺术鉴赏的趣味指引。它以美术作品展览为主,兼以音乐、戏剧、舞蹈表演及电影展演,构建了一个全方位的艺术体验空间,体现出大艺术观。它采用多种方式拉近艺术与民众的距离,为民众接近艺术创造最大的可能性,如免费开放三日,并配有专人免费讲解,根据展出情况更换展览作

---

① 潘公凯:《中国现代美术之路》,北京大学出版社2012年版,第297页。

品,注重与观众的互动如留言簿、信件反馈,举办艺术主题讲演,将标语直接张贴在北京的十字街头。

其次,北京艺术大会对推动艺术家深入民间也起到了积极的作用。版画家兼油画家司徒乔是一个例子,他的版画具有强烈的现实针对性和战斗力,他的油画则在走向西部的过程中获得了新的创作灵感,开拓了新的表现领域。就读于北京艺专国画系预科班的赵望云也参加了大会,结交了王钧初、李苦禅等画友,"感受到了走出象牙之塔、走向民间的美术思潮的涌动,确立了一位代表时代前进方向的现代美术青年的艺术基调"①。后来,赵望云深入农村画了大量写生作品,以此为突破口实践其"国画改造"的理想。

北京艺术大会还表达了林风眠对于大众艺术的想象。林风眠认为,通过纯正的艺术的提倡,并将之介绍给公众,便可以提高大众的审美水平,进而实现"艺术社会化""社会艺术化"的理想。现实证明,这种建立在艺术自身基础上的"为社会而艺术"的观点只是一种基于美好愿望的知识分子想象,仍然过于理想化而难免空幻。从实际效果来看,声势浩大的北京艺术大会确实在知识分子圈中产生了轰动效应,但对普通大众却影响甚微。这仍是一种精英化的大众主义,与真正的大众艺术、民间艺术相距甚远。这也可以用林风眠个人创作中的一个事件进行说明。1926年林风眠创作了《民间》一画,描绘北京街头农民小贩摆地摊的情景,30年后,他自评此画为"走向街头描绘劳动人民"。但实际上该画不仅在林风眠个人创作中属于"异类",也不能代表当时的大众艺术,大众对他使用的油画材质、概括的人物形象、明暗光影的表现都倍感陌生而无法理解。但《民间》一画却说明,即使像林风眠这样充满文人气质的现代主义画家,在20世纪20年代中期也受到了日渐高涨的大众化、革命化思潮的影响,可见当时时代风潮的趋向。

---

① 鹤坪、姚贺全:《百年望云:中国画大师赵望云述评》,陕西人民美术出版社2007年版,第200页。

（二）左翼木刻："阶级斗争的一种武器"①

　　1926 年《幻洲》杂志上下期《象牙之塔》《十字街头》的创办、林风眠《民间》一画的创作虽都不具有时代风向标的意义，但它们暗示出时代思潮的变迁。这种时代新思潮的性质由茅盾于 1925 年以"无产阶级艺术"进行了界定。1926 年，一批受到日本共产党激进思想影响的留日青年陆续回国，他们对国内沉滞的艺术现实不满，欲以激进的思想引导艺术，将小资产阶级的"民众艺术"发展成更先进的"无产阶级艺术"。这种要求随着国内政治形势的发展，阶级斗争和民族矛盾的进一步激化而不断趋近现实，最终在左翼美术中得以实现。左翼美术萌芽于杭州的一八艺社和上海的时代美术社。一八艺社原是林风眠任校长的国立杭州艺专的学生团体，后受到左翼文艺思潮的影响而向"左"转向，推进了校长林风眠尚未实现的艺术大众化理想。左翼美术以马克思文艺理论为指导，反对纯艺术论，张扬艺术的阶级性，主张艺术为工农群众和新兴的无产阶级服务。如许幸之在《"时代美术社"告全国青年美术家的宣言》中宣称，左翼美术运动"绝不是美术流派上的斗争，而是对压迫阶级的一种阶级意识的反攻，所以，我们的艺术，更不得不是阶级斗争的一种武器了"②。对于这样的左翼美术，西式的油画、水彩画、水粉画及传统的中国画等艺术形式都已无法很好地承担，它呼唤一种更切合其特质的艺术形式。在多种机缘的巧合下，从西方引进的木刻成为左翼美术最适合的艺术形式，左翼木刻成为当时最先锋的美术观念，并很快发展成遍及全国的新兴美术运动。这种新兴美术形式，从艺术观念、主题题材、风格形式、艺术家主体等方面都表现出突出的特征，在中国现代美术史上画出不可替代的坐标。

------

　　① 许幸之：《"时代美术社"告全国青年美术家的宣言》，《拓荒者》第 1 卷第 3 期，1930 年 3 月，第 28 页。

　　② 许幸之：《"时代美术社"告全国青年美术家的宣言》，《拓荒者》第 1 卷第 3 期，1930 年 3 月。

1.题材革命化

在革命现实主义的创作倾向下,木刻在主题拟定、题材选择上表现出强烈的革命意识。工人受资产阶级压榨的悲惨处境是木刻表现的一大对象。陈烟桥的《汽笛响了》《推进》、胡一川的《失业工人》、黄新波的《推》均表现了工人的苦难处境。陈烟桥的《赶工》刻画工人们在暴风雨下拖儿带女赶往工厂的景象,《工厂里》隐喻的是工人被巨大机器所压榨。农村遭遇天灾人祸的惨象在木刻中也有着精彩的表现,如陈烟桥的《天灾》《荒》、沃渣的《旱年》《水灾》、胡一川的《流离》。反抗斗争是随着剥削、压榨而来的必然结果,如江丰的《罢工》刻绘的是工人罢工的场景,郑野夫的《搏斗》反映的是游行示威的场面。而反帝反侵略的斗争无疑是反抗的最高形式。江丰的《"九一八"日军侵占沈阳城》《日本侵华暴行》、胡一川的《闸北风景》揭露了日军的罪恶。江丰的《义勇军》《战士》、陈烟桥的《游击队》《东北义勇军》、刘仑的《前面有咱们的障碍物》《联合战线》刻画了革命者、革命军队的形象。段干青的《保全领土完整》、郑野夫的《号召》分别刻画了反战示威游行与抗战号召集会。江丰的《向北站进军》刻画了战争片段。陈烟桥的《一·二八回忆》反映了"一·二八"事件。胡一川的《到前线去》出色地表现了"一·二八"战后,全民族的愤慨、觉醒与抗日救国的强烈呼声。它以定格的特写镜头、粗犷有力的刀法刻画了一位怒不可遏的劳工,他一手紧握战旗,一手用力挥舞,号召广大的民众:"到前线去!"他那出离愤怒的眼

图 2-1　陈铁耕《母与子》

神、坚毅的神情、粗壮有力的手臂、飘荡的衣衫和扭动的身体,与背景中涌动的人群、倾斜震荡的烟囱取得了一致,在紧张感中透出"力之美"。无独有偶,江丰也作有《到前线去》木刻。同胡一川的《到前线去》、陈铁耕的《母与子》等力作一样,张望的《负伤的头》也代表了我国萌芽期版画的最高水平。作为张望一生中昙花一现的精品,该画以简洁、富于组织的刀法,刻画了革命者受伤的头部、坚毅的眼神、肌肉抽缩的脸颊与下沉的嘴角,表现了革命者愤怒与复仇的心理状态。

2.形式大众化

左翼美术运动促进了新木刻的发展。版画在中国古代曾有过光辉的历史,明清时期的木刻版画曾取得很高的艺术成就。但随着传统社会的颓败,中国传统版画走向式微。至20世纪初叶,现代版画无论是在技法上、工具上还是艺术观念上,都主要是对欧洲版画的借鉴,而呈现的类型都为木刻,故谓之"新兴"木刻。从事"新兴"木刻的艺术家大多数是中国左翼美术家联盟(以下简称"美联")成员。因此,木刻运动表现出左翼美术的价值取向和审美偏好。

与油画、中国画、水彩画、水粉画等画种所具有的不同程度的贵族性、精英化相比,木刻这种艺术形式本身即带有较强的民间性特征。各画种的特点的形成,根源于作画所使用的工具材料和制作方法。木刻之所以区别于其他画种,正是因为它不是用笔墨颜料直接在纸上、布上或其他材料上画成的,而是用刻刀镌刻木面制成板再拓印成画。因此木刻版画的基本颜色唯黑白二色,黑色是油墨的颜色,白色是木板被刻掉部分显现的纸张的本色。且墨色从版面转印到纸上,只能是均匀的一层,不能产生深浅浓淡变化,因此木刻画面上非黑即白,没有灰颜色,也无法表现渐变色,色调单纯,是一种纯粹的黑白艺术。而油画、中国画、水彩画、水粉画等其他画种在色泽表现上则千姿百态。从色彩学上来说,绘画的颜色可以通过三原色调剂出间色、复色乃至更加多样的色相,可以通过明度、纯度调剂色彩的亮度、饱和度,从而产生更加丰富的色调。特别是油画的上千种颜料,对色彩的调剂更加广阔而自由,对物象的色彩描摹可以更加逼真,表现更加自如。相比之下,木刻的颜色表现就是粗疏的、初级的和原始的,切合了民间对艺术单纯化的审美追求。

作为两极色,黑与白在木刻中的关系是相生相发、相互依存,由黑见出白,由白显出黑。且黑白相邻相接、并列对峙,相互陪衬、对抗、排斥,对视觉造成强烈刺激,使人感到黑色愈黑,白色愈白,形成强烈的黑白对比,产生强烈、明快的艺术效果,形成木刻所独有的审美风格。这种单纯、明快、有力的审美风范显然属于民间。中国画的画风可谓委婉、雅致,与中国古诗的风格相一致,表现的是贵族文士的生活与情趣。西画中的油画、水彩画、水粉画的画面表现也不乏细腻、柔和之感。因此,它们更远离民间而带有精英化的色彩。

木刻的造型依靠的是木板与刻刀,它的点、线、色块显得劲挺有力、刚健犀利,具有"刀削斧凿"的意味,蕴含着一种力之美,这在木刻中被称为"刀味"和"木味"。而水彩画、水粉画用笔点、画、渲染出来的点、线、色块则温和得多,尤其是中国画用毛笔在宣纸上作画,分外细腻、柔和。油画材料粗糙如帆布、木板、油彩、画笔,但却可以创造出华滋柔美、细腻入微的表现效果,这是油画的独特魅力。因此,木刻的力量感使之更适合表现民间的粗粝。

木刻借版子拓印成画,墨色均匀、单纯、朴素,具有拓印趣味。在这点上与讲究"分朱布白",在印石上奏刀刻出"金石味"的篆刻印章颇为相似,二者在工具材料和创作方法上很接近。木刻的黑白对比、"刀味"和"木味"、拓印趣味是结合在一起的,犹如油画的笔触与色彩密不可分,中国画的笔法和墨法高度融合一样。

木刻在表现物象形体的细微变化、色彩、色调、空间关系和质感等方面都存在明显的弱点,这使得它是一种粗粝的艺术形式,具有朴素、明快、单纯、有力的风格。而这些也是诸多民间艺术都具备的。如剪纸从本质上说也是一种黑白艺术,用墨笔画成的插画、连环画也普遍运用黑白对比的原则,它们都具有与木刻相似的审美风范。因此,木刻成为左翼美术大力发展的画种,便已经表现出对民间性、大众化的追求。李桦等人在总结木刻运动十年时指出:"以木刻始以木刻终决不是这一运动的路向,我们应该肯定地说,木运是否定过去脱离大众的绘画和负起建立中国新绘画——大众绘画——的责任。"①

3. 风格:"力之美"

图2-2 李桦《怒吼吧！中国》

木刻以表现为主,在描形刻绘之中渗透了艺术家强烈的主观激情,并充分发挥木刻的特点——刀锋锐利,作品具有"力之美",充满搅动人心、鼓舞向前的积极力量。如沃渣的《水灾》中,难民们一只只伸向空中之手,形象地表现了难民呼天抢地的悲情。段干青的《保全领土完整》中,攒动的人头、呼喊的嘴,折射出游行示威的强大声势。胡一川的《到前线去》则犹如战鼓,直击人心,画面中心的号召者呼之欲出,仿佛要越出画框,其出离愤怒的激情盈满画幅。李桦的《怒吼吧！中国》把被缚的巨人的躯体做了一定程度的夸张处理,那扭曲的躯体与大声怒吼的嘴表现了艺术家强烈的情绪。郑野夫的《搏斗》中汹涌的示威人群,显示了一种不可战胜的力量,与正欲逃离的警察形成了鲜明的对比。即使是刻画人民苦难的作品,也浸透了艺术家饱满的情绪,如江丰的《码头工人》、陈铁耕的《母与子》、刘岘的《贫困》、力群的《采叶》中,一种刻骨铭心的悲哀从以黑为主的画面中流溢出来,感染着每一个观者之心。

4. 主体:艺术家兼斗士

新兴木刻的导师鲁迅在1934年写给苏联版画家希仁斯基的信中曾经提到,"几乎所有(版画)爱好者都是'左翼人物',倾向革命,搞一些画着工人、红

---

① 李桦、建庵、冰兄等:《十年来中国木刻运动的总检讨》,《木艺》第1期,1940年11月1日。

旗,写着'五一'字样等等的作品"①。此话一语道破了木刻家们的政治选择。江丰更明确地说道,木刻家"大抵都是些共产党员,共青团员和共产党的同情者"②。其中有一位颇具代表性的人物——女木刻家夏朋。夏朋在杭州国立艺术院读书期间,就积极参加革命活动,如1930年8月上海的反战大游行,同年秋天,经人介绍,她与胡一川秘密加入共青团。九一八事变后,她参加了一系列群众性的革命活动。由于她所在的"一八艺社"频繁的革命活动,该社于1932年被解散,夏朋等人被学校当局开除,因而她开始在上海从事革命活动并进行木刻创作。1933年夏朋加入中国共产党,后曾三次被捕,1935年病逝于国民党苏州反省院,被追认为烈士。

　　和夏朋一起加入一八艺社的胡一川、江丰、力群等也是积极的革命者。胡一川曾在上海工联机关做地下宣传工作,后被捕入狱3年,1933年入党,1937年奔赴延安。江丰1930年加入美联,因春地画会遭劫和筹备"全国反帝代表大会"两次被捕,多年坐牢,创作中断。力群1933年与曹白等组织木铃木刻研究会,与曹白同时参加美联,同年10月被捕,1935年出狱。曹白因组织木铃木刻研究会和刻制原苏联文艺评论家卢那卡尔斯基像,与力群同时被捕,1935年出狱后创作了木刻《鲁迅像》,参展又被禁,抗战后投身新四军。此外,沃渣1928年因参加革命被捕,至1932年出狱,投身木刻运动。郭牧在抗战爆发后,曾在山东游击区从事抗日宣传工作。段干青1931年在国民党山西省党部工作,后随之迁往北平。他虽然不是共产党员,但在从事革命工作这个层面上看也是和前者相通的。可以说,美联成员多数都参加了街上的斗争,如散发传单,张贴标语,参与"飞行集会",示威游行。木刻家们以对现实政治、斗争的积极参与,改写了艺术家与现实生活的关系,不仅是艺术来源于生活并高于生活,而且是艺术推动生活并创造生活。

---

① 李允经:《鲁迅与中外美术》,书海出版社2005年版,第78页。
② 江丰:《鲁迅先生与"一八艺社"》,《美术》1979年第1期。

（三）抗战木刻：美术为抗战服务

1. 民间化追求

就木刻来说，尽管现代木刻引自西方，直到抗战前都具有较浓的表现主义色彩，但木刻手法在中国民间却具有深厚的大众欣赏和接受基础，如中国传统的年画、插图，即使在早期上海的通俗美术中也有体现，如画报插画、连环画。鲁迅大力提倡木刻也是着眼于其广泛的民间性。① 因此，在木刻中提倡民间性，既有继承传统的意义，更是实现大众化的有效路径。

延安美术的主要形式是木刻版画，这就是一种民间性的体现。在国民党反动派和日本侵略者的封锁下，需要专门化制作的颜料、画布、画纸、画笔一类的绘画用品很难输入，且价格昂贵。而宜于刻木刻的梨木板和枣木板在延安则随处可得，木刻刀、印木刻用的纸张以及黑色油墨也可以自制。因此木刻在延安成了最有市场的"远行及众"的画种，且几乎一枝独秀，以至于鲁艺美术系事实上成了木刻系，木刻也是学员们的必修课，一些画家如王式廓、陈叔亮也兼作木刻。② 而其他画种（即使不考虑其他因素，而仅仅从绘画自身的发展来说）则逐渐萎缩以至"绝迹"。

就文艺领域来看，民间性在延安的被发现与高扬，主要不是来自对"五四"、对左翼的继承和学习，而是在实践中探索的结果。在国统区，江丰、李桦、力群等人发起筹组了"第三回全国木刻流动展览会"，但"八一三"淞沪抗战爆发导致上海展览流产。因此江丰携带作品从上海退往武汉，一路举办展览。在武汉，胡风依托《七月》杂志社协助江丰展出了这些作品。之后江丰又将作品带到了延安，后又经过胡一川带领的"鲁艺木刻工作团"带到了太行山

---

① 潘公凯：《中国现代美术之路》，北京大学出版社 2012 年版，第 306 页。
② 江丰：《谈延安木刻运动》，载艾克恩：《延安文艺回忆录》，中国社会科学出版社 1992 年版，第 338—339 页。

敌后根据地举行展览。① 通过这些展览发现,解放区群众的热情并没有想象中那么高,原来这些左翼时期的作品无论在题材上还是表现风格上都与群众的需要有明显的距离,"群众喜欢看有头有尾的木刻连环画和套色木刻"②。这提示了画家们向战争现实题材、向民间趣味倾斜。

由此,从左翼木刻到抗战木刻,出现了一系列的变化:题材与形象从表现压抑、控诉与反抗向昂扬、振奋、乐观转化,知识分子趣味向农民趣味转化,城市场景向农村场景转化,启蒙意味向民众意味过渡,表现主义风格向传统年画转化,素描向民间的单线转化,立体造型向平面构图转化。

来自新兴木刻的西方风格一开始就不被延安民众接受,他们把人物脸部素描称之为"阴阳脸"。因此延安木刻家们尝试在作品中减少阴影,放弃立体造型,将素描与单线结合,追求平面化,以至产生的风格被木刻家们称之为"延安学派"。如江丰在《念好书》、沃渣在《春耕图》中使用传统年画的线条将人物和景物描绘成农民习惯的造型。③ 牛文在土改主题的木刻《丈地》里使用阳刻线的形式,画面更加通俗易懂。王式廓的《改造二流子》被认为倾向于民间趣味。他们还采用群众所喜欢的木刻连环画的形式刻制了许多反映敌后斗争的小册子,如华山的《王家庄》、彦涵的《张大成》、胡一川的《太行山下》。

在实践探索中,艺术家们除了吸收西方木刻注重空间感、立体感、质感的长处外,还吸收民间木刻版画、套色木刻、连环画、年画、剪纸、皮影和戏曲小说的绣像插图等艺术形式的优长,如单纯朴实、明朗、构图完整、线的表现等,从而创造出新年画、新剪纸、新连环画、新洋片等新美术形式,创造了解放区新木刻的独特风格。其中,最为典型的是"新年画"。新年画汲取了民间旧年画的积极因素,如色彩艳丽、画面热闹、写实手法、脸谱化,装进了革命的新内容。

---

① 吕澎:《20 世纪中国艺术史》上卷,北京大学出版社 2007 年版,第 326 页。
② 胡一川:《回忆鲁艺木刻工作团在敌后》,载李桦、李树声、马克编:《中国新兴版画运动五十年》,辽宁美术出版社 1981 年版,第 297 页。
③ 吕澎:《20 世纪中国艺术史》上卷,北京大学出版社 2007 年版,第 328 页。

1940 年春节,木刻工作团赶制了一批新年画,如罗工柳的《积极养鸡,增加生产》、彦涵的《春耕大吉》《保卫家乡》、杨筠的《纺织图》和胡一川的《军民合作》,在襄垣县西营镇集市上摆摊销售,赶集的老乡很快将数千张新年画抢购一空。[①] 这与上述在延安和太行山举行的全国木刻展形成了反照。这是抗战美术真正实现大众化的典型例子,也证明了在农村地区文艺的民间化是大众化的有效方法。与"新年画"相似的还有"新门神画",如彦涵的《军民合作,抗战胜利》、江丰的《保卫家乡》、沃渣的《五谷丰登》。江丰和沃渣用彩色油印出40 多份,通过鲁艺春节宣传队散发给农民,让他们张贴到农家大门或正堂墙上。1942 年冬,延安成立了年画研究组,广泛搜集年画、传统木版书籍的插图、民间灶画、门神、皮影以及陕北窑洞的窗花剪纸。在表现上,多用年画、门神、灶画的形式;在印制上,采用民间水印。戚单的《读了书又能写又能算》、张晓非的《人兴财旺》、彦涵的《军民合作》、马达的《拾粪》、陈叔亮的《全家福》、古元的《拥护咱们老百姓自己的军队》都是此类成功的创作,代表了"延安学派"的风格。为创作和"生产"这类群众能够理解的作品,木刻家们在参加战斗的同时,还创办了年画木刻工厂。此外,古元、夏风等人还发现,陕北民间剪纸与木刻存在艺术上的相通性,如都是简洁、朴拙、明快的黑白风格的艺术,因此将两者结合,创作了木刻窗花、剪纸窗花的新形式。[②] 如古元的《卫生》《装粮》《喂猪》《送饭》《春耕》在新窗花木刻中最受群众欢迎。

力群画风的转变具有代表性。作为左翼木刻的主将,他在初到延安时期仍然保留了左翼木刻的作风,"善于把一般绘画的素描关系转化为版画的语言,保持了木刻艺术的特点"。如创作于 1940 年的《饮》是力群在延安文艺座谈会之前具有代表性的作品。这是一幅"结实的"素描版画,它以纵横交错的三角刀刻线,细致生动地刻画了"人物的肌肉解剖和明暗色调的变化",表现

---

① 胡一川:《回忆鲁艺木刻工作团在敌后》,载李桦、李树声、马克编:《中国新兴版画运动五十年》,辽宁美术出版社 1981 年版,第 298 页。
② 吕澎:《20 世纪中国艺术史》上卷,北京大学出版社 2007 年版,第 331 页。

出陕北农民的特点:质朴、健康、充满力量的美。《延安鲁艺校景》"对于光影的巧妙处理,黑白部位的妥善安排以及刀法的熟练运用"都得到了艺术家王琦的赞赏。[①] 但是这两幅画却不是延安农民喜欢的作品,他们对素描从来就缺乏了解,更谈不上欣赏。为了创作出让农民看得懂并且认为"好看"的木刻,力群放弃了《饮》这类专业化色彩浓厚的知识分子创作,朝着民间化和通俗化方向发展。特别是他 1942 年参加延安文艺座谈会以后,木刻风格与技法都发生了显著的变化。早年受梅斐尔德、麦绥莱勒影响的表现主义风格消失殆尽,民间化色彩增强,如采用民间年画形式的套色木刻《丰衣足食图》即为成功转型的一个范例。他将传统年画的门神改造成陕北农民获得丰衣足食的幸福生活场景,色彩采用红黄蓝绿,单纯明快,刻线具有剪纸特色,颇具装饰风。

图 2-3 力群《饮》

图 2-4 力群《丰衣足食图》

古元是延安鲁艺的学生,在左翼木刻家的培养下,他也曾对写实绘画有过追求,如《铡草》《牛群》《羊群》《家园》。他的《铡草》在重庆参加"全国木刻

---

① 王琦:《写在力群版画展览会场上》,载《王琦美术文集 理论·批评》下卷,中国文联出版社 2007 年版,第 104 页。

展览会"时被徐悲鸿看到并被给予高度赞美,正在于其写实性契合了徐悲鸿的艺术观。而徐悲鸿不了解延安的状况,他不知道他主张的表现素描效果的写实方法正好被认为不适合延安的实际需要。而古元逐渐了解到了,他很快转变了风格,由"谨严而沉着之写实作风"朝着朴实的民间造型转变。1943年创作的《减租会》已经采用了平面构图,形象的刻画采用了农民容易理解的线条造型,加之刀法质朴,画面表现生动而稚拙。在画面中,艺术家古元很谨慎地保留了写实要素,如仅在桌后人物的下半部使用表现阴影的排线,在受控制的空间里使用黑白灰。古元将现代版画风格进行了民间化改造,减少阴刻,以传统阳刻为主要技法,形成了一种不乏写实基础,又具有民间风格的版画,如《结婚登记》《排戏》《离婚诉》《马锡五调解婚姻诉讼》。①

图 2-5 古元《减租会》

---

① 吕澎:《20世纪中国艺术史》上卷,北京大学出版社2007年版,第331—332页。

2. 画家："文艺战士"

在左翼"艺术家"兼"斗士"身份的基础上,抗战时期的画家尤其是延安的画家进一步"战士化",成为"文艺战士"①,这也是民间化的重要组成部分。左翼文艺家是从文艺走向革命,战时文艺家除了20世纪30年代的左翼文艺家外,还出现了一支从革命走向文艺的队伍。画家主体身份的变迁对整个文艺面貌都形成了影响。

和诗歌界的情况相似,延安美术界也由三部分组成。一是抗战时期来到延安的20世纪30年代的文化精英。西安事变之后,那些受到鲁迅教导的充满理想与正义感的青年学生陆续奔向他们心中的圣城——延安,如左翼美术的主将胡一川、力群、江丰、刘岘、沃渣、张望、陈铁耕、赖少其、马达都成为延安艺术队伍的重要力量。二是他们以鲁艺美术系为活动阵地,将新兴木刻的创作经验直接传授给青年一代,培养出了彦涵、罗工柳、王琦、焦心河、古元、夏风、张映雪、戚单、牛文等优秀青年木刻家,他们构成了延安木刻界的另一支重要力量。三是从工农兵中成长起来的本土艺术家,他们本身就是没有多少文化的农民、战士。延安的美术成绩主要由前两者创造,第三类艺术家对延安文艺的群众化起到了推波助澜的作用。

这些艺术家深入抗日前线,进行抗战宣传。1938年冬天,以胡一川为团长,罗工柳、彦涵、华山为成员(后又加入陈铁耕、杨筠)的鲁艺木刻工作团越过被日军封锁的黄河,到达太行山敌后根据地,将江丰从上海带来的二百多幅作品举行了7次展览会和4次座谈会,还在长治县出版的《战斗日报》上出过一期专刊,使太行山人民第一次看到了全国的木刻作品。正如胡一川所说,木刻工作团是一支"轻骑队",以流动的方式进行展出,较好地进行了宣传。艺术家们在参加战斗的同时,还创办了《敌后方木刻》的报刊、年画木刻工厂,创作了一大批群众能够理解并接受的木刻,如胡一川的《开荒》《军民合作》、罗

---

① 《中华全国文艺界抗敌协会发起旨趣》,《文艺月刊·战时特刊》第9期,1938年4月1日。

工柳的《一面抗战、一面生产》、彦涵的《抗日人民大团结》等。他们还制作了传单式的图画宣传品在晚上散发到敌占区甚至碉堡附近,如彦涵的新年画《身在曹营心在汉》试图以简单明了的方式感化伪军。彦涵有着特殊的战争经历,他在太行山敌后战斗了四年,曾执行过有生命危险的军事任务,亲眼看见战友牺牲,经历了扫荡与反扫荡的斗争。这些历练了他对战争的特殊感知,表现在木刻中就具有身临其境的艺术效果。① 以上代表性的例子说明,抗战时期延安的艺术家以战士的姿态从事着艺术工作,他们比国统区的艺术家更多地面临生命的危险,但他们的艺术也因而获得了国统区艺术所不具有的风貌:以革命战斗的激情、震撼人心的力量来完成对一个特定历史时期的历史记载,产生一种革命诗意的特殊魅力。

上述美术工作者除了努力改变思想作风,使自己成为群众中的一员,拉近艺术家和群众的关系,积极从事大众美术的创作外,还深入农村、军队、工厂,帮助民间艺人进行改造,积极开展群众性美术活动,培养了大批工农兵美术人才,充实了解放区美术队伍。如在声势浩大的解放区军队美术活动中,涌现出战士画、传单画、幻灯画等新的美术形式,开展了"兵画兵"活动。在解放区繁荣的漫画创作中,除专业美术工作者外,工人、农民、战士、学生都纷纷加入漫画创作队伍。在解放战争中,当东北、华北地区解放以后,哈尔滨、沈阳、大连、石家庄、天津等城市开展了工人美术运动,组织工人美术训练班,举办工人美术创作展览。这种群众美术运动是"五四"时期即提出的"文艺大众化"的真正实现,大众美术获得了巨大的发展。

第二节　大众主义诗歌与绘画关系探微

当把大众主义诗歌和绘画进行梳理、比较的时候不难发现,它们之间的相

---

① 吕澎:《20世纪中国艺术史》上卷,北京大学出版社 2007 年版,第 326—327 页。

似点明显大于、多于写实主义诗歌和绘画。在民众文学讨论和北京艺术大会所在的中国现代文艺的第一二个十年期间,诗歌与绘画即表现出向下看、走进民众的趋势,到了左翼文艺和抗战文艺时期,这种趋势愈加明显,几乎可以在诗歌和绘画间发现"一一对应"的关系。

一、 左翼文学引发左翼美术

在 20 世纪 20 年代及其之前,文学与绘画以及其他形式的艺术之间的关系是松散的、自发的,它们大致在自己的范畴内运行,在某些方面存在关联与交叉,基本属于自律性发展。进入 20 世纪 30 年代,在特殊的时代环境下,文学、绘画与外部环境的关系发生了巨大的变化,文学艺术的自由发展中断或被边缘化,外在的要求成了文艺发展的动力,导致文艺特征全面改变。例如在对文艺的本质、功用等问题的认识上,进一步发展了文艺功利论,新文学发轫期诗与现实的关系被进一步收紧,诗与大众联结的纽带也被进一步拉紧,之前持续十余年的"为人生""为艺术"之争至此有了明确的回答。引进了"阶级"的概念,以阶级的观点看待文艺,进一步密切了文艺与政治的关系。在此情景下,左翼文学、左翼美术以及其他左翼文艺形式如左翼戏剧、左翼电影、左翼音乐成为 20 世纪 30 年代的代表性文学艺术。它们都不是纯粹的文学艺术,而是中国共产党领导下的特殊的革命战线,从发生发展、主题内容到形式追求、艺术风格等方面都表现出意识形态化的特征,彼此之间也因革命"孪生"出更加密切的关系。

"五四"以后新文化运动阵营发生分化,一部分人"以俄为师",接受了马克思主义,文艺领域中的革命意识获得了新的激发点,文艺革命逐渐向革命文艺转化,文学艺术的研讨逐渐溢出文艺的范畴,和政治的极端形态——革命发生愈加复杂而紧密的联系,文学艺术的整体面貌也逐渐发生了根本性的改变。1921 年中国共产党成立,马克思主义得以迅速传播,众多激进的知识青年主动以马克思主义的唯物论和阶级论考察中国现实。1925 年五卅惨案极大地促进了中国人民的觉醒,诸多作家、诗人完成了人生的重大转向。如湖畔诗派的应修人、潘漠华、冯雪峰先后参加了实际革命工作,汪静之也放弃对爱情的歌咏,作出了充满革命色彩的《劳工歌》。"革命文学"的口号也在这时由一些进步文人明确地提出来。如1925年茅盾即较早提出了"无产阶级艺术"的概念,希望将"五四"时期小资产阶级市民性的"民众艺术"发展成真正为无产阶级拥有的"无产阶级艺术"。① 沈泽民在《文学与革命的文学》、邓中夏在《新诗人的棒喝》《贡献于新诗人之前》中也论述了革命文学的问题。这些理论的倡导使"革命文学""革命诗歌"的意识在作家、诗人心中明确起来,并变为一种自觉的追求,革命诗歌成为引人注目的现象。1926年开始,受到日本共产党激进思想影响的留日青年陆续回国,他们对当前的文艺运动不满,大力提倡激进的"无产阶级艺术"和"革命文艺"。这在文艺界激起强烈的反响,不同观点展开了激烈的争论。1927年"四·一二"反革命政变之后,革命落入低潮,为配合政治斗争,无产阶级革命文学的理论、论争与创作再次掀起高潮。作为无产阶级革命文学运动一翼的"普罗诗派"随之形成。普罗文艺源自苏联的马克思主义理论,在当时受到日本左翼文艺的直接影响。这些都为左翼文艺的形成、发展以及进入高潮作好了理论上的准备。

在多种力量的共谋下,1930年3月2日中国左翼作家联盟(以下简称"左联")率先成立,"无产阶级文艺""革命文艺"以文艺组织的形式得以确认,并发展到一个新阶段。文艺大众化成为左联及其左翼文艺的重要内容,左联先后三次召开文艺大众化讨论。在左联成立大会上,即通过了"文艺大众化研究会"的议案。1931年11月,左联执行委员会决议正式宣布,无产阶级革命文学的第一个重大任务就是"文学的大众化","只有通过大众化的路线,即实现了运动与组织的大众化,作品、批评以及其他一切的大众化,才能完成我们当前的反帝反国民党的苏维埃革命的任务,才能创造出真正的中国无产阶级

---

① 沈雁冰(茅盾):《论无产阶级艺术》,《文学周报》第172期,1925年5月。

革命文学"。"决议"还直接引用列宁关于文学必须"属于大众,为大众所理解、所爱好",进一步强调"实行作品和批评的大众化,以及现在这些文学者生活的大众化"。①

得时代风气之先,文学率先迈出了革命的步伐,成为文艺界"向左转"的先锋,并影响到其他艺术领域,如戏剧和美术。美术领域的左翼思想萌发于杭州的一八艺社和上海的时代美术社。一八艺社本是1929年成立于国立杭州艺专的学生团体,后来受左翼文艺思潮的影响,以苏联卢那察尔斯基的《艺术论》和普列汉诺夫的《艺术论》为理论指导,探讨"普罗"艺术和艺术如何接近大众的问题。② 江丰在回忆"一八艺社"时说:"到1930年,受到以上海为中心的左翼文艺思潮的影响,这个社团的性质发生了变化,成了许多思想激进和倾向进步学生的活动场所,他们三五成群在一起谈论'普罗'艺术问题,发泄对现实不满的情绪,互相介绍进步书籍,举办作品观摩会等。"③1930年夏,胡一川、姚馥(夏朋)等一八艺社成员到上海参加了左联的暑期文艺补习班,在政治立场上更加倾向共产党,所以随即参加了中国左翼美术家联盟(以下简称"美联")。之前这批激进的年轻人没有明确的政治立场,只是有着不满现实的反抗情绪,正是左联骨干引导他们朝着共产党的无产阶级方向转变。时代美术社由许幸之、沈西苓等于1930年创立,而许幸之在1929年就加入了左联,因此时代美术社一开始就处于左翼思想的指导下。在左联成立的同年7月,美联成立,一八艺社的成员全部加入,美联自成立起实际上就是由左联组织领导的,美联主席许幸之即是左联成员,而左联和美联都在共产党的领导下,很多成员就是共产党员。其实,美联与左联、中国左翼戏剧家联盟(以下简称"剧联")一样,不少成员曾受到马克思主义文艺理论和苏联文艺理论的

① 《中国无产阶级革命文学的新任务》,《文学导报》第1卷第8期,1931年11月15日。
② 潘公凯:《中国现代美术之路》,北京大学出版社2012年版,第301页。
③ 江丰:《鲁迅先生与"一八艺社"》,载李桦、李树声、马克编:《中国新兴版画运动五十年》,辽宁美术出版社1981年版,第187页。

影响,如车尔尼雪夫斯基、别林斯基、杜勃罗留波夫、普列汉诺夫、卢那察尔斯基以及一些日本左翼文艺理论家。左翼美术也在马克思主义文艺理论的指导下,主张艺术为劳苦工农大众和新兴的无产阶级服务,之前持续论争的"为艺术"的言论被边缘化。阶级观点与工具论反映出"左"倾思想的影响,也是先前文艺界"无产阶级艺术论"在美术上的具体反映。于是,以左翼文艺为依托,文艺大众化运动轰轰烈烈、有组织、有步骤地开展起来,经过复杂而漫长的反复探索,直到抗战全面爆发才得以真正实现,直到1942年毛泽东发表《在延安文艺座谈会上的讲话》才逐渐走向自觉的阶段。①

　　同时,左翼美术的风行与当时青年的导师鲁迅密不可分。相对于自由文学,左翼文艺是一种全新的文艺思潮,在理论上、创作上都有自身的特点。在诗歌领域,中国诗歌会的创作成为左翼文艺的重要收获;而在绘画领域,左翼美术则找到了最佳的艺术样式——木刻,有学者甚至认为,左翼美术运动就是版画运动②。鲁迅是中国木刻运动的重要推手,而他首先是一位文学家,由此也可看出,在革命文学阶段文学对绘画的影响力。鲁迅从早年的科学论、进化论而至启蒙主义,后受到马克思主义影响,并在他大力倡导木刻运动之前,于20世纪20年代中期后逐渐确立了革命文学论,最终成为左翼文坛的盟主。鲁迅以文学家的敏锐与思想家的睿智,感风气之先,立于时代潮头。在左翼文艺观影响下,对于美术,他也反对躲进"象牙塔"中无病呻吟的"高级"艺术,而力主现实主义的、"力之美"的木刻。上述对年轻木刻家们形成了直接和持久影响的普列汉诺夫和卢那察尔斯基的著作,鲁迅曾在1928年到1930年期间翻译过。在对左翼木刻的扶持上,鲁迅不遗余力,帮助开办木刻展览、支助成立木刻社团、出资出版木刻集、指导青年木刻家、开办木刻讲习会等。上述的一八艺社和时代美术社都曾得到鲁迅的指点和支持。鲁迅于1931年6月为

---

①　李南桌于1938年预言文艺大众化将完成于抗战。参见文贵良:《大众话语:生成之史——三四十年代的文艺大众化描述之一》,《中国现代文学研究丛刊》2002年第3期。

②　吕澎:《20世纪中国艺术史》上卷,北京大学出版社2007年版,第288页。

"一八艺社习作展览会"撰写评论:"现在新的,年青的,没有名的作家的作品站在这里了,以清醒的意识和坚强的努力,在榛莽中露出了日见生长的健壮的新芽。自然,这是很幼小的。但是,惟其幼小,所以希望就正在这一面。"①时代美术社请鲁迅到中华艺大作演讲,从鲁迅的藏品中借来苏联的革命宣传画、政治讽刺画、木刻、漫画、招贴画、军事画等印刷品和复制品进行展览,还得到鲁迅的捐款支持。美联多数木刻家都与鲁迅保持良好的沟通,在鲁迅木刻思想的指导下成长起来,如江丰、胡一川、陈铁耕、陈烟桥、郑野夫等十几人。鲁迅还组织开办了中国现代美术史上具有重要意义的木刻讲习会。该会不仅是对木刻技术的训练,更重要的是树立了木刻作为一种国际化艺术的观念,以及服务于现实的思想,极大地提高了木刻的艺术地位,赋予其重要的作用,为木刻的迅速发展奠定了良好的基础。讲习会后,木刻团体在许多城市迅速增加,如上海、杭州、广州、北平等。②

二、 左翼诗歌绘画: 同声相应

文艺大众化是中国现代文艺史上的一个核心问题,它从萌芽、发展到转型的过程实际上贯穿了整个中国现代文艺三十年。有学者指出:"文艺大众化的正式提出是在 20 世纪 20 年代,但它的源头可以追溯到晚清的兴小说与倡白话。"③现代民主意识、平等观念为文艺大众化提供了社会思想基础。"五四"时期及 20 世纪 30 年代之前可谓文艺大众化的奠基期。随着国家民族危难的加重,文艺的转型问题日渐成为讨论的焦点,到 20 世纪 30 年代基本完成了从精英主义到大众主义的转变,形成以左翼文艺为核心的大众主义文艺潮流。

---

①　鲁迅:《二心集·一八艺社习作展览会小引》,载《鲁迅全集》第 4 卷,人民文学出版社 2005 年版,第 316 页。

②　潘公凯:《中国现代美术之路》,北京大学出版社 2012 年版,第 303—304 页。

③　文贵良:《大众话语:生成之史——三四十年代的文艺大众化描述之一》,《中国现代文学研究丛刊》2002 年第 3 期。

（一）革命现实主义的创作倾向与浪漫表现的艺术手法相同

在艺术精神与创作倾向上，左翼诗歌与木刻均独尊革命现实主义，但在创作方法与艺术风格上，均在基本的写实之外，倾向于富有表现力的浪漫主义和表现主义。

中国诗歌会诗人穆木天在《新诗歌·发刊诗》里宣称："我们要捉住现实，歌唱新世纪的意识。"这可看作中国诗歌会的总纲领。"捉住现实"揭示了左翼诗歌选择的基本创作倾向是现实主义，"歌唱新世纪的意识"意味着这种现实主义和"五四"时期的现实主义又是不一样的，是蒲风所谓的"新现实主义"。它号召诗人们反映"压迫，剥削，帝国主义的屠杀"的社会现实，抒写"反帝，抗日，那一切民众的高涨的情绪"，并希望通过反映阶级矛盾、民族矛盾和表现人民的反抗情绪，"去创造伟大的世纪"。[①] 关露进一步解释道："一般的现实主义只写社会现象的一部分，只是对于客观的对象作一种静止的描写，没有推动社会的主观的热情，没有看见历史和社会运动的发展的方向。而社会主义现实主义所描写的是社会主义的建设，劳动者的斗争和伟大历史进展的复杂。"[②]因此这种"新现实主义"即为革命现实主义。[③]

革命现实主义要求"描写现实，表现现实，歌唱现实，而且尤其重要的是针对现实而愤怒，而诋毁，而诅咒，而鼓荡歌唱"[④]。其反映出中国诗歌会诗人们强调的是积极介入现实生活的"态度"或"精神"，而非现实主义的创作技

---

① 穆木天：《新诗歌·发刊诗》，《新诗歌》第 1 卷第 1 期创刊号，1933 年 2 月 11 日。

② 关露：《用什么方法去写诗》，《新诗歌》第 2 卷第 4 期，1934 年 12 月。

③ 关于左翼文学的现实主义名目繁多，除文中提到的"新现实主义""革命现实主义""社会主义现实主义"外，还有"新写实主义""力学的写实主义""表同情于无产阶级的社会主义的写实主义""无产阶级现实主义""普罗列塔利亚写实主义""唯物辩证法的创作方法""新民主主义的现实主义"、胡风的"体验的现实主义"乃至当代的"革命的现实主义和革命的浪漫主义相结合"。以上诸多概念各有侧重点，但都是同质性的词语，所以本文不作概念辨析，统一称为"革命现实主义"。参看张传敏：《中国左翼现实主义观念之发生》，《文学评论》2008 年第 1 期。

④ 蒲风：《温流的诗》，载蒲风：《现代中国诗坛》，诗歌出版社 1938 年版，第 182 页。

法。这点从写实主义于"五四"时期传入中国时就已形成，如上一章所述，写实主义的"模拟""再现"技术没有得到相应的重视。美国学者安敏成指出："对于西方人来说，与现实主义关联最紧密的是模仿的假象，即一种要在语言中捕获真实世界的简单冲动。至少是在新文学运动的早期，中国作家很少讨论逼真性的问题——作品如何在自身与外部世界间建构等同性关系——叙述的再现性技术问题也受到冷落，而该问题对福楼拜与詹姆斯这样的西方现实主义者来说却是前提性的。"①这种重视文学精神忽视创作技法的倾向在中国现代文学中可谓一脉相承。之后胡风提出的"体验的现实主义"理论，强调作家的"主观战斗精神"，其主要内涵也是作家向生活突进的"现实主义精神"。这种对现实主义的理解减弱了现实主义在文学创作方法意义上的确定性，却加强了对现实主义理解的"态度化"与"精神化"倾向。而这又带来理想主义的色彩，引起对浪漫主义的吸纳。

虽然从普罗诗歌开始，革命现实主义就在和浪漫主义划清界限，如郭沫若、林伯修等人的言论，左联成立后也曾对"革命浪漫谛克"倾向进行过批判，但在左翼文学中却常常涌动着"浪漫主义"的冲动。从根本上说，这是来源于革命现实主义的"态度化"与"精神化"倾向。同时，血与火的革命也呼唤激情的艺术表现，写实主义的冷静、客观与时代精神相去甚远。因此，当外来的理论与自身的本质特点相符合时，更强化了这种浪漫主义的冲动。对中国左翼文学形成影响的日本左翼文艺理论家藏原惟人，在《再论新写实主义》中把浪漫主义划分为两种："颓废了的阶级的意德沃罗基的浪漫主义"和"在抬头着的阶级而未执着主权方面的现实的基础的时代的浪漫主义——在古代是希腊神话或旧约圣书的，在近代就是布尔乔亚抬头期和初期的普罗列塔利亚艺术的浪漫主义"。② 他认为前一种应该抛弃，而后一种应当批判地接受。因此，当革命文学家抛弃了强

① ［美］安敏成：《现实主义的限制——革命时代的中国小说》，姜涛译，江苏人民出版社2001年版，第40页。
② ［日］藏原惟人：《再论新写实主义》，之本译，《拓荒者》创刊号，1930年1月10日。

调自我表现与个人情绪的浪漫主义之后,又转向了一种集体的、带有理想色彩的浪漫主义。到 1932 年 4 月 23 日,苏联联共(布)中央作出《关于改组文艺团体》的决议,提出要完成文艺组织上的"一体化",浪漫主义也随着"社会主义的现实主义"的口号被引进到中国左翼理论界,激活了中国对现实主义理解的"态度化"与"精神化"倾向。以革命现实主义为艺术精神,在表现方法上突出革命浪漫主义的倾向,这种左翼诗歌的特点从郭沫若、蒋光慈、殷夫等人的政治抒情诗发展而来,在中国诗歌会诗歌中得到进一步强化,到 1958 年"大跃进"的时候,则直接演绎成"革命现实主义和革命浪漫主义相结合的'创作方法'"①。

在美术界,左翼美术在艺术思想上受马克思主义的指导,运用马克思主义唯物史观研究中国美术问题,也是坚持的革命现实主义思想。普列汉诺夫的《艺术论》、卢那察尔斯基的《艺术论》《文艺与批评》等马克思主义文艺理论著作,被左翼艺术家广泛阅读,成为左翼美术运动的理论武器。因此强调美术为无产阶级革命斗争服务,成了左翼艺术家的行动纲领。美联主席许幸之为左翼美术理论建设作出重要贡献。他在完成于 1929 年 12 月 12 日的《新兴美术运动的任务》一文中,运用马克思主义的观点来阐释美术运动和阶级意识的关系,剖析了"五四"以来的美术思潮,分析了新兴美术运动与无产阶级革命的关系,提出了左翼美术运动的行动纲领,如"我们必须站在一定的阶级立场,彻底和支配阶级所御用的美术政策斗争"②。在《中国美术运动的展望》一文中,许幸之在阐述新兴美术运动的发展后指出:"新兴美术运动和新兴阶级的革命运动合流才是唯一的出路,唯有革命的成功,然后才能开辟新兴美术的大道。"③美联的思想直接指导木刻以革命现实主义为创作原则。从木刻发展史来看,许多木刻家被捕,木刻组织被强行解散,也正是缘于其革命的激进思想以及由此产生的控诉性画面。

---

① 洪子诚:《中国当代文学史》,北京大学出版社 2000 年版,第 178 页。
② 许幸之:《新兴美术运动的任务》,《艺术》第 1 卷第 1 期,1930 年 3 月 16 日。
③ 许幸之:《中国美术运动的展望》,《沙仑》第 1 卷第 1 期,1930 年 6 月 16 日。

在具体的技法与语言上,木刻作品更多的是表现主义式的。"思想上对劳苦大众的同情和对专制政权的仇恨,没有影响版画家们对包括浪漫主义、后期印象主义、原始主义、象征主义以及表现主义语言的充分使用。他们在批判'为艺术而艺术'的现代主义艺术的同时,将远离学院写实绘画的不同现代风格加进了同情、愤怒与批判的表现对象和思想内容,构成了现代主义另一个有活力的分支和在特殊时期中的发展。"①左翼木刻家普遍效仿的对象,是鲁迅引进的梅菲尔德、麦绥莱勒、比亚兹莱、蒙克、格罗兹等的作品,而他们的作品从艺术风格上来说是象征主义、表现主义的。其中,苏联版画以及鲁迅大力推介的珂勒惠支版画对于理解中国木刻具有示范性的意义。苏联版画可谓单一的革命现实主义作品,但对中国木刻家的启示仍是表现性的技法和语言。珂勒惠支版画亦如此。它们对中国的木刻实践产生了直接的借鉴作用。中国的木刻作品倾向于表现主义风格,但在革命现实主义精神的规约下,仍有基于现实的内容,具有大体如实的具象形式,可谓是一种基于写实的表现主义,与西方的抽象主义不可同日而语。这种风格的旨归在展现主体精神,在手法上抛弃了写实而侧重于抒情和夸张。

吊诡的是,木刻运动的导师鲁迅一直推崇的都是写实与素描。二者之间的错位反映出一些问题,例如,这反映出鲁迅的文学观与艺术观。②鲁迅对写实主义的强调来自他的文学社会功能观:"传播被虐待者的苦痛的呼声和激发国人对于强权者的憎恶和愤怒。"③此文学观影响着鲁迅对绘画的选择,他之所以推崇珂勒惠支而非蒙克等其他版画家,是在于珂勒惠支的作品是"为一切被侮辱和损害者悲哀,抗议,愤怒,斗争;所取的题材大抵是困苦,饥饿,流离,疾病,死亡,然而也有呼号,挣扎,联合和奋起"④。鲁迅也看重技术,但技

---

① 吕澎:《20世纪中国艺术史》上卷,北京大学出版社2007年版,第288页。

② 蒋霞:《写实基础上的表现主义观——从指导与创作之间的错位看鲁迅的木刻艺术观》,未发表。

③ 鲁迅:《坟·杂忆》,载《鲁迅全集》第1卷,人民文学出版社2005年版,第237页。

④ 鲁迅:《且介亭杂文末编·〈凯绥·珂勒惠支版画选集〉序目》,载《鲁迅全集》第6卷,人民文学出版社2005年版,第487—488页。

术也是服膺于内容。所以有趣的是,鲁迅基于内容的角度引进了珂勒惠支、苏联版画等,但在现实流播中,在主题题材之外,影响木刻家们更多的是表现性的艺术风格。理论倡导与现实创作之间的差异也由此可见一斑。再者,鲁迅的文学观影响着他的艺术形象思维。他常以"真实"对木刻提出批判,指出木刻家们在视错觉方面的问题。例如,他认为陈烟桥的《汽笛响了》中"烟囱太多了一点,平常的工厂,恐怕没有这许多;又,《汽笛响了》,那是开工的时候,为什么烟囱上没有烟呢"①。罗清桢的"《残冬》最佳,只是人物太大一点,倘若站起来,不是和牌坊同高了么"②。但画面的如实刻画与表现的真实不是机械对等的关系,受他批评的这些木刻其实是富于表现力的。③ 鲁迅本着接近大众、宣传大众、动员大众的目的,主张采用大众容易接受的艺术手法——写实手法,在一定程度上可以说这只是一种基于美好愿望的想象。

左翼诗歌与木刻在创作原则上均推崇革命现实主义,在创作方法上则在基本的写实之外,青睐于浪漫主义和表现主义,这种现象背后有着左翼文艺关于世界观与创作方法的复杂纠葛。该问题在革命文学论争时就已开始,后来的一些左翼作家、理论家的言论也常常出现混乱,未能得到很好的解决。左翼文艺理论把世界观与创作方法的关系提高到空前的高度,强调作家的世界观对创作方法的决定作用,有时甚至将世界观等同于创作方法,用世界观代替创作方法,陷入"左"倾机械论的泥淖。而在实际创作中,无论诗歌还是木刻,凡成功之作都有自己相对独立的艺术表达,不完全受既定理论的制约。左翼诗歌木刻也是这样,在总的革命现实主义精神的规约下,诗人、画家们采取符合自己艺术心性的方式进行表达,创作出中国现代文艺史上独特的诗歌、绘画样式。

---

① 鲁迅:《致陈烟桥》,载《鲁迅全集》第13卷,人民文学出版社2005年版,第63—64页。
② 鲁迅:《致罗清桢》,载《鲁迅全集》第13卷,人民文学出版社2005年版,第80页。
③ 吕澎:《20世纪中国艺术史》上卷,北京大学出版社2007年版,第301页。

（二）革命的主题题材互证阐释

在革命的号角下,写实主义诗歌与绘画由独立发展走向携手并进,共同归附于左翼文艺运动的大旗之下,写实主义也发展成革命现实主义。在此主导风格下,左翼诗歌与木刻在主题思想的拟定、题材内容的选择上趋于一致。

中国诗歌会是左联领导下致力于新诗运动的团体,遵循左联的决议和要求。1931 年 11 月,左联执委会通过《中国无产阶级革命文学的新任务》的文件,该文是左联的文学指导纲领,以后也指导了左联相当长时期。该文对作家的创作作出规定,"必须将那些'身边琐事'的,小资产阶级知识分子式的'革命的兴奋和幻灭','恋爱和革命的冲突'之类等等定型的观念的虚伪的题材抛去",作家"必须注意中国现实社会生活中广大的题材",写"那些最能完成目前新任务的题材",具体而言包括五个方面:反对帝国主义,反对军阀地主资本家政权以及军阀混战,反映党领导下的革命根据地的现实生活,反映工农群众革命斗争,描写农村经济的破产等。[①] 根据这些要求,中国诗歌会于 1933 年 2 月在《新诗歌》创刊号中提出,在阶级矛盾和民族矛盾尖锐激烈的社会现实面前,新诗歌在内容上"最少应该包含下列三种要求:(一)理解现制度下各阶级的人生,着重大众生活的描写;(二)有刺激性的能够推动大众的;(三)有积极性的,表现斗争或组织群众的"。具体而言应包含九个方面的题材:"一、反帝国主义军阀压迫阶级的热情;二、天灾人祸(内战)、苛捐杂税所加与大众的苦况;三、当时的革命斗争和政治事变;四、新势力新社会的表现;五、过去革命斗争的'史实'(如陈胜、吴广、洪秀全的革命);六、农人、工人的生活;七、有价值、有意义的'社会新闻';八、战争的惨状;九、国际诗歌的改作。"[②]

---

① 冯雪峰:《中国无产阶级革命文学的新任务》,《文学导报》第 1 卷第 8 期,1931 年 11 月 15 日。

② 同人等:《关于写作新诗歌的一点意见》,《新诗歌》第 1 卷第 1 期创刊号,1933 年 2 月 11 日。

比《新诗歌》略早,1932 年《文艺新闻》上登载了《普罗美术作家与美术作品》一文,对"普罗美术"的题材和形式作出规定,可视为左翼美术的行动指南。该文提出,普罗美术在题材上应描绘反对帝国主义、统治阶级、资本家、地主的斗争生活;表现革命政权下的集体生活片段;实写劳动者的痛苦生活与被压榨、被剥削的惨状;暴露资本主义垄断的罪恶与金钱恐慌等。在形式上,则主张"在工农革命斗争中产生的内容与被其所决定的形式",反对"资产阶级形式主义的流派",使普罗美术成为"极有力的大众的粮食"。其实,这与其说是对形式的规约,不如说是题材内容的延伸,它强调的仍是"现社会普罗意识的确立",而"不是形式上的完成"或创新。[①] 这点颇类似左翼文学对方法的规定,"在方法上,作家必须从无产阶级的观点,从无产阶级的世界观,来观察,来描写"[②]。可见,左翼文学和绘画都注重思想意识的正确性、先进性而忽略重视创作方法,这是从写实主义引进之始就存在的问题。《普罗美术作家与美术作品》这份宣言与同一时期发表的中国诗歌会的主张有着异曲同工之妙:普罗美术所谓的四大题材正是左翼诗歌歌唱的对象,左翼诗歌提出的"描写大众""推动大众""组织大众"的观点也正是左翼美术的发展方向,二者在互证阐释中共谋共荣。

理论上的"共谋"推动创作上的"共荣"。其中,诗歌与木刻的同题创作不失为一个有意思的话题,可对勘而观,它们互相阐释、互为支持。以阶级的观点描绘表现新兴的工人阶级是左翼文艺在题材上的开创。百灵的诗歌《码头工人歌》与江丰的木刻《码头工人》异曲同工,都刻画了码头工人的悲惨处境。"从朝搬到夜,/从夜搬到朝;/眼睛都迷糊了,/骨头架子都要散了。/搬哪!搬哪!"如此的诗句凝聚成了画面上佝偻悲戚的工人形象。陈烟桥的木刻《拉》以火车站为背景,刻画了搬运工人艰辛的劳动,人体造型准确且富于紧

---

① 《普罗美术作家与美术作品》,《文艺新闻》1932 年 6 月 26 日。
② 冯雪峰:《中国无产阶级革命文学的新任务》,《文学导报》第 1 卷第 8 期,1931 年 11 月 15 日。

张感,也可谓《码头工人歌》的形象阐释。童晴岚在诗歌《清道夫》中发出咏叹:"一双黑手,准备着全把垃圾扫净",这种"清道夫"精神正是对女木刻家夏朋的《清道夫》的主题升华,而木刻则以黑白对比、人物造型、构图及简练有力的刀法对诗歌作了形象的阐释。柳倩的诗歌《舟子谣》不啻为陈普之的木刻《船夫》所咏叹,它们所表达的主题在罗清桢的木刻《韩江舟子》《逆水行舟》中,则化为逆水行舟的纤夫形象。

　　洋车夫是知识分子接触最多的城市底层贫民,是连接破产的农村与苦难的城市的桥梁,自然成了诗歌与木刻表现的重点,如刘非作诗歌《洋车夫》,陈烟桥作木刻《休息》。任钧的《车夫曲》写道:"不分晴和雨,/不分冬和夏,/白天黑夜总得拉拉拉!/天灾加人祸,/农村破了产;/冻饿了妻儿,/冻饿了自家;/为着全家要吃饭,/我们只好给人当牛马!"这不就是陈普之的力作《黄包车夫》刻画的形象吗?而陈铁耕受到鲁迅好评的木刻代表作《母与子》(又名《等着爹爹》),刻绘的是愁苦的母亲与沮丧的孩子在门口等待的场景,据说这个"爹爹"就是一名车夫。因此由"车夫"形象,可牵涉出底层人群像:在诗歌中有破产农民和逃荒者(王亚平《逃难者》、柳倩《逃荒队》、孤帆《逃难》)、乞丐(中坚《老乞丐》)、流浪者(宋寒衣《夜底流浪者》)、妓女(昆鱼《可怜的梅香姑娘》)、城市流浪儿(任钧《垃圾堆旁的合唱》);在木刻中有贫民窟的人们(陈烟桥《破落户》《城市背后》《失望的人们》、刘岘《贫困》、力群《采叶》)、拾荒者(陈烟桥《拾煤渣的人》、胡一川《拾垃圾》)、底层劳动者(夏朋《四等车厢》)、负债者(赖少麒《病与债》《债权者》)。这些底层人形象在江岳浪的诗歌中即《饥饿的咆哮》,在胡一川的木刻中则是《饥民》。

　　(三)大众化的形式追求相通

　　艺术最终是形式的呈现。为了实现大众化的目标,诗歌与绘画纷纷向大众形式学习借鉴,诗歌追求"大众歌调",绘画选择了木刻这种形式,有效拉拢了与大众的距离,在实质性意义上推进了艺术大众化运动。此特征在抗战文艺中得到了更加深入的发展。

尤其值得一提的是,左翼诗歌和绘画在艺术形式上都出现了新的变化趋势——从短篇到长制。虽然诗歌、木刻中的长篇早在"五四"时期即已出现,但直到 20 世纪 30 年代,它们在数量上和质量上才有了巨大的提高。艺术形式从短篇到长制的发展,从一个侧面反映了激烈动荡的 30 年代对大型艺术形式的召唤,是一种时代气象的反映,同时这种形式变化也体现出大众化、民间化的追求。

左翼诗歌把长篇叙事诗的创作推进到一个新阶段。在当时的诗坛,新月派、现代派等多写短小的抒情短制,中国诗歌会则重视长篇叙事诗的创作,出版了十余部作品。当时出现的长篇叙事诗,很多都是中国诗歌会的作品,如蒲风《六月流火》《可怜虫》、王亚平《十二月的风》、杨骚《乡曲》、穆木天《守堤者》、温流《我们的堡》。对于此现象,茅盾曾及时予以总结,他说到近年中国新诗出现一些新倾向,即从抒情到叙事、从短到长的变化,这种变化"简直可说是新诗的再解放和再革命",其原因在于"主观的生活的体验和客观的社会的要求"使然。① 客观上,20 世纪 30 年代风云变幻的社会生活提供了丰富的书写材料,也召唤大规模的艺术反映;主观上,诗人愈加丰富的社会实践与革命经历积淀了生活体验,历练了情感。在此基础上,长篇叙事诗应运而生,可谓正当其时。它们在革命现实主义的指导下,捕捉现实中的重大题材,内容充实,故事性强,倾向明朗,情感强烈,感染力强,受到大众喜欢。例如,蒲风的第一部长篇叙事诗《六月流火》以恢宏的气势、激越的诗情,表现了农民反抗反动派的毁苗筑路的斗争,真实地反映了国民党的反革命围剿以及共产党领导的农村革命的深入,是一曲激越、阳刚的战斗诗篇。与此前的叙事诗②相比,这时的长篇叙事诗无论在思想的先进性、题材的时代性还是表现形式的规模上,都有所超越,并对中国一直欠发达的叙事诗写作有所推进,也为其后解放

---

① 茅盾:《叙事诗的前途》,《文学》第 8 卷第 2 期,1937 年 2 月 1 日。
② 如沈玄庐的《十五娘》,冯至的《帷幔》《蚕马》《寺门之前》《吹箫人的故事》。

区长篇叙事诗的繁荣打下基础。

为适应大众接受需求,左翼绘画也发展出长篇的艺术形式——连环画。鲁迅引进西方木刻时就重点介绍了木刻连环画。1933 年 9 月,上海良友公司首次出版了以麦绥莱勒画作为题材的《木刻连环图画故事》四册:《一个人的受难》《光明的追求》《我的忏悔》《没有字的故事》,分别由鲁迅、郁达夫、叶灵凤和赵家壁作序。该书的出版不仅推动了我国木刻艺术发展,而且引入了一个颇具特色的新类型——木刻连环画。它与我国古典小说中早已存在的图书插图不乏相通之处。因此在中外资源的合力下,我国的新兴木刻推出木刻连环画这种新形式,早期的作品如李桦《黎明》、陈铁耕《廖坤玉的故事》、郑野夫《水灾》和《卖盐》、黄新波《平凡的故事》、温涛《她的觉醒》。同时,小说插图作为同一主题下的系列创作,大致也可与连环画等量齐观,具有代表性的是木刻家刘岘。他在 1934 年至 1936 年,仅为鲁迅作品所作插图,就有《〈呐喊〉之图》《〈孔乙己〉之图》《〈风波〉之图》《〈阿 Q 正传〉插图》《〈野草〉插图》等。此外,他还创作小说《罪与罚》(陀思妥也夫斯基)和《子夜》(茅盾)等插图,总量在百幅以上,可见他对此的热衷。陈铁耕早年也曾为丁玲小说《法网》作插图。木刻连环画及图书插图丰富了木刻的体式,从体量上扩大了单幅作品的表现量,拓展了艺术空间,对主题的表现可以更充分更自如。由于自身特质的限制,油画不宜制成连环画,中国画、水彩画、素描可以却不擅长,比较而言,木刻、漫画更能胜任。在此背景下,木刻加入连环画的队伍,充实了连环画的艺术表现力。连环画本身就是一种大众艺术形式,因此采用具有大众特点、民间色彩的木刻、漫画更能达到形式的和谐。在革命现实主义的创作思想下,木刻连环画及图书插图致力于革命叙事,对 20 世纪 30 年代的社会风云进行了整体观照和动态反映,是左翼文艺的重要收获,为抗战时期同类创作的全面繁荣打下基础。

长篇的形式之所以受到大众欢迎,一个重要原因即在于它可以讲述故事。民众对艺术的接受,更多的是基于一种猎奇和休闲放松的心理,讲述一个事件尤其是有头有尾、波澜起伏的完整事件,特别能引起他们的兴趣。这在抗战时期的木刻中得到进一步发展,"群众喜欢看有头有尾的木刻连环画和套色木刻"①。因此叙事是大众艺术的重要技法。左翼文学艺术的长篇形式都对各自并不发达的"叙事"有所推进。我国诗歌自古长于抒情,因而多为短篇,中国画也不以物象描摹为上,而是以主观情志表达为旨,因此在中国古典领域中诗与画在"抒情"的层面上相"一律"。而叙事诗以诗的形式讲述故事,在西方是一种古典的诗歌形式如《荷马史诗》,反映了西方人对文学(诗)的认识,在我国则多存留于民间文学、民族文学中,如传统说唱艺术即有着叙事诗的形式。连环画以连续的图像展现动态的事件,以连续画面的形式讲述故事,打破了绘画不宜叙事的陈规,加强了绘画的文学性,既是对西方自古以来就存在的有"故事"的单幅画的超越,也是对我国民间艺术中图书插图的发展。因此,20 世纪 30 年代的叙事诗和连环画具有了特殊的意义:它们在各自的领域,激活了非主流的中国民间叙事传统,且对之有所推进;同时在"西学东渐"的浪潮下,又对西方艺术资源进行了有意无意的吸纳与改造。因此,在此意义上不妨认为,20 世纪 30 年代的叙事诗与连环木刻使中国现代的诗歌与绘画在"叙事"的文学层面上实现了连通,具有了现代性意义。在时代的机缘下,中国与西方、主流与非主流、官方与民间就这样奇妙地混合在一起,构成了现代中国文艺的新景观。

(四)崇高的艺术风格相应

在艺术风格上,左翼诗歌与木刻均激情澎湃,充满了战斗与反抗的意志,高扬崇高的美。鲁迅通过对殷夫的诗歌的评论,表达了他在这特殊时代的审美选择。他赞扬殷夫的诗"是东方的微光,是林中的响箭,是冬末的萌芽,是进军的第一步,是对于前驱者的爱的大纛,也是对于摧残者的憎的丰碑。一切

---

① 胡一川:《回忆鲁艺木刻工作团在敌后》,载李桦、李树声、马克编:《中国新兴版画运动五十年》,辽宁美术出版社 1981 年版,第 297 页。

所谓圆熟简练,静穆幽远之作,都无须来作比方,因为这诗属于别一世界"①。茅盾说道:"在变动的时代,神经紧张的人们已经不耐烦去静聆雅奏细乐,需要大锣大鼓,才合乎脾胃。"②就连倾向于自由主义的京派批评家刘西渭也说:"没有比我们这个时代更其需要力的。假如中国新文学有什么高贵所在,假如艺术的价值有什么标志,我们相信力是五四运动以来最中心的表征。"③这是不同于"五四"时期客观、平静的写实风格的新的时代风格,从某种意义上说拨正了萎靡、颓唐的现代主义诗风与画风,赋予诗歌与绘画以积极向上的力量,艺术地表达了时代精神。这便是崇高的风格。

美学上的崇高是针对自然对象提出的。较早对崇高进行理论探讨的是英国的博莱特,当时尚未提出"崇高"一词,博莱特使用的是"庞大的自然对象"一语。较早把"崇高"上升到哲学高度进行深入研究的康德也主要是基于"自然"而说的。康德认为,"崇高"对象的特征是无形式,即对象形式无规律无限制,具体表现为体积和数量无限大,以及力量的无比强大。左翼文艺中的崇高风格显然是针对社会领域而言的,这是对自然对象崇高风格的一种转化,但它们在人心中激起的审美感受是一致的,都有一个从痛感到快感的转变过程。作为一种强力的集中展现,革命的血与火把人推出了日常的生活轨道,变动、陌生、不安定等感受随之而生,在本能的自保意识下,人继而产生沮丧、恐惧等感情。但是与此同时,主体也会在内心激起一种战胜压力的豪情,这就是崇高的基本性质:"努力向无限挣扎"。因此革命也可以导致生命力强烈爆发,从而产生一种消极的快乐——惊叹与崇敬。李斯托威尔曾说:"在对崇高的整个审美过程中,它的每个特点都是夸大了的、深化了的。对于巨大的力量的同情,或者对于巨大的思想、意志或感情力量的同情,……产生出一种濒临于狂

---

① 鲁迅:《且介亭杂文末编·白莽作〈孩儿塔〉序》,载《鲁迅全集》第6卷,人民文学出版社2005年版,第512页。

② 沈雁冰:《序顾仲起诗集》,汉口《中央日报》1927年3月27日。

③ 刘西渭:《叶紫的小说》,载《李健吾文学评论选》,宁夏人民出版社1983年版,第159页。

欢的喜悦。"①在崇高的观照过程中,主体与对象从排斥、对抗转向统一,情感
距离由疏离到切近,呈现出一个动态变化的过程,与静态的优美截然不同。由
此,崇高感也可说是审美感兴中最激动人心的一种类型,它使主体心灵始终处
在一种强烈的摇撼和震荡之中,开拓出一种新的审美状态。这种主体意志高
扬的崇高艺术风格在后起的七月诗派和九叶诗派中得到进一步的发展和更好
的实现。

(五)诗人(艺术家)兼斗士的主体身份相似

左翼诗歌、木刻以及由左翼精神发展而来的抗战诗歌、木刻,虽然以艺术
成就而言不能在诗史、画史上参列选序,但是诗史、画史却无论如何不能忽略
它们的存在,原因即在于其无比的历史正确性:爱国主义精神、民族独立追求、
正义感与道义感。而这又与它们的创作主体密不可分。这样充满血与火的作
品绝不是象牙塔里的文士所能创作的,它们只属于十字街头的战士。他们也
许没有留洋背景,甚至没有接受过专业修习,但他们在文学艺术上拥有的最大
资源却是其他文艺家所不具备的,这就是特殊的革命经历。因此他们在身份
上的最大特点即在于既是诗人/画家又是革命斗士,这种身份到了解放区甚至
演变成了先是革命战士后是诗人/画家。

这种独特的身份和相似的革命经历使他们的创作与纯粹的知识分子创作
迥然相异。不妨认为,前述的革命现实主义的创作倾向、浪漫表现的艺术手法、
革命化的主题题材、大众化的文艺形式、战鼓般的审美风格,都与他们的身份定
位息息相关。战士的身姿使诗人、画家们形成了战斗的美学观念。陈辉在《我
的志愿书》中的自白可谓对此的形象概括:以"坚强的无产阶级意识、高度的组
织观念"要求自己,"在极残酷的斗争里,我举起诗的枪刺。我要我的生命,我的
爱情,燃烧得发亮,一直变为灰烬。——永远为世界、人民、党而歌"。魏巍也

---

① [英]李斯托威尔:《近代美学史评述》,蒋孔阳译,上海译文出版社 1980 年版,第 216 页。

说:"愈是政治热情饱满的时期,也愈是生活美丽的时期,也愈是诗的时期。"①文学艺术的价值主要由其所反映的内容所决定,主题和题材的意义被张扬到前所未有的程度,革命成了此类创作的主流话题乃至抗战时期的唯一话题。作为政治的极端形态,革命充满生与死、血与火的斗争,任何真正投身其间的人都无法做到客观、平静。而对于具有更强敏感性精神的诗人、画家来说更是如此,强力意志激荡在胸间,也形塑着文学艺术创作,促成激情洋溢的战歌风格。这样的主题与风格显然不适合采用写实手法,客观的白描、简单的比喻与象征等自然主义手法已无法承载诗人画家们如火的激情,而与激情相一致的富有表现力的浪漫主义、表现主义手法自然为其所借鉴。而大众化也排挤了长期以来的精英化成为形式首选。向来为专业文学家、画家所不耻的民歌小调、木刻漫画被大量采用,至此文艺大众化才名至实归。沙可夫为《鲁迅艺术学院院歌》所填的词,可为上述特征作一小结:"我们是艺术工作者,我们是抗日的战士,用艺术做我们的武器,为打倒日本帝国主义,为争取中国解放独立,奋斗到底!"

对于上述现象,鲁迅的评论一语中的:中国的无产阶级革命文学是"用我们的同志的鲜血写了第一篇文章"②,强调作家世界观的改造对文艺创作的重要性。鲁迅曾多次表达过同样的意思。例如,早在 1927 年 10 月发表的《革命文学》一文中,鲁迅就曾指出,"我以为根本问题是在作者可是一个'革命人',倘是的,则无论写的是什么事件,用的是什么材料,即都是'革命文学'。从喷泉里出来的都是水,从血管里出来的都是血"③。"革命文学家,至少是必须和革命共同着生命,或深切地感受着革命的脉搏的。(最近左联提出了'作家的无产阶级化'的口号,就是对于这一点的很正确的理解。)"④艺术家与革命者

---

① 魏巍:《黎明风景·后记》,人民文学出版社 1956 年版。
② 鲁迅:《二心集·中国无产阶级革命文学和前驱的血》,载《鲁迅全集》第 4 卷,人民文学出版社 2005 年版,第 289 页。
③ 鲁迅:《而已集·革命文学》,载《鲁迅全集》第 3 卷,人民文学出版社 2005 年版,第 568 页。
④ 鲁迅:《二心集·上海文艺之一瞥》,载《鲁迅全集》第 4 卷,人民文学出版社 2005 年版,第 307 页。

的身份的合一,改变了艺术与生活的关系。写实主义(现实主义)强调客观、冷静地观察生活与再现生活,主体与客体处于二元分立的状态,主体是施动者、积极方,客体是受动者、被动方,客体处在主体的操控之下,因此作为客体的艺术与作为主体的艺术家也是二元分立的关系。而在革命现实主义中,艺术家与革命者的双重身份达到了高度统一。这时不是艺术家站在革命之外观察革命与再现革命,而是艺术家身处革命之中参与革命与表现革命,主体性极大增强,有时甚至盖过了现实主义强调的客观性。这时其作品或许已丧失了自然主义式的现象的客观真实,但必定存在的是情感的主观真实,这也是革命现实主义打动人心的地方,是与浪漫主义结下不解之缘的原因。不管是革命现实主义主动吸纳浪漫主义,还是浪漫主义借重革命现实主义,它们二者之所以必然发生关联,是由于二者在内在机理上存在相通之处——对于理想远景的热烈憧憬与追求,热情激荡的艺术风格。由此,现实主义的"冷面孔"变成了革命现实主义的"热心肠",现实主义冷峻、客观的艺术风格变成了革命现实主义的激情洋溢、明朗高昂。主客二分也变成了主客合一,诗人作诗、画家刻绘就是在参与革命,参与革命对于艺术家来说也就是作诗与绘画。由此,艺术与生活(一种特殊的生活——革命)达到了高度的统一,中国现代文学史、艺术史上争议不断的命题——生活艺术化、艺术生活化得到了另类的解释。

三、 抗战诗歌绘画:组织化

随着全面抗战的爆发,民族命运与国家存亡的问题继清末列强入侵之后再次被推到时代社会的风口浪尖。"民族的命运,也将是文艺的命运"[1],作为时代社会的产物的文学艺术,也随之发生了历史性的变迁。以抗日战争和解放战争为核心的20世纪40年代,中国的整个文化艺术都呈现出史无前例的新景观,"政治化""民族化""大众化"成为社会文化的总体特征。

———————————

[1] 《中华全国文艺界抗敌协会发起旨趣》,《文艺月刊·战时特刊》第 9 期,1938 年 4 月 1 日。

在战争的影响下,抗战时期的中国分为国统区、沦陷区和解放区三大部分,各个部分的文艺都带有明显的战争因素,显示出新的时代特点。但三类地区的文艺发展又各有千秋,呈现出不平衡的态势,其中解放区文艺最为特殊,并随着军事、政治上的壮大影响至全国,成为20世纪40年代后期最具影响力的文艺范型,也为新中国成立后新文艺的建立奠定了基础。纵观这一时期的诗歌与绘画,它们既是对20世纪30年代左翼文艺的继承,更是对其进一步发展。

在对文艺精神、主题题材、文艺功能、创作主体及诗歌绘画关系的认识上,抗战文艺与20世纪30年代的左翼文艺取同一种思路,只是具体内容随时代的变化而变化,程度随战争的推进而加深。在文艺精神上,抗战文艺继续摒弃个人化高扬集体化,摒弃小资情绪高扬英雄主义,同时滤去了左翼时期的压抑、不幸等调子,全篇充盈着单纯的昂扬、积极、明朗之气。在主题题材上,由20世纪30年代表现社会黑暗现实、人民悲惨命运和一般性的歌颂反抗,转为明确的宣传反帝抗日,歌颂救亡图存,深入思考民族命运和国家前途,大力刻画解放区的政治运动:大生产运动、土改运动、人们命运的改变及崭新的精神面貌与生活图景,揭露国统区的社会问题,控诉国民党的专制与独裁,同情城市的小人物如普通知识分子、工人、小职员。在文艺功能上,抗战文艺在继续奉行艺术的社会功能观的基础上,明确提出文艺为政治服务的观念,进一步把文艺功能狭窄化,把文艺工具化。在创作主体身份上,在诗人、画家兼斗士的基础上进一步战士化,甚至出现了一批从战士走向诗人、画家的群众文艺家。同时,在诗歌与绘画的关系上,抗战文艺也仍继承左翼又发展了左翼:抗战愈加拉近了诗歌与绘画的关系,加深了二者的互动,在主题题材上互证,在艺术风格上呼应;在普遍的革命现实主义创作倾向的基础上,毛泽东文艺思想的影响越来越大、越来越深;甚至抗战文艺也是一种过渡性的文艺,它直接导向了新中国成立后的文艺。

朱自清曾总结道:"抗战以来,一切文艺形式为了配合抗战的需要,都朝普及的方向走,诗作者也就从象牙塔里走上十字街头。"①此话道出了在上述一系列"同"与"异"中最为突出的一点:抗战文艺对大众化的深入探索与持续推进。其表现形式多样:一系列的文艺组织得以成立,大众主义文艺从自由状态发展到被有意识的组织化;这种组织化的深层根源是政治层面的意识形态对文艺的干预。在整风运动中,文艺大众化被意识形态化,其影响广泛(至于国统区)而深远(至于新中国成立后);在战争思维的主导下,创作主体由"诗人"(艺术家)兼"斗士"发展至"战士"兼"诗人"(艺术家),大众化实至名归;文艺形式大众化具体演变为"民间化",确定了明确的意义指向,削减了左翼文艺的知识分子气,增加了民间性乃至乡土气。正是在抗战中,诗歌与绘画最大程度地迈出各自领域的小圈子,不断接近民众,它们的关系越来越近,一起汇入民族解放战争的洪流中。其中,有两朵浪花交相辉映,这就是讽刺诗和漫画。

(一)文艺大众化得以组织化

对于"五四"时期处于自由状态的文艺大众化运动而言,左联和美联算是集中开展左翼文艺的组织,但它们仍是相对松散的组织,以救亡图存为宗旨,号召志同道合的艺术家结集在革命文艺的旗帜下。全面抗战开始后,一系列的抗敌组织纷纷建立,使"文艺走向大众"首次实现了全国性的组织化和系统化。继戏剧界、电影界抗敌协会成立之后,1938年2月27日,中华全国文艺界抗敌协会(以下简称"文协")成立,同年6月6日,中华全国美术界抗敌协会、中华全国漫画作者抗敌协会成立,6月12日,中华全国木刻界抗敌协会成立。

这些文艺组织有着明确的组织机构和行动纲领,"有统盘筹妥的战略,把文艺的各部门配合起来"②,组织开展了一系列活动,切实有效地推进了文艺

① 朱自清:《抗战与诗》,载朱自清:《新诗杂话》,作家书屋1949年版,第57页。
② 老舍、吴组缃:《中华全国文艺界抗敌协会宣言》,《文艺月刊·战时特刊》第9期,1938年4月1日。

大众化的发展。文协在全国组织了数十个分会及通讯处,组织作家战地访问团,率先提出"文章下乡""文章入伍"的口号,号召文学家走出城市,走出书斋,深入农村和部队,"以笔为武器……去服务,去宣传,以便得到实际的观察与体验,充实写作的能力,激发抗战的精神"①。1938年5月4日文协会刊《抗战文艺》的创刊号发刊词,即突出了文艺大众化在抗日救亡中的重要地位:"我们要把整个的文艺运动,作为文艺的大众化的运动,使文艺的影响突破过去的狭窄的知识分子的圈子,深入于广大的抗战大众中去!"②它表明,文艺大众化运动被看成是抗战文艺运动的全部,要求文艺突破知识分子狭小的圈子深入到大众之中。在协会的组织下,各种宣传抗战的通俗的杂志、报纸、小册子、壁报等纷纷涌现出来。

美术界也在各协会的领导下,以多种形式推动美术走进民众,进行抗战宣传。全美抗协成立后即组织"全国抗战美术作品展览会",并组织其出国展览,组织战地写生队奔赴抗战前线,创作街头布画和壁画。在此过程中,木刻、漫画、布画、宣传画成为主要的艺术形式,在宣传抗战及艺术大众化的过程中发挥了重要作用。中华全国木刻界抗敌协会成立后,出版了多种木刻刊物和专集,举办了较大规模的木刻训练班,在二十几个城市举办了百余次木刻流动展览会。武汉失守后,木刻家流亡到各地,使木刻迅速扩展开来,各种小型木刻团体纷纷建立,尤以福建、浙江、江西的木刻活动特别活跃。漫画界在全面抗战前就积极投入了抗战主题的创作,并在上海举办了首次展览会。1937年抗战全面爆发后,即组织起上海漫画界救亡协会,创作了大量抗战漫画,创办了第一份抗战漫画刊物《救亡漫画》。组织了第三厅下属的"漫画宣传队",每到一处就作街头路牌漫画、举办展览、向报刊提

---

①　老舍、吴组缃:《中华全国文艺界抗敌协会宣言》,《文艺月刊·战时特刊》第9期,1938年4月1日。

②　《〈抗战文艺〉发刊词》,载文天行、王大明、廖全京编:《中华全国文艺界抗敌协会资料汇编》,四川省社会科学院1983年版,第269页。

供漫画稿件,促进了各地漫画发展。1938 年 2 月全国漫协发布《战时工作大纲》,统一规划、组织全国各地的漫画宣传工作,使漫画宣传有了明确的方向与组织化的行动。

更具有组织化、系统化特征的文艺是 20 世纪 30 年代以鲁迅艺术学院(以下简称"鲁艺")为核心的延安文艺运动。在共产党的策划下,1938 年 4 月鲁艺在延安成立,以毛泽东的题词"抗日的现实主义,革命的浪漫主义"为办学方向,提出了明确的行动纲领:"以马列主义的理论与立场,在中国新文艺运动的历史基础上,建设中华民族新时代的文艺理论与实际,训练适合今天抗战需要的大批艺术干部,团结与培养新时代的艺术人才,使鲁艺成为实现中共文艺政策的堡垒与核心。"[1]这样的指导思想将左翼时期艺术家们的政治立场作了更明确的党性规定。鲁艺的学员经过短期培训就直接奔赴各地农村和抗日前线从事实际的文艺宣传工作。鲁艺为文艺大众化运动培养了一支有政治意识、有组织、有纪律的艺术队伍。[2]

(二)文艺大众化走向意识形态化

抗战的爆发使大众主义文艺迈上了一个新台阶,同时也激起了新的论争。1938 年梁实秋在《中央日报》副刊的征稿函中发出"与抗战无关"的论调,对"抗战八股"提出批评,引起广泛的争议。梁实秋代表了坚持艺术独立性的文艺家的观点。这是发自"五四"时期受到西方影响的现代文艺观,秉持"为文艺而文艺"论,主张文艺上的自由和个性化,具有精英主义取向,以文艺的自我实现而间接地为人生。与之相反,抗战文艺高扬文艺的现实主义和大众主义,主张文艺深入现实和大众,把反映现实、批判现实与教育大众、组织大众结合起来,致力于民族解放和国家新建的宏大主题,具有明显的功利性。艺术独

---

① 罗迈(李维汉):《鲁艺的教育方针与怎样实施教育方针》(1939 年 4 月 10 日),载钟敬之、金紫光编:《延安文艺丛书·文艺史料卷》第 16 卷,湖南文艺出版社 1987 年版,第 786 页。
② 潘公凯:《中国现代美术之路》,北京大学出版社 2012 年版,第 307—309 页。

立论确实击中了抗战文艺的一些弊端,如以宣传代替艺术,文艺作品公式化,但却明显对中国当前压倒一切的民族危机认识不够,因此遭到了抗战文艺的大力批判,在 1942 年延安文艺座谈会上,梁实秋及其文艺观也受到了毛泽东的点名批评。

论争反映出文艺界对文艺发展方向及新兴文艺性质的思考与判断,进一步明确了当前文艺的任务,加强了抗战文艺的力量,扩大了文艺大众化的声势。冯雪峰在 1938 年对大风社的答话,可谓对文艺大众化这一历史性的转折给出了明确的定位:"'艺术大众化'这口号的根本任务,是配合着整个政治和文化的情势,在解决着现在很迫切的两个问题:一方面是迫不及待的革命(抗战)的大众政治宣传,一方面又是艺术向更高阶段的发展。"①冯雪峰之论既是对左翼时期新兴艺术的一次总结,又以内容上的革命性、形式上的大众化、手法上的现实主义导向了抗战文艺。

国统区关于文艺方向之争在解放区也同样存在,为此毛泽东经过约谈作家、调查研究等,先后两次在文艺座谈会上发表讲话。讲话处于延安整风期间,是党内整风从政治战线、意识形态领域扩大到文艺领域的一种表现。在此背景下,文艺整风也带上了政治革命的色彩,文艺最终被意识形态化,成为中国现代文艺史上的特殊形态。延安文艺座谈会旨在解决中国无产阶级文艺发展道路上遇到的理论和实践问题,如立场问题、文艺为什么人的问题、普及与提高的关系问题、艺术与生活的关系问题、文艺与政治的关系问题等。毛泽东认为,"我们的问题基本上是一个为群众的问题和一个如何为群众的问题",讲话便围绕这两个核心问题展开。此外,毛泽东对于阶级性与人性的问题、批判标准问题、歌颂与暴露的问题、动机和效果的关系问题、内容与形式等问题也作出明确的回答。对于之前争论不休的"大众化",他简单清晰地表述为:大众化"就是我们的文艺工作者的思想感情和

①　冯雪峰:《关于"艺术大众化"——答大风社》,载徐迺翔编:《中国新文艺大系:1937—1949 理论史料集》,中国文联出版公司 1998 年版,第 34—40 页。

工农兵大众的思想感情打成一片"。①

《在延安文艺座谈会上的讲话》（以下简称《讲话》）是中国革命文艺理论的经典，第一次明确了"文艺大众化"的方向，确立了大众主义文艺独尊的地位。这种文艺大众化既是对"五四"时期萌芽、左翼时期深化的政治化的大众主义的某种继承，更是在更高层面上的意识形态建构。由此中国的大众主义文艺从知识分子化向意识形态化推进，同时配合着文艺大众化在组织上的建构，从西化向中国化发展。处在此境遇下的诗歌和绘画形成了独特的风貌。作为大众主义文艺的纲领性文献，《讲话》对解放区文艺进行了思想统一，其巨大的影响力辐射到国统区，对国统区文艺产生了广泛的影响。后随着共产党在全国战争中的胜利，《讲话》的精神扩大至全国，奠定了新中国成立后文艺的基础，乃至对 20 世纪中国文艺的转折都具有决定性的意义，其影响极其深远。

（三）文艺大众化走向民间化

从中国现代文学艺术初创时开始，大众化便是一种趋势，推翻专制、张扬民主的现代社会从根本上说是一个大众化的社会。"大众"意味着广大的普通民众特别是下层民众，他们构成了"民间"，因此"大众化"天然地和"民间化"有着不可割舍的联系。事实也是如此，在新文学建立初期，尚未明确提出"大众化"概念时，1920 年便成立了北大歌谣研究会，搜集、整理民间歌谣，为"将来的民族的诗"（周作人）做准备。"周作人很可能看到了传统文艺'民间——主流（精英士大夫）'的二元对立格局，继而将'民间'视作对抗精英文艺，建设新文艺——最直接的便是白话文学的重要资源。"②

---

① 毛泽东：《在延安文艺座谈会上的讲话》，载《毛泽东选集》第 3 卷，人民出版社 1991 年版，第 851、853 页。

② 叶原、李佳：《从北大歌谣研究会到抗战时期"民间形式"讨论：略论"民间文艺"概念的确立及影响》，《民艺》2018 年第 4 期。

　　左联、美联成立之后，把文艺大众化作为重要的发展方向。例如左联设立了文艺大众化研究会，在此后一年多的时间里，《文艺新闻》《北斗》《文学导报》等刊物展开了关于"大众文艺"的讨论。这时"民间"字样较少出现在理论研讨中，有时采用"旧形式"的称谓，而创作却大量汲取了民间资源。如左翼诗歌借鉴歌谣、小调、鼓词、儿歌，创造出一些新的诗形，如叙事诗、讽刺诗、朗诵诗、街头诗、诗剧、合唱诗、儿童诗、方言诗、明信片诗，其中有些诗形在革命运动中发展壮大，并对革命运动发挥了重要作用，如叙事诗、讽刺诗、朗诵诗、街头诗。左翼美术则直接发扬壮大了木刻这种民间美术形式，使之从边缘走向中心，成为左翼美术的支撑性力量。由上也可窥见"大众化""民间化"的复杂纠葛。何其芳在抗战时期《论文学上的民族形式》中的话可以借用于此："民间形式利用之被强调，主要的还是为了大众化吧。"①

　　"大众化"一词"降温"，"民间"一词"崛起"是在抗战兴起以后，而这一时期对"民间形式"的讨论也不是单纯的，而是和"民族形式"连在一起的。至此大众化的文艺方向发展为对民族形式、民间形式的追求，更加具体而切合时代。1938年10月，毛泽东在《中国共产党在民族战争中的地位》的政治报告中提出"民族形式"这一概念，明确提出"把国际主义的内容和民族形式""紧密地结合起来"，创建"新鲜活泼的，为中国老百姓所喜闻乐见的中国作风和中国气派"。毛泽东意在反对教条主义，强调马列主义中国化，实际上把对民族化的追求上升到了政党意识形态的高度。在毛泽东的号召下，1939年延安等抗日根据地的文化工作者进行"民族形式"问题的学习，周扬、艾思奇、萧三、何其芳等人纷纷发表文章，但都局限于研讨民间形式，且都以正面阐述学习心得为主，讨论并未充分展开。1940年，毛泽东又在《新民主主义论》中指出："民族的形式，新民主主义的内容，——这就是我们今天的新文化。"②

① 何其芳：《论文学上的民族形式》，《文艺战线》1939年第5期。
② 钱理群、温儒敏、吴福辉：《中国现代文学三十年》，北京大学出版社1998年版，第463页。

真正进行了大讨论的是国统区,并且毛泽东的号召起了重要作用。1938年 3 月 27 日,文协成立,大力推进文艺民族化、民间化发展,发起了声势浩大的全国性通俗文艺运动,并引发了国统区文学的"民族形式"论争。① 向林冰主张,"民间形式的批判的运用,是创造民族形式的起点,而民族形式的完成,则是民间形式的归宿。换言之,现实主义者应该在民间形式中发现民族形式的中心源泉",并指责新文学是"畸形发展的都市产物"。② 这种偏狭、错误的言论遭到了许多人反对。葛一虹在《民族形式的中心源泉是在所谓"民间形式"吗?》一文中,全盘肯定"五四"新文学,完全否定民间形式,又走到了另一个极端。论争的结果,双方都没有取得胜利,最后"文协暗中取消问题,主张新文艺和通俗文艺并存发展"③。这场没有结果的论争也可以说有结论,"1942 年毛泽东发表的《在延安文艺座谈会上的讲话》则给出了整场讨论的最终答案。毛泽东明确指出工农兵及其干部要成为文艺的服务对象,文艺的任务也随之被表述为'歌颂人民''团结人民'。既然如此,人民群众所喜闻乐见的歌谣、版画、戏剧等也理所当然应该得到文艺工作者的尊重、认同"④。最有说服力的案例便是抗战时期的解放区文艺,无论是街头诗、民歌体叙事诗,还是民间风格的版画,都是在实践层面落实文艺民间化的例子。正是这些创作将知识分子圈的抽象理论探讨付诸实践,因此,从这个意义上也可以说,"民间形式"论取得了胜利。

不论是毛泽东所谓的"中国作风和中国气派""大众化",还是大讨论所论及的"民族形式",其内涵都很丰富,但较为明确而统一的指向都是"民间"。在一定程度上说,抗战时期的大众化、民族化合二为一,都以民间化为实施方

---

① 叶原、李佳:《从北大歌谣研究会到抗战时期"民间形式"讨论:略论"民间文艺"概念的确立及影响》,《民艺》2018 年第 4 期。

② 向林冰:《论"民族形式"的中心源泉》,《大公报》1940 年 3 月 24 日。

③ 段从学:《"民族形式"论争的起源与话语形态论析》,《社会科学研究》2009 年第 5 期。

④ 叶原、李佳:《从北大歌谣研究会到抗战时期"民间形式"讨论:略论"民间文艺"概念的确立及影响》,《民艺》2018 年第 4 期。

案。鲁迅曾说："旧文学衰颓时，因为摄取民间文学或外国文学而起一个新的转变，这例子是常见于文学史上的。"①朱自清也说道："抗战以来，大家注意文艺的宣传，努力文艺的通俗化。尝试各种民间文艺的形式多起来了。民间形式渐渐变为'民族形式'。于是乎有长时期的'民族形式的讨论'。"②相对于20世纪20年代中国诗歌、绘画皆借鉴外国资源而开始现代化进程而言，40年代中国诗歌、绘画则主要摄取民间资源来推进民族化之旅。40年代文艺的民间化运动形成一股巨潮，诗人画家们大都以继承、借鉴民间形式作为创造新民族形式的一个重要途径。

抗战时期文艺民间化的潮流，打破了新文学以来直到左翼文艺都存在的精英主义意识，这时的诗歌、绘画不再是文化精英的文学家、画家们对大众进行启蒙的文艺记录，而是文艺家们向民间学习的记录，其姿态发生了180度的转折。但是仔细考察就会发现，知识分子向民间学习的重点在形式而非内容。不仅出身于新文艺的诗人、画家认为民间文艺的内容陈旧落后，就连提出"旧瓶装新酒"及"民间形式"中心源泉论的向林冰也认为民间文艺的内容存在封建思想、宿命论等落后意识。这是保留"旧瓶"却要"装新酒"的意思，也是论争围绕"民间形式"而非"民间文艺"的本意。这一方面显示出知识分子的民间化是有限度的，是权宜之计，另一方面也提醒文艺家们在进行民间化的时候，应该保持分析的态度和理性的判断。

四、 讽刺诗与漫画：诗画双璧

在同样的政治观念和文艺思想的指导下，诗歌与绘画在形式的探索上殊途同归，都纷纷借重民间资源，使肇始于"五四"的文艺大众化思潮达到新中国成立前的最大程度。同时诗歌与绘画也在"抗战化"的过程中加强了联系，

---

① 鲁迅：《且介亭杂文·门外文谈》，载《鲁迅全集》第6卷，人民文学出版社2005年版，第97页。

② 朱自清：《真诗》，载朱自清：《新诗杂话》，作家书屋1949年版，第114—115页。

出现了新的诗与画的呼应,此即抗战期间蓬勃发展的具有浓郁时代气息的艺术形式——讽刺诗和漫画,它们可谓特殊时期诗画相应的艺术双璧。

当把讽刺诗与漫画相提并论时,往往是基于二者在表达方式上的相通性及功能上的批判性。除了这种一般意义上的艺术形式的通约,抗战时期勃兴的讽刺诗与漫画还在承载特定的艺术功能,被赋予特殊的时代内容,与政治的关系更趋复杂等方面相通,同时折射出抗战时期艺术的普遍特点,对其他艺术形式如木刻、朗诵诗等也形成一种映射,成为研究的典型样本。

(一)战斗的"小伙伴"①

与一般时期不同,抗战时期的讽刺诗与漫画把一般性的揭露批判功能发展成爱国救亡主题的战斗性和与此相连的宣传性,在思想上获得无与伦比的正确性,其意义与价值得到最大程度的张扬,艺术本身也获得至高无上的崇高感。这种由主题功能推衍至艺术价值的思路,不仅存在于抗战时期的讽刺诗与漫画,甚至在所有关于抗战的艺术中都普遍存在。对于漫画的功能,鲁迅在1935年即说到漫画"是暴露,讥刺,甚而至于是攻击的"②,漫画在鲁迅所处的时代也确实表现出革命性和战斗性。成立于抗战期间的鲁艺(1938年)则明确表示"我们要向着他(指鲁迅,笔者注)所开辟的道路大踏步前进"③,"艺术——戏剧、音乐、美术、文学是宣传、鼓动与组织群众最有力的武器"④。张仃在《漫画与杂文》中把漫画与杂文相比,认为二者在本质上存在一致性,"'以笑叱正世态'——这是对于漫画和讽刺文学最本质的解释,这种精神借

---

① 战斗的"小伙伴"是田间的诗歌《海》里的诗句:"我,/是结实,/是健康,/是战斗的小伙伴。"

② 鲁迅:《且介亭杂文二集·漫谈"漫画"》,载《鲁迅全集》第6卷,人民文学出版社2005年版,第242页。

③ 沙可夫:《鲁迅艺术学院创立缘起》,载李桦、李树声、马克编:《中国新兴版画运动五十年》,辽宁美术出版社1981年版,第25页。

④ 沙可夫:《鲁迅艺术学院周年纪念特辑》,《新中华报》1939年5月10日。

绘画表现就是漫画,借文学表现,就是讽刺文学"。因此在功能上,二者也是相通的,"讽刺是漫画与杂文的灵魂","漫画和杂文是最好的匕首,要想在自己的一群身上,作为割病疗毒的工具,决定于使用者的本领和态度"。① 甚至直接把漫画作为一种宣传工具的观点在当时也非常普遍,如汪子美在《漫画救亡时代》中提出,漫画在抗战时代就是通俗而明快的报道。②

　　基于这样的认识,漫画在抗战初期便发挥了报道、鼓动、宣传的作用。1937 年 7 月,成立于上海的"上海漫画界救亡协会"将宗旨定为"以期统一战线,准备与日寇作一回殊死的漫画战……以争取抗敌救亡最后胜利"。同年 8 月,上海漫画界救亡协会漫画宣传队第一队成立,叶浅予任领队,张乐平为副领队,他们带领成员们于 9 月出发,一路用漫画进行抗日宣传。他们在任何可能的地方举办漫画展览,如在南京、桂林举办"抗战漫画展",将作品送往苏联举办"中国抗战漫画展"。他们在日军的炮火中进行创作和宣传,组织、指导各地漫画界的活动,在武汉编辑了《战斗漫画》(旬刊)和《抗战漫画》(半月刊)两种刊物,另外还编辑了《日寇暴行录》,在香港出版英文版的《今日中国》。这些刊物的出版发行,有力地宣传了抗战的思想。如《救亡漫画》创刊不到两个月,"销行数目超过二万份,无疑已成为抗战以来国内的唯一兴奋剂"③。这种功能漫画一直坚持了下来,抗战胜利后衍变成了对国民党黑暗统治的揭批。

　　讽刺诗在 20 世纪 30 年代以前都只是零星出现,它的兴起是在 30 年代中后期,其繁荣是在 40 年代。与漫画相比,讽刺诗是一种后起的文艺形式。讽刺诗的大量集中涌现需要特定的时代环境,40 年代正好提供了相应的要素。

---

　　① 　张仃:《漫画与杂文》,载《张仃画室　它山文存》,河北教育出版社 2005 年版,第 18、21、23 页。

　　② 　汪子美:《漫画救亡时代》,载沈建中:《抗战漫画》,上海社会科学院出版社 2005 年版,第 22 页。

　　③ 　叶浅予:《"救亡漫画"的第二个生命》,载沈建中:《抗战漫画》,上海社会科学院出版社 2005 年版,第 126 页。

一个时代行将结束的时候,它的全部荒谬性都暴露无遗,这就是马克思所说的:"黑格尔在某个地方说过:一切伟大的世界历史事变和人物,可以说都出现两次。他忘记补充一点:第一次是作为悲剧出现,第二次是作为笑剧出现。"①如果说辛亥革命、五四运动是现代中国的悲剧开端,那么 40 年代的国统区则提供了喜剧的绝好材料。臧克家说:"在光明与黑暗交界的当口,光明越见光明,而黑暗越显得黑暗。这不就是说,在今日的后方,环境已为政治讽刺诗布置好了再好不过的产床吗?"②在此时的国统区,严厉批判现实、暴露黑暗荒谬的讽刺文学蔚为大观:杂文、讽刺小说、讽刺喜剧、讽刺诗,它们共同形成了刺向国民党的匕首、投枪,发挥了巨大的战斗作用。不同风格的诗人都汇集到了讽刺诗旗下,如郭沫若、袁水拍、臧克家、任钧、王亚平、李广田、穆木天、绿原、黄宁婴、辛笛、杜运燮、唐湜。"政治讽刺诗是这一时期诗创作中的主流","当时在国统区的进步诗人,几乎都作过这一类的诗"。③

在对艺术功能的认识上,讽刺诗与漫画达成了一致,并在抗日战争、解放战争中及战后成为一对关系亲密的战斗"小伙伴",成为对敌斗争的无形而有力的武器,将左翼文艺"批判的武器"发展成"战斗的武器"。对此,美国作家、新闻记者斯诺的感受也许更真切、鲜明,也更强烈、直观,"对于中国大众而言,艺术和宣传之间并无明确的分界,唯一的分别是,在人类的经验中,哪些是可以理解的,哪些则是不可理解的",特别是在延安,"'把艺术搞成宣传'到了极限"④。

(二)主题题材相应

在对艺术功能的认识下,为完成革命与战斗的任务,讽刺诗与漫画在主

① 马克思:《路易·波拿巴和他的雾月十八日》,载《马克思恩格斯选集》,人民出版社 2012 年版,第 668 页。

② 臧克家:《向黑暗的"黑心"刺去》,《新华日报》1945 年 6 月 14 日。

③ 王瑶:《中国新文学史稿》下卷,载《王瑶文集》第 4 卷,北岳文艺出版社 1995 年版,第 285—286 页。

④ [美]埃德加·斯诺:《红星照耀中国》,河北人民出版社 1992 年版,第 87 页。

题、题材上皆有所选择。它们秉持强烈的现实性和政治性,将笔锋对准社会政治"焦点"问题,抗日救亡与揭露现实是抗战文艺的两大主题。漫画在两方面都有突出的表现,讽刺诗的成就则主要在后者。两者可谓抗战时期相同主题、题材的不同形式的艺术表达。

作为一种行远及众的艺术形式,漫画对于社会政治热点问题总是有敏锐的观察与迅疾的反应。在民族危亡的关口,抗战无疑成为最大的政治。因此,抗战主题成为 20 世纪三四十年代漫画的主潮。上海漫画界救亡协会在这方面发挥了出色的组织作用与榜样作用。它编辑的刊物、举办的展览、散发的传单成为此类漫画最好的集中地与展示场。在三年的时间里,救亡漫画宣传队成员创作了大量的漫画、宣传画、连环画、印成单张或小册子的宣传品,举办各种形式的展览百余次,为战争初期的抗日救亡宣传活动作出了突出的贡献。叶浅予《换我们的新装》、张乐平《帮助军队杀敌才是生路》、廖冰兄《全世界爱好和平人们联合起来》《抗战必胜连环画》、陆志庠《轰炸》、张仃《欲壑难填》《兽行》、胡考《用血肉筑起长城》、特伟《汉奸土匪的下场》等给观众留下了深刻的印象。① 叙事性作品也持续发展,如沈同衡创作连环漫画《抗战英雄故事》,以及反映抗日故事的木刻连环画《两兄弟》《刘力士》。控诉日军暴行、揭露人民遭受的灾难、高扬战争的意志与胜利的信念,是这些漫画的共同主旨。

如果说抗战的主题倍显伟大,那么揭露现实的主题则更见深刻。在战争的大背景下,民众的日常生活与遭遇是更能打动人心的题材,它与广大民众的生活直接相关,由此把宏大的战争映射到个体化的际遇上,将民族国家叙事与个人叙事结合了起来。在这点上,讽刺诗与漫画形成了呼应。

讽刺文艺具有强烈的政治性和现实性,现实生活中的种种丑恶现象成为它批判的对象。国民党政权腐朽,它的腐败官僚即为社会的一大脓疮。袁水拍的诗歌《大人物狂欢曲》与廖冰兄的漫画《赈灾大员》、汪子美的漫画《飞来

---

① 吕澎:《20 世纪中国艺术史》上卷,北京大学出版社 2007 年版,第 363 页。

飞去》、丁聪的《上海即景》可谓异曲同工，讽刺了国民党反动派收复"劫收"，大发国难财，还恬不知耻地吹嘘"我们是抗战的急先锋，我们是建国的真英雄"（《大人物狂欢曲》）的卑鄙行径。他们就是臧克家诗中的"重庆人"（《重庆人》）。"重庆人"是抗战胜利后国民党派往上海、南京的接收人员，他们巧取豪夺、为非作歹，成了国民党反动派篡夺抗战胜利果实的代名词。他们也是苏光漫画《灾星图》中的众灾星。画家把传统年画《寿星图》进行挪用，用同样的构图画出了蒋宋孔陈四大家族"卖国内战""垄断独占""一手遮天"的丑恶面目。

国民党的反动统治及其统治下的各种黑暗现状是讽刺文艺攻击的靶子。专制统治导致思想禁锢，"八月桂花千里香，不准说话不准想"（袁水拍的诗歌《送旧迎新》）不就是丁聪的漫画《"良民"塑像》《"我"的"言论自由"》吗？所谓"良民"是被闭目塞听、锁住了嘴、检查了思想的人。《"我"的"言论自由"》揭示出所谓言论自由只不过是一个人在大声广播，他背后的百姓却被"禁令"封住了嘴。国民党推行法西斯特务统治，激起人们强烈愤慨。臧克家的诗歌《"警员"向老百姓说》里，警员自述他们打着保护人民的幌子，实则对人民实行全面的监控，小至百姓的生辰、绰号以至日常生活都要查问。袁水拍的诗歌《警察巡查到府上》亦写警察从早到晚不停来巡查。这些情景在丁聪的漫画中就是"警管制"系列：《彻底的"警管制"》《形影不离》《无所不在》。不仅如此，丁聪还以系列卷轴的形式对此进行了全面展示。继 1943 年在北平展出《流民图》，一年后丁聪又完成了《现象图》，次年又完成了《现世图》。《流民图》控诉日本侵略者的罪恶，展示的是民族的苦难，《现象图》则全面展现了国民党统治时期的社会现状，揭示的是具体的社会问题，《现世图》则将矛头更加清晰和直接地对准了发动内战的国民党及其后台美国。比较而言，最为著名的是《现象图》，它将上述种种社会现象进行了明显的揭示：穷人挣扎在死亡线上，知识分子失业，极端的贫富分化，投机商大发国难财，日常生活艰难。这反映在诗歌中即是沙鸥的讽刺诗集《百丑图》、邹荻帆讽刺诗集《噩梦备忘录》。

　　被压迫被奴役的人民的苦难生活也是讽刺文学的笔锋所指。袁水拍的诗歌《万税》极尽讽刺之能事，写出国民党政府巧取豪夺，以各种名目征税，极度压榨人民，有"赠予税""受赠税""贿赂税""舞弊税""盗窃税""所失税""不交易税""不营业税""破产税""无产税"等，"样样东西都有税，民国万税，万万税"。以极度荒唐的税种反映出国民党政府极度腐败混乱的本质。丁聪为袁水拍的诗歌配画《民国万"税"》。一个骨瘦如柴的老百姓从头到脚都贴满了税票，遮住了眼睛、耳朵、嘴巴，缚住了手和脚，不能视听，也无法动弹，这就是民国税法下真实百姓生活的传神写照。廖冰兄的漫画《教授之餐》中，穷困之极的知识分子全家只有以书本为食。这与蔡若虹的漫画《苦从何来》中的农民之苦如出一辙。张乐平的《三毛流浪记》家喻户晓，它以流浪儿三毛的遭遇，对城市生活做了多角度的观照，站在民众的立场向不合理的社会进行了严厉的控诉，产生"含泪的笑"的艺术效果。现实黑暗如此浓重，就连专注于抒情漫画的丰子恺也以泣血之笔画出了《最后的吻》这类描绘穷苦人忍痛弃婴的人间惨状。随着国统区经济的凋敝和破产，通货膨胀，纸币贬值，物价飞涨，这根社会最敏感的神经触动了最广大的民众，也吸引了讽刺文学的笔锋。臧克家的诗歌《飞》、袁水拍的诗歌《公务员呈请涨价》《王小二历险记》《纸头老虎——法币》《如今什么都值钱》、杜运燮的诗歌《追物价的人》与米谷的漫画《伪金圆券》、张乐平的漫画《三毛连环画之随时涨价》、丁聪的漫画《救不了的"金元券"贬值》对此都有精彩的表现。

　　国民党之所以如此反动、猖獗，是因为后面有帝国主义支持，因此反帝也是讽刺文艺的一大主题。洪荒的漫画《救济物资，源源运到》中，瘦骨嶙峋的中国老百姓端着破碗等待救济，但等来的却是印有"us"字样的美国炮弹。漫画形象地揭露出"美援"的实质是欺骗和无尽的灾难。吴永清的漫画《简直是梦》中，美帝国主义正做着独霸世界的美梦，但他的真正下场却是他身下躺着的希特勒的骷髅。袁水拍的诗歌《上海之战》《大胆老面皮》《温和派艾奇逊升官记》等诗从各个侧面揭露美帝国主义的罪恶，极尽讽刺、挖苦之能事。例如

《赫尔利这老头子》："民主自由他不要,/专制独裁他喜欢!","唱的什么歌?/戈培尔的歌。弹的什么调?/法西斯老调"。绿原的诗歌《咦,美国!》向美国发出严正的警告:"你底胃并不健康,不管你底牙齿再尖,再尖……那么,请尝尝中国的胡桃!"

(三)艺术形式相通

同为讽刺性的艺术,都诉诸"笑",因而讽刺诗与漫画天然地存在关联。从艺术手法来说,夸张与变形是达至喜剧效果的通用手段。夸张是运用想象的手法,在客观现实的基础上有目的地放大或缩小事物的形象特征,以增强表达效果的艺术手法。"变形,是把某一人物或事件变化为与本来精神相似的另一种形象,比如把人类'兽格'化,或兽类'人格'化之类,文学上的所谓'拟人法'。"[1]夸张与变形都具有幽默感和哲理性,可以突出事物、形象的特征,更深刻、更单纯地揭示其本质,加强作者的感情,使读者得到鲜明而强烈的印象,引起读者的联想和共鸣。"从绘画的见地看,夸张是属于'透视'范围的,变形是属于'轮廓'范围的;广义的,从普遍的美学原则看,'夸张'是着重局部的一种艺术表现方法,'变形'是着重全体的一种艺术表现方法。夸张是'量变',变形是'质变',所以有时互相融合,不能截然划分。"[2]

袁水拍的讽刺诗擅长运用夸张手法。《发票贴在印花上》罗列了一系列夸张的意象:"发票贴在印花上","吉普开到人身上","房子造在金条上","工厂死在接收上","民主涂在嘴巴上","自由附在条件上","百姓滚在钉板上",突出显示了国民党统治的混乱、黑暗、腐败及其倒行逆施。人们常说"具有漫画式的夸张",即点出了漫画最突出的艺术手法——夸张。丁聪的漫画《四海无闲田》中,公务员模样的人伸出数只手,只只都直逼

---

[1] 张仃:《漫画与杂文》,载《张仃画室 它山文存》,河北教育出版社2005年版,第22页。

[2] 张仃:《漫画与杂文》,载《张仃画室 它山文存》,河北教育出版社2005年版,第21页。

农民索要税款,而农民则饿得腰肢欲断,苛捐猛于虎的主题由此表现得淋漓尽致。张乐平笔下的"三毛"那硕大的头颅与瘦弱的身躯极不相称,既揭示了三毛的困窘境遇,也以大头凸显了三毛的孩子特征及其聪明和灵气。

"变形的另一种解释,是在一件创作里,把矛盾的诸要件,以作家的感觉,精神,人格,气质,变化统一于一种风格式样里。"①因此有时变形不是简单的比喻、拟人或象征,而是贯穿在文本的全部。如果变形到了极致则成了颠倒,袁水拍创作了大量此类优秀诗作。《这个世界倒了颠》可谓此类诗歌的宣言:"这个世界倒了颠,/万元大钞不值钱,/呼吁和平要流血,/保障人权坐牢监。/这个世界倒了颠,/'自由分子'抹下脸,/言论自由封报馆,/民主宪法变戒严。""倒了颠"即是"颠倒"一词的颠倒,诗歌通过一系列颠三倒四的怪现状,揭示国民党打着"民主宪法"的招牌实则推行法西斯独裁政治的阴谋。张仃的漫画《欲壑难填》采用极度夸张法,画出极度贪婪的军国主义者正把整个地球往大嘴里塞,想全部吞进肚里。漫画颠倒了人与地球的关系,达到了尖锐的讽刺效果。

诗配画、画配诗,更是直接实现了诗画相通,有的直接在同一文本上题诗作画,形成更易为大众所接受的形式。丁聪为袁水拍的《马凡驼山歌》配漫画数幅,这可谓两位讽刺艺术大师的杰出合作,如《珍馐逼人》《民国万"税"》《送旧迎新》。袁水拍的《主人要辞职》:"明明你是高高在上的大人,/明明我是低低在下的百姓。/你发命令我来拼命。/倒说你是公仆,我是主人?"在丁聪的

图2-6　丁聪《公仆》

① 张仃:《漫画与杂文》,载《张仃画室　它山文存》,河北教育出版社2005年版,第22页。

漫画《公仆》中,满腹肥油的"公仆"骑坐在皮包骨头的"主人"身上,"主人"发出呼号"我想辞职/你看怎样?/主人翁的台衔原封奉上"。民主只不过是装腔作势的"标语口号"!沈同衡的《谒陵图》讽刺蒋介石"惨胜"后迁都回南京,率领"劫收大员"拜谒中山陵一事。画中反动派被孙中山在天之灵严厉指斥:"你们哪还有脸来见我!"柳亚子先生在画展中见到此画,极感兴趣,当即题诗一绝为赠:"宝山深入岂空回,椽笔淋漓抵酒杯。沉痛石头城畔语,何人端冕谒陵来!"

　　同为喜剧艺术,因此在艺术手法上互相借用,不仅如此,不同的艺术形式之间也存在交融。典型之例即木刻与漫画的结合。战时物资缺乏,印刷出版困难,因此为了大量印刷散发,漫画家经常使用木刻刻印漫画,有时作品由漫画家起草,木刻家刻制。这类作品的风格介乎版画与漫画之间,如彦涵的《切断敌人的"血管"》、涂克的《木刻头像三幅》即创造了木刻漫画的艺术样式。张仃的《收复失土》、丁聪的《教授之餐》也有木刻痕迹,吸纳了木刻的"刀味",粗糙的质感加强了愤恨、反抗、沉痛、控诉等感情的力度。并且,还出现了刊物《漫画与木刻》、报纸副刊《漫画木刻月选》《漫木旬刊》等。沈同衡在抗战期间即常在《漫画与木刻》《新道理》《桂林儿童》等刊上发表漫画,多数为自己刻制木板。木刻与漫画的"联手"代表了战时艺术的一种走向:为了抗战宣传的需要,不同画种的界限被打破。最普遍的是在纸、布、木牌上制作以漫画为主的宣传画、标语画以用于游行集会,此外还用水粉画原料在白布上绘制"布画"以悬挂在街头等。可见,抗战是一剂催化剂,它促使界限分明的不同形式的艺术越出自己的疆界,和其他艺术结合,产生新的艺术特质,也促使艺术愈加走进大众。

(四)大众化追求相同

　　讽刺诗与漫画对艺术功能战斗性和宣传性的定位,对主题题材现实性和政治性的选择,都必然导向大众化的审美追求。正如臧克家所说,政治讽刺诗

"所表现的痛苦、愤怒、不平、挣扎,不是仅只属于诗人,而是属于多数人的"①。讽刺诗和漫画关注社会政治生活中的热点问题,反映人们普遍关心的问题,表达人民的悲喜哀乐与愿望要求,这构成了其大众化风格在思想内容上的基础。大众化的内容呼唤大众化的艺术形式、手法与语言。从缘起来看,讽刺诗和漫画本就来自民间。"讽刺诗出于杂调曲,本为民间娱乐,重在通俗,即经转变,旧质仍有。故不避嘈杂粗鄙之辞。"②中国现代漫画出现于清末,在新起的近代新闻报刊上,常常出现反对帝国主义、揭露清政府腐败黑暗的绘画作品,此即现代漫画的开端。它所依托的报刊是依靠大众接受的现代传播媒介,因此现代漫画一开始就具有注重接受效果的群众性和大众化。由此在艺术形式上,讽刺诗与漫画也必然具有明显的大众性。它们基本的表现手法,如讽刺诗的以丑入诗、夸张、变形、反语,漫画的写实、夸张、变形、拟人、物化、比喻、象征,以及二者共同追求的幽默、滑稽、诙谐、反讽等喜剧风格,皆是大众艺术的显著特征。因此,抗战时期的讽刺诗与漫画对大众化的追求,是这两种艺术的题中应有之义。

就讽刺诗来看,表现手法大多采用民众熟悉的手法,如叙述、描写、对比、夸张、拟人、拟物、比喻、反语,限制性地采用变形、颠倒、荒诞等手法,不追求陌生化的效果,而是将变形等控制在一定的程度之内,让人容易解读。语言上讲究通俗性、趣味性、口语化与节奏感,适合朗读。如臧克家的《发热的只有枪筒子》《宝贝儿》《谢谢了,"国大代表"们》《"警员"向老百姓说》,诗题就是老百姓的语言,既通俗易懂又不乏趣味。袁水拍的《抓住这匹野马》一诗,把飞涨的物价比作横冲直撞的野马:"撞倒了拉车的,挑担的,/撞倒了工人,伙计,职员,/撞倒了读书的孩子,/撞倒了教书的先生。"巧妙的比喻把大众本来颇感外行的国民党财政经济政策进行了形象化的揭示,形成尖锐的讽刺效果。反语也是老百姓喜爱的修辞方法,袁水拍的《进步赞》:"谁能说咱们中国没有

---

① 臧克家:《给新诗的旧观念者们》,《文萃》周刊第 2 卷第 15、16 期合刊,1947 年 1 月 22 日。

② 周作人:《欧洲文学史》第 2 卷,岳麓书社 1984 年版。

进步呢?""'一二·九'已经进步成为'一二·一'了""水龙已经进步成为了机关枪,/板刀已经进步成为了手榴弹,/超度青年的笨拙的刽子手们/已经进步成为了机械化的好汉"。在"进步"实为倒行逆施的反语修辞下,国民党反动派的法西斯暴行遭到揭露与批判。不仅如此,大多数的政治讽刺诗还直接借用民歌格调。袁水拍尤为突出,他以"山歌"的形式进行创作,灵活采用儿歌、小调、五七言体,诗歌写得自由活泼,他自述"这是民谣复兴的时代"①。《克宁奶粉罐铭》是四言铭文,《送旧迎新》《春天的歌》是小调,《警察巡查到府上》是儿歌,《东南西北古怪风》是仿四言古诗。大众化的艺术形式产生了较好的群众接受效果。马凡陀的诗在群众民主运动的集会和游行中常常被朗诵,在上海反饥饿、反内战的游行中,他的诗还被写在旗帜上。香港的一次演出还把他的《公务员呈请涨价》等十首诗"编成了一个崭新的形式的剧,有歌、有诵、有舞,极为有趣"②。

漫画领域也注意运用民众熟悉且易于理解的表现手法,如写实、夸张、拟人、物化、比喻、象征,即使夸张、变形也以写实为基础,控制在一定程度内,不致产生理解困难或歧义,同时注意吸纳民间通俗艺术,促使漫画的接受大众化。如华君武、米谷的漫画都善于吸收生动的日常生活现象、民间故事、民间谚语、民间比喻等通俗艺术形式,在写实的基础上运用适度的夸张构成巧妙的比喻,形成漫画内容丰富,思想表达深入浅出,形象塑造简练生动,画面明白易懂,讽刺辛辣有力的艺术效果。华君武的《黄鼠狼给鸡拜年》运用民间流行的谚语,将战后心怀叵测的美帝国主义比喻成黄鼠狼,将西欧各国比喻成鸡,援助的结果就是"经济危机"。深入浅出的表现手法促使华君武的漫画作品深受群众欢迎,他的漫画册子《一九四八年的政治漫画》仅在东北就销售了四万本。

---

① 袁水拍:《祝福诗歌前程》,载游友基:《中国现代诗潮与诗派》,广西师范大学出版社1993年版,第185页。

② 吕剑:《诗与斗争·听马凡陀》,载韩丽梅:《袁水拍研究资料》,中国国际广播出版社2003年版,第341页。

不仅在艺术形式上，政治讽刺诗与时事政治漫画有着大众化的追求，而且形成了群众性的诗歌、绘画活动。诗歌的运动在国统区朗诵诗、解放区街头诗中已有阐述。此处以漫画为例。在战争期间，时事政治漫画迅速发展起来，战争胜利以后，它则在讽刺腐朽社会、鞭挞丑恶现实、追求光明等方面发挥了战斗作用。当时许多进步报刊需要大量政治性的文章和绘画，如杂文、政论小品及漫画，因此众多漫画家都积极投身于时事政治漫画的创作中。作为宣传鼓动的有力武器，漫画无论在城市，还是在解放区的群众运动中都发挥着重要作用，学生、市民、工人、农民、战士迫切需要掌握漫画技巧，以适应革命斗争需要。在东北解放区，漫画创作很活跃，来自延安等解放区的美术工作者来到东北，华君武、蔡若虹、张仃、朱丹、张望等积极从事漫画创作，还培养出大批漫画青年，《东北日报》《东北画报》等常发表他们的作品。人们常将画报刊登的漫画临摹放大制成宣传品张贴，扩大了漫画的宣传范围。

在城市，木刻传单被大量地散发到群众中，或张贴于街头。上海的漫画活动具有代表性。1947 年 5 月，沈同衡领导的漫画工学团宣告成立，团员多是上海的工人、学生、教师和店员，漫画家丁聪、米谷、余所亚、陶谋基、洪荒、范凡等进行指导。漫画工学团积极组织，有效地推动群众性的漫画运动。例如多次组织、选派团员协助社会团体绘制漫画宣传品；参加突击工作，如参加交通大学反饥饿、反内战大游行的漫画和宣传品的制作；与上海各大中学的漫画小团体和一些职工会的美术小组有着密切联系，还常与杭州、南京的一些大学交换作品，相互支持，互为友军。漫画工学团于 1948 年 4 月、5 月组织了两次月展，总题目分别为《春梦图》《送葬曲》，前者主要揭露"美援"和"国民大会"的反动实质，后者的锋芒更加锐利，除揭露国民党发动派的罪行以外，还直接宣布蒋家王朝必然灭亡的历史命运。这些漫画"在各大中学和职工会巡回展出，激起了空前的巨大影响，也给各校爱好漫画的青年以很大的鼓励"①。漫

---

① 沈同衡：《上海的年轻漫画人》，香港《文汇报》1948 年 10 月 22 日。

画月展推动漫画作为武器参加到反饥饿、反内战、反迫害的行列中,在民主运动中起到重要作用,又促进了群众性的漫画活动,如一些大学的学生仿照《春梦图》的形式集体创作了一套《五四运动史》,交通大学学生会又补充一些内容,最后漫画工学团整理改定为《火的洗礼》,随漫画月展一起展出。由上可见,漫画工学团的活动和群众运动紧密结合,在革命运动中组织和发动群众,使漫画这种艺术形式为群众所掌握,发挥了更大的现实作用,推动了漫画大众化的进程。

第三节　大众主义:一个未竟之业

从中国现代文艺开端,大众主义的议题就一直如影随形,从"五四"时期的自发产生、自由探讨,到左翼时期的组织化,再到抗战及战后的意识形态化,大众主义的内涵、形态均在不断变化,其在文艺上的地位也逐渐从边缘走向中心。到 20 世纪 40 年代后期,大众主义直接影响到新中国文艺的建构。到 20 世纪 80 年代以后的新文学时期,大众主义逐渐褪去了意识形态色彩,并与政治渐行渐远,到 90 年代以后逐渐与商业、市场、产业等关键词建立了联系,与世界文学接上了轨。而随着 21 世纪大众社会的到来,文艺的发展就更是和大众主义密不可分,并进入到前所未有的复杂时期。由此看来,从现代社会诞生起,大众主义就一直是一个被不断研讨、发展的议题,是行进在路上的未竟之业。

一、 大众主义的初级形态:首个十年

民众文学讨论和北京艺术大会时期,基本处于中国现代文艺的第一个十年期间,即 20 世纪 30 年代之前,这是中国现代文艺的奠基期。从这个阶段的史实可见,文学与绘画面对着相同的社会思潮,各自以自己的方式表达着对变动时代的思考。其中,化大众与大众化的复杂关系是需要面对的首要问题。

陈独秀的文学革命论直接继承了晚清梁启超"三界"革命的思想,欲以文学的变革推动社会的变革,贯穿其中的是文学启蒙思想,从功能角度看即化大众。作为思想者的陈独秀对文学界的影响是巨大的,他以激烈的反传统姿态提出的文学革命主张成为第一代文学家的共同追求。不管是国民文学、平民文学的倡导还是民众文学的讨论,都旨在对大众进行开蒙,使之从蒙昧的状态中解放出来,文学家们就是在充当这个"教导者"的角色。陈独秀的美术革命论与他的文学革命论一脉相承,思路基本一致,也在美术领域奠定了启蒙主义之路。而启蒙意味着民众要能理解、接受,因此大众化成了题中应有之义。陈独秀的"三大主义":"推倒雕琢的阿谀的贵族文学,建设平易的抒情的国民文学;推倒陈腐的铺张的古典文学,建设新鲜的立诚的写实文学;推倒迂晦的艰涩的山林文学,建设明瞭的通俗的社会文学",较早提出了文学大众化的议题。美术领域高扬写实主义,摒弃写意的传统中国画,也含有美术大众化的意图。可见,从中国现代文艺的开端,化大众与大众化就以一种交织的状态存在着。

化大众与大众化的矛盾还反映出精英化与大众化的矛盾,这在民众文学讨论中已有较详细的论述。总体而言,"化大众"的思想根基是精英化,在自我定位上,文学艺术家把自身角色设定为大众的引导者、教育者,是高于大众的知识精英。因此他们把文学二分,把作为人类精神引领的文学与教化大众的文学分开,一方面防止前者被后者吞没,另一方面以前者引导后者。因此,这时期的文艺大众化可称为"精英化的大众主义"。它受到西方文艺观的影响,由精英设计和推动,强调文学艺术的教化功能,而与大众真正的审美需求相距甚远,带有明显的理想主义色彩,甚至不免空幻而难以落到实处。这也成为后来意识形态化的大众主义批判的对象和新的起点。

文艺大众化不拘于写实主义风格,现代主义等多种风格也被纳入其间。最典型的就是"二徐之争"的历史公案。徐志摩希望在艺术的领地中为"新艺术"即现代艺术保留一席之地,而独尊写实主义的徐悲鸿则对国难当头之际,还有人主张"为艺术而艺术"表示"惑"而不解。李毅士支持徐悲鸿"为人生而艺术"的观点,认为现在的艺术标准即是社会认知,艺术家肩负着社会责任感与历史使命感。其实,这次争论只是具体艺术观的分歧,即"以什么样的艺术为社会"以及"艺术如何为社会"的问题。而它们在本质上却是一致的,都是坚持在文学艺术基础上的"为社会而艺术"论。因此,它们在目标上也是吻合的,即通过某种特定的艺术观实现"艺术救国"。就双方的主观意愿而言,不管是坚持写实主义还是现代主义,都把它视为实现启蒙的手段。其实,在此之前两年即 1927 年,由林风眠主持召开的北京艺术大会即明确表达了,艺术需要走进民间和民众,走向十字街头。林风眠是现代主义艺术家,他以自己的举动证明了艺术大众化是一个包罗万象的主题,既包含写实主义,也容纳现代主义。

这阶段的文艺大众化明显迥异于西方现代社会的大众化。就社会背景来看,西方面对的是商业情景,而中国面对的则是政治情景。因此,就目的来看,西方是要追求利润最大化的商业利益,而中国是为了救亡图存的政治目标。相应的,在发生、传播与行为方式上,西方大众化是民主社会中自由发展、自发流行的民众化行为,而中国的大众化是半封建半殖民地社会中有目标的、有组织的、自上而下的精英化、集体化乃至意识形态化的行为;在功能上,西方大众化是娱乐性的,而中国大众化则有明确的教育作用与政治诉求。由此可见,中国 20 世纪二三十年代处于奠基期的大众化是世界文艺大众化的特殊形态,它不能以西方的通俗文艺、流行艺术等概念来指称,它有着自身特定的内涵,在中国肩负特殊的意义,直接开启了下一阶段文艺大众化的诸多主题。而它的性质和特征,也只有放在其后的左翼文艺的主题下进行观照,才能得到更为清晰的呈现。

二、 大众主义的过渡形态: 左翼诗画

左翼文艺处在 20 世纪 20 年代后期至 30 年代前期之间,连接了前面的写

实主义与后面的抗战文艺,不仅在时间上,也在其他方面体现出一种过渡性质。总体而论,左翼文艺从精英化的大众主义导向了抗战时期意识形态化的大众主义。从"五四"发端的文艺大众化思潮一开始就带有明显的启蒙色彩,是接受了新思想的文学艺术家拯救国难的一种手段。左翼文艺对其有继承,有批判,也有发展,发展则直接导向了抗战文艺。

在思想上,左翼文艺继承了"五四"文艺大众化思潮的现实观,主张面对现实、描绘现实、反映现实。但这种描绘和反映不是机械地照抄现实,冷漠地再现现实,客观地复制现实,而是要在新的思想意识指导下进行,这就是马克思主义的阶级分析论。左翼文艺以"追随所谓先进国底艺术"为目标,在马克思主义的指导下打出"革命文艺"和"无产阶级文艺"的大旗。并据此认为,"五四"文艺大众化中包含的人文主义、人道主义等思想已经过时了,是旧时代的"布尔乔亚的意识"的体现,应当抛弃而提倡"新写实主义",即革命现实主义,革命就是当下最大的现实。左翼文艺在继承"五四"文艺的现实主义观的基础上,思想上进一步"向左转",为抗战时期文艺思想的意识形态化打下基础。

左翼文艺从"五四"文艺大众化思潮中继承了艺术普及于民众的观念,并以革命为契机把它推向深入,从艺术观上进一步推动"十字街头"的运动,从艺术形式上进一步"向下看",民间性显著增强,这些特点在抗战文艺中有了一个质的变化。"五四"运动提倡平民文学,反对贵族文学,一个重要途径便是借鉴民众自己的文学,因此民间文学进入知识精英的视野,标志性的事件是1918年2月1日《北京大学日刊》61号发表了北京大学校长蔡元培的征集全国近世歌谣的《校长启事》,随即成立"歌谣征集处"以主持其事。从此,民间文学成为新文学的一个部分。从"歌谣征集处"、《北京大学日刊》"歌谣选"专栏开始,到北大歌谣研究会,到国学门、《歌谣周刊》,再到北京大学风俗调查会,民间文学资源越来越多地进入研究者的视野:从歌谣到神话、传说、童话故事、风俗、方言等。民间资源的发掘、研究与运用,使"五四"文艺大众化有了实质性的成就与意义。这在左翼文艺中有着明显的继承,如前所述的中国诗歌会对"形式大众化"的追求以及绘画对木刻形式的推崇。但同时左翼文艺淡化了"五四"文艺大众化思潮的学院性质与研究色彩,掺入了民众性质与革命意识,由此导向了抗战文艺。

从创作主体来看,左翼文艺家从纯粹的诗人、画家走向文艺家兼战士。与"五四"文艺大众化思潮中相对单纯的文艺家身份所不同,左翼文艺家认为,文艺家不仅应担负起对民众拯救、引导、启蒙的责任,而且也不能高居象牙之塔脱离民众,他们有着双重角色,既是民众的教育者,又是平民中的一员。穆木天曾在《新诗歌·发刊诗》中自抒心曲:"我们自己也成为大众的一个。"变成"大众的一个"是知识者身位的一次重要转变,从"象牙之塔"到"十字街头"意味着知识者有意改变与民众隔离的状态,主动接近大众、融入大众,而该目标的真正实现则有待于抗战文艺。最典型的变成"平民中的一员"便是直接参加革命与战争,成为一名战士。

左翼文艺在拯救大众的同时完成知识者的自我拯救。左翼文艺的参与者均是社会精英的知识分子,他们带着"五四"以来的启蒙思想进入红色的 20 世纪 30 年代,认同"五四"文艺大众化思潮关于拯救的思想,仍以教化民众为文艺的最终归宿,幻想以革命为契机,唤醒大众,教育大众,引导大众。如木铃木刻研究会认为:"知识阶级当把所有的贡献给大众,给他们以指示,使他们以自觉,从反抗斗争中求求生路。"①但与"五四"时期所不同的是,左翼文艺家也把走向大众看成是自我拯救的一种方式。以前的文艺在自身的封闭圈子里运行,与广大民众相距甚远,文艺也因此受到极大的限制,成为书斋里的装饰而非社会发展的推动力,成为少数人的专利而非多数人的福祉,没有发挥自身应有的价值。文艺家也往往"与世隔绝"、孤芳自赏,漂浮在社会的表层而未作用于社会的根本。因此,左翼文艺家主动营构的走近大众的策略是对之

---

① 吕澎:《20 世纪中国艺术史》上卷,北京大学出版社 2007 年版,第 303 页。

前文艺的某种程度的否定,也是使自己脱离小资产阶级习气,赢得无产阶级意识的一种手段,因此是对自身的一次拯救与超越。这种主动进行的自我拯救到了抗战时期则变成了意识形态要求下的被改造与被拯救。至此"五四"时期拯救与被拯救的对象进行了互换,民众(依托政治机构与意识形态)成了拯救者、引导者,而知识者成为被拯救者、被引导者,中国文艺的新模式也从此开启。由此来看左翼文艺肩负的双重拯救之责,则具有了过渡性的意义。

"20世纪二三十年代,'左翼'文艺思潮蔓延是国际上普遍存在的现象,除非洲外的整个世界都涌动着一股'赤潮'。"①在此背景下,中国受国际形势主要是苏联和日本的影响,从落后于国际文艺的写实主义中发展出正当其时的左翼文艺,与国际形势大致同步。其中,左翼诗歌的发展更趋成熟,形成了流派,而初期的木刻则多为习作,还未能构成真正的艺术流派。但它们都致力于从化大众到大众化的文艺转向,为抗战文艺的兴起提供了理论准备与创作经验积累,而它们设计的文艺方案都不免带有精英化与理想化色彩,也因此成为抗战文艺批判的靶子与新的发展起点。

三、 大众主义的特殊形态:抗战诗画

抗战时期的大众主义文艺既不同于自由状态下的"五四"文艺,也不同于初具组织化特征的左翼文艺,它具有自身鲜明的特征。它把文艺与政治的关系拉紧到前所未有的程度,高扬艺术服务于时代政治任务的功利性,把文艺直接作为宣传的工具,产生了与革命和战争直接联系的艺术,留下了历史的文字记载与图像文献。在国统区,文艺家们在战时机构里的工作主要是为该城市提供抗战形象方面的宣传,在很大程度上讲,他们就是宣传员。"解放区的美术工作,紧密配合具体政治任务,是它的基本特色。"②因此在解放区,文艺家

---

① 范建华:《作为"先锋"的1930年代左翼美术思潮》,《文艺理论与批评》2014年第1期。
② 江丰:《解放区的美术工作》,载顾森、李树声:《美术思潮与外来美术(1896—1949)》,海天出版社1998年版,第199页。

们就是配合军事行动、政治运动、社会改造而进行宣传和鼓动,他们仿佛拿笔的战士。在此期间,木刻之所以成为主流艺术形式,正在于其宣传有效性。这种艺术定位发挥了直接的现实作用,艺术成为一支拿笔的军队,有效地配合了军事上、政治上的行动,赢得了历史的评价。同时,这种定位也影响了文艺的诸多特征,如上述主题题材的选择、艺术形式的构成、艺术风格的形成、艺术效果的达成、审美趣味的营造、文艺家主体身份的定位以及多种艺术间的关系。

对文艺外部关系的过度重视抹杀了对艺术的特殊性和丰富性的关注,因此,抗战时期的大众文艺呈现出强烈的唯一性和排他性。"在抗战以前,文艺有各种派别,在抗战以来,文艺只有一派,是抗战派。"①不管是诗歌还是绘画,在救亡图存的总目标下,皆服务于抗战宣传,文艺创作的宗旨是弘扬全民团结抗战的伟大史实,表现前方战士的英勇顽强,揭露敌人的罪恶残忍,表现抗战必胜的信念等,艺术精神是单一的革命英雄主义、革命理想主义与革命浪漫主义,艺术思维上秉持二元对立的观念,黑白分明,艺术风格则是单纯的激昂、明朗。凡是有悖于这些原则的文艺,皆失去了合法性,遭到不同程度的指责、批判乃至打击,如表现个人情感、远离救亡主题的文艺如现代主义。这种独尊的思维对新中国成立后文艺的一元化影响至深。

这种唯一性和排他性在延安文艺中发展到极端。作为整风运动的一部分,文艺领域也进行了清理和整顿。正如中国现代文艺上的争论往往发自文学领域一样,在文艺整风中,文学界也可谓首当其冲。不仅如此,其激烈程度也最高,甚至从文艺论争发展成政治斗争。相对而言,绘画领域的整风温和一点,尚保留着文艺探讨的气息,因此以之为例。绘画领域以对漫画、油画的清理为代表。作为一种来自城市的艺术,漫画一开始就以揭露、批判的姿态出现,进入延安,艺术家们也照样运用这一笔法,将漫画揭批的笔锋对准了延安存在的不良现象,诸如"主观主义、教条主义、党八股、恋爱、开会、不遵守时

---

① 长虹:《论文艺反攻》,《中国文化》1941年,第690页。

间、乱讲自由、自高自大、小鬼、干部生活、学习、工作等不良现象"。对此的集中反映是1942年2月蔡若虹、张谔、华君武在延安举办的联合漫画展,不久毛泽东就对此提出批评。他以华君武的《1939年所植的树木》为例,告诫艺术家不要因为局部问题而否定全体,对人民的缺点不能冷嘲。毛泽东以政治的眼光,警醒了画家们注意艺术的立场问题。以后延安的漫画发生了转变,讽刺的对象由内而外,集中在"侵略者、剥削者、压迫者"的日本帝国主义和国民党反动派,而蔡若虹则放弃了漫画创作。同年5月,庄严、马达和焦心河举办了一次三人联展,将他们参加慰问团在前线采风的田野、山川、窑洞、人物形象、农民风情以色彩强烈、构图概括的油画形式予以表现。这时正值延安文艺座谈会期间,政治上高度敏感。因而这种和前线战斗毫无关系的田园风光和形式主义被认为是资产阶级的审美趣味,像马蒂斯、毕加索那样玩弄色彩和形式是错误的,因此遭到了批评。江丰严厉地说道:"在延安公开提倡这种脱离生活、脱离人民、歪曲形象,并专在艺术形式上做工夫的所谓现代派绘画是错误的。"这次事件后,延安的现代主义便迅速销声匿迹。连左翼时期发展出的表现主义的现代木刻风格也逐渐为民间化的语言所替代。

　　然而,抗战以来的大众文艺也不是铁板一块,它仍然包含着差异性。从时间上看,从抗战初期到抗战后期以至战后,存在着发展变化的过程,不是一成不变的。从艺术视野上看,战争进入中后期,大众文艺关注的范围更广,不再如战争初期那样仅仅注重表现前方战事,选择题材也不再限于正面的战斗和英雄,而是在更广阔的画面上从多种角度反映抗战的现实生活,更深入地表现时代和社会的变动,揭示这些变动在人们心里引起的震动,更深刻地把握现实,更本质地对待抗战,因而思想内容得以丰富、厚实和深刻。同时在艺术构思上,文艺家们不再停留在利用新闻报道进行凭空想象和抽象构思,而是从熟悉的生活中去发现题材和提炼主题,社会各阶层民众生活的方方面面激活、拓宽了创作思维。前期作品中浓厚的宣传色彩转变为强烈的生活气息。对于广大民众来说,每天接触到的现实生活较之前线战事来说更具有体验性,因此对之的反映也更能激发其感受。在木刻领域表现城市民众日常生活的如有朱鸣冈的《假期》《重负》《孩子之间》《友谊》，荒烟的《拾荒》《茶水站》，在诗歌领域则有袁水拍的讽刺诗。相应地，艺术表现能力也得到提高，抗战初期存在的不同程度的创作"概念化""公式化"倾向基本得到克服。如木刻摆脱了模仿西方木刻的局限，表现出民族艺术的形式和风格，如力群等从素描木刻向民间风格转变。漫画也逐渐改变了长期以来的"西化"倾向，显示出明显的中国民族艺术风格，如张乐平的《三毛流浪记》。1945年叶浅予、丁聪、廖冰兄、张光宇、特伟、沈同衡、余所亚、张文元八位漫画家举办"漫画联展"，展出的作品无论在思想内容还是艺术水平上都比抗战初期的《救亡漫画》有了很大提高。诗歌艺术也得以提高，不仅形式上较抗战初期的朗诵诗、街头诗、枪杆诗、传单诗更加多样化，产生了大量的叙事诗、剧诗、抒情诗、朗诵诗、街头诗、讽刺诗，而且在艺术表现上更加成熟。早期的诗作多采用赤裸裸的表现方式，在直抒胸臆的呐喊吼叫中加入大量的议论式言辞，因而抒情浮泛浅露，诗歌粗糙、躁厉、虚浮、缺乏艺术美。臧克家、王亚平都认为，自己早期的诗作带着"粗劣的宣传味""火性的喊叫""浮浅的感情"，进入抗战中期诗情才逐渐深沉、洗练、深厚起来，诗歌才精美、谨严起来。而对于叙事诗来说，它在抗战中期得到了发展，但优秀之作并不多，尤其在表现技巧上仍存在诸多欠缺，如形象贫弱、情感淡薄、结构散漫、语言空泛、手法粗疏。这种普遍的"长"而无"诗"的现象在抗战后期和解放战争时期，得到了一定程度的克服，叙事诗创作取得更成熟的收获。

从地域上看，国统区和解放区存在分别。在大众化之路上，国统区体现出城市化特色，而解放区则是农民色彩。如果从城乡差距及其人口数量来看，农村无疑是更为底层更为多数的大众和民间。因此在艺术表现上，国统区文艺还带有更多的文化气息，其民间化不如解放区来得彻底。如内战时期的国统区木刻在风格上仍然具有强烈的表现性特征，如黄新波的《卖血后》、张漾兮的《抢米》、郑野夫的《要饭吃》、王琦的《洪流》（具有现场直观的特色），注重黑白趣味,充满主观情绪的表现。而解放区木刻则更多具有写实性特征,如彦涵的《豆选》、王式廓的《改造二流子》朝着明快的单线发展。在诗歌中,臧克家的讽刺诗亦不乏文人色彩,如在口语中穿插书面语诸如"鸟瞰",用词与句式也讲究诗的凝练。即使都追求诗歌民间化,国统区与解放区也各有千秋。如前面"文艺大众化走向民间化"部分所述,国统区诗人多借用小调、大鼓、皮簧、金钱板等形式,如老舍曾尝试用大鼓调写长诗,袁水拍虽也用"山歌"体,但主要是儿歌、五言古诗、四言古诗、铭文、小调。解放区诗人则普遍借

图 2-7　黄新波《卖血后》

鉴歌谣、民谣、说唱、快板等民间形式。如《王贵与李香香》主要采用"信天游"的形式,《漳河水》则采纳漳河一带流传的民歌小调,田间的《赶车传》、张志民的《王九诉苦》《石不烂》借鉴唱本、快板的句式、韵脚和节奏并加以改造,具有鲜明的陕北农村特点。

更为重要的是,在抗战的特殊时代环境下,文艺大众化从理论形态发展为实践形态。无论是"五四"时期还是左翼时期,文艺大众化都或多或少地是文人画家在客厅里的"争论"、报刊上的"论争"、创作上的尝试,因此还停留在理论的层面。即使是中国诗歌会力倡的"大众歌调"的诗歌,现实中究竟有多少"大众"在阅读仍不得而知。这个悖论在丰子恺的一幅漫画中有着鲜明的反映:《劳动节特刊的阅读者不是劳动者》。在画面中,墙头贴着《劳动节特刊》,但是围观者却是一群绅士模样的人,而真正的劳动者正在他们背后从事搬运的苦力活。抗战使文艺渐渐从书房走上了十字街头、田间地头、战斗前线,从文艺家走向了市民、农民、战士。但直至1942年延安文艺座谈会的讲话,艺术

家们对现实、大众、民间等概念的理解仍然是抽象的。正是毛泽东的讲话,使文艺从"象牙之塔"走向"十字街头"获得了理论支撑,使之前就已肇始的"文艺下乡""文艺入伍"的运动发展到自觉的阶段。因此解放区文艺在抗战以来的文艺中占有特殊重要的地位。其实,自抗战以来,不仅大众主义文艺有了质的发展,所有的文艺都较之前的封闭状态更加开放,无论写实主义、现代主义还是保守的传统主义,无论学院派文艺家还是左翼文艺家,也无论是坚持传统还是追求现代的文艺家,普遍存在的与大众脱离的状况都有所改变。

正是在上述种种因缘际会下,各种艺术史无前例地走到一起,汇入救亡图存的历史洪流,变身为为战争做宣传的马前卒,甚至不同的艺术形式出现了交汇的趋势。前述的讽刺诗与漫画的互相配合即为典型之例。不管是诗配画,还是画配诗,文字与图像在抗战的号角下,更加紧密地走在一起,这时要紧的不是艺术形式上是否和谐,而是只要有利于抗战,便获得了存在的合理性。因而画家们不仅用油画技法去绘制壁画和宣传画,如黄鹤楼大壁画《抗战必胜》就是由画家们集体创作的"全民抗战"壁画。他们也用水粉画原料在布上绘制宣传画,在纸、布、木牌上制作以漫画为主的宣传画、标语画,创作木刻漫画。漫画也常常被放大制成宣传画,沈同衡在抗战期间就在武汉街头码头画了很多街头漫画,创作供印刷单幅和小册宣传品使用的画稿。讽刺诗也不仅仅限于文本流播,还常常被用于集会朗诵,变身为朗诵诗,通过表演获得现场效应,增强鼓动作用,扩大宣传效果,有时讽刺诗也被写在旗帜上,变为宣传的口号与标语。有的街头诗被配以画,有的街头诗被谱成曲,在根据地和解放区广泛流传。但这种艺术的交汇不是自然状态下的自由发展,而是非常时期的特殊状态。在文艺失去自由空间、为政治话语所主导的特殊情景下,诗歌、绘画以及各自内部的不同形式之间的关系的确更加密切,成为革命战争中的亲密战友。但它们的关系也仅限于此,这只是一种外部的、临时的关系,对于革命目的的达成具有直接功利作用,但对于艺术的自律性发展却影响甚微。

朱自清以敏锐的眼光,曾在 1949 年对现代的文艺大众化历程总结道:"或文艺通俗化而论,也有两种意见。一是整个文艺的通俗化,一面普及,一面提高;一是创作通俗文艺,祇为了普及,提高却还是一般文艺(非通俗文艺)的责任。不管理论如何,事实似乎是走着第二条路。"①他所谓的"整个文艺的通俗化,一面普及,一面提高"指的就是延安文艺,而当把国统区、沦陷区等地的文艺考虑进去之后就会发现,现实确实是走着普及与提高二分之路。这种判断也可以用来为大众主义文艺进行历史定位。而所谓的"提高"部分显然是非大众主义的文艺,那就是抗战期间为大众文艺所指责、批判的对象——精英文艺、专业文艺,其中有很大部分就是由现代主义文艺所创造的。

四、 大众主义的文艺生态:与政治的博弈

写实主义文艺已表现出文艺的形式本体与社会功能的关系,艺术的边界等问题,这些问题在大众主义文艺中更加突出,因此这时的文艺不再适合以创作方法命名。此时的文学艺术强烈地表现了文艺与周边时空的关系,如文艺与政治的关系,文艺与体制机构的关系,因此基于这时期文学艺术的特殊存在方式与传播接受途径,姑且以"大众主义"命名之。

文艺与政治的关系是 20 世纪三四十年代文艺与外部环境的核心关系。诺埃尔·卡罗尔把艺术与政治的关系分为四种,即艺术支持政治、艺术反对政治、政治支持艺术、政治反对艺术。② 这几种关系在这时期都存在,且呈犬牙交错状。同时,即使在同一种关系内部,仍存在矛盾悖逆处,例如艺术支持政治的同时,也以自己独特的方式进行个性表达,并不完全服从于政治整齐划一的规约。这更增加了此时期文学艺术的复杂性和多样性。

就艺术和政治的双向支持来看。20 世纪三四十年代的中国政治越来越窄化为政党政治,如左翼、共产党、国民党的政治。这时"艺术之于政治的第一个功能就是服务。艺术可以明确地拥护国家、统治者、阶级或政治集团。艺

---

① 朱自清:《真诗》,载朱自清:《新诗杂话》,作家书屋 1949 年版,第 114—115 页。
② 章辉:《论文艺与政治》,《社会科学辑刊》2015 年第 4 期。

术庆祝军事胜利,对历史上将军、国父、战争场景的描绘,对伟大人物的歌颂等"。① 左翼文艺和抗战文艺对当时中国最大的现实——抗战形成了呼应,以文学艺术的方式论证了抗战的合理性、合法性和正义性,让人们认同抗战的政治理念和规划,也服务于共产党的政党政治。并且,"艺术不仅以其内容服务于政治,在 20 世纪,人们发现,艺术形式也被用于维护政治观念和情感"。② 左翼文艺力推的大众文艺形式,如叙事诗、讽刺诗、朗诵诗、街头诗、诗剧、合唱诗、儿童诗、方言诗、明信片诗,以及木刻、漫画,均是出于政治功利考虑。也正是由于这些艺术形式的战斗性和功利性,它们在抗战文艺中得到更加充分的发展。政治组织也充分利用这些红色文艺推行自己的政治理念,树立自己的身份和形象,此即政治支持艺术。"政治权威可能以文化的、民族的、外交的或意识形态方面的原因支持艺术"③,左翼文艺尤其是抗战文艺属于政治从意识形态方面支持艺术。文学艺术以符号的方式更有利于促进人民团结抗战,拥护特定的核心价值观。这样,特定的文艺与政治达成了共谋,文艺也因此获得了合法化的依据,并因此常常表现出理想化色彩。

"艺术服务于政治又被称为宣传。按照马克思主义理论,社会应该高度集中在一个精英群体的指导之中,艺术的目的是社会性的、说教性的和宣传性的,以便把精英集团的意图传递给群众。这种概念的艺术等同于社会宣传。艺术性的宣传即是采取一定的艺术形式,意图让别人去理解某个信息,并致力于社会的改变。宣传有否定和肯定的含义。宣传的否定义常常指的是欺骗,即是传播其作者所知是谎言的东西,其目的是基于政治目的而有意误导公众。宣传也可以指借助艺术修辞手段试图去说服。"④这种宣传性从左翼文艺时便集中强烈地出现,到抗战文艺时达到了一个高峰。斯诺评价延安文艺时说道:

---

① 章辉:《论文艺与政治》,《社会科学辑刊》2015 年第 4 期。
② 章辉:《论文艺与政治》,《社会科学辑刊》2015 年第 4 期。
③ 章辉:《论文艺与政治》,《社会科学辑刊》2015 年第 4 期。
④ 章辉:《论文艺与政治》,《社会科学辑刊》2015 年第 4 期。

"总的来说,'把艺术搞成宣传'到了极限。许多人会说,'为什么要把艺术扯进去?'然而从最广义上讲,这就是艺术,因为它为它的观众传达了生活的幻景;如果说这是一种幼稚的艺术的话,那也是因为它所依据的活素材和它所要吸引的活的人,也是幼稚简单的。对于中国大众而言,艺术和宣传之间并无明确的分界,唯一的分别是,在人类的经验中,哪些是可以理解的,哪些则是不可理解的。"①

政治支持艺术的同时也限制了艺术,不合政治理念的地方遭到坚决的抛弃,但可喜的是,政治对艺术的规约最集中地体现在政治立场、态度方面,艺术形式也受到了一定影响,而艺术风格还算是一个相对开放的领域。艺术家们把握住了这一点,仍然希望尽可能地保留个人化的艺术风格。在国统区,丁聪擅长素描和插图创作,他的漫画作品充分发挥这种优势,表现出浓厚的装饰艺术效果。张光宇的《西游漫记》虽也致力于讽刺国统区光怪陆离的现象,采取的却是浪漫主义的装饰画风,仿佛动画片。梁永泰的木刻带有装饰

图 2-8　荒烟《搜索残敌》

风味。荒烟善于创作精细的木口木刻如《搜索残敌》(1941)、《末一颗子弹》(1943)。刘仑的木刻吸收了中国古代版画的手法,如《前线军民》《秋收》。在讽刺诗中,袁水拍的诗有较强的叙事因素,臧克家则善于提炼典型化的生活横断面,袁水拍的诗更具有喜剧性,而臧克家则是更多严正的抗议、尖锐的指控。在解放区,在清新、刚健、明朗、朴实的共同特征下,不同的木刻艺术家也

---

① ［美］埃德加·斯诺:《红星照耀中国》,河北人民出版社1992年版,第87页。

有着各自独立的艺术追求,因而超越了左翼木刻较为单一甚至雷同的局限,表现出多样化的景观。彦涵的《当敌人搜山的时候》《分粮图》均带有民间木刻版画的特色,《向封建堡垒进军》将西方木刻技法与民间技法结合。在诗歌领域,在具有相似的诗歌美学追求的解放区诗群中,田间的街头诗以鲜明的节奏和韵律、铿锵有力的音节表现出鼓点和号角的特色,以口语化和诗化的统一达到雅俗共赏的境界。通过相对"安全"的艺术风格而不是敏感的主题题材、思想内容,艺术家们在限定的艺术形式中委婉地表达着自己对艺术的个人化理解。在与政治的微妙博弈中,艺术小心翼翼地找到了自己的位置。

艺术与政治也有互相对抗的一面。"艺术反对政治可以是宽泛意义上的,也可以是狭隘意义上的。狭隘的时候,它的对抗可以是某个政权、某个制度和政党,比如批评美国民主党的外交政策;宽泛的意义上,可以是指向整个社会或文化,比如批评整个社会对妇女的歧视,对弱势群体的非人道的待遇。"[1]对于左翼文艺和抗战文艺来说,它们对政治的反抗多是狭义上的。那些暴露性、批判性、讽刺性的艺术即在谴责国民党的政治邪恶。讽刺诗与漫画以隐喻的艺术形式加强了对当时政治的否定。与此相关联,左翼文艺和抗战文艺也成了当权政治反对的目标。"政治权威可能以维护安全、公共道德、信仰、政治意识形态的名义干预艺术,如通过禁止特定的艺术品,强加一定的规则,更改作品如删节电影、编辑小说和戏剧等,甚至通过起诉艺术家、出版商等达到控制艺术的目的。审查艺术在柏拉图奠定了理论基础。审查的根据是,艺术的功能是服务于国家的政治目的。在艺术不能推进这种目的,或它似乎是颠覆这些目的时,审查就是必要的。"[2]国民党统治时期的书报审查制度即如此,这也促使反对它的文艺采取更加隐晦曲折的方式。"在政治高压的环境中,艺术对压迫的反抗不是通过明确的政治内容,而是借助非直接的、隐秘的美学技巧或艺术形式,比如运用讽刺、比喻、幽默、象征等美学手法对颠覆

---

① 章辉:《论文艺与政治》,《社会科学辑刊》2015 年第 4 期。
② 章辉:《论文艺与政治》,《社会科学辑刊》2015 年第 4 期。

性的内容予以编码和加密,这种掩饰是艺术逃避审查保护自己的方法。""使用不违反法律的美学技巧或形式是颠覆性的艺术政治行为得以生存的手段。"①与此同时,国民党也推出自己的文学艺术,它们二者之间又形成互相支持的关系。

可见,一旦将政治窄化为政党政治,文艺与政治的关系就不可避免地与党派之争纠缠不清。从正常的文艺生态来看,文艺与政治的关系应在广义的政治概念、宏观权力的基础上进行,如此便走向了文化政治概念。"马尔库塞认为,艺术本质上是进步性的社会批评的形式,因为艺术品借助虚构和再现等形式,提供了社会可选择的方向,因此推动了社会变革的可能。阿多诺认为,现代主义艺术以自律的方式表达了对资本主义市场化、工具化、理性化的批评,而大众艺术则是契合市场,其功能是维持资本主义的政治控制。"②不管是把文艺与政治看作两个独立的领域,从而研究它们的外部关系,还是把政治理解为一种倾向,研究它与文艺的审美价值之间的内部关系,从本质上说,文艺是关于审美的、自由的,政治是关于治理的、权力的,权力则可能导致压迫,因此政治与文艺具有对抗性。但如果不做狭义的理解,那么"文艺构造的乌托邦批判现实世界,激起人们改造现实的动力和意志,这是文艺的最大的政治性"③。因此,在政治已从传统的党派政治转化为后现代的文化政治的时代背景下,当代中国的文艺研究也必然发生转向。

五、 大众主义诗歌与绘画的错位与对位

就一般意义来看,诗歌与绘画的基本关系是"诗中有画""画中有诗",这两个命题都源自中国诗与中国画,且"诗""画"均为特指——写(描)景抒情

---

① 章辉:《论文艺与政治》,《社会科学辑刊》2015 年第 4 期。
② 章辉:《论文艺与政治》,《社会科学辑刊》2015 年第 4 期。
③ 章辉:《论文艺与政治》,《社会科学辑刊》2015 年第 4 期。

的诗歌、绘画,即"以山水为主而兼及花鸟景物的诗和画"①。因此对于大众主义诗歌、绘画来说,"诗画交融"的命题是不存在的,可谓一种错位。但是,如果跳出中国诗画命题的特指性,做广义的不严格的理解,大众主义诗歌、绘画也可以在另一种意义即革命诗意上实现诗画相通:有时在革命诗歌中也显出一幅战斗的画面,在红色的画幅中也跳宕出血与火的诗行。在革命的名义下,诗中有画、画中有诗、咏画诗、题画诗、诗意画等诗画关系类型在大众主义诗歌、绘画中都存在,且有时还可以发现诗歌与绘画的一一对应关系(如木刻与诗歌的同题创作),因此又可谓之对位。比较而言,大众主义诗歌、绘画的关系比写实主义诗歌、绘画的关系更加密切。

诗中有画是描述性的诗歌都可能具有的特点,此描述可以是自然社会景观,也可以是动作或事件。此时诗歌充分发挥语言的优势进行表述,在读者头脑里唤起可视性的画面。在大众主义诗歌中,也不乏具有画面感的诗句。例如蒲风的《六月流火》:"六月流火——/火在天空,/火在地上://看吧,/太阳煎干了云团哟,/高空只剩下了青苍!/水牛整天避暑在池心/黄牛贪睡地在阴凉。/猪猡用湿泥涂上了皮/狗伸出了长舌叹着气……六月流火——/火在天空,/火在地上;/火也燃烧/在人们的胸膛呵!"在开篇的"前奏"里,诗人以饱满的诗笔描绘了一幅火热的六月图景,颇具视觉感。如果不是强烈的革命情感穿透,这就是一首单纯的写景诗,但当主题思想凝聚到革命上,该诗歌画面就不再单纯,而成了隐喻——以自然之热隐喻人心躁动,革命蓄势待发。

画中有诗本指画面表现出悠远的诗情,进行了诗歌式的抒情达意。如果将这"意"和"情"与革命相关联,大众主义绘画也可以达到"画中有诗"。李桦的木刻富有表现主义激情,无论是刻线粗豪的《怒吼吧! 中国》(1935),还是线条更加细密的《怒潮组图》(1946),那力透纸背的富于动态的线条生动地刻画出怒不可遏的反抗者。而这有限的画面空间(尤其是《怒吼吧! 中国》仅

---

① 邓乔彬:《有声画与无声诗》,上海社会科学院出版社 1993 年版,第 144 页。

为单个人体特写)折射出的是背后波澜壮阔的反抗帝国主义、反抗国民党的革命战争洪流。这由近及远、由点及面、由有限到无限的表现,便带有了诗歌的意味,只是这意味不再是闲情逸致、伤春悲秋之情,而是血与火的革命诗情。因而,这些木刻也通于诗,是蒲风书写"围剿"与反"围剿"斗争的长篇叙事诗《六月流火》,是表现激烈尖锐的阶级大搏斗、高扬反抗意志的《动荡的故乡》《地心的火》。

图 2-9 李桦《怒潮组图》

咏画诗与诗意画可以从革命诗画的同题创作来看。咏画诗是受到绘画的感染、启发、影响而创作的诗歌,有的是对画面的阐释和理解,大多是抒写由画面激发的自由联想。诗意画是指画家根据诗歌的意境创作出的画幅,充分发挥画家的创造性而不拘泥于诗歌本身。而此处所谓的诗画同题创作,是指表现同一题材、对象的绘画和诗歌,但它们的创作是艺术家的自由行为,并没有由此及彼的影响关系。因此,严格说来,诗画同题创作不是咏画诗,也不是诗意画,但从表现来看,这些诗歌仿佛是对画面的题咏,而绘画也不啻对诗歌的生发,因此也可将它们看作非自觉的咏画诗与诗意画。在反帝反侵略的作品中,任钧的诗歌《中国哟,你还不怒吼吗?》与李桦的木刻《怒吼吧!中国》是同题的战歌。"怒吼吧,中国!/真的,在一长串的岁月里,/你何曾有过一时,一分,一秒//手上离过镣?/脚上离过铐?/身上没有血?/头上没有疱?/的确,你是忍受得够了!/的确,你是屈辱得够了!//怒吼吧,中国!/你的活路只剩一条:/抖起全身的气力——/粉碎百年的镣铐!"这些诗句恰似对木刻的诠释,仿佛咏画诗。李桦的木刻《怒吼吧!中国》中,象征中华民族的巨人铁骨铮铮,发出怒吼,正欲拿起尖刀斩断绳索起来战斗。这是一幅包蕴着民族魂的力作,它与诗歌一样,具有战鼓一般的唤起民众反抗的强大精神力量,恰似诗意画。

题画诗与咏画诗的区别在于,前者要题写在画面上,从艺术文本上形成诗画互益的效果,后者则仅仅咏叹画幅,不需要题写于画上。在大众主义诗歌绘画中,讽刺诗题写在漫画上的情况较为多见,主要是基于这两种艺术均为讽刺性艺术,形式都短小精悍,宜于构造在一页画幅中,增强彼此的表现力。在中国传统诗题画之外,将诗与画两种艺术形式融合在同一画幅中的案例,便要数讽刺诗与漫画了,由此出版的漫画集也不少。丁聪的漫画《现象图》便有丁易为之配诗一首《现象图》:"画末伏案乃学子,/口封目语无吟呻","道上战士亦复冻且馁,/却看官持霉布鼠食粮","募金赈费争夺耳脸赤,/谁念湘桂军民多死伤","精研学术如自戕,/请看教授手提篮"。诗达画之未言,画明诗之未述,诗画相得益彰,更加鲜明地活化出一幅人间地狱的图景。

第三章　现代主义诗歌与绘画

　　比较而言,"写实主义"的概念是基于创作方法,"大众主义"的定义是基于接受对象,而"现代主义"及其相关的"现代性""现代"等概念,则首先与时间休戚相关。尽管当前对"现代"的界定多种多样、莫衷一是①,但毫无疑问的是,"现代"指涉的是我们当下身处其中的这个时段,与古代相区别。时间性只是"现代"的一个维度,表明"现代"是一个历史范畴,更进一步,它还标示出"现代"与传统不同的社会文化价值属性②。或者更确切地说,正是不同的文明内涵,划分出古代与现代的时间之别,二者互为因果、互相阐释。作为一种文学艺术运动的现代主义产生于古典社会结束以后的这个时期,且不是现代社会的起始阶段,而是19世纪西方社会的现代化达到一定程度以后,表达的是对现代资本主义社会价值观的质疑、批判和否定,是现代西方人在社会转型

---

　　① 例如,关于现代史的开端就有如下一些看法:有人将13世纪大学的诞生作为现代社会出现的标志,有人将15世纪到18世纪西方民族国家的建立视为现代社会的开始,有人把"全球统一性"开始的16世纪作为现代的开端,也有人将17世纪理性主义看作现代的起点,还有人将17世纪至18世纪的启蒙运动作为现代社会的奠基。

　　② 例如,在西方社会现代文明具有一系列特征:神权衰落,世俗化进程推进,现代民族国家萌芽,现代知识体系建立,统一市场形成。贯穿始终的思想主线是宗教信仰式微,人的理性的地位确立。中国社会的现代转型也有着传统社会结构和文化结构解体,现代科学、思想、理性渐增并占据主流的一个过程。

过程中"自我意识的危机"①的产物。因此,现代主义不像写实主义、浪漫主义仅为单一的文艺思潮,而体现出较强的包容性,包含了从内涵到形式既有联系又有差异的多种文艺思潮,在文学上如象征主义、意象派诗歌、表现主义、未来主义、达达主义、超现实主义,在绘画上如印象主义、后期印象主义、野兽主义、立体主义、表现主义、象征主义、抽象主义、达达主义、未来主义、超现实主义等。可见,"现代主义"是一个包蕴丰富的概念,承载了人们对一个特定历史时期的感受和思考,具有特定的社会价值和美学价值。中国的现代主义思潮是对西方现代主义的横向移植,或说是在西方现代主义的影响下产生的,并且它的出现也有着现代中国文化自身的需要,具有一定的历史必然性。现代主义构成了中国现实主义、浪漫主义文艺之外的重要一翼,是现代中国人表达现代经验的不可或缺的组成部分。

第一节　现代主义诗歌与绘画概观

在抗战全面爆发以前,现代主义追求在诗歌领域主要集中于象征派和现代派,部分存在于新月派,在油画领域则主要以林风眠为代表的国立杭州艺术院(后改名国立杭州艺术专科学校)和艺术运动社为标志②,此外还有晚几年的上海的决澜社和摩社,广州的中华独立美术协会。虽然不同的派别与协会具有不同的艺术追求,但是以现代主义的眼光视之,它们都具有一些共同的特征,借用施蛰存对现代派诗歌的界说即:"它们是现代人在现代生活中所感受到的现代情绪用现代的词藻排列成的现代的诗形。"③"现代情绪""现代的词藻""现代的诗形"道出了现代主义文艺在内容表达、艺术形式与艺术技巧几

---

① [美]丹尼尔·贝尔:《资本主义文化矛盾》,赵一凡等译,生活·读书·新知三联书店1989年版,第94页。
② 李超:《决澜社研究》,《美术研究》2008年第1期。
③ 施蛰存:《又关于本刊的诗》,《现代》第4卷第1期,1933年11月。

方面的独特品格。

一、现代主义诗歌

（一）现代的情绪

主观的情绪、感觉代替客观的现实、社会成为抒写描绘的对象，是写实主义向现代主义转变的转捩点。穆木天在《谭诗》中说道："我们要表现我们心的反映的月光的针波的流动，水面上的烟网的浮漂，万有的声，万有的动！一切动的持续的波的交响乐。"①王独清在回应穆木天的《再谭诗》一文中也说道："作者不要为作而作，须要为感觉而作，读者也不要为读而读，须要为感觉而读。"②

1.现代初体验："都市生活之颓废的享乐的陶醉与悲哀"③

蓝棣之在评论现代诗派的时候说到现代派诗"适应于表现现代生活和现代人的精神特征"④。文艺家们所主张的情绪、感觉是"现代人在现代生活中所感受到的"，"现代生活"是其产生的生活背景。对此，施蛰存解释道："所谓现代生活，这里面包括着各式各样独特的形态：汇聚着大船舶的港湾，轰响着噪音的工场，深入地下的矿坑，奏着 Jazz 乐的舞场，摩天楼的百货店，飞机的空中战，广大的竞马场。……甚至连自然景物也和前代不同了。"⑤这种生活景观无疑来自西方现代社会。资本主义工商经济的腾飞造成城市文化意识的强化，作为都市文明意识的产物的现代派便应运而生。现代生活以都市为背景，迥异于中国广大的农村，因此对于众多来自农村、习惯了传统生活方式的文学艺术家来说，无疑是陌生的、新奇的而充满诱惑力的。现代都市生活物资

---

① 穆木天：《谭诗——寄沫若的一封信》，《创造月刊》第 1 卷第 1 期，1926 年 3 月 16 日。
② 王独清：《再谭诗——寄给木天伯奇》，《创造月刊》第 1 卷第 1 期，1926 年 3 月 16 日。
③ 穆木天：《王独清及其诗歌》，《现代》第 5 卷第 1 期，1934 年 5 月。
④ 蓝棣之：《现代派诗选·前言》，人民文学出版社 1986 年版。
⑤ 施蛰存：《又关于本刊的诗》，《现代》第 4 卷第 1 期，1933 年 11 月。

丰富、节奏快速、矛盾繁复、竞争激烈、压力巨大、变化多端,使得许多初来乍到的知识分子纷纷产生不适感,滋生烦躁、苦闷、抑郁、迷惘等情绪。但同时这种新生活又显示出无比的吸引力,给知识者提供了生存、发展的多种可能性,打开了一个更加广阔、缤纷而激动人心的生活前景,因此他们又对之充满了向往、迷恋与急欲融入其中的冲动。这种种复杂的感觉、情绪在知识分子胸中激荡交流,构成了现代主义文艺的主要思想特征。柯可在《论中国新诗的新途径》中说道:"新的机械文明,新的都市,新的享乐,新的受苦,都明摆在我们的眼前,而这些新东西的共同特点便在强烈地刺激我们的感觉。于是感觉便趋于兴奋与麻醉两极端,而心理上便有了一种变态作用。"[1]现代主义文艺疏离现实生活,表现内心世界的特点也可从孙作云对现代派诗的评论中读出:现代派诗"在内容上,是横亘着一种悲观的虚无的思想,一种绝望的呻吟,他们所写的多绝望的欢情,失望的恐怖,过去的迷恋。他们写自然的美,写人情的悲欢离合,写往古的追怀,但他们不曾写到现代社会。他们的眼睛,看到天堂,看到地狱,但莫有瞥到现实。现实对他们是一种恐怖,威胁。诗神走到这里便站下脚跟,不敢再踏进一步"[2]。王独清在20世纪三十年代转向革命文学后,在一次题为《我和魏尔伦》的讲演中分析了法国象征派诗人思想上的矛盾:象征派诗人"一面在厌恶着他们所谓'俗人'的有产阶级,一面却极端要避免所有实际的社会的斗争。这两重性的倾向使他们不能不沉溺到绝望中去,而胡乱地用病态的享乐以麻醉自己"[3]。这些话放在中国现代主义诗歌身上也大体适用,比如王独清自己留学法国时创作的诗歌。

现代都市的新景观、新生活方式以及对此产生的嫌弃与向往的复杂感情是现代主义诗歌表现的第一个层次。舞厅、咖啡馆、酒吧无疑是都市生活的一种标志,它们带给文艺家们都市生活的最初体验。路易士(纪弦)的《初到舞

---

① 柯可:《论中国新诗的新途径》,《新诗》第1卷第4期,1937年1月。
② 孙作云:《论"现代派"诗》,《清华周刊》第43卷第1期,1935年5月15日。
③ 潘颂德:《中国现代新诗理论批评史》,学林出版社2002年版,第206页。

场》较有代表性："都市的舞厅/我眩晕于惨绿的太阳/与涂血之魔柱/音乐之无休止的嚎哭/亦使我头儿昏沉。"初到舞场的诗人对于舞场里强烈的光色、音乐产生极端的不适感，以至于产生错觉："惨绿的太阳"与"涂血之魔柱"，这变形的自然带给诗人强烈的"眩晕"感，"嚎哭"的音乐更加重了"头儿昏沉"，诗人内心充满了惶惑、恐惧之情。舞场集中表现了都市生活的光怪陆离。而中国艺术家对咖啡馆、酒吧的态度，是否可从诗人王独清的《我从 café 中出来》中读出？"从 CAFE 中出来，/身上添了/中酒的/疲乏，/我不知道/向哪一处走去，才是我的/暂时的住家……/啊，冷静的街衢/黄昏，细雨！"从灯红酒绿的咖啡馆出来，醉酒的身体像被掏空了一样，内心充满空虚，于是对"家"的向往越发强烈。

　　诗人吴奔星在《都市是死海》里，直接以各种污秽丑恶的事物把都市比喻成"恶臭的死海"。王独清的《我漂泊在巴黎的街上》用和谐悦耳的诗句，表达了诗人对于繁荣外表下充满耻辱和悲哀的近代城市文明的憎恶和诅咒："我漂泊在巴黎街上，/践着夕阳浅淡的黄光。/但是没有一个人知道，/我心中很难治的痛疮！……多少悠扬的音乐，多少清婉的歌唱，/和多少的耻辱，悲哀，自杀，/都在这负着近代文明城市的河旁，/都在这河旁来装点着繁华。"对于都市的种种复杂感受，王独清的诗歌有着较多的反映。"我是个精神不健全的人/我有时放荡，/有时昏乱，/但是我却总是亲近着悲哀。/这儿，就是我那些悲哀的残骸。"（《圣母像前》）这种基于个人主义的悲哀和痛苦，很容易陷入颓废的享乐甚至是绝望的哀叫："我只求你的唇儿我的唇儿来一沾，/哦，好使我到我的墓中，去安静地长眠！"（《死前的希望》）周瘦鹃曾评论说，王独清的诗集《圣母像前》《死前》《威尼市》以感伤的情调唱出了"对于现在的都市生活之颓废的享乐的陶醉与悲哀"，伴随着的是"对于过去的没落的贵族的世界的凭吊"。①

---

① 穆木天：《王独清及其诗歌》，《现代》第 5 卷第 1 期，1934 年 5 月。

2. 在忧郁迷惘中深化现代感

如果说都市带给知识青年们的迷乱、混杂的体验是现代主义最初阶段的具体感受,那么随着都市生活的持续推进,这种感受也在不断发生变化,逐渐抽象为一种普遍的对人生的迷惘忧郁、感伤颓废乃至厌倦绝望之情,成为典型的"现代情绪"。这种现代情绪一开始就表现得颇为强烈,代表性的即为李金发的象征主义诗歌。正如有人评论李金发的诗"多描写人生最黑暗的一面,最无望的部分,诗人的悲观气氛比谁都来得显明"①。诗人内心有着"一切的忧愁/无端的恐怖"(《琴的哀》),《雨》给他"游行所得之哀怨",生命对他而言甚至是"死神唇边的笑"(《有感》)。"一切生命流里之威严"最终都成为"无牙之颚,无色之颧","为草虫掩蔽,捣碎"(《生活》),惟有"美人"与"坟墓"才是真实(《心游》)。不独作诗,作为雕塑家的李金发,"他的雕刻都满是人类作呻吟或苦楚的状态,令人见之如入鬼魅之窟"②。李金发模拟西方象征主义诗歌,连同波特莱尔、马拉美、魏尔伦的世纪末情绪以及丑恶、虚无、死亡、恐怖的诗歌主题,都一并引进到中国现代诗坛,形成了以人生的虚无、爱情的失落、心理的病态及抽象的哲理为主要内容,以失落、晦涩、怪异为主导风格的象征主义诗歌,成为诗坛的"一支异军"③。王独清哀叹"我是一个漂泊的人"(《但丁墓前》),月下歌声使人"真感觉到/一种带着不调和的震颤的悲哀"(《月下歌声》),唱出了一个没落阶级子弟的飘零、哀婉之曲。穆木天诗集《旅心》充满了漂泊异国的青年的忧郁、凄苦与悲哀:"我是一个永远的旅人","我的心永远飘着不住的沧桑"(《献诗》),"我"是"飘零的幽魂"(《心响》)。"衰凉的原上"那"虚虚的扩乱了那淡黄的薄光"(《薄光》),象征着一种无所不在的忧伤、迷惘。冯乃超歌咏颓废、阴影、梦幻、仙乡,"森严的黑暗的深奥的殿堂之

---

① 孙作云:《论"现代派"诗》,《清华周刊》第43卷第1期,1935年5月15日。
② 黄参岛:《〈微雨〉及其作者》,《美育》第2期,1928年12月。
③ 朱自清:《现代诗歌导论》,载蔡元培等:《中国新文学大系导论集》,上海书店影印1982年版,第356—357页。

中央/红纱的古灯微明地玲珑地点在午夜之心//苦恼的沉默呻吟在夜影的睡眠之中/我听得鬼魅魍魉的跫声舞蹈在半空"（《红纱灯》），诗篇充满了诡异、恐怖之情。

象征诗歌的这种表现内心情感，咏叹彷徨忧郁，抒写阴暗情绪的特点在现代派诗歌中有着回响：戴望舒、卞之琳、徐迟、林庚等人的诗作均表现出孤独、迷惘、异化、丑陋的价值取向，徐迟、何其芳诗作体现出孤独、虚幻、感伤的爱情咏叹。戴望舒感叹"我是青春和衰老的结合体/我有健康的身体和病的心"（《我的素描》），"来到此地泪盈盈，/我是颠连飘泊的孤身，/我要与残月同沉"（《流浪人的夜歌》）。何其芳"在长长的送葬行列间/我埋葬我自己"（《花环》）。不仅如此，现代派诗歌还将这种消沉的情绪推衍向艾略特式的"荒原"意识。顾雪峨即有《荒原》一诗："凄凉地又好像一个年老的病人，身体已经干枯，面色已经黄瘦，在秋风中吐着低微的叹息。"戴望舒在"寂寞的古园中"徒留着"残花的泪"（《残花的泪》），他对着"华羽的乐园鸟"问道："假使你是从乐园里来的，/可以对我们说吗，/自从亚当、夏娃被逐后，/那天上的花园已荒芜到怎样了？"（《乐园鸟》）这"天上的花园"不就是地上"深闭的园子"吗？"深闭的园子""已花繁叶满了，/浓荫里却静无鸟喧"，"主人却在遥迢的太阳下"（《深闭的园子》），主人已成了"天外的"游子。卞之琳的《古城的心》《古镇的梦》《春城》描写了北平的荒凉与人生的无望。何其芳在《风沙日》《失眠夜》《夜景》《古城》等诗中，营构了荒芜的都市景象。这种景象是诗人荒芜的内心世界的形象反映，因此心中不由得隐隐泛起对温暖的精神家园的寻求。戴望舒笔下，游子的乡愁就是"对于天的怀乡病"，"在那里我可以安安地睡着/没有半边头风，没有不眠之夜，/没有心的一切的烦恼"（《对于天的怀乡病》）。陈江帆在厌弃城市"香粉与时装的氛围"的同时，呼唤"让窗子将田舍的风景放进来"（《麦酒》）。常白则将城市的"无实感"与村庄"肃穆的牛羊之群"进行对比（《冬寒夜》）。但是诗人们也明白，这种丰实的家园景象可能只是一种幻想。戴望舒咏叹到"游子的家园"就是这样的景象："篱门是蜘蛛的家,/土墙是薜荔的家,/枝繁叶茂的果树是鸟雀的家","游子的乡愁在那里徘徊踯躅"(《游子吟》)。王独清也发出感慨:"我的心内/感着一种,要失了故国的/浪人的哀愁。"(《我从café中出来》)因此,失落、忧郁、悲观仍是最终的情感归宿,这种感受、体验是一种浊世的哀音、"青春的病态",是一种典型的现代情绪。

现代派诗中的后起之秀徐迟,对于大都会的现代生活,表现出了一种新的认知和特有的敏感,对上海的城市生活做了独特的观察和书写,荡漾其中的仍不免淡淡的感伤、阴郁之情。他尤其喜欢美国以写都市著称的诗人桑德堡、林德赛,这反映出他自身的文学观念与艺术趣味。《都会的满月》表达的是纯都市化的感受,都市人抬头仰望的满月不是高悬苍穹的月亮,而是摩天楼的塔上的时钟,这是一种生命仓促之感?是城市生活机械、单调的象征?抑或是物质对自然的剥夺?总之是一种很现代的人生意识。

(二)现代的形式

现代诗派和象征诗派一样,都推崇法国象征主义,只不过象征诗派停留在对西方思潮的生搬硬套,对外部形式与技巧的模仿,没有真正理解西方象征主义的精义,而现代诗派则在对象征主义作更深的理解的基础上,寻找象征主义和中国民族传统的结合点。简言之,可以认为现代主义诗歌的"现代的形式"即以象征主义为主又融意象、浪漫、写实等于一炉的现代诗歌艺术。[①]

1. 意象:"象征的森林"

中国古典诗歌的最高审美境界是"意境",而最能代表中国诗歌现代品格的审美追求则是"意象"。这种转变主要从以李金发为代表的象征诗派开始。他们在意象的营造、运用上突出象征性,用以表达具体的或抽象的思想感情、情绪和意识。这种方法模仿自法国象征诗派,这一诗派把追求诗歌意象的象

---

① 龙泉明:《中国新诗流变论》,人民文学出版社2002年版,第309—310页。

征性作为其美学原则的核心。这种观念源自他们对诗与现实世界的关系的认识，这种认识来自瑞典的斯威登堡的"对应论"哲学，象征主义鼻祖波特莱尔将之发展为"契合"论。波特莱尔认为，自然的万事万物之间、自然与人之间以及人的各种感官之间，都存在着某种神秘的、内在的"相通相感"的"契合"①关系，它们都互相感应、渗透、互为象征，似乎被另一世界的某种力量所操纵。因此，诗不应像写实派诗歌那样进行明白的解释和描述，也不应如浪漫派诗歌那样对情感进行直接表现，而应把客观事物作为内心世界的象征。象征派诗人兼该诗潮的倡导者马拉美认为，象征主义是"一点一点地引出某物以便透露心绪"的艺术，"或者相反，选择某物并从中抽取'情绪'的艺术"。②T.S.艾略特则把这种用以表达感情的"某物"的象征体称为感情的"客观对应物"。在法国象征派诗的影响下，李金发认为，"诗之须要 image（形象、象征）犹人身之需要血液。在现实中没有什么了不得的美，美是蕴藏在想象中，象征中，抽象的推敲中"③。因此，以李金发为代表的象征派诗人抛弃了写实派诗歌陈述式的表达方式，也放逐了浪漫派诗歌喷射式的表达方式，而为朦胧的、抽象的情绪、观念寻找相应的"客观对应物"——具体的感性形式。

　　李金发收于诗集《微雨》之首的《弃妇》一诗，即可谓他呈现给中国读者的第一首象征诗。这首诗的总体意象是"弃妇"，它由众多分体意象所支撑："鲜血""枯骨""黑夜与蚊虫""荒野狂风""游蜂之脑""灰烬""游鸦之羽""衰老的裙裾"。从这些意象及其组合关系来看，诗歌描写了一个被遗弃的妇人的悲哀、孤独与绝望。诗的前两节以第一人称的口吻，让弃妇自述内心的无限痛苦。披头散发的弃妇黑夜里伫立于荒野之中，任由蚊虫袭来，狂风怒吼，其内心的哀戚终无处倾诉，连上帝也无法听到和理解，只能让其随山泉倾泻，随红

---

①　波特莱尔的诗歌《契合》是其理论的形象说明，被喻为"象征派宪章"，其中有一句为"味、色彩、声音都相通相感"。

②　[英]查尔斯·查德威克：《象征主义》，周发祥译，昆仑出版社 1989 年版，第 2 页。

③　李金发：《序林英强的〈凄凉之街〉》，《橄榄月刊》第 35 期，1933 年 8 月。

叶俱去。后两节换成第三人称,以旁观者的同情的眼光,叙写弃妇的悲情万状:动作迟缓,衣裙破旧,一个人徘徊在坟墓边,眼泪早已流尽。从诗歌的字面意思来看,它叙写了一个被抛弃的妇人的痛苦之情,激起人们对她的同情以及对黑暗世道的愤慨、诅咒。但这不是一首现实主义诗歌,其主旨不在于对现实世界进行揭露和批判,在诗集《微雨》中也几乎找不到对下层社会的同情之作。《弃妇》是李金发有意为之的一首象征诗,是在波特莱尔、魏尔伦的影响下创作的。因此,对弃妇的人道主义同情不是诗人的本意,他只是借用了"弃妇"系列意象来传达自己的内心情绪。"弃妇"意象集中了命运不幸与人世痛苦的含义,其相关意象也表达着死亡、黑暗、恐惧等含义。它们有着作者留法期间所受到的种族歧视与侮辱的影子,凝聚了作者被社会冷落、抛弃的悲伤之情,是诗人思想感情的"客观对应物",是诗人内心情绪的外化。同时,诗人又把这种具体的异域遭际之苦予以虚化,上升到人的生存意义的层面来进行思考,获得了更高更普遍的意义,因此"弃妇"系列意象也就象征着不公道的世界带给人的痛苦、孤独、绝望等生存之苦。

作为一种创作方法,象征无论在西方还是东方都古已有之。传统的象征也致力于为抽象的意义寻找相应的具体客观事物来进行表征,因而也在两者之间寻求某种联系,建立某种对应关系。但是这种关系是浅层次的、局部性的,有的囿于本义性的层面,类比性强一点的也就达到寓言的层面。形成这种浅层次关系的一个原因在于,这种对应关系的建立是基于群体共同的习惯或认可。也基于这种原因,这种关系一旦形成并传播,就常常被固化,最终被类型化,丧失了象征之初的新鲜感与生命力,如用玫瑰象征爱情,橄榄枝象征和平,烽烟象征战争。而象征派的象征不是建立在传统的简单的类比、附会之上,而是建立在"契合"论上,因此其象征不只针对个别事物,而是指向整个作品,它超越具体意象,创造整体性的象征意象,整体上赋予作品以象征意义。并且也由于神秘性的灌注,其象征意义也不再是浅层次的,而具有更高更复杂的含义,真正从比喻走向了象征。同时,由于其象征意义的建立不是基于群体性的共同认知,而是完全个人化的,因此其象征往往能打破常规,出人意料,化腐朽为神奇,给人以惊奇感,形成不同于古典和谐感的另一种审美感受。

象征主义诗歌的读解不同于现实主义、浪漫主义,需要透过一系列看似平常的意象,去揣摩其真正意图。李金发的《里昂车中》写的是旅途中的一般见闻:法国女郎的身姿在微弱的灯光下的情状,车外飞驰而过的景象,远山的沉寂与旅客的疲倦。看似很写实,但这一连串意象却并不意在告诉读者旅途所见或诗人的情绪和感动,而是别有机杼,尤其是后两节诗,暗示出诗人对青春易逝、生命疲惫、世事不公的慨叹。穆木天在《我愿……》中,用一系列具有象征性的形象、情态组合成了一个象征的世界,为读者暗示出他的情绪世界:找寻"天边孤岛"的惝恍迷蒙的情思。《雨丝》中那"纤纤的织进在无限朦胧之间"的"条条的雨丝",《苍白的钟声》中那在"衰腐的朦胧"中飘响着的"苍白的钟声",都营造了一种朦朦胧胧的气氛,寄托了作者别样的情思。冯乃超的《古瓶咏》中那"盖满了尘埃",染上了"暗淡的悲哀"的"金色的古瓶",则是一番古旧的意境与情绪,寄寓了诗人的万端感慨。

象征主义诗歌打破了现实主义如实描写、浪漫主义直抒胸臆的表现方法,诗人为个人的思想情感寻找客观对应物,化入诗歌即为意象,并赋予意象以深厚、广阔的内涵,给人更多的弦外之音,构成"象征的森林",带给读者全新的阅读体验。对这个"象征的森林"的破解会因人而异,从而形成象征主义诗歌解读的多义性和模糊性。而这种多义性也是相对的,诗歌意象的内涵仍具有客观性。所以对象征诗的理解,也不能漫无边际,接受美学的大师姚斯认为,即使是"多元本文",也能"为初级阅读视野内的感觉理解提供一个统一的审美方向"。① 因此,如何在象征主义诗歌的开放性和客观性之间保持合理的"度",从艺术鉴赏上升为理解批评,对读者提出了高于现实主义、浪漫主义诗歌阅读的要求。

---

① ［德］姚斯:《走向接受美学》,载周宁、金元甫译:《接受美学与接受理论》,辽宁人民出版社 1987 年版,第 18 页。

2. 暗示与隐藏

象征手法的艺术效应即暗示。暗示以及由此造成的朦胧是象征主义诗歌的内质。波特莱尔认为,诗是"一种富于启发的巫术",真正的艺术品就是"成为暗示的一股汲不尽的泉水"。① 不尚理论的魏尔伦以诗论诗,他在《诗的艺术》(1884)一诗中说,诗"是面纱后面的美丽的双眼",因此"我们要色晕,/只要色晕,不要去描写颜色,/啊,只有色晕能够作媒撮合/梦幻和梦幻,笛声和号声"。马拉美直接表述为,"与直接表现对象相反,我认为必须去暗示","指出对象无异是把诗的乐趣四去其三。诗写出来原就是叫人一点一点地去猜想,这就是暗示,即梦幻。这就是这种神秘性的完美的应用,象征就是由这种神秘性构成的:一点一点地把对象暗示出来,用以表现一种心灵状态"。② 波特莱尔、马拉美的美学思想影响了由象征主义开始的现代主义诗潮的整体创作思维。现代主义诗人们认为:"一个含有无限暗示的气氛,浮泛在最好的诗的周围甚至在较差的诗的周围。诗人向我们说了一件事物,但是在这件事物里却潜藏着一切事物的秘奥。……诗便是在这种暗示之中,在诗的这种'意义'之中,取得诗的绝大部分的价值。"③中国象征主义诗歌的艺术观与此相一致。穆木天主张,"诗要有大的暗示能……诗是要暗示出人的内生命的深秘。诗是要暗示的,诗最忌说明的","用有限的律动的字句启示出无限的世界是诗的本能。……诗越不明白越好。明白是概念的世界,诗是最忌概念的","诗的朦胧性越大,而暗示性越大"。④ 王独清认为,诗歌"应该向'静'中去寻'动',向朦胧中去寻'明了'"⑤。他们反对现实主义的直接描写,也排斥浪漫

---

① [法]波特莱尔:《理查·瓦格纳和〈汤豪舍〉》,载郭宏安译:《波特莱尔美学论文选》,人民文学出版社 1987 年版,第 566 页。

② [法]马拉美:《关于文学的发展》,载伍蠡甫编:《西方文论选》下卷,上海译文出版社 1979 年版,第 262 页。

③ [英]布拉德雷:《为诗而诗》,载杨匡汉、刘福春编:《西方现代诗论》,花城出版社 1988 年版,第 37 页。

④ 穆木天:《谭诗——寄沫若的一封信》,《创造月刊》第 1 卷第 1 期,1926 年 3 月 16 日。

⑤ 王独清:《再谭诗——寄给木天、伯奇》,《创造月刊》第 1 卷第 1 期,1926 年 3 月 16 日。

主义的直抒胸臆,而是主张以象征的手法,通过暗示去传达朦胧的、多义的思绪。

李金发的诗典型地体现了这种艺术追求。朱自清曾评说,象征诗派"虽用文字,却朦胧了文字的意义,用暗示来表现情调"①。他的诗歌《有感》在颓废的气息中谛视人的生命及其价值。诗人没有采取直接陈述的方式,而是营造了一系列意象来进行暗示:残叶溅血、死神唇边的笑、半死的月、户牖、可爱之眼。这些意象形象怪异、内涵朦胧,彼此之间也没有明显的联系,整首诗就像一个难以索解的谜。开篇"残叶"即给人凋零之感,"溅血"更营造了一种惊心动魄的气象,"残叶溅血"是死亡的象征。诗人发现了"生命"和"死神"的关系:"生命便是/死神唇边/的笑",暗示出他对生死的理解:生死相隔咫尺,生命脆弱易逝。残叶溅血、死神微笑,《有感》就以如此奇特的意象组合和意义朦胧的语言表达了一种充满现代主义气息的生死观:透骨的生命悲凉感。诗歌《弃妇》第二节意欲表达的是弃妇不被人所理解、同情的深刻的孤独与哀戚,但是诗人没有采用浪漫主义的自白或直诉,而是化用了一系列新奇的意象来暗示。"靠一根草儿,与上帝之灵往返在空谷里。/我的哀戚惟游蜂之脑能深印着;/或与山泉长泻在悬崖,/然后随红叶而俱去。""一根草儿"是如此脆弱、不堪一击,它怎能连通"我"与上帝的沟通? 只有微小的游蜂的脑袋,印着"我"的哀戚。如果连上帝都不能理解,大自然间最为微小的游蜂又能理解吗?"我"的孤独臻于极致,唯有寄于山泉与红叶。"一根草儿""游蜂之脑""山泉"与"红叶"等意象的含义是朦胧的,彼此之间的关系也是模糊的,读者要通过想象、联想进行补充、重组、明晰化才能理解诗人的意思。

冯乃超的《红纱灯》中,那在"森严的黑暗的殿堂的神龛"中明灭不定的"红纱灯",造成了一种神秘幽暗的氛围。诗人以沉沉黑夜中微弱的红纱灯,暗示出茫茫人生中那一点虽微弱却未熄灭的希望。穆木天的《落花》在幽微

① 朱自清:《抗战与诗》,载朱自清:《新诗杂话》,作家书屋 1947 年版,第 56 页。

远渺的氛围中,以飘荡的落花暗示着人生飘零、无处为家的忧伤。

象征诗的暗示为之创造了朦胧美,但中国诗人在借用西方象征主义的时候出现了错位,即把西方对于哲理性内容的"暗示"手法用于情绪、感受等人情、人性领域,把表现理性内容的手段完全挪用于非常主观化的感性领域,出现了"过度使用"的情况,使得本来是自然的情绪表达变得矫揉造作,诗歌也晦涩难懂。穆木天在《谭诗》中所谓的"诗越不明白越好"即过于偏颇,也许这是他为强调诗的暗示性原则所采用的策略化的极端之言。

作为对李金发等象征派诗歌晦涩难解的反驳,现代派诗在认同象征派诗的基本原则的基础上提出,诗歌既然表现情感、情绪等个人化的主观意识,其隐藏就应该有"度",既不过分晦涩怪诞,也不过分直白坦露。杜衡在《〈望舒草〉序》中明确表述为,诗的动机是"在于表现自己和隐藏自己之间"①。卞之琳认为:"'艺术品是一个结晶———部分的乐园',那里的一言一行都是'透明而能以启迪'的象征。"②为此,现代派诗人们尊重民族审美习惯,从传统艺术中寻找资源,发现了传统诗歌中含蓄的美学追求与西方象征诗的暗示的艺术方法的关系,努力使二者相结合,一定程度上克服了象征诗的艰涩难懂,真正创造了诗歌的朦胧美。同时,现代派诗人在诗艺的隐藏中还不忘神秘性的灌注,增加了诗歌的韵味。戴望舒等诗人即把诗视为"一种不敢轻易公开于俗世的人生",是诗人自身"泄露隐秘的灵魂"③。这种观点受益于西方现代诗人,如波特莱尔即说过,"诗的本质不过是,也仅仅是人类对一种最高的美的向往,这种本质表现在热情之中",是一种"心灵的迷醉",诗是"灵魂窥见了坟墓后面的光辉"。④

---

① 杜衡:《〈望舒草〉序》,载戴望舒:《望舒草》,现代书局1933年版,第3页。
② 卞之琳:《〈浪子回家集〉译者序》,载[法]安德烈·纪德:《浪子回家集》,卞之琳译,文化生活出版社1936年版。
③ 杜衡:《〈望舒草〉序》,载戴望舒:《望舒草》,现代书局1933年版,第3页。
④ [法]波特莱尔:《再论埃德加·爱伦·坡》,载郭宏安译:《波特莱尔美学论文选》,人民文学出版社1987年版,第206页。

戴望舒的一些诗隐藏度就较小,是卞之琳所谓的"透明而能以启迪"的象征,如《雨巷》《寻梦者》《我的记忆》《独自的时候》《深闭的园子》《乐园鸟》《印象》。这些诗的意象含义藏得不深,通过简单的联想和想象就可以破解,诗歌在朦胧中透出明朗。卞之琳、废名、林庚等人的诗,隐藏度更大一些,但也并非不可解读,在诗歌的意象选择与组合中,在诗情的表达中,诗人有时还留下一些暗示,可作为读者进入诗歌的门径。卞之琳的《鱼化石》是一首四行小诗:"我要有你的怀抱的形状,/我往往溶于水的线条。/你真像镜子一样的爱我呢。/你我都远了乃有了鱼化石。"此诗乍一看很难解,但是诗人在朦胧的隐藏中,为读者的解读留了一些"窗口"(卞之琳语)。诗歌在标题下标注"一条鱼或一个女子说",这就是一种提示。鱼是诗歌的表层含义,女子才是诗歌的本义所指,鱼和女子构成了一种比喻关系,诗文即鱼或女子的内心表述。鱼在石中,因而说"要有你的怀抱的形状",鱼的心声实则是女子自述的心曲:我愿被你拥入怀中,表达出女子对爱情的渴望。这种渴望很强烈:"我往往溶于水的线条",仿佛鱼完全没入水中才能存活一样,爱情之于女子来说也是生命的必需。然而,女子对于这热烈的爱情却并没有十足的信心,于是发出了疑问与表白:"你真像镜子一样的爱我呢?"你是不是像我爱你一样地爱我?心存疑虑却也不乏希望。最后一句揭示了双方的结局:"你我都远了乃有了鱼化石。"你我的关系疏远、改变,不复是鱼在水中悠游,而成了鱼在石中禁锢,爱情彻底变质。在注释中,诗人写道:"鱼成化石的时候,鱼非原来的鱼,石也非原来的石了。这也是'生生之谓易'。近一点说,往日之我已非今日之我,我们乃珍惜雪泥上的鸿爪,就是纪念。"此注释既增加了诗歌理解的透明度:诗人运用鱼化石的意象,是在纪念那段沉淀在诗人心灵深处的爱情经历,又赋予了诗歌多义性和不确定性:越出爱情的范畴,诗人对事物的相对性进行了智性思索。

在20世纪30年代现代派诗发展高峰的时期,朱光潜先生也谈到诗的"隐"与"显"的问题,"西方人曾经说艺术最大的秘诀就是隐藏艺术。有艺术而不叫人看出艺术的痕迹来,有才气而不叫人看出才气来,这可以说是'隐'。这种'隐'在诗极为重要"。但他马上又强调,"诗以抒情为主,情寓于象,宜于恰到好处为止"①,也是说明隐藏与表现的关系处理。过犹不及,一旦超出恰当的"度",诗歌也就从朦胧走向晦涩,从吸引读者走向拒绝读者,这便陷入诗歌发展的迷途。也正是在这方面,现代诗派超越了象征诗派,留下了更多佳作。

3.新奇的语言形式:通感、远取譬、省略

(1)通感

作为一种艺术技巧,通感在中外皆古已有之,但传统文艺只是局部的、个别的使用,它服膺于古典文学观念。而在象征主义这里,通感则首先是一种美学观念,其次才是一种艺术方法。这种观念上的创新来自前述的"对应论"与"契合论",即自然与人之间存在某种神秘的对应关系,诗人的主观精神世界和自然万物的精神相通。波特莱尔首先肯定,"想象力是一种敏感",它可以"教给人们以形、色、声、香的道德意义",不同感觉可以相通,"香味、颜色和声音在交互呼应","一切,形态、运动、数量、色彩、香气,无论在自然界还是在精神界,都是富有含义的,相互作用的、相互转换的,相通的",一切都建立在"普遍相通的、永不竭尽的资源"之上。② 因此在创作中,形、色、声、香、味的界限可以打破,描述它们的词语可以交错使用,形成一种新的诗歌语言秩序,造成一种正常逻辑思维所不能涵盖的新颖惊奇的艺术效果。

通感的观念与方法在波特莱尔的《契合》一诗中得到鲜明的体现。"自然是座大神殿,在那里/活柱有时发出模糊的话;/行人经过象征底树林下,/接受着它们亲密的注视。"大自然充满了神秘,是一片象征的森林,每一个事物都与人产生心灵的契合、交响,在这种观念下,"有些芳香如新鲜的孩肌,/婉转

---

① 朱光潜:《诗的隐与显——关于王静安的〈人间词话〉的几点意见》,《人间世》第 1 期,1934 年 4 月 5 日。

② 郑克鲁:《法国诗歌史》,上海外语教育出版社 1996 年版,第 195 页。

如清笛,青绿如草地,/——更有些呢,朽腐,浓郁,雄壮"。嗅觉的"芳香"被比喻为触觉的"孩肌"、听觉的"清笛"、视觉的"草地",甚至被描述为"朽腐,浓郁,雄壮"这样一些综合了视觉、嗅觉的感觉特征,给人新奇的阅读体验。

中国的象征派诗人和现代派诗人都直接或间接地受到这种美学观念与方法的影响。如戴望舒即说道"诗不是某一感官的享乐,而是全感官或超感官的东西"①。他在《西茉纳集·译后记》中提出,现代派诗人为了表现"心灵的微妙与感觉的微妙",并以此去影响受众的神经和"微细到纤毫的感觉",②善于沟通各种的感觉,使之互相交叉挪移,产生一种奇特的混合效果。徐迟认为,意象"是五官全部感受到色、香、味、触、声的五法",并认为"把新的声音、颜色、嗅觉、感触、辨味渗入了诗,这是意象派的任务,也同时是意象派诗的目的"。③

李金发受波特莱尔、魏尔伦、马拉美的影响,主张象征主义,在创作中较早尝试使用通感手法。他把描述不同感官的词语强硬地搭配在一起,造成奇怪、强烈的艺术效果。《夜之歌》写的是失恋的哀伤,开首两段:"我们散步在死草上,/悲愤纠缠在膝下。//粉红之记忆,/如道旁朽兽,发出奇臭。"由于失恋,以往生机勃勃的草地变成了"死草",而"悲愤"本是一种心理感受,但是在诗人笔下却成了"纠缠在膝下",突出了关系破裂后两人的痛苦太深重,以至于仿佛溢出胸膛,流淌到膝下,缠绕不去,使人不能轻快地迈步,行动迟缓而无力。"记忆"本没有颜色,赋之以视觉的"粉红",表现了往昔恋爱时的美好时光,但现在却"发出奇臭",又赋之以嗅觉,凸显失恋后温情变质。通过这些看似怪诞的词语嫁接,诗人强烈地表现了失恋的痛苦之情,创造了不同于现实主义,也不同于浪漫主义的诗情表达,给中国读者带来一种全新的抒情诗阅读感受。

---

① 戴望舒:《望舒诗论》,《现代》第 2 卷第 1 期,1932 年 11 月。
② 戴望舒:《西茉纳集·译后记》,《现代》第 1 卷第 5 期,1932 年 9 月 1 日。
③ 徐迟:《意象派的七个诗人》,《现代》第 4 卷第 6 期,1934 年 4 月。

诗人们还善于活用颜色词语,造成新奇的效果。李金发的《寒夜之幻觉》有诗句:"窗外之夜色,染蓝了孤客之心。"冯乃超的《酒歌》:"青色的酒/青色的愁","银光的夜色/银光的愁寂","没有樽酒在身旁/猩红的哀怨无由息";他的《乡愁》:"我爱澄黄的月影,/怀抱着故乡底淡青的情绪";《残烛》:"焰光的核心有朦胧的情爱/焰光的核心有青色的悲哀";《榴火》:"君不见墙头的榴头红斑驳/浓绿的忧愁吐着如火的寂寞"。穆木天的《弦上》:"忘尽了罢　青春的徘徊/忘尽了罢　猩红的悲哀";《苍白的钟声》:"苍白的钟声,衰朽的朦胧","听一声声的荒凉,/从古钟飘荡,飘荡";《落花》:"落花吹送来白色的幽梦到寂静的人家。"这些诗句皆以颜色来描述无形无色的抽象之物,如情绪、感情、声音、幽梦,使之获得了形象生动的视觉效果。同时,颜色的运用也不是随意的,注意到了颜色本身的特质。如形容哀愁等情绪大都用冷色调:蓝色与寂寞、青色与愁绪、银色与愁寂、浓绿与忧愁、苍白与荒凉、白色与幽梦形成搭配。冷色调在人心里激起的感受多是沉静的、孤寂的、哀愁的,与诗人要表达的情绪正相一致,两相契合,增强了表达效果。即使用暖色调形容哀愁,也是运用的非常浓郁的色调,如"猩红的哀怨""猩红的悲哀","猩红"在人心里引起的不是温暖之意,而是一种过度浓艳带来的不快感。

诗人们常常混用多种感官,造成奇特的意象组合,增强意象的奇崛性和诗歌的暗示性。何其芳的《欢乐》开篇即连续发问:"告诉我,欢乐是什么颜色? /像白鸽的羽翅? 鹦鹉的红嘴? /欢乐是什么声音? 像一声芦笛? /还是从簌簌的松声到潺潺的流水?"诗人将心情具象化为视觉、听觉,推动了读者的想象。接着再化为触觉、视觉:"是不是可握住的,如温情的手? /可看见的,如亮着爱怜的眼光?"然后运用视觉、嗅觉、听觉追问欢乐的来历:"欢乐是怎样来的? 从什么地方? /萤火虫一样飞在朦胧的树阴? /香气一样散自蔷薇的花瓣上? /它来时脚上响不响着铃声?"抽象的情思在诗人笔下变得可观、可听、可感、可嗅,有着具体的形态、颜色、声响、气味,具体生动、摇曳多姿。欢乐的情感是通过人的各种感官而获得体验的,诗人根据这种体验,将各种感官打通,达到了交相融通的艺术效果。最后揭示诗歌的本意:"对于欢乐我的心是盲人的目,/但它是不是可爱的,/如我的忧郁?"以上一连串疑问得到了应答:"我"不欢乐,"我"充满了忧郁。现代派诗人善于发现存在于各种事物间的类比关系,用混合多种感觉的方法,沟通理性和非理性的世界,超越了纯粹的感觉,创造出超感觉的意象,最大限度地表现人的精神和心理。

（2）远取譬

象征诗派的暗示的美学原则、惊奇的审美体验,需要相应的艺术表现技巧。比喻就是他们找到的一种最佳表现手段。但比喻在所有的文学类型中皆使用广泛,不独象征诗派使然。因而象征诗派在象征、暗示、隐藏等总体诗歌观念下,对比喻进行了改造,创造出令人惊奇的阅读效果。对此,朱自清先生有着精辟的解说:象征诗派不把自己艺术想象的比喻"放在明白的间架里","象征诗派要表现的是些微妙的情境,比喻是他们的生命;但是'远取譬'而不是'近取譬'。所谓远近不指比喻的材料而指比喻的方法;他们能在普通人以为不同的事物中间看出同来"。① 无独有偶,美学大师黑格尔也曾说到与"远取譬"同样的意思:"隐喻也可以起于主体任意搭配的巧智,为着避免平凡,尽量在貌似不伦不类的事物之中找出相关联的特征,从而把相隔最远的东西出人意外地结合在一起。"②"近取譬"就是一般的比喻,它是用本质不同但具有相似点的事物来进行比拟,本体和喻体"相距"较近,因而两者的关系比较明显。"远取譬"则反其道而行之,它是在两个没有明显相似点的事物间构造比喻,本体和喻体的"距离"较远,或者说诗人有意拉开了喻体和本体之间的距离,因而两者的关系较为隐匿。因此从接受效果来说,一般的比喻使事物更易被理解,而象征诗派的比喻反而增加了理解的难度,创造了出人意料的效果。"远取譬"的艺术方法的采用,一方面是因为象征诗派要表现的不是实在之物,而是飘忽不定的感受;但更重要的是在于象征诗派的"契合"理论:自然界

① 朱自清:《新诗的进步》,载朱自清:《新诗杂话》,作家书屋1947年版,第10页。
② ［德］黑格尔:《美学》第2卷,朱光潜译,商务印书馆1979年版,第130—132页。

的万事万物之间存在神秘的感应,象征诗派试图找出这种感应并予以表现,形成"微妙的情境",但常规的艺术手法无法胜任,于是他们别出心裁地创造了远缘比喻的方法。象征派诗人认为,只有这种艺术表现手法才能真实反映他们的内心,这是内在的真实、个体的真实。

李金发的诗中便运用了很多"远取譬"的方法。《给蜂鸣》:"我爱你的哭甚于你的笑,/忧戚填塞在胸腔里,露出老猫之叹息。""忧戚"是人人都有过的一种情感,它是熟悉的,而"老猫之叹息"则是大家都陌生而又莫可名状的声音,两者相距很远,搭配在一起,让人倍感惊奇,但又比那些关系明朗显豁的比喻,更能激起读者的想象和联想,因而更具有艺术意蕴。《超人的心》:"世纪上之毫毛,/如东方英雄手中之短剑,/长使'渭流涨腻'矣。""世纪上之毫毛"意象新奇,诗人用纤细的"毫毛"比喻超人的心之细腻,转意即"多疑的心"。而这与"东方英雄手中之短剑"是什么关系,一时难以说清,并且又与杜牧《阿房宫赋》中的"渭流涨腻"联系在一起,更增加了理解的困难。诗人强行在这些没有联系的事物中发现出联系来,与其说是为了解释清楚对象,毋宁说是把对象放置在隐藏与显现之间。这是诗人为了表现神秘的天人感应、独特的心境体悟而创造的新颖的艺术手法。由此,李金发在追求着黑格尔所说的审美意义:"思想和感情不满足于简单平凡和呆板乏味,而要跳跃到另样的事物,玩索差异,异中求同,化二为一。"①

孙作云在《论"现代派"诗》中说道:"善于联合不相属的奇特的比喻于一个观念上,而能给读者一种新的暗示力。"②这即象征诗派的"远取譬"。而现代诗派对"远取譬"方法的运用,已基本摆脱了象征诗派的生涩、勉强甚至晦涩难懂而更加成熟、自如,多数比喻都能通过对诗歌的咀嚼、玩味而得以解读。金克木的《年华》:"呆浮着的一只乌鸦——我的年华","乌鸦"和"年华"间的距离不可谓不远,乍一看两者之间没有任何关系,搭配在一起可谓"拉郎配"。

---

① [德]黑格尔:《美学》第 2 卷,朱光潜译,商务印书馆 1979 年版,第 130—132 页。
② 孙作云:《论"现代派"诗》,《清华周刊》第 4 卷第 1 期,1935 年 5 月 15 日。

但仔细阅读就会发现,"乌鸦"之前有修饰语"呆浮着的",因此诗意变得不那么隐匿而可以破解:乌鸦的形象本身并不美好,暗指"我"的青春也并不光鲜亮丽,而这不美的乌鸦又是呆呆的,喻指我的青春也充满了呆滞、愁闷。戴望舒在《寻梦者》中善于创造新鲜的隐喻,用珍珠比喻所寻之梦,正如珍珠深藏在青色的大海的底里的一个金色贝壳里,所寻之梦也隐藏得很深,需"攀九年的冰山","航九年的瀚海"。金克木的《生命》一诗运用博喻的方法,把抽象的生命比喻成"一粒白点儿,/在悠悠碧落里,/神秘地展成云片了","生命是在湖的烟波里,/在飘摇的小艇中","生命是低气压的太息,/是伴着芦苇啜泣的呵欠","生命是在被擎着的纸烟尾上了,/依着袅袅升去的青烟","生命是九月里的蟋蟀声,/一丝丝一丝丝的随着西风消逝去"。每个比喻都不落窠臼,吸人眼球,在貌似荒唐的联系中显示出并不荒唐的内涵。传统诗歌中的"比"形成了类型化的特征,不能表达千变万化的主体情思,而现代诗派则充分吸收了象征诗派的高度个体性,并加以有效的规约,发挥出了"远取譬"的最佳效应。另如放湖的《艾纳莉的日子》:寂寞"像一株过时的木槿花";李心若的《珠空》:悲哀"像萧瑟的树,且有时带着泪",都成功运用"远取譬"方法发挥出诗歌的暗示功能,创造出奇特的艺术效果。"远取譬"由于避开了人们的习惯思维,拉开了同一般人想象的距离,因此在审美心理上首先产生的是陌生感和新奇感。这些感受对读者来说既可以引发排斥力,又可以产生吸引力,审美接受即是吸引力战胜了排斥力的结果。一旦"远取譬"被破译,惊奇感和陌生感便会转化为审美愉悦感,于是超越了读者期待视野的审美效果得以达成。

(3)省略

苏雪林在1933年评说李金发的诗歌艺术特征时说,"原来象征诗人所谓'不固执文法的原则','跳过句法'等等,虽然高深奥秘,但煞风景的加以具体的解释,不过应用省略法而已",这种方法可谓"象征派诗的秘密"。[①] 省略法

---

① 苏雪林:《论李金发的诗》,《现代》第3卷第3期,1933年7月1日。

即象征派诗人用以创造"通感""远取譬"等艺术表现方法的有力手段。朱自清在解释"远取譬"的时候就说道:"他们发现事物间的新关系,并且用最经济的方法将这关系组织成诗;所谓'最经济的'就是将一些联络的字句省掉,让读者运用自己的想象力搭起桥来。没有看惯的只觉得一盘散沙,但实在不是沙,是有机体。要看出有机体,得有相当的修养与训练。"①正如朱自清所说,省略就是减少起连接作用、修饰作用、限定作用的词语,甚至省掉一些必要的主语、谓语、宾语,在诗句间形成跳跃性、突转性,力图以最简练的语言,暗示最丰富的内涵。有学者称之为"意象的奇接":"为了追求意象的奇诡神秘,象征派诗人有意把一些表面上并不相关的观念或事物,罗织在一起,采取'观念联络的奇特'手法,从一个意象跳到另一个意象,以增强诗歌形象的内在活力和弹性。"②T.S.艾略特曾这样说:"为了强迫(必要时甚至打乱)语言以表达自己的意思,诗人必须具有更广泛的理解力,更加善于引喻,更加含蓄。"③这里提出的"强迫(必要时甚至打乱)"正常的语言规范,表现出象征诗派独特的艺术追求。这种语言形式的创新还是来源于象征诗派哲学、美学观念上的"对应论""契合论",因而在诗歌领域它们力图创造神秘美。象征派诗人认为,"在诗人这儿,是耳朵讲话,嘴听;智慧和苏醒状态在创作,在梦想,而睡眠则在清楚地看;是形象和幻觉在看,是匮乏和缺陷在创造"④。在这样一种非理性的梦幻般的创作状态下产生的作品,必然与清醒的理智状态的创作不同,它打破了常规的线性逻辑思维,呈现出陌生化、新奇化的审美特征。这种陌生化也是一把双刃剑,它既可能导致隐藏过深晦涩难解,也可能增强诗歌的形式感和表意的深度,中国象征诗派与现代诗派即为两个典型的例子。

李金发的诗歌中充满大量意象,而他又并不对这些意象的关系进行清楚

---

① 朱自清:《新诗的进步》,载朱自清:《新诗杂话》,作家书屋 1947 年版,第 10—11 页。
② 龙泉明:《中国新诗流变论》,人民文学出版社 1999 年版,第 281 页。
③ [英]戴维·洛奇:《二十世纪文学评论》,葛林等译,上海译文出版社 1987 年版,第127—128 页。
④ 陈力川:《瓦雷里诗论简述》,《国外文学》1983 年第 2 期。

详尽的解释,而是采用"奇特的观念联络"①手法,把一些表面上并无明显联系的事物进行组合,从一个意象跨越到另一个意象,意象间富有跳跃性,由此赋予诗歌极大的弹性,也扩大了诗歌的表现空间。《弃妇》《有感》《夜之歌》等诗,都运用了大量跳跃性很强的意象,而意象间的联系又被有意省略,给读者造成一种极大的想象空间,也给解读带来了模糊性与多义性。例如《生活》第一节:"抱头爱去,她原是先代之女神,/残叶盲目? 我们唯一之崇拜者,/锐敏之眼睛,环视一切/沉寂,奔腾与荒榛之藏所。"开篇即采用了一系列意象:"女神""残叶""眼睛""荒榛"等,但意象间的关系却要靠读者自己去添加还原,如此才能理解诗歌的意思。根据意象的本义及诗人的诗句,通过想象加工,大略可知这节诗的大意:她是一个美艳的女人,是众人崇拜的对象。但这是不是被残叶遮住了眼睛,以至于无法辨清而产生的幻象呢? 这一双眼睛十分敏锐,足以洞穿一切,世上的繁华与荒芜、喧闹与沉寂都将同归于虚无。这是诗人对生活本质的深刻洞察。通过审美再加工的过程,我们才大体穿透了上述跳跃性的意象组合,明白了诗句的大意。

　　冯乃超的《消沉的古伽蓝》一诗,在形式整齐的三节诗中,运用了大量意象。第一节诗意象最为密集:"树林的幽语,嗡嗡;/暮霭的氛氲,朦胧;/远寺的古塔,峙空;/沉潜的残照,暗红;/飘零的游心,哀痛;/片片的乡愁,晚钟。"对每一个意象,诗人都做了一点修饰说明,如"树林""嗡嗡","暮霭""朦胧",但这些意象之间的联络是什么,它们共同指向什么,诗人却含而不露,读者从中得到的只是一种朦朦胧胧的、空寂飘零的感受。第二三节诗采用同样的形式,在第一节诗"沉潜""哀痛"的基调上,进一步营造了"消沉的""凄怆"的"颓唐"与"衰亡"之气象。

　　象征诗派省略法的运用,使得诗歌形象与意义之间的空间极度增大,诗人想象的跨度也超越了人们惯有的审美思维,给阅读带来挑战与新的体验。同

---

①　蓝棣之:《现代派诗选·前言》,人民文学出版社 1986 年版。

时,这种"诗的逻辑学"打破了正常的思维逻辑和语言的连续性,使整体性的诗歌解构成一堆红红绿绿的珠子而不成串,一定程度上扼杀了诗美。正如朱自清在评论李金发诗歌时所说的那样,"他的诗没有异常的章法,一部分一部分可以懂,合起来却没有意思,他要表现的不是意思而是感觉或情感;仿佛大大小小红红绿绿一串珠子,他却藏起那串儿,你得自己穿着瞧"①。象征诗派的这个缺憾,与它们对西方象征诗派的吸收大于消化、模仿超过创造有关。它们在接受西方象征诗派时缺乏明确的主体精神,在诗歌观念、艺术方法的更新中缺乏自我认识、自我选择、自我创造的自觉意识,因而往往流于现象上的模仿,缺乏自身的文化与文学根基。这个任务由继起的现代派诗人承担了起来。

在论现代诗派时,施蛰存所说的"现代的排列"即为现代派诗歌在结构上的一大特点。"现代的排列"意指,诗歌的结构不遵循一般的思维逻辑,而是出之以反常的意象组合、超常的语言建构,例如意象间的联系被省略了,诗歌从一个意象跳到另一个意象,思维呈现出跳跃性。这种特点与象征诗派提倡的"省略"如出一辙,它正是从象征诗派继承而来的。同时,现代诗派的"省略"是与他们所追求的"现代的情绪"相吻合的,也即是说,这种跳跃和省略仍然有迹可循,它遵循的是诗人的情绪发展之流,是个性化的线索。应当说,这仍然得益于象征诗派的启发。但不同之处在于,象征诗派对暗示追求过度,使得诗歌高度个性化而挤兑了读者接受的空间,现代诗派则在适度隐藏的原则下使诗歌既有个性化,又不失"大众化",既有新奇感又似曾相识,是一个"熟悉的陌生人",因此吸引了广大读者的目光。

卞之琳的诗算是现代诗派中较为深奥难懂的一类,这与他的诗在内容上重玄思冥想,在结构上善用跳跃性的语言组合不无关系。《圆宝盒》:"我幻想在哪儿(天河里?)/捞到了一只圆宝盒,/装的是几颗珍珠;/一颗晶莹的水

---

① 朱自清:《现代诗歌导论》,载蔡元培等:《中国新文学大系导论集》,上海书店出版社影印 1982 年版,第 356—357 页。

银/掩有全世界的色相,/一颗金黄的灯火/笼罩有一场华宴,/一颗新鲜的雨点/含有你昨夜的叹气……/别上什么钟表店/听你的青春被蚕食,/别上什么古董铺/买你家祖父的旧摆设。/你看我的圆宝盒/跟了我的船顺流/而行了,虽然舱里人/永远在蓝天的怀里,/虽然你们的握手/是桥!是桥!可是桥/也搭在我的圆宝盒里;/而我的圆宝盒在你们/或他们也许就是/好挂在耳边的一颗/珍珠——宝石?——星?"诗歌充满了众多意象:"圆宝盒""珍珠""水银""灯火""雨点""钟表店""古董铺""旧摆设""舱里人""桥""珍珠""宝石""星",但这些意象间的具体联系却不十分明了,其逻辑关系需待读者依靠想象去填充:我幻想在天上,拾到一个圆宝盒,里面装着珍珠。珍珠好像水银,可以折射出更大的空间,这不就像一星灯火反映出一场华宴吗? 所谓一花一世界,一叶一菩提。于是诗人想到"一颗新鲜的雨点/含有你昨夜的叹气……"。这句诗在境界上已经无法和前两句相比,但它指出了诗歌的情感:哀伤,并且指向了下文:"别上什么钟表店/听你的青春被蚕食,/别上什么古董铺/买你家祖父的旧摆设。"这里似乎在说时间在不停地流逝,不要回头去惋惜。古人云:"逝者如斯夫,不舍昼夜。"时间就像流水,永不停息。因此在天河里"你看我的圆宝盒/跟了我的船顺流",而"舱里人""永远在蓝天的怀里",这是相对性的言说。从相对性的观念出发,诗人想到人们的握手是沟通的表现,是"桥",但这"桥"也在"我"的玄妙的"圆宝盒"里。而"我的圆宝盒"对于你们或者他人来说,又仿佛是挂在耳朵上的饰品,这饰品可能是珍珠,可能是宝石,也可能是星星。于是又回到诗歌的开头:在"星星"的天河里拾到圆宝盒,里面装着"珍珠"。而这是我"幻想"的,因此后面的一切都是空,是虚无,诗歌的意义归零。如此看来,诗歌仿佛绕了一个圈,打了一个哑谜,其想要表达的意思若隐若现,半藏在上述跳跃性的诗歌结构中。

为表现新异的诗情诗意,现代派诗人创造出新奇怪异的语言形式。这在李金发等象征派诗人的作品中就有着突出的表现。如李金发那首异常晦涩难懂的《题自写像》:"即月眠江底,/还能如紫色之林微笑。/耶稣教徒之灵,/吁,太多情了//感谢这手与足,/虽然尚少/但既觉够了。/昔日武士披着甲,/力能搏虎! /我么? 害点羞。//热如皎日,/灰白如新月在云里。/我有革履,仅能走世界之一角,/生羽么,太多事了呵!"仅就首段来看,"月""林""教徒之灵"几个意象似乎天马行空、随意为之,彼此间缺乏必要的联系,给理解造成极大的障碍。同时,"紫色之林微笑""耶稣教徒之灵""太多情了"的句子也不符合思维逻辑和语法规范,使人难以整合成统一的诗歌图景。现代诗派克服了李金发诗歌过于主观化、孤立堆砌意象、跳跃过大的缺陷,用超常但又可以索解的语言组合,表达奇特却并不艰涩的诗情,如"甜蜜的凄恻""年轻的老人"以矛盾的语言形式表达独特的感受。和李金发《题自写像》同一题材,戴望舒也有一首《我的素描》。两者相对比,可以清楚地看出象征诗派与现代诗派在诗情表达上的差异。戴望舒这样抒写自我:"辽远的国土的怀念者,/我,我是寂寞的生物。//假若把我自己描画出来,/那是一幅单纯的静物写生。/我是青春和衰老的集合体,/我有健康的身体和病的心。//有朋友问我有爽直的声名,/在恋爱上我是一个低能儿。//因为当一个少女开始爱我的时候,/我先就要栗然地惶恐。//我怕着温存的眼睛,/像怕初春青空的朝阳//我是高大的,我有光辉的眼,/我用爽朗的声音恣意地谈笑。//但在悒郁的时候,我是沉默的,/悒郁着,用我二十四岁的整个的心。"戴望舒也运用了奇特的观念联络法,如"我是青春和衰老的集合体",但这个句子语法正确,用语平易而不怪异,在诗意上自相矛盾,令人顿生一种惊奇感。诗人不想打哑谜,于是马上对此矛盾作了解释:"我有健康的身体和病的心",同样用语平易,不故作怪异,由此矛盾得以化解,惊奇感转化为理解后的认同与欣赏:戴望舒艺术地写出了现代青年的病态,表达了一个群体的心声,传达出他对现代、对都市的一种理解。因此从整体来看,戴望舒诗歌的诗情新奇却并不怪异,隐藏却并不晦涩,手法上省略却并不过度,形成了一种现代诗歌的中和之美。

（三）现代的理想：融合

1.融合之路初探

中国现代主义诗歌、绘画的兴起，都是基于对西方现代主义的模仿，欧化的痕迹很明显，甚至一度出现作者与读者对这种新艺术均不适应的状况。因此，改变的愿望也随之而起，中国本土资源、历史传统、文艺传承遂成为改革的良方被大量启用。周作人是较早思考该问题的新文学作家。他在1923年4月写就的评论刘大白诗集的文章中即提出，新文学在以西方文学为师的时候，还要注意汲取民族文学传统的营养。他论述了文学创作中一个具有普遍性的重要问题：世界性与民族性的关系。"我相信强烈的地方趣味也正是'世界的'文学的一个重大成分。具有多方面的趣味，而不相冲突，合能和谐的全体，这是'世界的'文学的价值，否则是'拔起了的树木'，不但不能排到大林中去，不久还将枯槁了。"①他认为应当把世界性和民族性结合起来，只有具有地方性才能获得世界性。这是具有前瞻性的诗学眼光。无独有偶，同一年，闻一多在评论郭沫若的诗集《女神》时，也提出同样的意见。闻一多批评《女神》缺少地方色彩，倡导创作中西诗歌结婚而产生的"宁馨儿"。这反映出当时诗歌发展的动向。

对于这一点，连在创作上最为欧化的李金发都已意识到："余每怪异何以数年来关于中国古代诗人之作品，既无人过问，一意向外采辑，一唱百和，以为文学革命后，他们是荒唐极了的，但从无人着实批评过，其实东西作家随处有同一之思想、气息、眼光和取材，稍为留意，便不敢否认，余于他们的根本处，都不敢有所轻重，惟每欲把两家所有，试为沟通，或即调和之意。"②李金发所谓的"调和之意"即沟通西方现代诗歌与中国古典诗歌艺术，寻找二者的结合

---

① 周作人：《〈旧梦〉诗序》，载萧斌如编：《刘大白研究资料》，知识产权出版社2010年版，第204页。

② 李金发：《食客与凶年·自跋》，北新书局出版社1927年版。

点,实现外来资源的本土化与传统资源的现代化的统一,达到古今中外文艺资源的创造性转化——融会贯通。"融合"几乎成为中国所有现代文学艺术都面临的共同命题,如前述的写实主义,而对于以模仿西方起家的中国现代主义文艺来说,"融合"更是一个至关重要的主题。

李金发提出该论点的 1923 年 5 月,国内尚处于"破旧"阶段,即破除旧体诗传统对现代诗歌创作的束缚。因此李金发之论具有前瞻性,它也是中国现代诗论中最早的中西融合论之一,这可能与他身处法国、远离国内文坛有关。"融合"论对中国现代诗学来说无疑具有积极的建设意义。但问题在于,李金发仅是粗略地提出了这一设想,不仅在本篇文章中,而且在以后也没有对如何实现融合进行具体深入的理论构想,在创作中也没有实现这一愿望。在他的诗歌中,借用了一些古典诗歌的意象,但停留在生搬硬套的层次上,远未达到"沟通""调和"的境界,诗歌中明显流露的还是刻意模仿的欧化痕迹以及由此带来的晦涩之气。诚如李健吾所论,李金发期望"从意象的连结"来"完成诗的使命",这给诗带来了追求"意象的创造"这一贡献,但是由于他"太不能把握中国的语言文字,有时甚至于意象隔着一层,令人感到过分浓厚的法国象征派诗人的气息"。① 可见,李金发诗学的重心还是西方象征派诗歌,对于中国古典诗学传统重视不够,甚至表现出与民族传统的深刻隔膜,如他不仅如李健吾所说,不能把握中国的语言文字,更关键的是,他不能把握中国古诗的意蕴与情调。因此,他不能在中国传统诗歌与西方象征派诗歌之间发现相通之处,其"融合"论的提出有筚路蓝缕之功,但真正实现却有待后来者。

对于李金发的欠缺,对传统文化十分熟稔的周作人进行了弥补。周作人在提出新诗中外融合论之后,对象征主义进行了理论开掘。1926 年,他在《〈扬鞭集〉序》中提出,西方诗歌新潮中的"象征"类似于中国传统诗歌中的"兴",将二者有机结合是新诗发展之路。此论打破了前述的笼统的"融合"

---

① 李健吾:《李健吾文学评论选》,宁夏人民出版社 1983 年版,第 83 页。

说,从具体方法上启发了"融合论"的思路,是中外诗艺融合之说的重要成果,是到当时为止最有价值的融合说。但是,周作人的观点主要是从审美效果而不是从诗歌艺术整体性的角度提出的。即使对于这一论点,他也缺乏更深入的理论探讨,更不用说在创作中身体力行、率先垂范了。理论的薄弱与创作范本的缺失使周作人之论在当时没有引起较大的反响。

来自创造社的穆木天、冯乃超,在进行象征主义诗歌创作时,有意识地关注中国传统诗歌,如把西方象征派诗人与晚唐杜牧的诗歌联系起来思考,作同时的观照。他们的有些诗歌在审美情趣、语言运用等方面表现出对李金发诗歌的超越,对中西诗艺的融合作出了积极的贡献,但也尚未成熟。例如他们过分依赖于对古典诗歌意象、句子的原样撷取,对形式和情调的追求甚至超过了对意象的营构、对象征内涵的开掘。因此他们的诗歌是浪漫主义和象征主义的混合,尚不能代表具有民族特色的中国现代象征主义诗歌。

2.融合的诗艺探索

上述诗人、学者对西方象征派诗歌与中国文学传统的融合之路的探索虽未完全成功,却是有价值、有意义的,它直接为现代诗派"融合论"的形成进行了理论与创作上的积淀。在此基础上,现代诗派对中西诗艺融通的探索,抛弃了此前的泛融合论倾向,沿着现代派的艺术轨道前行,表现出强烈的现代审美意识,逐步发展出足以代表现代中国的现代主义诗歌艺术。

西方各种现代主义诗歌艺术为中国现代派诗人提供了思想启迪、创作灵感和艺术借鉴,他们对之选择取舍、兼收并蓄,体现出后来者才有的综合性优势。有学者认为,中国"现代派诗是一种混血儿"[①]。从宽泛意义来看,对于国外的艺术渊源,从法国的波特莱尔到苏联的马雅可夫斯基的现代主义诗歌潮流,现代派诗人都有广泛的了解和译介。其中,最为他们所关注、借鉴和吸纳,并对其创作产生了较大影响的是这三个诗歌艺术流派。其一,以瓦雷里、耶麦

———————————

① 孙作云:《论"现代派"诗》,《清华周刊》第43卷第1期,1935年5月15日。

（Francis Jammes）、保尔·福尔（Paul Fort）、果尔蒙（Remy de Gourmont）等为代表的法国后期象征派诗歌,包括在波特莱尔和该流派影响下进行创作的法国及其他国家的流派与诗人,如法国的阿波里奈尔、西班牙的洛尔伽以及属于后期象征派的爱尔兰大诗人叶芝（William Butler Yeats）;其二,美国 20 世纪 20 年代初期风靡一时的意象派诗歌运动,包括艾兹拉·庞德（Ezra Pound）、罗威尔（Amy Lowell）、H.D.（Hilda Doolittle）及其他意象派诗人;其三,20 世纪 20 年代崛起于欧美大陆的以 T.S.艾略特为代表的现代主义诗歌潮流,包括美国以"城市诗人"著称的桑德堡（Carl Sandbury）。① 这些诗人之所以受到中国现代派诗人的青睐,大致基于思想内容与艺术表达两方面的原因。就思想意识而言,这些诗人被誉为"新时代的二十世纪诗人",他们的创作更能反映当下时代人的主体意识觉醒,反映生活的变迁和节奏的加快。与表达主题相一致,诗歌艺术形式也出现了革命性的变化,这种新奇的表达也使长期拘囿于传统表达法的诗人为之振奋。同时,从法国象征派、后期象征派、美国意象派到英美现代派等诗歌运动,都追求朦胧与表达的简约,艾略特即说过:"文艺复兴之后整个欧洲的诗风都倾向于模糊与浓缩。"②这种美学风范与中国传统诗歌含蓄蕴藉的诗学追求不谋而合,自然容易为深具传统文化背景的现代派诗人接受与推崇。

同时,现代派诗人还在本国艺术传统中找到了滋养和感应。戴望舒说:"旧事物中也能找到新的情绪。"③何其芳说,"从陈旧的诗文里选择着一些可以重新燃烧的文字"④,他的诗歌"在某些抒写和歌咏的特点上,仍然是可以看得出我们的民族诗歌的血统的"⑤。他们把眼光更多地聚焦于"一些富于情调

---

① 孙玉石:《中国现代主义诗潮史论》,北京大学出版社 1999 年版,第 146—147 页。
② ［美］T.S.艾略特:《但丁——〈地狱篇〉》,载王恩衷编译:《艾略特诗学文集》,国际文化出版公司 1989 年版,第 74 页。
③ 戴望舒:《论诗零札》,《现代》第 2 卷第 1 期,1932 年 11 月 1 日。
④ 何其芳:《梦中道路》,载《何其芳选集》第 1 卷,四川人民出版社 1979 年版,第 215 页。
⑤ 何其芳:《写诗的经过》,载《何其芳文集》第 5 卷,人民文学出版社 1983 年版,第 156 页。

的唐人绝句",尤其是李商隐、温庭筠等人代表的"晚唐五代时期那些精致的
冶艳的诗词"①对戴望舒、卞之琳、何其芳、废名、林庚等人产生了深刻的影响。
他们的诗作着重于描写个人内心的情绪和感觉,在表达中又赋予这种情绪与
感觉一种迷离恍惚的朦胧的外衣。不同于盛唐诗歌透明清晰的情调和表现方
法,晚唐诗词朦胧、婉约的风格很适合现代派诗人注重隐藏蕴蓄,追求象征的
审美情趣。② 有学者指出:"中国的现代派诗只是袭取了新意象派的外衣或形
式,而骨子里仍然是传统的意境。"③

　　而更重要的是,现代派诗人在西方资源和传统资源之间寻找相近的审
美原则,发现相通之处,进而把两者有机化合,融入自己的诗歌创作中,形成
统一的艺术体。卞之琳具有敏锐的艺术感觉,亦不乏前瞻性的眼光,他认识
到"一方面,文学具有民族风格才有世界意义。另一方面,欧洲中世纪以后
的文学,已成'世界的文学',现在这个'世界'当然也早已包括了中国。就
我自己论,问题是看写诗能否'化古''化欧'"。"化古""化欧"既是卞之琳
提出的自己诗歌的创作路数,也道出了这时期中国现代诗歌努力的方向。
他发现:"在我自己的白话新体诗里所表现的想法和写法上,古今中外颇有
不少相通的地方。"例如,他在古诗的"意境"和西方现代诗的"戏剧性处境"
间找到了某种契合点:"例如,我写抒情诗,像我国多数旧诗一样,着重'意
境',就常通过西方的'戏剧性处境'而作'戏剧性台词'。"他还在中国古诗
的"含蓄"与西方现代诗的"暗示"之间发现了关联:"又如,诗要精练。我自
己着重含蓄,写起诗来,就和西方有一路诗的着重暗示性,也自然容易合
拍。"④魏尔伦诗歌中的"亲切"和"暗示"不也出现在中国旧诗里吗?"其实
尼柯孙这篇文章里的论调,搬到中国来,应当是并不新鲜,亲切与暗示,还不

① 何其芳:《梦中道路》,载《何其芳选集》第1卷,四川人民出版社1979年版,第215页。
② 孙玉石:《中国现代主义诗潮史论》,北京大学出版社1999年版,第147页。
③ 孙作云:《论"现代派"诗》,《清华周刊》第43卷第1期,1935年5月15日。
④ 卞之琳:《雕虫纪历·自序》(1930—1958增订版),香港三联书店1982年版,第19页。

是旧诗词底长处吗？可是这种长处大概快要——或早已——被当代一般新诗人忘掉了。"①如上述的晚唐诗词不就使诗人们从中找到了与西方的象征派诗、意象派诗、现代主义诗歌之间的艺术契合点吗？就诗情上看,他也在中外之间寻觅到相通点:"从消极方面讲,例如我在前期诗的一个阶段居然也出现过晚唐南宋诗词的末世之音,同时也有点近于西方'世纪末'诗歌的情调。"在谈及自己创作初期的艺术选择的时候,他明确说道:"我则在学了一年法文以后,写诗兴趣实已转到结合中国传统诗的一个路数,正好借鉴以法国为主的象征诗了。"在"30年代不分东西的时代潮流"中,卞之琳"最初读到二十年代西方'现代主义'文学,还好像一见如故,有所写作不无共鸣",他自述对于"大小洋古诗"自觉不自觉地"借鉴"和"吸收"。②

戴望舒在介绍法国后期象征主义诗人时,也有意无意地将其与民族传统诗歌艺术相对勘,或者说,民族传统成为他诗歌艺术活动的潜在背景,外来的诗艺只有与之产生了某种呼应,才会引起他的关注、吸纳与借鉴。例如,他称特·果尔蒙为"法国后期象征主义诗坛的领袖,他的诗有着绝端的微妙——心灵的微妙与感觉的微妙,他的情诗完全是呈给读者的神经,给微细到纤毫的感觉的,即使是无韵诗,但是读者会觉得每一篇中都有着很个性的音乐"③。戴望舒主张,诗是潜在意识的表现,因而在诗情上必然精微、幽深,正与特·果尔蒙诗中纤细的感觉相符,也与晚唐五代诗词中细腻的诗情相通。他认为,耶麦的诗"抛弃了一切虚夸的华丽、精致、娇美,而以他自己的淳朴的心灵来写他的诗的","从他的没有词藻的诗里"可以看见日常生活中最普通的景象,听见最一般的声音"而感到一种异常的美感"。④ 这也反映了戴望舒自己的审美观念:反对夸饰的、抽象的诗,主张以日常生活的普通景观和声音入诗,创造读

<hr/>

① 卞之琳译,《新月》第4卷第4号,1932年11月。
② 卞之琳:《雕虫纪历·自序》(1930—1958增订版),香港三联书店1982年版,第19、3、18页。
③ 戴望舒:《〈西茉纳集〉译后记》,《现代》第1卷第5期,1932年9月1日。
④ 戴望舒:《〈耶麦诗抄〉译后记》,《新文艺》第1卷第1期,1929年9月15日。

者能接受的"异常的美感"。他称赞保尔·福尔是"法国后期象征派中最淳朴,最光耀,最富于诗情的诗人","他用最抒情的诗句表现出他的迷人的诗境,远胜过其他用着张大的和形而上的词藻的诸诗人"。①"诗境"一词即是化用了中国传统诗论中"意境"一词,并以之作为批评尺度。"象征诗人之所以会对他有特殊的吸引力,却可说是为了那种特殊的手法恰巧合乎他底既不是隐藏自己,也不是表现自己的那种写诗的动机的原故。"②而这与他在中国古典诗词中所感受的含蓄、委婉等韵味是一致的。戴望舒在诗艺探索中,自觉不自觉地在西方象征诗中发现民族审美特性,进而将两者的契合之处化入自己的诗学追求,形成具有民族特色的中国现代诗歌。

何其芳说,在写《燕泥集》的时候,"我读着晚唐五代时期的那些精致的冶艳的诗词,蛊惑于那种憔悴的红颜上的妩媚,又在几位班纳斯派以后的法兰西诗人的篇什中找到了一种同样的迷醉"③。现代派诗人在诗艺探索中,往往有这样一种倾向:把西方现代主义诗歌放在中国传统诗艺中寻找"对应"关系,在更深的层面上"求同",使西化的现代主义诗歌在一定程度上符合民族审美认同,获得民族审美接受,由此诗人们也在诗艺探索中获得了立足点,增强了理论自信。

3. 融合的创作实践

在中西诗艺融合的探索上,戴望舒无疑是一个重要的代表性诗人,他的诗歌明显表现出西方现代主义与中国古典诗歌艺术相融合的特点。朱自清评价道:"戴望舒氏也取法象征派。他译过这一派的诗。他也注重整齐的音节,但不是铿锵的而是轻清的;也找一点朦胧的气氛,但让人可以看得懂;也有颜色,但不象冯乃超氏那样浓。他是要把捉那幽微的精妙的去处。"④朱自清以高度

---

① 戴望舒:《〈保尔·福尔诗抄〉译后记》,《新文艺》第 1 卷第 5 期,1930 年 1 月 1 日。
② 杜衡:《望舒草·序》,载《戴望舒作品集》,现代出版社 2016 年版,第 171 页。
③ 何其芳:《梦中道路》,载《何其芳选集》第 1 卷,四川人民出版社 1979 年版,第 215 页。
④ 朱自清:《中国新文学大系·诗集·导言》,上海良友图书印刷公司 1935 年版。

精练的话语,非常准确地概括出了戴望舒诗歌的特点:在艺术形式上借鉴法国象征派,但具有自己鲜明的特点:朦胧而不晦涩,多彩而不浓艳,追求微妙的情味。对此,苏汶在《望舒草·序》中提出了一句经典的评价——"象征派的形式、古典派的内容"①。法国研究者苏珊娜·贝尔纳也称,戴望舒的作品中"西化成分是显见的,但压倒一切的是中国诗风"②。其早期的成名作和代表作《雨巷》即典型的一例。

《雨巷》描绘了一幅梅雨时节江南小巷的阴沉图景,借此构成了一个富有浓重象征色彩的抒情意境。诗歌从总体上给人的印象是中国传统意趣。诗歌重视意境的创造,以抒情为主,那悠远、朦胧的境界,回荡其间的哀怨、彷徨之情打通了与古典诗歌传统的血脉。诗歌巧妙化用古典诗歌意象,"丁香一样的""结着愁怨的姑娘"是对"芭蕉不展丁香结,同向春风各自愁"(李商隐《代赠》)、"青鸟不传云外信,丁香空结雨中愁"(李商隐《浣溪沙》)的现代运用,以雨中的丁香花象征个人未解的忧愁。但是读者又可以明显感到,这不是一首伤春悲秋式的古诗,而有着浓郁的现代气息。它有着法国象征派诗人魏尔伦等人"模糊与精密兼备"的表现,诗中的"雨巷""我""姑娘"并非对生活的真实具体写照,而是充满了象征意味的抒情形象。那悠长狭窄而又寂寥的"雨巷"是当时黑暗阴沉的社会现实以至古往今来普遍存在的人生际遇的象征。而抒情主人公"我"就是在这样的雨巷中孤独地彳亍着的彷徨者,是在悲剧性的人生际遇中的执着追求者,在孤寂中仍怀着对美好理想和希望的憧憬与追求。"丁香一样的姑娘"就是这种美好理想的象征。但是,这种美好的理想又是那样渺茫、难以实现,因而诗人"哀怨又彷徨","冷漠,凄清,又惆怅"。这种心态是大革命失败后一部分有追求的青年知识分子在政治低压下找不到出路而陷于惶惑迷惘心境的真实反映,也是人面对无法主宰的人生现实所产生的无奈之情的艺术写照。《雨巷》既采用了象征派重暗示、重象征的手法,

---

① 苏汶:《望舒草·序》,上海现代书局 1933 年版。
② [法]苏珊娜·贝尔纳:《生活的梦·戴望舒的诗》,燕汉生译,《读书》1982 年第 7 期。

又有着传统诗歌的意象营造与意境追求,还有着格律诗派对音乐美的追求,全诗回荡其间的流畅的节奏和旋律接通了古诗吟哦咏唱的精神联系,"替新诗底音节开了一个新的纪元"①(叶圣陶语)。此诗鲜明地体现出戴望舒早期诗歌的创作特色:在暗示性的象征意象的组合中,造成一种中国现代派诗歌所特有的深远的意境。

《深闭的园子》明显受到艾略特《荒原》一诗的象征艺术的影响。但这种影响不在外在的形式上,而在于将对现实的批判精神熔铸在象征艺术中,"深闭的园子"仿佛"荒原",没有人,甚至"静无鸟喧",这是对荒芜现实的否定情绪,内中寄寓着深沉的寂寞与悲哀。诗人采用的象征性意象却是中国式的:"深闭的园子""小径""篱门""园林",创造的意境也不乏古典神韵:游子浪迹天涯去追逐梦想,寻找那"璀璨的园林",而遥远的家园已残破,悲从中来不可断绝。古典情韵与现代思索便如此奇妙地融合了起来,形成具有民族特色的现代诗歌。

卞之琳的诗歌创作尝试着他所谓的"化古"与"化欧"之融合。一方面,"我前期诗作里好像也一度冒出过李商隐、姜白石诗词以至《花间》词风味的形迹",另一方面,也分别留有波特莱尔、艾略特、叶芝、里尔克、瓦雷里影响的烙印,"有的还是有意利用人家的格调表达自己不同的感触"。他自述:"我在前后期写诗,试用过多种西方诗体,例如《白螺壳》就套用了瓦雷里用过的一种韵脚排列上最较复杂的诗体。"②诗体上的西化并不妨碍诗歌审美上的民族性。就意象来看,诗歌运用了众多中国古典意象:"一湖烟雨""柳絮""燕子""檐溜滴穿的石阶""绳子锯缺的井栏""黄色"的"小鸡雏","青色"的"小碧梧"……这些富含古意的意象组合唤起了读者心中的民族情愫:一种悠远而哀伤的境界。但这不是诗人的本意,至少不是诗人意义所指的全部,卞之琳把

---

①　苏汶:《望舒草·序》,上海现代书局 1933 年版。

②　卞之琳:《雕虫纪历·自序》(1930—1958 增订版),香港三联书店 1982 年版,第 20—21 页。

这些意象全部组织进象征主义的框架中,融进了他的哲理性思索:白螺壳象征一种宿命,佛教的"空"令人产生漠然之情,人生不啻一场悲剧。这种对人生的悲观性认识既有中国的宿命论,也有佛教的色空观,还有西方的悲剧观。因此在意象与象征的双重追求中,传统与现代诗情、西方与中国诗艺便奇妙地交织在一起,形成一种新的艺术平衡。此时,已分辨不出何为西方,何为中国,何为古典,何为现代了,且区分也已丧失了意义,诗歌呈现出的是一个浑融的整体:一种富有更大暗示性的现代诗的抒情意境。《断章》《秋窗》等诗歌也是带着旧诗色彩的新现代诗。

何其芳的诗歌在淡淡的象征色彩中,有着更浓郁的古典诗情。《秋天》(原名《季候病》)以新奇的想象和朦胧的情调构成现代诗的意境美。诗歌对意境的营造充满古典情韵,其缠绵悱恻之情与李商隐的《无题》诗相仿。但诗人借对美好爱情的追求比喻不满灰暗现实、渴望理想世界的心意却充满了现代感,属于"现代的情绪"。诗中使用了较多古典诗歌意象,这些意象组合在一起构成了一个整体的象征,因而诗歌超出了单纯的抒情、写景的层面,引发人们对失落的爱情、理想产生一种复杂而辽远的情绪。《预言》《月下》《慨叹》《欢乐》等篇都巧妙地融合古今中西,让人难以细分哪些是中国元素,哪些是西方资源。

融合的诗艺探索使中国现代派诗歌寻觅到一条适合自身特点的现代诗歌艺术发展之路。早期的象征主义诗歌正是忽略了本土资源的借鉴和创造性转化,一味模拟西方,所以难以为读者接受。李金发等人的诗,虽然也采用了丰富奇特的意象,但大多只包含了诗人个体的审美经验与艺术感受,忽略了民族性与普遍性,因而只成为小圈子里的艺术实验,难以产生广泛而深刻的影响。且这些意象大多生涩、怪诞,诗意晦涩,无法明确表达主体的情感和思想,读者也难以理解和认同。以戴望舒为代表的现代诗派则着力改变这种局面。首先他们从意象营造的层面打通了与古典诗歌的精神联系,选取的很多意象就来源于或化用古诗,直接染上了悠远的古韵。且意象含义隐藏适度,易于破解,意象之间具有统一的逻辑联系,避免了西方象征派诗的意象的破碎和大幅度跳跃,以及由此带来的神秘感和晦涩,因此容易为读者接受。卞之琳评价道:"戴望舒的这种艺术独创性的成熟,却也表明了他上接我国根深蒂固的诗词传统这种工夫的完善,外应(迎或拒)世界诗艺潮流变化这种敏感性的深化,而再也不着表面上的痕迹。"①在戴望舒手中开始成熟起来的现代派诗,既可以唤起读者的民族集体审美记忆,又在西方化的表现形式中给人一种新奇的现代感受,既有鲜明的民族特色,又有浓郁的现代气息,创造了属于现代中国的现代主义诗歌。而中国现代主义诗歌的另一个发展高峰是20世纪40年代的九叶诗派。

(四)九叶诗歌:沉思的诗

在20世纪40年代的中国诗坛上,有一个诗派无法忽视,虽然它不像革命诗歌那样位居主流,也不如七月诗派那样"成型",在诗坛持续的时间不如它们长久,在当时产生的社会冲击力也没有它们大,但是经过时间的考验,在八十余年后的今天观之,这个派别的诗学价值和艺术成就却超过革命诗歌,甚至七月诗派,极大地提高了中国新诗的质量,其诗学成果为后世诗歌提供了丰富的有益经验,在中国现代诗歌史上留下浓墨重彩的一笔。这就是现代主义诗歌的九片叶子——九叶诗派。

九叶诗派其实不只九个人,除了众所周知的辛笛、陈敬容、唐祈、唐湜、穆旦、郑敏、杜运燮、袁可嘉和杭约赫九人外,还有方敬、莫洛、金克木、王佐良、徐迟、李白凤、马逢华、李瑛、方宇晨、杨禾、吕亮耕等诗人。作为一个诗派,"九叶"与众不同,它不是由同人刊物的社团而结合,而是因共同诗艺追求由创作聚集的群体。因此九叶诗派的聚集与形成过程也比其他诗派更为复杂,一般认为,《中国新诗》丛刊的创刊是九叶诗派正式形成的标志,有评论者据此称

---

① 卞之琳:《戴望舒诗集·序》,《卞之琳文集》中卷,安徽教育出版社2002年版,第351页。

之为"中国新诗派"。而"九叶诗派"这一称谓是直到1981年《九叶集》出版后才为人提出并广泛沿用,且他们中的许多诗人也直到这时才得以见面。因此,九叶诗派没有通常意义上的诗歌流派所共同遵守的文学纲领。所以有学者认为,从严格意义上说,九叶诗派甚至很难说是一个诗歌流派。[1] 但毫无疑问的是,九叶诗派具有相似的诗歌观念、审美追求、艺术风格,为中国新诗现代化作出了杰出的贡献,它作为一个具有特色的诗歌群是可以成立的。九叶诗派的特征可以从三方面概括,在诗歌观念上,坚守艺术与现实的平衡[2],由此在诗歌内质上,主张诗要思考,为达到此目的,在艺术技法上,提出新诗戏剧化。作为一个现代主义诗派,九叶诗派最核心的观点是诗歌知性化而非简单的抒情化,由此与现实主义、浪漫主义诗歌相区分,将中国诗歌真正引上了现代之路。

袁可嘉在《九叶集》中,对九叶诗派作了这样的概括:"力求知性与感性的融合,注意运用象征与联想,让幻想与现实相互渗透,把思想感情寄托于活泼的想象和新颖的意象,通过烘托、对比来取得总的效果,借以增强诗篇的厚度和密度、韧性和弹性。"[3]"知性与感性的融合"一语中的,道出了九叶诗派的一大特点:以西方现代诗为借鉴,使诗由情绪内质向思想内质、经验内质转化,使情绪和思想达到综合。这也就是从象征诗派、现代诗派对"现代情绪"的表现走向九叶诗派的诗化哲学的过程,体现出中国现代主义诗艺的深化发展。

关于九叶诗派注重知性这点,可从两组同题诗歌(同一标题或同一题材)的对比阅读见之。一组是辛笛的《风景》与康白情的《江南》,另一组是郑敏的《人力车夫》与胡适的《人力车夫》、沈尹默的《人力车夫》、任钧的《车夫曲》。

1948年夏,辛笛作《风景》一诗,表现诗人在沪杭道上乘火车行进中的所见所思。无独有偶,康白情也曾于1920年2月作诗歌《江南》,写的是诗人在

---

[1] 孙玉石:《中国现代主义诗潮史论》,北京大学出版社1999年版,第276页。
[2] 关于九叶诗派的艺术与现实平衡的观点,详细论述见本章第三节。
[3] 袁可嘉:《九叶集·序》,江苏人民出版社1981年版。

津浦铁路上通过火车车窗的所见所感。但两首诗表达的意思和采用的手法却截然不同。《江南》共三节，每一节描绘了一幅以火车窗框为画框勾画出的完整图画，色泽鲜艳、构图和谐。例如第一节："赭白的山，／油碧的水，／佛头青的胡豆土。／橘儿担着；／驴儿赶着，／蓝袄儿穿着；／板桥儿给他们过着。"三节诗分别展现出三幅和乐的民间生活场景。作为新诗发轫期的白话诗，《江南》采用日常逻辑思维、白描的手法和平白如话的语言，体现出写实主义诗歌实写社会状貌的诗学追求。

辛笛的《风景》开篇即采用新奇、精辟的比喻，"列车轧在中国的肋骨上／一节接着一节社会问题"。铁轨仿佛肋骨，一节一节的，社会问题也一样，一个接着一个，思维经过了三次跳跃，完成了从具象到抽象的转化，联想既在情理之中又在惯常思维之外。"比邻而居的是茅屋和田野间的坟"，诗人放眼所见的不是康白情式的田园牧歌，而是茅屋与坟，这两个矛盾的意象组合在一起让人触目惊心，产生惊奇的审美效果。诗人接着点明如此组合的理由："生活距离终点这样近"，这又让人豁然开释。诗人用平淡的事实揭示出残酷的人生哲理。"夏天的土地绿得丰饶自然"，这是自然实景，但这美景亦不是诗人意旨所在，它用以反衬"兵士的新装黄得旧褪凄惨"，这就是"一节"社会问题。"惯爱想一路来行过的地方／说不出生疏却是一般的黯淡"，熟悉与生疏，矛盾而统一。结句再次让人警奇："瘦的耕牛和更瘦的人／都是病，不是风景！""瘦的耕牛和更瘦的人"，这是田野实景，是毫无掩饰的写实，这就是诗人眼见的"风景"，当滤去了审美化的谛视，这哪是什么风景？这其实也是"一节"社会问题。诗歌充满了相反相成的逻辑，处处写风景，却处处写所思，一种写实引出一层思索，具体的意象暗示出抽象的思想，逻辑严密，思考深刻。"风景"的标题反而具有了反讽的意味，全诗充满了机趣。在对生活现实的平静描写中寄寓着深切的愤怒，在冷静中饱藏着热情，看似平实的语言却有着超常组合，蕴含着抽象逻辑和多层含义。全诗构成了对病态社会的严厉批判，显示出深沉的思想力量，体现出九叶诗派的诗学追求。

由上可见,康白情的《江南》是抒情的诗,辛笛的《风景》则是沉思的诗。其形成原因自然有多种,如康白情更多继承了我国悠久的诗歌传统,辛笛则更多借鉴外国诗艺成就。再从社会背景上看,康白情的诗歌作于"五四"高潮期,充满了青春的气息和乐观的精神,辛笛的诗则写于新中国成立前最黑暗的时代,因此带着深切的愤懑与诅咒。然而,从社会政治经济状况来看,20世纪20年代的中国在持续的帝国主义侵略、资本入侵、军阀混战下已处在急速破败中,农村尤甚,这在许多文学作品中都有深刻的揭示,它并不比20世纪40年代的中国优越。相反,据有关统计,20世纪40年代中国的社会经济超过20世纪初。因此说"五四"时期好于20世纪40年代,其实含有较多的政治意图、阶级观念与意识形态色彩。由此也可见,社会状况并不是诗歌的决定性因素。因此,康白情所营造的"一个活鲜鲜的世界"(《桑园道中》)与和乐的民间生活景象毋宁说更像他心造的愿景,这一方面和诗人的个人气质相关,另一方面显示出写实主义的特质,对所见固然作了如实的描写,但缺乏思想穿透的力量。因此标榜写实主义的康白情常常流露出浅白的浪漫主义情怀,他的《车行郊外》《桑园道中》亦如此。相反,追求现代主义的辛笛的《风景》更像是社会写实,"瘦的耕牛和更瘦的人",这才是中国的现实。这是基于知性的贯穿而透过事物表面所见的深刻内质,这就是九叶诗派的"内在的现实主义",一种更深刻的现实主义精神。

朱自清认为,最早出现的真正的白话诗是1918年1月《新青年》第4卷第1号上刊出的胡适、沈尹默、刘半农三人的九首白话诗。其中就包含胡适和沈尹默的同题诗歌《人力车夫》。胡适的《人力车夫》具有诗歌戏剧化的雏形,在"'车子!车子!'车来如飞"的背景上,以客与车夫的对话组织全篇,"客告车夫,'你年纪太小,我不坐你车。我坐你车,我心惨凄。'/车夫告客,'我半日没有生意,我又寒又饥。/你老的好心肠,饱不了我的饿肚皮,/我年纪小拉车,警察还不管,你老又是谁?'……"沈尹默的《人力车夫》突出两级对比:"人力车上人,个个穿棉衣,个个袖手坐,/还觉得风吹来,身子冷不过。/车夫单衣已破,他却汗珠儿颗颗往下堕。"作为新诗的开创之作,两首诗均采用散文化的平实的语言,以生活实录的方式,记载下城市中常见的一幕:人力车夫拉车跑路。诗歌流露出人道主义的同情,有着朴素的阶级对立意识,为新诗现实主义的奠基之作。

任钧的《车夫曲》也写出了车夫的苦难:"不分晴和雨,/不分冬和夏,/白天黑夜总得拉拉拉!/巡捕像虎狼,/舞爪又张牙;/撬去了照会,/还要动手打;/为着有苦无处诉,/我们只好一直当牛马!"但更重要的是,诗歌写出了他们的觉醒和反抗:"我们也是人,/也由娘生下;/并非猪和狗,/并非牛和马;/为着真正做个人,/我们怎能永远当牛马?"这是一首典型的左翼"战歌",以工农群众作为革命的力量之源,以大众化的语言高唱着阶级反抗之声。在1937年抗战全面爆发前,该诗由作曲家沙梅谱曲,成为一首革命歌曲,更好地发挥了战斗作用。

郑敏的《人力车夫》也写到车夫的痛苦,但以更深沉更机智的方式,"路人的希望支配着他/他的希望被掷在路旁/一个失去目的者为他人的目的生活"。矛盾的现象揭示出残酷的现实。"寒冷的风,饥饿的雨,死亡的雷电里/举起,永远地举起,他的腿","是谁在和他赛跑?/死亡,死亡,它想拥抱/这生命的马拉松赛者。/若是他输了,就为死亡所掳/若是他赢了,也听不见凯歌"。这是在书写车夫的不幸、诗人的同情抑或是在对之进行赞美?"生命的马拉松赛者",一个充满了悲壮色彩的形象。车夫们仿佛西西弗式的悲剧英雄,"举起,永远地举起他的腿/在这痛苦的世界上奔跑,好像不会停留的水"。因而诗人忍不住直接抒发赞美之情,"在时间里,仍能屹立的人/他是这古老土地的坚忍的化身"。诗歌并由车夫思考开去,揭示着一些看似悖反的现象背后的真谛,"这些污秽的肌肤下流着清洁的血/那些清洁的手指里流着污秽的血","在千万个目的满足后,你们可会/也为那窒息的他的目的想出一条路径?"这是对车夫的礼赞,也是对目的满足者的批评和呼吁。郑敏的诗歌已不再停留于肤浅地对车夫的人道主义同情,也不再满足于政治宣传式的鼓动,而是上升到人的存在的层面进行思考,使诗升华到一个更高的境界。和胡适等人的诗歌相比,郑敏的诗歌无论在思想深度、情感力度、语言技巧上都更胜一筹,前者平白如话、一览无余,郑敏的诗歌则包蕴万千、引人思考,也耐人寻味。

两组对比可见,面对同样的题材,写实主义注重所见即所写,让事实本身说话,风格平实,感情沉练。左翼诗歌在诗服膺于政治的原则下,强化阶级观念,鼓荡着革命的激情,采用大众化的形式,注重宣传鼓动的效应。现代主义诗歌则在对现象的感受、体认中表达知性的思索,以现象引发思索,以思考深化表象,力求感性与知性统一。它们都具有求"真"的意志,但各自对"真"的理解不同:写实主义之"真"带有自然主义倾向,真实再现自然,客观反映现实,左翼诗歌之"真"服膺于阶级意识,现代主义之"真"是内在的真实,真实表现内心,由此形成不同的诗学追求。

唐湜在《中国新诗》发刊词中说:"我们必须以血肉的感情抒说思想的探索。我们应该把握整个时代的声音在心里化为一片严肃,严肃地思想一切,首先思想自己,思想自己一切历史生活的严肃的关联。"①诗要思想,可以说是九叶诗派的一大特点,由此与七月诗派相区别。同样书写 20 世纪 40 年代的社会风云,七月诗派鼓荡着高昂的"主观战斗精神",直抒澎湃的胸臆,高耸起一座诗歌的"崇高的山"。而九叶诗派则沉潜于主体的哲学思考和理性探索,流淌出一条诗歌的"深沉的河"。② 上述辛笛的《风景》、郑敏的《清道夫》《人力车夫》即对社会现实冷峻解剖和理智批判,是九叶诗派"沉思"的一个重要方面。杭约赫的《复活的土地》、唐湜的《骚动的城》、唐祁的《时间与旗》、杜运燮的《滇缅公路》、穆旦的《赞美》也无不在对现实的书写中渗透着思想的力量

---

① 唐湜:《我们呼唤(代序)》,《中国新诗》第 1 期,1948 年 6 月。
② 唐湜在《诗创造》第八期的《诗的新生代》一文中呼吁:"让崇高的山与深沉的河来一次交铸吧,让大家都以自觉的欢欣来组织一次大合唱吧!""崇高的山""深沉的河"可谓对七月诗派和九叶诗派的风格作了形象的比喻。

和知性的光辉。

在对社会现实的冷静分析和理性批判外,九叶诗人"思想者"的形象还体现在对现代人生存处境的反思,对自我深层心理的探索,对生命意识的把捉及对生命价值的追索等方面,由此比象征派诗歌、现代派诗歌更加尖锐、深刻。于此最有代表性的是穆旦。穆旦在对现代人处境和命运的深度沉思中感到"丰富,和丰富的痛苦",成为最具现代性的诗人。谢冕评论说,"他的敏感使他超前地感到了深远的痛苦","仿佛整个二十世纪的苦难和忧患都压到了他的身上"。①"就把我们囚进现在,呵上帝!/在犬牙的甬道中让我们反复/行进,让我们相信你句句的紊乱/是一个真理。而我们是皈依的,/给我们丰富,和丰富的痛苦。"(穆旦《出发》)诗人在对生命的反思感悟中感到痛苦,这是一种现代性体验。但这痛苦又不是现代诗派无病呻吟般的忧郁、苦闷,而有着那一时代追求光明的知识者的共同心声,不是超越时代的生命感悟,而有着特定时代的社会针对性和现实批判性。因而这痛苦不做作、不空泛,它通过现实性的维度将一般意义上的知识者的心灵反思引向了更深的层面,使对个人存在意义的思考获得了更博大更深厚的表现。在《成熟(二)》中,穆旦对强大的习惯势力、顽固的传统压制新生的希望进行了严厉的批判,"四壁是传统,是有力的/白天,支持一切它胜利的习惯。//新生的希望被压制,被扭转,/等粉碎了它才能安全",接着揭示出一个残酷的真实:"痛苦在于/那改变明天的已为今天所改变"。这是多么可怕的事实,这就是现代人的精神困境。唐湜评价说,它"是一个数学公式那样可惊的确切的结论,含有可怕的真实"②。

陈敬容的《逻辑病者的春天》展示了现代人的生存状态:"我们是现代都市里/渺小的沙丁鱼,/无论衣食住行,/全是个挤!不挤容不下你。"在这种现

---

① 谢冕:《一颗星亮在天边——纪念穆旦》,载《穆旦诗全集》,中国文学出版社 1996 年版,第 19、17 页。

② 唐湜:《搏求者穆旦》,载唐湜:《新意度集》,生活·读书·新知三联书店 1990 年版,第 98—99 页。

代生存困境下,人们深陷在世俗中,精神空虚:"生活在生活里,/吃喝,工作,睡眠;/有所谓而笑,有所谓而哭……/一点都不嫌突兀","我们的关心,就是/悲欢离合,也像很平常/一切被挤放逐/成了空白"。由于"空白",现代人倍感疲倦:"我们有一千个倦怠,一万个累/日子无情地往背脊上堆"。诗歌充满了观念的辩证法,一种反日常逻辑的哲理,以哲理思索压倒抒情,透露出机智的思想锋芒,不时显出反讽的意味。

九叶诗人的可贵在于,面对时代的风云变幻,不像20世纪30年代的象征诗派、现代诗派一样躲进内心低回苦吟,而是直面现实、冷静思考、理性批判。因而他们能从浮躁的情绪状态进入冷静的思考状态,能突破现实的表层,进入心灵的深处,透视现代人的灵魂史和精神史。作为九叶诗人的中坚,穆旦诗歌典型地体现了九叶精神,因而从唐湜对穆旦诗歌的评价,可以想见九叶诗派的整体精神风貌:"读完了穆旦的诗,一种难得的丰富,丰富到痛苦的印象久久在我的心里徘徊。我想,诗人是经历了一番内心的焦灼后才下笔的,甚至笔下还有一些挣扎的痛苦印记。他有一份不平衡的心,一份思想者的坚忍的风格,集中的固执,在别人懦弱得不敢正视的地方他却有足够的勇敢去突破。"[1]九叶诗人就是这样"一批对于人生苦于思索的诗人"[2],他们以创作实践着自己的宣言——"我们必须以血肉的感情抒说思想的探索"(《中国新诗》发刊词),创造了"新时代的精神风格、虔诚的智者的风度与深沉的思想者的力量"[3]相融汇的属于20世纪40年代中国的现代主义诗歌,开启了中国现代诗歌的深度模式。

---

① 唐湜:《搏求者穆旦》,载唐湜:《新意度集》,生活·读书·新知三联书店1990年版,第103页。

② 艾青:《中国新诗六十年》,载《艾青全集》第3卷,花山文艺出版社1994年版,第494页。

③ 唐湜:《搏求者穆旦》,载唐湜:《新意度集》,生活·读书·新知三联书店1990年版,第106页。

二、 现代主义绘画

(一)精神的主观表现

不同于写实主义绘画对客观世界的模拟和再现,现代主义绘画不以如实描摹物象为最高追求,而是朝内转向,关注人的精神世界,以表达主观情绪、情感为艺术的宗旨。与穆木天发表《谭诗》同一年即 1926 年,林风眠说道:"艺术是以情绪为发动之根本元素,但需要相当的方法来表现此种情绪的形式。形式之构成,不能不经过一度理性之思考,以经验而完成之,艺术伟大时代,都是情绪与理性调和的时代。"①林风眠强调主观情绪表现在艺术中的核心地位,却没有忘记理性的合理制约,持论较为公允。刘海粟在《石涛与后印象派》中说,"石涛之画与其根本思想,与后印象派如出一辙",都热衷于自我感受和个性表现,强调艺术是生命的表现。②

1.都市生活初体验

在现代主义画家笔下,都市生活的观感是第一种表现对象。咖啡馆是现代画家们的新宠。德国游学期间是林风眠的第一个创作高峰期。"宽裕、休闲的生活使他有大量时间投入到创作上,在柏林,全新的素材和经验给了他持续不断的刺激和取之不尽的灵感。他开始创作大幅油画,多以咖啡馆和海滨为题材,风格奔放而更富表现力。"③至今可见的一幅印刷品《柏林咖啡屋》(1923,油画)虽不甚清晰,但仍依稀可见画面描绘的是一咖啡馆近景,人影浮动,人们在交谈、招呼、嬉笑、对饮,笔触奔放,光色交辉,表现出浪漫派、表现派画家的影响。此画"用表现主义式的松动的笔触描绘出午夜柏林的沉醉与寂

---

① 林风眠:《东西艺术之前途》,载谷流、彭飞编:《林风眠谈艺录》,河南美术出版社 1999 年版,第 42 页。

② 刘海粟:《石涛与后印象派》,载朱金楼、袁志煌编:《刘海粟艺术文选》,人民美术出版社 1987 年版,第 69—74 页。

③ 林风眠百岁诞辰纪念画册文集编辑委员会:《林风眠之路》,中国美术学院出版社 1999 年版,第 24 页。

寞、腐化与迷茫"①。据朱朴《林风眠先生年谱》记载："先生在德国逗留期间，目睹富豪之骄奢淫逸，感慨德人精神之消灭，灵魂之堕落，故以其极锐敏的笔锋，沉郁的色彩，严密的章法，创作描写柏林沉醉状态之作——《柏林咖啡屋》。"②此画又名《柏林之醉》，这个名称更为鲜明地表现出画家对于画作所反映的德国现实生活的感受。无独有偶，庞薰琹也曾作油画《巴黎咖啡店》（约1930），画作运用装饰性手法，流露出纸醉金迷的情调，仿佛舞场的翻版。这两幅画作让人联想起马奈的油画《女神游乐厅的吧台》（1881—1882）。在欢快的整体氛围中，占据画面主体的女招待却神情忧郁而迷离，她的表情是否透露了画家对此酒吧的复杂态度？

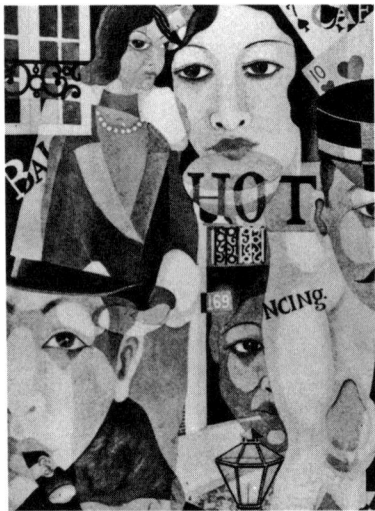

图 3-1　庞薰琹《如此巴黎》

以咖啡馆、舞厅、酒吧等为符号的都市生活在庞薰琹的油画中有着形象的记载。倪贻德曾这样评说，庞薰琹的绘画"尤其是取材的新颖，使人感到浓厚的异国情调。妖艳的舞女，杂色的混血儿，咖啡店里的迷醉的情调，酒场里的混杂的场面，都是他所爱好描写的"③。《如此巴黎》（1931）便是这样一幅油画。在画作中，庞薰琹借鉴毕加索《格尔尼卡》的绘画方式，从巴黎生活中提取出一些基本元素进行简化、概括与重组，嘴唇红艳的妖艳舞女、裸露的下体、礼帽、烟卷、扑克、白色

---

① 林风眠百岁诞辰纪念画册文集编辑委员会：《林风眠之路》，中国美术学院出版社1999年版，第24页。

② 朱朴：《林风眠先生年谱》，载《现代美术家画论·作品·生平——林风眠》，学林出版社1996年版，第128页。

③ 倪贻德：《决澜社的一群》，载林文霞编：《倪贻德美术论集》，浙江美术学院出版社1993年版，第243页。

框架的玻璃窗、卷曲纹的黑色铁艺栏杆、黑边玻璃路灯,形成了一幅物象并置的拼贴画,折射出一个繁华而疯狂的巴黎印象。艺术形象的再现不是创作的目的,画家的意图在于表现主观的情感、意识——对巴黎所代表的现代生活的个人感受。该画刊行于中国美术刊行社 1931 年 2 月 1 日出版的《时代画报》第 2 卷第 3 期,并配有一篇专题评论。这是庞薰琹 1930 年回国后的第一次重要的社会媒体报道:"繁华的巴黎是动着的:女人的笑声;男子的烟形;肉的战颤;灯的摇晃。便是一片窗,一面门,一只缸,也没一忽不在的变幻。无论你的视觉怎样敏捷,你也总难得到一个静止的印象;你的笔尖正触上画面,你的对象又不是一秒钟前所看到的那样了。动,动着! 玻璃杯接触着嫩红的嘴唇;手指又碰上了冷白的纸牌;洗净了一忽又脏污……如此巴黎!"①

　　另一幅《人生的哑谜》(1931)(又名《如此上海》),采用与《如此巴黎》同样的手法创作。所不同的是,从客观物象中提炼的造型元素由塞纳河畔的风情置换成了中国意象:脸谱、红烛、东方美人。而扑克仍暗示着巴黎式的繁华。作为租界的上海,既是西方殖民者的政治、经济据点,也是他们在中国建立起来的一种文化景观,租界里的城市规划、建筑样式、生活方式、情调趣味,形成了混乱繁杂的独特的上海文化。因此有"东方巴黎"之称的上海便成了巴黎所代表的西方大都市的一种"拟像"。因而这两件作品不仅在视觉上相关联,还由此造成了一种幻觉或错位:这究竟是上海抑或巴黎? 也许画家还没有将两种空间的生活情景区分开来,但此时写实主义的区分已经不重要了,重要的是画家通过迷乱的都市生活景象所表达的现代性体验与感受。正如傅雷在《薰琹的梦》里所说:"他梦一般观察,想从现实中提炼出若干形而上的要素。他梦一般寻思,体味,想抓住这不可思议的心境。他梦一般表现,因为他要表现这颗在流动着的,超现实的心。"②

　　另如庞薰琹的《西班牙舞》(1931),用"活泼的笔触,强烈的色彩","充分

---

① 　《时代画报》第 2 卷第 3 期,中国美术刊行社 1931 年 2 月 1 日。
② 　傅雷:《薰琹的梦》,《艺术旬刊》第 1 卷第 3 期,1932 年 10 月。

地表现了 Gypce(吉卜赛)女性特有的气质",①充满了异国风情。都市印象在决澜社的周多画笔下,则是"莫迪里安尼(Modigliani)风的变形的人体画,都会的色情妇女的模特儿,狭长的颜面,细长的颈,婀娜的姿态,厚的色彩面,神经质的线条"②。

2.忧郁迷茫的现代情愫

现代生活的忧郁、悲苦的情绪在绘画中也不乏表现,只是不如诗歌中那么繁多和典型。作为现代主义绘画的代表性画家,林风眠在 20 世纪 20 年代留学时期的画作中,流露出惆怅、迷惘、悲观的现代情愫,但有意思的是,这种情愫多出现在他的彩墨画而非油画中。在 1924 年 5 月 21 日于德国斯特拉斯堡举行的中国古代和现代艺术展览会上,林风眠以油画 14 件、彩墨画 28 件成为出品最多的艺术家。从这些作品可见,林风眠青睐绘画的哲思性主题及相应的象征性的表现方法,这可能是德国游学期间所受到的维也纳分离派和表现主义的影响。③《转瞬即逝的幻象》《生之欲》《悲叹命运的鸟》《预言家们》《我们的心》《永恒》《超人们》《宇宙的节奏》《忧郁的沉迷》《不可挽回的伊甸园》《令人赞赏的春天失去了她的香味》《大公的沉思》《东方交响曲》《追寻逝去的时间》《一切时代的恺撒们》等画作,仅标题就显示出象征与表现的倾向。林风眠把具体的视觉描绘和哲思式的文字标题(以及题跋)结合起来,形成一种象征性意象。而其表达的情感,除《生之欲》借猛虎之狂啸表达奋力崛起的昂扬意志外,其余皆流露出悲哀、忧郁、无奈等幻灭之感。对此,林文铮曾充满诗意地描述,《不可挽回的伊甸园》中,"亚当和夏娃失却的乐园朦胧地显现于桃花和雾气之后,无法企及又不可抗拒","《忧郁的沉迷》表现了一只老猴坐

---

① 周瘦鹃:《申报·自由谈》1932 年 9 月 16 日。
② 倪贻德:《决澜社的一群》,载林文霞编:《倪贻德美术论集》,浙江美术学院出版社 1993 年版,第 241 页。
③ 林风眠百岁诞辰纪念画册文集编辑委员会编:《林风眠之路》,中国美术学院出版社 1999 年版,第 24 页。

在古藤上望月沉思的景象,气氛宁静而忧郁,让人思及远祖们平和自然的生活和往昔的无限。《令人赞赏的春天失去了她的香味》取自波特莱尔的一首诗,此画象征着短暂的欢乐。花开满树的梨树为薄雾所笼罩,一群燕子忧郁地飞过,一切仿佛都沉浸在梦中。在描绘春天的美景时,艺术家让我们思及梨花终会凋零燕子终会离去,欢乐和悲哀混合在一起,作品编织着深深柔情和惆怅。《悲叹命运的鸟》显然受到拉·封丹(La Fontaine)的著名诗歌《受伤的鸟》的启发,用十分东方化的手法描绘了一队水鸟在芦苇丛上飞翔的情景,气氛忧郁而哀伤,表现出夜的静寂、造物的哀叹和宿命"。① 而这样的意绪在林风眠以后的中国画中可谓一以贯之,尤其是描绘野鹜飞过苇塘的水墨画,更是悲情淋漓、无以复加。

现代派诗歌所表现的现代情绪,在油画中的典型表现是庞薰琹的早期创作。在巴黎时期,庞薰琹作有《死》一画,副题为"只有死才能消除一切痛苦"。此画运用现代主义手法,以抽象的各种三角形象征人可能遭遇到的各种困窘、苦难,其精神上的绝望、悲观之情连通了与现代派诗歌的血脉。《时代的女儿》(1934)采用立体主义画家莱热的创作手法,在对物象的变形处理中表现人物的内心世界。画面所绘的三个年轻姑娘形象圆润,脱离了对象的

图3-2　庞薰琹《时代的女儿》

固有细节特征,她们表面上没有什么性格,但是皆表情忧郁,反映出作者对社会的一种忧虑、迷茫与冷漠的心态。1935年作有《苦闷》(纸本水彩)一画,画

① 郎绍君:《林风眠》,河北教育出版社2002年版,第48页。

面上一对夫妻或恋人象征了普遍的人类,他们漠然、无奈的表情表征了心中无法消去的苦闷之情。这种非来自直接的生活所迫所产生的郁闷情绪代表了一种普遍的现代情绪,接通了现代派诗歌的精神联系。这个时期,庞薰琹除静物、风景外,就是以忧郁烦闷的青年女性形象为创作题材。

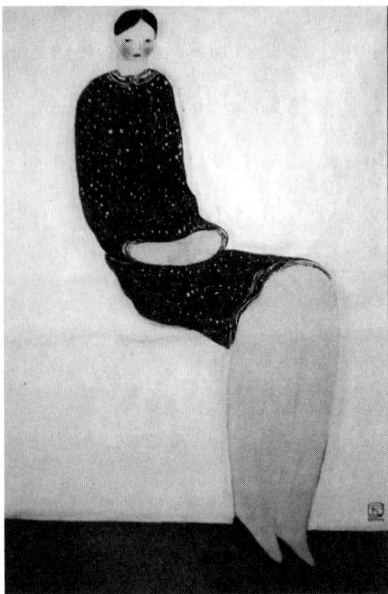

图3-3 常玉《穿白点蓝洋装的少女》

常玉的作品在装饰性趣味中透出一种孤寂与冷漠。他受到野兽派画家将主题淡化到日常生活的影响,其油画题材以人物和花卉为主,人物又以女性为主。但与野兽派的主观激情所不同,常玉的作品在日常生活化的感觉中,流露出的是一股无法掩饰的孤独与寂寞。《穿白点蓝洋装的少女》(20世纪30年代)描绘一位坐着的少女,人物形体被有意拉长、变形,这种"比例的失调"也显示出其受野兽派画家马蒂斯的影响,恰到好处地表现出对象孤静的感觉。她那抱在一起的双手,显示了人物内倾性的性格,倍增了人物的孤寂感。在色彩和构图处理上,色彩清淡,大色块的对比使画面呈现出一种单纯感,尽管少女的脸上带有粉红色,但同样掩盖不住她眼里透露出的内心的孤独和寂寞,以及一种东方式的感伤。少女形体呈S型,画面线条单纯而带有流动感,这流畅感渗透出中国画的韵律,表达了画家抒情性的内心。这种抒情性在更加简约单纯的《沙滩裸女》中有着更为突出的表现。在《沙滩裸女》中,画家使用简单的线条勾画出人物轮廓,人体一如既往的有意拉长,显示出画家偏于装饰性的趣味与表现主义的画风。尽管常玉的作品以线的流动性增加了画面的动感,但总体而言给人的是一种"静"的感觉,这"静"即来自内心的孤独、寂寞和感伤,并在画面上呈现为一种冷漠感。也许,这是艺术家久居异国他乡的孤寂内心的艺术折射。

(二)造型的形式结构

上述抽象的苦闷、抑郁、孤寂之情不是现代主义绘画表现的重点,在更多的静物画、人物画、风景画中,现代主义绘画表现的是对艺术探索的热情。很多画家不仅不关心绘画主题,甚至连画面形象也不在意,他们倾心的是色彩、结构等画面因素。例如,陈抱一的《苏州河》(20 世纪 20 年代初)、《城墙》(1931)等作品,重在通过色彩、笔触来表现光感。卫天霖则存在一个从 20 世纪 20 年代对对象物理特性的表现转变为 20 世纪 30 年代对光与色彩的表现的过程。周碧初则体现出一个"回归"形象的过程:在 20 世纪 30 年代的《夕阳倒影》里放弃印象派式的再现,忽略对象的物理特性,而倾心于光与色彩的关系,在三四十年代的《秋林松韵》里,转而关注结构与形式的关系,在 40 年代后期的《农舍》里,又表现出对对象的自然特性的尊重。① 总体而言,画家们对光和色彩的重视胜过主题和形象,这种意义放逐后的形式探索是现代艺术的典型表征,形成了以近代以来的后期印象主义和表现主义为中心的现代绘画潮流。

1. 刘海粟与后印象主义

刘海粟作于 1922 年的《北京前门》,建筑造型结实,门前涌动的人群鲜明生动,色彩强烈明快和谐,用笔大胆奔放,在高度统一中构成了一种"现代"美。尤其是用粗犷的线条勾勒的轮廓和不同色彩交错而构成的画面,显示出艺术家对后印象主义绘画的倾心,表明他是一位较早敏感于现代艺术的画家。同一年即 1922 年蔡元培在为其画展所作的文章里这样评价刘海粟:"刘君的艺术,是倾向于后期印象主义,他专喜描写外光;他的艺术纯是直观自然而来,

---

① 吕澎:《20 世纪中国艺术史》上卷,北京大学出版社 2007 年版,第 243、245、247 页。

忠实地把对于自然界的情感描写出来;很深刻地把个性表现出来;所以他画面上的线条里,结构里,色调里,都充满着自然的情感。他的个性是十分强烈,在他的作品里处处可以看得出来,他对于色彩和线条都有强烈的表现,色彩上常用极反常的两种调子互相结构起来,线条也总是很单纯很生动的样子,和那细纤女性的技巧主义,是完全不同的。"①不仅如此,这一阶段刘海粟还受到野兽派绘画的影响,显示出塞尚、梵高和马蒂斯风格的混合。他喜欢用对比强烈的原色、简单的大色块、生动朴素的线条,凭着直觉表现对自然的感受,情感的奔流往往多于对理性的控制。完成于 1921 年的《红籁所感》《北京雍和宫》《回光》以及 1922 年的《北京前门》,皆具有概括的物象、粗大的笔触以及强烈、单纯、响亮的色彩。创作于 1925 年的《静物》明显是塞尚的画风,画面整体的结构方式借鉴了塞尚的静物画的分析性的塑造手法,塑造较为扎实,笔触相对收敛,色彩表现较为充分。在 20 世纪 20 年代初的中国,这是一种新颖的充满激情的现代艺术实验。刘海粟的气质、艺术观均与后期印象派、野兽派画家有着相通之处:激情性的人格,对精神性的人格自由的推崇以及与此相连地对内心世界的表现。他的朋友徐志摩指出他的个性与艺术间的关系:"有他的性情才有他的发现,因他的发现更确定他的性情。"②

1929 年和 1933 年两次欧洲之行加强了他对现代主义的认识。1932 年的"刘海粟欧游作品展览会"上展出了一百多件风格大胆的作品:《巴黎圣母院夕照》(1930)、《威尼斯之夜》(1931)有莫奈的痕迹,《夫人像》(1930)流露出马蒂斯的作风。《威尼斯之夜》不仅有着莫奈画风的影响,同时也与法国画家马尔凯在野兽派时期的典型作品《哈费的市集》(1906)有着相近的绘画处理。在画面形式上,以色彩作为表现的基本手段,以色块来形成物象,用浅色来形

---

① 蔡元培:《介绍艺术家刘海粟》,载《蔡元培美学论文选》,北京大学出版社 1983 年版,第 151 页。

② 徐志摩:《一个有玄学思想的画家》,载《海粟艺术集评》,福建人民出版社 1984 年版,第 16 页。

图 3-4 刘海粟《北京前门》

成空白的平面,以线条勾勒出建筑形体,并以深色块面暗示相关阴影,使人物、建筑、风景都简化成色块、线条和平面。而《红与绿的和谐》(1933)最为典型地体现出刘海粟趋近野兽派风格的尝试。画面以一身着绿旗袍的女子像为主,其整体结构突出了主体人物和背景图案的关系。整个背景具有装饰性的平面感,与前景人物的塑造产生了表现语言的冲突。而红与绿的强烈补色对比,使画面极富视觉表现力。野兽派的这种塑造性的表现语言和平面性的扁平手法之间的矛盾,在刘海粟 1930 年所作《夫人像》中也有类似的表现。这也表明,刘海粟在首次欧游之际,对马蒂斯的装饰性风格有着明显的借鉴,且与已有的后期印象主义风格相混合,他这时的绘画语言处于中间状态。他曾自述道:"在欧洲,我研究过后期印象派色彩强烈的绘画,研究过马蒂斯等野兽派画家的红绿之间的微妙关系。"①两次欧游后的作品显示,在更为明确的

① 周积寅、金建荣:《刘海粟谈艺录》,河南美术出版社 2000 年版,第 11 页。

后印象派梵高风格的基础之上,刘海粟作品中后期印象主义与野兽派的视角矛盾正在减弱。例如,在《舞瀑》《栗树林》中,之前所具有的"马蒂斯单纯之韵味"逐渐收缩,平面感和后期印象主义的短方笔触得以调和,再辅以更多的长线条,野兽派平面风格得以进一步转化。一直到了20世纪40年代,在他的作品里仍然可以看到莫奈、梵高、高更(如刘海粟《巴厘舞女》)的影子,看到马蒂斯、德朗、弗拉芒克(如刘海粟《卢森堡之雪》)的痕迹,看见毕沙罗(如刘海粟《威士敏斯达落日》)的影响。[①] 刘海粟通过对中西绘画理论的阐释及卓有成效的艺术实践,在传统绘画仍蔚为大观的情况下,让人们对现代主义有了初步了解,也由此确证他在20世纪中国绘画史上的价值。

2. 庞薰琹与装饰性的形色

庞薰琹在极富创意性的形式感中表达着他的现代气质与才情。在欧洲留学时期,在常玉的影响下,庞薰琹尝试用多种现代派手法作画。他的油画以纯粹的形与色构成新的视觉形象,具有很强的现代感。这种现代感在造型语言上主要表现为抽象化、平面化、解构重构化,在色彩语言上主要表现为主观化、单纯化。

庞薰琹喜欢对画面进行抽象化处理。画家在对生活进行深刻感受的基础上,打破原有的客观物象的时空观念,改造其自然形态,把客观物象烦琐的形象进行简化和抽象化,以一种独特的形式进行概括,表达画家特定的精神境界。画家无限的创作自由突破画面的具象性,具有鲜活的表现力,增强画面的想象力,突出装饰性趣味,有力地表达自我的主观情绪。在法国艺术界被称为"哲理性的超现实主义"的小幅油画《死》便具有抽象化的艺术特征。画面充满强烈的形式感,没有具体形象,只有平面化的抽象的45°的三角形,有点儿类似圆锥形,有的像齿形的山纹,有的像起伏的波浪,有的像以黑点为中心的漩涡。画家以此象征人生难免会遇到的各种各样的挫折、困难、失败、灾难,形

---

① 吕澎:《20世纪中国艺术史》上卷,北京大学出版社2007年版,第236页。

成起伏不定的一生,白色则表现人类思想感情无穷无尽的变化。通过抽象化的方法,画家将客观的真实转化成艺术的真实。

庞薰琹也善于对绘画进行平面化效果处理。在空间的形式上,不再依附于客观物象的表象呈现,放弃西方传统绘画对空间立体的表现,寻求二维平面的装饰效果,把客观立体物象转化为平面图式,把对画面的空间比例、分割和形式感放在主导地位,把画面的背景大力简化与主体装饰的繁复进行对比。因此,庞薰琹的作品画面大大简化,并被大力取舍与提炼,由此主题得以加强。早期作品《人像》(1929)作于巴黎,该画没有纠缠于体积、空间的表达,而是注重画面自由的平面式的书写,更充分表现画面的气韵。所画的老妇在画面中虽然占据主体地位,但不具有立体感、空间感和明暗变化。这种平面的图式由独特的色与线所造成。写实油画为追求细腻逼真的视觉效果,常常使用繁复、细致的小色块,而《人像》的色块却是单纯的、概括的、大块面的,因而摒除了写实绘画的三维空间的似真幻觉,还原出绘画的平面性。平面性并不意味着画面没有层次感。画家通过色彩的巧妙运用,仍然赋予了画面以层次性。对背景的细节进行大胆舍弃,施以大面积的暖灰色,以暖灰色来衬托前景人物衣服的主体黄色,使主体黄色更加突出、清晰。暖灰色的背景则形成一种色彩透视,即灰色的后退,从而在视觉上降低背景色的干扰性,使其成为画面的抽象组成部分。背景色与前景色既属于同一色系又有色调变化,形成协调与呼应,也因此拉开了距离形成对比,由此造成画面的层次感及意识上的空间感。画家把颜料调得很稀薄,甚至露出白色的画布,让人感觉尚未画完,这种留白突出了主体,增了画面的虚实变化及平面性。画面没有丰富的色彩,整体上朴实的黄灰色调给人以厚重感。该画还采用了线条,使画面大为简洁,有的地方如衣褶,仿佛用中国画的笔法一笔勾过。轻松、自由、流畅的线条增强了庞薰琹绘画的平面性和装饰性意味。①

---

① 赵寒春:《庞薰琹油画装饰语言特质解读》,安徽师范大学硕士学位论文,2014 年,第20 页。

庞薰琹的油画造型语言追求解构重构化。画家对客观对象进行主观概括、归纳之后,根据主体审美倾向进行提炼,再依据画面构成要素、艺术规律并结合画家的主观意志进行分割、重组。这种把客体元素结合主观意识进行重新组合的方法,重新界定了人们对客观物象的感受,具有强烈的表现性,在装饰艺术中经常用到。这无疑是受到毕加索立体主义的影响。在《格尔尼卡》中,毕加索运用夸张、变形的手段,把人和动物概括为符号,用以承载特定的情绪——对战争的直接、强烈的愤怒与控诉。毕加索还将画面结构打碎重新进行组合,形成新的视觉符号,借抽象符号达到具象,即局部不写实而达到整体"写实"。这种写实不是复制局部细节的照相机式的写实,而是视觉联想的写实。这种表现方式被庞薰琹借用到《如此巴黎》(1931)、《如此上海》(1931)和《压榨机》(1937)中。但与毕加索所不同的是,庞薰琹是由具象达到抽象,即局部写实而整体不写实。《如此巴黎》和《如此上海》可谓姊妹篇,两者在主题与艺术手法上皆类似。为了表现画家的个人生活体验及情感,两幅画均综合了立体主义、野兽主义、抽象主义和象征主义等多种现代绘画表现手法,于体、面的分析和线的交错中,求怪诞的美感和哲思的意味。画家通过对一些基本元素的提取把复杂的巴黎、上海生活进行简化、概括化,并进行重组。重组时各部分之间的构成打破了传统绘画的时空观,采用西方现代的散点透视法,不追求画面的空间感而重视画面形式本身的表现,将繁声杂色的巴黎、上海,分别浓缩在一个超时空的画面中,显示出明显的拼贴意味。此画既是对巴黎、上海社会生活的一种剖析或揭露,也以美的色彩和巧妙的构图打动读者。

"形"的变形是与"色"的变形联系在一起的,二者互为因果、互相支持。在用色上,庞薰琹油画多是主观化的带有装饰性特点的色彩。作为主观的表现,他的绘画不依附于客观世界的自然色彩,而大胆地改变色调,追求理想化的色彩,使画面的深度及客观性弱化,使画面色彩具有构成感,形成新的视觉效果。《构图》(1947)描绘的是两人头像,不仅形象概括简约,其色彩也非写实,画家大胆地强化主题色彩对比,突出绘画的情感元素。人物肤色没有完全按照实际色彩来描绘,而是根据印象及感受进行取舍与提炼,用有限的色彩描绘人物。人物的粉红色皮肤、棕色头发及朱红色背景占据画面的主体,同时为了打破画面过于统一的暖色调,画家在人物肤色的暗部大胆地使用红色的互补色深绿色、粉绿色。这些冷色调不仅把暖色进行了分割,也加强了画面的对比节奏感,使画面关系更加响亮,大部分的暖色与局部冷色组成了和谐的画面关系。

不仅如此,庞薰琹的用色还吸收马蒂斯的特点,用强烈的纯颜色进行绘画,体现出单纯化的特点,但又不像马蒂斯完全无视物体的固有色而将纯色和主观色同时推至极限,完全用主观的色彩任意挥洒画家的感受。庞薰琹以固有色为基础,以有限度的色彩之"纯"获得感官冲击。他简化色彩的丰富性,用纯颜色平涂在画布上,以色彩来建构空间关系,追求色彩的平面性构图,强调没有明暗光影的轮廓性。决澜社时期的得意作品之一《藤椅》(20 世纪 30 年代初)即集中体现了形色之变。该画不注重现实的比例,

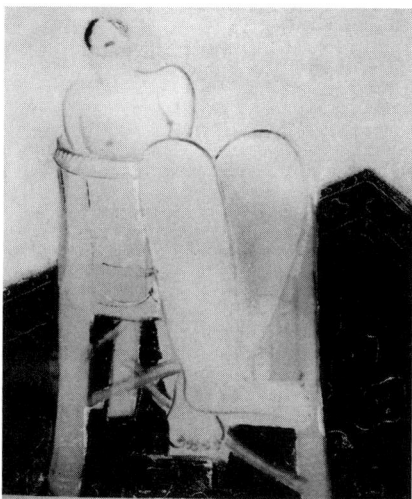

图 3-5　庞薰琹《藤椅》

而是以画家的自我感受为核心,对物象和色彩进行主观提炼:人物的形体被拉长,腿部夸张得超丰满,强化人体的结构感,同时人体色彩简化为粉红;对于椅子也忽视细节的结构描绘,突出坚实的腿部支撑,对其色彩则以强烈地主观感受概括为中铬黄,地面则完全用沉着深沉的钴蓝,墙面改为暖黄,调剂了纯色的强烈。整幅画高度概括、简洁,运用单纯的色彩平涂,形成黄、蓝、粉三大色块,色块间的对比使画面呈现出单纯感,色块间有秩序地排列,又形成稳重、和谐的装饰感。强烈的色彩在强烈的形式感下产生一种音乐

般的旋律,具有直接而强烈的表现力,这反而是复杂的色彩、写实性的色彩语言所不具备的魅力。该画登载于《时代画报》第3卷第8期(中国美术刊行社1932年12月16日出版)。画报上有评论道:"薰琹更年轻,一种为中年人所潜意识地简略掉的颜色更能使他感到莫大的兴味。因为这是一种精神方面的获得,因此颜色便几乎会自动地飞上他的笔尖。尤其是这张《藤椅》,他最得意的杰作:两种单纯的有黄充分的颜色,既不相混,反而显然地分别出动的肉与静的藤来;加以全画的线条,没一根不是简洁而崇高的,使我们深刻地领悟到这世上的烦复无一非虚伪的卖弄,于是艺术便到了最满意的境界。"①

总体而言,庞薰琹的艺术追求体现出装饰性的倾向。面对客观物象,庞薰琹善于从不同的视角进行观察、感受,找出其最具表现力之点,并不断寻求形体、色彩、色调与内心感受的契合点,进而调整画面的大小、长短、疏密、方圆的对比与协调,形成理想的美感图式。《时代的女儿》(1934)这幅作品受到立体派莱热画作的影响。莱热的《玩牌者》《三个女人》等受到几何抽象主义和纯粹主义影响。在《三个女人》中,莱热采用了奇特的表现方法,三个女工是由管道、螺丝和铆钉等构成的,表面看来没有什么性格。莱热早期作品中那工整的形式美和单纯的色彩美在庞薰琹的《时代的女儿》中都有表现。《时代的女儿》的三个女子脱离了对象的固有细节特征,形体被变形、拉长和简化,其圆润的形象有点类似于莱热《三个女人》中的人物。她们表情忧郁,姿态统一,色彩以灰蓝为主,与人物表情的苦闷、抑郁形成呼应。此画具有浓重的装饰性倾向。《在画室中》《西班牙舞》(1931)富于浓郁的东方情调,线条勾勒纤细,形体概括,略去了光影阴暗效果。画面中颜料稀薄,甚至还能看出画布的白色底子,画面摩擦得比较平滑,外相整洁,其装饰性和构成性风格跃然纸上。《壁炉前的静物》以鲜明的直线和垂直线

---

① 陈抱一:《洋画运动过程略记》,《上海艺术月刊》1942年第6期。

构图,画面具有平衡感和厚重感,整个画面明了静穆,细致又有甚微的变化,充满了装饰感。① 在采用象征主义手法的《地之子》(1934)中,庞薰琹娴熟地将人物形体简化和拉长,色彩则是大面积平涂,显示出平面化、装饰性的风格,表现出一种朴实和力量。压抑而又平静的人物形象与色彩对比似乎带有毕加索蓝色时期的艺术风格。对于庞薰琹的绘画,傅雷先生曾评价道:"他把色彩作纬,线条作经,整个的人生作材料,织成他花色繁多的梦。他观察、体验、分析如数学家,他又组织、归纳、综合如哲学家。……他以纯物质的形和色,表现纯幻想的精神境界:这是无声的音乐。形和色的和谐,章法的构成,它们本身是一种装饰趣味,是纯粹绘画(Peinture Pure)。"②

3.异彩纷呈的现代形式探索

作为林风眠早期最典型的作品,油画《人体》(20 世纪 30 年代)表明林风眠将自己的视野投向欧洲现代艺术,并进行大胆的尝试与追求。《人体》具有毕加索立体派风格③,由点、线、面组成,除了位于画面中央的女人体外,周围的环境和物品无一可以辨认,它们几乎全部用类似于几何形状的色块构成。大块的色彩和豪放的笔触显示出林风眠对西方现代艺术的直接感悟与东方文化的深刻理解。在方法上趋向于平面化,这样的手段在视觉上融合了东西方绘画的审美要素——既有东方艺术中的抽象美,也呈现出西方绘画中的表现性和形式美。林风眠善于用非常独特的形式抒写画面物象,善于对复杂的自然现象进行选择和提炼,表现出特有的意境与神韵。他在接触西方绘画之后,即从西方绘画艺术的角度来重新认识中国画,形成"融合中西"的新的艺术探索。他常常借助西方的技法来丰富自己的表现手法,同时又蕴藏着中国艺术的民族风格,因此他的作品被概括为西方的构成与东方韵味的结合。《人体》

---

① 郑磊:《中国现代绘画的先驱者——庞薰琹及其绘画艺术研究》,南京师范大学硕士学位论文,2006 年,第 14—15 页。

② 傅雷:《薰琹的梦》,《艺术旬刊》第 1 卷第 3 期,1932 年 10 月。

③ 林风眠的油画《人类的痛苦》(1929)、《构图》(1934)也具有立体派作风。

可谓林风眠在探索中西融合的道路上迈出的第一步。①

图3-6 吴大羽《窗前裸妇》

吴大羽新中国成立前的艺术成就主要是在1937年前的杭州艺术专科学校时取得的。他说:"美在天上,有如云朵,落入心目,一经剪裁,著根成艺。"此话用诗一般的语言道出了他纯艺术的追求。《窗前裸妇》(1928)在于艺术形式的探索、艺术技巧的锤炼。"裸妇坐在窗前,正向外探视,只见她的侧影。脸部施以大块朱红色与蓝紫头发形成鲜明的对比。背部色彩是大块面的,深紫色的暗部,浅橘红色的亮部。它绝不是为色而色,而给人极其真实的体积感。吴大羽最爱用普蓝,这颜色本是画家们最犯忌的,但到了他画上却是得心应手,获得了擂鼓巨响的效果,震动着观者的心灵,进入一种无法言说的色彩境界。"②林风眠在看了吴大羽的展品后赞赏他"非凡的色彩画家,宏伟的创造力"。这种色彩境界在他1978年后的创作中发挥得淋漓尽致,在绚丽的色彩中表现着强烈的个性,在油画中创造了一种东方意境,如《色·草》。而在早期,他对结构和形式的兴趣似乎更甚于光,因而其作品风格、表现手法更接近塞尚,如分别以儿子、女儿为原型创作的《儿子画像》《女孩》。1932年创作的《女孩》(曾载于1934年《良友画报》),画面以青蓝色为主调,背景施以明亮的黄白色,对物象进行概括的描绘,没有细节刻画,而女孩天真稚拙的形态栩栩如生。《儿子画像》在朴实中显示着少年的纯真。和《窗前裸妇》的强烈感相

---

① 刘淳:《中国油画名作100讲》,百花文艺出版社2006年版,第43页。

② 闵希文:《心灵的彻悟——忆中国油画第一代垦荒者吴大羽》,载上海油画雕塑院:《吴大羽》,上海教育出版社2003年版,第33页。

比,《女孩》《儿子画像》显出温婉柔和之风。尤其值得一提的是,这时期吴大羽在诸多关于花的静物画中,开始了他艺术生涯中最具特色的探索——摆脱物象的客观形态而走向自由表现之境。"大羽先生画了许多静物,他沉醉于色彩关系中,沉醉于写意和抽象的表现语言之中,沉醉于如何将客观物象之美与自己的主观感受融为一体并诉诸艺术之中。就纯艺术探索而言,吴大羽是油画形式语言探索的先驱者。如何极大地发挥油画语言的艺术感染力,如何将中国传统艺术运用线的能力,特别是中国的写意观念与手法,运用在油画中,是吴大羽一直关注的课题。"①这个课题在他晚年的抽象创作中有着突破性的进展,形成了独特的吴大羽的油画艺术,有人谓之"大写意"。

倪贻德强调通过创作者的主观感受强烈地表现对象,形成以情调表现为中心的绘画风范。"倪贻德多选用江南农村和城镇的一隅,衍化以线条和色块为主的符号化的形式载体,经朴实和明快的基调,淡化对象文学化和纪实性的知觉赋会,在画幅本体中确立起一种'岑寂、幽静的秋的含蓄'的精神投影,在借鉴野兽派画风为主的表现形式和净化本土文化景观的形象择取之间,确立起'情调'造型的艺术支点。"②画风接近马尔盖的《黄浦新秋》以粗犷而强烈的形式感、寓变化于统一的昏黄色

图3-7　倪贻德《上海南京路》

---

① 邵大箴:《背负艺术十字架的人——纪念吴大羽先生》,载上海油画雕塑院编:《吴大羽》,上海教育出版社2003年版,第27页。

② 李超:《决澜社研究》,载赵力、余丁:《中国油画五百年》第2卷,湖南美术出版社2014年版,第623页。

泽,表现出在上海这个典型的大都市所感受到的独特的秋韵。这种秋韵在《苏州河岸》(1934)中是在更加昏黄的颜色中表现出一种中国农村式的萧瑟,而到了《秋》(1949)中,则消泯了地域性,呈现为更加纯粹的意境。"我们在他的作品例如《码头》(1929)、《苏州河岸》(1934)中可以看出,他在大胆地归纳物象的结构,并使用粗放的笔触的同时,没有过分地使用对比色,统一的调子本身将'野兽'的热情抒情化。"①"水彩画《嘉陵江轮渡》《球赛》《秋》和《春帆》《瓯江之滨》等作品,明净、轻快、练达、以少见多,一笔不苟地适当利用水分的干湿表现开阔的空间层次。透露出来的铅笔底稿在他的风景画里也浑然成为一个有机体,起着衬托的作用。"②《上海南京路》(20 世纪 40 年代)造型坚实,画家以俯视的视角,描绘了南京路上的人与车及其两侧的西洋建筑,笔触朴实而洒脱,洋溢着一种西洋情调,赋予南京路以现代气息。倪贻德对情调的追求在《乐器》(水彩,1930)中得以集中表现,乐器、琴谱等物象的设计和表现,流露出描绘百叶窗下一缸金鱼的马蒂斯式的情调。这种马蒂斯的情调感也可在某些人物肖像的表现中见出,如《肖像》(1930)、《人物》(1930)、《夏》(1932)。花也是倪贻德常画的,用笔设色有一种美妙的旋律感,所绘形象饱含水分,格外鲜丽。《花与罐子》(1941)、《百合花》(1930)、《花》(1930)等几幅静物花卉,古朴而坚实的造型明显带有德朗的风范。倪贻德的老友评价道:"倪贻德的画强调分大面,果断、明确、纯朴、坚实,用笔精练,以一当十,以简寓繁,色调清新爽明,有充分的概括力。作品重视塑造对象的精神实质。"③

　　丘堤是中国 20 世纪较早进行现代艺术创作的女画家。她的画执着于某种感觉和形态,既无太多的现实干涉,又具有自足性的完整和统一。在静物画《花》(1933)中,画面上红叶绿花的形象构成反视觉特征的美学创造,形成装饰性风格。这种反现实的手法鲜明地表现了画家对花的主观感受,那郁勃之

---

① 吕澎:《20 世纪中国艺术史》上卷,北京大学出版社 2007 年版,第 261 页。
② 谢海燕:《倪贻德画集·序》,上海人民美术出版社 1981 年版,第 5 页。
③ 谢海燕:《倪贻德画集·序》,上海人民美术出版社 1981 年版,第 4 页。

气才是打动画家的触媒,也是表现的目
的,因而物象的客观性有意无意地被忽略
了。此画印证了丘堤的观点:"画画要有
想象,想怎么画就怎么画,不要拘谨,不要
呆板,自由自在的画最好。"①这幅画既因
表现主义的手法受人指摘,也因此获得决
澜社唯一的奖项,且被介绍为决澜社成
员。针对责难,倪贻德曾撰文为之辩白:
"不管花草有没有红叶绿花的一种,但画
面上为装饰的效果,即使改变了自然色彩
也是无妨的,因为那幅花,完全倾向于装

图3-8　丘堤《静物》

饰的。"②《静物》(1931—1933)一画,表现出丘堤早年在日本所受到的印象派
和后期印象派的影响。从时间上考察,该画与西方现代绘画几乎同步,反映了
丘堤超前的艺术观。在略带仰视的构图中,画家组合了油画作品、水壶、陶罐、
外文书、调色板及盛着红酒的酒杯等物品,占据了画面较大的空间,静物有着
严谨的形和一种互相的构成关系。这些静物的选择表现出西洋趣味,而它们
的摆设和穿插所构成的"关系",表达了画家的现代意识,体现了画家自由的
创作心态和舒朗的画风。这件早期作品比她回国后的作品更显得轻松自如,
从本质上更接近西方现代艺术。这些日常生活的静物画,不仅成为艺术欣赏
的对象,也体现了画家的理想和追求。具有艺术前卫意识的丘堤,以这些充满
现代意识的画作,冲击着20世纪30年代上海艺术界沉闷的空气和世俗的审
美观。

　　阳太阳在现代艺术的追求上走得更远,《烟囱与曼陀铃》即是一例。这幅
画参加了1933年10月举办的"决澜社"第二次展览会。从中可以看到,烟

①　刘淳:《中国油画名作100讲》,百花文艺出版社2006年版,第75页。
②　刘淳:《中国油画名作100讲》,百花文艺出版社2006年版,第75页。

囱、曼陀铃与梨这几个远离"真实"的物体被组合在同一个画面中,它们彼此之间毫无关系,因此传统主题性绘画的意义索解完全失效,只能求助于新的理论。这种将完全与自然不相符或不合逻辑的事物组合在一起的做法,正是超现实主义画家所喜欢采用的"拼贴"或者"照相蒙太奇"的方法。它依托弗洛伊德"潜意识"和梦的理论,表现的不是现实而是奇幻的"梦境"或幻觉。《烟囱与曼陀铃》便以这种"拼贴"手法、"荒唐"之风显示出超现实主义的意味,它大开艺术家的潜意识之门,让奇特的形象绝对自由地、不受任何控制地涌现出来,展示出一个玄奥莫测的无意识领域。因此,《烟囱与曼陀铃》达到了纯粹的"色、线、形交错的世界"(决澜社宣言)的理想,表达了画家对现代绘画的大胆探索和追求,流露出他厌恶一切旧形式和旧色彩,厌恶一切平凡的低级的技巧而试图用新的技法来表现新的时代精神的追求。①

常玉作品中那孤寂感与冷漠感依赖于他所采用的现代艺术手法与风格。他喜欢将人体拉长、变形,使之比例失调,采用的色彩纯粹,画面简约单纯。《穿白点蓝洋装的少女》不仅形体修长,且身体各部分的大小也失衡,加之单纯朴素的色彩,概括简约的形象,有力地突出了对人物内心的表现,颇具现代气息。《沙滩裸女》则直接在油画中运用中国画的笔法,以流畅的单线代替颜色的块面形成人物轮廓,流露出一种东方情味。这种始于线且终于线的手法使对象简化到极致,仿佛一幅油画速写。极简的形式反倒把主观意绪的表现从藏于形式之后推向了前台,且具有更强的装饰意味。

公开鼓吹超现实主义艺术的是 20 世纪 30 年代中期成立的中华独立美术协会,它的成员赵兽、梁锡鸿、李东平、曾鸣都是留日画家。对于他们的艺术风格,可借用陈抱一对梁锡鸿的评价来看:"以超现实派形式为标榜,则颇有野兽派的风气。"②此评价颇为精到地指出了其理论主张与实际创作之间的悖逆:他们纷纷发表关于超现实主义的文章,但其绘画创作却没有宣言如此大

---

① 刘淳:《中国油画名作 100 讲》,百花文艺出版社 2006 年版,第 89 页。
② 吕澎:《20 世纪中国艺术史》上卷,北京大学出版社 2007 年版,第 265 页。

胆,多流露出野兽派的风格。如赵兽的作品具有平涂的色彩和粗犷的线条,显示出野兽主义的风格。他完成于 20 世纪 30 年代的《脸孔》呈现出抽象的倾向,方形的笔触和短促的直线显示出表现主义的倾向。他们对欧洲超现实主义缺乏准确的理解,如梁锡鸿的超现实主义思想仍然是现代主义观念:"绘画并不是一些理论和技巧所能克服的东西,而是在感受性之间表现了画家精神生活的问题。绘画不能不与生活联络……无生活的绘画都是死的绘画,绘画有了生活力之后就有意志,同时也有爱的本能。"①这些超现实主义者的作品根本不同于欧洲的超现实主义绘画。在很大程度上,他们所宣扬的"新的绘画精神""前卫文化"等艺术思想是基于一种对过时、落伍的"黑暗的艺坛"的反抗,充满了昂扬激越的革命气息。虽然他们以比决澜社更加激进的宣言相号召、相聚集,可是每个人却在画着自己爱好的现代风格的绘画。②

(三)现代的理想:中西调和

关于绘画的中西融合,几乎是现代中国每一种思潮、流派的共同追求,前述的写实主义、大众主义绘画如此,后文的传统主义绘画亦如此。但最典型的要数现代主义绘画,可能这与现代主义观念与中国传统绘画思想有更多相通之处有关,如它们都强调主观表现。而其中,林风眠的中西融合的探索成为多种融合形态中实验性最强、完成度最高的一种。③

在蔡元培提携的艺术人才中,林风眠是最受器重的一个,除了他出众的艺术才华外,他们二人相通相同的艺术观也是一个重要的原因。关于中西绘画融合的设想,蔡元培在他为 1924 年于斯特拉斯堡举行的中国古代和现代艺术展览会所作的序言中曾表示:"其间杰出之才,非徒摩仿欧人之作而已,亦且能于中国风作品为参入欧风之试验。夫欧洲美术参入中国风,自文艺中兴以

---

① 穆天梵:《独立线上的作家群介绍》,《艺风》第 3 卷第 11 期,1935 年 11 月。
② 吕澎:《20 世纪中国艺术史》上卷,北京大学出版社 2007 年版,第 266 页。
③ 潘公凯:《中国现代美术之路》,北京大学出版社 2012 年版,第 236 页。

还日益显著;而以今日为尤甚。足以征中西美术,自有互换所长之必要。采中国之所长,以加入欧风,欧洲美术家既试验之;然则采欧人之所长以加入中国风,岂非吾国美术家之责任耶?"①蔡元培主张中西方艺术应互相吸收有益成分以丰富自身,其立足点是探索中国艺术的现代化之路。

蔡元培的主张在林风眠的艺术之路中得到了最好的体现。从 1923 年游学德国开始,林风眠就有意识地进行中西艺术"互换"的尝试。在斯特拉斯堡展览中,林风眠共计参展 42 件作品,其中彩墨画《生之欲》得到了蔡元培的特别赏识。该画描绘的群虎形象是中国画的传统主题,但在表现技巧上,却把西方浪漫主义挥洒自如的笔触融入中国画的笔墨之中,把西画鲜艳丰富的色彩引入到中国画的墨色之中,形成他艺术之路的重要一翼——彩墨画的初步尝试。画面中,群虎咆哮、嘶吼的形象诠释了画题《生之欲》,显示出一股强烈的生命意志,流露出他留法时所受到的尼采生命哲学的影响。这种强力意志打破了中国画一贯的平和之气,洋溢着强烈的时代感和现代气息,对于 20 世纪初内忧外患的中国来说,又无疑具有了象征的意义。因此画作无论是在内涵寓意上还是在艺术手法上,都触动了蔡元培的心弦,给他留下了深刻的印象。

《生之欲》所代表的这种中西融合倾向在林风眠同时期的其他画作中也有表现,比如他在这次展览中的其他作品,如《预言家们》《我们的心》《永恒》《超人们》《宇宙的节奏》,以及他在 1925 年巴黎国际装饰艺术和现代工业博览会上的展品,如《悲叹命运的鸟》《忧郁的沉迷》《不可挽回的伊甸园》《令人赞赏的春天失去了她的香味》《大公的沉思》《东方交响曲》《追寻逝去的时间》《一切时代的恺撒们》。在这些彩墨画中,林风眠通过哲思式的标题赋予中国式花鸟动物形象以明显的喻义性,构筑一种象征性意象。由此中国传统绘画母题如古藤上的老猴、芦苇上飞过的鸟、春燕与梨花成为西方象征主义的载体。因此画家表达的情思也不再是古典式的,而是充满了对命运的沉思、对

① 蔡元培:《蔡元培美学文选》,北京大学出版社 1983 年版,第 165 页。

时代的迷惘的一种惶惶然的现代情绪。这可能与象征主义诗歌的影响有关，如"《令人赞赏的春天失去了她的香味》取自波德莱尔的一首诗……《悲叹命运的鸟》显然受到拉·封丹（La Fontaine）的著名诗歌《受伤的鸟》的启发"①。林风眠熟悉希腊罗马神话，对西方近代诗歌也颇为欣赏，常常以绘画的方式表达自己对它们的会心理解，显示出文学对美术的影响。近代象征主义诗歌的情调和手法被他化用到视觉形象中。这些画作充满了朦胧的诗意，流露出淡淡的哀愁，显示出中国式的画意，但同时，这诗意与哀愁又在象征主义的框架中显示出浪漫主义之风。这是林风眠探索中西艺术融合之路的初步尝试，这些尝试让他越来越深刻地发现西方表现性艺术与中国画传统之间的某种契合。因此他在深刻领悟与实验西方现代诸艺术的同时，不断反观中国艺术传统，尝试将中西两种艺术的精神和手法奇妙地结合在一起，逐渐探索出一条属于自己的艺术之路。作为现代艺术的最早阐释者，林文铮评价道："林风眠是中国最有前途的天才艺术家，他自由地游弋于东西两种艺术传统之间。他有着敏感和不安的心灵，东方的宁静不再能满足他，西方的烦躁和焦虑侵蚀着他。他无名的不安和生之欲望使之远离了中国的古人。"②不仅对于中国画的探索，在油画的探索中林风眠也坚持融合之路。他自由地把早期现代派绘画的观念和技巧与中国传统艺术有机交融，创造出别具一格的富有个性和现代感的油画艺术。

　　1926 年的《东西艺术之前途》一文是林风眠"中西调和"论的集中展示。文章开篇即表明，作者是抱着"中国艺术复兴的希望"进行这个论题的，而"要了解艺术如何复兴，必先研究艺术是如何构成"。经过对原始艺术起源的考察，林风眠发现，"艺术之原始，系人类情绪的一种冲动，以线形颜色或声音举动之配合以表现于外面"。进而研究艺术的根本方法，"艺术为人类情绪的冲

---

　　①　林风眠百岁诞辰纪念画册文集编辑委员会编：《林风眠之路》，中国美术学院出版社1999 年版，第 31 页。

　　②　林风眠百岁诞辰纪念画册文集编辑委员会编：《林风眠之路》，中国美术学院出版社1999 年版，第 31—32 页。

动,以一种相当的形式表现在外面,由此可见艺术实系人类情绪得到调和或舒畅的一种方法"。"艺术则适应情绪流动的性质,寻求一种相当的形式,在自身(如舞蹈、歌唱诸类)或自身之外(如绘画、雕刻、装饰诸类)使实现理性与情绪之调和。"艺术能随时代的演进而变化,其构成方法比宗教完备,因此当人类理性发达后,宗教自当破产,这时附属于宗教的艺术起而代之,便是蔡元培所提出的"美育代宗教"。在此基础上,林风眠论及"东西艺术根本上之同异"。经过对中西艺术发展史的简单梳理,作者得出结论:"西方艺术是以摹仿自然为中心,结果倾于写实一方面。东方艺术,是以描写想象为主,结果倾于写意一方面。艺术之构成,是由人类情绪上之冲动,而需要一种相当的形式以表现之。前一种寻求表现的形式在自身之外,后一种寻求表现的形式在自身之内。方法之不同而表现在外部之形式,因趋于相异;因相异而各有所长短,东西艺术之所以应沟通而调和便是这个缘故。"因此,作者寻求"调和中西艺术"。"西方艺术,形式上之构成倾于客观一方面,常常因为形式之过于发达,而缺少情绪之表现,把自身变成机械,把艺术变为印刷物。如近代古典派及自然主义末流的衰败,原因都是如此。东方艺术,形式上之构成,倾于主观一方面。常常因为形式过于不发达,反而不能表现情绪上之所需求,把艺术陷于无聊时消遣的戏笔,因此竟使艺术在社会上失去其相当的地位(如中国现代)。其实西方艺术之所短,正是东方艺术之所长,东方艺术之所短,正是西方艺术之所长。短长相补,世界新艺术之产生,正在目前,惟视吾人努力之方针耳。"最后,针对中国现代艺术,作者提出:"中国现代艺术,因构成之方法不发达,结果不能自由表现其情绪上之希求,因此,当极力输入西方之所长。而期形式上之发达,调和吾人内部情绪上的需求,而实现中国艺术之复兴。一方面输入西方艺术根本上之方法,以历史观念而实行具体的介绍;一方面整理中国旧有之艺术,以贡献于世界。"①由此达成"中国艺术复兴"的希望。关于中

---

① 林风眠:《中国绘画新论》,杭州国立艺术院月刊《亚波罗》1929 年第 7 期。

西艺术的异同,是一个繁复的问题,不像林风眠所论的如此简单,但是林风眠机巧地避开繁难的辨析,拨开层层缠绕的面纱,剥茧抽丝般地提炼出其骨干,对这个纠缠不清的问题作了清晰明了的阐述,更重要的是从中提出中西融合的主张,对中国现代艺术的发展作出了有益的启示。

林风眠的中西艺术调和论针对的是中国传统绘画的去旧更新问题。他在文章中多次谈到中国画改革的途径,最根本的是改变因袭模仿的陈腐观念,突出创造精神。林风眠重视自由创造,强调画家主观精神、情绪的表现,反对僵化的笔墨程式,主张从原料、技法、方法等方面进行改革,解放笔墨,还原笔墨的意义与功能——以造型来表现画家的主观情感。

在艺术教育实践上,为贯彻"中西融合"的主张,林风眠把杭州艺专的中国画系和西画系合为一系,以改变艺术学校中普遍存在的"中国画与西洋画,总是居于对立和冲突的地位"①的现象。这一大胆的举动也正实践了艺专成立时的口号:"介绍西洋艺术! 整理中国艺术! 调和中西艺术! 创造时代艺术!"他认为"绘画的本质是绘画,无所谓派别,也无所谓中西"②。因此,"我们假如要把颓废的国画适应社会意识的需要而另辟新途径,则研究国画者不宜忽视西画的贡献,同时,我们假如又要把油画脱离西洋的陈式而成为足以代表民族精神的新艺术,那么研究西画者亦不宜忽视千百年来国画的成绩"③,这才是中国现代绘画发展的正途。从林风眠长期的艺术实践来看,他的"中西融合"论走的是表现主义之路,在西方资源上他摒弃的是学院派的程式法则,汲取的是自由表现的浪漫派以来的绘画艺术,在中国资源上他放弃的是明清文人画的笔墨程式,选择的是具有粗朴、原始之美的汉唐艺术及民间美术。以"中西融合"为契机,林风眠意在实现他的根本意图——创建属于现代中国的绘画,"将来想把东西的艺术研究起来,融成一个中国的新艺术,这是艺

① 林风眠:《中国绘画新论》,杭州国立艺术院月刊《亚波罗》1929 年第 7 期。
② 林风眠:《艺术丛论·自序》,正中书局 1936 年版。
③ 林文铮:《本校艺术教育大纲》,杭州国立艺术院月刊《亚波罗》1934 年第 13 期。

上伟大的创造"①,这艺术既是属于现代的,更是属于中国的。

在创作中,自觉不自觉地走着中西融合之路的画家不在少数。常年旅居国外的常玉,在油画中直接使用线条进行造型,形成其油画创作的一大特色,典型之作如《沙滩裸女》直接以线条勾勒人体轮廓,放弃了块面造型。而线条并非油画而是中国画的造型手段。关紫兰是一位出色的女画家,她善于将野兽派的狂放与中国传统文人画的抒情性巧妙地结合起来,创造出具有个人风格的油画作品。

第二节　现代主义诗歌与绘画关系探微

和写实主义、大众主义比较起来,现代主义诗歌与绘画的关系更加密切和纯粹。如第一章所述,写实主义在诗歌和绘画领域的所指即存在差异,在诗歌中开始是指一种文学思潮,后走向一种直面现实的文学精神;在绘画中最初且主要是指一种艺术技巧,后也加入了对艺术精神的理解。这种错位导致写实主义与诗歌、绘画发生不同的结合,而写实主义诗歌与绘画的关系也主要基于文学艺术的外部环境。大众主义不是基于文艺精神、创作观念、创作风格、创作方法的概念,而是考虑到接受对象的一个概念。在中国现代三十年中,大众主义文学艺术具有其特殊性,它与特定时期的政策、制度有着至深的关系,因而讨论大众主义诗歌绘画的关系也多不是在文学艺术本体内。现代主义主要指与"现代"时段有关的新的艺术形态,随着各种新思潮的不断涌现,现代主义流派纷呈、形态各异。且现代主义以一种反政治、反革命、坚持艺术独立性的面貌出现,因此探讨现代主义诗歌绘画的关系,更多基于艺术层面的考虑:现代主义诗歌与绘画在艺术观念、艺术技法、创作风格上存在互相启发之处。如此也可以认为,现代主义诗歌、绘画是最为纯粹的现代文学艺术形式,因此

---

① 《国立艺术院已筹备就绪》,《中央日报》1928 年 2 月 11 日。

成为本书讨论的重要样本。

王林在《美术形态学》一书中说:"不同阶段的美术因其性质不同,当用不同的方法加以研究,如:原始艺术以人类学方法,古典艺术以图像学方法,现代艺术以形态学方法,当代艺术以文化学方法。"①该话精辟地指出了不同艺术形态所适用的解读方法。古典主义绘画适合图像学的解读,现代主义绘画适合艺术形式的分析。所谓图像学的方法,意思是指,"通过对作品的题材和内容进行解读的,一般先确定作品的类型和风格,认识作品所表现的主题;然后了解作品的历史时期,特定的场景和环境、季节和时间,典型瞬间和人物等;再解释画面中的图像,了解图像的象征意义,关注作品的题材背后的深层寓意,体验画家的思想和情感"②。第一章所论的写实主义艺术属于传统艺术,适合于图像学的解读,因而作品的主题和意义被关注,并且它们的价值的一部分即由主题和意义确立。现代主义绘画则不同,如果以主题、意义等标准去衡量,无异于缘木求鱼。现代主义绘画不再局限于对现实生活的模仿和再现,放逐了对主题内容的追求,削弱了作品的描述性,致力于艺术形式的独立性,关注具象以外的形式语言,其艺术形式最为丰富多彩,创造出不同于客观现实的独特的艺术形象,因此最适宜采用艺术形式解读的方法。而从观念上来看,这即源于现代主义艺术所坚持的纯艺术观。该分析也大体适用于诗歌。

一、 从"纯诗"到"纯造型"

(一)遥相呼应:理论提出及内涵

1926 年 3 月 16 日,穆木天以给郭沫若通信的形式,在《创造月刊》第 1 卷第 1 期上发表《谭诗——寄沫若的一封信》一文。在文章中穆氏在法国象征派诗人瓦雷里等的影响下,提出了"纯粹诗歌"的主张:"我们的要求是'纯粹

---

① 王林:《美术形态学》,西南师范大学出版社 2004 年版,第 3 页。
② 孙家祥:《现代主义绘画解读》,上海教育出版社 2010 年版,第 94 页。

诗歌'。我们的要求是诗与散文的纯粹的分界。我们的要求是'诗的世界'。"为此,他从诗歌的本质、诗歌的形体和诗歌的写作技巧等方面来加以阐述。其一,从诗的物理学方面而论,诗在形式方面是"有统一性有持续性的时空间的律动"。其二,诗要有音乐性。"诗要兼造形与音乐之美。"这种诗歌的音乐性,主要集中在诗歌语言的表现方式上。其三,诗要表现潜在意识,具有暗示性。"诗是要暗示出人的内生命的深秘。诗是要暗示的,诗最忌说明的。说明是散文的世界里的东西。""把纯粹的表现的世界给了诗歌作领域,人的生活则让散文担任。"由此,他指认胡适为中国新诗运动最大的罪人,"胡适说:作诗须得如作文。那是他的大错。所以他的影响给中国造成一种 Prose in verse 一派的东西。他给散文的思想穿上了韵文的衣裳"。其四,"国民诗歌"与"纯粹诗歌"在"表现意义范围内"是不矛盾的。因为"国民的生命与个人的生命不作交响,两者都不能存在,而作交响时,二者都存在"。其五,作诗时要"当诗去思想",找到"诗的思维术""诗的逻辑学"。"先当散文去思想,然后译成韵文,我以为是诗道之大忌。"[①]因此,胡适的"作诗如作文"之错,根本在于混淆了诗歌与散文在思维方式上的本质差异。"纯粹诗歌"主张代表了中国早期象征主义诗论。

作为回应,王独清亦在同期发表《再谭诗——寄给木天、伯奇》一文,这是最能代表王独清诗歌理论建树的文章。在文中,王独清在响应穆木天观点的同时,对穆木天提出而言之未详的"诗要兼造形与音乐之美"的诗歌形式构想进行了补充和新的阐发,提出建设"音画"新诗的主张。王独清在穆木天对纯诗内容方面的设想之外,真正在诗歌形式上对"纯粹诗歌"设想作出了更具体的理论建构,"音""色"交融的艺术观也成为王独清对中国新诗形式建设的最大贡献。"那我在法国所有一切的诗人中,最爱四位诗人底作品:第一是 Lamartine,第二是 Verlaine,第三是 Rimbaud,第四是 Laforgue。Lamartine 所表

①　穆木天:《谭诗——寄沫若的一封信》,《创造月刊》第 1 卷第 1 期,1926 年 3 月 16 日。

现的是'情'(emotion)，Verlaine 所表现的是'音'，Rimbaud 所表现的是'色'，Laforgue 所表现的是'力'(Force)。"①由此得出他理想中完美的"诗"的公式：(情+力)+(音+色)＝诗。"情"是指诗歌抒发的感情，"力"是指诗歌抒情的力度，"音"是指诗歌的音乐性，"色"是指诗歌词句的色彩。这个公式不仅沿用了郭沫若诗歌公式"诗＝(直觉+情调+想象)+(适当的文字)"的形式，在内容上也有所继承，"情+力"可算是对"直觉+情调+想象"的发展，是对创造社浪漫主义的继承，真正体现象征主义特点的是(音+色)，这是由"适当的文字"发展而来，突出对于文字表现手段的重视。王独清在穆木天"纯粹诗歌"理论基础上推进了象征主义诗论发展。

在"纯粹诗歌"主张提出 6 年后，1932 年倪贻德提出了"纯粹绘画"和"纯造型"的观点，表明了现代主义艺术观。1932 年初，倪贻德在《艺术旬刊》上发表《现代绘画的精神论》一文，这是倪贻德最重要的一篇画论，集中阐述了他的现代艺术观，提出了"纯粹绘画"的概念。"绘画最先必须依据一种精神来表现，否则无论何等巧妙的技巧，也会沦为画工之事。19 世纪的绘画，是照样描写目所见的自然，而 20 世纪的绘画，是自我的绘画的精神的表现。塞尚是这种绘画的精神的发现者，梵高描写自我精神的太阳，高更甚至到泰依提去探求绘画的精神的王国。由这些画家的努力，纠正了绘画为描写自然的误谬，绘画显然是画家所具的艺术的自我之表现。所以，至少追求纯粹绘画(笔者加)的人，就当从这绘画的精神的自觉出发的。"文章认为 19 世纪的精神是自然主义，例如文学上的霍尔支、旭拉夫、左拉，绘画上的印象主义、音乐上的标题音乐。20 世纪的绘画的精神是写实主义，所谓写实主义，是"那物和心结合时所现出来的绘画的精神"，也可谓"魔术的写实主义"。最后，作者总结道"人们为其独自的个性的写实性的表现所惊异，又其强烈的变形的表现效果使人感到灵魂的动悸。这便是 20 世纪的绘

---

① 即拉马丁的"情"，魏尔伦的"音"，兰波的"色"，拉佛格(拉法格)的"力"。参见王独清：《再谭诗——寄给木天、伯奇》，《创造月刊》第 1 卷第 1 期，1926 年 3 月 16 日。

画的精神"。① 可见,倪贻德提出的"现代绘画的精神"与"纯粹绘画"是一而二、二而一的关系,前者是后者的精神核心,后者是前者的形式表现,它们皆指向反写实的自我表现的艺术。

如果说《现代绘画的精神论》是对"纯粹绘画"精神内核的理论阐述,那么《现代绘画取材论》(1932)则是对"纯粹绘画"发展史的创作述评。古代的绘画从内容获得意义,从与现实生活密切相关的事与人取材,因而人物画、宗教画、历史画繁盛。而现代绘画则具有了"独自性","画家从只描写外界的某物或历史的事件及宗教的人物,转移到从真实的生活的感激中生出来的东西来做画材了。"而"以生于荷兰的纯朴的市民绘画,渐次为纯粹绘画的本流",风景、静物、肖像、风俗等逐渐成为画家的取材。而当它们作为表现纯粹绘画的画材时,纯粹绘画就诞生了,如野兽派"只是直接地要求着为了纯粹绘画的表现的感激"。因此,"所谓画家的写实者,是心和物的合一,是在生活上的感动。那感动在画面上现实化了的时候,就现出纯粹画来了"。②

无独有偶,决澜社的支持者和同情者傅雷,在 1932 年 9 月为庞薰琹画展开幕所作的《薰琹的梦》一文中,也提出"纯粹绘画"一词。庞薰琹是中国现代油画家中最为傅雷所推崇的画家,被傅雷视为中国现代艺术新兴力量的领军人物。傅雷以诗一样的文字写道:"他以纯物质的形和色,表现纯幻想的精神境界;这是无声的音乐。形和色的和谐,章法的构成,它们本身是一种装饰趣味,是纯粹绘画(笔者加)。"这种绘画"离现实很远,当然更谈不到时代",是"超现实的梦",依靠"变形"的手段和"梦一般的表现"。③ 在傅雷眼中,庞薰琹的"纯粹绘画"是一种无关乎时代、社会、历史等主题内容的艺术形式探索,

---

① 倪贻德:《现代绘画的精神论》,载林文霞编:《倪贻德美术论集》,浙江美术学院出版社1993 年版,第 1—6 页。

② 倪贻德:《现代绘画取材论》,载林文霞编:《倪贻德美术论集》,浙江美术学院出版社1993 年版,第 7—15 页。

③ 傅雷:《薰琹的梦》,载金梅编:《傅雷艺术随笔》,上海文艺出版社 1999 年版,第 75 页。

与倪贻德所谓的"纯粹绘画"也是相一致的。正因为二者观点相同,所以倪贻德在1935年的《决澜社的一群》一文中引用了傅雷的《薰琹的梦》。

《决澜社的一群》是1935年10月倪贻德在决澜社第四届画展开幕前夕,以回顾的方式所写的一篇评论,其中最为推崇的画家也是庞薰琹。该文又提出一个概念:"纯粹素描",这也是用于评价庞薰琹绘画的。倪贻德认为,无论是在作品的构思上、技法上还是画因的把握上,庞氏都是具有上述的"现代绘画的精神"的优秀画家。庞氏画风新奇,取材新颖充满异国情调,而尤其引起倪贻德注意的是一种新画法——"纯粹素描"(Croquis)。"这种纯粹素描,是和作为油画底稿的素描不同的,和中国的淡墨画的意味差不多,只由几根单纯的线条,寄托着作者的艺术心,所以它的价值不在所描写的什么上,而在于线条的纯美和形体的创造。"当时巴黎画坛的大家,如毕加索、马蒂斯、特朗等,都致力于这方面的探索,"在线条和形式上创造出独自样式来"。① 可见,"纯粹素描"是致力于形式探索的艺术尝试。"纯粹素描"和"纯粹绘画"是同质的词语,倪贻德对"纯粹素描"更为详细的论述弥补了《现代绘画的精神论》对"纯粹绘画"直接论述的不足。由此可以推论,"纯粹绘画"指的也是抛开题材意义、写实造型而专心于形式表现的现代艺术样式。

与"纯粹绘画"一词相比,更为人所熟知的是"纯造型"的主张,它出自著名的《决澜社宣言》。《决澜社宣言》是倪贻德、庞薰琹等人组织的先锋美术团体决澜社的成立宣言,由倪贻德起草,发表在1932年10月的《艺术旬刊》上。在对当前的艺术环境进行了猛烈的抨击后,作者发出振聋发聩的呼吁:"让我们起来吧!用了狂风一样的激情,铁一般的理智,来创造我们色、线、形交错的世界吧!"进而提出"纯造型"的主张:"我们以为绘画决不是宗教的奴隶,也不是文学的说明。我们要自由地、综合地构成纯造型(笔者加)的世界。""纯造型"意指,艺术应当从宗教、文学、思想、政治的附庸地位下解放出来,还原其

---

① 倪贻德:《决澜社的一群》,载林文霞编:《倪贻德美术论集》,浙江美术学院出版社1993年版,第243页。

独立自主性,绘画的应然状态是也只是"色、线、形交错的世界"。可见,"纯造型"与"纯粹绘画"在本质上是一致的,反对模仿自然,反对反复"死板的形骸",主张表现性的艺术:"要用全生命来赤裸裸地表现我们泼辣的精神。"①

"纯粹诗歌"和"纯粹绘画"观,在语词的表述上颇为相似,其能指均是纯粹的文学艺术,二者在语词的层面上即构成了一种呼应关系。而语词不仅仅是符号组合,后面潜藏的是文艺观,相似的语词表述是否暗示着它们具有相通的文艺观? 而这只有放置在其各自的历史场域里考察时,才可以得到更为清晰而准确的理解。

(二)同声相应:本体化追求

中国新诗从穆木天批评的胡适白话诗起步。胡适以冒天下之大不韪的勇气,将白话引入诗歌创作,开创了中国新诗现代汉语的语言体式。他认为新诗应该"打破五言七言的诗体,并且推翻词调曲谱的种种束缚;不拘格律,不拘平仄,不拘长短;有什么题目,做什么诗;诗该怎样做,就怎样做",并以之为"第四次的诗体大解放"。② 他提出的具体创作方法即模糊的"具体的做法"。胡适之论语破天惊,打开了旧诗向新诗发展的一道缺口,具有不可抹杀的历史意义,但就诗歌艺术建设来说,却走向其反面,导致对诗性的消解,这就是广受非难的"非诗"倾向。白话诗作者俞平伯在当时即深有感触:"白话诗的难处,不在白话上面,是在诗上面。"③眼光敏锐的诗评家朱自清精到地总结道:"新诗的初期重在旧形式的破坏,那些白话调都趋向散文化。"④"散文化"作为

---

① 倪贻德:《决澜社宣言》,载林文霞编:《倪贻德美术论集》,浙江美术学院出版社1993年版,第44页。

② 胡适:《谈新诗——八年来一件大事》,载刘匡汉、刘福春编:《中国现代诗论》上编,花城出版社1995年版,第6页。

③ 俞平伯:《社会上对于新诗的各种心理观》,载刘匡汉、刘福春编:《中国现代诗论》上编,花城出版社1995年版,第25页。

④ 朱自清:《诗的形式》,载朱乔森编:《朱自清全集》第2卷,江苏教育出版社1988年版,第399页。

"非诗"的一种表现,表明白话诗模糊了与散文的界限,消解了自身的特性,注重了"白话"而丢失了"诗",浅薄无味,因此成为穆木天向新诗发难的一大因由。而写诗如说话的平实诗风也作为"非诗"之一种,受到浪漫主义诗派的激烈批判。郭沫若等诗人认为,平实的诗风不足以反映"五四"狂飙突进的时代精神,提倡激情洋溢的自我表现的艺术,而在"形式方面我主张绝端的自由,绝端的自主"①。可见,郭沫若赞同胡适的"诗体大解放"主张,所不同的是,郭沫若主张"诗是人格创造的表现,是人格创造冲动的表现"②。为此,他建立了表现性诗歌艺术的创作公式:"诗=(直觉+情调+想象)+(适当的文字)。"③该公式启发了王独清关于"音画"诗歌的创作公式的提出。以郭沫若为核心的创造社建立了用汉代汉语艺术地表现自我内心强烈情感的诗歌形态,代表了"五四"时代精神。但郭沫若"直觉"式、宣泄式的诗歌创作日益衍化成"粗暴"的诗歌创作倾向,也成为"纯粹诗歌"理论攻击的对象。王独清就反复说到"我们须得下最苦的工夫,不要完全相信什么 Inspiration","我望我们多下苦工夫,努力于艺术的完成"。④

白话诗确立了新诗的语言表现手段,浪漫主义探索出表现自我内心情感的方式,它们都可谓新诗发展史上的阶段性成果,但都还未大力致力于诗之为诗的根本——形式语言建设。诗歌发展至 1923 年便渐露衰败之相,朱自清说:"《流云》出后,小诗渐渐完事,新诗跟着也中衰。"⑤这种现象成为继起的诗歌变革的现实触媒和诗学动力。几乎同时出现于 20 世纪 20 年代中期的格律诗派和象征诗派都着力于诗歌的本体建设,它们都在批判性继承前辈诗人

---

① 郭沫若:《论诗三札》,载刘匡汉、刘福春编:《中国现代诗论》上编,花城出版社 1995 年版,第 61 页。
② 郭沫若:《论诗三札》,载刘匡汉、刘福春编:《中国现代诗论》上编,花城出版社 1995 年版,第 52 页。
③ 郭沫若:《论诗三札》,载刘匡汉、刘福春编:《中国现代诗论》上编,花城出版社 1995 年版,第 55 页。
④ 王独清:《再谭诗——寄给木天、伯奇》,《创造月刊》第 1 卷第 1 期,1926 年 3 月 16 日。
⑤ 朱自清:《中国新文学大系·诗集·导言》,上海良友图书印刷公司 1935 年版。

诗作的基础上起步。格律诗派的闻一多也对写实主义和浪漫主义进行了批评,"绝对的写实主义便是艺术的破产",把诗"变得和言语一样"是"诗的自杀政策";浪漫主义诗人"压根儿就没有注重到文艺的本身,他们的目的只在披露他们自己的原形"。① 在此基础上,闻一多提出自己的诗歌本体建构设想:创作格律的诗,建立"音乐的美""绘画的美"和"建筑的美"三位一体的诗歌模式。② 闻一多"绘画的美"理论也可能对王独清的"音画"主张形成了影响。格律诗派重在诗歌的形式探索,尤其是音乐性的重建,对纠正新诗散文化的弊病提出了建设性的意见。但现代格律体一反新诗开创期的自由诗体,把刚解放的诗歌又戴上了"镣铐",对于现代人自由表达现代的感兴形成了新的拘囿,热闹一时便很快消沉下去,作为一个诗派不再存在。而同时期的象征诗派对音乐性的追求则更加宽泛、自由,同时还注意内容的暗示性,它无论在形式上还是内容上都具有更加廓大的诗学视野,因而不断得到发展,从20世纪30年代现代诗派到40年代的九叶诗派,都可以看到象征主义发展变化的影子。穆、王二人正是处于从后期创造社到象征诗派的过渡,他们提出的"纯粹诗歌"理论在批评初期白话诗"散文化"、浪漫主义的滥情和感伤倾向,并借鉴格律诗派的基础上,进一步致力于诗的形式和语言建设,是中国象征主义诗论初创时期的代表性成果,也是中国新诗本体化探索道路上的重要收获。从初期白话诗到浪漫诗派,再到格律诗派、象征诗派以及之后的现代诗派,"抗战以前新诗的发展可以说是从散文化逐渐走向纯诗化的路"③,是走向诗歌本体建设的路。

"纯粹绘画""纯粹素描""纯造型"等艺术观的提出,也是基于对当时艺术发展态势的不满。庞薰琹就曾说,痛心于"今日中国艺术界精神之颓废,与

① 闻一多:《诗的格律》,载刘匡汉、刘福春编:《中国现代诗论》上编,花城出版社1995年版,第122—123页。

② 闻一多:《诗的格律》,载刘匡汉、刘福春编:《中国现代诗论》上编,花城出版社1995年版,第125页。

③ 朱自清:《抗战与诗》,载朱乔森编:《朱自清全集》第2卷,江苏教育出版社1988年版,第345页。

中国文化之日趋堕落"①,具体所指一是流行于上海的月份牌风格的绘画,二是学院派写实主义绘画。"月份牌"画的商业定位、题材内容、艺术风格、画法技巧等都使它归属于大众通俗艺术,遭到了精英圈学院派绘画的抨击,认为它不是纯正的绘画,有违绘画的根本精神。

而批判"月份牌"画的学院派写实主义绘画也遭到了同一阵营的现代主义绘画的批判。倪贻德、庞薰琹等追慕西方现代派绘画的年轻人,反对对对象外在形貌的如实描摹,认为这不是本质的真实。他们认为,绘画的精髓在于表现自我的主体精神和自由意志,而这只有从亦步亦趋的"写实"技法下解脱出来才能达到,高度解放的"形"与"色"才是寄寓画家主体精神的载体,其锋芒所指即在"写实"上。作为一种创作方法,写实指的是如实地描绘事物形貌,使之与对象基本符合。这是与中国传统绘画"写意"迥然不同的绘画形式,写意指的是不求外貌描摹逼真如实,而重在神韵表现和情趣抒发。写实是晚明之后"西画东渐"所带来的一种新的绘画形式。这种新画法在初入中国时,国人深感陌生和惊奇,也因此把对西画最早的关注点集中在"画法"问题上,"泰西绘具别传法",尤其是在二维平面中创造三维空间感的似真幻觉的明暗和透视等方法。这种由西画早期的自然流入所带来的对形式语言的"采真",对写实技法的关注,对中国美术发展影响深远,在中国现代绘画中一直处于基础性地位。后来经过新文化运动和五四运动的洗礼,"写实"已与明清之际所惊异的"逼真"新画法,以及与对"彩色以油绘而成"的"写真传影"的材料性能的关注有着本质上的差异,它去除了"中体西用"的思想,有着从文化上革古更新的意义。由此"写实"已成为新文化的一部分,具有了精神层面上的意义,"写实"已不仅仅是一种新画法、新材料,更主要的是一种新思想、新观念,即陈独秀所谓的"洋画写实的精神"②。可见,

---

①　庞薰琹:《决澜社小史》,载林文霞编:《倪贻德美术论集》,浙江美术学院出版社1993年版,第46页。

②　陈独秀:《美术革命——答吕澂》,载秦维红编:《陈独秀学术文化随笔》,中国青年出版社1999年版,第159页。

"写实"对于中国来讲,具有进步的意义,但为什么遭到了决澜社同人的批判呢? 这便需要放眼于世界艺术这个大领域。在 20 世纪初,当中国艺术家们放眼西方,瞩目于其艺术的时候,正是世界现代美术风云激荡的时期。20 世纪初,欧洲的古典写实主义潮流在经历了法国古典主义的鼎盛时期之后,面临着严峻的时代选择。科学对于宇宙世界相对真实的发现,以及摄影术对于物体外观的逼真的捕捉,导致了绘画从视觉思维、观照方式到表现手段的多种震荡和反思。可以说,19 世纪与 20 世纪之交是艺术的分水岭,风行于 19 世纪末叶的科学主义化的印象主义为客观艺术的终极,继起的后期印象主义为主观艺术的发端。紧接着,野兽派兴起于 1905 年,立体派流行于 1908—1914 年,未来派出现于 1910 年,抽象派诞生于 20 世纪初的俄国,表现主义创生于 20 世纪初的德国,达达派则于 1920 年在巴黎召开大会发表宣言。这些派别以渐次前卫的、激进的眼光,把艺术从传统推进到现代,以写实再现为核心的艺术被以主观表现为中心的艺术所取代。因此,当倪贻德、庞薰琹等人以 20 世纪西方正流行的艺术来审视中国当下的艺术时,自然发现"脱节"的现象:作为一种救国方案、一种科学观引进来,并实实在在地推进了中国绘画由古典向现代转型的"写实",在西方却是早已过时的潮流。因此,这批接受了现代主义浸染的艺术家,欲以更为当代的时兴艺术来表达风云变幻中的中国情绪,以对现代主义艺术的推崇推进中国艺术的现代化进程。

"纯粹诗歌"和"纯粹绘画"观的提出都基于对文学艺术本体化的追求,是新诗绘画审美现代性诉求的重要内容。"纯粹诗歌"理论针对初期白话诗"散文化"以及浪漫主义的滥情和感伤倾向而发难,反对粗制滥造的不良之风①,

---

① 王独清就指出,提倡纯诗旨在"治中国现在文坛审美薄弱和创作粗糙的弊病"。"审美薄弱"指"非诗化"倾向,"可惜中国现在诗坛底诗大部分还不成其为形式","我以为诗底形式固不妨复杂,但每种形式却必须完整"。"创作粗糙"指的是态度问题,"独有我们中国现在的诗人粗制滥造,不愿多费脑力:这真是一件最可痛心的事!"参见王独清:《再谭诗——寄给木天、伯奇》,《创造月刊》第 1 卷第 1 期,1926 年 3 月 16 日。关于"不认真"这一点,鲁迅也曾把其作为一种国民劣根性进行过批判。

追求象征之美,旨在使诗歌回复诗之为诗的本质,在具体手段上注重诗歌的形式语言建设,推动了新诗的文体自觉,推进了中国新诗的本体化探索。"纯粹绘画"观则将锋芒指向流行于上海的"月份牌"和学院派写实绘画,一方面批判"月份牌"商业化的生存策略、世俗化的审美趣味,一方面批判写实绘画逼真如实的创作方法。"纯粹绘画"观高扬绘画的根本精神,坚守绘画的艺术形式之美,坚持对绘画本质的追求,推进了中国现代的视觉启蒙和现代绘画的本体化发展进程。"纯粹诗歌"观和"纯粹绘画"观都有对抗自然主义之风,反对日益功利化、浮躁化的文坛画坛的意图和作用,代表着文学艺术发展中一股坚守艺术性的清醒的力量。不管其主张成熟与否,它们都以对文艺本体的坚守,对新诗文体、绘画形式的建设,对文艺自律层面的现代性诉求,对中国20世纪二三十年代纷乱的文艺现状有着纠偏的作用,是促使新诗绘画获得独立品格、实现现代性转换的一次努力。正是在这个层面上,中国20世纪二三十年代的诗歌与绘画有了一次对话,产生了共鸣。

(三)分道扬镳:文学与绘画的一次交接

有意味的是,倡导"纯粹诗歌"观的穆木天、王独清与提出"纯粹绘画""纯造型"观的倪贻德都曾是创造社同人,他们都曾在文学中高扬浪漫主义,倡导抒发内心情感,表现自我意志。而"纯粹诗歌""纯粹绘画"观的提出,在一定程度上都有着对创造社文艺观的突破乃至批评。从这个层面可以说,创造社是酝酿纯粹诗歌绘画观的母体,从中分蘖出新的诗歌主张和绘画观念。而从某种程度上也可以认为,分蘖暗示着某种裂变,创造社正酝酿着或经历着转变。还原这段历史场景,不仅有助于理解"纯粹诗歌""纯粹绘画"观,还可以发现文学与绘画进行了一次有趣的交接,留下了令人思考的话题。

从穆木天的文学道路来看,他经历了两次大的文艺转向,一次是在日本读书期间由浪漫主义转向象征主义,一次是20世纪30年代初由象征主义转向左翼革命现实主义。在1924年前穆木天无论是在诗歌创作上还是翻译上,都具有明显的浪漫主义的唯美色彩,带有鲜明的创造社印记。1924 年他到东京大学法国文学科就读,逐渐被象征主义所吸引而远离了浪漫主义。他自述,"耽读古尔孟(Remy de Gourmont),莎曼(Samain),鲁丹巴哈(Roden-bach),万·列尔贝尔克(Charles Van Lerberghe),魏尔林(Paul Verlaine),莫里亚斯(Moreas),梅特林(M. Maeterlinck),魏尔哈林(Verhaeren),路易(Pierre Louys),波多莱尔(Baudelaire)诸家的诗作。我热烈地爱好着那些象征派、颓废派的诗人。当时最不喜欢布尔乔亚的革命诗人雨果(Hugo)的诗歌。特别地令我喜欢的则是莎曼和鲁丹巴哈了。从这里也可以看出来我那种颓废的情绪罢。我寻找着我的表现的形式"①。穆木天提出"纯粹诗歌",是由于在外国诗歌影响下诗学思想发生了变化。正是在这种诗学观念下,当穆木天瞩目于国内诗坛时,自然生发出对新诗"粗糙""作诗如作文"、过分"说明"的强烈不满。这时他尚在日本,对于国内诗坛有所了解但缺乏深刻的亲身体会,其"纯粹诗歌"的主张也像这个概念本身一样,是在较为"纯粹"的国外环境下提出的,与国内现实干系较少。

而回国以后,情况就不一样了,风云激荡的现实时时推动着、影响着诗人。1926 年夏,穆木天毕业后回到革命策源地的广州。这时他所在的创造社正经历着方向的转变。标志性的事件是 1926 年 5 月郭沫若在《洪水》第 2 卷第 16 期发表《文艺家的觉悟》,在《创造月刊》第 3 期发表《革命与文学》,同期的《创造月刊》还刊出了何畏《个人主义艺术的灭亡》。郭沫若在《文艺家的觉悟》中,提出创建"站在第四阶级说话的文艺",这种文艺"在形式上是写实主义的,在内容上是社会主义的",并且发出了斩钉截铁的警告:"这儿没有中道留存着的,不是左,就是右,不是进攻,便是退守。你要不进不退,那你只好是一个无生命的无感觉的石头!"②不久前犹在颂扬的个性主义、自由主义、浪漫

① 穆木天:《我的诗歌创作之回顾——诗集〈流亡者之歌〉代序》,载蔡清富、穆立立编:《穆木天诗文集》,时代文艺出版社 1985 年版,第 219—220 页。
② 郭沫若:《文艺家的觉悟》,《洪水》(半月刊)第 2 卷第 16 期,1926 年 5 月 1 日。

主义已经遭到了创造社中心人物锋芒逼人的批判。而 1927 年"四·一二"反革命政变加速了革命文学的发展,创造社的其他诗人也纷纷加入其中,如段可情、黄药眠、龚冰庐、周灵均。在这种尖锐、紧逼的集体"转向"要求下,创造社内部迅速发生分裂,最激烈的事件便是 1927 年 8 月郁达夫的愤然脱社。这样的形势对于穆木天来说不能不产生影响。在回国后的几年中,穆木天一步步远离象征主义,走到了革命文学的队伍中:在 1930 年 6 月 1 日出版的《大众文艺》上,他对自己信奉的象征主义进行了清算①;1931 年加入左联,曾主持创作委员会诗歌组方面的工作;1932 年加入共产党,9 月与杨骚、任钧、蒲风等人共同发起成立中国诗歌会;1933 年 2 月,中国诗歌会会刊《新诗歌》创刊,穆木天执笔了著名的《发刊诗》:"我们要捉住现实,/歌唱新世纪的意识","我们要用俗言俚语,/把这种矛盾写成民谣小调鼓词儿歌,/我们要使我们的诗歌成为大众歌调,/我们自己也成为大众中的一个。"诗人彻底放弃"纯诗"追求,归依到革命现实主义的洪流中。

响应穆木天《谭诗》而写作《再谭诗》的王独清,抛弃象征主义归队到革命文艺的步伐更加迅捷。1926 年 1 月 4 日穆木天于日本写下《谭诗》,王独清 2 月 4 于上海写下《再谭诗》,两文同时发表于 1926 年 3 月 16 日的《创造月刊》第 1 卷第 1 期。王独清于 1926 年初回到上海,"归国后第二天便和沫若谈了许多关于诗上的杂话"②,他很快投入创造社后期的工作。1927 年上海工人武装起义遭到帝国主义镇压,王独清即与成仿吾、鲁迅等共同署名发表了《中国文学家对于英国知识阶级及一般民众宣言》。可以说,王独清写作《再谭诗》与他参与创造社的方向转化难分先后,作家思想上的矛盾复杂也是文艺史上常有的现象。

可见,就诗学发展来看,穆木天的《谭诗》、王独清的《再谭诗》是对诗歌艺术发展的自觉思考,是对浪漫主义的批判性继承。但这种思考在理论上没有

---

① 同期《大众文艺》共登载了 16 位文艺家的自白"我的文艺生活",除穆木天外,还有象征派诗人冯乃超、创造社文学家郑伯奇等。

② 王独清:《再谭诗——寄给木天、伯奇》,《创造月刊》第 1 卷第 1 期,1926 年 3 月 16 日。

得到充分的发展,在创作上也尚未产生丰硕的成果①,便被血与火的革命文艺所收编。而这种看似中断了的追求却以另外的方式延续了下来,在诗歌领域里深化其理论思考的是梁宗岱的"纯诗"理论,推进其创作实践的是 20 世纪 30 年代的现代派。而保持了创造社特色,与之形成某种承接关系,甚至可以说使创造社薪火相传,并使穆王二氏的纯文艺观有了跨领域知音的便是决澜社。

使创造社和决澜社发生奇妙连接的是文学家、画家倪贻德。他提出"纯粹绘画"的观念,也要从他自创造社到决澜社、文学到绘画的转向谈起。倪贻德学画出身,写小说却是半路出家,但他最早却是以小说崭露头角。他 1922年毕业于上海美术专科学校(以下简称"上海美专")并留校任教,后为创造社思潮所吸引,开始写小说,受到郭沫若、郁达夫、成仿吾等人的赏识。1923—1924 年间,他在创造社刊物上发表作品二十余篇,一时声名鹊起,成为创造社的后起之秀。他的《玄武湖之秋》《东海之滨》《残春》《百合集》等作品,刻画细腻,富有浪漫主义情调,作风与郁达夫相近,带有自叙传色彩,文中人物多为画家或美术教师。倪贻德受到创造社元老的器重,例如成仿吾把创办新刊物《洪水》的重任交给了倪贻德、周全平、敬隐渔和严良才四人。② 然而自 1924年下半年起,倪贻德的创作几乎陷入停滞状态。到 1926 年 3 月,他就发出如此的告白,明确宣告告别文坛,倾全力于绘画:"文学终是与我无缘的,现在,我在色的韵律与形的节奏上感到了新生命的活跃,我将费我的毕生之力在这一方面追求。"③1927 年秋,他前往日本东京川端绘画学校研修绘画。对这一系列现象,倪贻德自己的解释是"对于自己的文艺起了怀疑"④,这却让读者起

---

① 一般的评论认为,穆木天的《谭诗》是对他此前的诗集《旅心》的总结。但经过对二者的对读考察发现,《谭诗》的诗观是象征主义的,而《旅心》的诗观仍停留在浪漫主义阶段。即是说穆木天的"纯粹诗歌"仅在于理论倡导,缺乏创作支撑。参见陈太胜:《诗观与写作的悖离——穆木天的"纯诗"理论与写作实践》,《北京师范大学学报》(社会科学版)2009 年第 3 期。

② 周全平:《关于这一周年的洪水》,《洪水周年增刊》1926 年 12 月 1 日。

③ 倪贻德:《东海之滨的短序》,载《东海之滨》,上海书店出版社 1989 年版,第 2 页。

④ 倪贻德:《东海之滨的短序》,载《东海之滨》,上海书店出版社 1989 年版,第 1 页。

了怀疑:为什么他在文名渐隆的时候,却对自己的文艺不信任起来?

这就关涉到前述的创造社转向问题。在这种背景下来看倪贻德,他"对于自己的文艺起了怀疑",应该是指面对创造社向革命文学转向,他不能跟从,显得落伍。倪贻德发现,以郭沫若为代表发表的革命宣言,已经不是吸引他加入创造社的"个人主义的自由主义"和"浪漫主义"①了。他也曾对旧有的文艺观进行反思,并尝试接近革命文学的要求。例如他的小说《藤椅》刻画了一个身处社会底层、备受欺辱的小伙计形象,流露出作者的同情与愤懑之情。但这种创作让他始终耿耿于怀,这不是他所倾心的文学,因而对自己的文艺产生了困惑。因此在 1924 年他的创作几乎停止。后来随着创造社中人越来越多地走向革命文艺,倪贻德倍感被孤立和边缘化,在 1926 年后他将主要精力转向了美术,特别是油画艺术,1927 年他从创造社中出走,东渡日本全身心投入绘画,彻底摆脱了尴尬的状态。1928 年归国后,倪贻德译介了大量的外国美术理论著作,在 1927—1937 年编撰出版了二十多部美术论著和教材,总计不下百万字,堪称"中国西画家中著述最多的一人"②,坚守着他退出文坛、投身美术的宣言。1931 年 9 月,他与庞薰琹一起发起成立决澜社,1932 年提出"绘画的精神""纯粹绘画""纯粹素描""纯造型"等一系列同质的概念。从 1932 年至 1935 年,决澜社连续举办了 4 届年度画展,在创作上实践着纯粹绘画的主张。

由此观之,倪贻德退出创造社,由文学转向绘画,是为了保持对文学艺术纯粹性的追求,保持对文艺本体性的坚守。以此来看《决澜社宣言》,是否含有另一重意义?《决澜社宣言》中那股冲决一切罗网的气息是典型的创造社精神,是郭沫若"以现代性价值为主轴的浪漫性"③的表现。倪贻德借此对自己热爱过的创造社致敬,并对 20 世纪 20 年代中期"对于自己的文艺起了怀

---

① 郭沫若:《革命与文学》,《创造月刊》第 1 卷第 3 期,1926 年 5 月 16 日。
② 刘新:《中国油画百年图史:1840—1949》,广西美术出版社 1996 年版,第 70 页。
③ 肖伟胜:《郭沫若浪漫诗学的现代性批判》,《西南大学学报》(社会科学版)2008 年第 5 期。

疑"作出一个回答:创造社前期那种狂飙突进的精神,他将带入绘画领域,继续进行充满激情的自由创造与自我表现,由此对革命文学作出了艺术的表态。由创造社发端的自我表现的艺术,到穆木天、王独清发展的"纯粹诗歌"主张,都是文学艺术本体化追求道路上的一级级阶梯,它们导向了绘画领域的"纯粹绘画"观,使在诗歌中难以为继的创造社精神、纯粹诗歌主张转入了绘画领域,并产生了视觉艺术成果,让文学与绘画在"大文艺"的视野下实现了交接。

(四)诗与画:谁更纯粹?

从诗歌领域的"纯粹诗歌"观到绘画领域的"纯粹绘画"论,表现出文学艺术本体化追求的一种领域转移或曰影响辐射,同时也引发新的思考:诗歌与绘画,到底谁更纯粹?

倪贻德的转向是一个有意思的例子。倪贻德之所以对革命文学难以接受,说到底也是文学观的问题,他坚守文学的纯粹化。然而,穆木天、王独清作为创造社后期重要诗人,也是以"为艺术"的唯美主义观念起家,但也很快向革命文学转向,且态度激烈。连吟唱着清新爱情诗的湖畔诗人应修人、潘漠华、冯雪峰也在五卅惨案后参加了实际革命工作,汪静之也放弃歌咏爱情,写出《劳工歌》这样的诗歌。可见唯美主义诗学并不是倪贻德坚持文艺独立自主性的全部理由。也许这得与他的画家身份联系起来思考。倪贻德中学毕业后就读于上海美专西画系,受到最早留法画家李超士、校长刘海粟、美学史论前辈吕澂的教导和赏识。李超士是写实主义画家,刘海粟则主张现代主义绘画,如后印象派、野兽派、表现主义等。而不管是写实主义还是现代主义,大都以风景、静物、人物为描绘对象,与风云激荡的"五四"社会现实相距较远。倪贻德在上海美专西画系毕业后因成绩优异留校,一面担任俄籍犹太画家的助教,一面从事美术理论、作品评论和艺术实践,积极引入介绍西方绘画艺术。"作为油画家,他对17世纪荷兰的风景画——那太空的青苍,云影的波荡,因时间而起的光的变化及空气远近法等——有深切的领会。对19世纪英国的风景画家:克罗姆(Crone)的敏锐而单纯的用笔;康斯太布尔(Constable)的强烈明快的色调,透纳(Turner)表现大气和光线的效果;到法国巴比松派卢梭(Rousseau)、杜比尼(Daubigny)、柯罗(Corot)等各以自己的绘画语言歌咏枫丹白露林野的风光,都是那么兴致勃勃地进行分析鉴赏。他还批判地研究学习印象派莫奈(Monet)、西斯莱(Slsley)、雷诺阿(Renoin)闪耀着生命火焰的光色多变的作品。但使他最感兴趣的是后期印象派创始者塞尚(Cezanne),对形体体积感的新探索,还有野兽派德兰(Derain)的古朴坚实的韵味,符拉曼克(Vlaminck)豪放刚健的笔触,以及郁德里罗(Utrillo)市街情调的描写等。"①在这些西方画家的影响下,倪贻德对艺术有着自觉的追求,在美术上坚持纯粹的观念。这种艺术观影响到他的文学观,使之对文学的独立性有着比其他诗人更加强烈的坚守。因而当他经过几年的迷惑与思考,发现革命文学与自己的文学观无法调和时,便坚决退出文坛。这一举动是否意味着他意识到绘画比诗歌更易保守纯粹性?

诗歌的特性所决定的它与主题内容的密切关系,使之成为时代的反映者乃至推动者,并对其他艺术形式形成引领。但与此同时这也使得诗歌无法"纯粹",即使是穆木天的"纯粹诗歌"主张,内中也包含着"纯粹诗歌"与"国民诗歌"的关系问题,仍然留有与现实的一丝勾连。或许正是这种勾连,使"纯粹诗歌"主张很快被现实关怀和革命话语所改造,穆木天、王独清也归依革命文学。在对艺术形式的追求上,绘画强于诗歌,它不仅有理论构想,更有丰富的创作实践。而当诗歌意欲追求艺术形式,进行本体化建构的时候,往往借镜于更加纯粹的绘画,如穆木天的诗歌兼有造型与音乐之美的主张,王独清的诗歌公式:(情+力)+(音+色)= 诗,闻一多的诗歌"三美"主张(音乐的美、绘画的美、建筑的美)。

由此观之,绘画是一种更为纯粹的艺术,文学更多地与内容相粘连。因此

---

① 谢海燕:《倪贻德画集·序》,上海人民美术出版社 1981 年版,第 4 页。

继续留在创造社的作家大多很快放弃了自由主义文艺观,认同了时兴的革命文学。而在绘画领域,即使从决澜社所反对的写实油画来看,现实、革命、抗战等主题画也始终不占主流,与此同时写实主义诗歌却始终高唱时代的主旋律。

二、"音画":诗中有画

(一)理论的提出:"音""色"交融的艺术观

穆木天首先针对"五四"诗坛"散文化""非诗化"现象发难,提出"纯诗"主张。但他的《谭诗》主要谈论的是"诗的统一性"和"诗的持续性"①问题,这两点都是就内容方面而言的。在形式方面,穆氏虽然也提出了"诗要兼造形与音乐之美",但没有进行具体的论说。真正在诗歌形式上对"纯诗"设想作出更具体的理论建构的是王独清。在《再谭诗》中,王独清在响应穆木天观点的同时,对穆木天的不足进行了补充和新的阐发。王独清在变革郭沫若诗歌公式的基础上,提出新的诗歌公式:(情+力)+(音+色)=诗。(情+力)可算是对创造社浪漫主义的继承,真正体现象征主义特点的是(音+色),并由此提出建设"音画"新诗的主张。王独清在穆木天"纯诗"理论基础上推进了象征主义诗论发展。

"音""色"交融的艺术观是王独清对中国新诗形式建设的最大贡献。"那我在法国所有一切的诗人中,最爱四位诗人底作品:第一是 Lamartine,第二是 Verlaine,第三是 Rimbaud,第四是 Laforgue。Lamartine 所表现的是'情'(emotion),Verlaine 所表现的是'音',Rimbaud 所表现的是'色',Laforgue 所表现的是'力'(Force)。"②由此得出他理想中最完美的"诗"的公式:(情+力)+

---

① 前者是说"一首诗的内容,是表现一个思想的内容",也就是说诗的内容要凝练集中;后者是说"一首诗是一个先验状态的持续的律动",也就是说一首诗要有一个完整的形象。穆氏在文中举杜牧《赤壁》一诗为例,认为它的毛病就在于没有做到持续不断。读杜牧之诗,前两句"折戟沉沙铁未销,自将磨洗认前朝"为描述之语;后两句"东风不与周郎便,铜雀春深锁二乔"为议论之辞。穆氏以为其病在"续弦的原故",而"好的诗,永远是持续的"。
② 即拉马丁的"情",魏尔伦的"音",兰波的"色",拉佛格(拉法格)的"力"。

（音+色）＝诗。"情"是指诗歌抒发的感情，"力"是指诗歌抒情的力度，"音"是指诗歌的音乐性，"色"是指诗歌词句的色彩。为了增强诗歌抒情的力度，王独清主张在诗中运用"叠字叠句""长短断续"的写法，诗歌的音乐性通过押韵来达成，至于诗歌的色彩感，则运用色彩丰富的词句。其中，王独清所谓的"色"的表现者兰波是法国象征派诗人。作为波德莱尔的继承者，兰波受到波德莱尔的通感理论的影响，主张诗歌的语言应是"宇宙语言"——综合了芳香、声音、色彩诸要素。兰波自己的诗作也在一定程度上实践着他的理论，其诗歌语言充满了色彩感。可见，王独清的上述诗学主张根源于法国象征主义诗歌的先驱波德莱尔的启发。波德莱尔在十四行诗《契合》中说大自然"颜色芬芳与声音相呼应"，提倡人和自然相默契，嗅觉、视觉、听觉在诗中应该表现出"深刻的统一性"。在20世纪30年代，王独清已转型成革命文学家后，他分析了象征派诗人注重色彩与音乐的原因，"因为要达到和现实不发生关系的目的，诗人们遂尽可能地去探求纤细的感觉所能把握的东西。但是这样的感觉中最容易被解作和现实隔离而又很方便适用在诗歌中的是色彩感觉和音乐感觉，于是，诗人们遂倡言要注重色彩和音乐"，并认为"音乐是最适用于传达'不明了'的或'朦胧'的心理状态"。①

　　王独清以自己的诗《玫瑰花》为例："在这水绿色的灯下，我凝看着她，/我凝看着她淡黄的头发，/她深蓝的眼睛，她苍白的面颊，/啊！这迷人的水绿色的灯下！"他自评到，这几句诗"有一种'色''音'感觉的交错，在心理学上就叫作'色的听觉'（Chromaticaudition）；在艺术方面即是所谓'音画'（K'angmaleiar）"。这就是"最高的艺术"，如郑伯奇所说的"水晶珠滚在白玉盘上"的诗篇就是"音画"的典范，②既有鲜明的色彩感，又有明朗的音乐感。这首优美的《玫瑰花》运用了叠字叠句，每句押韵，音韵和谐，造成一种强烈的

---

① 王独清：《我和魏尔伦》，载潘颂德编：《中国现代诗论40家》，重庆出版社1991年版，第197页。

② 王独清：《再谭诗——寄给木天、伯奇》，《创造月刊》第1卷第1期，1926年3月16日。

音乐感,读之余音缭绕、寻味无穷。他还学习兰波注重发挥文字的色彩表现力,用"水绿色的""淡黄的""深蓝色的""苍白的"来形容灯光下如玫瑰花一样美的少女的头发、眼睛和面颊,构成了一幅色泽鲜明的图画,赋予诗歌形象性和绘画感。诗歌在绘声绘色的描摹中,表达了"我"对这位异国女子的爱慕之情。王独清对"纯诗"的追求及浓重的唯美主义色彩已达到一定的高度,被誉为"欲推倒诗、画、音乐墙的诗人"①。

关于诗歌文字与音色的关系,较早谈到这个问题的是美学家宗白华。早在 1920 年宗白华在《少年中国》第 1 卷第 8 期上发表的《新诗略谈》中即说道:"诗的定义可以说是:'用一种美的文字……音律的绘画的文字……表写人的情绪中的意境。'这能表写的、适当的文字就是诗的'形',那所表写的'意境',就是诗的'质'。换一句话说:诗的'形'就是诗中的音节和词句的构造;诗的'质'就是诗人的感想情绪。""诗的形式的凭借是文字,而文字能具有两种作用:(1)音乐的作用,文字中可以听出音乐式的节奏与协和;(2)绘画的作用,文字中可以表写出空间的形相与彩色。所以优美的诗中都含有音乐,含有图画。他是借着极简单的物质材料……纸上的字迹……表现出空间、时间中极复杂繁富的'美'。"因此,从艺术修养上来说,"我们要想在诗的形式方面有高等技艺,就不可不学习点儿音乐与图画(以及一切造型艺术,如雕刻、建筑)。使诗中的词句能适合天然优美的音节,使诗中的文字能表现天然画图的境界,况且图画本是空间中静的美,音乐是时间中动的美,而诗恰是用空间中闲静的形式……文字的排列……表现时间中变动的情绪思想。所以我们对于诗,要使他的'形'能得有图画的形式的美,使诗的'质'(情绪思想)能成音乐式的情调"②。

无独有偶,在 1921 年 6 月《清华周刊》上,闻一多在《评本学年〈周刊〉里

---

① 陆耀东:《王独清:欲推倒诗、画、音乐墙的诗人》,《文艺研究》2005 年第 11 期。
② 宗白华:《新诗略谈》,载宗白华:《美学散步》,上海人民出版社 2005 年版,第 493—494 页。

的新诗》一文中指出："诗底真价值在内的原素,不在外的原素。……下面的批评首重幻象,情感,次及声与色底原素。"①"内的原素"即指诗歌的想象和情感,"外的原素"指诗歌对于声和色的描绘。由此闻一多的诗歌公式可概括为"诗＝幻象＋情感＋声＋色",对比郭沫若的诗歌公式:诗＝（直觉＋情调＋想象）＋（适当的文字）（1920 年 2 月）,可见,两者颇为相似:都以情感、想象为诗歌的根基,在此基础上进行语言形式建构,而闻一多以"声＋色"将笼统的"适当的文字"具体化了。再对比王独清的诗歌公式"（情＋力）＋（音＋色）＝诗",可以猜想,王独清的"音画"理论在象征主义诗歌影响之外,是否也受到了闻一多的影响?

到 1926 年 5 月,闻一多单独将诗歌的形式问题提出来研究,这就是《诗的格律》一文。他将"声与色底原素"分别发展成音乐的美、绘画的美②,再加上诗歌整体形式上的"建筑的美",形成为人所熟知的诗歌"三美"原则:"诗的实力不独包括音乐的美（音节）、绘画的美（词藻）,并且还有建筑的美（节的匀称和句的均齐）。"③这时候差不多也是王独清思考发表"音画"理论的时候（王独清的《再谭诗》写于 1926 年 2 月,发表于同年 3 月）。

朱自清具有敏锐的眼光,他评论象征主义诗歌道:"李金发先生等的象征诗兴起了。他们不注重形式而注重词的色彩与声音。他们要充分发挥词的暗示的力量;一面创造新鲜的隐喻,一面参用文言的虚字,使读者不致滑过一个词去。他们是在向精细的地方发展。"④在 1924 年 8 月 11 日写就的《中国新文学大系·诗集》导言中,他在评论中国现代诗歌第一个十年的成绩时,其精

① 闻一多:《评本学年〈周刊〉里的新诗》,载《闻一多全集》第二卷,湖北人民出版社 1993 年版,第 40 页。

② 闻一多的新诗"绘画的美"本义指色彩而非轮廓、构图、意境等,即诗歌要善于运用有文采的词藻描写事物丰富的色彩。参见蒋霞:《闻一多的新诗理论"绘画的美"新探》,《武汉理工大学学报》（社会科学版）2016 年第 5 期。

③ 闻一多:《诗的格律》,《晨报》副刊《诗镌》第 7 号,1926 年 5 月 13 日。

④ 朱自清:《诗的形式》,载朱自清:《新诗杂话》,作家书屋 1947 年版,第 142 页。

到的评论已从"音"与"色"方面着笔。"穆木天氏托情于幽微远渺之中,音节也颇求整齐,却不致力于表现色彩感。冯乃超氏利用铿锵的音节,得到催眠一般的力量,歌咏的是颓废,阴影,梦幻,仙乡。他诗中的色彩感是丰富的。""戴望舒氏也取法象征派。他译过这一派的诗。他也注重整齐的音节,但不是铿锵的而是轻清的;也找一点朦胧的气氛,但让人可以看得懂;也有颜色,但不像冯乃超氏那样浓。他是要把捉那幽微的精妙的去处。"①可见,有些诗人虽然没有明确的理论建构,但在创作中已表现出对"音""色"有意无意地追求,丰富了新诗的表现力。而如果单就色彩或绘画感来看,更多的诗歌表现出了对绘画因素的借鉴。

由此可见,20 世纪 20 年代新诗的形式问题已经成了自身的瓶颈,影响到了新诗的发展,引起了人们的普遍关注;而解决形式问题的出路又集中在如何发挥文字的音乐作用和绘画作用上,有的诗人已经在创作中做着自觉不自觉的尝试。"五四"以来的白话新诗取得了巨大的成绩,无论在主题内容还是语言形式上都进行了彻底的弃旧更新。但是作为语言艺术的最高形式,新诗在形式上的创造却很有限,以致引起了广泛的反思与检讨。对"纯诗"理论作出重要贡献的梁宗岱说道:"我们应该采用什么表现方式,无定形的还是有规律的? 如果是后者,什么是我们新诗底根据?"这"决非一人一时所能解答的:我们简直可以说,它们底圆满答案的一天,便是新诗奏凯旋的一天"。② 朱光潜先生也指出:"形式可以说就是诗的灵魂,做一首诗实在就是赋予一个形式与情趣,'没有形式的诗'实在是一个自相矛盾的名词。许多新诗人的失败都在不能创造形式,换句话说,不能把握住他所想表现的情趣所应有的声音节奏,就不啻说他不能做诗。"③在这样的背景下来看,象征主义诗人王独清的"音画"理论自有其不可忽视的意义:在积极面对新诗发展的迫切问题,并借鉴外

① 朱自清:《中国新文学大系·诗集·导言》,上海良友图书印刷公司 1935 年版。
② 梁宗岱:《诗与真·诗与真二集》,外国文学出版社 1984 年版,第 169 页。
③ 朱光潜:《朱光潜美学文集》第 2 卷,上海文艺出版社 1982 年版,第 229 页。

国诗艺的基础上,提出了自己的理论建构,虽然学理学养有限,但毕竟为新诗创建了一种可资借鉴的形式,推动了中国新诗的发展。

(二)创作的体现:"绘画的美"①

王独清的"音画"主张,"画"主要指的是"色",即诗歌对色彩的表现。色彩描写是最引人注目的形式。在《花信》中,王独清咏叹道:"妹妹哟,你寄给我白梅几朵,/用粉红的柔纸作成了包裹,/筒在了个水绿色的信封之中","昨日朋友拿来了碧桃一枝","我望着窗外碧海的晴天","这两朵花是可爱的玫瑰,/又恰是一红一白。/我想白的是代表你底心情,/红的是代表你底颜色"。明丽、清新的白、粉红、水绿、碧等颜色,有力地渲染了诗人心中理想的爱情。在前述王独清引以为"音画"之作的《玫瑰花》一诗中,在首段直接的描写色彩之后,第二段写道:"她两手掬了些谢了的玫瑰花瓣,/俯下头儿去深深地亲了几遍。""玫瑰花瓣"一词虽然没有明确地说明为何颜色,但该意象本身具有鲜明的色彩感,可以唤起人们的色彩记忆,使人在审美联想中活化出其色彩,因此也可以赋予诗歌色彩感。尤其是当"玫瑰花瓣"一词与首段的"水绿色""淡黄""深蓝""苍白"等词组合一起,更能焕发出鲜活、明丽的色彩感来。

这种"音画"主张在象征诗派开创者李金发的诗作里即有体现。如有学者指出,"他的《律》《故乡》等诗不失为音色相融、节奏整齐的诗篇"②。但是李金发的诗歌多是对法国象征派诗的模仿,缺乏基于一定的诗歌美学的自觉追求,在理论上缺乏建树。比较而言,穆木天和王独清在接受象征诗派影响的时候,更具有主体意识,他们把自身所受的中国古典诗歌的潜移默化的濡染、异域诗歌植入性的影响,以及对时代变迁的切身感受、个人的诗性气质交融为一,达到了一种高度的综合,为探索期的中国现代诗歌理论作出了相应的贡献。但仅就诗作来看,李金发诗歌有着对色彩、形状、明暗及印象派绘画的出

---

①　闻一多:《诗的格律》,《晨报》副刊《诗镌》第 7 号,1926 年 5 月 13 日。
②　龙泉明:《中国新诗流变论》,人民文学出版社 2002 年版,第 285 页。

色表现。①

　　李金发诗歌的色彩不像闻一多、康白情那样集中、繁密,而是散现在字里行间。例如"紫色之长裾""多疑之黑发""灰白的额上""淡白之倦眼""紫红之血管"(《希望与怜悯》),"红干之长松,绿野""深紫之灯光"(《夜之歌》),"窗外之夜色,染蓝了孤客之心"(《寒夜之幻觉》),"深蓝之暗影""淡白之光"(《无题》),"长天原野变成一片紫黛"(《给蜂鸣》),"黑与白之荫影下"(《作家》),"绿色之河里黄沙之板坂平站着""蓼花白似你的裙裾""绿色之裳"(《Sonnet》),"眼的深黑""唇色之深红""海绿色之裙裾"(《花》),"永是肉与酒/黄金,白芍,/岩前之垂柳"(《无底的深穴》)。不同于康白情诗歌色彩的明丽、艾青的饱满,李金发用色一如他的诗歌风格:奇崛、怪异,常作一些非常规的联想,如"青铜色之萼""乳色之泪"(《花》)、"紫色之林"(《题自写像》)、"赭色晨光"(《巴黎之呓语》)。也许这些色彩描写反映出,作为雕塑家的李金发努力在语言中寻找最能表达他想法的词语。这些色彩描写促进了他奇崛诗风的形成。

　　"不致力于表现色彩感"②的穆木天的诗作也不乏色彩美,且其诗歌赋色的主观性明显大于客观性。他的诗歌大多以淡雅、素净的色彩为主色调,如灰白、灰绿、灰淡、银灰、苍白,呈现出黯淡的情调。"灰色的天际/白色的烟丝"(《不忍池上》),"覆着白纱的碧空中银白的小妖/乘着淡月的光丝,与睡着的/茫无际涯的,青绿的大海的气调"歌唱(《水飘》)。穆木天的诗歌不着力于客观写景状物,而在于表现幽微远渺的情思,多数色彩描写是为了配合这种情思的抒发,所以其色调以黯淡为主。《泪滴》中,"真珠的泪滴""蔷薇色的颊""水晶的泪滴""鹅白的绢""白露的泪滴"和"象牙雕成的两只素足",其用意均不在客观写实,而在突出恋人的纯真与美。比明显的色彩词汇更多更普遍

---

　　①　关于李金发诗歌中表现出的绘画的明暗、印象派的特质,将在本节第三部分"(一)现代主义诗歌与印象主义绘画"中阐述。

　　②　朱自清:《中国新文学大系·诗集·导言》,上海良友图书印刷公司1935年版。

的,是笼罩全诗的无色感的朦胧迷离的气氛。例如《黄光》中笼罩性的是那"淡黄的薄光",这是"夕暮的薄光",这种混沌的黄色镀上了诗人浓厚的情绪,是诗人迷惘、失望、悲观情绪的象征,诗歌既带有中国传统情调,又富有象征主义色彩。

戴望舒的诗歌具有一种朦胧惆怅的格调,与之相应的是,在色彩的选用上,他偏爱冷色如青色。大致来说,青色是一种介于绿色与蓝色之间的色彩。在戴望舒笔下,有着"青色的花""青色的蔷薇""青色的橄榄""青色的真珠""青色的灯""青的天"和"青色的大海"。乍一看这是物象的本色,但青色这种色泽的选择就已经昭示出诗人的情感倾向和审美追求。而有的青色则直接烙上了强烈的主观意绪,如"青色的心""天青色的爱情",前者改变了物象的实际颜色,后者则直接赋予抽象物以色彩。戴望舒的诗情是朦胧中带着凄婉、迷茫与哀伤,他倾心的美学风范是"青色的真珠""堕到古井的暗水里""暗水上开遍青色的蔷薇"这些意境。戴望舒善于把色彩与情感相联系。《林下的小语》吟道:"这沉哀,这绛色的沉哀。"绛色即深红色,其颜色之深与沉哀之"沉",一为绘画色调,一为情感色调,两者正相吻合。《夕阳下》咏叹:"远山啼哭得紫了。"这句诗采用拟人的手法,将远山比拟为人而啼哭,"紫"字凸显了哭的程度之深之重。

冯乃超的诗歌设色较为浓丽,诗歌格调偏向阴沉、古拙。《红纱灯》里,"红纱的古灯微明",使"森严的黑暗的殿堂撒满了庄重的黄金",月亮呈淡白色,"白练满河","黑衣的尼姑蹀过了长廊"。《消沉的古伽蓝》里,"沉潜的残照,暗红"。冯乃超在《残烛》里歌咏道:"焰光的核心有青色的悲哀。"戴望舒喜用青色,他的青色放在其整个诗歌作品中来看,是和诗人用色的澹淡相统一的,也是和其浪漫主义风格、哀婉格调和中国传统诗情相契合的,如用青色象征年轻人青涩的感情、青涩的人生。冯乃超的用色很深很浓,因而青色在他笔下消去了戴望舒式的青涩感,而染上了古旧、朴拙的意味。

王独清的"音画"强调的是色彩表现,但作为画,必定还有其他的要素如明暗、形状,它们有意无意地出现在诗人的创造中,营造了一幅更加完整的画面。明暗对比也是增强诗歌画面感的手段。戴望舒《独自的时候》:"幽暗的房里耀着的只有光泽的木器",这句诗有着鲜明的光线明暗对比,仿佛一幅静物写生画。

形状描摹是继色彩描写后的又一绘画要素呈现。王独清的《月光》有着精彩的形状描摹:"月儿,你向着海面展笑,/在海面上画出了银色的装饰一条。""展笑"一词不仅生动地写出了月亮弯弯的形态,还将月亮有情化,富有人情味。"风是这样的轻轻,轻轻,/把海面吻起了颤抖的欢声。/月儿,你底长桥便像是有了弹性/忽高忽低地只在闪个不停。"海面的微波是"颤抖的欢声",月光的长桥便忽高忽低地闪烁,此处的动态描写鲜活而有新意,想象、通感的运用恰到好处。穆木天的《雨后》也不乏形色描摹的佳句:"我们要听鹅黄的稻波上微风的足迹/我们要听白茸茸的薄的云纱轻轻飞起/我们要听纤纤的水沟弯曲曲的歌曲。""稻波"写出了微风吹动下稻田起伏如波浪般的状态,"云纱"一词表现出云之薄而透明的形态,水沟则是"纤纤的""弯曲曲"的。《雨丝》中,"一缕一缕的心思/织进了纤纤的条条的雨丝","织进了漠漠冥冥点点零零参差的屋梢","织进了睡莲丝上一凝一凝的飘零的烟网",织成了一个雨丝般朦朦胧胧的境界。"若直若曲的海岸线纤纤的/蓝玉玉的寂寂的颤摇"(《水飘》)。李金发的诗歌"巴黎亦枯瘦了,可望见之寺塔/悉高插空际"(《寒夜之幻觉》),寺塔"高插空际"的形象更映衬出巴黎的枯瘦。"月儿长跳荡在波心"(《Sonnet》),生动地写出了月亮的影子荡漾在水面的动态。

三、 现代主义诗歌与绘画对观

作为中国现代化进程的一部分,中国现代主义诗歌与绘画在同样的时代背景下产生,孰先孰后的时间关系无法辨明,且彼此之间的关系错综交织,因此无法进行明确的影响研究。但毫无疑问的是,它们都受到西方现代主义思潮的影响,表现出不同于传统的现代追求,在某些方面显示出相关性。基于此,本部分的研究思路设定为:考察在西方现代主义绘画的影响下,中国现代诗歌显示出怎样的新特征,并以平行对观的视角将这种新特征与中国现代主义绘画相对照,从现象发现两者之间的关联性。也就是考察同样的西方现代艺术思潮,在中国现代主义诗歌、绘画领域分别形成了怎样的影响,构成了怎样的面貌①,而中国现代主义诗歌与绘画又因此表现出怎样的互文性,由此获得理解中国现代主义诗歌绘画的新维度。

(一)现代主义诗歌与印象主义绘画

西方现代画派中对中国现代绘画影响最大的是印象主义绘画。这种情况几乎可以对应到中国现代诗歌领域,即是说,对中国现代诗歌影响最大的西方现代画派也是印象主义绘画。个中原因可能在于,它们都有着对主观精神强烈表现的追求。因此当印象主义绘画进入中国,它一下子就切合了中国现代文学艺术的精神追求,为路径探寻中的中国现代诗歌、绘画提供了借鉴的模板与学习的启迪。

1. 光色的旋律

从画史上看,印象主义是古典主义向现代主义转向的重要一环,对于传统的突破和艺术的创新起着承前启后的作用。它在绘画观念、主题题材、技巧方式等方面都对传统绘画进行了变革,其最大贡献可谓对色彩的解放,这也是最吸引人们尤其是非专业人士注意的形式变化。"为了色彩去画一个主题,而不是为了主题本身",是印象主义绘画的宗旨。印象主义以前的古典绘画也注重色彩,但其色彩服务于素描,主要用于表现体积、空间和固有色,与物体的明暗度有直接的关系。而印象主义绘画把色彩表现凸显到画面的第一位,它对色彩的重视,不是为了辅助其他因素,也不局限于色彩本身,而是强调色彩

---

①　关于西方现代主义艺术思潮对中国现代主义绘画的影响,在本章第一节"现代主义绘画"中已有详细的阐述,故此处不再赘述,本部分重点论述西方现代主义艺术思潮对中国现代主义诗歌的影响。

和自然的关系以及色彩的变化,光色表现得到了最高的尊重。画家们用科学的光学和色彩原理指导创作,认真观察光线下自然景色的细微变化,寻求其中色彩的冷暖变化和相互作用,把变幻莫测的光色效果记录在画布上,留下瞬间的永恒"印象"。为了强调用色彩的丰富变化来表现事物,他们往往不重视对形体和轮廓线的表现,在写生时试图把具体的房子、田野看成只是一些特定形状的颜色。印象主义绘画建立了独立的色彩体系,认为明度只是色彩表现的一个因素,色彩没有绝对的准确与否,只有色彩关系准确与否,因此只要色彩关系准确,甚至可以用绿色表现出红色的效果。可见,印象主义的色彩观不啻为一场艺术上的革命。

象征主义诗人李金发的诗歌表现出印象派绘画的意味。他对色彩敏于感受,也善于表现。《景》中第一段:"落日到了山后,/晚霞如同队伍般齐集。/地面上除既谢的海棠外,/万物都喜跃地受温爱的鲜红。/草茎上的雨珠,/经了折光,变成闪耀,/惟不如紫罗兰般/散漫地摇曳在风前。"这段文字中的颜色词唯有"鲜红",但诗句给人的印象却是色泽分明,原因即在于作者所写到的事物具有自己鲜明的色彩。"晚霞"是多种红色的更替:通红→深红→绯红→浅红,"既谢的海棠"是深红色,"草茎"是绿色,"闪耀"是亮白色,"紫罗兰"是紫色,它们在"落日"的映照下,"喜跃地受温爱的鲜红"。诗歌虽不言颜色,却色彩斐然,勾画了一幅印象派式的夕阳下的风景画。

李金发着意于在诗歌中表现光线对物体的影响。《小乡村》:"憩息的游人和枝头的暗影,无意地与池里的波光掩映/野鸭的追逐,扰乱水底的清澈。"诗歌写出了"暗影"与"波光"错乱杂陈、交相辉映的景象,真切地表现了光与色的旋律,仿佛印象派诗人对阳光的崇拜与表现。"满望闲散的农田,普遍着深青的葡萄之叶,/不休止工作的耕人,在阴处蠕动—几不能辨出。"(《小乡村》)"这不变之反照,衬出屋后之深黑。"(《夜之歌》)这里的描写表现出在光线的影响下物体颜色及形象的变化:背光的暗影遮蔽了农人,使其几乎不能被辨认,此笔法带有明显的美术眼光和素养,深得印象派绘画的真髓。更典型地显示出印象派对感官的真实色泽的追求与表现的是《里昂车中》。"细弱的灯光凄清地照遍一切，/使其粉红的小臂，变成灰白。/软帽的影儿，遮住她们的脸孔，/如同月在云里消失！"诗人巧妙地捕捉车厢内色彩、光亮的瞬间变化和印象，营造出光影变幻之美。在灯光照耀下，女郎的手臂由粉红变为灰白，帽子遮住了脸，使其陷入暗影而不见，如同云遮住了月。这不啻一幅印象派的人物画。印象派绘画追求更自然地描摹视觉印象，强调真实地表现艺术家对客观世界的感觉，因此在色彩上不同于古典绘画对固有色的表现，而是突出表现光源色和条件色，强调的是色彩关系。因此有学者把写实性绘画的色彩概括成烛光的艺术，把印象主义绘画的色彩归纳为阳光的艺术。

艾青的诗歌也有着印象派绘画的印记。在他诗歌创作的前期即"吹芦笛"时期，"明显地看得出来他受了魏尔哈仑、波特莱尔、李金发等诗人的影响"①，具有象征主义的艺术倾向。同时，艾青在西方求学时受到印象派绘画尤其是莫奈的影响。莫奈的作品将印象主义绘画的主要特点表现得最为充分，如研究光与色的瞬间变化，重视室外对景写生。艾青认为莫奈对光与色进行了出色的探索，把阳光中的光影分解出明亮而单纯的多种单色，把它们交错地分布在画面上，构成变幻多端的光与色的组合。

艾青以画家的眼光进行观察，以如画的诗笔写下这样的篇章："紫蓝的林子与林子之间/由青灰的山坡到青灰的山坡/绿的草原，/绿的草原，草原上流着/——新鲜的乳液似的烟……"（《当黎明穿上了白衣》）。这不就是一幅构图清晰、颜色调和的印象派风景画吗？这首诗有着比闻一多还自觉的构图追求。如果说闻一多的《口供》提供的是一些具有鲜明轮廓感的意象，还需要读者自己将之组合成有机的画面，那么艾青的《当黎明穿上了白衣》分明是诗人有意经营的图画。从"紫蓝的林子"到"青灰的山坡"再到"绿的草原"和"乳液似的烟"是一个由近及远的透视过程。同时，诗人敏锐地捕捉到光线对自

---

① 胡风：《吹芦笛的诗人》，载《胡风评论集》上卷，人民文学出版社 1984 年版，第 422 页。

然景物的影响:在光的作用下,林子呈紫蓝色而非固有的绿色,在烟雾的影响下,山坡的色泽涂上了一层灰,具有视觉真实性。艾青以诗歌的形式捕捉自然物的光与色,体现出他受到印象派绘画的影响。

"阳光在沙漠的远处,/船在暗云遮着的河上驰去/暗的风,/暗的沙土,/暗的/旅客的心啊。/——阳光嬉笑地/射在沙漠的远处。"(《阳光在远处》)这首诗明显地显示出印象主义绘画对阳光的表现。"阳光"与"暗云"写出了光色变化,近处是背光的河与船,远处是阳光下的沙漠,船正从暗处驶向明处,由此这首写于1932年的描写苏伊士运河的写景诗被赋予了象征意义。

"黑的河流,黑的天。/在黑与黑之间,/疏的,密的,/无千万的灯光。"(《那边》)这是一幅远景夜景图,让人想起梵高的《漫天星斗下的罗讷河》。梵高在描绘夜景的多幅名作中,均以暗色(深蓝色、紫色、黑色)的背景凸显亮色(黄色、白色)的星星与灯光。艾青则以黑色的地面(河流)与黑色的天空构造出一个开阔的空间,其间设置"疏的,密的""千万的灯光",明暗对比鲜明,具有强烈的视觉冲击力。

徐迟的《七色之白昼》:"给我的昼眠眩耀了的/七色之白昼。//饲养了七种颜色了吧,/很美丽的白昼里。//变为七种颜色的女郎,/七个颜容的胴体的女郎,//都这样富丽的!/七色旋转起来。//幽会或寻思只是两人的事呢,/七色即昼眠也是太多了。//七色旋转了起来,/我在单色的雾里旋转了。"诗歌描写大都市的阳光给人的独特感受:眩耀、旋转,这绝不同于对自然环境下的阳光的体验。徐迟的诗歌充满了迷幻的色彩,暗示了诗人关于爱与美的观念。

辛笛作于1934年的《航》书写了他第一次航海的新鲜印象。"帆起了/帆向落日的去处/明净与古老/风帆吻着暗色的水/有如黑蝶与白蝶。"航船扬起帆,向落日之处,即远方的水天交界处驶去,白色的风帆衬着暗色的水,犹如黑蝶与白蝶,黑与白鲜明对照,随着水波的动荡形成动态平衡,开篇即描画了一幅印象派式的夜景图。当月亮升起,这幅图便更具有印象派意味。"明月照在当头/青色的蛇/弄着银色的明珠/桅上的人语/风吹过来/水手问起雨和星辰。"月光照耀下，暗色的海面呈现青色，微波动荡，海面上仿佛无数条青蛇蠕动，月亮的倒影在青色的海面成为最耀眼的核心，仿佛一颗银色的明珠，四周水波荡漾就像青蛇在拨弄着明珠，比喻恰切而新颖，生动地写出了光色交汇的景象。诗歌以简练的笔法、紧凑的节奏，刻画了一幅生动透明的意境图，在客观的景物描写中蕴含着淡淡的主观情愫，富有表现力。

　　以上这类注重外光描写及光线对物体色彩、轮廓等形象的影响的诗歌描写，与同样受到印象主义绘画影响的刘海粟、周碧初等人的油画，具有相通性。刘海粟作于 20 世纪 20 年代初的《红籁所感》《北京雍和宫》《回光》以及 1922 年的《北京前门》，皆用色大胆、强烈、单纯、响亮，物象粗放而不确定。例如，同样是描绘西湖的《红籁所感》《回光》，皆不注重对物象外观的精确描绘，而重在表现天空、水面和岸上景物的色彩关系。周碧初青睐风景画，他运用修拉等人的点彩技法，在风景画中表现多种色彩的对比、组合关系，在统一色调之中又不乏色彩的变化，创作出明丽、清空、悠远等多种意境的新鲜生动的图景。他们的绘画对色彩的表现也回响在现代诗歌中，如李金发的《景》中各种红色的渐变，艾青的《当黎明穿上了白衣》中在光线影响下的原野景色，无不表现出特定环境下的色彩关系。

　　李金发的《小乡村》、艾青的《阳光在远处》，尤其是辛笛的《航》、徐迟的《七色之白昼》中的光影描写，与刘海粟的《巴黎圣母院夕照》《威尼斯之夜》《威斯敏斯达落日》、周碧初的《夕阳倒影》中的光色描绘，又构成互文关系，共同形成光色交辉的诗画艺术。画家们着力去发现和表现户外自然光下的色彩，强调捕捉主体对瞬息万变的大自然的瞬间"印象"。《巴黎圣母院夕照》描绘了夕阳照射到巴黎圣母院上的景象。画面采用局部取景，构图不完整，着重表现的不是传统绘画追求的巴黎圣母院的形体结构与轮廓，以及与周围环境的总体景象，而是光对建筑物外观的影响，建筑物受光面与阴影的色彩对比关系。整幅画显得光影斑驳，暗淡的画面气氛表现出巴黎圣母院的肃穆与神秘。此画从取景、构图、选材、用色等方面均带有莫奈《鲁昂大教堂》的痕迹。《威尼斯之夜》(1931)描绘夕阳照射着河边的建筑,显示出亮面、侧面与暗面的层递交错,此画更突出的是通过描绘阳光倒映在水中,表现出水的动荡,色彩与光的摇曳。和《威尼斯之夜》相比较,《威斯敏斯达落日》(1935)进一步忽略了对物象形象的描绘,如岸边的建筑形态模糊,无法辨识其细部,且进一步以光影表现水波的动荡,它对水的描绘比《威尼斯之夜》更细腻生动。同时,此画还突出了对空气的表现,空中雾气流动激荡,影响得落日、建筑都仿佛变了形。画家以大胆而生动的笔触,将变幻莫测的光色效果记录在画布上,留下瞬间的永恒图景,带有莫奈《日出·印象》的感觉。周碧初作于20世纪30年代的《夕阳倒影》也完全忽略了对象的物理特性,而在于表现光与色彩的关系。由于点彩技法的采用,阳光倒映在水中光色交辉的景象,以及空气中云霞映着阳光流转的景象,皆被分解成小色点组合,更加显出闪动的视觉效果。

2.“印象”的艺术

印象主义绘画给予诗人的影响,不仅在于对视觉真实的光与色的捕捉,还在于对客观物象瞬间整体印象的抓取,这也是一种感官真实性,且是更为完整的主观印象。艾青的《巴黎》就是这样一首巴黎印象记,它抓取了众多具有代表性的巴黎意象,以特有的方式组合成一幅描绘都市日常生活的印象派油画,具有很强的现代感。同时,《巴黎》一诗又与庞薰琹的油画《如此巴黎》堪称诗画双璧,二者互相阐释,表达了弱国子民的青年诗人、画家对现代大都市的特殊情感。《巴黎》一诗带有象征派诗歌影响,表达了诗人强烈的主观感受。一个落后国家的青年,怀着对国际大都市的无限向往和满腔热情,远涉重洋来到巴黎。而巴黎是怎样的呢? 它是一个“患了歇斯底里的美丽的妓女”:“愤怒,欢乐/悲痛,嬉戏和激昂/整天里/你,无止息的/用手捶着自己的心肝/捶! 捶! /或者伸着颈,直向高空/嘶喊/或者垂头丧气,锁上了眼帘/沉于阴邃的思索,/也或者散乱着金丝的长发/澈声歌唱/,也或者/解散了绯红的衣裤/赤裸着一片鲜美的肉/任性的淫荡……”这种印象乍一看让人大吃一惊。诗人继续解释,巴黎既是一幅现代绘画又是一篇美文。巴黎有着电车、群众的洪流、成堆的建筑物、纪念碑、铜像、大商铺、拍卖场,犹如"翩翩的/节日的/Severini 的'斑斑舞蹈'般/辉煌的画幅……"吉诺·塞韦里尼(Gino Severini)是意大利未来主义画家,后转向立体主义。他出生于贫困之家,青年时来到巴黎,即被这个现代都市灯红酒绿的夜生活深深吸引,几年间的大部分创作都与舞蹈有关。其代表作《塔巴林舞场有动态的象形文字》(1912)表现出塞韦里尼未来主义绘画的特点:立体主义手法及巴黎夜生活题材。画家以立体主义的手法,将所有的对象进行解构、重构,如载歌载舞的女郎、伴唱的歌女、侍者、顾客,甚至食物、酒瓶及悬挂于左右上角的意大利、美国、日本的国旗,使之形成许多多面体,这些多面体在不断变化的曲线中跳跃,使画面在繁琐的细节中充满未来主义所追求的空间运动感。画面色彩强烈而闪烁,形成有节奏的韵律,强化了画面的动感。画面上精心描写的单词 VALSE(华尔兹)、POLKA(波尔卡)点明伴奏的是急速旋转的舞曲,进一步增强了动势。整幅画充分表现的是舞场的狂欢。塞韦里尼的绘画很契合初到巴黎的艾青的心意,他的画作仿佛是对艾青的《巴黎》一诗的视觉呈现。在艾青笔下,巴黎也是由"公共汽车,电车,地道车充当/响亮的字母,/柏油路、轨道、行人路是明快的句子,/轮子＋轮子＋轮子是跳动的读点/汽笛＋汽笛＋汽笛是惊叹号!——/所凑合拢来的无限长的美文"。巴黎有着春药、拿破仑的铸像、酒精、凯旋门、铁塔、女性、卢佛尔博物馆、歌剧院、交易所、银行,有着白痴、赌徒、淫棍、酒徒、大腹贾、野心家、拳击师、空想者、投机者们。巴黎拥有"最伟大的/最疯狂的/最怪异的'个性'"。这不就是庞薰琹以毕加索《格尔尼卡》的手法,将巴黎的一些基本元素进行提炼、简化与重组而"拼贴"出的油画《如此巴黎》吗?嘴唇红艳的妖艳舞女、裸露的下体、礼帽、烟卷、扑克、白色框架的玻璃窗、卷曲纹的黑色铁艺栏杆、黑边玻璃路灯,构成了纷繁的画面效果。傅雷在《薰琹的梦》里有着这样的评说:"在巴黎,破旧的、簇新的建筑,妖艳的魔女,杂色的人种,咖啡店,舞女,沙龙,jass,音乐会,Cinema,Poule,俊俏的侍女,可恶的女房东,大学生,劳工,地道车,烟筒,铁塔,Montparnasse,Halle,市政厅,塞纳河畔的旧书铺,烟斗,啤酒,

Porto,Comaedia,……一切新的,旧的,丑的,美的,看的,听的,古文化的遗迹,新文明的气焰,自普恩(Poineare)至 Josephine Baker,都在他脑中旋风似的打转,打转。"①这段精到的评论不也是在说艾青的《巴黎》一诗吗?无疑,巴黎是现代的,充满了诱惑力,它"朝向几十万的移民/送出了/强韧的,诱惑的招徕……"使"我""从怎样的遥远的草堆里/跳出,/朝向你/伸出了我震颤的臂/而鞭策了自己/直到使我深深的受苦"!巴黎也是冷酷的、"铁石心肠的",它使人们"空垂着两臂/走上了懊丧的归途"。巴黎充满了个性:"疯狂的""怪异的""健强的",使人们对之的感情也异常复杂,"恨你像爱你似的坚强"。诗人最后慨叹:"巴黎,你——噫,/这淫荡的/淫荡的/妖艳的姑娘!"艾青以妖艳的妓女意象比喻巴黎,使迷乱的巴黎印象变得形象而准确,庞薰琹则巧妙地将这种印象付之以典型的视觉意象符号组合,诗画联手,艺术地表达了旧中国的青年游子对国际现代大都会的复杂感受。

徐迟的《微雨之街》写的是诗人对街上下雨景象的独特感受。在诗人眼中,雨不是从天上落下,而是"雨,从灯的圆柱上下降了",这是一种都市人才会有的感觉。"雨从街的镜面上升了",这是反常的意象运用,不是雨落到街上,而是雨从街上升起,因为街在诗人眼中是一面光滑明亮的镜子,诗人独运的匠心可见一斑。因而街上充满了神秘之气:"神秘之街""神秘之明镜",而看雨的"我"飘摇着一种"寂寞"之情。这首诗仿佛印象派的绘画,敏锐地抓住了诗人对雨景的刹那间的感兴并赋之以跳荡的诗笔。

九叶派诗人辛笛也深受印象派绘画影响。他自述到在英国爱丁堡大学读书期间,他在假期里"曾在巴黎的一些画苑,博物馆里流连忘返,在伦敦也听过一些音乐歌唱演奏会,使我深深爱上了 19 世纪后半叶印象派绘画和音乐的手法和风格,在写作中受到不小的影响"②。他曾给诗下过一个很新颖的定义:印象(官能通感)÷思维=诗。他认为诗人对客观物象的感官印象是第一

① 傅雷:《薰琹的梦》,《艺术旬刊》第 1 卷第 3 期,1932 年 10 月。
② 辛笛:《辛笛诗稿·自序》,人民文学出版社 1983 年版。

位的。这与印象主义绘画强调画家对客观对象的瞬间印象,在艺术观上是一脉相通的。1934 年,他作有《印象》一诗,对童年生活作了诗意的描述。到 1985 年他 73 岁高龄时,出版了诗集《印象·花束》,可见印象主义对他的影响之深远。蓝棣之评论道:"辛笛的诗从印象、意象出发,善于捕捉印象,通过感官的官能交感,亦即运用音乐(声调、音色、旋律)、绘画和文字的交流来传达,促进并丰富思想感情的交流。"①《呼唤》一诗不乏后印象派的画意:"廊柱下看星,/乌青的寥廓里,/更有橙黄的月,/如吹寒的明角。""乌青的寥廓里,/更有橙黄的月",不正是梵高的油画吗?"这鲜明而粗放的笔触/不就是梵高或高庚的画意?"②《秋思》一诗写出了诗人对秋天瞬间的直觉印象。"一生能有多少/落日的光景?/远天鸽的哨音/带来思念的话语;/瑟瑟的芦花白了头,/又一年的将去。/城下路是寂寞的,/猩红满树,/零落只合自知呢;/行人在秋风中远了。"诗歌以意象为核心,组合了几幅具有秋天特征的画面:落日图、鸽子飞翔图、芦花图、红花满树图、行人远行图。它们牵动了读者的视觉、听觉,展现出诗人对秋天的整体印象。这种秋之印象也回荡在倪贻德的画作《黄浦新秋》《苏州河岸》中。《黄浦新秋》不注重细节描绘,以粗犷而强烈的形式感、寓变化于统一的昏黄色泽,表现出画家在上海这个典型的大都市所感受到的独特秋韵。《苏州河岸》(1934)则在更加昏黄的颜色中表现出中国农村式的秋之萧瑟,而到了《秋》(1949)中,画家对秋的感受、印象则消泯了地域性,表现出更加纯粹的意境。

3. 诗画中的梵高

后印象派画家中,与中国现代诗歌绘画关系最密切的是梵高,他对诗画两

---

① 蓝棣之:《九叶派诗选·前言》,人民文学出版社 1992 年版,第 19 页。
② "这鲜明而粗放的笔触/不就是梵高或高庚的画意?"这句诗出自辛笛的诗歌《湖上,又是一番月色》:"湖上,又大又黄的圆月/在青黝黝的柏林后面升起,/这鲜明而粗放的笔触/不就是梵高或高庚的画意?"蓝棣之说:"从《湖上,又是一番月色》仍然可以看到他早年曾经深爱过的 19 世纪后半叶印象派绘画音乐的手法、风格对他的影响。"参见蓝棣之:《九叶派诗选·前言》,人民文学出版社 1992 年版,第 19 页。

方面都有影响,但其差别却很大。第一,影响的层面不同。梵高对中国现代绘画的影响主要在技法层面,如短笔触、对形的特殊表现,色彩上的大胆、明亮,当然也有对自我情绪的充分表达,例如刘海粟的风景画里就含有梵高式的技法和情绪。而中国现代主义诗人对梵高的吸收多是在艺术精神的层面。梵高身上燃烧的激情使他更像一位诗人,他对大地与劳作、生与死、孤独与痛苦等形而上问题的思考赋予他的画坚实的内涵,使他的画不仅作用于人们的眼睛,还作用于大脑与心灵,因而深得中国诗人青睐。这便引发了第二点:影响的范围、程度不一样。由于精神上的吸引,梵高成为后印象派画家中对中国现代诗人影响最大、最广泛的一位。但在绘画领域则不然,塞尚对中国画家的影响就不比梵高小,他对物的形的概括给予画家很大启发。第三,中国现代主义诗作中的梵高痕迹很明显,而中国现代主义绘画中的梵高影响则比较隐匿,它往往和其他画家、思潮的影响混合在一起。因此,当谈及"诗画中的梵高"这一论题时,便出现了不对等的现象:诗中的梵高"显"于、"重"于画中的梵高。当我们还在画中仔细辨认梵高的影子时,诗中的梵高早已成为西方的文化"伟人",典型之例即冯至诗歌。

冯至诗歌对于梵高绘画的接受不在色彩、印象等技术的层面,而是深入到艺术精神的领域,他感觉和这位异族天才画家有着心灵相通的感应。20 世纪 20 年代,冯至在《沉钟》杂志上发表译文《画家梵高与弟弟》,介绍梵高的艺术思想。20 世纪 40 年代他创作《十四行集》,分别为蔡元培、鲁迅、杜甫、歌德、梵高作诗予以礼赞。杜甫和歌德分别是中西文化传统的代表,蔡元培和鲁迅分别是中国现代文明的"长庚""启明"和"维护人",与之相应的,应该有一位西方现代文化的"伟人"。而作为里尔克私淑弟子的冯至没有把这个光环加之于现代主义诗人里尔克,却赋予了梵高,可见梵高在他心中分量之重。

冯至在《画家梵诃》一诗中写道:"你的热情到处燃起火,/你燃着了向日的黄花,/燃着了浓郁的扁柏,/燃着了行人在烈日下——//他们都是那样热烘烘/向着高处呼吁的火焰;/但是背阴处几点花红,/监狱里的一个小院。//几个贫穷的人低着头/在贫穷的房里剥土豆,/却像是永不消融的冰决。//这中间你画了吊桥,/画了轻盈的船:你可要/把些不幸者迎接过来?"

　　在诗中冯至将梵高的作品进行了一次主观化的排列,不仅显示出诗人对画家的个性化理解,更彰显出诗人自己的精神世界。这次排列不是按照作品的时间顺序,而是按照冯至对梵高的理解,他对梵高作品最大最深的印象是"燃烧":"你的热情到处燃起火,/你燃着了向日的黄花,/燃着了浓郁的扁柏,/燃着了行人在烈日下。"梵高有着高度敏感的知觉力,有着超自然、超感觉的体验,他用流动奔放的火焰般的笔触,画着向日葵、扁柏、麦田、太阳,用画笔、颜料倾诉自己火一般的热情,形成激情燃烧的艺术风格。这种元气淋漓的个性和激情表现,是绘画里前所未有的现象。但同时,这燃烧又显示出盛极而衰的趋势。向日葵的花瓣极度往外扭曲,有的已经掉了,有的干脆全掉完了只剩下花盘。向日葵的花期很短,仅从早晨到中午,中午时分就开始凋谢,所以梵高说"我每天早上从太阳出来的时候就开始画,因为花很快就要凋谢,整幅画要一下子完成"。这种短暂的辉煌,冯至也有着深切的体会,就像那些小昆虫,"它们经过了一次交媾/或是抵御了一次危险,//便结束它们美妙的一生"。和向日葵一样,扁柏也盛情地燃烧,那如火焰般向上延伸扭曲的情状早已脱离了其客观形态。而与向日葵的明亮所不同,扁柏色调阴暗,"那是和煦明媚的风光中的一块黑色斑"①,显示出色彩的强烈对比,加上那旋转波动的线条,暗示出画家心中的不安和恐惧。扁柏又是传统意义上的墓园植物,和死亡联系在一起,因此它更具有了一种象征意义,带着一种悲剧的预感。而在烈日下的行人多是和播种、收获有关。这时的田野、阳光有着最为明亮的"古金色、古铜色和硫磺的黄色",其色彩的明度超过了向日葵,显示出一种极大的生命张力。但与此同时,这极大张扬的生命力又暗示着它的反面——死亡。"类似播种和收获的活动,已经不仅仅是一种劳动,而是生与死的隐喻。"梵高于1889年

①　[美]欧文·斯通、吉恩·斯通编:《凡·高自传——凡·高书信选》,澹泊等译,湖南文艺出版社1991年版,第389页。

6月作有《收割的人》一画,"手拿镰刀的割麦人是死亡的意象。'播种的人'与'收割的人',是梵高关于生与死的艺术的隐喻"。① 可见,在梵高热情的绘画中,无不渗透着激情与死亡的交织,构成相反相成的艺术张力。这正如绘画中的梵高一样,像向日葵、扁柏一样激情地燃烧,也很快耗尽了自己。梵高评价自己画向日葵时候的情状,是一个"疯了的我"②。"在赤裸裸的太阳下,他和他的风景一样燃烧着,一个毫无遮蔽的影子跟在他身后,一个魔鬼跟着他的脚步,一个异兆催促着他不要浪费时间,由于耳朵里的这个声音,他赶着路,疲惫却不倦……"③梵高的人生与他的画如出一辙,在疯狂之中接近死亡。冯至在《十四行集》中也不断写到死亡。生与死作为一个永恒的宏大话题,连通了诗人与画家。有了死亡的喻指,也就有了后文对救赎的追求。而《星夜》中直指天空的高耸的扁柏压过了教堂的尖顶,是否暗喻着梵高没有把救赎寄望于教堂? 在现实层面上,梵高放弃矿区牧师一职,即意味着他寻求另外的救赎之路。

上述那些热情的意象是"向着高处呼吁的火焰",是一种象征,象征着梵高笔下的艺术形象的精神:"热烘烘",强旺之极进而走向扭曲。"'向着高处呼吁的火焰'可以隐喻地认为,是对高于个人的真实的呼唤,对天上的神的呼唤。呼吁的不仅是画中的人,也是艺术家本人。"④画家要袒露自己内心世界的真实,真诚地表现自我,但仅此绝不能成为高越的艺术,艺术的至高价值在于对人类灵魂的引领。艺术家应该像"圣者"一样在人间发挥"无穷的神的力量"(冯至《杜甫》),启示人们"正当的死生"(冯至《蔡元培》),"道破一切生的意义:'死和变。'"(冯至《歌德》)。因此艺术家还应把关心投射到自身以外的世界。这是冯至对梵高绘画的理解进程,也是写作《十四行集》的冯至对自己诗歌的期许。

---

① 刘治贵:《阅读梵高》,四川美术出版社 2006 年版,第 82—83 页。
② 梵高在画向日葵的时候,高庚为他画了一幅像,梵高看后说:"的确是我,但是疯了的我!"
③ 陈婧裱:《冯至的诗　凡高的画》,《当代作家评论》2007 年第 1 期。
④ 陈婧裱:《冯至的诗　凡高的画》,《当代作家评论》2007 年第 1 期。

　　从"背阴处几点花红"一句开始,诗歌转向了对热情的背面——"背阴处"、阴暗的描写,这既是抒写自己,也是抒写自身以外的世界。"监狱里的一个小院"就是这样一个所在。这指的是《囚徒放风》一画,画面中,高不见顶的围墙圈起一个窄窄的小院,囚徒们沿着围墙根绕圈,他们大多低头弓背,心情沮丧,只有走到前方的两个囚徒抬头观望,与读者对视,透露出他们的眼神呆滞而无望。此画表现了囚徒的被困之境,而作此画的1890年2月距离梵高离世已不到半年时间,它又何尝不是梵高对自身精神困境乃至绝境的隐喻?冯至曾翻译过里尔克的《豹》一诗,诗歌写的是一只被关在铁笼里的豹。此诗与《囚徒放风》的意味显然不同,但表达被监禁而失去自由的诗歌主旨却有相通之处。不知诗人在写作"监狱里的一个小院"时头脑里是否闪现《豹》的影子?豹的处境与囚徒的处境是如此相似。"它的目光被那走不完的铁栏杆/缠得这么疲倦,什么也不能收留。/它好像只有千条的铁栏杆,/千条的铁栏后便没有宇宙。"(里尔克《豹》)"疲倦"一词接通了囚徒们低头弓背的身影,让豹疲倦的铁栏杆就是让囚徒疲倦的高墙,也就是让村童或农妇啼哭不止的"框子"。冯至在《十四行集》的第六首《原野的哭声》中写到"一个村童,或一个农妇/向着无语的晴空啼哭","啼哭得那样没有停息","像整个的生命都嵌在/一个框子里,在框子外/没有人生,也没有世界"。如此的诗句不仅与里尔克的《豹》在形式上很相似,寄寓其中的绝望之情也是一脉相通。本来囚徒与豹都极具破坏力,但一旦被围困,他们"强韧的脚步"也只能"迈着柔软的步容,/步容在这极小的圈中旋转","只有时眼帘无声地撩起"(里尔克《豹》)。而这不就是画幅前方两个抬头与读者对望的囚徒吗?他们满眼的疲倦,一如被困的豹。梵高认为,圣雷米病院就是这样一个缺少自由的"惩罚的场所","他好像被关在笼子里一样,所以他无比渴望自由行动,他的感情消耗在这种渴望之中"。① 袁可嘉评论冯至翻译的《豹》:"与其说是在描写关在铁笼中的豹子的客观形象,不如说是诗人在表现他所体会的豹子的

---

　　① ［美］欧文·斯通、吉恩·斯通编:《凡·高自传——凡·高书信选》,澹泊等译,湖南文艺出版社1991年版,第56页。

心情,甚至还可以说是他借豹子的处境表现自己当时的心情。"①相通的心情沟通了画家与诗人。

与监狱一样阴暗的是"吃土豆的人"所在的贫穷的农家,这是梵高少有的色调晦暗的作品。这种阴暗更多的是指环境而非心境,不像监狱的阴暗兼具环境和心境双重所指。农家温暖的一面即来自画幅正中也是小屋中央的一盏灯。对于这盏灯梵高曾自述,"满是污垢的简陋农舍里不同寻常的灯光让我很是着迷"②。其"不同寻常之处"正在于灯驱逐了画面的阴暗之气,显现了温暖、明亮和爱的存在,也照亮了此画的意义。作为梵高酝酿已久的力作,《吃土豆的人》这幅画被梵高谈论过不下十次,他希望画出他对农民的全部理解。他对弟弟提奥说:"他们坐在一盏灯下,把刨过泥土的手伸进盘子里,取他们亲自从土地中刨出的土豆,他们凭着自己的双手,自食其力,何等荣耀。""吃土豆"承接起农民、劳作、土地等意象,而这也指向心灵,"双手劳动,慰藉心灵"(海子《重建家园》),劳动赐予了他们物质与精神的双重回馈,同时也将一个磨难的主题引向更深的境界。梵高觉得"我在油画上耕耘就像他们在田里耕耘一样。我们辛勤的耕耘都出自对大自然的爱"③。因而这些丑陋甚至有点变形的人物具有了神圣的意义,在他们身上,梵高"捕捉到了那正在消逝的事物中存在着的具有永恒意义的东西。在他的笔下,布拉邦特的农民从此获得了不朽的生命"④,于此梵高找到了超越和救赎的力量。这时画家的关怀更多指向外在的世界。冯至说"却像是永不消融的冰块",显示出诗人对此画的认同受到影响。

---

① 袁可嘉:《外国现代派作品选·前言》,载王蒙、王元化:《中国新文学大系 1976—2000》文学理论卷 2,上海文艺出版社 2009 年版,第 92 页。

② [美]H.安娜·苏编:《梵高手稿》,北京联合出版公司 2015 年版,第 179 页。

③ [美]欧文·斯通、吉恩·斯通编:《凡·高自传——凡·高书信选》,滴泊等译,湖南文艺出版社 1991 年版,第 401 页。

④ [美]欧文·斯通:《梵高传——对生活的渴求》,常涛译,北京出版社 1995 年版,第 321 页。

诗人马上接着写到"这中间你画了吊桥,/画了轻盈的船",于是发问"你可要/把些不幸者迎接过来?"在冯至看来,吊桥和船具有更明显的象征意义,他从中读出了明确的救赎意味,这时的主题不像《吃土豆的人》那样暧昧而隐藏。吊桥和船都是引渡的工具,可以连接此岸与彼岸,连接现实世界与理想世界,由此可以"把些不幸者迎接过来",因此具有了救赎的意义。这些不幸者是监狱的囚徒、穷困的农民,是梵高身处的那个底层民众群体,而首先是梵高自己。例如作于 1880 年的两幅《桥》以及《马车》,便明显具有隐喻性质。桥和马车代表着不同的交通工具,可视为梵高吅盼高庚前来的表达。朗诺·匹克凡斯指出,"《特林盖戴耶桥》萦绕的线条网络,由于没有任何交角汇集,特别能表现梵高受挫的欲望。这些线条成为拼命想抓住遥不可及物体的手臂"①。同时,桥和船也作为连接,把热情与阴暗两类作品连接了起来,将梵高作品连成了一个整体。冯至在对梵高的解读中,也解读着自己和自己的诗歌,实现着"给我狭窄的心/一个大的宇宙!"(冯至《深夜又是深山》)的承诺。

(二)九叶诗歌与立体主义绘画

立体主义是一个富有先锋艺术理念的流派,否定传统绘画从一个视点观察事物和表现事物的方式,把画面从古典绘画虚拟的三度空间重新还原成平面的、两度空间。这种两度空间是运用变形、割裂和重叠的手法,把不同的面表现在一个平面上,从各个角度来构成画面,实际上是在表现四度空间。这是一种新的观念,来自新的科学发现——爱因斯坦的相对论。相对论改变了传统的时空观念,而立体派绘画仿佛从直观上演绎相对论哲学,对绘画的时间和空间进行重新定义。现代主义文学也打破了传统的线性思维方式,变为多角度叙述、多向度表达。卞之琳在普鲁斯特《往昔之追寻》译文片段的按语中就

---

① 刘治贵:《阅读梵高》,四川美术出版社 2006 年版,第 154 页。

写道:"这里的种种全是相对的,时间纠缠着空间,确乎成了第四度(The forth dimension),看起来虽玄,却正合爱因斯坦的学说。"①诗歌领域也受到了新科学观的影响,诗体结构由清晰的线性变为繁复的旋体。对诗歌立体性的认识,可说是九叶诗人的共识。九叶诗人郑敏认为:"诗歌艺术,对于我来说主要有两大派,就是立体的与流线的。立体派在 20 世纪初随着立体艺术与意象主义诗歌运动一起发展,在庞德的理论和艾略特的实践影响下,又发扬了 17 世纪玄学诗人约翰·顿的特点,形成 50 年代以前现代主义诗歌的主流。我对立体主义的诗歌结构空间的多维、压砌、剪贴等艺术所表现的现实的复杂性,也很欣赏。"②传统现实主义、浪漫主义诗歌是"流线的",而九叶诗派的现代诗则是"立体的"。所谓"流线的",意指按照人的惯常思维路径组织起来的逻辑清晰、思路单一的结构,带有时间化特征。而"立体的"则反其道而行之,不追求思路单一、清晰、线性,而是采用多维、压砌、剪贴等形式,具有空间化倾向。蓝棣之在为《论新诗现代化》所写的"附录"《坚持文学的本身价值和独立传统》一文中,对袁可嘉的诗论总结道,他指明诗是一个立体的建筑物,它的意义包括在三个不同的层次里,有着丰富的意义,而且是个有机体。他阐述说,从正确的结构意识来看,诗的意义清晰地包含三个讨论时可分而实际欣赏时不可分的层次:每个意义单位(字或词)都代表复杂符号而非日常应用的单一符号,配合行文构成意义的"线";意象比喻进一步地扩展延伸构成诗意的"面";语调、节奏、姿态、神情通过想象和联想,综合一切相反相成的因素构成有强烈戏剧性的诗的意义的"立体"组织。可见,在科学观与哲学观上,立体主义绘画和现代主义诗歌有了交汇点。

基于从根本上重新理解世界的愿望以及新的科学观的影响,立体主义在

---

① 原文刊于 1934 年 2 月 21 日《大公报·文艺副刊》,许均:《普鲁斯特在中国的译介》,《粤海风》2007 年第 2 期。

② 郑敏:《诗和生命》,《诗歌与哲学是近邻——结构—解构诗论》,北京大学出版社 1999 年版,第 422 页。

艺术观上形成了与传统艺术最大的区别：知性的灌注。作为现代绘画的开端，印象主义还是以感性为主，后印象派的塞尚开始有了理性分析的观念，"用圆柱体、球体和圆锥体来处理自然"，因为"画画——并不意味着去盲目地复制现实；它意味着寻求诸种关系的和谐"①，艺术要超越自然、表现自我，追求"艺术的真实"。塞尚的艺术观，他对物体明暗、体积、色彩、空间之间的关系的研究，对纯粹形式的价值的探索以及对艺术的视觉形式的拓展，均对立体主义形成了影响和启发。在艺术观上，毕加索也认为："人们不能光画他所看到的东西，而必须首先要画出他对事物的认识。一幅画像表达它们的现象那样同样表达出事物的观念。"②它彻底颠覆了传统绘画诉诸感官的审美习惯，是绘画史上富有先锋性的一次革命。毕加索的《亚维农的少女》正是由于"包含的思想太丰富，太复杂了"，被视为"现代艺术的白鲸"。③ 而蓝棣之这样评价九叶诗人："知性是九叶诗人终于找到的对付长时期以来诗坛上浪漫与感伤，对付诗的情感泛滥的手段。……九叶诗派创作中的知性，与古典主义的寻找平衡和谐，与浪漫主义寻找超验的崇高，都不一样。它强调表达生活中的繁复纷纭，心灵的矛盾激荡，甚至困惑焦虑，并以此为主调"④。因此，立体主义"画要思想"的观念与九叶诗派"诗要思想"的观念可谓不谋而合，共同的知性追求是九叶诗派借鉴立体主义表现形式的思想基础。

　　立体主义的知性使它在艺术形式上采取了新的方式：解构重构、多维反映、拼贴。中国现代的立体主义没有构成流派，而是以绘画语言的形式存在，主观切面、几何分解和空间构成是三大特征，其抽象化的语言倾向是在中国写实主义、表现主义绘画之外的第三种绘画语言，是中国绘画现代化进程的重要组成部分。而诗歌的知性思考也需要相应的形式支撑，传统的流线型的写作

---

① 孙家祥：《现代主义绘画解读》，上海教育出版社 2010 年版，第 20 页。

② 夏于全：《世界传世藏书》第 3 卷，蓝天出版社 1998 年版，第 1494 页。

③ ［美］约翰·拉塞尔：《现代艺术的意义》，常宁生等译，中国人民大学出版社 2003 年版，第 125 页。

④ 蓝棣之：《九叶派诗选·前言》，人民文学出版社 1992 年版，第 26 页。

方式已无法承载,亟须开拓新的表现形式,多维、压砌、剪贴的诗歌结构即体现出立体主义特征。并且,无论绘画还是诗歌,立体主义的艺术方式也只有更加丰赡的内涵才能填充。可以说,作为内涵的哲理思考与作为形式的立体主义是一而二、二而一的关系。

1. 意象重叠压砌

解构重构是立体主义艺术家采用的创作方法。这种方法本质上是一种破坏,它破除传统艺术家对自然形的认识,打破焦点透视和空间法则,把物体和图像分解成一些构成性元素,如简化和概括成几何图形,并进行重新组合,形成一个新的整体,创造出变化的、复杂的视觉效果,如毕加索的《亚维农的少女》。这种方法可以展现所有可能的视点和平面,打破平面的二度空间,朝着抽象和主观表现的方向发展。约翰·拉塞尔就把立体主义概括为"重构的现实"。这种分解出来的构成性元素就像诗歌中的意象,它们的重新组合就像诗歌意象的有意安排。庞德认为,好诗是一种"意象的复合体",一种"在瞬息间呈现出的一个理性和感情的复合体"。意象派诗歌采用的意象叠加的形式,就是把"一个思想放在另一个思想之上",也就是一个意象叠加在另一个之上,即把两个意象不用任何连接词叠放在一起,其中一个表述另一个,它们之间是互文的隐喻的关系,而这种隐喻显然是一种主观性的选择和决定。①从哲学角度看,意象的叠加表现了立体主义的多维时空观。

卞之琳的诗歌便体现出立体主义式的意象重叠压砌的特征,而这种特征是和其诗作的哲思色彩密不可分的。卞之琳虽然不是九叶诗人,但由于在诗歌观念和创作上都体现出和九叶诗歌的联系,因此被看作九叶诗人的前辈诗人。唐湜在《九叶诗人:中国新诗的中兴》一书中,即将冯至、卞之琳视为前辈,认为九叶派诗受到他们的影响。卞之琳被称为"上承'新月',中出'现代',下启'九叶'"②的诗人。在现代派诗人群中,冯至与卞之琳是颇具特色

①　朱立元:《当代西方文艺理论》,华东师范大学出版社2001年版,第22页。
②　袁可嘉:《略论卞之琳对新诗艺术的贡献》,《文艺研究》1990年第1期。

的两位,他们的诗在现代诗派普遍的感性体认之外,还具有丰富的知性思考,体现出感性与知性交相融汇的特征,因而也更难解读。如果放在诗歌发展史上来看,他们的诗学特征在后起的九叶诗派中得到了回应,他们是具有超前意识的诗人。因此将其和九叶诗派放在一起讨论似也可行,由此更可见其诗学思想的发展流脉。

卞之琳的《圆宝盒》是较难解读的一首诗。在本章第一节中,按照"新奇的语言形式"进行解读,认为这是诗人运用了大量意象却有意省略了意象间的联系而造成的诗意的跳跃性、不连贯性。从立体主义诗艺的角度来看,这也是意象重叠压砌的方法。以第一节为例,诗歌营造了诸多意象:"圆宝盒""珍珠""水银""灯火""雨点""钟表店""古董铺""旧摆设""船""舱里人""桥""珍珠""宝石"和"星"。但意象间的关系隐藏多于显露,诗人没有将清晰的思维过程展示出来,或许诗人本身就没有线性的逻辑思维过程,诗歌展示的就是诗人思考的原貌。这是一些散在的思维"点","点"与"点"之间的关系有待读者进一步填充,但有一个主要诗歌意象"圆宝盒"贯穿始终,对其他意象起着统摄作用,使诗歌复杂的意蕴获得统一,诗歌的解读也变得可能。这种意象组合方式也正合袁可嘉所谓的"意象的凝定"。

穆旦的《诗八首》运用了丰富的充满知性思考的意象,在意象的连接与发展中推动诗情发展,也具有立体主义的艺术特征。比起《诗八首》来,《赞美》一诗在意象重叠压砌方面更突出。《赞美》可能是穆旦诗歌中意象最为繁复的一首。诗歌第一段就集中了大量意象,且全诗一开头还用"走不尽""数不尽"来形容意象,更无限增加了意象的数量,增强了诗歌气势。山峦、河流、草原、村庄、鸡鸣、狗吠、干燥的风、东流的水、鹰群、眼睛、热泪、灰色的行列,一系列意象在短短的诗行里接连出现,一个叠加在一个之上,以高密度的状态从多个侧面表述着民族的苦难,富有冲击力,犹如立体主义绘画从多角度表现对象。荒凉的沙漠、坎坷的小路、骡子车、槽子船、漫山的野花、阴雨的天气、带血的手,这一系列意象是"我"准备用来拥抱人民的,无论好坏,它们是属于民族的，"我"对民族充满了爱与赞美。第一段诗以意象的大量重叠压砌，巧妙地表达了"我"对民族苦难的沉重心情，对民族"已经起来"的倾心赞美。而这样的情绪太浓太烈太急迫，直抒胸臆都无法表达，只有迅速闪现最大量的言简义丰的意象来进行暗示、象征。且诗人觉得如此还不足以表达其心情之迫切，因此还在前面加上"走不尽""数不尽"的限定语，形成了一场意象冲击波。这便仿佛把诗人的感情按照主观意图进行了一次解构，又进行了一次重构，形成多维反映的独特艺术效果。在诗歌最后一段，诗人再次使用了意象重叠压砌法。"悠久的年代的风""倾圮的屋檐""枯槁的树顶""荒芜的沼泽""芦苇和虫鸣""飞过的乌鸦的声音""广大的山河"，此类意象层叠出现，再次强化了民族"多年耻辱的历史"和"无言的痛苦"。诗歌共四节，每节均以"一个民族已经起来"收束，末节为表示强化，又将该句重复了一遍。从诗歌意义上看，"一个民族已经起来"分别对每节所述的苦难意象里内含的民族坚忍不拔、抗争苦难的精神进行了巧妙的发掘，并由此将沉痛之情升华为赞美之意。从艺术形式上看，它类似于音乐主旋律，在诗歌中回环往复，在关键之处进行强化，也类似于立体派绘画，在重叠压砌中展示多维空间。

辛笛的《挽歌》："船横在河上/无人问起渡者/天上的灯火/河上的寥阔/风吹草绿/吹动智慧的影子/智慧是用水写成的/声音自草中来/怀取你的名字/前程是'忘水'/相送且兼以相娱/——看一支芦苇。"唐湜在评这首诗时说："诗是散文似的随意抒写，意象却跳跃得叫人难以捉摸。"[①]诗歌开头化用"野渡无人舟自横"的意境，诗歌几乎每句一意象，且意象之间跳跃性大，显得意象翻飞、思绪纷繁。郑敏的《寂寞》、卞之琳的《距离的组织》《水成岩》等诗也采用了意象重叠压砌的方法。意象的叠加反映出作家多层面的构思，从而使诗歌具有多层结构，这便是袁可嘉所说的由点、线、面组合而成的立体结构。立体主义的多维表现正适合九叶诗人表达丰富复杂的思想情感。

---

① 唐湜：《人与诗——辛笛论》，载唐湜：《九叶诗人：中国新诗的中兴》，上海教育出版社2003年版，第53页。

诗歌的意象对应到具有立体主义倾向的油画中便是抽象的构成性元素,如各种几何形体。这种具像艺术中的抽象化探索从林风眠带领的杭州国立艺术院的艺术实践中形成雏形。林氏的《鸡冠花》(1934)、《构图》(1934)、《习作》(1934)已经具有图像元素,对对象形体进行了几何提炼,以黑线勾勒轮廓并切割为图形和色彩的关系。这些探索仿佛诗歌中逐渐凝聚了意象。这时林风眠的立体主义语言元素还比较隐藏,常和后期印象主义、表现主义、野兽主义等交织在一起,加上他本时期的画作常以象征

图 3-9　林风眠《构图》

手法探索人生奥秘,因此其绘画仿佛中国象征派诗歌:两者的意象都处于形成期,并以此进行哲性思索。

吴大羽在 20 世纪 30 年代的创作,如均出版于 1934 年的《沉思》《窗前裸妇》《构图》《夏》皆以人体为造型元素,在突出的色彩表现之外,在"形"上都趋向于几何形体和块面的分割化处理。比起林风眠的绘画"意象"来,吴氏的抽象化绘画语言更为明确和纯粹。蔡元培的长女蔡威廉也是现代主义油画家,她的画作也体现出立体主义倾向。在《自己写照》(1929)这幅自画像中,对人物的面部、发型及背景皆进行了一定的几何抽象,由此形成平面化效果。方干民的立体主义实践在国立艺术院中最为典型,被称为"方派"。《白鸽》(1934)、《秋曲》(1934)、《西湖》(1934)是现存不多的早期作品。"《白鸽》是主情的,采用现实因素和诗意美感。《秋曲》则从主情向主知转变,已非眼之所见,而是画家的主观构造,否定了固有色。《西湖》几乎是纯理性的产物,是一种纯绘画世界的创造,这可以说已显示了

与抽象的接近。"①《白鸽》《秋曲》通过对形体的几何概括进行空间建构,《西湖》"把所有物像统一在分割与分面之中","抛弃了透视,强调平面效果和线与色的组合"。方干民绘画中的立体主义的几何抽象、分解渐趋成熟,但同时"它不属于毕加索创造的那种立体派,而是中国化了的立体派作品"②,是中国艺术家的创造,仿佛诗歌意象发展到现代诗派时,褪去了李金发时期的生涩和较重的模仿痕迹,在融入中国诗学传统的基础上走向成熟。

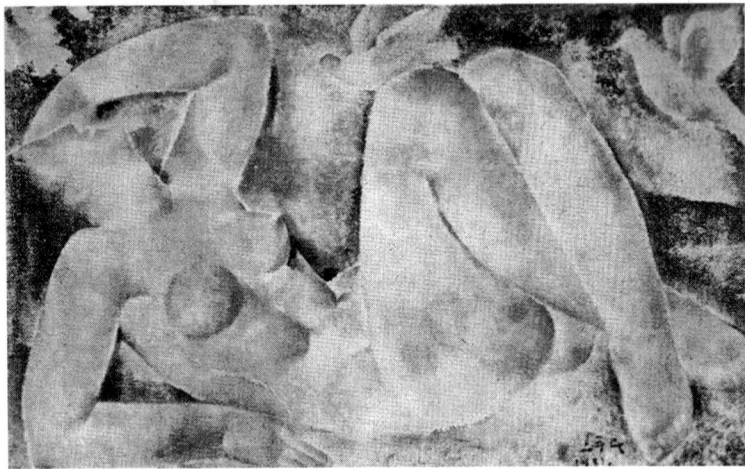

图3-10　方干民《白鸽》

以庞薰琹为代表的决澜社是杭州国立艺术院之后最有代表性的现代艺术团体,他们继续发展着立体派的变形。张弦的《静物》(1932)对对象进行了几何提炼,"在画布上试验着他的新企图"③。周多的《肖像》(1933)有着"莫迪里安尼风的变形",段平右的《海》(1932)、《风景》(1933)中的房舍、云彩、山

---

① 闵希文:《中国早期油画的奠基人——记第一代油画家方干民先生》,载郑胜天:《方干民》,加拿大亚太国际艺术顾问公司1996年版。

② 闵希文:《中国早期油画的奠基人——记第一代油画家方干民先生》,载郑胜天:《方干民》,加拿大亚太国际艺术顾问公司1996年版。

③ 倪贻德:《决澜社的一群》,载林文霞编:《倪贻德美术论集》,浙江美术学院出版社1993年版,第246页。

石、船都进行了明显的几何概括和
变形。女画家丘堤的《静物》，其几
何化、平面化的处理也很明显。在
画社画派以外，滕白也的《友人之
像》(1934)也进行了几何化的形式
处理，人物肖像造型体面关系明确，
流露出坚实的质感，具有分析立体
主义的倾向。朱沅芷的《人像》
(1931)对人物半身像的塑造也显示
出立体主义的特点。画家们在对绘
画"意象"的提炼和塑造过程中，摸
索着在西方艺术中引入本土化特
征，探索中国立体主义的"造型"图

图 3-11　段平右《海》

式经验，它们与发展中的现代主义诗歌一起，推进了中国文学艺术的现代化
进程。

2. 拼贴

拼贴最早是立体主义艺术家提出的创作方法。1912 年，毕加索和勃拉克
创造了一种新的绘画方式，引入真实的物体材料，利用多种素材组合成新的画
面。如直接采用布、木棒、麻绳、报纸、画报和照片等实物剪切粘贴在画布上，
或者在绘画中加入字母、词汇、数字等，再施以一些绘画的要素，组装成一幅具
有综合的立体效果的画幅。勃拉克说："假如我们要表现一个在读报的人，我
们也可取来一张报纸，剪下一片贴在画布上，何必要用画笔和颜料来虚构它
呢？"①毕加索的《小提琴和乐谱》(1912)即直接将木纹纸、发黄的乐谱剪成一
定的形状，按照特定的设计粘贴在画上，再与其他绘画物质组合在一起，表现

---

①　［美］约翰·拉塞尔：《现代艺术的意义》，常宁生译，中国人民大学出版社 2003 年版，第
148 页。

特有的绘画意趣。另如毕加索的《吉他》《桌上的酒杯与梨子的切片》,勃拉克的《单簧管》《曼陀铃》《有水果盘和杯子的静物》也是立体主义的裱贴画。后来作为一种文本(广义)创作技巧,拼贴被现代文学艺术广泛采纳。这种技巧的特征在于将原有的不同部分巧妙地整合在一个文本中,使其呈现出与原有面貌大不相同的气质,从整体上审视它是全新的,但组成它的每个部分却是已有的。

卞之琳的诗歌善于表现立体主义式的多维空间,这常常得益于拼贴技法,《白螺壳》《音尘》即为例子。以《白螺壳》为例,诗歌运用了立体主义式的拼贴技巧,嫁接了看似没有什么关联的众多意象和数幅画面,在错综的结构中表达诗人的哲思,深藏诗人的情感。例如,诗歌第二节拼贴了几组画面:"一湖烟雨""一所小楼""珍本"和"书页"。"请看这一湖烟雨/水一样把我浸透,/像浸透一片鸟羽。/我仿佛一所小楼/风穿过,柳絮穿过,/燕子穿过像穿梭,/楼中也许有珍本,/书页给银鱼穿织,/从爱字到哀字——出脱空华不就成!"即使这几组画面之间,也显示出诗人的诗笔如此跳荡,它们彼此之间是什么关系? 与上一节诗又是什么关系? 朱自清先生有着诗意的分析:"从'波涛汹涌'的'大海'想到'一湖烟雨',太容易'浸透'的是那'一片鸟羽'。从'一湖烟雨'想到'一所小楼',从'穿珠'想到'风穿过,柳絮穿过,燕子穿过像穿梭',以及'书叶给银鱼穿织';而'珍本'又是从藏书楼想到的。'从爱字到哀字','一片鸟羽'也罢,'一所小楼'也罢,'楼中也许有'的'珍本'也罢,'出脱空华(花)',一场春梦。"①从上一节的大海过渡到"一湖烟雨",大海寄托我万千的思绪,就像水"浸透一片鸟羽",是如此容易、彻底、浩瀚无际。从湖水联想到湖边小楼,风、柳、燕子纷纷穿楼而过,小楼也便成为时间的化身。楼中的珍本"书页给银鱼穿织",令人联想起"你我都远了乃有了鱼化石"(《鱼化石》),倍增了时间感。被时间所创造的白螺壳就是诗人自己,在沧桑中经受

① 朱自清:《诗与感觉》,载朱自清:《新诗杂话》,作家书屋 1947 年版,第 30 页。

变迁,"从爱字到哀字",对爱的期盼和追求最后落到失落的哀伤,心情无奈,只能"出脱空华"。从全文来看,这是最为明朗的表露心迹的诗句了,诗人的"一千种感情"皆缘爱而起。这首诗实则是一首表达隐晦的爱情诗,背后有着他与张兆和之妹张允和的暧昧之情。这节诗虽未直接涉笔白螺壳,却全都是由白螺壳引起的联想和想象。这几组意象乍一看没有什么关联,和上一节诗也相距较远,但仔细品味,它们都穿织在诗人多维的思维和想象中。

《白螺壳》一诗运用立体主义绘画的拼贴技法,巧妙地组接了多幅不连续的图画,朱自清所谓"不显示从感觉生想象的痕迹,看去只是想象中一些感觉,安排成功复杂的样式"①。但这只是一种表象,意象间的关系实则隐藏在深处,诗人把自己的思想感情表述得很隐晦。精通诗歌的朱自清评价《白螺壳》:"这是理想的人生(爱情也在其中),蕴藏在一个微锁的白螺壳里。'空灵的白螺壳''却有一千种感情',象征着那理想的人生——'你'。"②

唐祈的《秋》运用拼贴技法,组合出了一幅独特的风景画。"蒙茸的小草呵,/白融融的雾,/峰顶潮湿,山脚下低洼的/泥路,丛丛的灌木里:/我的脚步。//……深山里,/有你的旋律。/呵,你的旋律藏在风里/听,回忆的笛。//听,一群羊蹄的纷沓,/黄昏围住他:像个小牧者,走远了//听,几片羽毛,/从星光上飘落下来,/惊动了晚歌前的蟋蟀。//月光下,/一个老人在井旁,/汲水,捞满一桶月光。//和尚在阴影里/深思,蒲团上坐着他,像一枚新鲜的菌在收缩。//那些残棋般的零星茅屋,/茅屋顶下的人,牲畜,/夜休息了吗?没有声音/一串无音的音符……"诗歌一节描绘一幅画,有实景,也有虚景:迷蒙的山景、缥缈的笛声、纷沓的羊群、飘落的羽毛、汲水的老人、打坐的和尚、零星的茅屋。随着画面的转化,时间也在变化,从迷蒙的早晨到黄昏再到星光与月光的夜晚。在时空迅速转换中,诗中的声音也在变化,仅有的凄清的笛声、杂沓的羊蹄声、轻柔的蟋蟀声也消失殆尽,世界落入一篇寂静,"没有声

---

① 朱自清:《诗与感觉》,载朱自清:《新诗杂话》,作家书屋1947年版,第31页。
② 朱自清:《诗与感觉》,载朱自清:《新诗杂话》,作家书屋1947年版,第27页。

音/一串无音的音符"。因此，虽然这些画面彼此之间，以及与"秋"的题目之间似乎无甚关系，它们表现出诗人跳跃性的思维，但是每幅画都营造了一个清空、寂静的境界，也许这就是秋的况味，也是它们组合成一首诗的原因。

辛笛的《呼唤》："廊柱下看星,/乌青的寥廓里,/更有橙黄的月,/如吹寒的明角。/西北风来,/草原上远近,/薄明的光,/摇摇地坠了。/今夜的百叶窗,/纵掩起一室/红炉的温梦,/我却惆怅着了——/一匹黑猫的呼唤。"诗歌组合了三幅画面：廊柱下瞭望星空的画面，草原上的夜景图，室内煨炉图。三幅画面与标题"呼唤"似乎没有什么关系，诗歌也只在最后一句出现"呼唤"一词，且以"黑猫"进行限定，更增加了解读的障碍，诗歌在跳跃性的思维中，寄寓着特定的思考。

由于对立体主义艺术特征的借鉴，九叶诗歌从线形变为旋体，在四维空间里回环往复，因为直线的运动显然已不足以应付这个奇异的现代世界。袁可嘉以杜运燮的《露营》和《月》两首诗为例说到，这些诗一方面有一种对自己所感所思的"不可逼近的忠实"，另一方面是对于这种情绪表现的以"不同的平面"刻画和传达的"感觉曲线"，而在表现手法操作上，就是诗篇所控制的"间接性,迂回性,暗示性"。[1]

在立体主义特征上，诗歌与绘画可进行对观。艾青的《巴黎》一诗与庞薰琹的《如此巴黎》一画在表现内容、思想情感上相通，而卞之琳的《圆宝盒》、穆旦的《诗八首》《赞美》、辛笛的《挽歌》等诗，则在表现技法上与庞薰琹的油画《如此巴黎》《压榨机》等形成跨领域借鉴，构成现代主义诗歌与绘画的独特"互文"现象。同为决澜社的成员，周多、段平右、丘堤等画家注重形式的分解和提炼，而不注重整体的重组，庞薰琹则善于将分解后的元素进行重构，表现出更加自觉的立体主义追求，《如此巴黎》《压榨机》即如此。在这两幅油画中，庞薰琹采用立体主义的意象解构重构的方法，围绕主题将对象拆解为一系

① 孙玉石：《中国现代主义诗潮史论》，北京大学出版社1999年版，第373页。

列相关意象,再依照艺术家的主观意图进行重新组合,形成具有视觉冲击力的艺术形象,突出地表现主题。这正如诗人卞之琳、穆旦、郑敏等依据诗歌主题创造出一系列意象,再以跳跃性的思维将之"拼贴"在一起,营造出充满知性色彩的诗艺空间,巧妙地表现主题。庞薰琹善于将感性的装饰变化与理性的色形归纳结合起来:以色形的分解、体面的重构赋予对象以平面感和装饰性,纯化空间结构,同时赋予对象以哲理的观念。他的绘画仿佛成熟时期的现代派诗,在西方诗艺与传统诗艺间找到了平衡点,确立了庞氏立体主义绘画图式——"构成"样式。

在"意象"的拼贴上,决澜社的阳太阳的《烟囱与曼陀铃》(1933)具有空间构成的特点。在此画中,阳太阳将曼陀铃、梨、烟囱及冒出的浓烟等物象进行几何化塑造,并按照画家的主观意志组合在一起,形成奇特的画面,表现了画家的思想。唐隽的《构图》(1931)对人像的几何化处理非常突出,人像被分解成黑白交错的方块、三角形、扇形及不规则图形,并重新拼贴成一个完整的人像,使得原本由曲线构成的变幻多端的人像成了几何图形的组装,具有强烈的形式感,给人特殊的审美感受。方雪鸪的《期待》(1932)不仅在物象形态上

图 3-12　方雪鸪《期待》

追求几何造型、形式分解与拼贴重组,在色彩上也趋于丰富和变化,题目"期待"赋予画面以传统的意蕴,整幅画表现出现代形式与传统内蕴的独特结合。卢景光的《六弦琴》(1934)选取的对象六弦琴本身即具有较强的几何感,同时画家又将琴"断开"和"错位",再加以背景的锯齿形等,使得此画具有立体主义倾向的语言意味。立体主义绘画的构成特点显示出,画家不从一个视点看

事物,而是把从不同的视点所观察的视觉形象,统统形诸画面,表现出时间的持续性,仿佛九叶诗歌在意蕴表现上的多重性、不确定性。在立体主义绘画中,古典派及印象派对明暗、光线、空气、氛围表现的趣味被由多种直线、曲线构成的轮廓、块面堆积与交错的情调所取代,仿佛诗歌中写实派、浪漫派对情感的抒发让位于九叶诗派知性化的诗情表达,读者的审美感受发生了变化,感受到的是现代主义文艺的气息。

如果单论意象的重叠压砌、拼贴,象征诗派、现代诗派也是很典型的例子,现代派诗人称自己的诗为"意象抒情诗"。但这里却不把李金发、戴望舒等人的诗歌看作立体主义诗艺,主要在于他们的诗歌智性思考较少,绝大部分是抒情,甚至滥情,缺乏有硬度的诗质。如前所述,立体主义的根基是相对论所带来的对传统时空观念的革新,因此具有立体主义特征的文学也应具备新的思考力与表现力。象征派诗与现代派诗虽具有现代的形式,但表述的内容是现代人在现代境遇下的现代情绪,仍属于现实的层面,没有上升到思想的层面、哲理的境界,因此与立体主义诗艺相距较远。例如,李金发模仿法国象征诗派,所作的诗歌风格晦涩、怪异,呈现出的画面构图也接近现代派:"青紫之血管,/永为人们之遗嘱/并颤动在原野/与远山谐其色泽"(《死者》)。近景的血管与远景的山在颜色上相呼应,两者在同一幅画面内的设置倍显怪异,这仿佛一幅超现实主义的绘画,反映的是一种梦境、幻觉。此诗具有现代意味,但由于缺乏知性的渗透,因此也不是立体主义式的诗歌。

(三)诗画互相启迪及其他

诗画之间的关系也可以是松散的,比如某首诗启发了画家,或者某幅画触动了诗人的心弦。林风眠早期的作品就常采用这种创作路数。林风眠熟悉希腊罗马神话,对西方近代诗歌也颇为欣赏,常常以绘画的方式表达对它们的理解,显示出文学对美术的影响。但遗憾的是,这些画作原作均已不存,连印刷品都很难见到,因此无法进行细致的"阅读",只能依靠一些简略的记载。《克里阿巴之春思》描绘埃及女王思慕罗马古将、抚琴悲歌于海滨,《罗朗》取材于雨果之咏史诗,描写法国中古血战,《金字塔》描写黄昏白翼天女抚琴于斯芬狮,《战栗于恶魔之前》《唐又汉之决斗》取材于拜伦叙事诗。这些画作取材于古代欧洲、近东历史传说与文学作品,具有浪漫主义、象征主义的影子。① 近代象征主义诗歌的情调和手法也被他化用到视觉形象中。《令人赞赏的春天失去了她的香味》取自波特莱尔的一首诗,此画象征着短暂的欢乐。《悲叹命运的鸟》受到拉·封丹(La Fontaine)的著名诗歌《受伤的鸟》的启发。② 画家表达的情思不再是古典式的,而充满了对命运沉思、对时代迷惘的一种惶惶然的现代情绪。这种情绪可能与象征主义诗歌的影响有关,一方面来自林风眠的自由阅读,另一方面,在旅法早期林风眠的艺术观念颇受其同学、诗人李金发影响。③

冯至的《蛇》的创作灵感来源于看画时产生的心灵触动。关于这首诗的写作缘起,冯至在六十余年后有着回忆性的自述:"1926 年,我见到一幅黑白线条的画(我不记得是毕亚兹莱本人的作品呢,还是在他影响下另一个画家画的),画上是一条蛇,尾部盘在地上,身躯直立,头部上仰,口中衔着一朵花。蛇,无论在中国,或是在西方,都不是可爱的生物,在西方它诱惑夏娃吃了智果,在中国,除了白娘娘,不给人以任何美感。可是这条直挺挺、身上有黑白花纹的蛇,我看不出什么阴毒险狠,却觉得秀丽无邪。它那沉默的神情,像是青年人感到的寂寞,而那一朵花呢,有如一个少女的梦境。于是我写了一首题为《蛇》的短诗。"④《蛇》这首诗创作于 1926 年,写出后没有发表,后收入诗人1927 年出版的第一部诗集《昨日之歌》。从冯至的自述可知,这是一首读画

---

① 郎绍君:《林风眠》,河北教育出版社 2002 年版,第 45 页。

② 林风眠百岁诞辰纪念画册文集编辑委员会编:《林风眠之路》,中国美术学院出版社1999 年版,第 31 页。

③ 林风眠百岁诞辰纪念画册文集编辑委员会编:《林风眠之路》,中国美术学院出版社1999 年版,第 32 页。

④ 冯至:《外来的养分》,《外国文学评论》1987 年第 2 期。

诗。读画诗这种形式在中国传统文艺中以"题画诗"的形式大量存在,成为连接诗与画的直接桥梁,也发展为中国独特的文学艺术资源。而冯至的《蛇》既为白话新诗,又是因黑白线条画而引发,自然不属于中国式的题画诗,而应属于西方系统与现代语境。在诗画关系中,中国诗画可说是水乳交融式的,古诗的题材、内容、意境、情趣、神韵乃至笔法都与中国画有相同之处,有诗有画方能形塑艺术人生。而西方的诗歌与绘画是二分的,尤其在艺术形式上各是一家。因此,中国式的题画诗多和画面关系密切:或描述画面内容,或由此引发人生感兴,或以诗论画。而在西方式的读画诗中,画往往只是一个由头,诗以此生发开去,甚至离画万里。以此审视冯至的《蛇》,它与画面之间的关系可谓若即若离:诗人没有书写画面内容,没有用诗去解释画面,没有局限在图画上,而是抒写由画所触发的思绪、经验、哲思。① 在这种情况下,绘画对诗歌的影响仅仅在于触动了心灵,感染了情绪,引起了感悟,而诗歌所表达的思想情感,所采用的艺术技法与绘画已脱离了关系,这时的绘画只是一种触媒,诗歌已成为新的创造。

戴望舒的诗歌具有现代主义的画境和画意。《灯》:"灯守着我,劬劳地,/凝看我眸子中/有穿着古旧的节日衣衫的/欢乐儿童,/忧伤稚子,/像木马栏似地/转着,转着,永恒地……"这节诗的结构方式让人想起夏加尔的《我的故乡》(1911)。夏加尔是犹太裔俄罗斯画家,他的画具有独特的风格,人、马、牛在天上飞,椅子、桌子、人也可以倒立着,同时向左和向右的面孔,色彩自由而丰富。他的绘画难以用印象派、立体派、抽象表现主义等来概括,因此有人说"超现实派"一词就是为了形容他的作品而创造的。夏加尔的画作充满了梦幻、象征的意味,流淌出浓郁的诗意,他仿佛一位拿着画笔的诗人。《我的故乡》一画中,占据画面主体的是一只羊头和一个人头,羊头里有挤奶的场景,画面上方有荷锄的农夫和倒立的妇女,远处是村庄的景象。这幅画反映出

---

① 蒋霞:《寂寞:生命体验与哲理沉思的凝聚——冯至〈蛇〉赏析》,《语文建设》2018 年第5 期。

夏加尔对故乡的诗意记忆,羊与人的对视充满温情,显示出人与自然的和谐。在《灯》中,戴望舒故意颠倒了主客关系,本是"我"守着灯,"我"看着灯,但诗歌却写成"灯守着我""凝看我",仿佛《我的故乡》中羊与人的对视。通过"我"的眸子,显示出"穿着古旧的节日衣衫的/欢乐儿童,/忧伤稚子,/像木马栏似地/转着,转着,永恒地……",好像羊头里显示出挤奶的温暖的画面。"我"的眸子里映照出"我"的记忆,羊的头里折射出羊的记忆。但二者表现的情感截然不同,夏加尔的《我的故乡》主要是诗意的温情,而戴望舒的《灯》抒发的是忧伤、寂寞之情。

"采撷黑色大眼睛的凝视/去织最绮丽的梦网! /手指所触的地方:/火凝作冰焰,/花幻为枯枝。"(《灯》)这几句诗采用了超现实主义表现感觉的方式,具有了超现实主义的画面感。"凝视"是无形的,却可以织网,这是"梦网",梦本身就是虚无缥缈的,正好与"凝视"的无形无迹相应。诗歌构造很精巧,将现实与梦有效地勾连起来,而超现实主义就是想化解存在于梦境与现实之间的冲突,达到一种超越的真实。"手指所触的地方:/火凝作冰焰,/花幻为枯枝。"这不是写的现实感受而是超现实的感觉,构造了一幅超现实主义的画面:"火凝作冰焰,/花幻为枯枝",由此表达出一种心理的真实:极度的心灰意冷。

《致萤火》:"我躺在这里,让一颗芽/穿过我的躯体,我的心,/长成树,开花。"《我用残存的手掌》:"我用残损的手掌/摸索这广大的土地""无形的手掌掠过无限的江山,/手指沾了血和灰,手掌沾了阴暗"。这两首诗也运用了超现实主义的表现法,具有超现实主义的画意:"我"躺在地上,一棵芽穿过"我"的身体,长成树,还开了花;一只受伤的巨手,缓缓抚过广大的土地。这仿佛超现实主义绘画对时空倒置、事物错置的表现。中国的超现实主义绘画不发达,也未形成独立的风格,多与其他现代主义成分混合在一起,因此难以找到与戴望舒诗歌相对应的中国超现实主义绘画。

第三节　现代主义：一个不纯粹的话题

一、　现代主义诗歌：向现实的归趋

（一）现代主义诗歌的衰落与诗人的转向

现代主义诗歌繁荣于 20 世纪 30 年代，尤其是 1936 年到 1937 年这段时间，这时期诗人辈出，诗作质佳量丰，诗派成立。但是这种黄金时代很短暂，随着 1937 年抗战全面爆发，现代主义赖以生存的时代、社会环境被彻底挤压殆尽，现代主义诗人群急剧分化，他们大多数人都投身到了民族解放战争中。

现代诗派的重要诗人戴望舒，以"哀怨又彷徨"的"雨巷诗人"蜚声于诗坛，也以寂寞、哀愁的情绪形成诗歌的主旋律。他于 1937 年 3 月 14 日写下《我思想》一诗："我思想，故我是蝴蝶……/万年后小花的轻呼，/透过无梦无醒的云雾，/来振撼我斑斓的彩翼。"这首诗延续了他一贯的诗风，但在这首诗以后，戴望舒经过了长达近两年的沉默，在 1939 年元旦写下《元日祝福》，唱出了新的心声："新的年岁带给我们新的希望。/祝福！我们的土地，/血染的土地，焦裂的土地，/更坚强的生命将从而滋长。//新的年岁带给我们新的力量。/祝福！我们的人民，/坚苦的人民，英勇的人民，/苦难会带来自由解放。""土地""人民""解放"等词语及诗中积极的精神是戴望舒诗歌中从未有过的。从《我思想》到《元日祝福》显示出诗人思想转变的轨迹：诗人走出了自我心灵的小天地，着眼于更广大的世界。1942 年 4 月，戴望舒在香港参加抗日救亡运动被捕入狱，受尽折磨，4 月 27 日作《狱中题壁》，7 月获保释，摸着自己的遍体鳞伤，7 月 3 日作《我用残存的手掌》，继而有《心愿》《口号》《等待》等诗作问世。在时代的巨变下，戴望舒由苦闷低吟者变身为国家的民族诗人。

从创造社到象征诗派的诗人穆木天、王独清后来都"皈依"了革命现实主义。穆木天 1921 年参加创造社,成为后期创造社的重要诗人,后在日本留学期间转向象征主义,1931 年在上海参加左联,负责左联诗歌组工作,第二年加入中国共产党,9 月与杨骚、任钧、蒲风等人共同发起成立中国诗歌会。1933年 2 月,中国诗歌会会刊《新诗歌》创刊,穆木天执笔了著名的《发刊诗》,主张革命现实主义诗歌:"我们要捉住现实,/歌唱新世纪的意识","我们要使我们的诗歌成为大众歌调,/我们自己也成为大众中的一个"。穆木天在作于 1930年的《我的文艺生活》中说道:"我的以往的文艺生活,完全是一场幻灭。"他宣称:"诗我是再也不作了,因为那种诗,无论形式怎么好,是如何有音乐性,有艺术性,在这个时代,结果,不过把青年的光阴给浪费些。"①纵观穆木天从 20世纪 20 年代到 40 年代的创作,形成了一个明显的发展历程:20 年代他信奉象征主义,以此为主调出版了诗集《旅心》(1927);30 年代他崇尚现实主义,创作了诗集《流亡者之歌》(1937);40 年代他努力将现实主义与浪漫主义相结合,并适当吸取象征主义的表现手法,创作了《新的旅途》(1942)。

王独清于 1926 年初回到上海,"归国后第二天便和沫若谈了许多关于诗上的杂话"②,他很快投入创造社后期的工作。1927 年上海工人武装起义遭到帝国主义镇压,王独清即与成仿吾、鲁迅等共同署名发表了《中国文学家对于英国智识阶级及一般民众宣言》。他在《威尼市·序》(1928)里自道心曲:"我过去的生命就完全葬送在这种个人的艺术之创作里面……我已经决心再不作这些无聊的呓语,我要把我底生活一天一天地转移到大众方面……我回顾我过去许多无意义的努力,真使我愧恨到不可言状,我底汗和眼泪简直要一齐流了下来呢。"③在现实的触发下,王独清很快抛弃"音画"观、象征主义诗论而加入革命诗歌的队伍。

---

① 穆木天:《我的文艺生活》,载蔡清富、穆立立编:《穆木天诗文集》,时代文艺出版社 1985年版,第 199、200 页。
② 王独清:《再谭诗——寄给木天、伯奇》,《创造月刊》第 1 卷第 1 期,1926 年 3 月 16 日。
③ 徐沉泗、叶忘忧:《王独清选集》,万象书屋 1936 年版,第 4—5 页。

何其芳无疑是由现代诗人向现实主义转向的最具代表性的案例。"论者多以 1938 年何其芳奔赴延安为界,将赴延安之前的何其芳视作持个人主义立场的浪漫派诗人,称为'前期何其芳'或'文学何其芳',将之后的何其芳称为'后期何其芳'或'政治何其芳'。并认为是抗战和延安之行导致其迅速转换立场,成为从国统区赴延安的作家中最先发声的歌颂者,在整风运动中被视为'带头忏悔者'和《延安文艺座谈会上的讲话》的权威阐释者,并被派往国统区宣传《讲话》。"①早期《画梦录》中那个孤独寂寞的吟唱者消失了,代之以"凡是有生活的地方就有快乐和宝藏"(《生活是多么广阔》),"对于生活我又充满了梦想,充满了渴望"(《我为少男少女们歌唱》)这样的歌吟。

众多诗人都有着对自己诗歌创作之路的思考和总结。象征派诗人李金发评说自己的诗作:"事实上,我的诗是我年轻时候玩的一种游戏,它们不含有任何思想;有时甚至是以笨拙的手法把孩提的幻想连缀在一起——如果我今天读到它们,仍使我尴尬……"②冯乃超在《红纱灯》的序中说道:"你们会看见小鸟停在树梢振落它的毛羽,你们也知道昆虫会脱掉它的旧壳;这是我的过去,我的诗集,也是一片羽毛,一个蝉蜕。"③现代派诗人徐迟说道:"也许在逃亡道上,前所未见的山水风景使你叫绝,可是这次战争的范围的程度之广大而猛烈,再三再四地逼死了我们的抒情的兴致。你总是觉得山水虽如此富于抒情意味,然而这一切是毫没有道理的;所以轰炸区炸死了许多人,又炸死了抒情,而炸不死的诗,她负的责任是要描写我们的炸不死的精神的。"④1938 年 8 月,卞之琳踏上了前往延安之路,他回忆道:"全面抗战起来,全国人心振奋。炮火翻动了整个天地,抖动了人群的组合,也在离散中打破了我私人的一时好

---

① 谢慧英:《自由的"悖论":关于"两个何其芳"的透视与省思——兼论中国现代知识分子的归属感》,《东南学术》2018 年第 6 期。

② 李金发:《文艺生活的回忆》,载李金发:《飘零闲笔》,台北侨联出版社 1964 年版,第 1 页。

③ 冯乃超文集编辑委员会:《冯乃超文集》上卷,中山大学出版社 1986 年版,第 3 页。

④ 徐迟:《抒情的放逐》,《顶点》第 1 期,1938 年 7 月。

梦。……大势所趋,由于爱国心、正义感的推动,我也想到延安去访问一次,特别是到敌后浴血奋战的部队去生活一番。"①对抗战以来的诗歌,艾青从总体上评价道:"一面撇开了艺术至上主义的观念","一面非常迅速地把自己投进了新的生活的洪流里去,以人群的悲苦为悲苦,以人群的欢乐为欢乐。使自己的诗的艺术,为受难的不屈的人民而服役,使自己坚决地朝向为这时代所期望的,所爱戴的,所称誉的目标而努力着,创造着",他们"为自己找到了他们诗的新的栖息的枝桠"。②

在诗歌生存的外部环境上,现实主义诗人、左翼诗人也对现代主义诗歌大加挞伐:"象征派的晦涩、未来派的复杂、达达主义的混乱……,都是应该从现阶段的诗歌当中排除去的。"③现实的急遽革命化与诗歌领域的"主义之争",使众多现代主义诗人都或多或少地有着向现实主义的归趋,另如李广田、方敬、曹葆华、番草等。在这种归趋大潮中,将现实主义与现代主义较好地结合在一起的是兴起于20世纪40年代的九叶诗派。

(二)九叶诗派:艺术与现实的平衡④

20世纪40年代陈敬容对中国新诗进行了深刻的反思:"中国新诗虽还只有短短一二十年的历史,无形中却已经有了两个传统:就是说,两个极端。一个尽唱的是'梦呀,玫瑰呀,眼泪呀',一个尽吼的是'愤怒呀,热血呀,光明呀',结果是前者走出了人生,后者走出了艺术,把它应有的将人生和艺术综合交错起来的神圣任务,反倒搁置一旁。"⑤陈敬容此番话透露了两点,一是诗

---

① 卞之琳:《雕虫纪历·自序》,《卞之琳文集》中卷,安徽教育出版社2002年版,第451页。

② 艾青:《论抗战以来的中国新诗》,《艾青全集》第3卷,花山文艺出版社1994年版,第177页。

③ 任钧:《谈谈诗歌写作》,《新诗话》,上海国际文化服务社1948年版,第143页。

④ 袁可嘉:《诗的新方向》,《论新诗现代化》,生活·读书·新知三联书店1988年版,第223页。

⑤ 默弓(陈敬容):《真诚的声音——略论郑敏、穆旦、杜运燮》,《诗创造》第12期,1948年6月。

坛现状,二是九叶诗派的艺术追求。这段评价未免偏激,她说的现象只是两个传统中的末流,是"两个极端",不能代表这两种诗派的全体,但作为 20 世纪 30 年代现代诗派的一名成员,她也看出了诗坛存在的一些问题。穆木天、梁宗岱等人提倡的"纯诗化"导致诗歌现实感薄弱,而左翼诗歌及其发展而来的抗战诗歌又迷失在过分通俗直白的大众化、政治化之中。这种诗歌两极分化的状况是九叶诗人诗学变革的现实动因。为此,九叶诗人提出了理想的诗歌建构模式,陈敬容表述为"将人生和艺术综合交错起来",袁可嘉所谓"追求艺术与现实间的正常平衡"。① 这是一种综合的诗学追求,陈敬容认为这种诗"首先得要扎根在现实里,但又要不给现实绑住"②。九叶诗派的重要理论家袁可嘉阐述道:"绝对肯定诗应包含,应解释,应反映的人生现实性,但同样地绝对肯定诗作为艺术时必须被尊重的诗底实质……诗之艺术的特质。"③唐湜则认为,诗必须在现实的"土地里深深地植下自己的根","它必然而且应该孕育于社会生活的子宫,但又必须脱离母胎独自成长,形成一个超越一切的崭新的自己"。④ 他们这种独特的平衡美学追求具有"高度综合"的性质:"这个新倾向纯粹出自内发的心理需求,最后必是现实,象征,玄学的综合传统;现实表现于对当前世界人生的紧密把握,象征表现于深厚含蓄,玄学则表现于理智感觉,感情,意志的强烈结合及机智的不时流露。"⑤它以诗人对社会现实的关注为诗学核心,以象征手法作为意象营造、诗意表达的手段,以敏锐的感性与深刻的哲思结合为诗歌的知性基础,构造出中国新诗的现代化新貌。

---

① 袁可嘉:《诗的新方向》,载袁可嘉:《论新诗现代化》,生活·读书·新知三联书店 1988 年版,第 223 页。

② 默弓(陈敬容):《真诚的声音——略论郑敏、穆旦、杜运燮》,《诗创造》第 12 期,1948 年 6 月。

③ 袁可嘉:《新诗现代化——新传统的寻求》,天津《大公报·星期文艺》1947 年 3 月 30 日。

④ 唐湜:《论风格》,《中国新诗》第 1 期,1948 年 6 月。

⑤ 袁可嘉:《新诗现代化——新传统的寻求》,天津《大公报·星期文艺》1947 年 3 月 30 日。

袁可嘉将九叶诗人的创作精神的追求称之为"内在的现实主义"①。这个概念揭示出两点:其一,无论从诗歌观念还是创作实践看,他们都非常看重诗歌忠实于现实生活这一点,由此与他们的前辈象征诗派、现代诗派诗人相区别,而与现实主义有了交集;其二,他们追求的现实主义是和个人生命体验、心灵感悟结合在一起的,更多表现为心理的现实而非自然的现实,因此与写实主义,更与革命现实主义所不同,而与表现现代情绪的象征诗派、现代诗派有了共同点。这种对待现实的内审性、心理化态度及与之相应的表现方法使九叶诗歌从根本上说属于现代主义而非现实主义。这种特殊性也使九叶诗派成为中国现代主义诗歌的一个独特发展阶段。

唐湜为《中国新诗》杂志所写的代发刊词,无异于九叶诗派的宣言:"我们面对着的是一个严肃的时辰"与"严肃的工作","到处有历史的巨雷似的呼唤;到旷野去,到人民的搏斗里去,到诚挚的生活里去"。② 在刊物第二集中,唐湜进一步阐述道:"在内容上更强烈拥抱住今天中国最有斗争意义的现实……我们既属于人民,就有强烈的人民政治意识,怎样通过我们的艺术形式而诉诸表现。……我们愿意首先是一个真正的人,在最复杂的现实生活里,我们从各方面来参与这艰苦而光辉的斗争,接受历史阶段的真理的号召,来试验我们对于新诗的写作。"③这样的呼声仿佛让人看到了七月诗歌、左翼诗歌、抗战诗歌的影子,在与现实拥抱这一点上,它们可谓一脉相承。从这点来看,中国诗歌无论是现代主义、现实主义还是大众主义,都不乏相通之处,彼此间并无僵硬的畛域不可跨越。这也可视为各种主义的开放性。也正是在与现实主义新诗潮流所保持的某种精神联系上,九叶诗派与 20 世纪 30 年代疏离于时代与现实的象征诗派、现代诗派区别了开来。因此,唐湜发出这样的批评:"从戴望舒到卞之琳那一段时间内的风气,虽然有水灾大旱、东北事变,但诗

---

① 袁可嘉:《诗与民主》,天津《大公报·星期文艺》1948 年 10 月 30 日。

② 唐湜:《我们呼唤(代序)》,《中国新诗》第 1 期,1948 年 6 月。

③ 杭约赫、唐祈:《中国新诗·编后记》第 2 集,1948 年 7 月。

却仍然与都会的无线电音乐一样地飘浮、空虚,没有生命力的挺拔的凸现。"①
可见,中国现代主义诗歌具有自己的特殊性:抹不去的现实关怀精神,由此与
西方只专注于个人精神世界的现代派区分开来。

但与此同时,九叶诗派的现实主义精神不是浮泛的、肤浅的、表象式的,而
是"内在的",更强调诗人内心对现实生活的感受与升华,是一种更富有个性
特色的审美现代性追求,是忠实于现实与忠实于艺术的统一。朱自清曾在
1943 年写作的《诗的趋势》中表达对抗战以来的诗坛不满:"我国抗战以来的
诗,似乎侧重'群众的心'而忽略了'个人的心'。"②九叶诗人对"内在的"坚持
和实践,在一定程度上纠正了时弊,他们在艺术的真实与生活的真实相统一的
创造中,实践着冯至所谓的"给我狭窄的心/一个大的宇宙"的愿望。

在他们的诗作中,虽然没有很多直接歌唱革命的诗篇,但他们善于把民族
的苦难与斗争、人民的觉醒与反抗、时代的黑暗与光明、腐朽与崇高交融在一
起表现,汇成了波澜壮阔的民族史诗。长诗是最能体现这种史诗建构的形式,
杭约赫的《复活的土地》、唐湜的《骚动的城》、唐祈的《时间与旗》均是此类佳
构。写于新中国成立前夕的《复活的土地》(1948 年 10 月)以强烈的人民政
治意识,将对人民深沉的爱与对敌人强烈的恨,融进宏大的史诗性结构中。诗
中那敏锐的现代意象、激烈的情绪与令人警醒的诗的语言交融为一,有力地支
撑了诗歌主题。"献出自己的劳动和生命的/不正是这些光脚的,/摇撼这沉
睡的山河,保卫/多难的祖国和他自己的/生命的根的,不正是/他们;现在,他
们以执锄头的手,/在捏紧从敌人那里夺取的武器,/来解放这最后一片被束缚
的/土地。"唐祈的《时间与旗》:"过去的时间留在这里,这里/不完全是过去,
现在也在内膨胀/又常是将来,包容了一致的/方向,一个巨大的历史形象完成
于这面光辉的/人民的旗。"诗歌揭示出饱受苦难的人民正凝聚力量而崛起。

---

① 唐湜:《辛笛的〈手掌集〉》,载唐湜:《新意度集》,生活·读书·新知三联书店 1990 年
版,第 59 页。
② 朱自清:《诗的趋势》,载朱自清:《新诗杂话》,作家书屋 1947 年版,第 97 页。

杜运燮的《滇缅公路》对穿越高山密林激流的滇缅公路给予了高度的赞美,这条路关系着"为民族争取平坦,争取自由的呼吸",是关系民族抗战的伟大工程。因而诗人不吝诗笔,以宏伟的气势谱写了一部震撼人心的史诗。"就用勇敢而善良的血汗与忍耐/踩过一切阻挡,走出来,走出来,/给战斗疲倦的中国送鲜美的海风/送热烈的鼓励,送血,送一切,于是/这坚韧的民族更英勇,开始欢笑:/'我起来了,我起来了,我已经自由!'"这些诗篇无不具有强烈的现实主义品格,同时其现实主义中又浸透着诗人饱满的心理感悟,因而绝不同于自然主义式的客观写照。

更典型地体现了"内在的现实主义"的诗人是穆旦。蓝棣之曾这样评价穆旦:"他毕竟生活在 30 年代以来触及现实的诗风的巨大潮流之中,他很早就从空虚走向真实,懂得生命的意义与苦难。他的诗主要不是西方某些诗人那种宇宙精神或宇宙观,他的思想并不狭隘,但他逃不出实际生活的牢笼。他的诗主要不是对生命现象作心理的和哲学的思考,而是对社会现实进行心理的和哲学的思考……他的诗主要不是揭示生活中的矛盾,以及如何对待这种现实矛盾,而是表达在现实的矛盾面前,他的各种心理状态,他的思绪。"①穆旦在短诗《时感》第一节中这样写道:"我们希望我们能有一个希望,/然后再受辱,痛苦,挣扎,死亡,/因为在我们明亮的血里奔流着勇敢,/可是在勇敢的中心:茫然。"这节诗不是直接描写社会现实,而是写社会现实在诗人心中引起的体验和感受。和一般的写实诗歌比较起来,它已经够内在化了,但是和诗歌最后一节比较起来,这还算是比较明朗、尖锐的对现实黑暗、荒谬的讽刺。在最后一节里,诗人写道:"还要在无名的黑暗里开辟新点,/而在这起点里却积压着多年的耻辱:/冷刺着死人的骨头,就要毁灭我们一生,/我们只希望有一个希望当做报复。"这才真正进入对诗人内心世界矛盾的剖析和揭示。这些内在感受、矛盾是当时真实生活的心理投影,最深刻

①　蓝棣之:《论穆旦诗的演变轨迹及其特征》,载杜运燮、袁可嘉、周与良编:《一个民族已经起来:怀念诗人、翻译家穆旦》,江苏人民出版社 1987 年版,第 69 页。

地反映了人民的心理和感情,所以它并不玄虚,而有着深厚的现实感。所以袁可嘉评论这首短诗所表达的"是最现实不过,有良心良知的今日中国人民的沉痛心情",但作者没有采取"痛哭怒号的流行形式,发而为伤感的抒泄",而是"把思想感觉揉合为一个诚挚的控诉",它就具有了现实的感情经过心理处理的"'结晶'的价值"。①

在时代风云的激荡下,"五四"文学所开创的人的悲惨命运、苦难现实的主题,为另一种书写所代替——对人民内在力量、智慧的发掘与赞美。在这方面,穆旦的《赞美》一诗唱出了最深沉最热烈的民族赞歌,而这首赞歌又是通过诗人对民族历史、现状的感受、思考表现出来的。诗歌以农民和农村为中国的代指,铺叙了深长的历史忧患与屈辱、现实灾难与悲哀,塑造了民族"受难的形象":"说不尽的故事是说不尽的灾难,沉默的/是爱情,是在天空飞翔的鹰群,/是干枯的眼睛期待着泉涌的热泪。"然而,这样的民族在抗战洪流中崛起了,诗人发出最深切的"带血的"赞美:"我有太多的话语,太悠久的感情,/我要以荒凉的沙漠,坎坷的小路,骡子车,/我要以槽子船,漫山的野花,阴雨的天气,/我要以一切拥抱你,你,/我到处看见的人民呵,/在耻辱里生活的人民,伛偻的人民,/我要以带血的手和你们一一拥抱。/因为一个民族已经起来。"《控诉》中"冬天的寒冷聚集在这里","春天的花朵,落在时间的后面","历史的矛盾压着我们,/平衡,戕害我们每一个冲动"。面对理想追寻中的种种困境,"我们"的力量和精神之源何在? 诗人肯定地回答:"人民"。诗歌以对人民的赞美续接起《赞美》的主题。

九叶诗人没有西方现代派诗歌那种深远的历史感和深厚的人类意识,他们坚守社会良知,紧密把握现实生活与斗争,密切关注民族生死存亡的命运,具有深刻的现实主义精神。他们把这种思想观念和美学追求融入个人内在的

---

① 袁可嘉:《新诗现代化——新传统的寻求》,天津《大公报·星期文艺》1947 年 3 月 30 日。

强烈体验与深刻思考中,以他们的艺术创造实现着"对诗和社会的革命"①。
1948 年 4 月,九叶诗派前辈诗人冯至在评论青年诗人的时候说,"现在社会的
腐朽促使我们很自然共同走上了追求真、追求信仰的道路。这是前代的诗人
要经过很大的努力才能摸索得到的。……这在许多青年诗人的诗上可以看
到"。冯至认为,"对于真与信仰的迫切的需求",是诗人的"良心"要求所表现
的"时代的声音"和"求生意志"。为此,诗人要把诗"当作生命的意义",当成
为"真诚地为人的态度"的表现。② 这意味着诗人应把内在生命意识与诗歌
的现实使命感统一起来。正是在此意义上,袁可嘉将九叶诗人所追求的诗
的现代主义称为"内在的现实主义",肯定"意识活动的自主性",强调诗人
在创作活动中的自主性,强调关注现实的创作也要"根于心灵活动的自发
的追求"。③ 这种内在性依托于九叶诗歌的另一种品格——思索,九叶诗歌是
沉思的诗。④

二、 现代主义绘画:无法抹去的现实精神

庞薰琹说:"自我表现的艺术不能说不是人生的,因为自我表现的艺术,
是自我情感的表现,而情感不能脱离生活,生活不能脱离人生。"⑤迈克尔·苏
立文也评论道:"庞薰琹是一个浪漫主义和理想主义者,但决不是一个逃避现
实者。他深刻地意识到人类的苦难和忧郁的感觉。"⑥庞薰琹不是特殊的个
案,他代表了一种普遍的现象,即中国现代主义画家们不是脱离现实、远离人

---

① 李瑛:《读〈穆旦诗集〉》,天津《益世报·文学周刊》1947 年 9 月 27 日。
② 冯至:《从前和现在(为新诗社四周年作)》,载《冯至选集》第 2 卷,四川文艺出版社 1985
年版,第 206 页。
③ 袁可嘉:《"人的文学"与"人民的文学"——从分析比较寻修正,求和谐》,天津《大公
报·星期文艺》1947 年 7 月 6 日。
④ 关于九叶诗歌是沉思的诗,具体论述见本章第一节。
⑤ 刘淳:《中国油画名作 100 讲》,百花文艺出版社 2006 年版,第 81 页。
⑥ 庞薰琹美术馆、常熟市庞薰琹研究会:《艺术赤子的求索——庞薰琹研究文集》,上海社
会科学院出版社 2003 年版,第 496 页。

生的形式主义者,他们身上流露出无法抹去的现实关怀。

(一)林风眠:从浪漫与象征到现实的表现

林风眠留学德国的一年中,除创作了《柏林之醉》外,还创作了《渔村暴风雨之后》以及一些巨型油画:"描写希腊少女之晨舞——《古舞》;描绘埃及女王思慕罗马古将、抚琴悲歌于海滨——《克里阿巴之春思》;取材于雨果之咏史诗、描写法国中古血战图——《罗朗》;描写黄昏白翼天女抚琴于斯芬狮——《金字塔》,取材于拜伦叙事诗之作——《战栗于恶魔之前》《唐又汉之决斗》等。"其中六幅取材于古代欧洲、近东历史传说与文学作品,反映出文学对绘画的影响。这些画作具有浪漫主义、象征主义的影子,反映出其师柯罗蒙的影响,表现出青年林风眠耽于幻想的精神特质。[1] 它们也显示出林风眠注重绘画意义的倾向,这种倾向一直贯穿在他的油画创作中,使之与"关注现代主题甚至忽视主题本身的种种现代艺术家如塞尚、毕加索、马蒂斯是迥然不同的"[2],也与形式主义拉开了距离。他的纯艺术探索更多出现在后期的水墨画、彩墨画中。

1924 年的油画《摸索》是一幅具有代表性的象征倾向的巨作(高 2 米、长4.5 米)。画面描绘了诸多西方文化艺术名人,如荷马、耶稣、伽利略、米开朗基罗、歌德、托尔斯泰、易卜生、梵高等,所绘多为正面、突出面部,衣服处理为单纯的暗色调,笔触粗简,形象概括,略去细部。此画保留着林风眠前期对写实主义的追求,但更多地表现出他向表现主义的转向:画面放逐了对象的视觉"真实"效果,而着意于其精神的表现。"林采用的也是一种颇具表现力的松动的写实手法,这正是写实技巧和表现主义结合的一个典型个例。"[3]中国《艺

---

① 郎绍君:《林风眠》,河北教育出版社 2002 年版,第 45 页。
② 林风眠百岁诞辰纪念画册文集编辑委员会编:《林风眠之路》,中国美术学院出版社1999 年版,第 26 页。
③ 林风眠百岁诞辰纪念画册文集编辑委员会编:《林风眠之路》,中国美术学院出版社1999 年版,第 27 页。

术评论》杂志记者杨铮对林风眠的采访报道也证实了以上观感。杨铮写道："全幅布满古今伟人,个个相貌不特毕肖而描绘其精神,品性人格皆隐露于笔底。荷马蹲伏地上,耶稣之沉思,列夫·托尔斯泰折腰伸手,易卜生、歌德、梵高、米开朗基罗、伽利略等皆有摸索奥秘之深意,赞叹人类先导者之精神和劳力。该幅巨画,仅用一整天时间,一气呵成,其速度之惊人,可与鲁本斯媲美。"①《摸索》表明,青年林风眠对推进人类文明发展的大师们充满崇敬之情,在绘画中力图采用象征的方法表现哲思性主题。"画中每一位先驱都代表着西方文明史中的一次探索和创造,事实上,此画在很大程度上体现了林风眠对人道历史的认识:荷马与耶稣象征西方文明的两个源头——希腊与希伯来;列夫·托尔斯泰对宽容与虔敬的道德诉求、易卜生对个人价值的注重则体现出人道主义的两个侧面,后者是人的光荣,前者意味着人的限制,而这两个侧面又在歌德一个人身上得到了统一;伽利略代表着西方自然科学的无穷探索,而米开朗基罗与梵高则是西方艺术的两个神话,前者的激情与英雄主义将之推上最高的殿堂,后者的激情与天才、孤独与疯狂却像地狱中的火焰,注定要在最灿烂的光华中毁灭自身。"值得注意的是,林风眠所绘诸人中,除耶稣、伽利略外,全是文学家、艺术家,这也再次证明了林风眠对文学艺术的认识:文学、艺术绝不仅仅是笔墨的游戏、形式的演绎,它们承担着探索世界与人生奥秘、推进人类文明的伟大使命。② 这种认识在他这一时期的创作中一以贯之,前述的彩墨画亦可作如是观。

《摸索》的创作思路延续至林风眠回国,并且有新的推进。《民间》(1926)、《人道》(1927)、《金色的颤动》(1928)、《痛苦》(1929)、《悲哀》(1934)、《裸女》(1934)、《构图》(1934)、《死》(20 世纪 30 年代前期)等油画构成了林风眠1926 年回国至 1934 年的主要成绩(这期间他也因应酬画过一些简洁的花鸟

---

① 朱朴:《林风眠》,学林出版社 1988 年版,第 128 页。
② 林风眠百岁诞辰纪念画册文集编辑委员会编:《林风眠之路》,中国美术学院出版社1999 年版,第 27 页。

类中国画)。和留学时期从历史传说和文学作品取材所不同,这些油画的创作大多来源于现实的刺激。因此它们消泯了浪漫主义的气息,而带上了现实主义的精神内核。但和现实主义致力于客观现实的外部"写真"所不同的是,林风眠的主要意图在于对客观现实激起的内心感受进行表现。相应地,在画法风格上,他放弃了写实而倾向于表现:造型简约,大笔触粗线条,色调强烈而凝重,只有如此的主观性表现才足以打破外形的桎梏而达至精神自由之境。

上述油画大多毁于抗战期间,现在只能从印刷品窥其大概,其中《民间》一画在林风眠的创作中算是一个异类。画面描绘北京街头地摊市场的一角,人们赤膊光脚在烈日下做着小买卖。前景是处在暗处的两个正在树荫下兜售货物的农民,正面者紧闭双眼,表情木然,背面者扭头张望,神情茫然,背景是阳光下杂沓纷扰的人群。人物形象较为概括,明暗对比鲜明,光影表现突出。30 年后,林风眠回顾说:"我的作品《北京街头》是当时的代表作,我已经走向街头描绘劳动人民。"①林风眠说此话应是受到 20 世纪五六十年代的政治意识形态的影响。反观此画创作的 1926 年,国内文艺界自 20 世纪 20 年代中期起便开始"向左转",这对于刚刚回国的林风眠来说无疑是一个陌生而新奇的环境,这种新因素难免会影响他,《民间》便是这种偶然性的产物。纵观林风眠一生的艺术创作可见,《民间》是独一无二的,他再也没有创作过类似的直接描绘现实的风格质朴的作品。《民间》也不像林风眠所说是"当时的代表作",真正代表"十字街头"的艺术是西画家司徒乔、国画家黄少强及稍后的赵望云的绘画。②《民间》这种作品不是林风眠的艺术追求所在,他留学欧洲时的画作已表明,他是一个具有浪漫气质的追求现代表现的画家,因此能代表其艺术观的是《人道》和《痛苦》之类的作品。《人道》(1927)、《痛苦》(1929)和《悲哀》(1934)可谓"三部曲",它们的创作受到欧洲绘画的影响。达维特的《马拉之死》、戈雅的《1808 年 5 月 3 日枪杀》这类悲剧性主题成为

---

① 郎绍君:《林风眠》,河北教育出版社 2002 年版,第 50 页。
② 郎绍君:《林风眠》,河北教育出版社 2002 年版,第 55 页。

林风眠反映现实问题的重要提示,在表现技法上则有象征主义和表现主义的倾向。①

《人道》描绘了绞架、锁链和死亡。关于《人道》的创作动机,林风眠自述,"是因为从北京跑到南京老是听到和看到杀人的消息"②。标题《人道》已暗示出,画家是从人道主义的立场而非阶级对立、政治斗争的立场进行创作的,由此也与现实主义的政治批判划清了界限。对此,深知林风眠的林文铮于1928 年进行了更为详尽的阐释:《人道》"直接描写人类自相残杀的恶性","可以说是中国现状之背影,亦即是全世界之剖面图!从纵的方面看起来,可以说是有宇宙以来人类本性的象征!"③林文铮从普遍的人性而非具体政治的角度阐释此画,与林风眠的思想十分契合。尽管此画的思想意识是资产阶级的人性论,但在白色恐怖的 1927 年创作这样的作品,并在民国政府首都南京展出,这些行为本身就构成了对当局的严厉批判,因而在无意识中接近了现实主义精神。④ 油画《人道》便形成了这样一个双重文本:不自觉的现实主义精神内质与自觉的现代主义表现手法的奇妙统一。

《人道》是有感于触目所见的众多非人道事件而作,而《痛苦》则是出于具体的政治事件。林风眠自抒心曲道:"这个题材的由来是因为法国的一位同学到中山大学后被广东当局杀害了。他是最早的共产党员,和周恩来同时在国外。周恩来回国后到黄埔,那个同学到中山大学。国民党清党,一下被杀了。我感到很痛苦,因之画成《痛苦》巨画,是一种残杀人类的情景。"⑤此人即共产党人熊君锐,与林风眠既是同学又是同乡。因此,作此画时画家的痛苦

---

① 吕澎:《20 世纪中国艺术史》上卷,北京大学出版社 2007 年版,第 283 页。
② 李树声:《访问林风眠的笔记》,载郑朝编:《林风眠研究文集》,中国美术学院出版社 1995 年版,第 169 页。
③ 林文铮:《美展会中之六家》,载朱朴:《林风眠》,学林出版社 1988 年版,第 134 页。
④ 郎绍君:《林风眠》,河北教育出版社 2002 年版,第 55—56 页。
⑤ 李树声:《访问林风眠的笔记》,载郑朝编:《林风眠研究文集》,中国美术学院出版社 1995 年版,第 169 页。

之情不仅有《人道》似的一般性、模糊性,还因与个人相联而显得更加明确、尖锐,画面描绘也更加惨烈。在横长的构图中,挤满了受难的各式人体,"从正、背、站、俯、仰、欹、侧各个角度,表现出各种内心强烈痛苦的情状。色彩以灰黑为主,有的女人体作了绿色……"①在主题、题材、手法、风格等方面,《痛苦》都构成《人道》的姊妹篇,因而也在无形中显示出强烈的批判现实的力量。这点在林风眠回忆的如下事件中有着清晰的反映:"《痛苦》画出来后,西湖艺专差一点关了门。这张画曾经陈列在西湖博览会上,戴季陶看了之后说:'杭州艺专画的画在人的心灵方面杀人放火,引人到十八层地狱,是十分可怕的。'戴季陶是在国民党市党部讲的,这番话刊登在《东南日报》上。在这之后,政治环境十分恶化了。"②1931 年蒋介石看了《痛苦》一画后,问道:"青天白日之下,哪有这么痛苦的人?"之后林风眠还作了《悲哀》《死》等画作,大致延续了《痛苦》的主题与风格。③ 从留学到回国,林风眠的油画从散发着浪漫情调的象征转向具有现实意味的表现,在人道主义思想的观照下,现实的黑暗在他心里激起深重的悲哀,化为画面上深重强烈的色彩与概括变形的形象。后来,在抗战的大形势下,林风眠也创作过一些抗日宣传画,描绘日本军人对中国民众的残暴行为。④

(二)庞薰琹:现代艺术中的现实因素

在决澜社的第三次展览上,庞薰琹用几个月时间完成的油画《地之子》(1934)反响甚大。这幅画与他以往的创作明显不同,流露出鲜明地对现实的关

---

① 郑朝:《林风眠早期的绘画艺术》,载郑朝、金尚义:《林风眠论》,浙江美术学院出版社 1990 年版,第 101 页。

② 李树声:《访问林风眠的笔记》,载郑朝编:《林风眠研究文集》,中国美术学院出版社 1995 年版,第 169 页。

③ 郎绍君:《林风眠》,河北教育出版社 2002 年版,第 59 页。

④ 席德进:《改革中国画的先驱者林风眠》,台湾雄狮图书股份有限公司 1979 年版,第 58—59 页。

注之情。画家在形式创作中糅合了特定的社会思想意识,用西方的艺术审美情趣表现中国的现实生活,而不再是纯粹形式的审美趣味。画面上是一对农民夫妻,父亲抱着儿子,夫妻二人看上去是"健康的",没有1934年中国农民的瘦骨嶙峋、衣衫褴褛样,但两人的表情都很忧郁,儿子似乎病重,无力地靠在父亲身上。作品具有莫迪格尼阿尼的画风,没有表现人物细节,构图上具有装饰趣味。这幅画的诞生源于现实的激发——"这年,江南有些地区大

图3-13　庞薰琹《地之子》

旱,土地龟裂",庞薰琹的家乡苏州常熟是重灾区,农村普遍饿殍遍地,人们流离失所,民不聊生。这促使画家将眼光转移到现实生活。但该画又不是写实主义的再现性作品,而是一幅具有象征意义的画作,庞薰琹自述:"我用他们(夫妻,笔者注)来象征中国,我用孩子来象征当时的中国人民。"在情感表达上,该画表现出矛盾性:一方面,生病的儿子暗喻中国危机重重,流露出悲观之情,但另一方面,健康的夫妻又暗示中国仍有希望。关于该画,画家自述道:"无论如何,从《地之子》这幅画开始,在我的艺术思想上起了变化。"①

　　这种变化在参加决澜社第四次展览的《无题》(又名《压榨机》)中有着更为清晰而强烈的表现。"画面上主要画的是压榨机的剖面,前面一个是机器人,一个是我国农村妇女像,一个是象征资本主义国家的工业发达,一面是象征落后的中国农业,三个巨大的手指在推动压榨机,象征帝国主义、反动的政

① 庞薰琹:《就是这样走过来的》,生活·读书·新知三联书店2005年版,第142页。

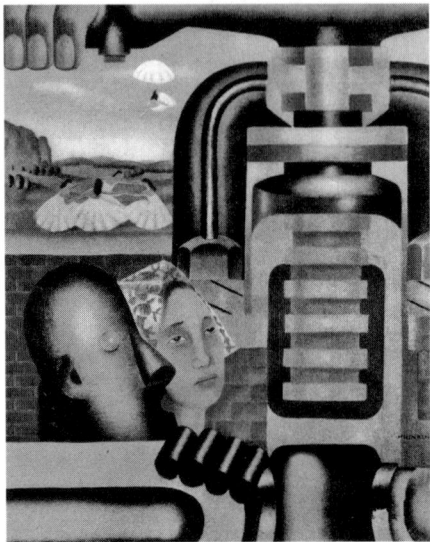

图 3-14　庞薰琹《压榨机》

治与封建势力,这是对我国人民进行压榨的三种势力,也就是迫得我走投无路的三种势力。"可见《压榨机》这个标题更切合画家的思想意识。这也是一幅反映现实问题的象征主义作品,其中透露着怜悯、悲愤、仇恨以及期待的复杂感情。远处的天使与芭蕾舞者的形象,暗示出经历苦难后对未来的憧憬与追求,一定程度上减轻了画面的压抑感。此时,庞薰琹早期现代主义艺术中的颓废、失望乃至绝望之情被积极的因素("积极的因素"在《地之子》中表现为主观设计的夫妻的健康形象)冲淡了,这也是庞薰琹艺术转向的一个过程。在这种倾向下,庞薰琹的下列行为也就不难理解了:1949 年 5 月 25 日上海即将解放,庞薰琹立即于"当天夜里集中了一些人画了毛主席像,朱总司令像,挂在大世界前面(有一说在国际饭店)。当天 43 人联名发表宣言:'拥护共产党! 拥护解放军。'"①排开"识时务者为俊杰"的现实功利态度外,此行为也是画家思想的顺理成章的发展结果,有着出于本心的真诚。

(三)其他现代主义画家的现实关怀

在抗战以后,一些现代主义画家笔下也出现了题材、主题的转化。例如 1937 年后陈抱一创作了《流浪少年》《流亡者之群》等作品,寄寓了画家的现实关怀与批判。《流浪少年》描绘在战火摧毁的废墟上,少年四顾茫然、

---

① 庞薰琹:《就是这样走过来的》,生活·读书·新知三联书店 2005 年版,第 284 页。

若有所失的神情,有着画家自身的投影。《流亡者之群》以现代艺术的造型风格和灰暗的色彩,描绘了一群背井离乡、流离失所的人们。1939 年 10月,陈抱一与周碧初、宋钟沅、朱屺瞻、钱鼎在上海大新公司画厅举办"联合油画展览会",展出五位画家近作一百多幅。陈抱一展出的就有大型油画《流亡者之群》,该画以现实的题材与批判的精神在诸多油画中尤为突出。陈抱一油画题材的转向不是事出无因,而是和他的家国情怀紧密相连的。早年他受张聿光等的影响,常作一些讽刺漫画发表于报刊。在他的现代主义油画艺术已趋成熟的 20 世纪 30 年代中期,他仍画了不少漫画,讽刺官僚权贵、地主商人,同情劳苦百姓。他主持校务的中华艺术大学成为 20 世纪30 年代左翼美术运动的重要据点,与学校的进步倾向不无关系。陈抱一本人也与许多左翼文人如鲁迅过从甚密。陈抱一主持上海艺术专科学校西科教学时,便曾得到鲁迅的支持。田汉拍摄第一部影片《到民间去》时,选择的拍摄地点就是陈抱一的画室。因此,陈抱一在后期创作中敏感于社会现实,作品题材越来越显示出现实性,便是顺理成章的事。陈抱一代表了一部分现代主义画家的精神历程:从沉醉于现代艺术之宫到显露出现实关怀倾向。虽然他们没有直接投身于社会革命和民族解放斗争,却仍然显示出正直、爱国的知识分子的鲜明政治倾向。

更具有代表性的是现代主义画家直接参与抗战工作,这便是第三厅美术科对画家的招纳。除了写实画家如唐一禾、冯法祀,木刻家罗工柳、力群、赖少奇、王琦外,现代主义画家倪贻德、周多、段平右等也位列其中。他们的主要工作是为武汉提供抗战形象方面的宣传,由于快速的时间要求和材料上的匮乏,他们作了许多壁画或宣传画,这些作品直接成了宣传的武器。这些现代主义画家以实际行动显示出,他们与西方现代主义画家具有不同的心理与精神,迷惘、颓废、消沉等现代情绪终将被爱国之情、现实关怀所替代,对艺术形式、风格的追求与对内容题材的选择并不矛盾。

三、 现代主义的中国境遇

上述现代主义诗歌、绘画向现实的归趋反映出,中国的现代主义文学艺术具有不同于西方的特征。中国现代文学艺术家对西方文艺的吸纳是有限的,在诗歌中主要为象征主义和意象派,在绘画中主要是印象主义和后期印象主义,以及少量野兽主义和立体主义。中国的诗人、画家在引入西方思潮,推进中国文艺现代化的进程中,抱持的是一种稳健的姿态,他们基于自身的文化根基与现实境遇,有选择有限制地发展中国的现代主义。

西方现代主义中包含的精神信仰的失落,在中国现代主义诗歌绘画中被与个体生存、民族生存相关的困惑、苦痛等所替代。西方的现代主义由西方文化境遇所决定,是西方的现代哲学文化观念的产物。"尼采的以个人主义为核心的意志论哲学,叔本华的关于生存意志的悲剧哲学观,柏格森的反理性的直觉主义与生命哲学,弗洛伊德的关于人的本能与无意识的精神分析学说等,彻底瓦解了传统文化价值观念体系,造成了普遍的精神信仰的塌陷。一种人类的孤独绝望情绪弥漫于西方现代主义诗潮中。特别是经历了第一、二次世界大战后,更加加深了人类对自身价值的怀疑与对物欲世界的恐惧。对人类内心苦难经验的表现,对生命、宇宙终极意义的寻找成了西方现代主义诗歌最突出的主题。像艾略特、瓦雷里、里尔克等现代主义诗人皆以人类命运的悲剧承受者的身份,痛苦思考着人类生存意义与宇宙未来的前景。"[1]在同样的社会发展经历与哲学文化观念下,绘画也经历着大致如上的历程。例如高庚逃离文明之地巴黎去到塔希提岛,追求他理想中的艺术:摆脱了精神上的束缚,贯穿着神秘、原始、象征、主观的绘画。他临终前最伟大的画作《我们从哪里来? 我们是谁? 我们到哪里去?》表达了他对人类之谜不可解的苦恼。蒙克的表现主义绘画以强烈的主观性和悲伤压抑的情调,表现他对心理苦闷的强

---

① 王泽龙:《中国现代主义诗潮论》,华中师范大学出版社1995年版,第8页。

烈感受。而这种哲学性的反思在中国现代主义文学艺术中绝少出现。中国的诗人、画家们的心性所向不是形而上的玄思,总是与社会现实有着千丝万缕的联系。他们也表现苦闷、迷惘、焦灼之情,但这种情绪并非源于对生命、存在等哲学性问题的思索,而是来自当下现实的逼迫:一系列内战造成社会动荡,侵略战争导致国家危亡、人民受难。面对这种社会现实,现实主义文艺家以"直面惨淡的人生,正视淋漓的鲜血"的态度进行社会写实和批判,表现出对时代精神的直面观照;左翼和革命文艺家则以更加激进的态度,直接投身于火热的现实与战争,或执笔或拿枪,变身为文艺战士;现代主义文艺家却躲进自己的象牙之塔自吟哀歌,把外在的苦难内化为个体的苦闷。"这种苦闷意识中包含了追求个人价值实现与心灵自由的现代人的苦恼,它是时代与个人,民族与自我情绪的心理化合物,体现了价值观念的民族性、时代性内涵"①。

　　西方现代主义的"纯粹理性"内涵在中国现代主义诗歌、绘画中发展为基于生命体验的思考,或简言之,从纯哲学走向了人生哲学。西方社会的转型催生了现代主义思潮。从 19 世纪后期第二次工业革命以来,西方社会发生了巨大的变迁,工业化兴起,城市迅速崛起,人与人之间的关系也随之改变,渐趋疏远而冷漠,社会成了人的一种异己力量,古典温暖的精神家园失落,作为个体的人感到无比的孤独。20 世纪初的两次世界大战又加剧了心理的失衡,长期被视为进步标志的科技转而成了自相残杀的工具,曾经高扬的自由、人道等理想也在战争中显得荒谬滑稽,西方文明被抛进了一场史无前例的深刻危机中。在这种境况下,人们开始总结、反思,现代主义应运而生。因此,现代主义一开始就具有理性反思的品格,而这种理性反思又为现代主义注入了非理性的精神。尼采、叔本华、弗洛伊德、柏格森、荣格、萨特等哲学家、心理学家成为现代主义的重要思想家。例如,尼采的学说对德国表现主义乃至整个现代主义文艺运动都影响甚巨。尼采否定权威,推崇人的无意识和本能,主张发挥以人的

---

①　王泽龙:《中国现代主义诗潮论》,华中师范大学出版社 1995 年版,第 9 页。

意志、本能为基础的创造力,蔑视中产阶级的文明和虚伪道德,对世界前途持悲观主义的看法,对现代主义文学、美术都有深刻的影响。弗洛伊德的潜意识学说,成为超现实主义文艺的理论支柱,促使文学艺术家们对人的精神世界的深层进行了发掘,由此开拓了新的表现领域,也创造了荒诞和怪异的艺术语言。中国的现代主义诗人、画家们也探索宇宙的奥秘、生命的意义,但不是在西方意义上的哲学层面,而落到了生命的层面:尊视生命、高扬生命、突入生命、超越生命的生命价值观,是一种人生哲学。卞之琳、冯至、废名、穆旦及其他九叶诗人,林风眠、庞薰琹、倪贻德等画家,都纷纷通过诗歌、绘画思考世界,但他们的思考并非凌空蹈虚,而是基于自身的生命体验和人生感悟,有着较强的实践性品格。如被誉为"丰富和丰富的痛苦"的穆旦诗歌富于象征寓意和心灵思辨,这是他经历了双重实践后的结晶,一方面是普通大众都经历的国破流亡岁月,另一方面是少数人尤其是少数诗人才有的抗日实战经历。这种特殊的历练赋予长于思索的穆旦诗歌以坚实的生命意义,成为中国最具分量的现代主义诗歌。林风眠的"三部曲"虽也在思考人道主义、人类的痛苦等主题,但并非基于哲学的玄思,而是出于黑暗无序的社会现实对他的激发。因此,不同于西方现代主义在哲思基础上的宇宙悲观意识和生命痛苦体验,中国现代主义引入了传统文化中的一些理念,如生命意识、万物和谐观,发展出具有东方蕴味的现代主义的中国形态。

四、 现代主义诗歌与绘画的对位

就诗画关系命题而言,这是特指中国诗与中国画的关系,其他门类的艺术皆为借用。而中国诗与中国画之所以有"诗中有画""画中有诗"的关系,与二者均为表现性艺术关系甚深。此处所谓的"表现性"以及与之相对的"再现性",均是相对而言的。相对于古典油画镜子般的视觉效果,中国画均为表现性艺术,这点无须赘言。不必说逸笔草草的文人画,就连工整细致的工笔画也不能在二维平面中塑造出三维空间的逼真幻觉。而中国古典诗歌以抒情言志为旨,不以描摹物象、记叙事件为上,后者多为前者的依托,即所谓托物言志、写景抒情、叙事达意。正是不重再现而重表现,使得不同性质的艺术有了越出自身范畴,与他者进行沟通的可能,因而作为时间艺术的诗歌与空间艺术的绘画也才有了更多的交流。因此,在本文所论的四种主义中,现代主义诗歌与绘画的关系是最接近中国诗画的,不少艺术家也是这样来看待西方现代艺术与中国固有的艺术之关系。现代主义艺术以表现为旨,表现性语言成了沟通诗画关系之桥,在此意义上可以认为,中国现代主义诗歌与绘画正当"对位"。

(一)"表现"的方法:诗画之桥

现代主义思潮认为,所有的艺术都源于人的心灵,源于人对客观世界的反应,而不是客观世界本身。因而在现代主义文学艺术的世界里,客观世界被主观世界所替代,具象被抽象所替代,相应地,在艺术方法上,再现被表现所替代,形成以表现性为核心的文学艺术观。表现性的文艺观实现了现代诗歌与绘画的连通。与写实主义概念在诗歌、绘画中的分裂、错位所不同,现代主义在诗歌、绘画中的内涵较为稳定、统一,均以表现性语言去呈现内心世界。诗歌中的表现性风格发端于创造社,后延续到象征诗派、现代诗派,它们与现代主义油画一起,形成了中国现代主义文艺潮流。

象征诗派的穆木天于1926年在《谭诗》里提出,"把纯粹的表现的世界给了诗歌作领域,人的生活则让散文担当","诗不是说明的,诗是得表现的","诗是要暗示的,诗最忌说明的","诗得有一种 Magical Power"。[①] 穆木天力图划清诗与散文的界限,诗歌所对应的"纯粹的表现的世界"就是人的"内生活",即内心情感的、潜意识的活动,而外在的人的生活的表现则让给散文来承载。王独清在应和穆木天的《再谭诗》一文中也说到诗"最忌说明","作者不要为作而作,须要为感觉而作,读者也不要为读而读,须要为感觉而读"。[②]

---

① 穆木天:《谭诗——寄沫若的一封信》,《创造月刊》第1卷第1期,1926年3月16日。
② 王独清:《再谭诗——寄给木天、伯奇》,《创造月刊》第1卷第1期,1926年3月16日。

王独清以感觉排斥理性,追求诗意的自然流动、不确定性乃至神秘性。中国象征诗派的开创者李金发于1928年说道:"艺术是不顾道德,也与社会不是共同的世界。艺术上唯一的目的,就是创造美;艺术家唯一的工作,就是忠实表现自己的世界。所以他的美的世界,是创造在艺术上,不是建设在社会上。"①李金发把自我表现强调到了偏执的程度,完全忽视了社会的因素,试图用唯美主义来构建其理想的海市蜃楼,因而其诗作的社会承担、时代精神淡化到几乎没有的程度。

1932年由倪贻德执笔的《决澜社宣言》,在半个多世纪后被视为"当时中国几乎独一无二的现代主义的宣言"②。这篇锋芒毕露、措辞激烈的宣言充满了表现主义的激情:"让我们起来吧! 用了狂风一样的激情,铁一般的理智,来创造我们色、线、形交错的世界吧! 我们承认绘画决不是自然的模仿,也不是死板的形骸的反复,我们要用全生命来赤裸裸地表现我们泼辣的精神。我们以为绘画决不是宗教的奴隶,也不是文学的说明,我们要自由地,综合地构成纯造型的世界。我们厌恶一切旧的形式,旧的色彩,厌恶一切平凡的低级的技巧。我们要用新的技法来表现新时代的精神!"③激情洋溢的文字发出了对写实绘画的批评,高扬主观表现性。在《现代绘画的精神论》中,倪贻德将塞尚以来的现代派的共同特质归结为"自我的精神的反省与表现"。"我们可以说,19世纪的绘画,是照样描写目所见的自然,而20世纪的绘画,是自我的绘画的精神的表现。塞尚是这种绘画的精神的发见者,梵高描写自我精神的太阳,高庚甚至到泰依提去探求绘画的精神的王国。由这些画家的努力,纠正了绘画为描写自然的误谬,绘画显然是画家所具的艺术的自我之表现。""人们为其独自的个性的写实性的表现所惊异,

---

①　李金发:《烈火》,《美育》创刊号,1928年10月。
②　潘耀昌:《中国近现代美术史》,百家出版社2004年版,第170页。
③　倪贻德:《决澜社宣言》,载林文霞编:《倪贻德美术论集》,浙江美术学院出版社1993年版,第44页。

又其强烈的变形的表现效果使人感到灵魂的动悸。这便是 20 世纪的绘画的精神"。① 在《现代绘画取材论》中,倪贻德又强调:"绘画始终是作家心上表现出来的写实的表现。"②

庞薰琹思考着艺术的现代性与民族性结合的问题,归国后钻研了中国绘画史和历代画论,将"气韵生动"这一强调绘画内在神韵的审美法则与现代派的自我表现美学相联系,认为二者在精神实质上是相通的。他认为,"每一幅画应该就是整个的画家的自我的表现。艺术就是艺术家的自我表现,是人类发泄情感的工具。艺术家利用各自的技巧,自由地、自然地表现出各自的自我。凭鉴赏者自由地,自然地在画幅上去找寻感兴与共鸣"③,"画家应该清楚地认识自我(self)","凭自我赤裸裸地暴露",从而"表现心灵"。④ 艺术评论家傅雷在《艺术旬刊》第 5 期开始连载《美术史讲座》,在其中表露了他的艺术批评准则:艺术是"人类内心生活的表白","心魂的真实性比物质的真实性更富丽,更高越"。⑤ 陈抱一曾回忆,后期印象派那种发挥"表现精神"的精神,早已在 1918 年或 1921 年前后,为他们这些研究者所认识,也许有过这种影响,而促进了 1920 年以后的一个发展阶段。20 世纪 30 年代伊始,上海画坛形成了现代主义思潮的集中兴起。这样,在欧洲后印象派、野兽派、立体派等现代绘画潮流兴起之后,时隔十余年在中国本土已发生其效应的东方展示。

(二)"表现"的意义:文艺现代化

自我的表现成为现代主义诗歌绘画的目标,表现性成为文学艺术表达的

① 倪贻德:《现代绘画的精神论》,载林文霞编:《倪贻德美术论集》,浙江美术学院出版社 1993 年版,第 2、3、6 页。

② 倪贻德:《现代绘画取材论》,载林文霞编:《倪贻德美术论集》,浙江美术学院出版社 1993 年版,第 11 页。

③ 庞薰琹:《薰琹随笔(第 5)》,《艺术旬刊》第 5 期,1932 年 1 月。

④ 庞薰琹:《薰琹随笔(第 1)》,《艺术旬刊》第 1 期,1932 年 1 月。

⑤ 傅雷:《第十一讲　拉斐尔》,载傅雷著,傅敏编:《世界美术名作二十讲(插图珍藏版)》,生活·读书·新知三联书店 1998 年版,第 132 页。

核心,推动了中国文艺的现代化进程。中国现代诗歌以白话诗为先锋,胡适提出的"有什么话说什么话"成了初期白话诗创作的金科玉律,浅白的写实成为写实主义诗歌的基本手法。然而,正像写实主义诗歌所遭受的抨击所说,诗味浅薄乃至"非诗化"是其致命的弱点。所以写实主义诗歌的价值不在其艺术性,而在于语言形式的开拓性与主题内容的思想性。作为对写实主义的有力反驳,郭沫若为代表的浪漫主义诗歌以强烈主观情感的抒发代替不温不火的客观写实,成为狂飙突进的"五四"时代精神的真正代表。创造社的"自我表现说"既有外来诗歌的影响,又连通了与中国古典诗歌精神的血脉,在诗艺上促进了中国新诗的现代化发展。"表现"的大门一经打开便无法再关闭,诗人们似乎找回了那熟悉的诗神,继起的诗派无不以此为核心创作方法。新月派主张理性节制情感,推崇格律诗,是对创造社宣泄式诗风的一次纠偏,代表了从浪漫主义到象征主义的过渡。继起的象征诗派、现代诗派继续高扬表现主义的大旗,把现代主义诗艺发展到一个新的境界。从表现性诗歌的勃兴,中国新诗才真正走上现代化之路。

美术领域里,清末对油画写实性的惊叹和模仿揭开了中国绘画现代化之路的大幕。古典油画逼真的效果让长期习惯了写意绘画的国人深感惊奇,萌发了对之的学习和模仿,20世纪初至30年代在欧洲留学学成回国的画家,是中国现代第一批写实主义画家。他们依照古典绘画的传统样式,在风景、人物和静物等方面进行习作性创作,取得了丰富的成绩,是中国绘画现代化的一部分。但这批画家并不占多数,与此同时,另一批画家的注意力被世界正流行的现代主义绘画所吸引。现代主义绘画一反古典绘画的观念和手法,不以描摹物象为最高宗旨,代之以情绪的表达为核心,使画家从追崇客观物象的刻绘中解放出来,获得表达的自由。如梵高即认为,画画不是画物体的原状,而是根据画家对事物的感受来画。这种绘画观念无疑是对追求逼真和形似的绘画观念的反叛,由此开启了现代艺术之门,主观表现成为20世纪艺术的主潮。关于写实与表现的区别,康定斯基有一个形象的比喻:艺术家的绘画表现方式有两种,一种是在屋子里透过窗玻璃去观看大街上的人群,把所看到的情景表现出来,这就是传统的古典主义艺术表现方式,强调的是对事物外观的描绘;另一种则是打开大门,走到大街上去参加人群的活动,并把体验表现出来,这就是现代主义艺术表现方式,强调的是对事物的主观感受,也就是强调精神与情感的表现。现代主义绘画还使诸多中国画家倍感亲切,他们从中看到了传统中国画的精髓,表现性的语言也更加适合自由抒发现代中国的观感。中国油画现代主义的勃兴,其意义不仅在于连通了与当下世界美术思潮的关系,更在于促进了中国绘画的现代化。

(三)"表现"的内涵:诗画有别

同为表现性艺术观,在象征派、现代派诗歌与决澜社绘画中却具有不一样的精神内涵。象征派、现代派诗歌表现的是远离时代与生活,脱离现实斗争的知识分子内心的空虚、寂寞与失落,带着浓重的消极、厌世的情调,因此其"自我表现"隐含的是颓废、绝望、神秘的典型现代情绪。而决澜社的表现说却带有前期创造社的时代激情与青春印记。这在前述关于倪贻德的论述中已有所涉猎。即是说,前期创造社的艺术精神在诗歌中消泯了,却转入了一个现代绘画团体——决澜社,形成中国现代文艺史上一个颇有意思的话题。对此话题的探讨,有助于对中国现代诗歌与绘画的某些现象进行整体性的观照和思考。

众所周知,创造社的标志性风格是浪漫主义,而这种浪漫诗风正是通过强烈的自我表现形成的,"表现自我"是创造社的核心艺术手法。即如郭沫若所说,"诗底主要成分总要算'自我表现'了"[1],在《印象与表现》一文中,他再次说道:"艺术是自我的表现,是艺术家一种内在冲动的不得不尔的表现。"[2]他认为好诗、真诗是"我们心中的诗意诗境底纯真的表现,命泉中流出来的

---

[1]　田汉、宗白华、郭沫若:《三叶集》,上海亚东图书馆1920年版,第133页。

[2]　郭沫若:《印象与表现》,《时事新报副刊·"艺术"》1923年12月30日。

Strain，心琴上弹出来的 Melody，生底颤动，灵底喊叫"①。成仿吾也要求作家直面现实、"窥破它的真"并"赤裸裸地"加以表现，从而"使读者也捕捉作者意识中的全部的生命"。② 为达成这种"自我表现"，创造社诗人综合时代精神、中外诗艺传统、个人艺术气质，找到了一种有效资源——泛神论。他们把自我融化到山岳、海洋、星辰、宇宙中，实现人的本质力量的对象化，实践了一种具有强烈创造社印记的"自我表现"的独特审美方式。如郭沫若在《女神》中发出自觉的呼声："我效法造化底精神，我自由创造，自由地表现我自己。我创造尊严的山岳、宏伟的海洋，我创造日月星辰，我驰骋风云雷雨。"（《湘累》）这样元气淋漓、狂飙突进的诗歌集中在《女神》第二辑中，如《凤凰涅槃》《天狗》《匪徒颂》。它们与田汉表现主义色彩浓厚的早期话剧一起，构成了表现性的浪漫主义诗歌的代表之作。关于创造社的表现性这一点，已为诸多论者所发现。郑伯奇早在《中国新文学大系·小说三集》中就敏锐地发现，创造社等"所谓'艺术派'实包含着浪漫主义以至表现派未来派的各种倾向"③。另有研究指出，"从一定意义上说，他们尽管对战后德国正在兴起的表现派文学了解并不全面，但却仅仅抓住了文学艺术是'现'（表现）、'是从内部自然发生'这一表现论文学观，对表现主义有着极大的兴趣。……他们的理论和创作实践，不是一般的浪漫主义，而具有表现主义的鲜明特色"④。

由创造社发端的这种创作方法，由象征诗派承接了起来。后期创造社三诗人穆木天、王独清、冯乃超也是象征主义诗人，他们促进了表现性艺术从创造社到象征诗派的发展。但是他们继承的是方法，对其精神内涵则进行了变更。前期创造社"自我的表现"的口号中，明显杂糅着个性解放、个人主义等反封建传统的呼声，反映了时代精神与社会需求。但这些内涵被象征主义诗

---

① 郭沫若：《郭沫若全集 文学编》第 15 卷，人民文学出版社 1990 年版，第 13 页。
② 成仿吾：《写实主义与庸俗主义》，《创造周报》1925 年第 5 期。
③ 郑伯奇：《中国新文学大系·小说三集·导言》，上海良友图书印刷公司 1935 年版。
④ 徐行言、程金城：《表现主义与 20 世纪中国文学》，安徽教育出版社 2000 年版，第 87 页。

歌消泯了,注入诗中的是一种世纪末的情绪:颓废、绝望、神秘。这是一种典型的现代情绪,是另一时代的表征。而创造社消失了的破坏旧世界、呼唤新世界、张扬个性自由的呼声却在决澜社得到了回响。在此不得不再次引用《决澜社宣言》:"让我们起来吧! 用了狂风一样的激情,铁一般的理智,来创造我们色、线、形交错的世界吧! 我们承认绘画决不是自然的模仿,也不是死板的形骸的反复,我们要用全生命来赤裸裸地表现我们泼辣的精神。我们以为绘画决不是宗教的奴隶,也不是文学的说明,我们要自由地,综合地构成纯造型的世界。我们厌恶一切旧的形式,旧的色彩,厌恶一切平凡的低级的技巧。我们要用新的技法来表现新时代的精神!"①对比郭沫若在《创造》季刊创刊号上发表的《创造者》(发刊词):"创造者——我"要以"火山喷裂"和"宇宙狂飙"的气势来"创造光明的世界"。二者何其相似,都是一种"不断的毁坏,不断的创造,不断的努力"的时代精神。

此时接受西方现代主义观念影响的美术团队还有上海的"摩社"、广州的"中国独立美术协会"以及早几年的杭州"艺术运动社"。但从创作成绩上看,"中国独立美术协会"似乎乏善可陈,从先锋性上看,"艺术运动社"相对保守。因此以群体的形象,激烈的态度,广泛的对西方各种现代主义绘画进行试验的团队,决澜社是不可忽视的一个。

就创作来看,决澜社所做的多种现代艺术尝试,也确实在实践着他们反抗沉闷的艺术现状的初衷。倪贻德对决澜社群体的创作有着精到的评价。庞薰琹的作风"并没有一定的倾向,却显出各式各样的面目。从平涂的到线条的,从写实的到装饰的,从变形到抽象的形……。许多现在在巴黎流行的画派,他似乎都在作着新奇的尝试。……而尤其引起我的注意的,便是他的'纯粹素描'(Croquis)。……现在巴黎画坛的大家,如毕加索(Picasso),马蒂斯(Matisse),特朗(Derain)等,没有一个不是在这方面用功夫,而在线条

---

① 倪贻德:《决澜社宣言》,载林文霞编:《倪贻德美术论集》,浙江美术学院出版社1993年版,第44页。

和形式上创造出独自样式来。被卷入巴黎艺术漩涡中的庞,对于这种纯素描有着丰富的修养,也是当然的事"。"周多在画着莫迪里安尼(Modigliani)风的变形的人体画,都会的色情妇女的模特儿,狭长的颜面,细长的颈,婀娜的姿态,厚的色彩面,神经质的线条,把那位薄命画家的作风传出几分来。但他的作风时时在变迁着的,由莫迪里安尼而若克(Zac),而克斯林(Kisling),而现在是倾向到特朗的新写实的作用了。段平右是出入在毕加索和特朗之间,他也一样在时时变着新花样。"杨秋人和阳太阳的"作风是有些相近的,他们都在追求着毕加索和契里柯(Chilico)的那种新形式,而色彩是有着南国人的明快的感觉"。张弦"从临摹德加(Degas)、塞尚(Cezanna)那些现代绘画先驱者的作品始,而渐渐受到马蒂斯和特朗的影响。所以当他第二次归国带回来的作品,就尽是些带着野兽派的单纯化的东西"。① 从此可见,决澜社在20世纪30年代的中国很具有先锋的性质,他们进行的绘画实践都是当时西方正在流行的风格,对于中国来说是超前的,具有一种反抗的意义。这与前期创造社的情形颇为类似。创造社是针对白话新诗的幼稚,内容单调,想象贫弱,诗味淡薄以及写实派的太拘泥于现实,小诗派和湖畔诗派的境界与格局狭小的局面,而掀起浪漫主义的狂潮,具有强烈的反叛性,开拓了新诗的新境界。决澜社因痛感于"今日中国艺术界精神之颓废,与中国文化之日趋堕落"②而结社,致力于现代主义绘画探索。学院派绘画的拘谨、对个性表现的误解、"把艺术曲解为说明事实的工具",只关注题材的意义而不管表现技术等现状,导致艺术界"陷于不死不活的状态中",连"关于艺术的刊物却一本也没有看见"。③ 基于此,决澜社呼吁,"比较前遥的

---

① 倪贻德:《决澜社的一群》,载林文霞编:《倪贻德美术论集》,浙江美术学院出版社1993年版,第243、246页。

② 薰琹(庞薰琹):《决澜社小史》,载林文霞编:《倪贻德美术论集》,浙江美术学院出版社1993年版,第46页。

③ 倪贻德:《决澜社的一群》,载林文霞编:《倪贻德美术论集》,浙江美术学院出版社1993年版,第244页。

青年画家,正应当互相联合起来,作一番新艺术的运动。中国前期的洋画运动已经告了一个结束,现在正是一个新的时代将要来临的时候"①。这种破旧立新的气象正是象征诗歌所缺乏的,象征诗派一味感伤、颓废、神秘,却缺少了波德莱尔等人作品的反叛精神与批评锋芒,显示出诗歌内质的贫弱。

　　创造社是现代中国最早明确呈现表现主义气质的文学社团。他们所发出的呼声中那种不受羁绊,自由主动地表达主观心灵,蔑视被动反映论的渴望,与表现主义"对摹仿的背弃","趋向于更猛烈、激奋,更旺盛饱满的创造力"②的精神特质正相一致。而表现性的方法被象征诗派、现代诗派沿用下来,并影响到决澜社,成为现代艺术的基本方法。可以认为,在表现性这点上,中国现代诗歌与绘画更多地走到了一起。

---

　　① 倪贻德:《决澜社的一群》,载林文霞编:《倪贻德美术论集》,浙江美术学院出版社1993年版,第244页。

　　② ［英］R.S.弗内斯:《表现主义》,艾晓明译,昆仑出版社1989年版,第4页。

第四章　传统主义诗歌与绘画

一说起"传统"及其相关概念,诸如传统主义、传统性、古典等,便容易与"现代"相对立,并由"传统与现代"的二元框架衍生出"旧与新""保守与革新"等正反命题。的确,上述话题是人类文化史上永恒的议题,具有常说常新的当代性。以此观之,第一章的"写实主义"、第二章的"大众主义"、第三章的"现代主义"都是中国现代社会的产物,具有不同程度的现代性质。而本章所论的"传统主义"是对中国古代社会诞生、沿袭、发展下来的文学艺术形式与精神的总括,与旧时代具有更多的联系。那本章与前三章是否充满了矛盾?本章所论的"传统主义"既然出现在现代时段,处在古老中国蜕旧更新的历史转折点,那它是否与古典社会中的情形有所分野? 可否谓之曰"现代的传统主义"? 这一系列问题都是本章力图走进的话题,并由此对前三章的三大主义进行一次归总。

第一节　传统主义诗歌与绘画概观

本章及本书所论的传统主义是针对中国古代所创造的文学艺术样式而言,即诗歌领域的旧体诗和绘画领域的中国画。此处采用"旧体诗"和"中国画"的称谓,是考虑到这两个概念比"旧诗""国画"更少价值判断,更多艺术形式的考量。具体言之,"旧体诗"是指中国古代的诗词曲等文艺样式,"中国画"是指中国所特有的用毛笔蘸水、墨、彩作人物、山水、花鸟等于绢、帛或宣纸上的绘画形式。且论述对象限制在现代时段,考察在现代社会背景下中国传统的诗画艺术的样态。

一、 传统主义诗歌

20 世纪初对于中国的旧体诗来说是一个非常时期:面临一种全新的诗歌形态——新诗的严峻挑战。往后看是两千多年的诗歌积淀,尤其背负着以情韵胜的唐诗与以理趣胜的宋词的巨大荣耀与压力,当下是"西学东渐"浪潮下的文学现代化,前景可谓很不明朗。在这历史转折关头,旧体诗凭着一种惯性继续活跃在诗坛,只是姿态由往昔的"居庙堂之高"逐渐退隐为"处江湖之远"。这时的旧体诗诗坛,诗人众多,诗作倍增,其突出的特点在于创作主体的分殊。根据诗人们对新文学的态度以及与旧文学的关系,首先可以分成两类,一类是固守传统的旧体诗人,一类为新文学家出身的旧体诗人。同时考虑到与绘画的衔接,再单列出一类特殊的创作者:作为画家的旧体诗人。三类诗人以各自的创作,延续着中国的风骚余韵①,建构着中国 20 世纪上半叶的旧体诗坛,也引出了一些关于旧体诗未来发展的话题。

(一)传统的旧体诗创作

1. 身份界定:遗民诗人

所谓传统的旧体诗人,是指固守中国古典诗学的立场,坚持传统诗词曲的写作,并在有意无意中反对新文学的诗人。他们大多出生于清朝末期,大约为 19 世纪后半叶,不少人有家学背景,接受的是传统教育,并获得科举功名,在晚清时在吟诗作词方面就具有一定的成绩和影响。进入民国后,少数前清官

---

① 朱文华:《风骚余韵论:中国现代文学背景下的旧体诗》,复旦大学出版社 1998 年版。

吏转入民国政权中任职,有的侨寓上海、北京、天津、青岛等地,从事教育文化活动,更多的是退归故里、赋闲在家以终老,但一直保持着写诗作词、酬唱雅集的习惯,并有诗集付梓出版。他们可算是从清末过来的遗民诗人,民国时期是他们创作的晚年时期。传统旧体诗人人数众多,在晚清时期即以诗派的形式结社聚集,进入民国后,尚健在的诗人自然成了旧体诗在新时代的代表。他们构成了一个长长的名单:同光体诗人有赣派的陈三立、夏敬观、杨增荦、胡朝梁、陈隆恪、李弥庵,闽派的郑孝胥、陈衍、陈宝琛、沈瑜庆、林志钧、李宣龚、林景行、何振岱、王允皙、黄浚、梁鸿志,浙派的沈曾植、金蓉镜,以及俞明震、罗惇曧、程颂万、瞿鸿禨、王乃徵、陈曾寿、李详、周达;中晚唐诗派诗人有樊增祥、易顺鼎、梁鼎芬、顾印愚、三多、丁传靖、杨令茀;汉魏诗派诗人有王闿运、陈锐、曾广钧、杨度;诗界革命派诗人有康有为、梁启超、夏曾佑、蒋智由、麦孟华、潘若海、狄葆贤、金松岑;南社诗人有柳亚子、陈去病、高旭、高燮、胡石予、胡寄尘、庞树柏、徐自华、苏曼殊、林庚白、诸宗元。此外还有著名学人的晚年创作,如严复、林纾、柯劭忞、王国维、章太炎、刘师培、黄侃、俞陛云,以及罗瘿庵、张謇、况周颐、冯煦、朱祖谋、黄节、吴梅、马君武、夏孙桐、赵熙、吕碧城、张尔田、金天羽、刘成禺、冒广生、于右任等。①

身为遗民诗人,一方面他们"好以吟诗作词作为晚年生活的慰藉。诗中有相当一部分是回忆清朝史事,如《桂堂清故宫词》《颐和园杂题》《东陵纪事诗》之类的诗作尤其多,或惋惜或哀叹,怀旧气息相当浓重,也有不少是检讨清末政治的腐败"②。但另一方面,他们中不少人受到西学影响,如严复翻译《天演论》,梁启超号召"三界革命",王国维最早以西方美学、文艺理论研究中国文艺,林纾以文言形式翻译了大量外国作品。在对社会变革的认识上,有人属于"清流"一派,认为中国不能墨守成规,需要改革,但不赞成推翻清室,如陈三立、沈曾植、郑孝胥、赵尧生,也有人凭借名士之名,寄食于名公巨卿,沉湎

---

① 此名单大部分参考自胡迎建:《民国旧体诗史稿》,江西人民出版社2005年版。
② 胡迎建:《民国旧体诗史稿》,江西人民出版社2005年版,第3页。

于醇酒妇人,如樊增祥、易实甫,还有人积极参与社会变革,主张颠覆清室,如章太炎及后来成为国民党人的于右任。除最后一类革命派外,前两类都是在清朝为官的遗民。① 这批旧体诗人经历了,其中有人(如章太炎、于右任)甚至推动了中国历史从晚清到民国的时代变迁,他们亲历了,其中也有人(如梁启超、王国维)推动了中国文学由古典向现代的转型,少数几位甚至完整地见证了整个现代时期,如俞陛云、夏敬观、刘成禺、柳亚子、冒广生、于右任。以诗词为生活方式,他们成为传统文化最后的典型的守护者。

2. 诗学观念:传统为体,变革为用

之所以将上述诗人界定为传统旧体诗人,是因为他们无论在诗艺上还是在生活方式、思想观念上,都活脱脱是古代的士人,是传统诗歌的代言人,身上的遗民气息浓重,其诗歌不啻遗民创作。因此,在决定其诗歌面貌的诗学观念上,无疑高唱复古论调,追慕前贤,尊唐宗宋,注重师承,把对古人诗歌的模仿、学习作为评诗的标准。最典型的便是以学习前代不同诗歌而产生的不同诗派。这些诗派虽形成于清中叶,但其遗风影响到了民国。"中晚唐诗派"以樊增祥、易顺鼎为首,崇尚中唐以后的唐诗。"汉魏诗派"以湖南王闿运为首,标榜汉魏诗,以为汉以后的诗不足观,重在模拟。章太炎的诗歌主张与之大体相同,只是思想根基不同,王闿运崇尚帝王之术,章太炎主张民族民主革命。"吴门西昆派"以张鸿、汪荣宝为代表,学宋初西昆体,上溯至李商隐。②

流行最广、影响最大的"同光体诗派"宣称"不墨守盛唐",主要尊崇宋诗,其学习唐诗也不以盛唐的李白、杜甫为对象,而主要趋向于中唐的韩愈、孟郊、柳宗元。仅以"同光体诗派"为例,此派又分为赣派、闽派、浙派三大支。三派都学宋,但崇尚却有不同。赣派代表陈三立,学韩愈、黄庭坚,直接继承宋代江西派,后继者夏敬观、华焯、胡朝梁、王瀣、王易、王浩等,或出入于梅尧臣、陈师道诸家。闽派陈衍主张诗有开元、元和、元祐"三关"之说,他自己学杨万里;

① 胡迎建:《民国旧体诗史稿》,江西人民出版社 2005 年版,第 5 页。
② 胡迎建:《民国旧体诗史稿》,江西人民出版社 2005 年版,第 5—6 页。

郑孝胥学孟郊、柳宗元、王安石、陈与义、姜夔;陈宝琛学王安石;沈瑜庆学苏轼;后一辈林旭学陈师道。浙派代表沈曾植、袁昶,都学谢灵运、韩愈、孟郊、黄庭坚,沈曾植提出诗有元嘉、元和、元祐"三关"之说。此派不仅以模古为尚,且细分诗家,使诗歌之路进一步窄化。这种浓重的习古风尚不仅随其代表人物如陈三立、夏敬观、陈衍、郑孝胥、沈曾植等进入民国,而且还形成新的崇古风尚,"同光体"也成为诗人们学习、模仿的对象。李宣龚宣称"后来之秀,效海藏者,直效海藏(郑孝胥),未必效海藏之所自出也"(《石遗室诗话》)。湖湘派中的曾广钧、陈锐,江苏西昆派中的周述以及诗界革命派中的潘博等都曾受到同光体影响,改宗宋诗。陈仲陶初从王湘绮,后改师陈三立,并自称湘绮叛徒。汪辟疆在《光宣以来诗坛旁记》中说,"余尝谓近五十年中,诗家多尚元祐而薄三唐。至陈散原、郑海藏二家出,世之言诗者又不肯诵法苏、黄、王、陈,而群奉散原、海藏二集为安身立命之地",批评其"已为宋诗末路矣"。林学衡在《今诗选自序》中也提出类似看法:"民国诗滥觞所谓同光体,变本加厉,自清之达官遗老煽其风,民国之为诗者资以标榜,辗转相沿,父诏其子,师勖其弟,莫不以清末老辈为目虾而自为其水母……其实不唯不善学古人,其视清之江湜、郑珍、范当世、郑孝胥、陈三立,虽囿于古人之藩篱,犹能屹然自成其一家之诗,盖又下焉。"沙曾达也批评道:"窃怪今之谈诗者,标立宗派门户,斤斤求似于古人,即幸得其似而貌合神离,转病桎梏,其本性束缚之,使不得骋。……余谓诗以言情,情则随时若事若境而互异,古今人俱未可以强致,亦非可以强同。"[1]"同光体宗宋诗,乃是为克服诗之肤浅浮泛而力求思致深刻。清末民初文人的心态多是穷愁抑塞,宋诗枯硬危苦的风格,符合这一类人的审美取向,所以同光体诗风主导诗坛,确并非无因。"[2]就"同光体"诗人的诗来看,早期之作在较多抒写个人身世、山水咏物之外,尚有变法图强、反抗侵略之意,清亡之后则大都表现出复辟思想,背离时代潮流。在诗学建构上,强调浓厚的书卷

[1] 沙曾达:《澄江咏古录·自序》,江阴志成印刷公司1933年铅印本。
[2] 胡迎建:《民国旧体诗史稿》,江西人民出版社2005年版,第7页。

气,为此将学问引入诗歌,用典生僻,造句生涩,寓意隐晦,诗歌呈现出狞厉深奥之态,如沈曾植甚至采用佛典,诗歌更加晦涩难懂。而同光体后学的最大弊病在于食古不化,拘泥于古制而不善变化,因而在题材上、格局上皆陈陈相因,局限于旧制,缺乏现代素质,仅在字词上过分雕琢,诗歌纤巧柔弱。

传统旧体诗人眼光往后看,以崇古模古为上,但当下毕竟是"三千余年一大变局""数千年未有之变局"(李鸿章语),对于那些对时代反应敏锐、思想通达的诗人来说,不能不感受到时代的压力,如梁启超、柳亚子。变革的种子在潜滋暗长,较早提出诗歌变革思想的是梁启超的"诗界革命"论。梁启超在《夏威夷游记》中提出,"欧洲之语句意境,甚繁富而玮异,得之可以陵轹千古,涵盖一切",要"竭力输入欧洲之精神思想,以供来者诗料"。"欲为诗界之哥伦布、玛赛郎,不可不备三长:第一要新意境,第二要新语句,而又须以古人之风格入之,然后成其为诗。"①"能以旧风格含新意境,斯可以举革命之实矣。"②梁启超反复强调的"新意境"即西方的新学说、新思想、新事物,"旧风格"意指旧体诗形式、传统的格律声韵。同属诗界革命阵营的黄遵宪提出"我手写我口,古岂能拘牵"(《杂感》),康有为提出"新世瑰奇异境生,更搜欧亚造新声"(《与菽园论诗兼寄任公、孺博、曼宣》)。他们主张,诗歌革命"当革其精神,非革其形式"③,以旧体诗的形式表现资产阶级思想、时代新变化,实则走的是一条改良主义之路。梁氏的诗歌改良思想对民国旧体诗变革提供了启示。

曾赴美留学的吴宓一方面主张取西方思想以变革,"中国学术必将受西方沾溉,非蜕故变新,不足以应无穷之世变";另一方面认为"传统诗宜取旧形式,用新材料。必有事实,不可无因而作",即"熔铸新材料以入旧格律"。④

---

① 梁启超:《夏威夷游记》,载《梁启超:新大陆游记及其他》,湖南人民出版社1985年版,第593、395页。
② 梁启超:《饮冰室诗话》,人民文学出版社1959年版,第51页。
③ 梁启超:《饮冰室诗话》,人民文学出版社1959年版,第51页。
④ 吴宓:《吴宓诗及其诗话》,陕西人民出版社1992年版,第199页。

此观点与梁启超当年的"以旧风格含新意境"如出一辙。他们的诗歌改良主张反映了诗歌对新的时代和新的思想的要求,对长期统治诗坛的拟古主义、形式主义倾向形成了一定冲击。与吴宓并称"两吴生"的吴芳吉也是一位锐意创新的诗人。他说:"余以民国之诗,当有民国之风味,以异于汉魏唐宋者,此格调之不能不变者。处今之世,应有高尚优美之行,适于开明活泼之际者,此意境之不能不变者也。"(《〈白屋吴生诗稿〉自叙》)。他主张旧体诗变革不应采取"连根拔去"或"迁地另植"而应采纳"修剪枝叶"的方法,即在诗形上保存旧体诗的同时,吸纳歌行体、汉乐府等民歌形式,适当采纳白话口语和双音节词,适应现代人的阅读习惯。如他"五四"时期创作的《婉容词》《护国岩词》采用长句歌行体,吸收白话词汇。吴芳吉在诗歌内容上追求时代性,践行"三日不书民疾苦,文章辜负苍生多"(《戊午元旦试笔》)的誓言,以诗歌批判军阀混战、民不聊生的社会现实,表现出传统的人道主义思想与现代的民族主义思想的混杂。立意革新的诗人还有曾今可。在白话诗的影响下,他追求以口语入诗,使诗朝着通俗化方向发展,崇尚黄遵宪,喜用新名词入诗,采取现代新语汇和句法,擅长白描,直抒胸臆,同时又力图使诗保持传统之美,努力在新旧体诗之争中找到平衡点,维持旧体诗的延续,在诗歌内容上,直指社会现实,具有批判性。

这些变革主张以对新的时代内容的容纳,扩大了诗歌表现空间,以对传统诗歌规范的有限度的破坏,如语言趋于通俗,不受旧体格律的严格束缚等,在一定程度上解放了诗歌表现力。也许这些具有前瞻眼光的诗人们在艺术成就上没有老一代遗民诗人高,但他们变革的主张影响了一个新的诗歌时代。旧体诗改良主张的立足点是维护传统的延续,是在传统文化的范畴内进行适应性变革,以应对来自现代的压力。因此,旧体诗与新诗的对峙是根本的,因为新诗是站在现代的立场来取舍传统。并且,这些变革的呼声在旧体诗的大潮中也显得那样微弱,上述影响较大的诗人,除少数几个外,绝大部分都是传统诗歌的坚决捍卫者,笃守古制,以变革为异,思想观念封闭、顽固,明显落伍于时代。例如郑孝胥认为"民国乃敌国也"①，陈三立在《俞觚庵诗集序》中说道"余尝以为辛亥之乱兴，绝羲纽，沸禹甸，天维人纪，寝以坏灭"，他将辛亥革命定为作乱，将清朝灭亡、民国兴起视为天纪人伦的崩坏。因此，从总体上看，无论守成还是新变，旧体诗从根本上说都旨在持守那个既有的文化范型，与"五四"开启的新文化空间相对立。

3. 诗歌存在方式：雅集与结社

旧体诗人力图完整地延续传统文人的生活方式，以诗文吟咏、创作为核心的雅集与结社便是名士风流的典型载体，是诗人审美化生活的实践空间。雅集与结社既有交叉又有不同的复杂关系。雅集是诗社的主要活动方式，诸多雅集就是由诗社号召并组织的，但却不是诗社独有的活动方式，没有社团归属的诗人、文士也采用雅集酬唱应对。

民国时期，文人雅集仍然频繁而活跃，且一直延续到 1937 年前夕。同光体诗人 20 世纪 20 年代频频雅集于北京，20 世纪 30 年代他们中的很多人移居上海，但仍保持了诗歌酬唱的风气，其中的活跃者有陈宝琛、郑孝胥、沈瑜庆、赵熙、陈诗、陈曾寿、黄浚、梁鸿志等。南社在晚清时即频繁雅集，1923 年 10 月成立"新南社"后，多数成员仍然坚持旧体诗创作，雅集的传统也延续了下来。六朝古都的南京，在保存传统文化上也可圈可点。有记载称："诗人的定期和临时集会也多。1934—1935 年间有记录可查者，南京有两次著名诗会，真是群贤毕至，少长咸集。1934 年那一次是重九豁蒙楼登高，到会 103 人，有叶恭绰、叶楚伧、邵菇平、陆丹林、刘三、刘成禺、黄侃、陈延杰、李翊灼、夏承焘、谢无量、林庚白、赵尊岳、郦承铨、常任侠等参加，由陈三立主持。1935 年那一次是在玄武湖畔，到 87 人。"②

传统文人雅集多以重要节令为契机，如花朝、上元、上巳、端午、中秋、重阳

---

① 林志宏：《民国乃敌国也：政治文化转型下的清遗民》，台湾联经出版事业股份有限公司 2009 年版。

② 李飞、苏昌辽：《中大校友百年诗词选·序言三》，东南大学出版社 2002 年版。

等,或者以特殊事件为由头,如诗友生日。在民国时影响颇大、延续时间较长的雅集,是以苏轼生日为契机的寿苏雅集。其重要源头是清人翁方纲苏斋中的东坡生日雅集活动。而推动寿苏雅集在民国时期产生广泛影响的重要力量是由清朝遗民诗人组成的超社、逸社。两社曾多次举行苏轼生日雅集,陈三立、樊增祥、沈曾植等超社中诸老均参加。例如,1921年1月27日即旧历庚申年十二月十九日,逸社举行第五次消寒雅集,王秉恩出示宋代郎煜注本苏轼文集,众人作诗咏郎注东坡文集。是年消寒第六集举于2月5日即旧历小除前一日,也以东坡为主题,追和苏轼《馈岁》《别岁》《守岁》三诗。稊园社是清末民国时期除同光派与南社外影响最大的社团,该社在东坡生日雅集活动上持续时间长,更具有稳定性,报刊对之的记载,从1921年一直到1947年。樊增祥自言,他参与东坡生日诗歌雅集活动,自光绪以来便"必有"。①

　　传统文人雅集所作之诗基本上在古来的几种规范之内,如忠爱、隐逸、风怀、牢骚,根据雅集的因由也有相对集中的题材主题,如重阳诗会咏重阳佳节,花朝雅集咏花。东坡生日雅集便是一种主题性的雅集活动:纪念苏轼。这种纪念活动之所以风行民国、持久不衰,不仅与苏轼在中国文学史、文化史上的地位有关,更与苏轼的生平遭际有关。苏轼生于承平之世,个人遭遇却坎坷不平。但他丰神不减,泰然处之,赢得后世知识分子的敬仰,也使大多数失意文化人获得了精神慰藉与心理平衡。因此,诗人们既赞赏苏轼"水光潋滟晴方好"的得意之时,"大江东去,浪淘尽,千古风流人物"的豪情壮志,更歌咏他历经劫难后"一蓑烟雨任平生"的旷达胸襟,"拣尽寒枝不肯栖"的傲岸精神,以及他"且餐山色饮湖光"的审美人生。对于苏轼之后八百多年的民国旧体诗人来说,大厦将倾的时代危机,生不逢时的个人命运悲怜,更使他们与苏轼发生了遥远的精神共鸣。因此,他们一方面借追慕东坡风韵,彰显自我文化身位,在惶惶然的大时代中进行自我定位;另一方面借东坡生日雅集以浇自身块

---

　　①　焦宝:《论晚清民国报刊诗词中的东坡生日雅集》,《社会科学研究》2016年第4期。

叁：内心的困惑与挣扎如"嗟哉风雅今久衰"，对混乱局势的痛斥如"蛇豕荐食祸谁贻"，深沉的亡国之痛如"寇深可奈迫燕陲"。（张占鳌《东坡生日青溪诗社招集未赴仲云代为拈韵得龟字敬赋一首》）

作为文人学士群贤毕至的雅集与另一文学样态紧密相联，此即结社。当时已无力形成古典诗歌中那种对中国诗歌发展具有重要意义的新风格、新流派，只能以诗社相聚集。与雅集的短时性、松散性相比，结社更具有稳定性和统一性。这种传统的诗歌生存形态一直延续到了民国。或者说，民国的旧体诗人更乐意缔结诗社，由此与新文化阵营相抗衡。在这个封闭的同人空间中，时间仿佛是停滞的，传统的诗词韵律、写作技法、内容主题以及诗人做派让诗人们在逆时代潮流而动中找到了身份认同。

民国时期旧体诗词社团①的数量非常庞大，有学者考证，约有 483 个。且在地域上呈现不均衡的特征，排在前几位的省市是北京、上海、江苏、浙江、福建、广东、台湾等，其次是湖南、江西、河南、黑龙江、天津等地，总体而言集中在东南沿海地区。这是政治、经济、文化、战争、历史等因素综合作用的结果，反映出民国时期区域文化发展的不平衡。这些社团类型多样，有传统诗社，有由刊物凝聚而成的社团，还有由学术组织无意中形成的社团，以及行业组织形成的诗词社团。按照成因和目的，它们可分为娱乐型、征友型、宗风型、学术型、教学型五类。

仅以娱乐型诗词社团为例。这是旨在以诗词为游戏方式来达到遣兴消闲目的的社团，各种诗钟社即属此类，如稊园诗社、城西诗社、折枝吟社、寒山社、曦社、则社、创社、燕溪诗社、袖海楼吟社。诗钟原是先生出嵌字题，让学生练写七言对偶句的方法，后发展成文人间的一种文字游戏。贵州李独清在《诗钟会》一诗中对诗钟与旧体诗人的生活境遇、思想感情的关系作了揭示："往昔何曾见，近年始创行。可观原小道，适意遣闲情。觚棱悲旧梦，笔砚托余生。

---

① 　关于民国旧体诗词社团的叙述，参见曹辛华：《晚清民国旧体诗词结社文献的类型、特点及其价值》，《复旦学报》（社会科学版）2015 年第 1 期。

仿效多贤达,流传遍沪京。"甚至有游戏杂志如《滑稽杂志》专门设立诗钟社课。大量以消闲、消夏、消寒为名的诗词社团也以娱乐遣兴为目的,如1912年缪荃孙、吴昌硕、陈三立、樊增祥、潘飞声、曹炳麟等在上海缔结的消寒社,1929年成立的六一消夏词社。民国时期娱乐型诗词社团尤多。

从这些诗社的集结、活动来看,联吟、酬唱、唱和、雅集、题咏、寿庆、哀挽是社团活动的重要方式,而这些方式中不少带有交际的性质,如题咏、寿庆、哀挽。这些诗社多是志同道合的同人组织,诗人们在诗词唱和中往往同人相得,相互标榜,极少争论批评。在结社动因上,多是遣兴消闲,追慕风雅,典型的如大量消寒社、消暑社。诚如陈三立所说:"迨国骤变,大乱环起,四方人士暨生平相识亲旧,类辟地羁集沪上。居久之,无以遣烦忧,始纠侪辈十许人,时时联诗社。"(《书善化瞿文慎公手写诗卷后》)"辛亥壬子而后,时局沧桑,士人咸厌谈世务,日以文酒相过从。蒋逢午前辈时多旋里,陈潜庵世讲归自汴梁,予亦里居多暇,相与提倡齐盟,重修风雅,遍约吟侣。"[1]以旧体诗凝聚起来的生活与交际圈子,仿佛在现代化大幕已然拉开的社会背景上划出了一个封闭的空间,使遗老遗少们的情感、心理有了暂时的安放之处,有时他们在这个圈子里发出较大的动静,显示出回光返照般的气象。例如1925年汪辟疆所著的《光宣诗坛点将录》在复刊的《甲寅》上连载,此书别开生面,以《水浒传》中的人物绰号为选评出的清末民初一百余名诗人命名,轰动旧体诗坛,成为当时影响颇大的诗学专著。在风云际会的大时代,旧体诗人却一如既往地保持着过旧的生活方式,他们文人雅士的生活姿态折射出封闭自适的心态,在与时代主潮背道而行中散发出腐朽的气息。

(二)新文学家的旧体诗创作

与上一部分相比,这部分所论的旧体诗的最大特点在于其创作主体的身

---

① 南江涛:《清末民国旧体诗词结社文献汇编》第25册,国家图书馆出版社2013年版,第369页。

份——新文学家。这批人发起、引领或参加了文学革命,参与了新文学创作,他们以新文学而闻名,如胡适、鲁迅、周作人、朱自清、刘半农、沈尹默、俞平伯、叶圣陶、郭沫若、郁达夫、王统照。正是他们极力反对以文言为形式语言的传统文学样式,高扬以白话为载体的现代文学形式,推动中国文学由古典向现代转型。这时他们的身份是单纯而整一的:弃旧更新的新文学家。而一旦说到他们创作旧诗体,乍一看似乎难以置信,其新文学家的身份也变得模糊。新与旧的对立是如此鲜明又如此真实地集合于他们一身。因此,"新文学家的旧体诗创作"是一个富有意味的论题,引起了学者们的关注,也取得了比"传统的旧体诗创作"研究更为丰硕的成果。

新文学家的形成依靠的是公共空间——由报纸、期刊、出版社等构成的现代传播媒介,因而新文学作品是面向公众言说。与此相对的是,新文学家的旧体诗大多不发表,也不集结出版,它主要是在二三好友知己间流播,在人际交往中酬唱赠答,指向的是私人领域。存在空间的不同对文学作品的整体面貌形成了极大影响。如新文学的思想启蒙意向与它的公共存在空间就是互相依存的关系。而旧体诗的私人性质使之展现了新文学家更本真的一面,它们与新文学作品一起,塑造了新文学家更加完整而丰富的形象。具体而言,新文学家的旧体诗主要以题赠友人、应酬、唱和、自抒怀抱等方式存在。

1. 题赠友人

以旧体诗题赠友朋是新文学家文学交游、人际交往的重要方式。鲁迅现存的六十余首旧体诗大部分都是写赠友人的(大约有一半是赠日本友人的),他曾说"我平常并不作诗,只在有人要我写字时,胡诌几句塞责,并不存稿"[①]。1903 年在东京以《自题小像》题赠许寿裳,1932 年 12 月 9 日又将此诗书赠日本医生冈本繁。1932 年 3 月 31 日以《偶成》一诗赠上海光华书局经理沈松泉,同日又以"蓦地飞仙降碧空"一首赠姚蓬子。1932 年 10 月 12 日为柳亚子

---

① 鲁迅:《致杨霁云》,载《鲁迅全集》第 13 卷,人民文学出版社 2005 年版,第 227 页。

作七律《自嘲》,同年12月21日又将此诗书扇面赠日本僧人杉本勇乘。1932年12月以《无题·洞庭木落楚天高》一诗书赠郁达夫,同月又作《教授杂咏四首》,前两首分别写给中华书局的职员邹梦禅和白频。1933年1月26日以七绝《二十二年元旦》一诗赠静农,此诗初为内山完造而作,"已而毁之",后稍加改动"别录以寄静农"。① 1933年6月28日为黄萍荪作"禹域多飞将"一诗。1933年6月,听闻丁玲遇害的传言,作《悼丁君》一诗书赠周陶轩。1933年12月30日为郁达夫妻子王映霞作七律《阻郁达夫移家杭州》,同日又为《现代妇女杂志》编辑黄振球书《酉年秋偶成》五绝一首。1934年3月10日天津《大公报》简讯称鲁迅患重型脑膜炎,鲁迅遂于3月15日夜作绝句《闻谣戏作》寄台静农,"以博静兄一粲"②。1934年9月29日作《秋夜有感》七律一首赠《申报·自由谈》编辑、同乡张梓生。1934年12月9日作《题〈芥子园画谱三集〉赠许广平》。1935年12月5日为许寿裳作七律《亥年残秋偶作》。

周作人常常将自己创作的旧体诗抄送赠人如沈尹默、章士钊、俞平伯、文怀沙、尤炳圻等。抗战时期郭沫若的很多旧体诗都用于赠送友人,如《赠陈铭德、邓季惺夫妇》《赠达夫》《题赠陈叔亮先生》《送田寿昌赴桂林》《赠谢冰心》《赠刘振典》《访徐悲鸿醉题》。

新文学家以诗分赠友人的心理动因,也许可以用俞平伯的例子来说明。俞平伯于1944—1945年间作长达"三千七百馀言"③的五言长诗《遥夜闺思引》,并以工笔小楷亲自抄赠好友朱自清和杨振声、妻妹许季珣、表妹胡静娟、同事毕树棠,友人叶圣陶、内兄许昂若、儿子俞润民、世交华粹深、学生吴小如也分别抄录此诗。俞平伯还为每份抄写本作了一至三篇跋语,每篇数百字到

---

① 鲁迅:《二十二年元旦·注释1》,载《鲁迅全集》第7卷,人民文学出版社2005年版,第155页。

② 鲁迅:《闻谣戏作·注释1》,载《鲁迅全集》第7卷,人民文学出版社2005年版,第471页。

③ 俞平伯:《遥夜闺思引·跋语之为润民写本》,载《俞平伯全集》第1卷,花山文艺出版社1997年版,第499页。

上千字不等,可见用心良深。俞氏自道心曲:"分贻亲友为念,非别有意于传流也。"①好友叶圣陶一语道破其心事"一诗由多人传录,殆已是古代事,而于兄复见之"②。俞平伯感叹道:"圣陶知之真,故其言至质,意乃无尽也。可以不作而径作,不欲流传而又不欲听其遽灭,此等心情,从何说明?"③作为新文学家,本不作旧诗,但又禁不住作了,作了也不以流传为旨,但"又不欲听其遽灭",因而采用古制,以多人传抄的方式使其不至于湮没无闻,其矛盾纠葛的心情于此可见一斑。叶圣陶也曾如是说道:"凡作文字,总有所为。作必缘有所见,无所见何必妄作。"④

2.应酬

在古代社会,旧体诗承担了应酬交往的社会功能,这种功能也在新文学家的旧体诗创作中得以延续。上述鲁迅的旧体诗作中,有一部分即应酬之作,有时它与题赠朋友之意胶合在一起,难以细致区分。应酬之作大抵有迎来送往、祝寿庆婚悼亡、题画等主题意向。

在友朋迎送的旧体诗中,如有鲁迅的《送增田涉君归国》《送 O.E.君携兰归国》,朱自清的《送吴雨僧先生赴欧洲》,俞平伯的《送朱佩弦兄游欧洲》,叶圣陶的《送佩弦之昆明》,郭沫若的《别季弟》。祝寿庆婚悼亡的诗作如有朱自清的《寿汪公严先生六十》《绍谷哲嗣君恕世兄与广东陆女士成婚,诗以贺之》《贺金拾珊、张弢英婚礼》,俞平伯的《寿章元善兄九十》,叶圣陶的《伯祥五十初度》,鲁迅的《哭范爱农》《悼丁君》,郭沫若的《解佩令(贺友人结婚)》《挽王礼锡》《挽张曙》等。题画之作如有叶圣陶的《题关良〈五醉图〉》,朱自清写于

---

① 俞平伯:《遥夜闺思引·跋语之复印后又跋》,载《俞平伯全集》第1卷,花山文艺出版社1997年版,第508—509页。

② 俞平伯:《遥夜闺思引·跋语之叶圣陶写本》,载《俞平伯全集》第1卷,花山文艺出版社1997年版,第507页。

③ 俞平伯:《遥夜闺思引·跋语之叶圣陶写本》,载《俞平伯全集》第1卷,花山文艺出版社1997年版,第507页。

④ 叶圣陶1979年5月12日致俞平伯信,载叶至善编:《叶圣陶集》第25卷,江苏教育出版社2004年版,第219页。

1940 年的《题白石山翁作〈墨志楼刊经图〉》《题白石山翁为墨志楼主作万里归帆图》。周作人的《老虎桥杂诗》中的题画诗原有 94 首,他自认为"多应需之作,今悉删削"①,遂删减为 59 首。作了很多应酬诗的郭沫若,题画之作也较多,计有 61 首,被辑为《郭沫若题画诗存》②一书,如《题刘海粟山水画》(1926),《题渊明沽酒图》(1936),《题山水画小帧》(1937),《题〈画云台山记图卷〉》(1941),《题画翎毛花卉三首》(1942),《题李可染画》(1943)。1942 年郭沫若创作的话剧《屈原》在重庆上演,郭沫若为每位演员赠诗一首,共 21 首,如《金山饰屈原》《瑞芳饰婵娟》《赠张瑞芳》《白杨饰南后》《赠白杨》。田汉在抗战期间也作了不少诗酬赠演员。题画和题赠演员的诗,有的是对画家、演员的评价,有的带有谈艺诗的特点,以诗评论文学艺术,有的兼而有之。

新文学家以旧体诗作应酬之用,有着对传统文士生活方式的承续之意,也有着旧体诗定型化的形式便于操作之由,还因为他们在文学观念上本着现代立场,把新诗看作"美术之文",摒弃其"应用"的功能,③因而以诗交际就只有留待旧体诗去承担了。虽为应酬之作,但并非随意拼凑、质量低劣,相反,相当多的诗作都是诗人有心营构的佳作,具有文学性和审美性。如田汉的《看桂剧〈桃花扇〉后赠欧阳予倩》一题共有七绝八首,末一首尤为精妙:"舞断歌残已四年,秦淮寒月泣苍烟。天涯犹有春娘在,不唱摩登燕子笺。"诗歌把剧情评议和人物品评结合在一起,构思巧妙,韵律和谐,全诗富有古典意境。有的诗人秉持质量原则,所以应酬诗很有限,如沈尹默即坚持"不因酬答损篇章"(《自写》)的原则,题画诗不多,大约只有《题曼殊画册》等三首。

3. 唱和

诗歌唱和是旧体诗的另一重要功能,新文学家的旧体诗也继承了这一传统。1931 年胡适与丁文江同游秦皇岛,以旧体诗相酬唱。鲁迅和郁达夫之间

---

① 王仲三:《周作人诗全编笺注》,学林出版社 1995 年版,第 2 页。
② 郭平英:《郭沫若题画诗存》,山西教育出版社 1997 年版。
③ 陈独秀:《答易宗夔》,《新青年》第 5 卷第 4 号,1918 年 10 月 15 日。

也有着长期的诗词唱和。1940 年底开始,叶圣陶和朱自清以诗词唱和持续数年,其间萧公权也参加。如有学者指出,1940 年夏至 1941 年秋,朱自清"暇居一年,与萧公权等多唱酬作旧诗。格律出入昌黎、圣俞、山谷间,时运新意,不失现代意味"①。"抗战中的日子虽然艰难,但文人写诗的雅兴却一点不减……这好像是沈尹默起的头,一时这个圈子里的文人们你写一首,我和一首,纷纷打起了'诗战'。……'如汪旭初、沈尹默、章行严、方东美、汪辟疆(此五人皆老手,甚佳),欧阳翥、沈士远、庐前(亦佳)、马叔平及大儿伯商(次之),日来挑战,应接不暇。'"②诗词唱和是中国古典诗歌的一种生存样态,它带有切磋、竞赛的意味,可以使诗人们在你来我往中提高诗艺,也可以用特殊的形制表达幽微而不易明言的心绪③,还可以使日常交际如迎来送往、问候答谢、感情联络变得雅致。诗词唱和已从文学领域走向广阔的生活,成为中国古典文化所独创的审美化生活方式。

在中国现代的旧体诗唱和大潮中,影响最大的莫过于周作人的"五十自寿诗"事件。1934 年周作人在自己五十寿辰之际,作了两首打油诗权当自寿:"前世出家今在家,不将袍子换袈裟。街头终日听谈鬼,窗下通年学画蛇。老去无端玩骨董,闲来随分种胡麻。旁人若问其中意,且到寒斋吃苦茶。""半是儒家半释家,光头更不着袈裟。中年意趣窗前草,外道生涯洞里蛇。徒羡低头咬大蒜,未妨拍桌拾芝麻。谈狐说鬼寻常事,只欠功夫吃讲茶。"林语堂得到赠诗后,将其手迹冠以《五秩自寿诗》的题目刊登于 1934 年 4 月 5 日的《人间世》创刊号上,同期还刊有和诗:沈尹默 7 首、刘半农 4 首、林语堂 1 首。这一举动引来诸多文化名流的和诗,如蔡元培 3 首、钱玄同 1 首、胡适 2 首、沈兼士

---

① 浦江清:《朱自清先生传略》,载张守常:《最完整的人格——朱自清先生哀念集》,北京出版社 1988 年版,第 131 页。

② 朱元曙:《朱希祖与沈氏兄弟》,《万象》2009 年第 2 期。

③ 朱自清即曾说:"旧诗的表达不及新诗的明朗,但它含蓄,有些思想不愿明讲,用旧诗表达更为方便。"参见冯钟芸:《佩弦先生的教导》,载陈孝全:《朱自清先生的艺术世界》,福建教育出版社 1995 年版,第 84 页。

1首、俞平伯1首、徐耀辰1首、马幼渔2首,在文坛上闹得沸沸扬扬。不久即招来左翼文化阵营的批判。廖沫沙首先发难,他在4月14日《申报·自由谈》上以埜容的笔名发表《人间何世?》一文进行责难。其后左翼文化人如胡风、陈子展等群起攻之,把周作人批得一塌糊涂,周作人自述"被一班维新的朋友从年头直骂到年尾"①。曹聚仁、林语堂等人遂奋力辩解。此事最后不了了之,但两派之间的分歧与隔阂却并未消弭。

周作人的自寿诗叙写了传统读书人在太平时期的理想生活情态,重在抒发个人幽怀,"半是儒家半释家"的心态不免自我标榜的意味,诗中透露出的情志接通了自由主义知识分子的精神志向,因而引起广泛共鸣。应该说,这种共鸣唱和是文化人之间的一种雅事,是中国传统文人审美化生活的现代延续。而它之所以"变质",演变成一场大规模的"论战",正因为其越出了私人领域,以媒体介入的方式大规模进入公共空间。最初发表自寿诗的林语堂也意识到了这点,他在辩解文章中说到周作人的自寿诗本是"寄沉痛于悠闲,但世间俗人太多,外间颇有訾议。听之可也,惟自怪不应将此诗发表,放在伧夫竖子眼前耳"②。此事件一方面证明了旧体诗唱和的私人性质,另一方面也说明了诞生于且生存于公共领域的新诗为何采取不同于旧体诗的文学路数③。

4. 自抒怀抱

新文学家的旧体诗大多不发表,多数散布在其日记、书信中,有些在三五友人间流传。如果说友人间的赠诗、唱和、应酬仍算一种小范围传播的话,那么有些旧体诗则完全排斥了传播功能,沉寂在诗人的个人空间里,到后来才被研究者发掘整理出来。这些诗作是诗人最隐秘的部分,记录了诗人特定时期最真实的心路历程。当然,有时自作之诗在适当的时候也可以赠人,并不绝对封闭于自我世界。叶圣陶即说:"而命笔留迹,或只以自娱,或兼欲示人。自

---

① 知堂:《弃文就武》,《独立评论》第134期,1935年1月6日。
② 林语堂:《周作人诗读法》,《申报·自由谈》1934年4月26日。
③ 新文学的主要传播方式为发表或出版。

娱者不嫌密码之频繁,示人者则常须为人家着想,总欲信息无少阻。"①他还将自己所作诗词比喻为"候虫之自鸣,未足以为大时代鼓吹也"②。朱自清认为:"吾侪诗为知者道,不足流传供啜訾。"③俞平伯也说道:"若写作之两种不同,亦根据实际:一是直接,即写给人看的书信、发布的文字等等,一是间接,有可能给人看见的,如日记、随笔等等。'诗'在两者之间。白云自怡,不堪赠君,诚然如此。"④"自五四以来提倡新诗,余或偶做旧体,聊以自娱。刊布者稀。"⑤周作人在《伯牙》一诗的结尾写道:"何必登高座,语语期击节。或有自珍意,随时付纸笔。后人如不读,亦堪自怡悦。欲出悉出已,能事斯已毕。"⑥诗歌借"钟子期死,伯牙破琴绝弦,终身不复鼓琴"(《吕氏春秋·孝行览·本味》)的故事,以及竺道生"聚石为徒,讲《涅槃经》"(《莲社高贤传》)的故事,意在浇自身块垒:旧体诗创作不在于语惊四座,只在随时记录自身感兴,不求他人阅读,惟自怡自悦而已,颇有敝帚自珍之意。茅盾在他晚年所写的《回忆录》中说,"旧体诗有一优点,最能寄寓作者的真我感情","现在看来,那时写的旧体诗词要比我在桂林写的其他文章更显露了自己的情感"。⑦ 例如《感怀》一首:"桓桓彼多士,引领向北国。双双小儿女,驰书诉契阔。梦晤如生平,欢笑复呜咽。感此倍怆神,但祝健且硕。"这首诗表达了身在桂林的茅盾对远在延安的一双儿女的深切思念之情。新诗阵营里最骁勇的猛将郭沫若也作了大量旧体诗以自抒怀抱。如《再用鲁迅韵书怀》:"成仁有志此其时,效死犹欣鬓未丝。五十六年

① 叶圣陶 1979 年 5 月 12 日致俞平伯信,载叶至善编:《叶圣陶集》第 25 卷,江苏教育出版社 2004 年版,第 219 页。

② 叶圣陶 1938 年 11 月 29 日致郑振铎信,载叶至善编:《叶圣陶集》第 24 卷,江苏教育出版社 2004 年版,第 179—180 页。

③ 朱乔森:《朱自清全集》第 5 卷,江苏教育出版社 1999 年版,第 274 页。

④ 俞平伯 1976 年 4 月 24 日致叶圣陶信,载《俞平伯全集》第 8 卷,花山文艺出版社 1997 年版,第 144 页。

⑤ 俞平伯:《槐屋幸草·自记》,载乐齐、范桥编:《俞平伯散文》,中国广播电视出版社 1996 年版,第 469 页。

⑥ 王仲三:《周作人诗全编笺注》,学林出版社 1996 年版,第 135 页。

⑦ 茅盾:《桂林春秋——回忆录(二十九)》,《新文学史料》1985 年第 4 期。

余髋骨,八千里路赴云旗。讴歌土地翻身日,创造工农革命诗。北极不移先导在,长风浩荡送征衣。"这类为自己而写作的诗歌,无论言志还是缘情,都是诗人面向自己内心的文学记录,它排斥了应用的功能,在自由的写作中展现诗人独立的个性与自由的意志,是探析诗人真实心灵境界的一面镜子。

(三)画家的旧体诗创作

在中国古代,自文人画兴起以来,艺术的评价标准便不再仅限于绘画或诗歌自身,而是以跨越性的眼光,以诗、书、画三家的融通为上,书画同源、书画一律,"诗中有画,画中有诗"成为艺术家们耳熟能详的艺术创作兼品评的金科玉律。凡诗人皆善书,不少还能画,而凡画家多数工书能诗,书法家也大多能诗会画。这样一种特殊的艺术形态是中国传统艺术的存在方式。只要传统艺术尚在,诗书画三位一体的形式便应当得到赓续,即使社会历史发生了翻天覆地的变化,进入现代化、世界化的民国时代亦如此。因此,在民国时期的旧体诗创作队伍中,少不了书画家的身影,他们构成了中国古典艺术在现代的一次有力回响。同时,这也说明,本部分所论的画家是指创作中国画的画家,诸如吴昌硕、李瑞清、黄宾虹、经亨颐、潘天寿、吴茀之、林散之、邓散木、丰子恺、贺良朴、陈师曾、齐白石、溥心畬、陈树人、张大千,有些画家以西画成名,但同时或其后也创作中国画,仍列入其中讨论如徐悲鸿、刘海粟。

1. 存在形式

纵观中国现代史,可以这样认为,凡创作旧体诗的画家,都有创作中国画的经历,这从一个侧面说明了中国传统诗与画的特殊关系,同时也说明了创作旧体诗的画家对自身的定位具有二重性,既以画名世,又追求诗人身份。很多画家直接加入诗社或参加诗社的活动,如贺良朴先后参加寒山诗社、漫社、嘤社活动。因此,他们的旧体诗的存在形态,类似于上述传统旧体诗人的诗歌生态形式,如雅集、结社、联吟、酬唱、唱和、题咏、寿庆、哀挽。此外,不同之处在于他们的画家身份不时跳出来参与其中,显示出诗与画的关联。例如一些具有诗词修养的画家缔结书画社团不光为交流画艺,也为切磋诗艺。1929 年元旦,经亨颐、何香凝等在上海发起成立"寒之友社",既交流画艺,也经常课以诗作。"陈树人、于右任、黄宾虹、张大千、张善孖、潘天寿、丰子恺、王祺、姜丹书等名家为社员。每逢雅集,大家翰墨淋漓,尽情挥毫,以诗言志,以画喻节,极一时之盛。"经亨颐在一首咏竹诗的附跋里,记载了书画家们雅集冶游,兼治诗书画印的文人雅事:"十八年四月,与树人、香凝、若文、介堪、伯涤,曾咏发上海,三宿白马湖。登兰芎,渡曹江,舟寓游东湖、禹陵、兰亭、柯岩、鉴湖,往来山阴道上,乐享湖山清福。介堪作印,树人写生,余为之题。"①1932 年,在与国民党对抗的形势下,"寒之友社"的活动大胜于昔,吸引了诸多文人的目光。在这一年,柳亚子为社友作诗甚多,计有十一题数十首,其中有相当部分是为何香凝的中国画而作的题画诗。"何画柳题"已俨然成为"寒之友社"诗画艺术活动的一种重要形式。

1932 年,潘天寿、吴茀之创立"白社"画会,初创时的成员还有诸闻韵、张书、张振铎。在 20 世纪 30 年代的中国尤其是上海,"白社"画会显得与众不同,因为它不像其他很多书画会一样以制定画家润例、促进书画流通买卖、实现经济功能为目的,而是以切磋画艺、研究学术为旨归。也许这与其社员的高校教师身份有关,较为稳定的收入降低了其对艺术市场的依赖,赋予了其相对自由的艺术空间。他们发扬"文人画"的传统,重视画与诗、书、印的融通,还注重画论、画史、金石书法、诗文的研究。例如吴茀之在入社后为自己制定了八个方面的研修计划,除七条关于绘画,一条关于书法外,还有一条则是理论研究和诗文修养。在诗文修养方面,他创作了大量诗歌,并将其中的二百八十余首录于《画中诗》中。吴茀之努力实践着画家、诗人、学者相统一的传统理想。

并且,在新文化运动日益高涨的形势下,旧文学、旧道德等一切旧的东西都遭到猛烈抨击,前述新文学家大多只能把自己创作的旧体诗"藏"在私人领域即不乏这个原因。而在传统书画界,情形大不一样,旧体诗是这个独立王国

---

① 沈定庵:《"寒之友社"创始人经亨颐》,《美术报》2011 年 12 月 3 日。

的"合法"诗歌形式,新诗无法置喙,因此画家们可以自由地创作旧体诗而不用顾虑"开倒车"之嫌。

2.题画诗

画家的旧体诗在参与一般旧体诗的交际之外,比较突出的是题画诗,这也是画家们乐意为之、创作得最多的一种形式。题画诗不仅是文学作品,也是艺术作品,放入画中便成为整个艺术作品的一部分,单列出来也是可以阅读的文学作品。在题画诗创作中,画家们大多即兴创作,自然灵动,追求达意而已,不刻意雕琢求工,更不追求书卷气、学者风。作为题咏绘画的诗歌,题画诗最大限度地拉近了诗歌与绘画的距离,不仅变革了画面构图形式,也在美学观念上使诗与画互相影响,深得诗人画家们青睐。

(1)外师造化,绘形绘影

题画诗既然是因画而题,画面内容自然是歌咏的首要对象,但绝不是机械地摄取画上景物,而是在尊重客观描写的基础上有所选择与创造,对景色、事物、场景进行描绘、概括和提炼。诗人使笔如画,拟形绘状,模山范水,使画面形象在读者的想象、联想中鲜活起来、若在目前,具有最直接的"绘画美"。这类诗在唐宋尤其是唐代很发达,可能与唐宋时以形写神、形神兼备的绘画思想有关。元代题画诗也颇有佳境,如倪瓒《题画诗》:"十月江南未陨霜,青枫欲赤碧梧黄。停桡坐对寒山晚,新雁题诗小着行。"民国时的题画诗无法超越前代,但也自有特点。

吴昌硕的题《枇杷》诗:"五月天热换葛衣,家家卢桔黄且肥。鸟疑金弹不敢啄,忍饥东向林间飞。"画面上没有鸟,诗中写的是枇杷把鸟惊飞了,富有想象力,让人体会到诗画"踏花归去马蹄香"①"竹锁桥边卖酒家"②两个典故的

---

① 宋徽宗酷爱绘画,设画院以招考天下画家,一次命画家们以"踏花归去马蹄香"为题作画,最后评出的佳作只画了几只蝴蝶绕着马蹄飞舞,而没有出现花。

② 也是在一次画家考试中,试题要求以"竹锁桥边卖酒家"为题作画,入选之作画的是小桥流水、竹林茂密,在绿叶掩映的林梢处露出一角酒帘,却没有画出酒馆。

情韵,也流露出"深山藏古寺"①"蛙声十里出山泉"②的机趣。且诗歌变静为动,饶有生趣,与白居易题《画竹歌》的诗句"举头忽看不似画,低耳静听疑有声"有异曲同工之妙。陈师曾题画红梅、墨石:"独抱冰心出丑枝,花容年少点胭脂。石头老子应微笑,笑汝凝妆不入时。"题画竹篱:"长身玉立伟丈夫,屈作短篱防野狐。霜寒地阴色惨怆,旁舍无人提酒壶。老翁投竿钓江湖,随波窃饵非大鱼。安得狂风一笔扫,天衢荡荡开晴昊。"齐白石的题画诗较多,《题画山水》:"柳条送尽隔江船,岸上青山断复连。白怪一时来我手,推开山石放江烟。"《题牡丹》:"涂红抹碧牡丹肥,叶叶花花太未非。可笑春风还用意,入窗犹向画中吹。"《题画牛》:"星塘一带杏花风,黄犊出栏东复东。身上铃声慈母意,如今亦作听铃翁。"潘天寿为山水画题诗:"赚得空山与水隈,老松疏竹复寒梅。霜余雪后真个好,径自青藤雪个来。"他早年的《题江洲夜泊图》:"俯水昂山势绝群,谁曾于此驻千军。万家楼阁参差起,半入晴空半入云。"黄宾虹的山水题画诗:"爱好溪山为写真,泼将水墨见精神。兴来木鹿亭中坐,着意西湖万柳春。"何香凝的山水画题诗曰:"钢提浇水炼胭脂,宝砚生尘着笔迟。已碎江山描不已,云黄水碧暮烟低。"张大千的《秋山图》题诗:"西风曳曳片云间,一夜寒泉卧北山。倚杖岩头秋独望,稀疏烟垄是人间。"徐悲鸿的题诗《山环湖水水环家》:"江南三月樱花香,绿水青山春意长。驾得扁舟湖上去,神仙不羡羡鸳鸯。"郑昶的《绿杨深处人家》画的是文士隐居山林,画上题诗曰:"抱琴觅酒看桃花,春暮江乡乐事赊。劫后垂杨摇剩绿,燕归还识旧人家。"钱瘦铁的山水图笔墨恣肆,构图简单,章法有如石涛山水册页,画上题诗:"片帆江上随水流,落落千峰生白云。"丰子恺的《松窗读书图》题诗:"白云无事常来往,莫怪山人不送迎。"傅抱石的长挂轴《柳荫禅思图》题诗:"无情最是台城

---

①　此画的构思是:画面上只见崇山峻岭,山路蜿蜒,一小僧在山下河边汲水,却没有画出古寺。

②　这是齐白石 1951 年为老舍画的一张水墨画。画面上没有蛙,只有几只小蝌蚪在湍急的水流中欢快地游动。

柳,依旧烟笼十里堤。"这些题画诗重在描绘画面物象景致,所题之画也多是山水画、花鸟画,诗人在对画面选择性描写的过程中表达着欣赏、认同之感,也抒发着个人性情与志趣。

(2)中得心源,比兴寄托

题画诗中单纯描摹画面形象的较少,大量的诗由画面内容生发开去,抒发自己的感兴,升华画面的思想主题,从再现走向表现,这是题画诗创作的更高层面,正如清代的方薰在《山静居画论》中所云"高情逸思,画之不足,题以发之"。这种写法的繁荣在明清时期,随着画坛上重写意轻写形的绘画思想的流行,题画诗中描摹画中景物的作品渐少,取而代之的是借画发挥、意在画外的诗作。这种比兴寄托的题画诗写作可追溯到杜甫。清朝的沈德潜评说杜甫题画诗:"全不粘画上发论。如题画马、画鹰,必说到真马真鹰,复从真马真鹰发出议论。后人可以为式","又如题画山水,有地名可按者,必写出登临凭吊之意;题人物,有事实可粘者,必发出知人论世之意"(《说诗晬语》)。不粘画上发论,即是借题发挥,以画为由头论说开去。

陈师曾题画石:"破笔画一石,奇气不可收。尔我皆同类,何为此中投?有时发歌啸,春来动溪流。安心慎勿转,万古风嗖嗖。"诗人以石自比,二者皆有奇气,不同侪辈,在世俗潮流中坚持自我,表现出一股高古之气。陈树人多有归隐之志,好作题画诗,寄情山水。《题枯蕉麻雀》诗云:"却从败叶残蒿里,冷啄低飞自守真。"《咏山涧小流泉》诗云:"保得永清纯洁体,未妨低处显前程。"诗歌抒发了他不畏屈身低位但却坚守本真性情之志。何香凝的《题画梅花》:"一树梅花伴水仙,北风强烈态依然。冰霜压雪心犹壮,战胜寒冬骨更强。"诗歌借不畏严寒傲然开放的梅花和水仙,抒发了诗人对凛冽傲气的推崇。经亨颐的诗作以题画咏物为多,寄寓怀抱,于右任赞其"超逸冲淡佳者上宗陶孟,下入云林吴墅人之间"。其《咏竹诗》云:"西风飒飒竹生寒,衰草萋萋菊又残。莫道秋光无艳色,虚心傲骨耐人看。"诗歌以"萋萋"的"衰草"和残菊反衬竹之"傲骨",进而赞美其不畏强暴的坚强意志,并借竹之中空赞美虚心的精神。徐悲鸿诗作不多，偶作题画诗，他在中国画中尤善画马，其《题画马》诗云："秋风万里频回首，认识当年旧战场"，"伏枥宁终古，穷边破寂寥。风尘动广漠，霜草识秋高"。诗歌借歌咏曾征战沙场的战马表达诗人雄大的志向。张大千不以诗名，但好作题画诗，咏物诗不黏滞于物，多在借物抒怀，《高士图》："木叶凝霜静，千山绿尚肥。晴晖弄秋晚，犹暖旧林扉。"诗歌以对隐居山林的高士的歌颂，抒发了对高迈气节的尊崇。潘天寿晚年的《题梅》："气结殷周雪，天成铁石身。万花皆寂寞，独俏一枝春。"诗歌咏梅以抒怀，以万花凋零反衬梅花一枝独秀，以梅象征豪迈之气。张善孖以画虎而闻名，他的"岩润双虎图"自题诗句："满幅烟云落翠微，奇奇怪怪是疑非；江山如此君休问，多少英雄逐鹿肥。"诗歌不局限于画，双虎形象隐喻了国共争雄的局势。此类题画诗对画面内容涉笔较少，发挥了中国诗歌的兴寄传统，以比兴手法托物言志，寄寓诗画更加丰赡、深刻的思想内涵。

（3）以诗论画

以诗歌的形式来进行言简意赅的论说，始于杜甫以绝句论诗，后人沿用这一体式，并延及论一切文艺以至学术，以诗论画也由此诞生。题画诗既然因画而生，因此不仅画面内容及由此生发的思想感情在所题之列，与画有关的画法、画论、画理、画史、画家、画派、诗书画关系等也在所论范畴内。这也可说是自题画诗诞生以来，就延续至今的传统。五代画家荆浩在题山水画时曾自叙笔法："恣意纵横扫，峰峦次第成。笔尖寒树瘦，墨淡野云轻。"宋代关于诗画关系的几点主张，都是在题画诗中提出来的。欧阳修首次在《盘车图》中提出"忘形得意"说，秦观进而在《观易元吉獐猿图歌》中提出"画意忘形形更奇"说。苏轼在《观鄢陵王主簿所画折枝》中提出："论画以形似，见与儿童邻。赋诗必此诗，定非知诗人。诗画本一律，天工与清新。"邵雍又在《诗画吟》中补充道："画笔善状物，长于运丹青。丹青入巧思，万物无遁情。"元代画家吴镇在《陆探微层峦曲坞》上题诗："六法斯图见，神奇指掌分。""六法"即《古画品录》中所说的"气韵生动，骨法用笔，应物象形，随类傅采，经营位置，传移模写",是经典的传统中国画论。赵孟頫的《秀石疏林图》题诗云:"石如飞白木如籀,写竹还应八法通。如也有人能会此,须知书画本来同。"他也在诗歌中提出了石、木、竹的画法,并提出书画一律的观点。

以上观点既由诗人,也由画家提出,而与之相异的是,在民国时期的题画诗中发表画艺观的大多是画家。陈师曾在《作画遗林宰平》的题画石诗中云:"恭然笔落纸,若刀解牛声。石本无定形,初非刻意成。不用严矩矱,何须宽作程。急风扫窗牖,幻此山峥嵘。秋花肥且美,一一傍石生。揖让为宾主,微物解人情。"前三联用庄子《养生主》中庖丁解牛的文意,解说自己作画的体会。四五联描述画作中石与花的形态,点缀成趣。末联以宾主之喻,道出画面构图。陈师曾题画竹篱有诗句云:"安得狂风一笔扫,天衢荡荡开晴昊。""一笔扫"写出了画狂风的笔法。陈师曾题画石:"破笔画一石,奇气不可收。""破笔"写出了画石的用笔。齐白石常在题画诗中表达不摹前贤、自由创造的精神,如"胸中山水奇天下,删去临摹手一双"(《题大涤子画》),"皮毛袭取即工夫,习气文人未易除。不用人间偷窃法,大江南北只今无"(《梦大涤子》),"逢人耻听说荆关,宗派夸能却汗颜。自有心胸甲天下,老夫看惯桂林山。曾经阳羡好山无,峦倒峰斜势欲扶。一笑前朝诸巨手,平铺细抹死功夫"(《题画山水》)。齐白石的另一首《题画山水》:"松下远山圆,秋藤天上悬。世人休骂我,我是画中颠。"此诗前两句写景具有透视效果,后两句表达不拘规矩、追求创造的精神。在笔力苍劲的《藤萝图》上,刘海粟自题两句诗:"奔蛇走龙势入座,骤雨旋风声满堂",形象地写出其笔意:活灵活现,声势夺人。何香凝的《题画·落枫》:"几载飘零画阁空,夕阳西下晚霞中。半匙丹粉红于血,滴染云笺写落枫。"诗歌前两句写景,后两句写如何创作。潘天寿的《题指画山水障子》:"一水西来百派分,千山形势自超群。老夫指力能扛鼎,不遣毛龙张一军。"诗歌前一联写画面景致,后一联抒发作指画的心得感兴,两者相得益彰、相映成趣。他的《题梦游黄山》:"重向莲花峰顶行,海云无际夜无声。平原笔力华原墨,如画千山铁铸成。"前两句描写画面景致,后两句书写画法。潘天寿在《题山水册页》中表达了一贯坚持的"余于作画，素无门户之见"①（潘天寿题《古木寒鸦图》）的观点："习俗派争吴浙间，相讥纤细与粗顽。苦瓜佛去画人少，谁写拖泥带水山！"无论诗还是画，潘天寿皆不主一家、兼采众长、风格多样。陈树人为陈之佛的《翠竹霜菊图》立轴题诗："谁知现代有黄荃，粉本双钩分外妍；艺术元凭人格重，似君儒雅更堪尊。"诗歌既谈论了画法"粉本双钩"，又品评了画家人格"儒雅"。

题画诗成为中国绘画的一种重要形式自不待言。它深入书画家内心，成为其表达艺术感兴的有力载体，以至于徐悲鸿在创作油画时也不禁以此言志抒怀。他有题《人体习作》（1924）、题《男人体》（1926）、题《郭夫人像》、题《妇人头像》数首题画诗。如题《男人体》（1926）："后天困厄坚吾愿，贪病技荒力不从；仗汝毛锥颖锐利，千年来视此哀鸿。"题《妇人头像》："习习谷风，惟风及雨；将恐将惧，惟余与汝；将安将苦，汝转弃余。"诗歌并非对画面内容进行描述，而是抒写由画面形象引起的感兴。当然鉴于艺术载体的差异，徐悲鸿的题油画诗不能写在画面上，而是另外书写。在艺术史上，为油画作题画诗实属罕见。这可以理解成艺术家已把以诗表达感想内化为一种自觉的追求，因而不论中西，皆以旧体诗题记。此例也可再次证明前述的旧体诗程式化、易操作、善交际的观点。

题画诗是一种独特的诗画结合艺术，以此为核心考察画家们的旧体诗不难发现，他们青睐在诗歌中言及画事，显现出画家的当行本色。吴昌硕的《挽芍弓》："画与篆法可合并，深思力索一意唯孤行。"诗歌指出，画法与篆刻法可以相通。他曾有《论画》一诗主张创新，反对拟古摹古："画当出己意，摹仿坠尘垢。即使能似之，已落古人后。"这些题画跋诗文既是吴昌硕的创作经验，也是他的艺术观念。陈师曾的七律《同汤定之雪后至江亭》写他同友人一起去江亭写生画作之事："晚寒踏雪到江亭，蹀躞明沙细可听。欲问野僧迷熟

---

①　潘公凯：《潘天寿谈艺录》，浙江人民美术出版社 1985 年版，第 63 页。

径,兀如双鹭立空汀。倚城薄雾开新霁,出屋疏林失旧青。天与片时营画稿,柴门坐我未宜扃。"首联写两人踏雪出行,万籁俱寂中发出沙沙之声。颔联状写两人兀立汀州如双鹭。颈联描写雪景:日出破薄雾,白雪覆疏林。尾联写两人坐柴门前对景写生。全诗开合自如,意境清空。潘天寿也擅于以诗书写艺术活动。《画松》道出自己挥毫泼墨作黄山松之情景:"我爱黄山松,墨沈泼不已。"《白沙渡》道出他不事模仿、擅于创新,喜作大写意山水:"山青水碧白沙渡,墨气淋漓大写真。不是清湘旧草稿,凭谁着我画中身。"《画山水》表达对清初画坛"四王"画家以复古为尚的不满:"世人谈山水,举手辄四王。笔笔穷殊相,功力深莫当。我懒不可药,四王非所长。"潘天寿还有《论画绝句》组诗20首,表现出他对传统绘画、画家、画派的理解和评价。组诗其四论王维:"孰信前身是画师,诗中有画画中诗。须知雪里甘蕉树,早证散花说法时。"此诗值得关注还因为其自注:"予曾聆康更生论国有绘画,谓全被摩诘雪蕉、东坡朱竹糟坏,因太背物理形相,故无进步也。实则康氏尚存华不如法之见,自生分别想耳。"潘天寿对康有为以形似论画的思想提出批评,坚持中国民族绘画,主张"中西画法应拉开距离",这也是他一贯的主张,对于康氏为代表的以西方画学为本位的写实主义画论作出有力的回应。

林散之善于以书艺、绘艺的体验观察、描写自然。"麻披山瘦削,斧劈石精神"(《湖中望包山》),既是在以"披麻皴""斧劈皴"两种画山石的技法来形容山的不同形态,同时也说明了怎样的山势应采用怎样的笔法:瘦削的山用披麻皴,峻峭的山用斧劈皴。"浅绛破浓赭,空青渗重绿"(《龙门峡》),既是描写自然风景之色,也不妨说指出了一种色彩搭配之道:同色系而不同色相的颜色相搭配。"断壁走丹黄,垂崖挂青碧。古藤牵篆籀,细草披袯襫。"(《蠡湖》),这首描写自然的诗也可看作在说明绘画技法:断壁用丹黄,垂崖用青碧,古藤用篆籀笔法。有学者指出,这是古时"以真为画"式的写法。所谓"以真为画",就是将真实的风景说成人造的图画,宋以后又发展成将风景说成像某一种画法或某一家画作。北宋林逋有《乘公桥作》:"忆得江南曾看着,巨然名画在屏风。"文同有《长举》："峰峦李成似,涧谷范宽能。"南宋赵长卿有《柳梢青》(桃杏舒红)："千山万水重重。烟雨里、王维画中。"①林散之的诗歌可谓对"以真为画"这种中国独特的艺术思维的继承和发挥。

二、 传统主义绘画

和中国的其他传统一样,中国画在 20 世纪初也面临着时代选择的严峻话题。国门洞开后,西方的艺术从以前的滴水之势渐成涌泉之态奔向中国,和中国既有的传统国画展开了一场持久的对话。在这场交流中,中国画表现出强大的生命力,显示出巨大的文化认同感,不仅囊括了坚持传统本位的国画家,还吸引了大量西画家,乃至一部分诗人、文学家。三类画家在继承传统与变革创新间有着不同的选择,由此形成现代背景下中国画创作的特有景观。

(一)传统的中国画创作

经过两千多年的发展,中国画在民国时期显示出传统的深厚积淀,在社会上具有广泛的影响力,坚持中国画创作的人数也大于西画家。并且,在有的中国美术史的论述中中国画是重点,如李铸晋、万青力的《中国现代绘画史》,显示出作者对不同艺术形式的评价和定位。应该说,在任何时代,任何一门学问、艺术都处在传统与变革的博弈中,民国时期的中国画亦如此。但民国时期的特殊性在于,这是一个逐渐世界化的时代,此时的变动还有着全球化的背景。由此根据画家的理论和创作是否反映出西方思潮和现代因素的影响,可以分为两类,一类是延续中国文人画传统,并在传统内部弃旧更新的画家,如吴昌硕、陈师曾、齐白石、黄宾虹、潘天寿、傅抱石等;一类是受到西方思想、艺术观影响,引入了现代景观的画家,以岭南派为中心。其实,分类是死的,艺术家及其创作却是变化多端的,这种二分法只是为了论述方便划出的大致倾向,

---

① 刘石:《从"诗画一律"论潘天寿诗歌》,《清华大学学报》(哲学社会科学版)2011 年第 5 期。

并不排除二者兼而有之的情况,如坚持传统本位的画家在某些画作中也体现出一些西方影响。

1.文人画理论的发展

文人画是区别于院体画、画工画的一种绘画形式,逐渐发展成中国绘画的主流,可谓"最具有'国粹'特色"①。在民国时期的中国绘画版图中,文人画一直是一种重要的绘画形式,在 20 世纪 30 年代之前的社会上仍占有最大份额。关于文人画的理论,民国时期的艺术家有着自觉的思考。

(1)陈师曾

谈及民国时期的文人画理论者,首先值得一提的是陈师曾。他较早对文人画传统进行主动思考和系统阐述。1921 年春,陈师曾在画法研究会主办的《绘学杂志》第 2 期发表白话文《文人画的价值》一文,同年 11 月又在该杂志第 3 期发表《中国画是进步的》。1922 年陈师曾将《文人画的价值》改写成文言文,并翻译日本大村西崖的《文人画之复兴》一文,于这年 6 月合编成《中国文人画之研究》一书,由中华书局出版。可见陈师曾对《文人画的价值》一文十分看重,该文集中反映了他关于文人画的观点,其主要内容如下。

第一,强调文人画需有画外之功,并以此定义"文人画"。文章开篇即云:"何谓文人画?即画中带有文人之性质,含有文人之趣味,不在画中考究艺术上之工夫,必须于画外看出许多文人之感想,此之所谓文人画。"结尾时再次声明:"文人画之要素,第一人品,第二学问,第三才情,第四思想。具此四者,乃能完善。"他强调,绘画与思想人格、"文辞诗赋"、书法有着密切关系。诗画一律,文辞诗赋与绘画在"触物生情","发挥其性灵与感想"方面是一致的,文学有益于增进绘画的意蕴表达。书法与绘画亦是同源一律的关系,这是从艺术的形式表现方面指出书法对绘画的助益,是对西画的客观写实、重形似的有力反驳。

---

① 袁宝林:《陈师曾的文人画理论和近现代中国画转型》,《大匠之门 北京画院专题资料汇编》(第 13 辑)2016 年 12 月,第 98—109、96—97 页。

第二，指出绘画是精神、性灵、情感的表现而非简单地模仿外在客观形象，道出了艺术的本质。"画之为物，是性灵者也。思想者也，活动者也；非器械者也，非单纯者也。……所贵乎艺术者，即在陶写性灵，发表个性与其感想。"此说有着对康有为以来写实主义艺术观的反驳之意。陈师曾以此与西方美术相对而观，"立体派、未来派、表现派，联翩演出，其思想之转变，亦足见形似之不足尽艺术之长，而不能不别有所求矣"。在结论里他再次强调，"艺术之为物，以人感人，以精神相应者也。有此感想，有此精神，然后能感人而能自感也"，并比之以"近世美学家"所推崇的"感情移入"。将中国绘画与西方现代主义相提而论，虽不失简单比附之嫌，但确也发现了二者之间的相通处，显示其文人画论不仅有着深厚的国学功底，还有着世界美术的眼光，并非封闭保守的敝帚自珍。

第三，从中国绘画的核心命题——形神关系上，指出"文人画首重精神，不贵形式"。他以谢赫"首重气韵，次言骨法用笔"为画论基础，强调文人画首先应具有优美的精神。"至于因物赋形，随类傅彩，传摹移写等，不过入学之法门，艺术造形之方便，入圣超凡之借径，未可拘泥于此者也。"但同时，他也看到，写形是绘画入门的途径，"若夫初学，舍形似而骛高远，空言上达，而不下学，则何山川鸟兽草木之别哉？"若仅拘泥于形似而别无所求，那就无异于照相。不管是就画史而论，还是"以一人之作画而言，经过形似之阶段，必现不形似之手腕。其不形似者，忘乎筌蹄，游于天倪之谓也"，这是似与不似的辩证法。

第四，在审美风格上，主张文人画"宁朴毋华，宁拙毋巧，宁丑怪，毋妖好；宁荒率，毋工整"，强调一种含有独特的强烈精神意蕴的表现。不仅如此，此"纯任天真，不假修饰"的风范，还是为了"发挥个性，振起独立之精神，力矫软美取姿、涂脂抹粉之态，以保其可远观、不可近现之品格"。可见，陈师曾不是故步自封的国粹遗老，他的画论具有时代气息和民主精神。而这又与他关于绘画首重精神人格的主张统一了起来。

陈师曾的《文人画之价值》①在西方文化艺术冲击下对民族艺术进行了深刻反思,以对文人画精粹的充分肯定,为中国传统绘画正名,提出"中国画进步论"。该文对康有为、陈独秀等人全盘否定中国画所引发的对传统怀疑、动摇、举棋不定的心理,最早作出了正面回应,表现出对中国传统的充分自信,抵制了民族虚无主义倾向,具有不可忽视的积极意义。同时,陈师曾的重要意义还在于,他的文人画理论不是故步自封的自吹自擂,而有着世界艺术的眼光和比较美学的视点。他曾学习油画,实践写生方法,甚至蘸着油画颜料画中国画的花卉,在中国画创作中从不反对参用西法,他的山水画即不露痕迹地带有西画的影响而无折中派之嫌。可见,他对西方现代美术有着了解,对西画有着敏感性。而他早年学习矿务、博物学的经历又赋予其实务与科学的精神。这些都使他不同于纯粹的中国画画家,他是在多方比较后作出的慎重选择,他对中国画发展前途的思考也更加博大、深刻。陈师曾是一座桥梁,有意识地将传统与现代、中国与西方连接起来并坚持以中国传统为本位,甚至带有一种对传统书画的精华予以归纳的雄心,"研究之法,宜以本国之画为主体,舍我之短,采人之长","得中西画法双方讲求之益","以发展国粹"。② 在民国时期面对西方美术的影响,积极主张沟通中西而又坚持传统本位,陈师曾是一位不可越过的先行者。

(2)黄宾虹

与陈师曾兼具中西眼光所不同,黄宾虹是一位纯粹的传统画家,西方文化对他的影响甚微。他虽然也有一些关于中西绘画比较的言论,但其中误读的成分不少,显示出他对西方绘画的认识还很不充分。毋宁说,他是把西方作为一个对比物,由此张扬中国绘画。他不具备超出国学的范畴看问题的眼光,他认为传统绘画的问题应当在自身内部予以解决。他对中国绘画的理论言说仍

---

① 《文人画之价值》(文言文)是《文人画的价值》(白话文)的深化与补充。

② 陈师曾:《对于普通教授图画科意见》,载陈师曾:《中国绘画史》,浙江古籍出版社 2012 年版,第 103 页。

属于传统文人书画范畴。在这个有着深厚传统的领域中,黄宾虹仍具有托古开今的气度,他大量总结古人画史、画理、画法及画家生平,对绘画传统进行重新认识和整合,同时激发出自身对国画的新想法。他的画论对于传统绘画如何在西方文化的强大冲击下延续与发展具有积极的意义。

在画理上,黄宾虹仍首重精神的境界。他关于画品的判断即基于此:"是以画分三品:曰神,曰妙,曰能。三品之上,逸品尤高。""逸"成为超越神、妙、能的最高境界,是绘画表达主体精神的最高层面,唯有靠与"逸"同样玄妙的"悟"方可感知。而画品来源于人品,"观乎流品,画已可知",强调人的气质对绘画的形塑力量,"有品有学者为士夫画,浮薄入雅者为文人画,纤巧求工者为院体画。其他诡诞争奇,与夫谨愿近俗者,皆江湖、朝市之亚,不足齿于艺林者也"。① 黄宾虹将"文人画"界定为追慕风雅之人所作,由此其品格自然低于学者所为的"士夫画","士夫画"即为一般所谓的"文人画",于此只是名称不同而已。而工细的院体画又次于"文人画",世俗的民间画则屈居末流。此分类体现出黄宾虹传统的文人意识与正统观念。

在精神境界的统摄下,笔墨成为黄宾虹画法的中心思想。他在为《古画微》作结时说道:"要知古人之画,其精神在用笔用墨之微,而不专在章法之变换。"在笔墨形式上,他以"死、板、刻、浊、薄、小、流、轻、浮、甜、滑、飘、柔、艳"与"重、大、高、厚、实、浑、润、老、拙、活、清、秀、和、雄"相对举,批评前者,主张后者。② 他还以一个画家的艺术敏感性,总结出"五笔七墨",即笔法上的平、圆、留、重、变,以及墨法上的浓、淡、破、泼、渍、焦、宿。③ 这是对古人笔墨法的总结,更是融汇了自己创作体验的心得。笔墨在黄宾虹画论中之所以如此重要,是因为他将笔墨视为民族精神的寄托,"国画民族性,非笔墨之中无所

① 黄宾虹:《黄宾虹自述》,文化艺术出版社 2006 年版,第 120 页。
② 吕澎:《20 世纪中国艺术史》上卷,北京大学出版社 2007 年版,第 136 页。
③ 1940 年黄宾虹在《中和》月刊第 1 卷第 1、2 期上发表《画谈》一文,提出"用笔之法有五""用墨之法有七",后被人称为"五笔七墨"。

见"①。

在宗法所向上,黄宾虹主张"师古人以师造化",反对以西方绘画的技法来改造中国绘画。黄宾虹研习过的古人从五代的董源、巨然到清代的石涛、龚贤,同时他青睐于对家乡安徽的画家进行研究,如"新安四家"(弘仁、查士标、汪之瑞、孙逸)、"黄山派"(弘仁、梅清、石涛)以及"休宁三逸"(程邃、戴本孝、黄向坚)等,著成《黄山画苑略》一书。其"师古人"不等于完全临摹,而是要和"师造化"结合,从"师造化"入手。安徽画派的画家喜画家乡山水,也影响了黄宾虹"师造化"的主张形成。中年之后,黄宾虹长期漫游于名山大川,从江南名胜以至西到四川,南至两广,实践着"读万卷书,行万里路"的传统教诲。游历期间他还携带古人画作,以考查笔墨与画法来源。他虽也说过"沟通欧亚"的话,但绝不同于高剑父的"折中中西、融汇古今",更不是林风眠的"调和古今"。此话只是表明,他已感受到西方文化的巨大影响,在为友人画论作序时表现出礼貌的客套,他想说的重点其实是"参澈唐宋"。② 黄宾虹画论体现出历代文人画传统,是主张摒除西方影响,在传统内部进行变革的传统派画论的代表。

(3)潘天寿

和陈师曾、黄宾虹一样,对中国文化充满自信,并有意识地对中国传统艺术进行总结和系统化梳理的画论家是潘天寿。③ 他最著名的论断——"中西绘画要拉开距离"虽然是1965年提出的,但其基本思想早在民国时就已形成。潘天寿的画论与其创作一样,新中国成立前后没有大的变化,基本保持一致。潘天寿早年接受的私塾教育和学堂教育使他兼具中西文化的知识背景,在中西交流、碰撞的大趋势下,他选择了传统绘画。即使后来任教的上海美专与西

---

① 王中秀:《黄宾虹论艺》第6期,上海书画出版社2012年版,第202页。

② 吕澎:《20世纪中国艺术史》上卷,北京大学出版社2007年版,第135页。

③ 民国时期中国画理论一直很欠缺,在潘天寿之前,唯有陈师曾、黄宾虹等对中国画进行了较为系统的理论思考。

湖国立艺术院都以西学为主,但他仍一以贯之地坚持并发展传统绘画,显示出强大的文化自信力。他主张,中西绘画要分开,"东西两大统系的绘画,各有自己的最高成就,就如两大高峰对峙于欧亚两大陆之间,使全世界'仰之弥高'"。同时有必要进行交流,"这两者之间,尽可互取所长,以为两峰增加高原和阔道"。而这种交流应以坚持自身为本位,由此明确提出,"我向来不赞成中国画'西化'的道路。中国画要发展自己的独特成就,要以特长取胜","中国绘画应该有自己独特的民族风格,中国绘画如果画得跟西洋画差不多,实无异于中国画的自我取消",坚持中国传统本位论。①

潘天寿主张,中国画以意境、气韵、格调为最高境地②,既是对传统绘画首重精神性的继承,又以"格调说"形成对传统的发展。"格调说"本是诗歌领域的术语,清朝沈德潜用以品评诗歌的格律声调等形式所呈现的品位。潘天寿则借用"格调说"来品评视觉形式语言中包含的精神人格因素。他认为,绘画的格调是人的主体精神的主观移入,"画至化境,形神皆著我意,'夺'者,须有我之精神移入于物,交流引动,方可夺物之精神也。是精神,实为物我之融合"③。"须先有奇异之禀赋,奇异之怀抱,奇异之学养,奇异之环境,然后能启发其奇异而成奇异。如张璪、王墨、牧谿僧、青藤道人、八大山人是也,世岂易得也哉?"④"格调说到底就是精神境界。"⑤由此他将画品与人品联系了起来,"崇高之艺术为崇高精神之产物,平庸之艺术为平庸精神之纪录,此即艺术之历史价值"(《论画残稿》)。"格调是作品的艺术总汇效果或艺术境界中体现出的精神境界,是作品所反映的精神境界,归根结底是反映作者的精神境

---

①　潘公凯:《潘天寿谈艺录》,浙江人民美术出版社 1985 年版,第 21 页。

②　"中国画就是讲'神情',讲'意境',讲'格调',要表现高尚的情操,这也就是思想性。"参见潘公凯:《潘天寿谈艺录》,浙江人民美术出版社 1985 年版,第 86—87 页。

③　潘公凯:《潘天寿谈艺录》,浙江人民美术出版社 1985 年版,第 49 页。

④　潘公凯:《潘天寿谈艺录》,浙江人民美术出版社 1985 年版,第 66—67 页。

⑤　潘公凯:《潘天寿谈艺录》,浙江人民美术出版社 1985 年版,第 86—87 页。

界。"①潘天寿的"格调说"与陈师曾的文人画论可谓一脉相承。

创作主体的精神品格是格调的决定性因素,除此而外,创作者的形式语言素养也至关重要。可以说,两者是互为表里、相辅相成的关系。在主体精神的映射下,潘天寿在传统绘画创作的基础理论与技法理论方面进行了卓有成效的探索,在写形、色彩、透视、构图、指画、题款、合山水与花鸟于一体等方面提出了诸多创建,成为其画论的重要理论创造。潘天寿主张将画家的人格理想渗透到笔墨的形式语言中,使绘画语言从形式主义的层面提升到精神境界的高度,而这又要求笔墨要善于创新、不落窠臼。由此,主体的精神境界与客体的形式语言的辩证关系在"格调说"下得以统一,这也构成潘天寿对传统画论继承且创新的时代贡献。

2.文人画创作的新变

(1)陈师曾

民初画坛上,兼具画家、美术理论家和美术教育家三种身份于一体,并对中国画发展影响深远的人物,陈师曾无疑是首屈一指的。梁启超赞其为"在现代美术界,可称第一人"②(《师曾先生追悼会上演说》)。学者万青力评价道:"如果民初北京画坛少了一位陈师曾,中国近代美术史上不可缺少的一章将如何书写,至少,这段历史恐怕要显得黯淡得多了。"③陈师曾对中国画创作的贡献主要在于:其一,继承并发展吴昌硕画风,将其带到北京,影响了北京画坛,尤其是将吴昌硕画风介绍给齐白石,使齐得以衰年变法,成为中国现代绘画史上的翘楚④;其二,将西方画风悄无声息地融入中国画创作;其三,在人物画的选材、风格、趣味上产生由雅到俗的引渡。

---

① 万青力:《潘天寿的意境、格调说》,《美术》1991 年第 3 期。
② 俞剑华:《陈师曾》,上海人民美术出版社 1981 年版,第 44 页。
③ 万青力:《南风北渐——民国初年南方画家主导的北京画坛》,《美术研究》2000 年第 4 期。
④ 李铸晋、万青力:《中国现代绘画史》第二卷,浙江大学出版社 2011 年版,第 73 页。

　　陈师曾绘画初受龚贤和移民画家影响，结识吴昌硕后，遂受其金石画风影响，《菊石》即为一例。画幅采用窄长形，从下到上草、石、菊排列错落有致，相映生辉，物象布满画幅，几乎没有空白，也无背景，但由于构图均衡，并不使人感到拥塞、压抑。在草石的空隙处，题袁崧诗句："灵菊植幽崖，擢颖凌寒飙。春露不染色，秋霜不改条。"诗歌点染了画面意境，诗、书、画、印互融互通，相得益彰。相似的构图、风格另如《绿蕉黄菊图》《墨荷》《山茶》《寒艳》《紫藤》《芭蕉》。和吴昌硕多作花鸟画不同，陈师曾的山水画较多，风格仍与吴昌硕相似。陈师曾有多幅山水，构图都与上述花鸟画相似，采用细长的构图，从下到上布满山石、树木、小桥、山涧、瀑布、屋宇、烟云、远山，在画幅上端小块空白处题诗；注重笔墨表现，多粗笔大点，运笔迅速，充满苍茫浑厚之气，如《深山秋烟图》《拟沈周夏日山居图》《山水》《半山流泉》《秋山飞瀑》《茅亭观瀑》。姚茫父评价陈师曾道："不但能从画里求画，并能以书法作画法。故师曾辄以篆书参入山水，以草书参入兰草，以隶书参入竹石。"①此话体现出陈师曾对吴昌硕金石画风的继承和发展。

　　同时，与吴昌硕纯粹的中国画视野所不同，陈师曾的留日经历使他还具有日本与西方绘画的视野，他的西画也具有相当的水平。陈师曾自道心曲："我国山水画，光线远近，多不若西人之讲求，此处宜采用西法以补救之……他如树法之法，亦不若西法画之真确精似。……如投影画、透彻画，宜皆此画中之一种。对实物而写其形象，其阳阴向背凹凸诸态，无不惟妙惟肖。"②他如是说，也如是做，把西法引入国画作品，更为重要的是，这种引入是不露痕迹的，他的国画仍然是纯正的文人画。由此受到张大千赞誉："一个人能将西画的长处融化到中国画里面来看起来完全是国画的神韵，不留丝毫西画的外貌，这除了天才而外，主要靠非常艰苦的用功，才能有此成就，稍一不慎，就走入魔道

---

①　俞剑华：《陈师曾》，上海人民美术出版社1981年版，第46页。

②　陈师曾著，徐书城点校：《中国绘画史》，中国人民大学出版社2004年版，第56页。

了。"①姚茫父也说:"至其用笔之轻重,颜色之调和,以及山水之勾勒,不知者以为摹仿清湘,其实参酌西洋画法甚多。总括言之,师曾之画,取途渊博,用笔得之于书法,参之以西洋画法,于其作品中,随处均可寻出。"②例如,完成于1917年的"《读画图》是中国画史上的奇构,该画构图在当时显得极其前卫另类,在立幅上安置20个人物分为前后两组,人物表情刻画极为简略却极得神韵。观众中老少齐集,人物穿着打扮忠实还原了当时的社会风貌,有趣的是甚至还有时装女郎和洋人,画面整体和谐。在整幅作品的用笔上也秉承了他一贯的阔笔大写意的笔法而非古典的勾勒法,但在统一色调的基础上将色调明度拉开差别,用细微的冷暖色彩变化分开了人物的前后左右层次,同时还将衣物的质感表现恰到好处,不得不说这正是一种西洋画法在国画中不露声色的演绎"③。可以说,陈师曾也不啻中国现代画史上的一个"奇构",受到西画影响却始终以传统中国画为本体。也许,对于陈师曾来说,西法只是"给中国绘画提供了一个参照系和一个引入异质因素"④的资源。他参照西法不仅限于物象的写实性,更在于通过造型的形式探索思考西画与中国画相通的因素,最终促进传统绘画的现代转化,因此与"以西法改造中国画"的观点有着本质的差异。对于画坛上一度高扬的中西结合热,陈师曾以自己的方式作出了回应。

如果说山水画中的西方影响更多在于技法,更为隐晦,那么《北京风俗图》(1917)的变革则兼有技法与精神层面,且更为显豁。这组34页的册页给人的首要印象是选材的巨大冲击力。传统文人画追求风逸雅致,人物画题材多为神话宗教人物或文人士夫贵妇,而《北京风俗图》则首次将画笔指向引车卖浆者流,这不啻对传统绘画的一次大胆"叛逆"。有的画幅描绘北京底层民众

---

① 张大千:《大风堂中的龙门阵》,书画出版社2005年版,第3页。
② 俞剑华:《陈师曾》,上海人民美术出版社1981年版,第47页。
③ 宫力:《何必低首求同群——刍议陈师曾在北京画坛的特殊性表现》,《美术学报》2014年第5期。
④ 钟国胜:《陈师曾中国画价值的历史观研究》,《美苑》2008年第3期。

的生活和职业状态,占半数以上,如《卖烤白薯》《山背子》《卖切糕》《乞婆》《冰车》《果担》《人力车》《收破烂》《磨刀人》《赶大车》《抗街》《拉骆驼》《掏粪工》《算命》《卖胡琴》《拾破烂》《泼水夫》;有的作品描绘北京的婚嫁习俗、民间娱乐及没落王孙,如《压轿》《吹鼓手》《执旗人》《回娘家》《菊花担》《说书》《话匣子》《旱龙船》《喇嘛》《糖葫芦》《货郎》《品茶客》《玩鸟》《旗装少妇》;有的作品表现北京的时局现状,如《墙有耳》。整体上看,此组画是对北京民间生态的一次展示,显示出一定的人道与民主思想,这种展示在 20 年后的老舍笔下有着精彩的表现。或许为了与此题材相适应,陈师曾在画法上采用了漫画的方式,物态形象简略概括而传神,并将中国画的线描与西画的块面相结合。同时,画中还可以看见铅笔勾勒起草的痕迹,显示出西画的影响。但既为漫画,其实不要求形态精准,因此铅笔起草或许是基于构图之需。陈师曾也可谓中国漫画的先驱,而这种漫画不具备批判性和战斗性,保留着文人笔法的生动性与趣味性,不妨称为"文人漫画"。丰子恺漫画即深受其影响。在趣味上,此组画也由传统文人画的淡泊高雅之气下降为下里巴人的世俗趣味。在对一般社会生活的描绘中发现日常生活的美学意义,是一种现代性思维,表明陈师曾的绘画已发生脱离传统的变异。这是他在金石画风之外的另一条路数:梳理文人画标准,脱离既定的程式,尽管他在思想上坚持的仍是理想主义的纯粹文人画,如《文人画之价值》一文所示。理论与创作的矛盾显示出陈师曾的过渡性:使传统绘画向现代形态转变,这也是他在画史上的主要意义所在。

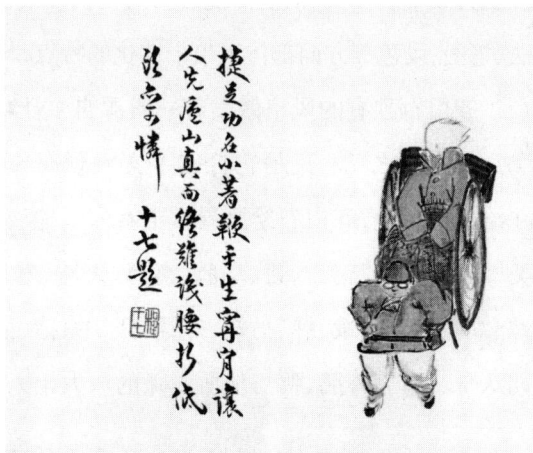

图 4-1　陈师曾《人力车》

（2）齐白石

陈师曾对画史的另一大贡献即在发掘、点拨并提携了齐白石，这也成为画坛佳话。从艺术成就和声誉而言，齐白石都高于陈师曾。这是否反证了陈师曾的慧眼与胆识？或者说，齐白石的辉煌成功是对陈师曾知遇之恩的最好回报。齐白石对中国画的最大贡献在于打通雅俗僵硬的边界，将传统文人画与民间趣味巧妙地糅合起来，赢得了雅俗两界、民间与官方①的一致认同，这在画史上堪称"奇迹"。

齐白石没有陈师曾那样深厚的家学传统，但他却以文人画的标准修养自身，在诗、书、画、印四方面磨炼精进，继承并发展了诗书画"三绝"的传统文人画模式，以及近代诗书画印"四全"的新传统。世所公认的是，齐白石是继赵之谦、吴昌硕之后成就最大的"四全"艺术家，也是该传统收关的大师。②

齐白石的画遵循传统模式，使用中国的媒材：毛笔、宣纸、中国画颜料，形式上或立轴或横卷或册页或扇面，借鉴中国历代绘画，在章法、笔法、墨法、空间处置、精神内涵等方面也依循传统模式。文人画的一整套规程都是他画学的基本思想，但仅仅是基本思想而非创造。齐白石的真正价值在于，他不拘囿于成规，大胆突破传统图式，推动传统绘画向现代发展。齐白石的突破，无论在题材、章法、笔墨、设色等方面都体现出个性化的特点，与他的诗书印相一致。

齐白石独有的风格散发着一股源自乡土的自然率真之态、单纯朴实之风和意趣盎然之气。正是它打破了文人画高冷的面貌，拉近了与民众的距离。在绘画题材上，齐白石绘画异常丰富。以他成就最高的花果动物类而言，动物类即有麻雀、鹌鹑、八哥、乌鸦、喜鹊、斑鸠、翠鸟、渔鹰、鸭、鸡、蛙、螃蟹、鱼、蟋蟀、蝴蝶、蜻蜓、蛾、蝉、马蜂、蚱蜢、虾、牛、猪、猫、鼠甚至蟑螂。其中，仅有少数如八哥、鹌鹑、喜鹊、鸭与他所青睐的八大山人的绘画形象有关，其他皆是农村

---

① 在官方的认可上，不仅民国政府认可齐白石，新中国政府也将齐白石推举为标杆，毛泽东、蒋介石都接见过齐白石，并接受了他赠送的印章。

② 同时代的"四全"大师还有陈师曾、黄宾虹、潘天寿，而成就及影响最大者乃是齐白石。

日常生活中常见的动物。相反,传统文人画家偏爱的珍禽异兽如孔雀、天鹅、白鹤、雉鸡、鹿却很少进入他的画。在蔬果上,有丝瓜、架豆、葫芦、白菜、茨菇、芋头、萝卜、辣椒、野菌、笋、葡萄、荔枝、樱桃、柿、梨,齐白石曾戏说自己浑身有"疏笋气"。这些题材让民众对自己随时处身其中的生活进行了一次审美观照,亲切感自不待言。

对于这些充满了生活气息的题材,若用传统绘画的水墨为主、色彩为辅的设色法,自然不能表现其鲜活之气,因而齐白石主张设色应"艳不娇妖"——鲜艳但不俗气。他画花卉蔬果时,尤其喜用纯度高的颜色,如红、黄、绿、蓝、紫,并且构成对比关系,如冷暖对比、明度对比、补色对比,形成响亮、明快的画面效果。如他以纯洋红画樱桃,鲜红欲滴,颜色似乎都要溢出画纸,再以浓墨画篮,用黑牵制红,使红不至于跳脱而达至一种平衡,既鲜艳欲滴又浓郁沉厚。齐白石"喜用胭脂、洋红,再配以花青、汁绿、赭石、藤黄,以黑、白作调和色,总是收到生辣而和谐的效果"①。齐白石的设色法有着吴昌硕的影响。吴昌硕对传统水墨画重墨轻色的做法进行了变革,重视用色,但仍比较谨慎,其色艳而雅。齐白石在此基础上更进一步,提高了色彩的纯度、明度、饱和度。这种设色特点还与齐白石的民间艺术修养相关,他早年的工笔花鸟、人物画都色彩浓烈。进入成熟期以后,齐白石在文人画的内敛与民间艺术的强烈间找到了平衡点,达至雅俗共赏的"艳不娇妖"。

在传统绘画最为看重的笔墨上,齐白石的态度很通达,他也注重笔墨表现,但这注重不着意于笔墨本身,而是服膺于画面的表现。他厌恶一笔一画皆是某家法的拟古临摹,在意的是自身的感受和想象。因而不喜集笔墨之大成的"四王",而尊崇高扬生命感受的石涛对他来说是最自然不过的事了。这也导致在最重视笔墨表现的山水画领域②,他的创作不被看好。然而,齐白石的

① 郎绍君:《齐白石绘画的形式与风格》,《文艺研究》1993年第4期。
② 自明代董其昌以后,笔墨逐渐成为水墨山水画的最高追求,笔墨的优劣高下被看作衡量山水画的主要尺度。

山水自有特色。描绘家乡风景的作品以平远为主,山不作为主体,因而画山时最为看重的笔墨技巧自然被冷落了。但是这类绘画却是他山水画中最具特色的部分,描绘了亲切的乡村小景,洋溢着生命的欢愉与家园的温馨。即使在远游所作山水中,传统绘画中山的核心地位也常常被水所取代。而在山的画法上,依然没有皴法,也很少积染,他秉笔直画的是自己所见之景,平凡自然,没有寓意寄托,却自有韵味与情致。"将笔墨的风格化追求转变为生命感觉的率真表现,使齐白石的山水接近了现代。"①

图4-2　齐白石《红蓼蟋蟀》

更能表达他放逐笔墨追求生命之力的是花果虫草类创作。齐白石由此创制了工、写、兼工带写多种画法,尤其是"工虫花卉"一路可谓齐白石的独创。在他成熟期的虫草作品②中,以最精细之笔描画昆虫,意态完足,栩栩如生,仿佛摄影的聚焦,而以意笔描绘花卉草叶,仅展现其主要特征,在同一画幅中圆满结合工与意、粗与细两种笔法,着实令人称奇。或泼墨写荷,工笔画蜻蜓;或粗笔画柳叶,细笔描鸣蝉;或没骨画葫芦,工笔画蟋蟀;或略写红蓼,细画蝼蛄;或意写稻穗,工写螳螂,不一而足。尤其是所画蜂类,那扇动的翅膀仿佛把鲜活的生命力洋溢到了画幅以外。植物本是生命,但与活跃其间的昆虫相比更偏于静态,因而被"忽视"了,做模糊化处理,以意笔出之。相应地,最

---

①　郎绍君:《齐白石绘画的形式与风格》,《文艺研究》1993年第4期。

②　在早期的虫草画中,不乏以工细笔法同时描绘虫与草的作品,而本部分所论皆为齐白石风格成熟、稳定的创作即工虫花卉。

充分地展示出充沛生命活力的昆虫则跃居视觉中心,它们或飞或爬,那最细微的生命颤动正是打动画家也是打动读者的关键。在工虫花卉画中,齐白石运用的是日常观察的视觉经验,却在无意中接通了与现代视知觉的联系。在他匠心独运的设计中,传统花鸟画从观赏性的层面进入到生命体验的境界,赢得了雅俗两界的共同推崇。

齐白石的成功,在于他巧妙地处理了雅与俗、文与野之间的关系,切合了现代社会的审美需求,在陈师曾的基础上真正走进了现代。他的诗书画印均佐证了这点。"齐白石的绘画保留了文人画的形式和惯例,但却脱离了文人文化之窠臼,采用了非文人画主题和后文人画式的个性风格。"[1]"齐白石是中国传统绘画终盘里'收官'的画家之一:他保持了文人的传统,诗书画印是齐白石一生都不知疲倦的'日课',同时他从学画的一开始就保留着朴实的民间知识,他将这两个不同方向的趣味融会在对自然的不断观察和远游的写生中,结果,产生出在自命清高的文人雅士与'引车卖浆'的普通老百姓两类人中都能将其用于调剂精神的书画艺术。"[2]他不以形式趣味为圭臬,遵从自身的生命感受与想象,以纵横淋漓的笔墨,创造出清新活泼的画面图式,映现出一位艺术家自由开阔的精神境界与鸢飞鱼跃般灵动的心灵,成为中国画史上的一座丰碑。

(3)黄宾虹

和齐白石相比,黄宾虹更偏向传统:出身于诗书世家,自小即攻经、诗、书、画及篆刻,传统文化底蕴深厚,中年时代积极投身政治,参与辛亥革命,加入"南社",长期从事文化出版、书画鉴定和美术教育工作,著述丰富,尤擅画史、画论。这些几乎都和齐白石形成了鲜明的对比,也由此形成了不同于齐白石民间风格的更富文人气质与学养的绘画风范,如在趣味上黄宾虹与吴昌硕较为相似。文人画首重精神气韵,黄宾虹也强调"逸"品,在此基础上,在绘画形

---

① 　[美]乔纳森·海:《齐白石:三个问题》,王燕飞译,《美术》2011 年第 1 期。
② 　吕澎:《20 世纪中国艺术史》上卷,北京大学出版社 2007 年版,第 141 页。

式的范畴内,笔墨自然成为黄宾虹绘画的核心,他曾言:"中国画舍笔墨内美而无他。"而最能展现笔墨功夫的山水画也成为其最大成就之所在。黄宾虹绘画也以集传统笔墨之大成而享誉中外。相应的是,喜欢自由表达、独创笔墨的齐白石,其山水画一直获评不高。

黄宾虹对笔墨的独特理解和实践有一个发展的过程。不像当时诸多画家师从"四王"及"吴恽"的正宗派,黄宾虹绘画起步于其家乡的新安画派和黄山画派。弘仁、萧云从、查士标、梅清、石涛、渐江、孙逸等遗民画家为黄宾虹所喜爱,他们"山林野逸,轩爽之致,未可磨灭,犹胜各派之萎靡,独为清尚之风焉"(《新安派论略》),正合黄宾虹对人格与风格相统一的追求。这时期黄宾虹的绘画之风以疏淡清逸为主,人称"白宾虹",如《新安江舟中作》《池阳旧作》《赤柱山望海》《压波峰叠云》《秋山萧寺》《练滨草堂图》等。徽派画家对他最大的影响在用墨方面,此类画显示出弘仁喜用淡墨的影响。而对黄宾虹影响更大的是程邃等的浓墨法、焦墨法,这在其晚年的绘画中表现显著,形成"黑、密、厚、重"的画面表现,人称"黑宾虹"。这也就是世所称道的"浑厚华滋"的审美风格。

"浑厚华滋就近而讲是指笔墨的厚重、力量感和传达情感经验的深沉和微妙。"①黄宾虹在绘画中实践其"五笔七墨"法,追求宋人沉着浑厚的境界。《五彝山水图》即此类杰作中的典范,最为完整、丰富地表现出黄宾虹的山水笔墨功夫。此画为一友人的太夫人80寿辰而作,因此以写实为主,但仍充分表现出画家的笔墨之高超。画面以山为主体,半山上有泉水流下,山腰处是一庙宇,至山脚则有一庄园,近景处一人驾小舟将抵岸边。全画笔力雄健,对山石、树木的形态表现有着充分的把握,笔墨交织,富有韵律感,表现出五彝山的雄奇。此画代表了黄宾虹成熟期的画艺风范,类似画风另如《青城途中所见》《深山幽居》《溪山深处》《湖滨山居》《武夷纪游》《溪山新晴》《练江南岸》。

---

① 郎绍君:《近现代的传统派大师——论吴昌硕、齐白石、黄宾虹、潘天寿》,《新美术》1989年第3期。

"黄宾虹的浑厚华滋,实际是想在不丢失元明清人笔墨丰富性、意趣性情况下,再吸取宋人的浑厚、有力和生气勃勃,创造一种具有新的视觉感受性和心理内容的新风貌。"①这种新风貌带有反对晚清以来纤柔、粗疏、柔靡之风的意味,以"参澈唐宋"追慕古风倡导一种刚健之气。

到晚年黄宾虹的画风进一步豪放自由,笔墨痛快淋漓,可谓一气呵成。《茅亭独坐图》便表现出这种酣畅淋漓的画风。画面以放纵的笔法,描画山及树木,形态松散,笔力纵横,多层次渍墨,墨色深厚,景物茂密而有生气,但仍可见出浓淡、干湿、渲染等笔墨法。《柳荫晚渡》《村居烟雨中》显示出笔势凌乱。有人称,此可能与黄宾虹晚年眼睛一度失明有关。"中国

图 4-3　黄宾虹《武夷纪游》

绘画自北宋以来一千多年的发展,到了黄宾虹的笔下,绘画语言本身,即笔墨的表现,得到前所未有的自由,它已经从物象中得到解脱,而显示出自身的视觉魅力。"②因此人们认为,黄宾虹晚年的绘画已具有西方表现主义的意味,"他借取宋元画的浑厚靠近了抽象,⋯⋯黄宾虹晚年的山水画未脱古典模式却让人觉得有一种现代意味,正与此有些关系"。"他晚年的山水已走到传统山水模式的边缘:接近于突破中和原则,更具抽象性格。换言之,黄宾虹在追求传统形式的完满精粹的同时,也破坏了这种完满精粹性,使古典绘画的车轮

---

① 郎绍君:《近现代的传统派大师——论吴昌硕、齐白石、黄宾虹、潘天寿》,《新美术》1989年第 3 期。

② 李铸晋、万青力:《中国现代绘画史》第二卷,浙江大学出版社 2011 年版,第 86 页。

向着现代转动。"①这种由古典向现代的转变对黄宾虹来说是不自觉的,而对纯正笔墨的追求却是他终其一生的自觉行动。因此黄宾虹的主要意义在于,在西风东渐的 20 世纪初,不仅在理论上,而且也以丰富的创作对中国绘画传统进行了一次重新认识与整合,并创造出自己的风格。

(4)潘天寿

"继吴昌硕、齐白石、黄宾虹之后,只有一位可称得起为传统派大师,就是潘天寿。"②与前述陈师曾的过渡性、齐白石的朴实自然以及黄宾虹的学者气度相比,潘天寿的风格特异突出。"其画作一反正宗文人画提倡的温柔敦厚,敢言'一味霸悍',用笔方硬,造型夸张,有浙派遗风。"③

在传统哲学思想的影响下,中国绘画以温柔敦厚的中和之美为典范,反对偏、奇、怪、险等风格,倡导平衡与和谐,保持传统的稳定和延续。即使有些才力突出的画家,打破既有的规范和程式,也基本都在传统审美范畴内,不会走得过远,典型的如八大山人、石涛等遗民画家。陈师曾较早引西画因素入中国画,但这种外来影响基本消融其中,难以辨识,可见陈师曾的小心谨慎。他的《北京风俗画》破雅入俗,但为化解风格的矛盾,巧妙地采用了漫画兼速写的形式。齐白石大力引民间因素入中国画,仍是在遵从传统文人画规范的基础上。黄宾虹对积墨法的推崇,也是在遵从传统笔墨法的范畴内。比较而言,将传统审美风范推衍得最远的是潘天寿,他"在大气磅礴的奇险造境方面确立了自己",以"奇险、沉雄而苍古的特色,濒临了古典与现代审美疆域的边界,连现代艺术境内的观者也感觉他近在眼前,好像已走到了自己的脚下"。④

---

① 郎绍君:《近现代的传统派大师——论吴昌硕、齐白石、黄宾虹、潘天寿》,《新美术》1989年第 3 期。

② 郎绍君:《近现代的传统派大师——论吴昌硕、齐白石、黄宾虹、潘天寿》,《新美术》1989年第 3 期。

③ 李铸晋、万青力:《中国现代绘画史》第二卷,浙江大学出版社 2011 年版,第 28 页。

④ 郎绍君:《近现代的传统派大师——论吴昌硕、齐白石、黄宾虹、潘天寿》,《新美术》1989年第 3 期。

潘天寿的绘画在 20 世纪 40 年代后期走向成熟,树立自身风格,至 60 年代初达到高峰。他的"一味霸悍"的整体风格体现在笔法、造型、章法等方面。自明清倡导以书入画以来,绘画的笔法备受重视。"四全"画家潘天寿充分继承了这点,他认为"吾国绘画,以笔线为间架,故以线为骨","画事用笔须在沉着中求畅快、畅快中求沉着,可与书法中'怒掀抉石''渴骥奔泉'二语相参证"①,强调线的力量感。为此,他将隶书和魏碑笔法引入绘画,形成方折、生挺、老辣的绘画线条。他以此线条塑造出峥嵘突兀的方形巨石的特殊形象,成为画家的个性化图式,绘画界称之为"潘公石"。而他所青睐的鹰、鹫等,那倔强、怪异的形象之形成,也离不开造型所用的尖锐、生辣、雄劲之线,如头部多用焦墨线勾出,轮廓线笔笔刚劲有力,毫不含糊。

与之相应的是,在对象造型上,潘天寿也一反主流,少作轻灵之貌展示,力主憨实、夸张、奇特。他笔下的鹰,用笔简约,身体雄壮,目光犀利,睥睨一切,传达出一种清高而孤独的神情,颇得八大山人神髓。就连其所画的鸡

图 4-4　潘天寿《盆兰墨鸡》

(如《盆兰墨鸡》,1948)也带有鹰一般的锐利、怪异的眼神及蓄势待发的姿态。指画《秃头僧》(1922)相貌奇特,前额、鼻及下颌突出,胡须茂密,形态有如泰

---

① 潘天寿:《听天阁画谈随笔》,上海人民美术出版社 1980 年版,第 18、20 页。

山,庞大稳重,形体感很强。甚至在画树时也有意变形,《江洲夜泊图》(1945)就出现了方折的树干,与右边倾斜的方形岩石形成照应。

在章法上,潘天寿也是走的奇险之路,吴茀之评价其构图善"造险,破险",确为精当之论。《鹫鹰磐石图》中,巨石倾斜造成不稳定感,鹰立于巨石顶端亦增加不稳定感,为化解此心理紧张,画家采用了稳定的三角形构图,且连用三次:鹰的头部、身体与巨石,重新找回平衡,使画面产生危而不险的特殊视觉效果。在纸型与构图上,潘天寿曾说:"纸头要嘛方一点,要嘛长一点,不方不长最讨厌。"[1]他喜用方构图,方构图较宜勾勒方形巨石,《鹫鹰磐石图》即采用的是方构图。而长构图也能形成奇趣,《濠梁观鱼》(1948)即为一例。此为一幅很长的挂轴,描画一文士倚在高高的崖石上,俯视水中的游鱼。上方的人与下方的鱼分居画幅两端,极易造成文气中断,因此画家巧妙地以巨石、苔点相衔接,以文士的视线相贯通,又使全画贯通一气。并以文士的视线延长,表现观鱼之闲情,寄托着画家辞去国立艺专校长之职后,无事一身轻的快意。

"他是诗、书、画、印的全才,业已完成了个性风格的独造,并成为现代中国画坛上把传统规范推到边界与险峰的大画家。"[2]在对既有陈规的突破上,黄宾虹晚年的黑色山水也有着对传统中和原则的突破,画面上那半抽象的表现接通了与现代表现主义的精神联系。但这对于黄宾虹来说,是无意为之的不自觉行为。甚至可以说,这是和黄宾虹的本意——对传统进行整合和弘扬相违背的。而晚于他32年的潘天寿则在青年时期接受到民国以后的现代教育和新思想影响,其画以"强其骨""一味霸悍"的特质一反传统绘画的情感抒发,毋宁说是一种意志的表达,散发着20世纪初个性发展的要求。他以险奇、雄怪的画风发展传统更是一种自觉的选择,更有一种有意为之的时代精神。

---

[1] 潘天寿:《潘天寿谈艺录》,浙江人民美术出版社1985年版,第66页。

[2] 郎绍君:《近现代的传统派大师——论吴昌硕、齐白石、黄宾虹、潘天寿》,《新美术》1989年第3期。

也许这就是潘天寿在画史上的主要意义。

3. 中国画中的现代因素

陈师曾、齐白石、黄宾虹、潘天寿都以自己的才力推进了传统中国画的发展，但他们的努力仍在传统绘画的范畴内。尤其是黄宾虹、潘天寿多次明确表示，中国绘画的问题应在自身内部解决，反对以西画改造中国画。以此观之，在传统国画家中，最具有变革精神的无疑要数高剑父，他主张援西入中，"折中中西，融汇古今"。此石破天惊之论，在仍然保守的中国传统绘画界遭到了激烈的反对，引发了中国现代绘画史上一场关于新旧国画的大论战。

高剑父的"新国画"观集中在《我的现代画（新国画）观》这篇纲领性的文章中："新国画是综合的、集众长的、真美合一的、理趣兼到的，有国画的精神气韵，又有西画之科学技法。"①使用中国画的材料与工具，秉承中国画的气质神韵，兼采西画的技法手段，可谓"中画为体、西画为用"。

在对中国画的"西画"式改造上，高剑父"新国画"从题材、技法、画面表现等方面进行"革命性"试验。就绘画题材而言，在传统的山水、人物、花鸟虫草之外，高剑父还引入了飞机、汽车、高楼等现代事物，以及骷髅、乌贼鱼等新题材。《雨中飞行》描绘飞机冒雨飞行的场景，《天地两怪物》

图4-5　高剑父《雨中飞行》

描绘了当时最新式的武器——飞机和坦克。《一犁春雨入黄昏》以大片水田，《风雨同舟图》以雷雨天气下的小船分别取代了传统山水画的山水主体。

---

①　高剑父：《高剑父新国画要义》，上海人民美术出版社2016年版，第40页。

更重要的是,在画面处理上,在传统国画手法的基础上,高剑父运用了西画的透视、阴影和光效果等新技法。《烟寺晚钟》(1930)在命意及取材上皆无甚新意,但该画仍具有强烈的视觉冲击力,原因即在于画家对画面的处理方式——运用焦点透视法。占据画面主体的是台阶,从近景一直延伸到高处的寺庙大门。这种画法一反传统山水画"三远"以山为主体,寺庙点缀其间的结构方法,不仅以寺庙为主要目标,且以由大到小的石阶为主要表现对象,由此全画在意趣上也不同于传统绘画。《断桥残雪》也是采用的传统题材,但在画面构造上采用了远近透视,近景斜坡上的枯柳占据了画面大部,在柳枝缝隙中设置远景的湖、桥和塔影。

受西画及博物画影响,高剑父重视写实,力图使画面呈现出视觉效果的真实。《秋瓜》对南瓜的描绘高度写实,有凹凸、明暗、肌理,充分表现出南瓜的形态和质感,以及与花叶枝蔓的相连纠结,得自然生态之趣。《鲤鱼破冰》中的鲤鱼,也是采用极为工细的笔法,充分展现出鲤鱼的形体感。除此精细之作,即使在写意画中,画家也不时突出对象的质感。《霜后木瓜》整体上是写意之作,但画家又运用了撞水、撞粉法增强木瓜的立体感。

同时,高剑父大量运用水彩的技法对天色、反光、水色进行描绘,表现光影明暗,渲染空间气氛,营造一种特有的氛围。《镇海楼图》(1926)描画的是广州的名胜"观音山"上的一座明朝建筑五层楼,据说是明时永嘉侯朱亮祖所建筑的。此画的特点在于背景的渲染,画家受到经日本中转的法国巴比松画派的影响,对夕阳的天空进行渲染,呈现出与传统山水画全然不同的风貌。《斜阳古道》亦在传统山水题材中加入夕阳的背景而表现出新的意味。《雨中飞行》表现出雨色空蒙的境界。高剑父还擅于对特殊的天气、时刻进行表现。《风雨同舟图》对空中的闪电、乌云、风雨进行渲染,使之与动荡的水面连成一体,表现出一种狂暴紧张的气氛。《风雨骅骝》则将骏马放置在狂风暴雨的环境下,由此表现出的意味截然不同于风和日丽柳岸草地上的马。《秋声》《风飔月暗寒虫泣》《大鹰》《雪里残荷》《高柳晚蝉》也注重对空气、背景、氛围的渲染,一方面增强画面深度与空间感,另一方面加强主题表现,寄托寓意。

高剑父还善于将中西表现方式同时兼用,将写实与写意、工细与粗豪融汇在同一幅画面中,构成奇异的图景。《寒楼深秋图》描画山树掩映中的一座现代楼房,对建筑的描绘采用写实的手法,而对山及树的描绘则仍使用传统技法,注重氛围的营造。《秋瓜》中对南瓜的描绘极其细致逼真,但对叶的描画不仅采用墨色,且以大笔偏锋横扫,形态概括,成几何状。《鲤鱼破冰》对鲤鱼的描绘极尽工细之能事,但对荷梗的描绘则保留了书法笔意。

高剑父的尝试之作也不乏生硬、不协调之弊病,但瑕不掩瑜,它无法抹杀高剑父对中国画的贡献:在传统绘画的基础上,引入西画的一些观念和技法,创造出新的绘画图式。他是传统画家中把国画变革推得最远的一人,他的创造性成果与探索的勇气为传统绘画在现代背景下的适应性变革迈出了重要的一步。

与高剑父同为岭南三杰之一的高奇峰,与其兄有着大致相同的学艺经历,早年师从居廉学画,后受到新日本画的影响。但他的个性气质与高剑父迥然不同,其画在题材、技法、艺术表现上也更加遵从传统。他的画作中也有日本画及西画的因子,但不如高剑父的如此突出。他的一幅描绘楼、塔、城门的风景画采用了焦点透视的构图法。其代表作两幅《白马》均采用强光及阴影画马,凸显作为主体的马的健壮之态,犹如摄影的聚光效应。尤其是《长途跋涉之后》这幅画,马的形态取其头向内,马尾卷曲向外,与传统画马的作风大异其趣。背景的树用粗简的笔墨画成,该笔法也不同于传统笔法,应当是受到日本画及西画的影响,树枝上的积雪与马的体色相映成趣。《双马图》也运用了阴影描绘马的形体,增强了其立体感。

以抒情漫画闻名的丰子恺也曾有学习油画及水彩的经历,在其漫画中不时显露出西画的影响。《柳浪闻莺》描绘的是西湖景致,该画采用了焦点透视,近景的柳枝与远景的桥、亭、山在对比中构成了和谐统一,犹如摄影取景一般,是不同于传统山水画的现代营构,类似构图另如《豁然开朗》。这些具有

图4-6 丰子恺《柳浪闻莺》

变革精神的画家与传统画家一样,都希望通过对中国画的改造使之适应现代社会,只是他们采用的途径借镜于西画,因而更显示出现代的特色。

在这些中国画的变革者之外,不少传统画家也受到西画的影响。北京画坛的领袖金城是"国粹派"画家,其画在摹古仿古中自有其妙处。他的《草原夕阳图》是一幅奇妙的佳构。该画描绘的是草原放牧之景,但画中矗立两巨石,取代了此类绘画中常见的草原和羊群的主体地位。该景应不是写实,而是画家的主观营构,可能是他有意避熟就生的反传统之举。还值得一提的是该画的用色。草原用石绿,巨石用赭石,羊群为白色,这些传统的中国颜色调配在一起使画面呈现出清新的意味。更为重要的是,画家还描绘出了夕阳在巨石上的光照和投影,不仅增强了其立体感,且与前述诸颜色搭配,表现出斜阳余晖下诗意盎然的氛围,具有一种异于传统的新境界。① 潘天寿的《西湖秋色》也具有远近透视的效果。有研究者就已指出:"20世纪中国艺术特色之一就是东西方艺术的进一步融汇生发,传统的不断衍变生新。这一过程从19世纪的海上派、岭南派就已加速地进展。20世纪并不存在闭户独守、只习古人画的所谓'传统派'画家。即如吴昌硕而论,他的大写意水墨画风中,也融入了不少日本人的审美情趣,他卖画的主顾多为日本商人,他几次修订润格也都是给日本客商看的。在色彩的铺陈恣肆,所谓'莽泼胭脂',吴昌硕画中也接受了西画的风调。中西绘画之间并未隔着一座山。即如王一亭都留有油画之作。"②

---

① 李铸晋、万青力:《中国现代绘画史》第二卷,浙江大学出版社2011年版,第97页。
② 刘海粟美术馆:《刘海粟研究》,上海画报出版社2000年版,第300—301页。

（二）西画家的中国画创作

在传统画家之外，有一大批西画家也是中国画创作的劲旅。徐悲鸿、林风眠、刘海粟、朱屺瞻、汪亚尘、关良、吴作人、王济远、方君璧、蒋兆和等西画家，在20世纪三四十年代或转行或中西画兼善，成为中国现代绘画史上的一个重要现象。这些具有西画背景的画家，在执毛笔作中国画时，大多显示出一个共同的特征：中西融合倾向。与传统画家相比，他们具有世界性的视野，思维更加开阔、活跃，传统绘画思想已无法满足他们，与西方绘画交流成为发展画艺的必然选择，也因此其艺术更具有现代色彩，体现出过渡时代的特征。

1. 徐悲鸿

写实主义油画的执牛耳者徐悲鸿在中国画上提倡改良。他的思想受影响于康有为"卑薄四王、推崇宋法"①的写实主张，他也成为康氏"变法论"最有力的实践者。"中国画学之颓败，至今日已极矣"②是徐悲鸿改良论的立论基点，由此他提出整体的改良方案："古法之佳者守之，垂绝者继之，不佳者改之，未足者增之，西方画之可采入者融之。"而"中国画不能尽其状，此为最逊欧画处"③，"我学西画就是为了发展国画"④。他认为，"画之目的，曰：惟妙惟肖"，故此"作物必须凭实写"，"摒弃抄袭古人之恶习（非谓尽弃其法），一一按现世已发明之术。则以规模真景物，形有不尽，色有不尽，态有不尽，趣有不尽，均深究之"，"多观摹其作物以资考助"。关于风景画与人物画，徐悲鸿强调对景写实，"云贵缥缈，而中国画反加以勾勒……应改作烘染……"，"中国

---

① 徐悲鸿：《悲鸿自述》，载徐庆平编：《徐悲鸿绘画述稿》，上海人民美术出版社2016年版，第8页。

② 徐悲鸿：《中国画改良之方法》，载吴晓明编：《民国画论精选》，西泠印社2013年版，第21页。

③ 徐悲鸿：《中国画改良之方法》，载吴晓明编：《民国画论精选》，西泠印社2013年版，第24页。

④ 刘曦林：《直面人生的悲剧性画家蒋兆和》，载刘曦林：《二十世纪中国画史》，上海人民美术出版社2012年版，第244页。

画不写影,其趣遂与欧画大异",他主张"均当以真者作法"。① 由此他总结出"新七法":位置得宜,比例正确,黑白分明,动态天然,轻重和谐,性格毕现,传神阿堵。"惟妙惟肖"的观点后由更加学理化的"写实主义"所阐发:"倡智之艺术,思以写实主义启其端……"②"吾个人对于中国目前艺术之颓败,觉非力倡写实主义不为功。"③徐悲鸿的写实观遭到了传统派的攻击,他进而直接提出"素描为一切造型艺术之基础"④的著名观点,提倡建立"新国画":"建立新中国画,既非改良,亦非中西合璧,仅直接师法造化而已。"⑤师法造化、尊重自然则采用素描写生,"写生为一切造型艺术之基础"⑥,由此摒弃了师古拟古之守旧陋习。徐悲鸿的写实主张并非仅以视觉上的形似为鹄的,而是致力于"尊德性,崇文学,致广大,尽精微,极高明,通中庸"⑦的精神与人格境界。

徐悲鸿最早引西法入中国画的实践是1926年的《渔父图》。他"首度把在法国学到的人体解剖和他理解人体结构的画法,用到国画之中,凡表现人体结构和组织关系处,他都以线条勾勒,然后用国画的线条和赋色方法画出。这种画法在中国画史上也是值得特别注意的。在徐悲鸿之前,国画家作人物,其裸露的胳膊和腿,很少藉线条刻画其解剖关系。徐悲鸿以西画之法融入国画,

① 徐悲鸿:《中国画改良之方法》,载吴晓明编:《民国画论精选》,西泠印社2013年版,第24、25页。

② 徐悲鸿:《悲鸿自述》,载徐庆平编:《徐悲鸿绘画述稿》,上海人民美术出版社2016年版,第17页。

③ 徐悲鸿:《古今中外艺术论》,载徐悲鸿:《徐悲鸿讲艺术》,百花洲文艺出版社2016年版,第88页。

④ 徐悲鸿:《新国画建立之步骤》,载郎绍君、水天中编:《二十世纪中国美术文选》上卷,上海书画出版社1999年版,第717页。

⑤ 徐悲鸿:《新国画建立之步骤》,载郎绍君、水天中编:《二十世纪中国美术文选》上卷,上海书画出版社1999年版,第717页。

⑥ 徐悲鸿:《当前中国之艺术问题》,载徐悲鸿:《徐悲鸿讲艺术》,百花洲文艺出版社2016年版,第54页。

⑦ 徐悲鸿:《悲鸿自述》,载徐庆平编:《徐悲鸿绘画述稿》,上海人民美术出版社2016年版,第18页。

开一代先风"①。徐悲鸿引西入中、"融入西法"的尝试在人物画中最为成功。《渔父图》的人物画法延续了下来,如 1930 年为好友黄震之画的《黄震之像》,人物的衣纹及皱褶均用中国画特有的细劲的线条勾勒,而人体结构及组织关系则借西画的观察法精准表现。1940 年的《愚公移山》是以人体展示为主的中国画。这也是反传统之举,传统中国画很少画裸露的人物肌体,一则是传统观念的影响,二则是人体不易画好。此画仍以线条勾勒人物轮廓,造型准确,同时淡墨擦染,表现出人体的明暗凹凸,增强其立体感。在 20 世纪 40 年代,徐悲鸿实践他提出的"素描为一切造型艺术之基础"的观点,将素描技法融入中国画,创作了一批写实人物画,刷新了中国画旧有的格局和面貌,产生了深远的影响。在这批画作中,他用西画写实方法塑造人物,在肌体部分通过擦染等方法表现明暗凹凸,细腻而写实,呈现出素描之风,而在衣服褶皱及人体轮廓上仍充分利用中国画特有的线,如《泰戈尔像》《印度妇人像》《李印泉像》。徐悲鸿在人物描绘上实现了他追求的"惟妙惟肖"。其中,《泰戈尔像》的背景树木采用中国画的写意画法,画面呈现出写实与写意、西法与中法的奇妙混合。而《印度妇人像》《李印泉像》的背景则一片空白,采用的是中国画的留白手法。

图 4-7　徐悲鸿《愚公移山》

---

①　陈传席:《徐悲鸿》,河北教育出版社 2003 年版,第 99 页。

在纯粹中国画方面,足以代表徐悲鸿成就的是画飞禽走兽,尤其是马。1919年徐悲鸿曾为哈同花园总管姬觉弥作了一幅《三马图》。这幅画采用水彩法及渲染法,马的形态逼真,立体感很强,更加迎合大众的审美需求。这是他前期的画风。到了20世纪40年代,徐悲鸿画的马以大写意画法出之,有笔有墨,已非之前的水彩画风,而纯是中国画作风:以书法笔意勾写躯体,再以大笔扫出马鬃及马尾,以水墨渲染躯干、四肢,线条流畅、率意,用墨挥洒自如,马匹形神兼备、意态完足。马是传统中国画的常见题材,古人基本采用传统笔法,先以细线勾勒轮廓,再以墨渲染,此法宜画静态。从唐代的韩干、宋代的李公麟、元代的赵孟頫以至明清画家,所画的马多站立或走动,且不少为马缰所牵,为人所驭。而徐悲鸿独用大写意笔法画马,纵横捭阖的笔法更宜表现动态,其笔下的马飞奔跃动,马鬃飘飞,马尾拂动,且均为无缰绳无马鞍的自由状态,动势天然。在此状态下,徐悲鸿的马瘦劲,野性十足,充满力量感,而韩干等传统画家的马膘肥体壮,富贵气满溢。这与画家不同的身份、地位、追求相关。在民族危机深重的20世纪40年代,徐悲鸿以激情洋溢的大写意之马,寄托了他对振兴民族、拯救国难的希冀。

图 4-8　徐悲鸿《六骏图》

除画马以外,更明显有所寄托的是画狮。此外,徐悲鸿的其他飞禽走兽及花卉、山水题材的中国画,有的也带有画家的寄托。这些寄托既体现在对象的营构上,也体现在画上的题诗题字上。这类中国画虽没有明显融入西画的技法,但仍体现了其"建立新中国画既非改良,亦非中西合璧,仅直接师法造化而已"①的思想。正是由于其"师造化"之论,徐悲鸿的中国画写实性较高,即使采用写意笔法的作品,仍较为准确地反映出对象的特征,如他笔下那些姿态多样的马,这些马迥异于传统画家笔下变形、失真的马的形象。师造化,反对拟古摹古,主张对景写生,写实传神,既有着中国传统画论的精髓,也不乏西方绘画思想的启发,可看作是广义的中西融合的中国画改良之道。

2. 林风眠

在传统绘画上谈不上功力深厚,甚至可说直接从西画进入绘画科班学习的林风眠,在中西绘画问题上持调和之论。② 他的意图在于用西方改造东方,创造属于现代中国的绘画,因此与"中画为体,西画为用"的绘学思想是根本不同的。甚至可以说,在他眼里,绘画无论中西,没有中国画与西画的截然二分,只有绘画本身,因此他的中西调和论最终超越了改良中国画的目的,走向一种超越国界和画种的艺术形式创造。这是一种更为博大的绘画观念。在绘画实践上,林风眠自觉地进行着打破中西、直抵绘画本质的尝试。

林风眠早期作品中有一幅颇为特别的中国画《秋行》③,描绘两人骑马自东向西奔走,树林中雾霭弥漫。从媒材上看,它中西兼具,采用毛笔在绢上绘成,裱成挂轴,同时又有铅笔起草的痕迹,运用了水彩颜料。在题材上骑马而行是传统中国画常见的选材,但此画的表现非同一般,人及马的造型均方硬,仿佛一些几何图形的组合,有立体派的意味。此画在风格及意趣上与传统中国画相去甚远,具有一定的现代感,是一幅奇特的构图。它反映出林风眠此时的艺术追求——中西融合,不仅在风格上、表现上,也在材质上。

---

① 徐悲鸿:《新国画建立之步骤》,载郎绍君、水天中编:《二十世纪中国美术文选》上卷,上海书画出版社 1999 年版,第 717 页。

② 关于林风眠的中西调和论,在本书"第三章　现代主义"绘画部分的"现代的理想:中西调和"中有详细的论述。

③ 此画为参加 1930 年的比利时独立百年纪念展而作。

《秋行》这种风格在林风眠作品中可谓独一无二,更广泛、典型地代表了他中西融合观点的是花鸟、风景、人物类中国画,大致诞生于他回国后的七八年间,即1926年至1934年。这时期他主要画油画,《人道》(1927)、《痛苦》(1929)、《悲哀》(1934)、《人体》(20世纪30年代)、《构图》(1934)等著名油画均产生于这一时期。随着政治形势的恶化,林风眠逐渐放弃了具有现实批判意识的油画创作,转向具有避世倾向的中国画创作。在1934年至1938年,他在造型、色彩、空间处理等方面进一步推进西方绘画与中国绘画的融合。从1926年至1938年,这十多年的艺术与人生的黄金时期为抗战后的风格形成打下了基础。从1938年至新中国成立,在清苦寂寞的生活中,风格独具的林风眠中国画的雏形形成。

在审美气质上,林风眠更趋向于西方,即使他采用中国材质创作的画,也流露出明显的西画意味。因此,出现在其毛笔下的是风景画而非山水画,是静物画而非花鸟画。这是否也证明着林风眠打破中西、不问古今、只管绘画的艺术追求?

风景画如《风景》《村落》《渔家》《海岸》《海鸥》等,采用方形构图,毛笔作画,线条粗犷,简洁有力。它们"非写生,更非临摹,正是赵氏所说'回忆'之作。平远的山和水,凝重而苍茫。用生宣,秃锋硬毫,中淡墨和重墨勾画,笔迹迅捷而有节律,有时决断如刀切,非常个性化。着花青、淡赭或赭墨,单纯,痛快,有力,无一笔传统程式,但有传统写意和笔墨的意味;也完全不像水彩画或水粉画,但有基于焦点透视的构图,速写式的自由笔触。总之,我们从中看到了中西画的影子,但无法用传统或西方的既定标准衡量它们,它们表达的是一种来自自然的、个人化的新感觉。起春翔说它们充满'生命与热情',是十分恰当的"①。这一时期的风景画常有沉郁凝重之气,最能展现此时期林风眠的心境:天生的浪漫感伤气质与时势环境下的寂寞忧伤之情的复杂混合。

----

① 郎绍君:《林风眠》,河北教育出版社2002年版,第67页。

花鸟动物类中国画以鹤为代表。1932 年的《三鹤图》长于用墨，采用近于水彩式的渲染，以墨色的浓淡表现水、岸、林及鹤，画面清雅，墨色既是表现对象的手段又是审美表现的目的。在长方形构图中，右边两只鹤姿态一致，与左边一只鹤形成差异，构成多样统一的结构关系。1947 年的《丹顶鹤》则突出用线。在方形构图中，画家以迅疾、纤细而有弹性的中锋笔线，勾勒出鹤的形体，准确而传神，包括周围

图 4-9　林风眠《丹顶鹤》

的背景也以线的表现为主，与鹤形成极好的照应。清洌的线条和淡雅的用色赋予画面清新活泼之感，流露出鲜活生动的汉唐绘画尤其是温润清洌的民间瓷绘的意味。此类绘画具有较多传统因素，但又绝不同于任何传统画作，具有自身特殊的韵味。

人物画也体现出中西交融的痕迹。人物画本也是传统绘画的一大分类，但以中国画描绘裸女是前所未有的。这是画家对西画题材的借用。同时，这些裸女多取斜倚的姿势，有点马蒂斯或莫迪里安尼绘画的影子。新仕女画也是林风眠的独创，有现代仕女，也有古装仕女。以流动的笔线勾画动态，现代仕女画在手、脸部分留白，草草点出五官，并不做细致的描绘，这是传统中国画的手法。但同时多设置有背景而非留白，且背景和衣服均染以丰富的色和墨，姿态多取西画之法，这又是西方的影响。在画面中，流畅的线条流淌出一种韵律感，画家借此进行自由抒怀。古装仕女画中淡雅的墨色赋予其高雅之气，整个画面单纯而明快，唯美而抒情。

静物画本是西画的题材，林风眠也挪用到中国画中。中国画也有折枝花等题材，但在构图、表现上截然不同于西方的静物画。在 20 世纪 40 年代晚

期,林风眠开始画了一批彩墨静物画,如《罐》《黄花绿果》《黄花绿果细颈壶》《玻璃缸金鱼》《绿果双耳罐》《绿果细颈壶》《红菊》《一束花》。画家以粗笔勾勒物象轮廓,画面色调多以深色为主,以浅色打亮,这亮点或是花束,或是部分桌面,犹如戏剧舞台上的聚光效果。有时以白色或浅色线勾勒物象轮廓,突出对象质感,这白色和浅色线兼有造型与色彩双重作用。画面结构犹如建筑般,物体中有方有圆,几何形状突出,构成对比关系,有时多层桌面不在同一平面重叠,显示出画家借鉴塞尚对空间与结构的处理方法进行结构探索的努力。甚至这些画的签名风格都是油画式的。此类绘画具有较多西画因子,但也并非油画的中国翻版,是包含着丰富形式创造的彩墨画。

比较而言,四类绘画中风景画与花鸟画更关注水墨和传统,人物画和静物画更向着色彩和现代转移。这与时代社会及画家个人生活的变化相关。抗战中民族主义高涨,传统的呼声甚高,画家个人的生活也清苦寂寞。抗战结束,对民主、个性的呼声重新回归,对艺术本体的追寻再次高扬,现代主义在 20 世纪 40 年代的高涨也是基于同样的环境因素。而画家也再次回到学校这个安定的空间,因而其生活情趣和艺术追求也不同于颠沛流离的抗战时期。总体而论,林风眠的中国画高度单纯、风格简约。他没有很强的中国画功底尤其是笔墨根底,这既是缺憾也是其优势。因此他能够不受既成规矩的束缚,而根据自己的内心自由创造,在线勾与烘染间,墨色与颜色间自由变幻,无所谓画法的来历。要说林风眠中国画中的中国因素,较突出的是汉唐绘画、宋代瓷绘"流动如生"的线描。在西方影响方面,"他颇受马蒂斯影响(但不模仿),有表现主义倾向,又尝试过立体主义方式,最终与'表现的写实主义'相接近"[1]。中西两种绘画因子相化合,诞生了风格化的林风眠中国画。

---

[1] 郎绍君:《林风眠》,河北教育出版社 2002 年版,第 160 页。文中说到英国美学家哈罗德·奥斯本说:库尔贝的绘画是"注重事实的写实主义",印象派是"外表写实主义",而以马蒂斯为代表的野兽派是"表现的写实主义"。

3. 刘海粟

与徐悲鸿的以西法改良中国画、林风眠的中西调和所不同,刘海粟试图在中国传统绘画中发现西方现代主义在中国存在的合理依据。为此,他发现了石涛。在《石涛与后期印象派》一文中,他把石涛的绘画与西方后印象主义、表现主义进行对观,认为二者"皆表现而非再现,纯为其个性、人格表现也。其画亦综合而非分析也,纯由观念而趋单纯化,绝不为物象复杂之外观所窒"①。虽然这种比较不无简单化甚至误读之嫌,但它体现出刘海粟的机敏之处:以此策略降低异质的西画东渐的阻力。这种简单的中西比附代表了当时不少艺术家的想法,如徐悲鸿在《论中国画》一文中说道:"米芾首创点派,写雨中景物,可谓世界第一位印象主义者,而米芾 12 世纪人也!"②刘海粟对 20 世纪中国绘画史的最大功绩也在此:较早引入西方现代主义,并尝试进行西式美术学院教育。但令人诧异的是,深具西画气质与趣味的刘海粟,在中国画上却很少表现出明显的西画修养,他的中国画大多是较为纯粹的传统绘画。

"刘海粟早年山水画的构图和用笔完全来自于'三石'(沈周、石涛、石谿),偶有一些吴镇的影子。他学石涛与张大千有所不同,他不是全面学习石涛画风,只是学石涛晚年构图简单、用笔粗放的一路。他的山水画在用笔上比较成功,用金石气入画,积点成线,迟涩多变,而在墨的运用上则不成功,淡、枯、湿的变化不大,总有一股灰气;其花卉则走的是自吴昌硕到扬州八怪的路子,也受到石涛和八大山人的影响。如他画荷花完全学石涛、牡丹学吴昌硕、松树学李复堂。在常人看来作为油画家的刘海粟,他的国画应该是中西结合、面貌特异的。但他此时的国画,无论是山水还是花鸟,与古人是没有距离的,更不用说中西结合了。"③这便牵涉到中国艺术家与本土传统的关系问题,这

---

① 刘海粟:《石涛与后期印象派》,《时事新报·学灯》1923 年 8 月 25 日。
② 徐悲鸿:《徐悲鸿讲艺术》,九州出版社 2005 年版,第 20 页。
③ 张蔚星:《中西合璧　和而不同——刘海粟国画创作的三个阶段》,《荣宝斋》2007 年第 1 期。

是一个复杂而有意味的话题,将在本章第三节探讨。

图4-10 刘海粟《言子墓》

刘海粟的中国画受到关注的有《言子墓》《九溪十八涧》等作品。《言子墓》(1924)描绘孔子的弟子言子之墓及其周围的景色。此画是写生基础上的创作,描绘的是实景,因此不同于任何传统的山水画创作。画面显示出西画焦点透视的影响,近景的枯树、中景的言子墓与远景的山构成和谐的统一体。全画用笔豪放,有笔有墨,近景、中景以笔为主,远景之山突出墨法。画上除自题外,还有吴昌硕、蔡元培的题跋,显示出此画的受关注度。《九溪十八涧》(1923)用笔更加粗放,山水的构型也自出新意,当是旅行写生基础上的写意画。画上仍有多人题诗,郭沫若赞扬其叛逆精神的诗即题于画上:"艺术叛徒量胆大,别开蹊径作奇画,落笔如翻扬子江,兴来往往欺造化。"而刘海粟"艺术叛徒"的名号却不是得自此画,而是在西画上启用女人体模特,创作裸体画。《溪亭闲话》(1936)更具有纯粹的中国画意味,笔墨上更加多样化,尤其是墨的运用更为成熟,积点成面。《拟石涛山水》(1938)显示出刘海粟传统绘画的功底。《万山积雪》(1944)为青绿山水图,具有宋画山水的雄伟之气。《夏山欲雨图卷》(1937)采用卷轴形式,体现了传统山水画移步换形之法。与上述诸画相比,《乱点红梅》(1948)构图最简单,用笔最粗放,为大写意之作。这些作品富于文人雅趣,仍属于传统绘画的范畴,对传统的继承多于创新,西画的影响在其中微乎其微,因此这些画不构成刘海粟对中国现代绘画的主要贡献。

（三）诗人的中国画创作

诗人中能绘善绘者也不乏其人，在"传统的旧体诗创作"部分所列的 82 位传统诗人中，兼治丹青的诗人即有 19 人，占五分之一强。他们是：同光体赣派诗人夏敬观、闽派何振岱、浙派金蓉镜以及程颂万、王乃徵、陈曾寿、周达；中晚唐诗派诗人樊增祥、顾印愚、三多、杨令茀；诗界革命派诗人狄葆贤；南社诗人胡石予、苏曼殊、诸宗元，著名学人林纾以及朱祖谋、赵熙、吕碧城。他们以及黄孝纾、杨圻等人"诗文书画兼擅，从他们在《青鹤》刊登的鬻文润例中可以看出诸人在当时文坛及书画界的名气"①。而在新文学家中，能够绘画的人可谓凤毛麟角。在胡适、鲁迅、周作人、朱自清、刘半农、沈尹默、俞平伯、叶圣陶、郭沫若、郁达夫、王统照等早期新文学家中，真正涉猎绘画创作的唯有鲁迅（白描）、刘半农（中国画），其他作家涉足的美术领域是书法和书籍装帧。即便如此，新文学家也并非与绘画截然隔阂开来，他们中懂画的人不少如老舍、傅雷，他们在绘画鉴赏、美术批评上是行家里手。

这些传统诗人的国画创作多以山水、花卉为主，采用传统笔墨，重在写意抒情。作为"同光体"闽派的殿军人物，何振岱酷爱梅花，字梅生，晚年改为梅叟。他的《墨梅图》古劲苍艳，树干颇有融碑帖于一炉的书法意味。其山水画深微淡远、疏宕幽逸，与其诗歌美学风范相一致。金蓉镜被吴湖帆誉为近代四大文人画家之一，另三人是陈曾寿、夏敬观、宣古愚。嘉兴博物馆藏《设色山水图》作于 1925 年 8 月，是金蓉镜晚年客居海上周氏"晨风庐"所作。此画为立轴大幅山水，远中近景分明，极具层次感，远山巍峨高耸，山石绵延至中近景的茅舍树木，气势流贯，用笔简练圆融，画风清隽，正如张鸣珂在《寒松阁谈艺琐录》中的评价："喜画山水，简略荒率，在大痴、仲圭间。"程颂万能画山水、兰石，其兰石构图极其简洁，加之自成风格的书法题识，颇有韵致。王乃徵工书

---

① 孙志军：《现代旧体诗的文化认同与写作空间》，华中师范大学出版社 2015 年版，第 63 页。

画,有《益州书画录》传世。陈曾寿是近代宋派诗的后起名家,与陈三立、陈衍齐名,时称"海内三陈"。他工于书画,其画学宋元人,所画山水清远超迈,尤善画松,笔下之松盘曲扭结,有的逸笔草草。周达师从刘海粟、潘天寿、诸闻韵学画。樊增祥收藏朱耷、金农、罗聘、徐渭、石涛诸名家画幅多幅,自身画作深受其影响,花鸟画由工笔而变为写意。顾印愚也是清末民初著名诗人兼书画家。三多擅画花卉,兼工带写,其画具两种风格,一为书卷气,意境清新,秀逸隽永,得其书法隶体之气,一为富贵气,赋色娇艳。爱国女书画家杨令茀不仅山水、人物、花卉皆善,还会画油画。她在清宫古物陈列所临摹了香妃的油画,同时临摹了历代帝后画像共计 96 幅。其山水画老师吴观岱称她的画具有"渊然、穆然"之美,其用笔"无不效法正宗"。① 其花卉善以意笔写古雅之趣。《山茶花》取墨叶红花一路,花枝以直干为主,中有一枝向左下倾斜,此形态颇为独特,笔墨舒放,花枝意态完足。其人物画多以工细之笔出之,情态细致,衣纹流转。而《董小宛病影》则以粗笔写董小宛情态,与"病"正相吻合,也与其房舍及其四周的树石点染成趣,同时画面上方书以大量题识,诗画相映成趣。狄葆贤工

图 4-11 金蓉镜《设色山水图》

---

① 沈广杰:《民国时期女画家杨令茀与北京、沈阳两故宫的缘分》,载武斌:《沈阳故宫博物院建院八十五周年纪念特刊》,现代出版社 2012 年版,第 348 页。

于诗文、书、画,收藏丰富,如曾藏有元代王蒙的《青弁隐居图》,为海内剧迹,他还精于鉴别,作有《清代画史补录》。狄葆贤偶作山水、花卉,颇有古意。被近代国学大师金松岑推崇为"江南三大儒"之一的胡石予(另两位是武进钱名山和金山高吹万)也是一位书画家。他尤擅画梅,喜作大幅、喜绘墨梅,所作梅花虬枝纵横,元气淋漓,借物寄怀言志,气韵高雅飘逸,与其"诗骨清而不染时习"(金松岑评语)的诗风相一致。他作画必自撰诗句,诗画联姻,珠联璧合。如《画梅赠亚子》一绝云:"莽莽苍苍,寒星之芒,孤润有光,满光流芳。"南社著名诗人傅屯艮赠诗盛赞其"载画满囊诗一肩"。带有传奇色彩的苏曼殊是诗僧也是画僧,其画山水、人物、花卉皆淡雅出尘,境界清高。前人论其画曰"空灵清幽""潇洒疏淡""清秀高雅,像充满哲学味的诗篇",正如其"清艳明秀"的诗风。其所绘《葬花图》取《红楼梦》诗意,笔致舒放,意境清雅,画上题诗:"罗袜玉阶前,东风杨柳烟。携锄何所事,双燕语便便。"诗画联袂,书写凄清之境。诸宗元是民国藏书家、诗人兼书画家,诗与李宣龚、夏敬观齐名,画为写意抒情的文人画,有画论《中国画学浅说》传世。朱祖谋为晚清四大词家之一,善书画,其所绘人物、梅花富于逸趣。世称"晚清第一词人"的赵熙,工于诗词书,亦间作画,画虽不多,但充满清逸之气。陈声聪在《兼于阁诗话》中评价其画:"先生能画,偶作小幅山水,淡远荒率,是不食人间烟火者。""惊才绝艳""风致娟然"的吕碧城在 20 世纪初的中国文坛、女界以至整个社交界均是一位风云奇才女,曾创造过"绛帷独拥人争羡,到处咸推吕碧城"的奇观。她在诗词书画上均具有较高的造诣。

1. 林纾

林纾是清末民初著名的学者,而使他闻名于世的却是翻译。不懂外文的林纾与人合作,由人将外文口述成中文,再由他用流畅的文言文表述出来,如此翻译了一百七十余种欧美小说,为一时之冠。这种翻译方式也可谓独树一帜。翻译使林纾接触了西方文学与思想,但他不为所动,自身的思想观念仍是传统的一路,无论其文学还是绘画、理论还是创作均如是。

　　林纾著有《春觉斋论画》一书,阐述他的画学思想,主要是山水画之法理。他分析中国绘画与西方绘画各自的特点,并进行比较研究,可见他是懂西画的,对于西画在技法上的特点如光影、明暗、透视等都有所了解。但这些域外视野不仅没有动摇他的画学观,反而更加坚定了其传统主义的观念。在对西画表示鄙视的同时,林纾用自己的语言表述着古人"外师造化,中得心源""气韵生动"等古训。例如他说,"苟无气韵,虽极力摹古,终不改他人面目";"法律须遵古人,景物宜师造化","师古人不如师造化,学力既至,运以灵光,自臻于神品";"画中无形之病,不当于画中求之,当求之于平日之学问及生平之胸次";"画理之精微、画学之博大,非区区一家一派所能尽","吾愿学者勿拘拘于宗派也"。

　　在绘画创作上,林纾主要致力于山水画,宗法于元代的王蒙、清初的吴历及王石谷等人的笔墨。《自题小画》云:"元代四家各一帜,山樵笔墨时所宗。"山樵即王蒙。"渔山石谷变家法,墨戏初来兼痴翁。"渔山即吴历。"小幅经营仿石涛",而写大屏巨幅"出入山樵、梅花道人间"(《烟云楼卧游诗序》),梅花道人即吴镇。《香山九老图》(1920)"写唐朝会昌年间白居易与其他八老会于他居住的洛阳附近的香山的故事。前景中的人物或下棋、或坐禅、或步行,构图亦左亦右,高山回转,高峰处有云缭绕,亦可见远处远山。此种构图,为王石谷及其同辈所常用,且林纾的画法亦较相似,充分表明林纾在画法上的传统性"①。《碧山红叶图》《蜀山行旅图》《龙山观潮图》《满林秋色图》多以"四王"笔墨出之,气韵清高。

　　林纾又擅长诗文,常作题画诗于画上,"每作一画,必草一绝句于其上"(《题画三十首序言》),诗画相得益彰,体现出文人画的风雅情趣。《蜀山行旅图》题诗曰:"林叶绯红秋欲残,行人驴背粟新寒。成都兵祸无时了,岂止青莲行路难。"诗歌既写画意,又延伸至现实感慨,延展了画面时空。《龙山观潮

---

　　① 李铸晋、万青力:《中国现代绘画史》第二卷,浙江大学出版社2011年版,第108页。

图》题诗云："江上潮来天地昏,形容无过两当轩。奇峰独数龙山顶,一片银涛白马奔。"此诗描写画面景观,与画面描绘互相映照。寒光论其"古画的成绩极好,晚年尤大见进步,价值很高,品位名贵;加以题画诗的美妙、清新,益是珠联璧合而相得益彰!"

林纾大量的山水画皆为传统一路,但有一幅与众不同,描画一奔流直下的瀑布——美国尼加拉瓜大瀑布,此即《美西瀑布图》。这幅画采用写实的笔法,几乎全用水墨,描画瀑布自上而下,冲击到巨石上,水花四溅。从画上的题识可知,这是林纾根据"上海来者为余谈及美洲瀑布之胜"而"以意为之"的画,虽为想象,却与实景颇有几分相似。而有趣的是,林纾在《春觉斋论画》中曾论及中国与西方画瀑布的异同。他批评西方风景画,但对西画的瀑布则推崇,"西人写山水,极无意味;唯写瀑布,则

图4-12 林纾《香山九老图》

万非华人所及"。"西人写瀑布,是真瀑布,能从平顶之石上倾泻而下,上广而下锐,水力极有力。何者?水积岩顶狂奔而下趣,水之落处力猛,渐下则水力亦渐杀,故水痕上广而下锐。吾辈山水中写瀑,则上狭而下舒,以两边山石参差错落,瀑布从石隙中出,至于大壑,支流始漫,此其不同于西画处。"他分析原因为"虽然,为地不同,故水态亦略别"。《美西瀑布图》即林纾采用他所谓的西法绘成,在风格上迥异于传统山水,是林纾绘画中的"异类"。这也不妨看作是画家在画论与画作之间所做的一次有益实践。

2. 夏敬观

夏敬观工诗善词,是同光体诗派中赣派的代表,诗词尤其是词成为他在中国近现代文化史上最突出的贡献。好友叶恭绰评价曰:"鉴丞平生所学,皆力辟径涂;词尤颖异,三十后已卓然成家。今又二十余载矣!词坛尊宿,合继王、朱,固不徒为西江社里人也。"(《广箧中词》四)。其诗远宗孟郊、梅尧臣,词则出入于欧阳修、晏殊、姜夔、张炎诸家之间,无论诗词,皆锤炼思致字句,不蹈常袭故。他著有《忍古楼诗集》《映庵词》(词作)以及论词专著《忍古楼词话》《词调溯源》。

夏敬观还是一位书画家。他曾创办"康桥画社",组织"消夏画会",与海上名家吴湖帆、黄宾虹、黄孝纾、马寿华、罗复堪等过从甚密。从 20 世纪 30 年代中期开始,他在上海便颇有画名,参加了刘海粟携往欧洲举办的"中国现代绘画展览"之类的重要展事,被聘为"中华美术协会第一届美术展览会"的筹备委员。其山水润格也与吴昌硕、王一亭、吴湖帆等沪上名家相当。①

夏敬观的绘画以山水为主,兼及花鸟与人物。其山水画作品,有青绿一路,也有萧舒淡远一路,布景上有高远、深远、平远之别。高远之景多以中景山石描绘为主,突出层次感,也有仅以近景松树与山石表现为主,条屏更增添了其高耸之气势;深远之景多层峦叠嶂,山树掩映,墨色较浓,气势雄伟;平远之景喜于近景山石树木与远景崇山峻岭间设置大片水域,营造开阔之势。《黄山十松图》仅为水墨,不施颜色,三远之景皆有,从不同角度描绘黄山风景,清逸俊朗。《古松图》所绘二松树,正斜相倚,姿态奇崛,树干意写,松针细密,高古雅致。《仿吴渔山灵芝寿石图》为贺寿之作,颇有吴历之致。人物画《东坡玩砚》以工写结合的笔法,工写脸部,意写服饰,描绘苏轼与童子赏砚之情景,富于文人雅趣。同时,他在诗词上的造诣,不仅以诗词题跋的形式作于画上,还以内涵性的文学修养流露于画艺之中,因而其画多古拙之意。也正是内在

---

① 吕作用:《文学斐然 旁通绘事——近代新建籍文化名人夏敬观其人其画》,《江西日报》2015 年 4 月 10 日。

涵养这点,使其画虽然在笔墨技法上未臻完美,甚至受到微词,但仍受到文人画家推崇。有评论道:夏敬观绘画"多属于'南宗'一路,颇受'四王'影响,但又稍嫌简率,大抵介于董其昌与'四王'之间。其画富有古意,却也囿于传统,略乏创意。就笔墨而言,虽不弱,但与名家相比,又稍逊一筹。许承尧谓其'文学斐然,旁通绘事,卒未造极',大抵就是此意,这可能与他动笔太迟有关。概而言之,夏敬观画作的杰出之处并不在于笔墨技法的精湛,而在于格调的高古,也即时人所谓'画平平,但有古拙意'。从艺术史的角度看,夏敬观应入文人画家之列,他的诗词造诣、'文学斐然',必然为其作品的题识增色,也增加了画面的趣味。这也难怪吴湖帆对夏敬观推崇备至,将他与陈仁先、金蓉镜、宣古愚同尊为文人画巨子"①。

图4-13 夏敬观《东坡玩砚》

第二节 传统主义诗歌与绘画关系探微

旧体诗与中国画是中国传统文艺特有的艺术形式,拥有自身的艺术特质和运行规则,只要传统诗画的本质不变,其基本的生态就不会变。因而民国时期的旧体诗和中国画更多是对传统的延续,可谓风骚余韵。但与古代诗画的超逸性比较起来,它们更多地走向了世间,最突出的表现即是对现代时段最大

---

① 吕作用:《文学斐然 旁通绘事——近代新建籍文化名人夏敬观其人其画》,《江西日报》2015年4月10日。

的现实——抗战的反映。总体而言,现代诗画在对传统的承续中,也对之进行了自觉不自觉的现代改造,发展出中国诗画的现代形态,其所具有的过渡性使之既是传统的继承,又成为后世诗画的新传统。

一、诗画一律

(一)诗画一律的艺术观念

从本章第一节论述可见,旧体诗人和中国画家在群类划分上存在这样一个特点:大部分的国画家都能作诗,有的还善于此道,反之,旧体诗人中会作画的却只占少数。这个问题的原因颇多,可能与诗画的技术操作有关,例如绘画更多地依赖媒材和操作技术,而诗歌则可以心想口吟,更便于创作。所以当被囚禁在狱中时,艾青没有工具材料无法绘画,却可以创作诗歌,这段特殊的经历成就了他日后的事业:放弃原本的绘画专业,投身诗歌领域终成一代大家,可谓无心插柳柳成荫。由于诗人、画家在人群划分上的这个特点,所以在诗画关系论上,谈得更多的是画家。

游走在中国画与旧体诗之间的文学艺术家,仍遵从传统的诗画一律的观点。例如,潘天寿有着自觉的理论思考,"不仅诗和画同出一源,广义地说,各个艺术部门都是同出一源的"。"在诗的表现上,有关格律、韵律、音节、意趣等等,与绘画表现上的风格、神情、气韵、节奏等等,两者是完全相通的。画的选材要求取其某点精华,去其一切丛杂,增强减弱,突出主题,与诗的选材也是相通的。诗句组织上的蜂腰、鹤膝、钉头、鼠尾等病名,与绘画用笔上的诸病名,也完全没有异样,因此,诗人、画家王摩诘所作的诗和画,不但在诗画的意趣上是两相融结在一起不能分割的,就是在诗和画的组织技法上,也是融结在一起不能分割的。"潘天寿认为,诗画交融不仅在于意趣、境界,也体现在艺术技法。应当说,诗与画依赖于不同的媒材,艺术中介手段的差异是根本性的,因此谈其交融应当是在精神、风格的层面,所以潘天寿关于诗画在"组织技法"上的融合说应为一种借喻。"诗画是意境的结合,是从同一源头而来的。画后题以诗句,互相对照,互相补充,互相引申,同时也起着珠联璧合、相得益彰的综合作用。是祖国传统艺术上的一种特有形式,至为珍贵。一个画家,如果有诗的根底,作画时可以脱掉俗气,增加诗的韵味。""画当中要有诗的趣味,不读诗哪里知道?"潘天寿看出了诗与画在精神表现上的相通性,抓住"意境"这个核心,把诗与画统一了起来。由此他认为,画事不须三绝,但须四全。四全者,诗书画印章是也。"诗、画是同源的,是姐妹的关系。因为它们所表现的都是客观事物形象、体态的变化,以及美丽的色彩、韵致、情味等……它们的区别只是:诗是用文字来表现,而绘画是用笔墨和颜色来表现罢了。"同时,他指出"四项(诗书画印)之中尤以诗与画因缘最为密切,最为重要"。① "世人每谓诗为有声之画,画为无声之诗,两者相异而相同。其所不同者,仅在表现之形式与技法耳。故谈诗时,每曰'诗中有画',谈画时,每曰'画中有诗'。诗画联谈时,每曰'诗情画意'。否则,殊不足以为诗,殊不足以为画。"②潘天寿秉持的仍是传统艺术观,认为中国诗歌与绘画同源而异流,在发展过程中也互相借鉴,共同构成一个圆融的诗画艺术世界。

像潘天寿一样,把诗画关系思考以较清晰系统的文字形式记载下来的画家不多。很多画家都缺乏理论表述,如"岭南画派"就缺乏理论家,其主要画家中只有高剑父在1937年才根据教学需要写出关于艺术思想的断想,高奇峰英年早逝,没有多少艺术思想文献,陈树人也只以诗的方式谈及感想,高剑父的学生方人定算是该派中理论建树较为突出的一位。大多数画家都是只言片语论及画理,如齐白石曾深有体会地说:"一个懂画的诗人在写诗时可以丰富诗的意境"(《诗与画的关系》)。但有理由认为,凡创作旧体诗的画家,均对诗画关系有所心得,即使不见诸文字也体现在其艺术活动中,如吴昌硕。潘天寿

---

① 潘天寿:《诗画融和,相得益彰》,载《潘天寿论画笔录》,上海人民美术出版社1984年版,第1—4页。

② 潘天寿:《听天阁画谈随笔·杂论》,上海人民美术出版社1980年版,第10页。

的"四全"艺术观受益于其师吴昌硕,吴昌硕集诗书画印之大成于一体的艺术,便最好地体现了"四全"观。吴昌硕在诗《刻印》中也自述道:"诗文书画有真意,贵能深造求其通。"他主张的也是艺术融通观,代表了典型的古典艺术形态。沈曾植在《缶庐集序》中评说吴昌硕的艺术为:"书画奇气发于诗,篆刻朴古自金文,其结构之华离杳渺,抑未尝无资于诗者也。"[①]沈曾植强调的是诗在精神气质上对书画印的滋养作用。

(二)诗画交融的艺术实践

诗画交融最直接的呈现即画上题诗[②],显示出浓郁的文人趣味。此诗可引用前人诗句,但多为自创,体现出画与诗的关系,此诗可由他人题写,但多为自题,此又关涉到画与书法之关联。中国传统的诗书画一体的观念在中国画中体现得最为集中和典型。陈师曾的国画即富于诗歌题赋,大量是自题,也常有金城、姚茫父等画家的题字赋诗。如成于 1917—1922 年的《陈师曾诗画册》为十六开册页,取一诗一画的格局。他的高足俞剑华对其师诗画的评说可谓道出了一般的原理:"师曾每画必题,长篇短句,清新隽逸,与画互相映发。其中每多感怀时事,借物写意,虽冲淡融合而一种抑郁精悍之气,每有弦外之音,使人味之无穷。"[③]《绿蕉黄菊图》带有吴昌硕的影响,在狭长的构图中,画满了黄绿的芭蕉和菊花,题诗曰:"秋风起,秋云委,芭蕉绿褪心未死。又看野菊到重阳,篱落黄昏残醉里。"诗歌营造出一派秋意渐浓、秋思渐深的情景,点化了画面意境,"与画互相映发"(俞剑华)。同时,该诗直接参与了画面形式建构:诗歌题写在花叶缝隙间,使本就不多的留白几乎被占满,在画面构图上一反常理,形成新的审美感受。陈师曾题画荷花:"荷叶生时春恨生,

---

① 边平恕:《中国书画名家画语图解·吴昌硕》,中国人民大学出版社 2003 年版,第217 页。

② 题画诗及其三种类型在"传统主义诗歌"部分有详细论述,此处即简单论之。

③ 俞剑华:《陈师曾》,上海人民美术出版社 1981 年版,第 32 页。

荷叶枯时秋恨成。深知身在情长在，怕听
江头江水声。"诗句与画面相映成趣，由荷
叶生出无限情思。题画山水："微翠山色
学吴装，锦树秋天近水乡。莫道太平游钓
美，桃源人世觉荒唐。"诗句不仅装点了画
面，还由此发出人世之叹，丰富了诗画
意境。

　　有的诗为画而题，但不直接书写在画
上，仍为题画诗。齐白石喜好为画题诗，
且多为"借物写意"（俞剑华），托物言志。
他有两幅菊花图皆粗笔出之，为写意之
作，均题诗以自表心意。1902 年，40 岁的
齐白石第一次远游至西安，诗人樊增祥见
其画，欲荐其为清官供奉，齐白石拒绝了，
回家后画了一张《卧地菊》，题诗曰："休笑
因何卧地苗，大风吹不折花梢。"不久，友
人夏午诒想给他捐个县丞，他也婉辞了，

图 4-14　陈师曾《绿蕉黄菊图》

又画了一幅菊花，题曰："穷到无边犹自豪，清闲还比做官高。归来尚有黄花
在，幸喜生平未折腰。"菊花在中国传统中被赋予"傲秋霜"的寓意，加之陶渊
明的诗歌与人生之关系，菊花由此被人格化，成为"四君子"之一，无论诗歌还
是绘画，涉及菊花多取此寓意，而非仅仅将其作为观赏对象。齐白石在此充分
借用了这一文化寓意，并通过题诗进一步使心意明朗化：自己愿像陶渊明一样
不为官，宁肯做个"卧地苗"，即使穷困，但大风吹不折腰。简单的折枝花画作
因题诗而意义彰显、光彩重生，画为诗依托，诗为画增色，这也是大量题画诗的
价值所在。

　　诗画交融不仅体现在题画诗上，还表现在更为内在的风格、意趣的融汇

上。中国诗画在艺术风格上互相影响、整体统一,此为古来公论。诗与画,一为声音语言艺术,一为平面造型艺术,所依托的介质迥乎不同,所形成的艺术体也截然相异。但对于中国传统诗歌绘画而言,二者在风格上却常常互相影响和借鉴,是艺术史上一个富有意味的话题。例如吴昌硕说道:"师曾老弟,以极雄丽之笔,郁为古拙块垒之趣,诗与书画下笔纯如。"①吴昌硕看到的诗画相通是从笔法的角度出发,皆以"雄丽"的笔法,走向共同的审美风格——"古拙块垒之趣"。

在诗画意趣上相通相融的艺术家,代表者是潘天寿。在国画风格上"强其骨""一味霸悍"②的潘天寿在诗歌上也风格独具。郎绍君指出,"他的诗近于李贺、韩愈和黄山谷,注重炼意炼句,僻拗老健,力排纤柔,'髯鬣倚长剑'的壮气,正与雄奇的画幅相一致"③。这种雄奇的诗风尤其体现在写景诗篇中。《夜宿黄山文殊院东阁》四截句其一:"参云山阁势嵯峨,阁外星辰布大罗。欲上浮槎高尺五,中天银汉月明多。"其四:"名山峰壑自相殊,意趣高华气象粗。昨夜梦中颓甚矣,大风扶我上天都。"诗歌写景气象阔大,气势雄伟,抒情主体"我"的意志突出,颇有几分李白诗歌的气度。潘天寿还善于在诗歌中化用典故,营造历史感,增加诗歌容量和纵深感。例如《读史偶书》:"半壁河山任小看,非关天堑限层澜。/恐抈虮虱闲王猛,故展棋枰付谢安。/三楚沙虫飞浩劫,八公风鹤奏奇寒。/炎黄帝胄原神种,牧马如何问马鞍?"此诗歌咏历史上著名的以少胜多的淝水之战,以此破除有的人对抗日战争没有信心,激励民众鼓起信心、奋起抗战。即使在游山、观梅等篇章中,仍流露出一贯的豪放之气。《独游崇寺山桃李》其四:"云阶谁与共徘徊,远近高低迤逦开。却道今宵重醉后,月明携我上天台。"诗歌极写山势之高,蜿蜒入云,诗人醉后自感身心飞腾

---

① 俞剑华:《陈师曾》,上海人民美术出版社1981年版,第48页。

② 潘天寿的绘画在"文人画创作的新变"部分已有详细论述,兹不赘述。

③ 郎绍君:《近现代的传统派大师——论吴昌硕、齐白石、黄宾虹、潘天寿》,《新美术》1989年第3期。

上天。《盘龙寺看梅》其二:"铁干轮囷尽十围,繁花天半与霞绯。安禅倘有华光衲,钵底骊龙定欲飞。"诗歌以雄健之笔,写尽老梅扭曲盘旋、繁花漫天之景象。潘天寿曾有诗评价明代书法家倪鸦宝:"上奥诗亦虎,画以诗为主。"此话也可用于自评,潘天寿的诗气象宏伟,气势雄壮,"横空盘硬语"(韩愈《荐士》诗),多僻字晦词;其画物状奇怪,雄阔奇崛,高华质朴,与其诗风相一致。潘天寿自评指画曰:"老夫指力能扛鼎,不遣毛龙张一军"(《题指墨山水障子》),此诗句也正道出了其诗画艺术所推崇的宏大之境和阳刚之气。不仅如此,潘天寿的书法也和其诗画艺术风格相一致,"潘天寿的诗、画和书有一以贯之的东西,如其行书多出以扁笔,方圆并用,生辣刚劲而姿致奇峭"①。这表明在诗书画艺术背后,有相对恒定的因素在起作用,也许这就是艺术家的气质个性,"人格特征与图式风格的联系虽难以说清,却是不容置疑的"②。对于潘天寿来说,形塑他诗书画一致风格的无疑是沉雄奇崛的个性特征。正因为这点,虽然潘天寿也曾学习过吴昌硕的圆厚,但终不能像,最后还是依照自己的个性气质踏上雄奇、险怪一路,开创了一种风格。

在个人气质上朴实自然的齐白石,其诗画艺术也一如其人格。其画在文人画与民间趣味间找到了结合点,散发出平朴自然之气,洋溢着民间生活趣味。③ 他的诗近于他青睐的白居易、陆游的诗,"平旷如匹夫匹妇语"(刘熙载《艺概》),但浅中自有深意。《题虾》:"五十年前作小娃,棉花为饵钓芦虾。今朝画此头全白,记得菖蒲是此花。"诗歌为画虾而题,但没有直言虾之情态,而是借此叙写了童年回忆,一股生命意趣、民间之乐洋溢于诗画间。葫芦也是齐白石擅长的画题,《画葫芦》一诗道:"风翻墨叶乱犹齐,架上葫芦仰复垂。万事不如依样好,九洲多难在新奇。"前两句描写画面上叶子翻飞、葫芦俯仰

---

① 郎绍君:《近现代的传统派大师——论吴昌硕、齐白石、黄宾虹、潘天寿》,《新美术》1989年第3期。

② 郎绍君:《齐白石绘画的形式与风格》,《文艺研究》1993年第4期。

③ 齐白石的绘画在"文人画创作的新变"部分已有详细论述,兹不赘述。

的自然之态,后两句借此议论,指出作画当顺应天然和本心,一味追新逐异不啻艺术的灾难。这种皆画发挥、以诗论画的写法是齐白石题画诗一贯的做法。齐白石的山水画遭到颇多訾议,被讥为无笔墨、无师承、无学养,因为他不遵矩度、自出机杼,但其山水也由此具有突出的自身风格,与他朴实亲切的画风相一致。对此,他在《画山水题句》中自表心意:"山外楼台云外峰,匠家千古此雷同。卅年删尽雷同法,赢得同侪骂此翁。"其注重创造、不尚趋同的精神表露无遗。因此,他仍坚持"乱涂几株树,远望得神理。漫道无人知,老夫且自喜"(《题画山水》)。平易自然的诗歌既与朴实生动的画面两相呼应,又阐发着画外旨趣,完成了圆融的诗画营构。

二、 诗高于画

(一)现象描述:"诗第一"

传统诗画关系问题涉及一个有意味的话题:关于诗、画及书、印的排序问题。当然,历来就没有这四大艺术的权威的清晰的排名,但无可置疑的是,诗几乎总是位居第一。例如苏轼在《书文与可墨竹并叙序》中评价好友文与可:"亡友文与可有四绝:诗一、楚辞二、草书三、画四。"明朝书法家张弼自评:"吾书不如诗,吾诗不如文。"李东阳笑为英雄欺人语。① 明朝画家徐渭自言:"吾书第一,诗二,文三,画四。"

民国时期典型的例子是吴昌硕和齐白石。吴昌硕为书画家,诗歌非本业,但他对自己的诗歌颇为自负。他在《琴师云闲逸照》中这样评说自己:"老我不死无一能,赋诗或可天籁乘。"他自评认为,自己一无所能,唯有作诗自然天成。《赠内》有句云:"平居数长物,夫婿是诗人。"他自述"三十学诗,五十学画",并且"书法比画好"。但在吴昌硕诗书画印"四绝"中,公认其单项成就最大者为篆刻。"邓石如一脉至吴昌硕而大成,并在以书入印,寓巧于拙而入于

---

① 孙德明:《中国历代名人选录》,黄河出版社2012年版,第168页。

拙,浑厚朴实这一路走到一个巅峰,至今影响着篆刻界,难于超越;书法则数十年如一日把石鼓文化为己有,并以石鼓笔法作行草,圆浑如古铁,大气磅礴,为篆书、行书开出新境界,再与篆刻联姻,相辅相成,互为刀笔,气势夺人,力能扛鼎;绘画,以篆书笔法为干,行草笔法为枝,一任书写,配以厚重的色彩,加之篆刻构成,自作诗随境题跋,点线面完美配置,将写意绘画提升到一个前无古人的高度,开海派绘画新篇。"①吴昌硕初以印名闻名于世,继之以书名,次之为画名,但他在晚年画名甚隆,不仅已超出了海派的地域范畴,其意义甚至超出了绘画的范畴。"吴昌硕诗书画印综合艺术,在当时无与伦比自不待言,即便单项,篆刻、石鼓文书法、大写意花卉,也是独步艺林而开风气影响后世至今的。因此,我们说,吴昌硕是篆刻大师,清末书法大家,海派绘画巨匠,晚清书画界文豪,文人艺术家。"②可以说,在诗书画印四者中,吴昌硕在印、书、画方面皆超绝群类、开宗立派,但其诗却达不到这样的成就。尽管如此,吴昌硕在书画家中也不失为一代诗文名家,"诗文古趣,虽不及唐宋名流,而能一如其书画篆刻,真气弥漫,抒摅胸臆,堪称诗人,尤以题画诗为胜,佳作每每见于书画作品中"③。陈衍评说道:"书画家诗,向少深造者,缶庐出,前无古人矣。"(《石遗室诗话》)。但这样的评价其实也指出了其诗的影响多在书画界,若放在晚清民初浩瀚的诗界来看,则当不起如此美誉。因此可认为在吴昌硕艺术"四绝"中,诗忝居其末。

齐白石也这样评价自己的艺术。他曾对弟子胡絜青说:"我的诗第一、印第二、字第三、画第四。"(《齐白石谈艺录》)又曾对于非闇说:"我的篆刻第

---

① 邹涛:《诗书画印"四绝"的世界——吴昌硕艺术的历史定位》,《中国书画》2014 年第 3 期。

② 邹涛:《诗书画印"四绝"的世界——吴昌硕艺术的历史定位》,《中国书画》2014 年第 3 期。

③ 邹涛:《诗书画印"四绝"的世界——吴昌硕艺术的历史定位》,《中国书画》2014 年第 3 期。

一、诗第二、书法第三、画第四。"(傅抱石《白石老人的篆刻艺术》)①也有"诗第一、印第二、画第三、书第四"的说法。② 但他人对他的评价却并非如此。例如，在黄宾虹看来，诗、印、字、画的成就秩序则正好反过来，"齐白石画艺胜于书法，书法胜于篆刻，篆刻又胜于诗文"③（《黄宾虹画语录》）。世所公认的是，齐白石最大的成就也是画。但他却颇以诗自负，在诗上也用力甚深，二十多岁拜乡贤胡沁园、陈少番为师，后又组织龙山诗社，并于1899年10月18日拜湘中大名士同光体诗人王闿运为师，献上自己作的诗文请老师看。也正是在这一天，王闿运在日记中写道："齐璜拜门，以文诗为贽。文尚成章，诗则似薛蟠体。"④"似薛蟠体"的评价让人震惊，此说明显有失公允。著名诗人樊增祥在为齐白石诗集作序时，还曾夸赞其诗"意中有意，味外有味"。但王闿运也道出了齐诗的一些特点：有野气、非正统。齐白石作诗不求工致，也不追摹唐宋，反对模仿，师法自然，以乡土民间野趣为主，书写灵性，别具一格。胡适评价齐白石道："他没有受过中国文人学做文章的训练，他没有做过八股文，也没有做过古文骈文，所以他的散文记事，用的字，造的句，往往是旧式古文骈文的作者不敢做或不能做的！"⑤此话也可用于齐白石的诗。齐白石晚年在《自述》中也说到这个问题，朋友的文化比他高，但他们的心为科举功名所累，学作的是试帖诗，虽然工稳妥帖，用典用韵讲究，但却拘泥板滞，没有生气。他自己的诗则大多是即兴创作的题画七绝，既不为功利，也反对死板无生气的东西，讲究书写灵性，陶冶性情，歌咏自然。⑥ 这样的诗充满真趣，但在讲究学识的同光体诗人看来，则不免缺乏学养而不入流。

　　清代名画家汤贻汾的曾孙汤涤是民国年间北京画坛的重要画家。汤涤善

① 郎绍君：《齐白石研究》，人民美术出版社2014年版，第302页。
② 吴相湘：《民国人物列传》下册，东方出版社2015年版，第560页。
③ 孔六庆：《中国花鸟画史》，江西美术出版社2017年版，第571页。
④ 潘剑冰：《最艺术，最民国》，广西人民出版社2014年版，第27页。
⑤ 胡适等：《齐白石年谱·序》，商务印书馆1949年版。
⑥ 邹禹：《名人密码：齐白石的乡土与烂漫》，东方出版社2009年版，第213页。

相术,自谓:"相法第一,诗第二,隶书第三,画第四。"他也把诗歌排在靠前的位置,而把画列居末位。邓散木将自己的艺术概括为三长两短,三长为篆刻、诗、书,两短指绘画与填词,并绘有《三长两短斋图》,且自题诗。很多以书画名世的艺术家也认为自己的诗歌成绩更大,如林散之、高二适、白蕉等。在这些书画家中,对自己的艺术有着公允评价的要数陈师曾。吴庠在诗集跋中云:"师曾恒言生平所能,画为上,而兰竹为尤,刻印次之,诗词又次之,盖称心而出之也。"①

(二)原因探析:诗教传统

从上述现象可见,在中国艺术观念中绘画不单单是一门艺术,而是多种艺术的综合,多种修养、功力的融汇,体现出中国画的独特追求。自唐明皇题"郑虔三绝"以来,中国历史上诗书画三绝的艺术家不可胜数。而中国凡有成就的画家也都是"四全"的,显示出文学、金石、书法对于画具有重要的作用。画家艾中信在谈到齐白石的"四全"艺术时这样说道:"据我的理解,齐白石把四者排队,并不是指他在这四方面成就大小的次序,而是指他博综众艺以加强文艺修养的重要意义——诗居第一,金石次之,书法第三,然后集大成于绘画。"②此话不仅对于齐白石的诗书画印的排序问题给出了另一种解答,还道出了中国绘画的特质:融汇多家而大成。"四全"艺术若要脱离"技"而进于"道",还需要陈师曾所谓的人品、学问、才情、思想的统摄,这便构成了底蕴深厚博大的中国文人画。

这还关涉到传统书画的艺术形态:诗书画印四种艺术要统一在一幅画之中。因此,在画而外,还需要印章、诗歌和书法。而在中国传统书画中,印章可以请人代刻,但诗要自己创作和书写,这就是文人画的画上题诗。其所题之

① 俞剑华:《陈师曾》,上海人民美术出版社 1981 年版,第 32 页。
② 艾中信:《山水花鸟画与审美教育》,载《艾中信艺术全集·读画论画》,中国大百科全书出版社 2007 年版,第 15 页。

诗,除极少数援引古诗外,绝大部分都是基于画面或以此为由头的感兴,主要是即兴创作的自写诗。只有在特殊情况下才会请人代笔,如吴昌硕在绘画订单大增时由于来不及自作诗,便请好友沈石如代作部分题画诗。吴昌硕之举也证明题诗之必要。因此,在这种约定俗成的情况下,对书画家来说不会作旧体诗简直不可想象。

而更为重要的是,艺术家们对诗书画印的排名反映出传统的文艺观念:诗为诸艺之核心。儒家的伦常秩序所形成的等级观念影响到传统社会的方方面面,上至国家体制,下至家庭结构,艺术自然也不例外。因此中国传统各门艺术绝不是平起平坐的,其中诗的地位最高,其他艺术虽不能明确地论先后,但无疑都在诗之下。画家被称为画工,歌舞艺人被称为伶人,他们都被视为工匠而非艺术家,与木匠、铁匠、泥水匠一样仅精通一门技术而已。

诗的一家独大与自古以来的诗教传统密不可分,诗教传统的作用范围小至对个人及弟子的教育修养层面,大至国家政治层面。"春秋战国时期,以诗为教已成为一种普遍存在的社会风气。孔夫子把'六经'(包括《诗经》)作为教育弟子的学习材料,正如司马迁所说的:'孔子以《诗》、《书》、礼、乐教'(《史记·孔子世家》)。"①例如强调通过诗学习生活知识:"多识于鸟兽草木之名"(《论语·阳货》),通过诗培养言说能力:"不学诗,无以言"(《季氏》),通过诗学习政治外交:"授之以政""使于四方"(《子路》)。而对子弟的教育中最核心的是对品德修养的培养,这也是对自己及一般人的要求,是孔子诗教精神的核心。例如孔子理想的道德修养境界是子贡引《诗经·卫风·淇奥》中的诗句:"如切如磋,如琢如磨。"尤其是《泰伯》中的"兴于诗、立于礼、成于乐",把修养道德品行的几阶段进行了简明而有层次的说明。"这一教育的步骤和层次显示出中国传统教育思想的基本结构以及'诗'在其中的首要位置。因为'诗'相比于'乐',有着容易记忆和朗诵的节奏和固定的文本,而不像

---

① 徐润润:《现代诗学原理新论》,光明日报出版社 2009 年版,第 38 页。

'乐'那样需要更为专门的技能,因之'诗'可以作为情感兴发的最初基础。而由于'诗'的表达又重视'主文谲谏'的委婉曲折,使人'发乎情'而'止乎礼义',因之可以培养'温柔敦厚'的人格,达到'立于礼'而'成于乐'的目的。"①孔子意欲通过诗的教化培养良好的人格,即孔子曰:"入其国,其教可知也。其为人也,温柔敦厚,《诗》教也。"(《礼记·经解》)。王阳明也认为:"今教童子,……则宜诱之诗歌以发其意志,导之习礼以肃其威仪,讽之读书以开其知觉。"(《传习录中·训蒙大意示教读刘伯颂等》)这有着对"兴于诗、立于礼"的继承,并以"读书"发展之。

不仅如此,诗教的意义还体现在对国家治理的积极作用上。"兴观群怨"说即点明了诗的功能。在"兴于诗、立于礼、成于乐"的"总体的教育思想之下,'诗教'传统具体可以体现为'兴''观''群''怨'的四种功能,而在这四者之中,'兴'又是'观'、'群'和'怨'的基础,因为'兴'的情感感发性,与'诗'体的'谲谏'之间,可以保证'观''群'与'怨'都在'温柔敦厚'的审美氛围中来完成,从而确保政治秩序的礼乐和谐,而这也正是'诗教'理论在后世尤其重视文体'正变'的根本原因。无论是'观风俗得失'以'知政',还是'言之无文,行之不远'的诗'群'以结成政治交往的目的,又抑或'主文谲谏'以怨怼刺上,都体现出'诗教'传统的功利性与审美性相互融合的基本特征"②。《诗大序》曰:"正得失,动天地,感鬼神,莫近于诗。先王以是经夫妇,成孝敬,厚人伦,美教化,移风俗……上以风化下,下以风刺上。"诗的作用被极大地提升,它可以考证得失、打动人心、教化人伦、移风易俗、教益大众、指陈时弊,有利于王教政治,所谓"迩之事父,远之事君"(《论语·阳货》)。正如《周易正义》曰:"观乎人文以化成天下者,言圣人观察人文,则《诗》、《书》、礼、乐之谓,当

---

① 郑焕钊:《"诗教"传统的历史中介:梁启超与中国现代文学启蒙话语的发生》,暨南大学博士学位论文,2012年,第82页。

② 郑焕钊:《"诗教"传统的历史中介:梁启超与中国现代文学启蒙话语的发生》,暨南大学博士学位论文,2012年,第82页。

法此教而化成天下也。"清人朱彝尊说道:"诗之为教,其义:风赋比兴雅颂;其旨:兴观群怨;其辞:嘉美规诲戒刺;其事:经夫妇,成孝敬,厚人伦,美教化,移风俗;其效至于动天地,感鬼神。"(《高舍人诗序》)以诗为代表的文学也获得了崇高的地位,曹丕在《典论·论文》中说:"盖文章经国之大业,不朽之盛事。"

由此可见,诗在中国古代不仅仅是一门文学艺术,它的作用远在诗之外,小者可以修养品性,大者可以教化民众、治理社会、辅佐政治、治国安邦,即所谓"诗者天地之心"(刘熙载《艺概·诗概》)。由此诗获得了超出文艺本身的价值和地位,也因此凌驾于仅为一门技术的其他诸艺之上,成为文艺中最核心的门类,仿佛诗已触及了"道",而画、乐、舞等艺术则只是"器"而已。

同时,就最广泛的古今中外的文学艺术情况来看,文学最"强势"。"18世纪中叶法国哲学家巴托在为'美的艺术'(fine arts)命名时,就指出了五种'美的艺术'——音乐、诗歌、绘画、戏剧和舞蹈。照理说,五门艺术本不分仲伯、一律平等。但实际上,在许多情况下,文学往往最具影响力或鹤立鸡群。在中国特定的语境中更是如此,文学一家独大,艺术则包含了文学以外的所有门类,'文学艺术'这一通常的表述足以证明文学对应于其他所有艺术的总和,就像中国作协与中国文联平起平坐一样。由于文学的独特地位和学科的强势,所以在相当长的一段时间里,在中国,艺术学各学科一直屈从于文学学科,直到不久前才单立门户。"①并且,在文学门类内部,诗歌又是一种强势文体。所谓强势文体,一是指诗歌健康早熟,《诗经》《楚辞》即代表;二是指诗歌早早地确立了作为正统文学的地位;三是指诗歌文体以居高临下的姿态"侵入"了散文、小说、戏剧的领域,却较少受到它们的影响。②

由上可见,诗自古以来就受到文人、学者、艺术家的重视便不言而喻了。

---

① 周宪:《艺术理论的三个问题》,《文艺理论研究》2014 年第 3 期。
② 张国风:《诗歌的文体强势地位》,《中国人民大学学报》2014 年第 3 期。

陈师曾说"作画须画外有画,方觉有无限意味"①,指的就是画须有诗性。徐悲鸿说道:"画家固不必工诗,但以诗人之资,研精绘画,必感觉敏锐,韵趣隽永,而不陷于庸俗,可断言也。故宋人之善画者,亦皆一时俊彦,如范宽、李成、米芾等所作山水,高妙无伦。"②朱光潜在他的名著《诗论》中说道:"诗是文学的精华,一切纯文学都有诗的特质,好的艺术都是诗,不从诗入手,谈艺的根基就不深厚。"③宗白华认为:"中国画以书法为骨干,以诗境为灵魂,诗、书、画同属于一境层。"④此即所谓精诗文、通书法,故能画。因此艺术家若只能画能刻,但不会作诗,只能流入"画匠"之流而不被看重,只有会作诗,才能跻身文人圈,成为文人艺术家。诗书乃正途,绘画不过点缀末技。因此传统书画家在自评他评中,都往往把诗歌成绩放在第一位至少是名列前茅,也喜欢以诗人而非画家自称。他们也都勤力于学诗作诗,如齐白石在画艺精进时,还听从友人建议,专门抽出时间学作诗⑤。

三、 诗画人生: 生命形态

传统诗人和文人画家大部分是官僚和士绅,有着较为固定的职业和稳定的收入,因此并不把作诗、绘画当作职业,这为诗画成为一种审美性的存在提供了基础。晚清民国时期,随着社会政治形势的巨变,科举废除,知识分子的传统生活方式被打破,新的生存空间得以开辟,现代传媒的建立与书画商业市场的开拓使得鬻文卖画成为可能。但这种市场化也决然不同于西方社会已成熟的商业运作,有着中国自身的特色。继承中国传统的诗人、画家一面参与现代书画买卖,一面也抗拒着纯粹商业化,保留着传统书画的情怀,学校教师、书

---

① 俞剑华:《陈师曾》,上海人民美术出版社1981年版,第35页。
② 徐悲鸿:《徐悲鸿讲艺术》,九州出版社2005年版,第20页。
③ 朱光潜:《诗论》,人民出版社2010年版,第5页。
④ 宗白华:《美学与意境》,人民出版社1987年版,第99—100页。
⑤ 齐璜口述,张次溪笔录:《白石老人自传》,人民美术出版社1962年版。

刊编辑等职业为之提供了对抗商业化、保持相对独立性的契机。在生存之需的功利性目的之外，诗歌与绘画更多地成为他们生活的一部分，融入其生命之中，成为一种独特的生命形态。

（一）自抒性情的重要手段

吟咏诗词、调运丹青是诗人、画家们自抒性情、自言心志乃至安顿生命的重要手段。美国著名的中国思想史家列文森在评说中国画时认为，中国画有一种"反职业化"、重视"业余化"的倾向，绘画不服务于道德、政治和知识，唐宋以后这一点更明显，而被视为"性灵的游戏"，是用以"自娱"的工具，用刘熙载的话说，即"为一己陶胸次"。① 这话也大体适用于中国诗歌。因而，对于旧体诗人和文人画家来说，写诗绘画不是为着功利目的的，更多基于自身性情的抒发。正如清代沈宗骞说："画虽一艺，古人原借以为陶淑心性之具，与诗实同用。"夏敬观在《解连环》中表达着传统诗人的悲秋之感、迟暮之叹："苍苔印残绣履，记银屏抱汲，秋断栏索。翠带压、千叠愁香，绕衰柳弯堤，恨阻幽约。几日惊飙，对万顷、疏红残蕚。问谁知？ 素娥耐冷，夜情似昨。"在《过若松町有感示仲兄》一诗中，苏曼殊是一个具有性情的僧人形象，既我行我素、行云流水一般，又把世俗欢愉让渡于佛教的超然淡薄，"契阔死生君莫问，行云流水一孤僧。无端狂笑无端哭，纵有欢肠已似冰"。郁达夫的旧体诗记载了自己的心路历程，郭沫若说"可作为自传，亦可以作为诗史"（《郁达夫诗词抄·序》）。1919 年，郁达夫到北京应试失败后返回日本不久作《岁暮感愤》一诗，抒发他落寞、悲怆之情，以及生于乱世、抱负难申的忧愤之情："岁暮天涯景寂寥，月明风景夜萧萧。美人应梦河边骨，逐客还吹市上箫。穷塞寒侵苏武节，朝廷宴赐侍中貂。士生季世多流窜，湘水何当赋大招。"齐白石笔下那生动鲜活的花果虫草类绘画形象，无论是鲜红欲滴的樱桃、偷食粮食的老鼠、游动的虾、横行的螃蟹以及飞舞的各类小昆虫，都无不洋溢着画家对民间生活趣味的

---

① 朱良志：《中国艺术的生命精神》，安徽教育出版社 1995 年版，第 181 页。

欣赏、对大自然生命律动的感佩之情。潘天寿以那有着八大山人神髓的鹰、巨大的潘公石、相貌奇特的读经僧等形象形成"一味霸悍"的画风,所表达的既是他在八大山人影响下形成的不同侪辈、不合俗流的傲岸个性,也是20世纪初张扬个性解放、人格自由的时代精神。绘画空间成了齐白石、潘天寿寄托性灵、安顿生命之舟。因此,"艺术大众化"和"大众艺术化"无疑是对诗书画传统的颠覆,对于那些固守以诗书画修身养性的传统人士来说,是让人惊异而难以接受的。

(二)传统精致生活的载体

吟诗作画是传统精致生活方式的载体。以诗画感怀交友、酬唱应对是不同于引车卖浆流的一种高雅生活方式。王闿运以诗表达时事感慨,且赠诗友人:"力战诚孤注,兵机有万端。遗民翻涕泪,百胜转艰难。日落江潮白,城空夏木寒。向来论进取,不独守凋残。"(《喜闻官军收复九江寄胡巡抚》)1942年话剧《屈原》上演后,郭沫若为每位演员赠诗一首,共21首。田汉在抗战期间也作了不少诗酬赠演员。诗歌史上常有的唱和更是这种雅致生活的集中呈现,如前述的寿苏雅集,周作人五十自寿诗唱和事件。陈三立曾以诗记载与画家徐悲鸿相与从游的经历:"秘泄瀛寰亦一奇,龙钟为显古须眉。来师造化寻穷壑,散落天花写与谁?"(《徐悲鸿画师来游牯岭,相与登鹞鹰嘴,下瞰洲》)徐悲鸿曾为陈三立作油画肖像《诗人陈散原》。1928年刘海粟出国前夕,友人们诗酒小聚,陈树人写菊,郑曼青补兰,刘海粟画寒禽瘦石,经子渊题诗《竹(树人补菊)》:"何处幽岩得地宽,移来佳种玉团团。此间俱是寒之友,不道寻常倾盖欢。"1929年全国美展,此件作品参加展出,并发表于《会刊》。① 经子渊的另一首诗《竹》:"夕照荒园人迹少,偶来觅食好婆娑。西风催紧秋将去,无限离情问八哥。"该诗前有记:"海粟八哥,剑华赤石,公展菊。时海粟将出

---

① 柯文辉:《艺术大师刘海粟传》,山东美术出版社1986年版,第152—153页。

国。"诗人、画家间的交往更集中地体现在题画诗。郭沫若作题画诗 61 首,辑为《郭沫若题画诗存》①一书,如《题刘海粟山水画》(1926),《题九溪十八涧》,《题渊明沽酒图》(1936),《题山水画小帧》(1937),《题〈画云台山记图卷〉》(1941)。刘海粟的《言子墓》(1924)上有吴昌硕、蔡元培的题词,《西湖高庄写生》(1925)扇面背后有胡适、张嘉森、黄炎培的题诗。题画和题赠演员的诗,有的是对画家、作品、演员、演出的评价,有的是以诗论艺的谈艺诗,有的借以自抒块垒,有的兼而有之。以诗画为媒介,文人艺术家开创了一种阳春白雪式的交友方式。在诗画为载体的生活圈中,诗人、画家们为自己找到了身份认同,一种区别于大众的精英化姿态。因此,从本质上说,旧体诗和中国画是文人式的、非通俗的,因而当它遭遇抗战的现实情境,面对大众化的时代要求,顿时便显得颇为尴尬,尤其是中国画。

(三)中国式的审美空间建构

诗画建构起中国式的审美空间。那以诗歌、绘画、书法装饰的厅堂尤其是书房,既是中国艺术的综合呈现,也营造出文人士大夫的生活空间。在取有雅号的书房中,图书盈盈,罗列满墙,四时皆有清供,佳木异卉,奇香灵草,炉中焚香,香气氤氲,有的还有古彝名琴,陈列左右,室外乔木修篁,蔚然深秀。在这之中,一定要有附诗文题跋的中国画挂于墙上,它昭示了主人的审美修养,也形塑着书房的精神气韵。

老舍在北碚居住期间,蔡锷路的斗室里挂起齐白石的《虾蟹图》和《雏鸡图》,在新中国成立后,这就发展成老舍客厅里的"老舍画墙",轮流挂着齐白石、傅抱石、林风眠、黄宾虹、徐悲鸿、于非闇、沈尹默等人的画作和书法。散文家兼漫画家丰子恺更是有意营造了一个传统文人的理想居所:缘缘堂。在这个木质结构的三层小楼中,诗书画佛可谓其核心。除了"缘缘堂"的匾额与弘

---

① 郭平英:《郭沫若题画诗存》,山西教育出版社 1997 年版。

一法师书写的《大智度论·十喻赞》的大屏外,中堂是吴昌硕绘的老梅,旁有弘一法师手书的大对联"欲为诸法本,心如工画师"(《华严经》句),以及丰子恺自己书写的小对联"暂止飞鸟将数子,频来语燕定新巢"(杜甫诗句)。东面间里,挂的是沈曾植的墨迹和几幅古画。西面书房四壁皆图书,挂有弘一法师写的佛语长对,及丰子恺自己书写的小对联"草草杯盘供笑语,昏昏灯火话平生"(王安石诗句)。同时,因为丰子恺又学习西洋音乐,所以还有风琴一架,构成了中西结合之趣味。类似的还有陈师曾。文人画精神的阐释者陈师曾的书房里装饰着中国传统的书画,摆放着文人精神象征的菊花,还陈设有西式的油画,而他身处其间却是那样怡然自乐。除物理空间外,在人文空间上,诗与画也是文人艺术家生活形态建构的关键性因素,如前述的大量以消闲、消暑、消寒为由的诗社、画会即如此,这些诗词画会以娱乐遣兴为目的,是诗人、画家们雅士般生活情趣的载体。

四、 传统的改造与利用:抗战

在艺术人生的层面上,传统诗歌与绘画是一而二、二而一的关系,这是中国艺术与西方艺术的本质差异之一。在对现实的反映层面,中国古典诗歌一直有着批判现实一路,而中国绘画却似乎只有《清明上河图》等极少量描绘民间的作品。由此看出,中国传统诗歌比绘画更接地气,传统绘画比诗歌更加纯粹而艺术化。在现代中国,打破这一差异的是一次特殊的民族境遇——抗日战争。在生死攸关的时刻,所有工作都凝聚到保家卫国的主题上,传统诗歌在主流的雅集结社、逍遥自适之外,发展着批判现实一路,传统绘画也不再局限于山水、花鸟或人物,而迈出描绘现实的一步。从这一点上说,在抗战的时代背景下,传统诗歌与绘画有了另一种共鸣,发展出不同于古典诗画人生的新的关联。

（一）抗战诗歌："骚人无复旧风流"①

作为源远流长的诗歌形式，旧体诗在中国知识者思想深处已俨然形成一种集体无意识。即使进入现代阶段，旧体诗的生命也并未终结，甚至在遭到新诗猛烈抨击的形势下，仍在潜滋默长着。从创作主体看，旧体诗有着最广泛的作者，除诗人、文学家、学者、艺术家、教育者等文教界人士外，佛教界和政坛中人也多有涉猎，甚至可以说，凡粗通文字的一般人都可以采用旧体诗抒情达意。在全民抗战的特殊时局下，有着广泛接受基础的旧体诗更成为沟通民众、唤起共鸣的文艺样式。②

林纾是一位传统书画家，也作诗揭露袁世凯 1912 年出兵焚掠京津地区，意欲建都称帝的野心。这一方面表现出作为传统读书人的家国情怀，另一方面显示出政局如此严峻，以至于追慕风雅的读书人也关注起时事来。刘伯承在讨袁战争时被敌人通缉，作《出益州》一诗："微服孤行出益州，今春病起强登楼。海潮东去连天涌，江水西来带血流。壮士未埋荒草骨，书生犹剩少年头。手执青锋卫共和，独战饥寒又一秋。"从自身身世带出国家局势，景象阔大，情感慷慨壮烈。对袁世凯复辟丑态进行更全面深刻的揭批的是刘成禺的《洪宪纪事诗》二百余首。

随着政治形势的恶化，尤其是五卅事件以后，咏唱革命的诗歌发展了起来，时事政局更多地进入旧体诗。一些革命战士慷慨悲歌，将杀身成仁、舍生取义的英雄精神融进诗中，形成旧体诗中一道独特的红色风景。他们的诗作风格近似：主题鲜明、简约质朴、豪放磊落。朱德的诗具有强烈的政治意识，他曾用杜甫《秋兴八首》韵，作《感事八首》，善于运用对比手法："河旁堡垒随波涌，塞上烽烟遍地阴。国贼难逃千载骂，义师能奋万人心。"陈毅也是一位工诗的儒雅之将，《梅岭三章》为人所传诵："断头今日意如何？ 创业艰难百战

---

① 此为老舍诗歌《贺全国文艺界抗敌协会成立》中的诗句。
② 以下相关内容参考自胡迎建：《民国旧体诗史稿》，江西人民出版社 2005 年版。

多。此去泉台招旧部,旌旗十万斩阎罗。"诗歌表达了诗人视死如归的英雄气概与抗战必胜的信念。

东北军书记官李鹤针对部队撤退关内一事,作《九月十九夜军退康平》一诗以记之:"令潜刁斗夜移营,大野茫茫放辔行。万树萧森银汉耿,一天明月马蹄声。"诗歌描写了夜晚撤军的情形,渲染出一种紧张、秘密的气氛,是特殊时代的记忆。山西常乃德所作《翁将军歌》热情地歌颂十九路军翁旅长英勇杀敌的事迹:"将军长啸指须发,剑气喷薄如龙浮。乾坤一掷箭脱手,眼底势欲无仇雠。云蒸雾郁顷刻变,迅流转石雷鞭幽。袒怀白刃向前去,以血还血头还头。长江万里锁废垒,将军立马寒飕飕……"诗歌直接描写了翁将军破敌杀贼的英雄气概,富有气势,在较少正面描写英雄战士的现代旧体诗史上自有其意义。吴宓评价道:"统观'九一八'后两年中南北各地叙记国难之佳篇,应以常君此歌为首选。"①

上述这些对政局、革命、战争的零星书写到抗战全面爆发时得到进一步发展,"骚人无复旧风流"(老舍诗句)。抗战使被新文化打压的旧体诗得以复苏,并一度发展壮大。1938 年 1 月,《抗战诗选》由教育短波出版社出版,辑有冯玉祥、叶圣陶、何香凝、王统照、马君武、艾芜等人新旧体诗 56 首。此诗集是否显示着:抗战弥合或掩盖了新旧诗人的矛盾,使他们暂时统一到共同的旗帜下?此一时期,在重庆有《民族诗坛》,在孤岛上海有《万象》杂志、《中央日报》《扫荡报》《时事新报》,在延安有《解放日报》副刊,均刊登有抗战内容的旧体诗。1941 年 9 月在陕甘宁边区主席林伯渠的倡议下,延安成立怀安诗社,编辑《怀安诗选》,收录五十余人两千五百余篇诗。在序中李木庵论其意义道:"既可扬民族之性,亦以振中国之魂。……军歌与战鼓齐名,吟坛共战场并捷。"1942 年在新四军总部驻地江苏盐城,陈毅倡导成立湖海诗社,l943 年在晋察冀边区成立燕赵诗社。

---

① 胡迎建:《论民国旧体诗的发展轨迹与特征》,《中国文化》2013 年第 2 期。

抗战主题的诗歌唱和活动空前活跃,上述诗社的唱和活动即颇为频繁。董必武以诗记载了怀安诗社唱和的盛况:"而今四海皆烽火,酬唱怀安古意浮"。(《赋怀安诗社》)在全国其他地方,主题性的唱和活动也很活跃。在重庆,郭沫若历史剧《屈原》演出大获成功,《屈原》虽为历史剧,但借古讽今的意味很明显,仍可纳入抗战主题。《新华日报》开专栏发表黄炎培对《屈原》一剧的唱和诗,随后三四十人和韵赋诗,历时三月,在文艺界影响巨大。在香港,《天文台报》主笔陈孝威预言日军将袭击美军,自作七律向全国征求和诗,后集诗四百余首,编为《太平洋鼓吹集》。

总而言之,抗战主题的旧体诗包含以下几个方面的内容。

第一,描写战争造成国破家亡,人民流离失所的悲惨景象。霍松林的《惊闻南京沦陷,日寇屠城》写道:"虎踞龙盘地,仓皇竟撤兵。元戎方媚敌,狂寇已屠城。血染长江赤,尸填南埭平。此仇如不报,公理更难明。"叶圣陶作《乐山寓庐被炸移居城外野屋》五言古诗四章。

第二,描写中国军民奋勇抗战的英勇业绩。卢沟桥事变时就任宛平县县长的王冷斋作《卢沟桥抗战纪事诗》五十首,以诗记事,以史入诗,以亲历者的身份对七七事变的详细过程做了真切的记载。第三十三首云:"刀光如电吼如雷,拼死拼争寸土回。重叠捷书如雪片,万家爆竹克书台。"诗歌写二十九军奋勇抗击,节节胜利,追奔至丰台,捷报频传,各地爆竹庆贺。国民党陆军上将罗卓英曾参与淞沪会战等重大战役,他在受命为太平洋战区中国远征军第一路司令长,率部远征前作《受命远征》四首以明志,其中一首云:"顽敌终无悔,横行东及西。珠沉沧海沸,星黯岛云凄。中土多罴虎,南风阵鼓鼙。夜涛犹怒吼,拔剑斩鲸鲵。"著名将领吉鸿昌的《就义诗》广为传唱:"恨不抗日死,留作今日羞。国破尚如此,我何惜此头!"诗歌表达了作者抗日报国的一腔赤诚。画家陈树人在《元旦祝词》中吟咏道:"抗战今朝第六年,同申天讨万邦联。太平洋可投鞭断,看灭虾夷奏凯旋。"

第三,描写知识分子在抗战中的苦难遭遇与不屈意志。老舍的《述怀》:

"辛酸步步向西来,不到河清眉不开! 身后声名留气节,眼前风物愧诗才;论人莫逊春秋笔,入世方知圣哲哀;四海飘零余一死,青天尚在敢心灰!"汪辟疆的《清明》:"又是清明上冢时,极天兵火阻归期。生儿似我诚何益? 来日如今更可期。客里光阴看晼晚,梦中松桧更凄其。野棠如雪陶冈路,麦饭何年荐一卮。"

第四,题抗战画作。向楚的《题万从木抗日画册》:"笔血铮铮漫写真,只今肝胆尚轮囷。河山满目伤心事,唤起中原杀敌人!"张镜明的《中吕四边静·题〈全面抗战画史〉》:"弥天忠愤,尺寸河山肯付人? 抗战全民,看胡虏成灰烬! 凯歌声,遏云,复九世深仇恨。"以诗题画是中国艺术的特殊形态,无论题写在画上与否,都反映了诗画艺术的联袂共谋。

第五,在红色根据地,老一辈革命者创作出一大批高扬革命意志、抗战必胜信心的旧体诗。这些诗具有鲜明的革命意识、崇高的信仰、乐观昂扬的气质与大气磅礴的诗风。其一,对陕甘宁边区生活的描述与歌颂。林伯渠的《春游杂咏》写他 1941 年 3 月视察子长、安塞、保安等县的一些小工厂后的观感。如"连绵三厂偎山河,织女如云投锦梭。刮垢磨光鼎有革,马兰煮纸纤如罗",生动地写出了土法织布、造纸的情景。1942 年南泥湾开荒运动已开展一年,朱德与徐特立、谢觉哉、吴玉章、续范亭同游,唱和赋诗,为延安诗坛盛事。诗句如"去年初到此,遍地皆荒草。……今辟新市场,洞房满山腰",诗歌突出了今昔对比。其二,反映中共领导的对敌斗争。钱来苏以诗反映减租运动:"改租账时摆官架,诉苦场中怀鬼胎。穷汉翻身应勇决,巨头地主要先摧。"(《吐苦水歌》)林伯渠以诗揭露国统区修筑堡垒之多,抽丁之重:"垒筑山无色,丁抽路断行。"其三,对革命烈士或死难者的追怀。规模较大的一次是纪念烈士左权的诗词活动。1942 年八路军副总参谋长左权将军在反"扫荡"中牺牲,诗人们纷纷作诗悼念。朱德作诗云:"太行浩气传千古,留得清漳吐血花。"陶铸作诗云:"成仁有志花应碧,杀敌流红土亦香。"

（二）现实及抗战绘画："笔血铮铮漫写真"①

相比较旧体诗，传统中国画反映现实的能力弱得多。一则在于其题材选择，山水画、花鸟画重在抒情言志，即使人物画也集中在神仙、贵胄、高士与仕女，与广大的社会现实相距较远。二则在于其非写实的表现形式，意笔的表现效果更倾向于主观情志抒发，与其题材内容的选择相一致。也正是由于这两点，当面对抗战保国的特殊形势，国画遭遇到前所未有的困境。当然，也不乏有画家以托物言志、象征比喻的方式委婉曲折地表达救国救亡之志，如徐悲鸿以马、狮为题材的中国画，高剑父的《风飔月暗寒虫泣》（1937）、《灯蛾扑火》、《鹬蚌相争》（1941）等中国画，均寄寓着画家对国势的关切。但与冯法祀的写实油画、鲁迅倡导的木刻版画、讽刺性漫画相比，这种表现实在太过于间接、隐曲，不足以开解国画脱离现实之责难。对此有所补救的是蒋兆和、黄少强、方人定等画家。

1933年5月，高剑父发表《对日本艺术界宣言并告世界》一文，号召全世界有良知的艺术家行动起来反抗惨无人道的法西斯暴行，希望通过艺术的力量，唤起更多民众参与到救亡图存的洪流中。高剑父的声音并非个例，他代表了当时大多数中国画家的心声。连一向反对"走向民众"的傅抱石都积极予以响应："中国绘画在今日，颇有令人啼笑皆非的样子。现在是什么时候了？你们还在'山水'呀，'翎毛'呀的乱嚷，这能打退日本人吗？……和'抗战'或'建国'又有什么关系？"而傅抱石的言说和行动是值得玩味的，他虽然嘴上积极响应，但其创作却从未逾越传统文人画的界限②，这是否也说明了中国画自有其固有的特征？

---

① 此为向楚诗歌《题万从木抗日画册》中的诗句。
② 鲁明军：《20世纪三四十年代的文人艺术与中国革命——以黄宾虹、郎静山及费穆为例》，《文艺研究》2019年第9期。

1.蒋兆和

蒋兆和擅于素描、油画、雕塑、现代工艺美术等西方艺术,但最终在水墨人物画上建立起自己在中国现代画史中的地位。早年以画谋生的经历形成了他对写实的追求,这种自发的美术倾向在徐悲鸿的指点下,发展成自觉的艺术追求,他的写实水墨人物画也被纳入徐悲鸿以西画改良中国画的系统之中,形成"徐蒋体系"。在一鸣惊人的《流民图》之前,蒋兆和已在写实水墨人物画上有了诸多实践,积累了丰富的经验,这些积淀是他日后能够创作出高峰之作《流民图》的基础。

首先,蒋兆和的个人经历、学艺历程及个人品性赋予他强烈的底层关怀。他的写实水墨人物画的时代创造首先表现在题材上,大量的底层人物形象给予观众耳目一新之感。他们是:老工人、缝穷的老妇、卖小吃的老人、卖报小孩、快饿死的小孩、沿街叫卖的小孩、卖线的小孩、老乞妇、残疾人、颈瘤老妇、算命先生、卖花生的老人、拾煤核的小孩、卖花女、人力车夫、盲人、拾废物的老娘、多愁多病的老妇、祈祷的少女、被卖的小孩、日暮穷途的老人、卖唱的父女、流浪的小孩、卖苦茶的小孩、囚徒、伤兵、耍猴的老人、兵乱后流离失所的一家人……这些形象一反传统中国画的宗教人物、贵族雅士的"上层"题材,也不同于陈师曾《北京风俗画》中首倡的民间世相。就后者来看,陈师曾虽然也描画的是普通人群,但其意向在于展示民间原生态,其中不乏对民间生活自足情态的欣赏与赞美之意,犹如受其影响而作的"子恺漫画"。"陈师曾的《北京风俗画》(约 1914 年作)像丰子恺为东郭生《儿童杂事诗》所作的插图一样,是'啜着清茗'者眼中的世俗图画,兼具纪实性和漫画性。"①蒋兆和的绘画与此类画较接近的是《一乐也》《饭后一袋烟》《爆竹声中岁又新》《古城秋色新》《对门女儿》《琴音悠悠》《拜新年》等。但这类画作毕竟不是蒋兆和创作的主流,其大量画作是穷困潦倒的底层人形象。无须过多阐释,这类诉诸视觉的形

---

① 李伟铭:《黄少强的艺文事业——兼论 20 世纪前期中国画艺术中的民间意识》,黄少强绘、广东美术馆编:《黄少强·走向民间》,人民美术出版社 2001 年版,第 25 页。

象自身便具有现实主义的思想意义。而蒋兆和中国画的重要性首先也在于在思想上使国画发生了现实主义的历史转向。

其次,在艺术表现上,蒋兆和发展了徐悲鸿开创的中国画写实一路,使传统水墨画发展出新的艺术形态。而这种艺术形态又与他的题材选择高度吻合,在艺术史上批判现实的意图与写实的手法一直是珠联璧合的一对。蒋兆和从素描进入中国画创作,其前期作品具有较为明显的素描作风。"从现存1936 年所作《卖小吃的老人》;1937 年所作《算命》《儿子有了媳妇》等作品来看,还有着较重的西方素描的直接影响,甚至也可以说是用中国纸墨所作的素描,淡染的色彩还只是作为辅助,明快的衣褶线条还伴着光影,特别是面部处理,不是平面造型,素描的明暗光影,三大面五大调还是作为主要的造型手段,统一全画的不是线条的节奏,而是伴有中国画线条的西画素描节奏。"①此类素描风的中国画使人们发现,水墨原来还可以达到如此高度的写实性,这是借鉴西方写实技法改造传统中国画的一条新路。但中国画毕竟不同于素描、油画,它具有自身的规定性。随着艺术实践的推进,蒋兆和对水墨的理解更加深刻,素描的因素在减弱,笔墨的表现在加强。"以 1938 年所作《与阿 Q 像》为标志,线条的力度得到进一步强化,后颈那有力的结构线,臂下那粗深的线条,既是骨力的支架,又与光影的暗部处理取得了谐和。面部虽然仍有明暗的处理,但对光影的渲染已变为很有分寸的皴擦,并通过这皴擦塑造了一个形体坚实的阿 Q,使阿 Q 的下颏、颧骨、双唇等细部结构的刻画,成为揭示其内心世界的可视的形象。《与阿 Q 像》的成功,已说明蒋兆和的水墨人物画已从倾向于素描转化为更具有民族艺术风神的中国画,西画的解剖、透视知识及明暗处理方式已经把握得那样精确和丰富,但又消化在中国画的形式结构之中了。"②

① 刘曦和:《真、善、美的长河》,载《蒋兆和作品全集》上册,天津人民美术出版社 1993 年版,第 304 页。

② 刘曦和:《真、善、美的长河》,载《蒋兆和作品全集》上册,天津人民美术出版社 1993 年版,第 304 页。

上述选材与艺术表现在 1943 年完成的《流民图》中达到了新的高度。高 2 米、长约 26 米的《流民图》采用传统的长卷式构图,却没有此类构图常有的线性时间流动的故事叙述性,而是共时性场景的组合。这些场景有:断腿的工人、无助的姐妹、拖儿带女的母亲、争抢食物的两兄弟、看着哥哥吃东西的妹妹、遍陈的横尸、挤在一起的惊恐的妇孺、痛失爱子的母亲、扶老携幼背井离乡的数家农民、忧国忧民的几家知识分子、将要上吊的老父与苦口相劝的女儿、失去母亲的孩子、小康之家的主妇、互相搀扶的伤兵。画家以群像的方式展现了农民、市民、知识者等下层民众所遭受的巨大灾难,尤以孩子、妇女、老人等弱势群体为重心。这是画家之前题材的一次集中展现与升华,显示出现实主义的巨大批判力量。

图 4-15　蒋兆和《流民图》

从艺术表现上看,《流民图》在中西融合上达到新的高度,西画素描痕迹进一步弱化,中国传统艺术的影响增强。取代塑造形体的素描手法的是传统的白描与皴擦。蒋兆和强调白描为造型基础,白描主要用于塑造人物轮廓,中国画线条的表现愈益增强,皴擦营造体面关系而不过度,因而画面明暗也不似素描般浓重。因此,《流民图》画的虽是人间惨相,但人物并没有呼天抢地的歇斯底里之态,而是处于节制之中。这不仅与画家的艺术追求有关——重在表现人物内心,也与画家采用的有节制的明暗关系与有分寸的皴擦手法有关。同时,《流民图》"与《与阿Q像》等个体造像不同的是,不再强调单个人肩背透视的细微变化,也不取线条潇洒一路,而在这巨幅大构中强化了大形和大线,以增强画面的力度和深沉的悲剧感。又以几近白描的方式处理后排的人物,以加强画面的纵深感。它以墨色为主,只辅以少量沉着的暗红和暗青色,甚至于以淡墨在地面上普遍喷涂以保持全画统一的悲剧气氛。这一切艺术语言上的考虑都是出自主题的需要"①。

蒋兆和中西融合的艺术观背后,是开阔的艺术胸襟和视野。他认为,"画之旨,在乎有画画的情趣,中西一理,本无区别……倘吾人研画,苟拘成见,重中而轻西,或崇西而忽中,皆为抹杀画之本旨"。这便打破了中西二分的疆界,以艺术的本质为核心,形成了"不摹古人,不学时尚","独立一格,不类中西"的画学风范。② 因此,对于不论中西的蒋兆和来说,其画作中的素描、白描、皴擦、笔墨,皆是他作画时信手拈来的方便之法,目的在于以最佳的形式表达画家内心,而非刻意进行打破中西的融合。他自述到"拙作之采取'中国纸笔墨'而施以西画之技巧者,乃求其二者之精,取长补短之意"③。在徐悲鸿的基础上,蒋兆和以其创作进一步显示出西画素描和解剖学、透视学的科学知识与中国画语言融合的可能性,推进了现代水墨人物画新范式的发展。这种新范式作用于其现实主义艺术观,发展出中国画为人生而艺术的一脉。这一脉虽然很微弱,但在占主流地位的高山流水式的中国画创作中,毕竟是一条独辟

---

① 刘曦林:《中国现代美术理论批评文丛 刘曦林卷》,人民美术出版社 2008 年版,第260 页。

② 刘曦林:《中国现代美术理论批评文丛 刘曦林卷》,人民美术出版社 2008 年版,第287 页。

③ 蒋兆和:《蒋兆和的肖像画·自序》,载郎绍君、水天中编:《二十世纪中国美术文选》上卷,上海书画出版社 1999 年版,第 479 页。

的蹊径,对社会上非难中国画脱离现实、消极抗战的责难作出了回应。

2. 黄少强、方人定等

和蒋兆和一样,坚持艺术的民间立场,以平民画家的身份书画平民生活和国家命运的画家还有黄少强。"谱家国之哀愁,写民间之疾苦"不仅是他创作的理念,也是其美术教育的宗旨。在此精神指引下,20 世纪 30 年代中期黄少强在广州开设"民间画馆",在此基础上组织"民间画会",践行"到民间去,百折不回"的信念。黄少强是传统画家中少有的坚持民间立场的画家。

黄少强绘画思想主题的形成源于其对家族悲剧的深切体验,生离死别之痛弥漫在《飘零的舞叶》(1927)、《客道萧条生死情》(1928)、《孤灯黯黮频相忆》(1933)、《母子天涯》(1932)等作品中,前三幅画分别纪念他的亡女、二妹、三妹。由这种亲情引发,黄少强也将目光投向社会生活尤其是底层民众的命运,如《穷途自赏》(1928)、《歌罢归来》、《号寒更有啼饥苦》、《风雪哀鸿》(1930)、《人物四屏》(1931)、《民间疾苦图》、《洪水流民图》(1932)、《流民图》(1934)。其述志诗"一枝秃管衡身世,描写民间疾苦声"是对自身艺术创作道路的概括。基于此,九一八事变后他的笔下出现大量壮怀激烈的抗战主题的画也就不足为奇了,如《秣马厉兵》(1938)。从血缘亲情到人道主义及爱国主义的表现,对于黄少强来说是一脉相承的思想流变。两相比较,蒋兆和绘画集中在描绘下层人生活之不幸,更多带有客观展示的色彩;而黄少强在此主题外,还有基于自身家族悲剧的人生感兴,更具有个人性和抒情性,更难得的是,他还有对抗战的直接描绘,在题材上便具有了历史赋予的特殊意义。

在艺术观上,作为高奇峰的弟子,黄少强接受折中主义,追求中西结合,但这却是一条并不平坦的道路。作为黄少强 20 世纪 20 年代末期最重要的作品,《穷途自赏》(1928)典型地表现出中西画法的冲突。① "在这件作品中,黄

---

① 同样是贫苦人拉二胡以自我宽慰的题材,余本的油画《奏出人间的心酸》(1930)没有中西结合的尴尬,纯以坚实的写实主义技法成功表现主题。此简单的对比为中西结合论留下思考与启发。

图 4-16　黄少强《人物四屏》

少强力图以折中主义的写实手法，再现一个以如泣如诉的弦音来倾诉其悲凉的人生故事的失明老妪饱经沧桑的形象。单从语言技巧来看，这件作品距离严格的写实主义的要求还很远，不仅人物造型很难说已经满足了人体解剖学的较高要求，而且色彩重浊、迟滞，用笔琐碎、板结，缺乏通彻剔透的空间透视感——所有这些技巧上的力不从心，无疑都可以归结到传统画学所强调的笔墨结构的自律性与源自西画的空间概念和体积结构凿枘不符这一症结中来解释。"①对这一困境的打破源自黄少强 20 世纪 30 年代前期长期的旅游写生经历。旅行写生无法像在画室中创作一样从容地运用渲染、烘托等繁复的手法，只能以简练概括的笔法迅速记下所见所感，于是铅笔、毛笔速写成为运用最多的形式，而这又影响到他的水墨画创作，形成自由酣畅的笔法。"在其艺术生涯中的'周游期'特别是'周游期'后期完成的作品——譬如作于 1935 年的《骨肉流离道路中》这件代表作中可以看到，拘于形体刻画和背景氛围的渲染的细碎笔法，一变而为舒卷流畅的水墨线条；繁复斑斓的色彩，明显地减弱、减淡了；质地生硬的熟宣纸，换为松软敏感的生宣纸；原来模仿奇峰的书法风格，也开始出现了自我瓦解的态势，一变整饬端丽而为自由奔放。"②当不再一味追求中西结合，而是返回传

① 李伟铭：《黄少强的艺文事业——兼论 20 世纪前期中国画艺术中的民间意识》，载黄少强绘，广东美术馆编：《黄少强·走向民间》，人民美术出版社 2001 年版，第 19 页。

② 李伟铭：《黄少强的艺文事业——兼论 20 世纪前期中国画艺术中的民间意识》，载黄少强绘，广东美术馆编：《黄少强·走向民间》，人民美术出版社 2001 年版，第 24 页。

统艺术,从其自身发掘特质并加以发挥,黄少强的中国画终于确立了属于自己的诗画合一的艺术形式。比较而言,在艺术技法上,蒋兆和走出了属于自己的中西合璧之路,而黄少强则未能很好地处理中西结合问题。中西结合中的一个重要因素:写实造型方面,黄少强的人物画也远未达到蒋兆和的高度。但是黄少强却充分发挥了线的作用,由此确立了自己的中国画风格。与此相关的是,蒋兆和注重写实性因而画面诗性弱化,黄少强绘画更具写意性也更富于诗意,同时与蒋兆和不善作诗成反比,黄少强的旧体诗功底更增强了其诗画一律的风格特色。

除创作外,黄少强长期从事美术教育活动,建立画馆,组织画会,开办学校,培养了一大批学生。同时,他还积极参与抗战主题的绘画活动与社会事业。1934 年 4 月他只身前往湖南抗战前线写生,5 月 4 日在长沙举办"黄少强抗战画展",5 月底在佛山参加"民间艺友会抗战画特展",7 月 7 日在香港举办"黄少强战地归来绘画展览",7 月 23 日再次于香港举办"黄少强战地归来展"。1940 年到 1941 年,黄少强领导民间画会成员先后在香港举行了六次画展,描绘战争给人民带来的灾难和人民抗战的事迹。《饮马潇湘》《羞凭血复神州》《不堪回首》《罄竹难书国难惨》《难抛家国兴亡念》《匿迹天边万向秋》《极目新街一死墟》是这类画展的核心主题。比较来看,黄少强更广泛地参与社会美育工作、参与抗战宣传,而蒋兆和则主要致力于绘画创作。

同样主张艺术直接反映现实的画家还有方人定。作为高剑父的学生,方人定随其师主张中国画革新。从 1926 年开始,他在广州、上海的报纸、杂志上多次发表文章,提倡中国画的内容"要取现实生活为题材","真实地、深刻地表现民族的精神",技法上则要"折中东西",把东西方的绘画长处"一炉而冶"。① 反映现实即通过人物画得以实现,方人定的绘画也以人物画尤其是现代人物画为主。在一些美女画和人体画之外,方人定重要的艺术贡献在于下

---

① 周佐愚:《方人定》,载梁江编:《方人定纪念文集》,中国美术出版社 2011 年版,第 167 页。

图 4-17 方人定《到田间去》

类画作:《雪夜逃难》(1932)、《战后的悲哀》(1932)、《风雨途中》(1932)、《到田间去》(1932)、《乞丐》(1935)、《劳动夫妻》(1941)、《行行重行行》(1945)、《大旱》(1946)、《开耕》(1946)、《收获》(1946)、《穷人之餐》(1949)。它们表现了普通人的生活与命运。在技法上,方人定努力实践着融汇中西之意,以写实为主,博采众长,把中国画的笔墨功夫,西洋画的明暗用色和日本画的装饰趣味糅合在一起。但实际效果是,很多作品"没有准确娴熟的人体把握,没有对人物的情景化的准确体悟和性格刻画,即便是描绘风雨中饥寒交迫的贫苦人们,人物的形象也是概念化和被美化的(贫苦的女性被仕女化)"。而这也是大多数留日画家作品中具有的现象,也许他们缺乏严格的素描与基础训练。① 1938 年,方人定在香港举办抗战画展,实现着他"绘事千年靡靡风,闲花野草内容空。敌人践踏神州日,抗战英雄入画中"的改革理想。

同样描写民间生活,与黄少强同一时代的赵望云具有不同的风格。他的农村生活写生带有新闻纪实性,这直接源自他《大公报》特约旅行写生记者的身份。关山月的《今日之教授生活》(1944)描绘了战乱背景下知识分子穷困潦倒的生活。针对 1932 年日军轰炸上海东方图书馆一事,高剑父以《东战场的烈焰》描绘轰炸后的废墟,表达对日军的强烈控诉。他的《白骨犹深国难悲》画着三个骷髅头,题材具有强烈的视觉冲击力和反叛性,让深谙中国画的

---

① 吕澎:《20 世纪中国艺术史》上卷,北京大学出版社 2007 年版,第 176 页。

人吃惊不小。右上方的两次题跋更加彰显了绘画旨意："朱门酒肉臭，野有冻死骨"，"嗟呼，富者愈富，穷者愈穷，芸芸众生，宁有平等？我与骷髅，同声一哭"。高剑父的中堂大轴《文明的毁灭》在风雨交加的背景下描绘了一个折断的十字架，象征西方文明正被德国法西斯摧毁。

可见，在中西融合的理想下，不同的画家面临的问题各个不同，从理论到实践的路并非坦途通衢。在此可以借用吕澎评价方人定的话来评说这些致力于中西结合的画家：他们的绘画实践从不同方面"构成了 20 世纪二三十年代中国画家学习西方写实绘画技术过程中的特殊文献。……以特殊的图像样式给我们提供了那个特殊历史时期画家对造型的理解脉络，在理解传统文人画之外的视觉方式和趣味方面，……提供了东西方图像的差异表现和在融合中的实验范例"①。

由上可见，在抗战的时代背景下，旧体诗与中国画走到了同一主题下，对二者进行比较思考会有如下发现。

其一，无论从创作数量、反应速度、表现范围之宽窄、表现程度之深浅还是参与抗战的情况来看，诗歌都处于优势地位。这是否继续了古典的"诗高于画"的论题？在抗战诗歌的大潮中，中国画却只有蒋兆和等少数画家走着描绘现实、批判现实一路。黄少强主持的"民间画会"和"民间画馆"培养了一批描绘民间的中国画家，但他们名气均不大，不论与队伍庞大的书写现实与抗战的旧体诗诗人相比，还是与中国画主流的传统一派相比，数量与成绩都实属可怜。但不管怎样，中国画毕竟迈出了现实主义的一步，拓宽了艺术视野，扩大了题材内容，深化了主题思想，同时也丰富了表现手段。于此可借用 20 世纪30 年代中期刘海粟对黄少强的评价："曾经为了神与王公而制作的艺术，现在恐怕到了为平民而制作的时代了。"②该话道出了此时期中国文学艺术发展的

---

① 吕澎：《20 世纪中国艺术史》上卷，北京大学出版社 2007 年版，第 176 页。

② 李伟铭：《黄少强的艺文事业——兼论 20 世纪前期中国画艺术中的民间意识》，载黄少强绘，广东美术馆编：《黄少强·走向民间》，人民美术出版社 2001 年版，第 30 页。

一个方向。

其二，在对传统的变革程度上，中国画迈出的步伐比诗歌大得多。首先，在题材内容上，传统诗歌虽不长于现实书写，但仍存在杜甫的"三吏三别"等批判现实主义的优秀诗作，而传统绘画的大众民间描绘在水墨画中基本缺席，而是转移到了民间绘画中。在20世纪30年代蒋兆和们为了表现现实，将国画重心放在了人物画尤其是平民人物画上。因为人物画之于表现社会现实生活和时代精神具有特殊重要的意义，如方人定认为，画人物能反映民间疾苦①。而平民人物形象大量入画也成为中国画题材上的时代创举。当然，这种创举毕竟是少数，绘画的现实主义表现集中在大众性的木刻、漫画、宣传画中。由此再次证明，中国画材质上的特性决定了其表现的特定性，中国画所擅长的抒情、借喻、隐喻、象征的手法与直观、简单的大众审美，与抗战的迫切现实之间有着不小的距离。其次，从艺术技法上看，抗战旧体诗更多是对传统的延续，且不少诗作推崇思想意义而忽略了对形式技法的锤炼，因此在艺术表现上不及传统旧体诗。而蒋兆和领衔的写实水墨人物画对传统国画来说不啻一次巨大的变革。传统国画善于表现拙于再现，即使为康有为等人极力推崇的宋朝院体画在如实再现对象方面仍十分有限，无法和西方古典油画的逼真传影效果相比较。因此，蒋兆和等以水墨写实，可谓对绘画工具材质的一次挑战。蒋兆和是成功的例子，黄少强则留下了更多尴尬的案例。因此，蒋兆和等的写实水墨画无论在题材内容上还是艺术表现上，对传统国画都是一次巨大的变革，启示了中国画现代发展的一条新路。而抗战旧体诗的"新"主要在于诗歌精神上的现代民族国家意识与反侵略、争自主的精神，在艺术表现上则乏"新"可陈，主要是对传统的继承，且尚未达到最佳的表现。

其三，从二者的关系而言，传统的诗画关系在书写现实、抗战的诗歌、绘画中解体，诗画关系从传统的交融走向外部相关。这种状态有点类似于写实主

① 《杨荫芳女士答问录》，载黄般若著，黄大德编：《黄般若美术文集》，人民美术出版社1997年版，第188页。

义油画与写实主义诗歌的关系,二者可能在主题题材、发展路径、精神意识上有关联,但无法在艺术形式上互相借鉴,不能在文学艺术家的生命中共鸣共赢。似乎表现性艺术更能趋于融合,而写实性艺术则更多处于二分或说是外部相关之态。

总之,可借用徐悲鸿的话来统观抗战时期的旧体诗和中国画。徐悲鸿曾于1943年说,"战争兼能扫荡艺魔,诚为可喜"①。作为一名艺术家,徐悲鸿此话本是用以评说绘画的艺术表现:抗战使写实主义抬头,而扫除了现代主义。在此可借用理解为:在抗战的大时局下,旧体诗与中国画都走出了抒发个人闲情逸致的小圈子,融入时代大潮中,向各自并不发达的领域迈进,增强了现实主义精神,深化了思想内涵,丰富了艺术表现,是文学艺术史上值得书写的一笔。

第三节　传统主义:旧形式的魅惑

分别考察现代中国诗歌和绘画,会发现一个大致相似的现象,它们各自由三类文艺家构成:传统派、现代派和二者兼而有之的一派,诗歌中即旧体诗人、新诗人和新旧兼善的诗人,绘画中即传统画家、西画家和中西兼能的画家,且传统派均为各自领域的主体。纯粹坚持现代一路的文艺家可谓凤毛麟角,在绘画领域里尚可数出李铁夫、颜文樑、吕斯百、张充仁、王悦之、陈抱一、倪贻德、周碧初、钱鼎等,他们坚持西画创作,不涉足中国画,而在诗歌领域中毕生只创作新诗不涉笔旧体诗的诗人就几乎没有。而传统与现代兼善的文艺家基本都是从现代文艺"发家",同时兼治传统文艺,或后来转向传统文艺,执笔旧体诗,挥毫中国画。上述现象尤其是由西向中的转向,形成中国现代文艺史上一个有意味的课题,引起诸多研究者的兴趣。在未作深究之前,从直观上即可

---

① 徐悲鸿:《新艺术运动之回顾与前瞻》,载徐悲鸿:《徐悲鸿讲艺术》,百花洲文艺出版社2016年版,第62页。

感觉出传统的强大力量,它仿佛一个巨大无边的磁场,无形无迹却又无处不在,时时吸引着无数中华儿女。以上述诗画现象为切入口,可以重新认识传统、现代以及二者之间的关系。

一、 传统主义诗歌对新诗人的收编

(一)原因探析:复杂多面

新文学家写作旧体诗是一个普遍的现象,尤其是对于早期新文学家来说,更有着一个从新诗创作到旧体诗写作的集体转向过程,构成一个耐人寻味的话题。"一度生气勃勃的《雪朝》的作者们,很快就发现他们的新诗创作坚持不下去了。朱自清、周作人、俞平伯、徐玉诺、郭绍虞、刘延陵、郑振铎很快就脱离了新诗战线。"①朱自清、周作人、俞平伯分别在 1927 年、1928 年、1938 年停止了新诗创作,闻一多 1928 年后三年里没有写新诗②,老舍也在 20 世纪 30 年代觉得"新诗过难"转而写旧体诗③。对于这一现象,原因固然有多种,例如 1927 年新文学由"文学革命"向"革命文学"转向,早期新文学家们的文艺观逐渐落伍,他们大多也不再居于文坛主潮。"这十五年中,国内文艺界已经有了显著的变动和相当的进步,就把我们当初努力于文艺革新的人,一挤挤成了三代以上的古人,这是我们应当于惭愧之余感觉到十二分的喜悦与安慰的。"④自感跟不上时代的早期新文学家于是中止了新诗创作,但旧体诗创作却并未停止,有的还出现了旧体诗创作的高峰现象。除了时代文学观念变迁的影响而外,新诗自身的内外交困的局面也是转向的重要原因。

从最根本的因素看,新诗自身的不成熟、未定型等缺陷是新文学家转向旧

---

① 孙绍振:《新诗的民族传统和外国影响问题》,《新文学论丛》1981 年第 7 期。
② 季镇淮:《闻朱年谱》,清华大学出版社 1986 年版,第 11 页。
③ 老舍:《诗三律·自序》,《青岛民报》副刊《避暑录话》第 10 期,1935 年 9 月 15 日。
④ 转引自郑振铎:《中国新文学大系·文学论争集·导言》,上海良友图书印刷公司 1935 年版,第 1 页。

体诗写作的重要原因。经过古代长期的发展,旧体诗在形式上、表达上皆已形成较为完备的体制,利用它来表情达意很方便。胡适认为,律诗是最容易做的"玩意儿","用来做应酬朋友的诗,再方便也没有了"。① 而新诗在形式上的自由性、开放性和创造性反而使之操作起来不便利。"写应酬诗,旧诗有传统,很方便,新诗不容易写","旧体诗有规律可循写来方便。新体诗用不断变化的口语又无固定格律,要写应酬和打油诗就难得多了"。② 对此,钱理群的解释最为确当:"和充分成熟与定型的传统(旧)诗词不同,新诗至今仍然是一个'尚未成型'、尚在试验中的文体。因此,坚持新诗的创作,必须不断地注入新的创造活力与想象力;创造力稍有不足,就很可能回到有着成熟的创作模式、对本有旧学基础的早期新诗人更是驾轻就熟了的旧诗词的创作那里去。"③郭沫若便是一个极好的例子。《女神》时代的郭沫若以高度的创造激情,创作出了前所未有的新的诗歌,彰显了新诗的实力。但到了 20 世纪三四十年代,他却发出如此的感叹,"当诗的浪潮在我心中冲击的时候,我苦于找不到适合的形式把意境表现出来。诗的灵魂在空中游荡着,迫不得已只好寄居在畸形的'铁拐李'的躯壳里",因而"每每作一些旧体诗"。④ 郭沫若不是特殊个案,他代表着一类普遍的现象。闻一多在美国时,每每写新诗也苦于难以找到合适的形式,为诗赋形常常要花数周甚至一两个月的时间,即使如此看了几次以后又不满意。姑且不说这样的过程早已抹杀了最初的诗性和作诗的乐趣,即使勤勉的诗人也苦不堪言,因而不禁"勒马回缰写旧诗"⑤。而"正是这种旧了的形式,才满足了他们难以用其他形式满足的文学兴致"⑥。这不啻

---

① 吴奔星、李兴华:《胡适诗话》,四川文艺出版社 1991 年版,第 232 页。
② 金克木:《末班车》,中央编译出版社 1996 年版,第 145、147 页。
③ 钱理群:《20 世纪诗词:待开发的研究领域》,载钱理群:《返观与重构——文学史的研究与写作》,上海教育出版社 2000 年版,第 221 页。
④ 郭沫若:《新潮·后叙》,中国文联出版社 1992 年版,第 6 页。
⑤ 季镇淮:《闻朱年谱》,清华大学出版社 1986 年版,第 8—15 页。
⑥ 刘纳:《旧形式的诱惑——郭沫若抗战时期的旧体诗》,《中国现代文学研究丛刊》1991年第 3 期。

构成了一个悖论，深受新文学家们批判的旧体诗的声韵、文言、对仗等形式"骸骨"①，一旦被熟练掌握反而能够运用自如、自由表达。正如闻一多所说，"恐怕越有魄力的作家，越是要戴着镣铐跳舞才跳得痛快，跳得好"②。朱光潜也说，"每种艺术都用一种媒介，都有一个规范，驾驭媒介和迁就规范在起始时都有若干困难。但是艺术的乐趣就在于征服这种困难之外还有余裕，还能带几分游戏态度任意纵横挥扫，使作品显得逸趣横生。这是由限制中争得的自由，由规范中溢出的生气"③。新诗打破了旧有的规范，但尚未建立新的规范，诗歌得到了最大的自由，但这自由却反而让诗人们无所适从。早在1919年，新诗尚处于初创时期，俞平伯就已发现，"白话诗的难处，正在他的自由上面……"④29年后，朱光潜在总结中国现代文学时仍说道："新诗不但放弃了文言，也放弃了旧诗的一切形式。……新诗尚未踏上康庄大道，旧形式破坏了，新形式还未成立。"⑤

　　新诗的不成熟引起了自身所在的新诗阵营的反思，更招致了旧体诗阵营的批判和围剿，而后者构成了新诗所处的文学环境。直到20世纪20年代，旧体文学的创作都多于新文学，前述的旧体诗大家在社会上仍然很有影响力，而以旧体诗应酬、唱和一直是非常普遍的现象。就一般社会状况而言，在20世纪30年代文言仍占主流。大学教育的状况可以用20世纪30年代就读于清华大学中文系的王瑶的回忆来见证："当时大学中文系的课程还有着浓厚的尊古之风，所谓许(慎)郑(玄)之学仍然是学生入门的先导，文字、音韵、训诂之类课程充斥其间，而'新文学'，是没有地位的。朱先生(朱自清，笔者注)开设此课后，受到

---

　　① "骸骨"一词最早出现于叶圣陶的《骸骨之迷恋》一文(参见《时事新报·文学旬刊》第19号，1921年)，由此引起一场争论，权且称为"骸骨"之争。

　　② 闻一多：《诗的格律》，载《闻一多全集》第3卷，生活·读书·新知三联书店1982年版，第413页。

　　③ 朱光潜：《诗论》，上海三联书店1998年版，第5页。

　　④ 俞平伯：《社会上对于新诗的各种心理观》，载乐齐：《俞平伯》，人民文学出版社1992年版，第250—254页。

　　⑤ 朱光潜：《现代中国文学》，《文学杂志》第2卷第8期，1948年。

同学们的热烈欢迎,燕京、师大两校也由于同学们的要求,请他兼课;但他无疑受到了压力,一九三三年以后就再没有教这门课程了。"①而众多新文学家都曾在大学担任教职,有的任职时间还很长,例如鲁迅于 20 世纪 20 年代在多所大学任职,胡适长期就职于北京大学,周作人大半生都在北京大学任职,朱自清、俞平伯长期担任清华大学中文系教授,沈尹默、刘半农、叶圣陶也曾在北京大学任教。他们所从事的主要是中国古典文学的教学和研究工作,因此与旧体诗打交道成为职业之需。朱自清放弃写新诗转而写作旧体诗即与入职清华大学关系甚深。1927 年 1 月,朱自清就任于清华大学,从事国学的教学与研究,讲过中国文学批评、文辞研究、古今诗选、陶渊明诗、谢灵运诗、李贺诗、宋诗等课程。职业需求与新诗主张形成了矛盾,经过一番痛苦的思索,他最终以职业为重,确立了以国学为职业、以文学为娱乐的道路选择,停止了新诗创作,转而开始研究中国旧诗词,并为了促进这种研究而在 27 岁的年纪开始学习写作旧体诗,很下了一番功夫,②体现出严谨的治学态度和高度的敬业精神。直到 1938 年,朱自清还在日记里督促自己:"为使自己成为名副其实的中国文学教授,得进修古典文学,背诵著名古诗并阅读近期各种社会学刊物上的文章。"③

　　职业确实是新文学家从事旧体诗写作的一个原因,但只能算外部原因,一个简单的事实,即新文学家们创作旧体诗并不以担任大学教职为限,在未任职期间,以及从未任教于大学的新文学家都在创作旧体诗,并几乎持续终身。像刘纳所说:"五四作家……那一代作家中许多人的文学生涯是以旧体诗始,以旧体诗终。"④如郭沫若未担任过大学教师,但终其一生旧体诗作却高达一千

---

　　①　王瑶:《先驱者的足迹——读朱自清先生遗稿〈中国新文学研究纲要〉》,载朱乔森编:《朱自清全集》第 8 卷,江苏教育出版社 1999 年版,第 127 页。

　　②　季镇淮:《闻朱年谱》,清华大学出版社 1986 年版,第 130 页。

　　③　朱自清 1938 年 11 月 1 日日记,载朱乔森编:《朱自清全集》第 9 卷,江苏教育出版社 1998 年版,第 557 页。

　　④　刘纳:《嬗变——辛亥革命时期至五四时期的中国文学》,中国社会科学出版社 1998 年版,第 420 页。

一百余首,居新文学家旧体诗创作之首。因而,新文学家们私淑旧体诗,应该还有更深刻更内在的缘由,这便是传统文化的强大影响力。此处所谓的传统文化,不是指前述的社会上、校园里的守旧崇古氛围,而是指由感受方式、表达方式、审美习惯、思维方式、心理基础及生活方式等构成的具有中国古典特征的人文精神与氛围。

对于早期新文学家来说,大多出身于旧式的书香门第如鲁迅、胡适、沈尹默,从小的发蒙教育即是典型的传统教育,因而传统文化在他们身上有着较为完整的呈现。最典型的莫过于俞平伯。他自述"吾家……泽永五世,不废啸歌"①。其父俞陛云为清光绪二十四年(1898年)进士,殿试以一甲三名探花及第,官翰林院编修,著有诗文集。曾祖俞樾为清道光三十年(1850年)进士,官翰林院编修、河南学政,著有《春在堂全书》500卷,是清末著名学者。高祖俞鸿渐亦是举人出身,著有诗文集。如此的家世,如果不是发生新旧时代的变革时期,俞平伯定会延续祖上的科举入仕之路,而即使进入民国,旧式的生活方式也成为他生活中挥之不去的因素。因此在短暂的立于新诗潮头之后,俞平伯身上的旧式气息越来越重,吟诗填词、诗文评品、酬唱应对成为他日常的文化生活。以至于1928年朱自清说道:"近来有人和我论起平伯,说他的性情行径,有些像明朝人。"②因此俞平伯作旧诗是再自然不过的事,这是发自他内心深处的情感认同,而新诗则毋宁说是他出于理性认知的强力为之。

像俞平伯这样的身世也许太过典型,但作为一种集体无意识,传统文化潜藏在新文学家心底最深处,并在适当的时候重新泛起,却是毋庸置疑的事实。诸多新文学家都承认自己身上有着挥之不去的传统影子。如鲁迅身上带有魏晋风骨,周作人文章中带有晚明小品印记,郭沫若有着李白的精神。在这方面,郁达夫是一个突出的例子,他对世界的感受方式乃至人格气质都是古典式

---

① 俞平伯:《遥夜闺思引·跋语之为润民写本》,载《俞平伯全集》第1卷,花山文艺出版社1997年版,第499页。

② 朱自清:《燕知草·序》,《语丝》第4卷第36期,1928年9月3日。

的。赵园对之有着精到的评价:"郁达夫柔弱的心性,气质,都使他更缠绵于既往。他本不是那种慨然不顾、奋身前行的战士。用了流畅的白话,他写得最熟也最美的,是古老的主题:离人的别绪,羁旅的哀感,客居的乡愁——漂泊人间此身如寄的孤独感。富于现代知识的郁达夫就是这样,一面思考着现代中国,感应着他的时代,一面沉醉于中世纪式的古旧情调,旧梦一般亲切又凄凉的美感。"[①]作为传统文化的精致载体的旧体诗,可以承载更多对生活的感悟与体味,赋予诗人们文化上的归属感,因而深得诗人们青睐也是情理之中的事。同时,旧体诗还代表着古典社会的一种雅致的消遣,一种特殊的生活方式,一种中国式的审美化的人生形式。闻一多即说:"旧形式是一种旧习惯,如果认为非利用旧形式不可,便无异承认旧习惯是不可改变的。"[②]因而,诗人们倾心于旧体诗,也有着对高雅生活情态的追慕与非世俗身份的认同之意。然而,这种基于感性体悟与生活意趣的旧体诗认同,与基于理性认知的新文学追求却不可避免地发生了冲突,使新文学家内心充满了紧张与矛盾。

(二)矛盾纠结:新还是旧?

1922 年发生了一场范围虽不大,但争论的问题却颇具冲击力的笔战:新文学家可否创作旧体诗? 康白情在他的新诗集《草儿》后附录了一些旧体诗,引起吴文祺的不满。吴文祺遂在《新浙江报》上发表文章,批评一些新诗人"一面既大做白话诗,一面仍旧大做五七言诗"。此文激起了同样兼做新旧体诗的刘大白的反驳,于是两人在报上展开了一场论战。[③] 论战的焦点在于旧体诗在现代社会中存在的正当性问题。争论没有也不可能得出明确的结论,此论题自中国新诗一诞生即存在并被反复提及。但这次公开争论却戳中了新

---

① 赵园:《郁达夫:在历史矛盾与文化冲突之间》,载王晓明:《二十世纪中国文学史论》第 2 卷,东方出版中心 1997 年版,第 43 页。

② 史集:《闻一多先生和新诗社》,《云南师范大学学报》(哲学社会科学版)1987 年第 2 期。

③ 吴文祺:《我为新文学奋斗的经过》,载郑振铎、傅东华:《我与文学》,生活书店 1934 年版,第 250—254 页。

文学家心中一直纠结的悬疑,使他们一方面不得不再次反思新旧体诗的问题,另一方面把本就遮遮掩掩的旧体诗藏得更深了。

新文学家作旧体诗,从语词上看就是一个矛盾的命题。关于这点,作为当事人的新文学家早已意识到,且无法有效化解二者之间的龃龉,"要把自己的趣味和正在进行的历史性运动协调起来是很困难的"①。因此在对待旧体诗的态度上,他们多显示出欲说还休的纠结。在这种羞羞答答的赧颜心态下,新文学家有意淡化旧体诗在其创作中的地位与价值。例如朱自清将自己的第一部旧体诗集命名为《敝帚集》,并以《犹贤博弈斋诗钞》题名另一部旧体诗集,意指略比赌博好一点而已。或者宣称作旧体诗是基于一种玩票似的游戏心态,所作不过是打油诗而已。例如朱自清自评"所作自不脱'打油'风味"②,叶圣陶说"不管其有无诗味,故往往近乎打油"③,俞平伯说"又附奉诗稿……亦打油之类也"④,刘半农、鲁迅、周作人也以打油诗自居。或者宣称不会作、作不好旧体诗。例如鲁迅说"其实我于旧诗素无研究,胡说八道而已。……然而言行不能一致,有时也诌几句,自省殊亦可笑"⑤。周作人说:"我自称打油诗,表示不敢以旧诗自居,自然更不敢称是诗人。"⑥或者以作旧体诗为倒退,如胡适说:"胡适之做律诗,没落可想!"⑦老舍在 1935 年也说:"久不为诗,

① 夏济安:《黑暗的闸门——鲁迅作品的黑暗面》,载乐黛云:《国外鲁迅研究论集(1960—1980)》,北京大学出版社 1981 年版,第 242 页。

② 朱自清 1936 年 5 月 21 日致马公愚信,载朱乔森编:《朱自清全集》第 11 卷,江苏教育出版社 1998 年版,第 197 页。

③ 叶圣陶 1976 年 6 月 30 日致俞平伯信,载叶至善编:《叶圣陶集》第 25 卷,江苏教育出版社 2004 年版,第 167 页。

④ 俞平伯 1976 年 7 月 28 日致叶圣陶信,载《俞平伯全集》第 8 卷,花山文艺出版社 1997 年版,第 169 页。

⑤ 鲁迅 1934 年 12 月 20 日致杨霁云信,载《鲁迅全集》第 13 卷,人民文学出版社 2005 年版,第 307 页。

⑥ 周作人:《苦茶庵打油诗》,载周作人:《立春以前》,河北教育出版社 2002 年版,第 149 页。

⑦ 胡适 1931 年 9 月 26 日致周作人信,载《胡适全集》第 23 卷,安徽教育出版社 2007 年版,第 493 页。

匆匆成三律,贵纪实耳,工拙非所计。……剑三克家亚平孟超诸诗家,幸勿指为开倒车也。"①上述话语虽不乏自谦之意,但更多的是以此廓清和旧体诗的关系。并且,身份的二难选择也使他们多把旧体诗限制在私人领域而不公开发表。他们认识到,旧体诗对于新文学家的身份及新文学运动都是一种冲击,特别是以他们新文学家的身份公开写作旧体诗,无异于临阵倒戈、自我否定。鲁迅曾对李霁野说:"积习难改,偶然写一首,但不发表,因为怕影响文学改革。"②叶圣陶评说朱自清不多发表旧体诗的原因是"在生活实践方面愿意努力做个现代人,尤其切望青年人个个都做现代人"③。而对于清华大学教员间"背诵、拟作、诗词习作等事",郑振铎提出批评,"以'五四'起家之人不应反动",④这些人中即有俞平伯、朱自清。

在这种矛盾心态之下,新文学家们的旧体诗创作不再谨守古制,而是在可能的限度之内进行适应性变革,使传统旧体诗焕发出新彩,尝试着传统诗歌的现代性转化。传统旧体诗人中也有梁启超、吴宓、吴芳吉、曾今可等主张变革者,提出"以旧风格含新意境"(梁启超),"熔铸新材料以入旧格律"(吴宓)的观点,但总体上看显得比较拘谨,变革力度较小。新文学家们的变革主张则更开阔一些,对旧体诗从格律、内容、理念等方面进行全面"松绑",给予更自由的表达、更广阔的空间。

古典诗歌为了增强音乐性、便于记诵,在格律上要求比较严格,初唐以后的近体诗创作都按照官方发布的韵书来创作,极少有出韵的现象。而新文学家不再拘囿于烦琐而严苛的古韵,"开始采用押临近韵、依现代语音或地方语音押韵、不太计较平仄等多种灵活多变的策略,使之尽可能切合当时的创作需

①　老舍:《诗三律》,《青岛民报》副刊《避暑录话》第 10 期,1935 年 9 月 15 日。

②　钦鸿:《文坛话旧》(续集),上海远东出版社 2009 年版,第 408 页。

③　叶圣陶:《谈佩弦的一首诗》,载郭良夫:《完美的人格——朱自清的治学和为人》,清华大学出版社 2003 年版,第 118 页。

④　朱乔森:《朱自清全集》第 9 卷,江苏教育出版社 1998 年版,第 298 页。

要,体现了早期新文学作家在旧体诗创作上的开拓精神与创新意识"①。周作人的观点颇有代表性:"今虽每篇有韵,亦只约略取其近似者用之,上去声通押,盖此本但以语言为准,而非根据韵书者也。"②新文学家押韵不是为了合于死的规定,而是为了利于活的表达,甚至有时因为倾心于某种特定的意境而牺牲诗韵。

在押韵、平仄的诗歌形式之外,援新事物、新名词入诗,书写新风物是新文学家们在诗歌题材内容上的革新。用新语汇、新材料入诗在晚清诗界革命时即被提出,"盖当时所谓新诗者,颇喜捃扯新名词以自表异",但在运用中生硬唐突,有时甚至"无从臆解",因而"必非诗之佳者"。③ 而新文学家们在运用新名词、新事物时,大多比较妥帖,与全诗的格调相吻合,避免了钱锺书批评晚清诗界革命派的"其诗有新事物,而无新理致"④的缺点。正如周作人所说,"新名词的增加在中国本是历来常有的事,如唐以前的佛教,清末的欧化都输入许多新名词到中国语里来,现在只须继续进行,创造未曾有过的新语。一面对于旧有的略加以厘定,因为有许多未免太拙笨单调了"⑤。同时,注重以方言口语入诗。关于俗语入诗的问题,古来即有争议。吴芳吉、曾今可等诗人在旧体诗变革主张中也提出口语入诗的问题。新文学家也将胡适的"不避俗字俗句"的新诗主张一并纳入旧体诗中,不啻为旧体诗领域的文学革命,由此变革了诗歌意味,使正统旧体诗的风雅韵致朝着现代日常生活的玩味转化。钱锺书的评价十分精到:"文章之革故鼎新,道无它,曰以不文为文,以文为诗而已。向所谓不入文之事物,今则取为文料;向所谓不雅之字句,今则组织而斐

---

① 常丽洁:《早期新文学作家旧体诗写作》,社会科学文献出版社 2014 年版,第 142 页。
② 周作人著,止庵校订:《老虎桥杂诗》,河北教育出版社 2002 年版,第 4 页。
③ 梁启超著,舒芜校点:《饮冰室诗话》,人民文学出版社 1998 年版,第 49—50 页。
④ 钱锺书:《谈艺录》补订本,中华书局 1998 年版,第 23—24 页。
⑤ 周作人著,止庵校订:《艺术与生活·国语改造的意见》,河北教育出版社 2003 年版,第 57 页。

然成章。谓为诗文境域之扩充,可也;谓为不入诗文名物侵入,亦可也。"①王礼锡则认为,"许多新的事物与思想窜入这时代,如果是一个天才定能给数千年建筑起来的诗体注入以惊人的奇观","前人所没有感到的资本主义社会的感伤,都市的描写,和伟大的史诗,都可以为注入旧诗的新成分"。② 他的《市声集》,顾名思义,即以现代都市生活景观为书写对象。新式学堂里学生和教员的生活,留学生的生活时尚如着西服、开舞会、打桥牌、郊游以及战时的种种景观,都纷纷进入旧体诗中,标示出明显的时代特征。以新事物、新名词入诗,实则是以求实的精神驱逐了旧体诗滥用典故的弊端。典故来源于特定的故事,其意义、情感皆有特指性,后学可以根据典故的本事进行一定的比附,但过于依赖或用得过滥则落入了"骸骨的迷恋"。对此,陈衍在《石遗室诗话》中曾作了批评:"自前清革命,而旧日之官僚伏处不出者,顿添许多新料。黍离麦秀,荆棘铜驼,义熙甲子之类,摇笔即来,满纸皆是。其实此时局羌无故实,用典难于恰切。前清钟虡不移,庙貌如故,故宗庙宫室未为禾黍也。都城未有战事,铜驼未尝在荆棘中也……"③因此,对典故的解放无疑也是推动旧体诗变革的重要内容,而这又和题材内容上的援新名词、新风物入诗不谋而合,可谓一举两得。

最深刻的显示了新文学家旧体诗新质的是灌注其中的现代精神与思想。学者时国炎的《现代意识与20世纪上半期新文学家旧体诗》④一书,对此论题进行了详细深刻的阐述。例如他认为,鲁迅的旧体诗体现出多重视野下的现代批判,以及由"孤独"与"死亡"所体现出的绝望中的生命反思。郁达夫的旧体诗显示出乱世悲情中的现代国家想象与战争背景下的民族认同意识。朱自

---

① 钱锺书:《谈艺录》补订本,中华书局1998年版,第29—30页。
② 王礼锡:《无腔集·序》,载《王礼锡诗文集》,上海文艺出版社1993年版。
③ 陈衍:《陈石遗集》,福建人民出版社2001年版,第2196页。
④ 时国炎:《现代意识与20世纪上半期新文学家旧体诗》,华中师范大学出版社2015年版。

清的旧体诗在直面"此在"与超越"宿命"中表现对时间的悲剧性感受,体现出对自由主义精神之坚守。王统照则在浪漫哀歌与现实抗争的矛盾纠结中,表达自我认同与悲剧性生命意识。由其论述可见,新文学家的新文学创作与其旧体诗创作在某种程度上具有一致性。例如,鲁迅的旧体诗具有明显的现代情感体验——压抑、紧张、恐惧,在意境上迥异于传统旧体诗的清空、闲雅、悠远、雄浑等,显示出独有的广大、深重、沉郁、矛盾之感,如《无题·惯于长夜过春时》《亥年残秋偶作》《题〈彷徨〉·寂寞新文苑》《无题·万家墨面没蒿莱》。王礼锡的旧体诗《夜过霞飞路》表现了现代社会的浮躁和人心的动荡不宁。

新文学家在前辈诗人的基础上对旧体诗所做的变革,总体上属于他们以现代情思书写现代生活的文学观念,因而有些新文学主张在旧体诗中也隐约可见,如以白话口语入诗,现代精神和理念的灌注,平民文学主张,并证明了有人所谓的文学无新旧之说。这些变革使诗歌这种古老的艺术形式在新的时代焕发出新的光彩,更加适应现代社会生活。但由此留下的"后遗症"也不可小觑。例如在给格律松绑的主张下,不少旧体诗在平仄上乱七八糟,在韵律上也一塌糊涂,只能以打油诗称之。早期新文学家如鲁迅、俞平伯、周作人等对旧体诗形式的放松,其实是基于自身较为深厚的古典诗学修养的,像刘纳所说,"五四"作家的"新文学创作成就与旧体诗水平大体成正比"[1]。而后起之学在新文化环境下成长起来,古诗的修养本身即很欠缺,打油诗正好成为他们藏拙的最好借口。而旧体诗的一种魅力即在其形式的独特,因而精致的声韵结构的丧失是否意味着旧体诗趋于解体? 格律的解绑应当"解"到何种程度,使之既不失旧体诗的实质,又可赋予其生动灵活的特性,是留给现代旧体诗创作的未解之题。再者,通俗典故、民间文学以及俗字俗语的入诗,是否会影响古诗纯正的趣味从而威胁其生存,也是富有争议的话题。古典诗歌在长期的发展过程中,正是因为不断追求言文分离,炼字炼句,注重对日常生活经验、趣味

---

① 刘纳:《嬗变——辛亥革命时期至五四时期的中国文学》,中国社会科学出版社 1998 年版,第 420 页。

的提升,才最终造就了精致典雅的诗歌艺术,成为中国古代文学辉煌的象征。这种贵族式的文学一旦被拉下高雅的殿堂,混迹于市井巷里,与民间文学、通俗艺术的区别何在? 这是否意味着旧体诗的衰亡至少是"变质"?

二、 传统主义绘画对西画家的收编

(一)画家举例

徐悲鸿、林风眠、刘海粟皆是以西画成名而中西兼能的大家。徐悲鸿以素描和油画奠定了写实绘画大师的地位,但他对于中国画的实践却比西画更加长久,他甚至说"我学西画就是为了发展国画"①。从在家乡宜兴学习中国画和水彩画开始,徐悲鸿就与中国画结下了不解之缘。他的中国画历程大致分为四个阶段:"其一是早年在家乡时期;其二是 21 岁赴上海之后;其三是留法后期;其四是 20 世纪 20 年代后期至 50 年代初期。"②其中最重要的是最后一个时期,即留学回国后。徐悲鸿于 1919—1927 年留学法国,几乎全致力于素描和油画学习,大量佳作即创作于这一时期,1927 年回国后更多地从事中国画创作。在他身上,环境及其文化对艺术的影响非常明显,不仅在于回国后从西画到中国画的转向,即使在他的油画创作中,也出现由地道的欧洲油画情调到油画民族化的转向。

在家乡时期,徐悲鸿主要受作为民间画师的父亲影响,以及为人画像留影的职业需要,中国画造型准确、刻画细腻,但这时主要是水彩画,传统水墨画较少。赴上海后基本上是民间作画的延续,但笔底更见功力,同时在随康有为等名人学习书法,见阅大量碑帖,受高剑父兄弟写实方法影响下,他的中国画出现了新发展,如《西山古松柏》已经开始摆脱民间审美趣味,走向高雅之趣。留法后期,即 1926 年暮春由国内带了一些中国画材料到巴黎,他才在作素描、油画之

---

① 蒋兆和:《患难之交　画坛之师》,载《徐悲鸿》,文史资料出版社 1983 年版,第 142 页。
② 陈传席:《徐悲鸿》,河北教育出版社 2003 年版,第 94 页。

余,偶作几幅中国画。1926 年秋作的《渔父图》首次成功地融西画法入中国画,开创了中国画的新格局。他后来的中国人物画基本上沿着《渔父图》之路发展,如《黄震之像》《九方皋》《泰戈尔像》《印度妇人像》《李印泉像》等,融素描法入中国画,创造了中西融合的新国画。他的传统画法的人物画较少,意笔之作如《钟馗持扇》《二童图》,工笔之作如《日暮倚修竹》《天寒翠袖薄》,基本未采西法,纯以笔墨表现,仍生动传神。大概徐悲鸿为推行他的新国画主张,不愿多作此类传统国画,但他在这方面是有功力的。徐悲鸿更广为人知的是飞禽走兽类中国画,尤其是以大写意笔法画马,前无古人,其酣畅淋漓之笔墨,极写马之情态与动势,打破了写实绘画一贯的冷静,富于主观激情与强烈意志。其他的如狮、牛、猫、鸡或花鸟等中国画,皆师法造化,形神兼备。总体而言,"20 世纪 20 年代到 40 年代徐悲鸿的中西画创作都未间断过,徐悲鸿的创作重点发生转变是在 1930 年之后,呈现出一种西洋画递减与中国画递增的态势"①。

林风眠以现代主义的油画开始他的艺术之旅,但可以说,中国画在他的艺术生涯中一直都存在,也许在创作前期处于不突出的位置。1924 年在德国斯特拉斯堡举办的中国古代和现代艺术展览会上,林风眠共出品 42 件作品,除 14 件油画外,彩墨画占了 28 幅,成为出品最多的艺术家。1925 年参加巴黎国际装饰艺术和现代工业博览会中国馆,他也出品了十几件中国画。回国后的 1926 年到 30 年代初林风眠主要画油画,采用表现主义手法,以大笔触粗线条及强烈凝重的色彩,表现社会现实在画家心中激起的感应。他的油画代表作《民间》(1926)、《人道》(1927)、《金色的颤动》(1928)、《痛苦》(1929)、《悲哀》(1934)、《裸女》(1934)、《构图》(1934)、《死》(20 世纪 30 年代前期)等均作于这一时期。同时为应酬朋友,他也画一些简洁的中国画如鹭鸶、花草。1934 年至 1938 年林风眠则主要致力于中国画,创作题材转向花鸟、风景、人物等。1938 年后,他继续探索中国画的中西融合,着力于花鸟动物、风景、人

---

① 秦瑞丽:《沉着忍默　不尚空谈:默社展览研究》,《南京艺术学院学报》(美术与设计版) 2014 年第 4 期。

物题材的创作,20世纪40年代晚期开始以中国画的形式画静物。林风眠的中国画无笔墨师承,自成一格,开创中国画的一种新风格。

刘海粟以主张、创作后印象派的油画而成名,但也从未停止过中国画实践。① 20世纪初至30年代,他主要从事西方美术的学习与普及,倪贻德称之为"萌芽时代""后印象派时代"和"欧游时代"②。他的油画代表作多作于这一时期,如《红籁所感》《北京雍和宫》《回光》(均为1921)、《北京前门》(1922)、《巴黎圣母院夕照》(1930)、《威尼斯之夜》(1931)、《夫人像》(1930)、《红与绿的和谐》(1933)、《舞瀑》(1934)、《栗树林》(1934)。而这一时期他仍然在创作中国画,如20年代初完成富于文人雅趣的中国画《九溪十八涧》(1923)、《言子墓》(1924)、《西湖高庄写生》(扇面,1925)。这些画颇受文人知识分子青睐,从画上题诗即可见一斑。《九溪十八涧》上有多人题诗,郭沫若赞扬其叛逆精神的诗即题于画上,《言子墓》画上有吴昌硕、蔡元培的题跋,《西湖高庄写生》扇面背后有胡适、张嘉森、黄炎培的题诗。甚至蔡元培在刘海粟的国画《溪山松风图》上题了一首白话诗:"不是一定有这样的石头,也不是一定有这样的松树,也不是一定有这样的石头与这样的松树,同这种样子一块儿排列着,这完全是心力的表现,不是描头画角的家数。"以白话诗题中国画,在中国绘画史上不啻一种创格,也许蔡元培想以此表达不顽固守旧,坚持开放进取的时代精神。至20世纪40年代,刘海粟才主要转向中国画实践。

并且,以刘海粟为代表,显示出画家们在对待中西绘画时的一个有意思的现象:"在中国是西画家,到西方又成了传统中国画家,这是许多民国画家的拿手好戏。"③例如,在刘海粟油画创作的高峰时期20世纪二三十年代,他

---

① 刘海粟也没有像林风眠一样中断油画创作,而是至老都在画架前写生,晚期他留下的油画作品仍有三百多件。他一生都在中西画间自由游走。

② 李超:《刘海粟与中、西兼能现象》,载刘海粟美术馆:《刘海粟研究》,上海画报出版社2000年版,第320页。

③ 李超:《刘海粟与中、西兼能现象》,载刘海粟美术馆:《刘海粟研究》,上海画报出版社2000年版,第320—321页。

在国外却频频以中国传统画家的身份出现。1927 年刘海粟在日本举办画展,以"石涛与后期印象派"为题作学术报告,所展为中国画,展品大多数在画展上被订购(订画者包括日本皇室、天皇、文部大臣),说明日本观众对刘海粟中国画的认同。1930 年,他在巴黎与何香凝合作《瑞士勃郎崖》,以中国画表现异域风景。1931 年刘海粟在德国法兰克福大学中国学院讲演,主讲的是《中国绘画上的六法论》。1934 年他筹备中国现代绘画展览前往柏林,在题为"中国当代绘画"的前言中,他谈论的是中国画,没有论及油画。① 在柏林大学讲学时现场作画,以及在柏林佛兰克教授家作画(1934),所作都是中国画。

有研究认为,中国近现代对于传统绘画的态度至少有三种:一是延续和苟活传统如任伯年、吴昌硕和高剑父;二是以反传统的方式来回复传统如徐悲鸿、林风眠;三是自觉地选择传统如齐白石、黄宾虹、潘天寿、傅抱石、李可染、李苦禅。② 此观点从传统的视角,巧妙地把几类绘画联系了起来,看到了它们在深层的相通性:传统是深潜在中国画家心中的集体无意识。

徐悲鸿、林风眠和刘海粟的中西画之路不是个案,而代表了一大批西画家的艺术道路。20 世纪 30、40 年代,一批中西兼能的画家逐渐出现了画种转向。陈抱一在《洋画运动过程略记》中就曾写道:"大概自民国 20 年前后以来,我们曾在一些展览会中,看到一些洋画家们尝试的中国水墨画。……例如,王济远、刘海粟、徐悲鸿、汪亚尘等,都似乎早已转入了这种倾向。那个时期以来,他们的洋画作品好像渐次潜跃归隐,而代之出场的,却是另一套水墨画派头。或者可说甚至也有些人却完全回转到中国水墨画的道路上了。"③除

---

① 吕澎:《20 世纪中国艺术史》上卷,北京大学出版社 2007 年版,第 235 页。

② 彭修银、王杰泓、张琴:《中国的绘画:谱系与鉴赏》,北京师范大学出版社 2014 年版,第 198—201 页。

③ 李超:《刘海粟与中、西兼能现象》,载刘海粟美术馆:《刘海粟研究》,上海画报出版社 2000 年版,第 322 页。

上述人等,画家转行中国画或中西兼能的画家还有李叔同、张聿光、朱屺瞻、关良①、姜丹书、陈秋草、吴作人、方君璧、蒋兆和、张弦等,从李可染直到吴冠中的诸多画家也是习西画出身的。如果眼光再放长远一点,有的西画家在新中国成立后的艺术创作后期也纷纷回归中国画,如吴作人画水墨骆驼,决澜社的阳太阳主要致力于水彩画和传统中国书画的研究与创作。这形成一个有趣的美术史课题。

同时,还可以注意到,西画家转回中国画,大都归位于文人写意画。首先,这与画家们的绘画观念密切相关。文人画被认为是区别于画匠画、院体画的一种高雅绘画形式,是文人学士自命清高、彰显身份的艺术载体。同时,这也与画家的造型能力有关。中国现代主义油画家的造型能力普遍偏弱,在转向中国画时无法进行精细的工笔创作。再者,文人画善抒情长言志的功能也更加符合画家们自由表达内心的需求。由此来看,徐悲鸿、蒋兆和等是由西转中的画家的特例,他们努力将西方写实技巧引入中国画,对其进行改造。或许,这是写实西画家回归中国画时的一大特点:写实的观念、较强的造型能力被迁移到中国画中。但同时也要看到,他们的尝试是有限度的,徐蒋的写实性中国画集中在人物画,在花卉、禽兽类创作中他们较少采用西法。在与写实油画齐名的以马为表现对象的中国画中,徐悲鸿更多表现出写意性。或者也可以这样认为,徐悲鸿的中国画创作也存在一个由西转中的潜流:前期追求中西结合、以西援中,越到后来越回归纯粹的传统。在这方面更为典型的是岭南派的"二高"。早年追求"折中中西,融汇古今"的高剑父、高奇峰有一个明显的回归传统的过程。从20世纪20年代后期开始,"二高"就开始重新温习传统画学,高剑父到晚年回归传统文人画,高奇峰后期创作则脱离日本画的影响,走向中国用笔用墨之法。

---

① 朱屺瞻、关良晚年少数油画作品不过是其水墨画之翻版。参见丁羲元:《走向现代 融入传统——兼论刘海粟与二十世纪中国画》,载刘海粟美术馆:《刘海粟研究》,上海画报出版社2000年版,第297页。

（二）原因探析：错综复杂

画家们由西向中的转型，是基于各种机缘的遇合。学习西画是为了发展中国画是一部分画家的心理动因。徐悲鸿就曾明确说过，"我学西画就是为了发展国画"①。在这些画家中，方人定有着自己选择的复杂性。他最初在高剑父的春睡画院学习中国画，后到日本学习素描和油画，最终在中国画中确立了自己的位置。他前往日本习画不仅是当时的社会风尚，更有着私人性的原因。在 1926 年著名的"方黄笔战"中，方人定奉其师高剑父之命与黄般若论争。黄般若们言之凿凿"二高一陈"抄袭日本画，让对日本画和西方艺术略知皮毛的方人定产生了怀疑。他决定亲自去日本探个究竟，真正理解日本画和西方艺术，解开论争之谜。同时，方人定对高剑父要求学生学习他的画法以传衣钵的作风产生了意见，为摆脱高剑父的制约，他决定选择高剑父不擅长的人物画作为自己的主攻点。为此，他专门学习西方的人体素描。② 可见，方人定学习西画是为了发挥自己的艺术个性，最终仍致力于发展中国画。

与徐悲鸿、方人定等画家以西援中的想法不同，刘海粟则试图在传统中寻找西方现代主义在中国立足的合法依据。刘海粟对西画的取舍，偏重于 19 世纪印象派以来的现代流派，而这对于 20 世纪初仍很保守的中国来说属于很前卫的艺术，一时难以接受。为减弱抗拒心理，刘海粟机巧地运用中国数千年来遵从的崇古心理，在古已有之的画史中寻找支撑。为此，他推出了石涛，以其画理与西方现代主义进行对观，发现二者很接近："观石涛之《画语录》，在三百年前，其思想与今世的后期印象派、表现派者竟完全契合，而陈义之高且过之。呜呼，真可谓人杰也！其画论，与现代之所谓新艺术思想相证发，亦有过

---

① 蒋兆和：《患难之交　画坛之师》，载《徐悲鸿》，文史资料出版社 1983 年版，第 142 页。
② 《杨荫芳女士答问录》，载黄般若著、黄大德编：《黄般若美术文集》，人民美术出版社 1997 年版，第 188 页。

之而无不及。"①

不论是徐悲鸿等的以西援中,还是刘海粟的以中援西,其实都是发现了中西画理的相通性。这种相通性是画家们转型的画理依据,也是最本质化依据。尤其是西方现代主义绘画与中国水墨写意画,在表现性上可谓互通互融。早在 1919 年元旦,北大画法研究会欢送徐悲鸿赴法时,陈师曾就讲道"东西洋画理本同,阅中画古本其与外画相同者颇多",因此他希望徐悲鸿此去能够沟通中外,成一著名画者。② 有研究者指出,"西画家转入中国画,也在画坛上呈现着异彩,一般地说,他们多着眼于吸取西画的由审美至形式感的诸多特点而独辟蹊径,渐渐地回应以至与传统共鸣,最后深入和融汇到传统中去。林风眠、徐悲鸿、关良、朱屺瞻等都有独自的风格,而最终都从传统中探寻而形成自己的笔墨"③。

从社会接受状况来看,无论中国还是西方,大众所认同的 20 世纪上半期中国绘画都是中国画而非油画。在国内,社会上一般人所能接受的也是中国绘画形式,包括文人画、画工画、民间画,对于西画是不能理解也无法接受的,所以当刘海粟在学校使用女人体模特即引发极大的震动。艺术市场状况也再次证明了这点。北京和上海都有比较成熟的传统书画买卖市场,前述的传统画家大多在此挂有润格,其中不少人的润格还颇为可观,如夏敬观的山水润格与吴昌硕、王一亭、吴湖帆等沪上名家相当。④ 也正因这点,中国画家可以以此谋生不需另谋他职如齐白石。但西画则尚未形成市场,作品很难卖出去,西画家也无法卖画为生,他们一般都依赖于各类学校,通过当教员获得工资。同

---

① 刘海粟:《石涛与后期印象派》,《时事新报·学灯》1923 年 8 月 25 日。
② 袁宝林:《陈师曾的文人画理论和近现代中国画转型》,载《大匠之门　北京画院专题资料汇编》(第 13 辑),2016 年 12 月,第 98—109、96—97 页。
③ 丁羲元:《走向现代　融入传统——兼论刘海粟与二十世纪中国画》,载刘海粟美术馆:《刘海粟研究》,上海画报出版社 2000 年版,第 297 页。
④ 吕作用:《文学斐然　旁通绘事——近代新建籍文化名人夏敬观其人其画》,《江西日报》2015 年 4 月 10 日。

时,有钱人常赞助传统书画家,却几乎不赞助总是贫困的西画家。① 例如 1936 年 1 月成立于上海的默社,在前期以西画家为主,其成立所需资金并非来自商人赞助,而是成员朱屺瞻捐助。朱屺瞻家境殷实,不顾父亲反对坚持学画,常出资帮助社团,除默社外,还资助国画团体艺苑。研究者李超就曾指出:"如果说得实际一些,这是一种生活的选择方式。当时的油画市场与国画市场相比,实在是有限的,也很少有油画高额成交的记录。迫于生计,西画家多数需要在某一所美术院校谋职。因为仅凭卖画过日是不现实的。倘若有高额的交易,其中也带有一定的赞助性质。因此,如果说民国时期仅靠卖画过上优裕生活的,大概只有齐白石一人了。而这种现实是摆在所有艺术家面前的,因此他们'不得不绘销路好又省工省料的传统国画'。而在这崇高和实际之间,我们看到,中、西兼能对中国近现代的名家们,可能仍有许多历史的内情,当需我们去进一步发现。"②因此上述社会现实与经济问题也是西画家转行或中西兼能的原因。在这样的社会环境下来看,李铁夫、颜文樑、吕斯百、张充仁、王悦之、陈抱一、倪贻德、周碧初等可谓文化的理想主义者,他们坚守西画阵地等待春天的来临,也就具有了一种悲壮的意味。从国外情形来看,西方人对中国的认识也是基于传统绘画而非油画。在刘海粟的欧洲之行中,他发现西方人对中国艺术家的油画没有对传统类型的水墨画那样有更多的兴趣,因此他在柏林中国现代绘画展览的前言"中国当代绘画"中就没有提到油画,并且在国外常以国画家的身份出现。③

就现实条件来看,战乱时没有条件购买油画材料,但国画的笔墨纸砚却便宜而易得,这也是一部分西画家转向国画领域的原因。例如林风眠在抗战时期独居重庆期间,便由于油画材料缺乏等原因放下了油画创作,转而从事彩墨

---

① 吕澎:《20 世纪中国艺术史》上卷,北京大学出版社 2007 年版,第 159 页注释 2。

② 李超:《刘海粟与中、西兼能现象》,载刘海粟美术馆:《刘海粟研究》,上海画报出版社 2000 年版,第 322 页。

③ 吕澎:《20 世纪中国艺术史》上卷,北京大学出版社 2007 年版,第 235 页。

风景、仕女、花鸟和静物创作。同时，就创作过程来看，油画耗时费力，而中国画特别是写意画可以随意挥洒，因而画家们在事务繁忙、身体欠佳、年事已高等特定状况下更愿意画中国画。例如，汪亚尘"在纪元前是专从事研究国画的，民国六年(1917年，笔者注)转变研究洋画，民国十七年(1928年，笔者注)到欧洲去专研究西洋画，到二十年(1931年，笔者注)返国。回国之后，因为工作繁忙，无暇作巨幅的洋画，才对国画重新引起研究的趣味，因为洋画在时间上的消耗太多，而国画却可随兴而作，所以，这几年来的作品是国画多而西画少了"①，1930—1937年是汪亚尘"中西画并陈"的主要时期。即如国画家高剑父早年有不少精细之作，而到晚年老病交加，无力作工细之画，于是转向传统的抒情写意之作。

再者，画家的文化个性是回归传统中国画的深刻内因。在此以中国画画家高剑父为例。高剑父向传统文人画的回归有多种原因，最本质的原因应当是他自身的文化个性。高剑父的个性和素养是一个典型的文人画家。他早年曾师从居廉学习花鸟画，但那种工细秀美的画风并不符合他英雄主义的个性。因此，在他仍严格遵从居廉画法的早期，他在画上题识中就表达了向往罗聘、陈淳等人的自由风格的心愿。在书法方面更是明显。他早年模仿居廉书体，在离开师门后便取法纵逸不羁的板桥体，中年以后更取法康有为、张旭这种更为狂肆的书风。高剑父的文人气质主要习自于在伍德彝家中的自修。在此，高剑父观摩临摹了诸多古代名家之作，大多是明清时文人画，同时参加伍氏举办、参与的文人雅集。这种传统文人的教养和生活形态，对于如饥似渴地吸取新知识的年轻人来说，在潜移默化中形塑着他的文化人格。②

三、 传统主义引出古今中西论题

上述诗人和画家纷纷向传统的回归形成一个有意思的话题，它首先牵涉

---

① 紫薇：《汪亚尘画展参观记》，《晨报》1935年6月22日。
② 蔡星仪：《高剑父》，河北教育出版社2002年版。

到传统与现代的关系,而在 20 世纪上半叶的中国,这个问题又必然与中国和西方的关系联系在一起,一种普遍的看法是:传统=中国,现代=西方,该结论不免简单而草率,但由此形成的话题却充满了意味:古今中西之争。

(一)古今之辩

传统具有巨大的魔力,对中国知识分子形成了深刻的影响,这种影响随着年龄的增大越发凸显,沉淀在一代又一代中国人心灵深处,形成了集体无意识。在其师弗洛伊德关于意识与无意识理论的基础上,荣格发展出"集体无意识"学说。简而言之,集体无意识就是指由遗传保留的无数同类型经验在心理最深层积淀的人类普遍性精神,而之所以能代代相传,正因为有着相应的社会结构作为这种集体无意识的支柱。中国知识分子与生俱来的对传统的亲近感,正来自这样一种中华民族共同的心理积淀。这种心理积淀也许从不在意识中,因此从来不曾为单个人所独有,它的存在毫无例外地要经过遗传——生理遗传和文化遗传。集体无意识的内容是原始的,以一种不明确的记忆形式积淀在人的大脑组织结构之中,在一定条件下能被唤醒、激活。中国现代知识分子青年时代在欧风美雨的影响下,暂时遮蔽了传统主义的集体无意识,而一旦遭遇"变故",如艺术上陷入困境意欲突围时,或随年龄、阅历渐长时,沉潜在意识深处的传统主义的集体无意识便会被激活。此时通过集体无意识,人们看到或听到中华民族传统意识的传统意象或遥远回声,形成顿悟,产生美感,完成艺术上的突围。

这种传统主义的思想情结与中国的崇古意识有关,但绝不相同。崇古意识,即指以古代社会为理想社会,认为其政治、道德风尚最完美,以先王、古圣为最高人格典范,以古人古言为真理的标准,并认为他们是器具、制度、礼仪的创始人。尊崇古代,以古为上,成为中国两千多年古代社会的思想意识,而如果追溯历史可发现,中国各派思想都无不推崇古时圣贤。儒家推崇尧舜禹三代圣王,墨家也推崇尧舜,尤其推崇禹,道家则尊崇神农、黄帝,阴阳家以黄帝为圣贤，《易》把包牺氏、神农氏作为古圣人，《淮南子》推崇伏羲、女娲，还有被抽象掉了具体人格的"圣人""神人""先王"等。但若以历史的眼光考查，所谓的理想的古代社会多是一种想象。《韩非子·说疑》道："舜逼尧""禹逼舜"，《史通·疑古》也道："舜放尧""禹放舜""舜为禹放逐而死"，这无疑动摇了禅让制之说。他们臆造的美好古代社会是基于对现实的不满而树立的一个理想，此理想包含的是各派思想家对原始文化精义的追崇。例如，孔子哀叹"郁郁乎文哉，吾从周"，他特别推崇周朝，但并非周朝本身而是周朝的礼仪制度。可见，中国文化从一开始就具有往回看的倾向，当立足变革现实的时候，人们不是着眼于未来，而是回溯过去，力图从中寻出变革的动力。先秦诸子百家崇古的意识奠定了中国传统主义的根基，而他们的学说本身也成为后世推崇的"古人古言"。

在传统强大的磁场下，每当力图进行变革，都会引发古今之论。荀子、商鞅、韩非、王安石、康有为等都是当时的变革维新者，他们的眼光朝向未来，在古今问题上厚今薄古，但在言辞上无不以古圣、古言为依托，由此阐述其义理，即所谓托古改制。这可能是他们为减少改革阻力的一种策略，也可能是他们潜意识中传统主义的反映。从19世纪晚期以来，中国的古今之争尤其突出，"现代"越来越展示出其优越性、适宜性，先进的中国知识分子从理性上认识到必须进行现代化变革。胡适首倡白话文取代文言文，从文字载体上动摇了古文学的基础，得到一批新知识分子的响应。但新文学的生存环境是相当艰难的，不但旧文学阵营对之进行了猛烈的攻击，连新文学本身也有着强烈的不适感，一批新文学家纷纷"弃新投旧"的现实更加剧了古今之争。绘画领域的情形也大体类似。在文学引发的时代风气下，一批青年画家纷纷引进西画，开办艺术学校，打破了传统中国画一统天下的局面，但西画在中国的发展很迟缓，它也面临着和新诗一样的内外交困的局面，大量西画家转行从事中国画也使古今问题变得更加错综迷离。尽管现代化的进程步履维艰，但现代化的发展方向却无疑是符合历史规律的，新诗、西画在重重困难中发展了下来。在古今的问题上,"今"才是发展的大势所趋。

(二)中西之论

问题的复杂性在于,中国19世纪开始的古今之辩与中西问题又交合在一起,当时的"今"是在西方影响下发展出来的,相应地,"古"就是中国旧有的传统,于是便出现了"传统=中国""现代=西方"这样的二元判断,古今之辩也自然转化为中西之论。

从1840年鸦片战争开始,中西文化冲突便集中、强烈地出现在中国知识分子的视野中,由此开始了长达百余年的古今中西之争,形成了两种尖锐对立的思想体系:文化保守主义和文化激进主义。

文化保守主义"一般出于对现代化的一种警惕和戒备,主张以中国传统文化为本位,保守本民族的文化传统,反对传统的变革,反对传统的现代化"。中国的文化保守主义思潮,从晚清的叶德辉、苏舆到后来的章太炎,再到近现代新儒家,一直延传至今。文化保守主义有三种形态:文化优势论、中体西用论、文化相对论,并在逻辑上体现出先后顺序。文化优势论认为本民族的文化是最优秀的,它"至臻至美"而"本自圆成,不求诸外"。20世纪30年代以陶希圣、何炳松为代表的"本位文化派"即持文化优势论。文化优势论的核心是文化自大主义,它必然带来封闭性和拒绝交流性,不利于文化的更新与发展。"中体西用"论认为,中国的文化本体应是传统的伦理道德与纲常名教,西方的近代科学技术及其生产工艺只能是具体运用,是为维护孔孟之道的文化本体服务的。该论一方面承认西方在科技方面优于中国,另一方面又认为中国在文化本位方面超越西方,即西方长于物质,中国长于精神,而精神最终是胜于物质的。清末洋务派的张之洞对中体西用论进行了系统的阐述,中学为内学,西学为外学,中学治身心,西学应世事,是张之洞对之的形象表述。在理论上,中体西用论是文化优势论的一种退步形态。文化相对论认为,各种文化形态各有其价值,不存在高低优劣之分,它们彼此之间没有普遍标准因而缺乏可比性。梁漱溟的《东西文化及其哲学》即持文化相对论主张。文化相对论是落后文化面对优势文化的一种本能反应,它已不再强调自身文化的优势,而是认为各有千秋,从优势论的绝对主义走向特殊论的相对主义。文化相对论在貌似客观的外表下,潜藏着拒绝文化交流、拒斥文化进步的倾向,仍是一种文化自我中心主义。①

和文化保守主义对传统的固守正相反,文化激进主义对传统则抱否弃的态度。面对西方的强盛,文化激进主义者认为,中国的积贫积弱应归咎于绵延几千年的传统,它成了现代化的沉重负担,应该被抛弃而引入西方文化,进行一场彻底的革新。从谭嗣同代表的改良派到邹容、陈天华为代表的革命派和刘师培的无政府主义,文化激进主义走了一条逐渐"激进化"的道路,到五四运动时达到高潮,提出了"全盘西化"的口号。"全盘西化论"是最极端的文化激进主义,对传统文化持绝对否定的态度,代表人物是胡适和陈序经。胡适认为全盘西化就是充分世界化。② 陈序经认为,全盘西化应当是中国文化从量和质上的彻底西化、观念上的根本西化、程度上的充分西化。同时,胡适和陈序经都认为,全盘西化带有一定的策略性,是面对惰性强大的传统文化时,不得已而采取的矫枉过正的权宜之计。文化激进主义的影响绵延至今,但由于这种思潮既不能在精英阶层普及,也难以为广大民众接受,所以其社会接受和文化根基都不深。

(三)古今中西之争

"在某种意义上,文化保守主义与文化激进主义的对立根源于'古今'与'中西'之间的还原论前提:保守主义一般把'古今'(传统与现代)问题还原为'中西'(本土与西方)问题;反之,文化激进主义则一般把'中西'问题还原

---

① 丁立群:《中西古今之争的前提批判》,《哲学动态》2019 年第 8 期。

② 胡适在《中国今日的文化冲突》中说,对于西洋文化,中国曾有三派主张:一是抵抗西洋文化,二是选择折中,三是全盘西化。

为'古今'问题。在中西古今之间,采取还原主义的立场是双方共同坚持的一个前提。"①

中国的中西古今之争有着全球化的背景。英国学者约翰·汤林森(John Tomlinson)提出,在全球化运动中,理解西方殖民主义侵略问题需要转换思维向度:由地理范畴(本土与西方)转换为历史范畴(传统与现代)。这便意味着把各被殖民国家与殖民国家的关系转化为传统与现代的关系。在此逻辑下,西方国家对各民族国家的侵略殖民便成了现代对传统的改造,西方文化成为一种"元文化",是各民族国家发展的方向和标准,由此文化殖民主义成为必然。与之正相反,发展中国家的学者则要求在理解本土文化与西方文化的关系时,要把历史范畴(传统与现代)转换为地理范畴(本土与西方)。他们认为,本民族文化与西方文化不是传统与现代的关系,而是不同地理的差异,由此走向文化相对主义。而文化相对主义也成为抵御西方文化侵袭的思想武器。

中国 19 世纪末开始的这场古今中西之争是上述"历史"与"地理"之争的国别化形式,脱离不了"还原论"逻辑。"文化保守主义由文化优势论到文化特殊论,已经由文化绝对主义走向文化相对主义。在此境界下,文化保守主义已经把古今(传统与现代)化为中西(本土与西方),认为中国文化传统并不需要现代化,传统与现代的问题是不存在的,存在的不过就是本土文化与西方文化的关系,这只是地域之间的文化的差别而已,这就彻底否定了中国传统文化现代化的问题。文化激进主义尽管带有一定的策略性,但是,其基本主张是化中西为古今。在他们看来,中国文化和西方文化的关系并不是简单的地理上的文化差别关系,而是意味着传统与现代的关系。中国文化是传统文化,西方文化是现代文化,西方文化是中国文化发展的目标:中国传统文化的现代化就意味着彻底西方化。"②

---

① 丁立群:《中西古今之争的前提批判》,《哲学动态》2019 年第 8 期。
② 丁立群:《中西古今之争的前提批判》,《哲学动态》2019 年第 8 期。

文化保守主义和文化激进主义都把西化等于世界化,这是一元论的现代化观念。在对待古今中西问题上,只有克服上述偏见,才能走出一条符合时代要求的道路。一方面,古今≠中西,传统与现代的差异是每一种文化都存在的形象,且每种文化的古今之别各有特点,不能相互混淆,更不能相互替代。这种时间上的差异不等于地理上的差异,现代化并非只有西化一条路,各发展中国家应把现代化与本土文化相结合,多元发展才是现代化的必由之路。另一方面,中西≠古今,中国和西方在地理上、文化上存在诸多差异,但这些差异也不能简单等同于古今之别。同时,在古今中西问题上,这样的思维错位已形成一种定势:当谈论西方的时候,讲的是它的"今",而谈论中国的时候,说的却是它的"古",这是不对等的比较。西方也有自己的"古",中国也有自己的"今"。西方的"古"是其"今"发展的根基,中国的"今"也截然不同于其"古"。这种逻辑混乱也表现出,当突然面对强大的西方文化时中国知识分子的一种慌乱仓促与急于振兴的复杂心态。因此,在面对古今中西这个宏大论题的时候,既不能以中西文化差异掩盖古今之不同,否定传统文化的现代化转化,也不能以古今之异界定中西文化的不同,把现代化窄化为西化。

四、 传统主义诗歌与绘画的对位

诗画关系命题来自中国传统诗与画,而作为传统诗画的现代形态,现代中国的旧体诗与中国画天然地继承了这种关系,是诗画关系命题的嫡传,在本文所论的四大主义中,传统主义诗歌与绘画是最"对位"的艺术形态。尽管传统诗歌按照内容有写景状物类、悲欢愁恨类、友谊爱情类、乡思离情类、爱国忧民类、述志抒怀类、事理哲理类、咏史怀古类等之分,不一而足,传统绘画按照题材也有人物画、山水画、花鸟画之细分,但若透过这些细枝末节的类别之分,跨越文艺门类的界限,可以发现其中有共通的精神意趣,这就是宗白华所谓的艺术意境。

在《诗(文学)和画的分界》一文中,宗白华说道:"诗和画的圆满结合(诗不压倒画,画也不压倒诗,而是相互交流交浸),就是情和景的圆满结合,也就是所谓'艺术意境'。"①"意境是'情'与'景'(意象)的结晶品"②,也就是王国维所谓的"境界"。王国维对"境界"的界定模糊而多义,有时指景物,有时指情感,其核心意思还是情景交融:"境非独谓景物也,喜怒哀乐亦人心中之一境界。故能写真景物真感情者,谓之有境界。否则谓之无境界。"(王国维《人间词话》)

情景交融的关键在人的心灵。宗白华认为,根据人与世界的不同关系,可有功利境界、伦理境界、政治境界、学术境界和宗教境界。"功利境界主于利,伦理境界主于爱,政治境界主于权,学术境界主于真,宗教境界主于神。但介乎后二者的中间,以宇宙人生的具体为对象,赏玩它的色相、秩序、节奏、和谐,借以窥见自我的最深心灵的反映;化实景而为虚境,创形象以为象征,使人类最高的心灵具体化、肉身化,这就是'艺术境界'。艺术境界主于美。"③在人的精神的作用下,外在的客观事象被主观化,成为人的心灵的映射,同时作为主体的人的情思也在对象上实现了实体化,此时的景与情都因彼此而发生了变异,不再是原本的单纯的自身,这个过程就是主体与客体、虚与实交流、博弈、创化的过程,也就是情景交融的生成。正如石涛诗云:"我写此纸时,心入春江水。江花随我开,江水随我起。"董其昌说道:"大抵诗以山川为镜,山川亦以诗为镜。名山遇赋客,何异士遇知己?"(董其昌《画禅室随笔》卷三)"艺术家以心灵映射万象,代山川而立言,他所表现的是主观的生命情调与客观的自然景象交融互渗,成就一个鸢飞鱼跃,活泼玲珑,渊然而深的灵境;这灵境就是构成艺术之所以为艺术的'意境'。""画家诗人'游心之所在',就是他独辟

---

① 宗白华:《诗(文学)和画的分界》,载宗白华:《美学散步》,上海人民出版社 2005 年版,第 22 页。

② 宗白华:《中国艺术意境之诞生》,载宗白华:《美学散步》,上海人民出版社 2005 年版,第 121 页。

③ 宗白华:《中国艺术意境之诞生》,载宗白华:《美学散步》,上海人民出版社 2005 年版,第 120 页。

的灵境,创造的意象,作为他艺术创作的中心之中心。"所以龚定庵所说的,
"西山有时渺然隔云汉外,有时苍然堕几榻前,不关风雨晴晦也",而是关乎
"心中意境的远近"。①

　　这种心灵的艺术体现出一种强烈的生命感,旧体诗与中国画都充分地表
现着生命精神,这是它们在深层的精神意识上的相通与"对位"。"生命精神
在中国艺术的大多数领域都有程度不同的体现,尤其在诗、书、画、音乐、戏曲、
园林、篆刻等领域表现最为充分。……我发现重视生命是横亘于中国艺术之
后的重要纲领,正是这一点,影响了中国艺术家的思维方式,塑造了中国艺术
的一些独特形式,制约着艺术的历史发展,培养了中国艺术家的独特趣味。"②
生命是跳荡于中国诗画中的不灭的精魂。"如山水画创作,千百年来,依然是
深山飞瀑、苍松古木、幽涧寒潭……似乎总是老面孔。然而人人笔下皆山水,
山山水水各不同。它的艺术魅力,就在于似同而实异的表相中所掩盖的真实
生命。抽去这种生命,中国山水画也许会成为拙劣的形态呈现,早已消逝在历
史的长河中。在花鸟画中,重视蓬蓬勃勃的生命感表现则更为明显,画家们对
'静物'不感兴趣,西方绘画以死物入画,如透纳的《松鸡写生》,描写的是被猎
枪打死的鸟,这对中国画来说是不可思议的。我们从中国花鸟画中,如八大山
人天真嬉戏的小鸟、齐白石跃然欲出的虾趣、郑板桥竹画的凛凛清韵、吴昌硕
笔走龙蛇的藤蔓,都可以扪听到一种生命的清音。"③在诗歌中亦如是。且不
必说杜甫类的爱国忧民之诗在儒家思想的统摄下,表达着对普天民众的忧切
之思,这是一种政治意义上的生命关怀,就连最"超脱"的写景状物类诗歌,所
写的也是人的生命所浸染的自然,无不洋溢着生命之意。王维的诗歌富有禅
意,其景之空寂恰如其画之寒荒,"空山不见人"却"但闻人语响"(王维《鹿

---

① 宗白华:《中国艺术意境之诞生》,载宗白华:《美学散步》,上海人民出版社 2005 年版,
第 121、120、119 页。
② 朱良志:《中国艺术的生命精神》,安徽教育出版社 1995 年版,第 173 页。
③ 朱良志:《中国艺术的生命精神》,安徽教育出版社 1995 年版,第 175 页。

柴》),山林中还是有人迹。即使如"木末芙蓉花,山中发红萼。涧户寂无人,纷纷开且落"(王维《辛夷坞》),表达的也是芙蓉花自开自落、自由生长的境界,仍充满了自适的生趣。韦应物《咏声》诗云:"万物自生听,太空恒寂寥",即使宇宙无限寂寥,仍有"自生听"的"万物",在永恒宁静的表面下仍有着无限生命的躁动。这是道家意义上的生命表达。

借用学者朱良志论画的话来对诗画的生命精神作一总结。"中国画所体现的这种生命感,若依朱熹的话说,就是'活泼泼'的,而不是'死搭搭'的。绘画中所说的生命,既简单又微妙。所谓简单者,就是说绘画要表现活物风致,把画画活。生是相对死而言的,如两棵树,一为死树,一为活树,死树面目干枯,全无生气,而活树生机勃发,迎风婆娑,阳光朗照,灿然明丽,雨露时沾,珠圆玉润,此谓'活泼泼'的。所谓微妙者,就像人不能理解自己肌体的内在运动一样,生命又是最微妙、最渊奥、最不可捉摸的,它是宇宙创化之伟力,生机独运之肌理,又是在人灵中呈现的一种境界。因此,生命既非情,又非理,可以称为第三种形态。中国画家所要表现的生命感,就是活泼泼的生命形态和内在幽深远阔的生命精神的统一。"①中国诗画的生命精神源自中国哲学。"在中国哲学看来,宇宙不仅仅是一个机械的物质场所,而且是普遍流行的生命天地。宇宙万象,赜然纷呈,生生不已,流行不绝,从而构成一健动不已的创造空间。"②因此人不应外在于生生流动的宇宙,而应与宇宙相契合,将自我生命投入到万物的流变中,体证和谐的生意、生趣。中国诗画即摄取了中国哲学的精气元气,形成了富有生命意识的民族艺术,也在生命精神这点上达到了互证与"对位"。

---

① 朱良志:《中国艺术的生命精神》,安徽教育出版社 1995 年版,第 175—176 页。
② 朱良志:《中国艺术的生命精神》,安徽教育出版社 1995 年版,第 174—175 页。

余　论

现代中国诗歌与绘画的关系问题,无疑是一个庞大而繁杂的论题,从最粗略的划分来看,在时间上纵跨三十年,在地域上横贯国统区、解放区等不同的政治区划,在门类上囊括诗歌和绘画两大类,尚且不论每一类下还包括诸多细类。因此,在区区四十万字的文章中想要做全面系统的梳理无异于镜花水月而不切实际。因此本文只是拣出其中具有代表性的诗人诗作、画家画作及其文艺现象,作了大略的梳理和粗浅的思考,对于引论中提出的诸多问题也只是触及皮毛,尚未深入,更遑论解决,仅希望为后来更深入的研究做抛砖引玉的工作。

一、 诗画关系类型臆想

在研究思路上,根据研究对象的特征,无法全部进行诗画关系本体研究,因此还注重了比较研究、平行研究和外部关系研究,旨在发现诗歌与绘画有关系的一面。如果要对四种主义的诗歌、绘画的关系作一高度提炼,姑且采用如下的概括。此概括并非十分准确因而以"臆想"名之,但求删繁就简、提纲挈领,以窥全貌,同时也对冗长的文章内容进行一次高度提炼。

(一)传统主义:交融型诗画关系

最能用"诗画关系"来指称的是传统主义文艺。本文所谓的传统主义是对中国古代社会诞生、沿袭、发展下来的文学艺术形式与精神的总括。它与旧时代文化情景有紧密的联系，而受到西方外来思想的影响较小，具体而言即指旧体诗和中国画。传统主义诗画是对中国古代诗画观的直接继承和发展，对于考察传统文学艺术的现代命运，思考文艺的古今中西等理论命题都具有重要意义。作为中国传统文艺特有的形式，旧体诗与中国画拥有自身的艺术特质和运行规则，只要传统诗画的本质不变，其基本的生态就不会改变。因而现代中国的旧体诗和中国画更多是对传统的延续，可谓风骚余韵。同时，它们也对传统进行了自觉不自觉的改造，发展出中国诗画的现代形态，其所具有的过渡性质使之既是传统的继承，又成为后世诗画的新传统。

诗画一律仍是这一时期旧体诗与中国画的主要关系。吴昌硕在诗《刻印》中自述道："诗文书画有真意，贵能深造求其通。"他主张艺术融通观，代表了典型的古典艺术形态。沈曾植在《缶庐集序》中评说吴昌硕的艺术为，"书画奇气发于诗，篆刻朴古自金文，其结构之华离杳渺，抑未尝无资于诗者也"①，强调诗在精神气质上对书画印的滋养作用。齐白石曾深有体会地说"一个懂画的诗人在写诗时可以丰富诗的意境"（《诗与画的关系》），强调画对诗的滋育作用。在对诗画关系的阐发上，有着自觉的理论思考的是潘天寿。他认为，"四项（诗书画印）之中尤以诗与画因缘最为密切，最为重要"，"诗、画是同源的，是姐妹的关系"。诗画表现相通，"在诗的表现上，有关格律、韵律、音节、意趣等等，与绘画表现上的风格、神情、气韵、节奏等等，两者是完全相通的"。②"诗画是意境的结合"，"世人每谓诗为有声之画，画为无声之诗，两者相异而相同。其所不同者，仅在表现之形式与技法耳。故谈诗时，每曰'诗中有画'，谈画时，每曰'画中有诗'。诗画联谈时，每曰'诗情画意'。否则，殊不

---

① 边平恕：《中国书画名家画语图解·吴昌硕》，中国人民大学出版社 2003 年版，第217 页。

② 潘天寿：《诗画融和，相得益彰》，载《潘天寿论画笔录》，上海人民美术出版社 1984 年版，第 1—4 页。

足以为诗,殊不足以为画"。① 诗与画在艺术形式上也可互助互益,"画后题以诗句,互相对照,互相补充、互相引申,同时也起着珠联璧合、相得益彰的综合作用"。诗可以滋养画,"一个画家,如果有诗的根底,作画时可以脱掉俗气,增加诗的韵味"。② 潘天寿秉持的仍是传统艺术观,认为诗与画同源异流,一律互助,共同构成一个圆融的诗画艺术世界。

诗画一律的内涵多样化,不仅指诗画在意趣、风格上两相融结,也包括诗画在组织技法、艺术形式上融结不可分,乃至在艺术家生命形态上以诗画形塑审美人生。诗画意趣相通即可形成"诗中有画,画中有诗"的境界,诗中描形摹态、体物写真,画中抒发情志、吟咏心绪,诗情画意由此而生。作为诗书画印"四全"艺术家,潘天寿主张诗画融通,他的画风与其诗风相一致。"其画作一反正宗文人画提倡的温柔敦厚,敢言'一味霸悍',用笔方硬,造型夸张,有浙派遗风。"③如他笔下的鹰、鹫等,用笔简约,形象怪异,目光犀利,睥睨一切,传达出一种清高、孤独而倔强的神情,颇得八大山人神髓。这种画风一如他的诗风。郎绍君指出,"他的诗近于李贺、韩愈和黄山谷,注重炼意炼句,僻拗老健,力排纤柔,'髯髵倚长剑'的壮气,正与雄奇的画幅相一致"④。潘天寿曾以诗评价明代书法家倪鸦宝:"上奥诗亦虎,画以诗为主。"此话也可用于自评:潘天寿的诗气象宏伟,气势雄壮,"横空盘硬语",多僻字晦词;其画物状奇怪,雄阔奇崛,高华质朴,与其诗风相一致。潘天寿以险奇、雄怪的画风发展传统是一种自觉的选择,有一种有意为之的时代精神,也许这是潘天寿在画史上的重要意义。

中国古典诗画关系尤为特殊的一点在于,诗与画还能在形式上互助共赢,

---

① 潘天寿:《听天阁画谈随笔·杂论》,上海人民美术出版社1980年版,第10页。
② 潘天寿:《诗画融和,相得益彰》,载《潘天寿论画笔录》,上海人民美术出版社1984年版,第4页。
③ 李铸晋、万青力:《中国现代绘画史》第二卷,浙江大学出版社2012年版,第28页。
④ 郎绍君:《近现代的传统派大师——论吴昌硕、齐白石、黄宾虹、潘天寿》,《新美术》1989年第3期。

此即画上题诗。这在现代时段的旧体诗与中国画中得以继承和发展。画上题诗是诗画交融最直接的表现,显示出浓郁的文人趣味。此诗可引用前人诗句,但多为自创,可由他人题写,但多为自题,此又关涉到画与书法之关联。中国传统的诗书画一体的观念在中国画中体现得最为集中和典型。陈师曾的中国画即富于诗歌题赋,大量是自题,也常有金城、姚茫父等画家的题字赋诗。他的高足俞剑华对其师诗画的评说道出了一般的原理:"师曾每画必题,长篇短句,清新隽逸,与画互相映发。其中每多感怀时事,借物写意。虽冲淡融合而一种抑郁精悍之气,每有弦外之音,使人味之无穷。"本不复杂的景物画因题画诗而意义彰显、光彩重生,画为诗依托,诗为画增色。而吴昌硕看到的诗画形式相通还有另一番面貌,他褒扬陈师曾道:"师曾老弟,以极雄丽之笔,郁为古拙块垒之趣,诗与书画下笔纯如。"吴昌硕从气韵的角度立论,诗与书画皆采"雄丽"的笔法,走向共同的审美风格:"古拙块垒之趣"。

旧体诗与中国画不仅在艺术的层面相通交融,还作用于作为主体的艺术家,建构起中国式的审美化人生。首先,吟咏诗词、调运丹青是诗人画家们自抒性情、自言心志乃至安顿生命的重要手段。美国著名中国思想史家列文森在评说中国画时认为,中国画有一种"反职业化"、重视"业余化"的倾向,绘画不是服务于道德、政治和知识,唐宋以后这一点更明显,而被视为"性灵的游戏",是用以"自娱"的工具,用刘熙载的话说,即"为一己陶胸次"。① 这话也适用于旧体诗。正如清代沈宗骞说:"画虽一艺,古人原借以为陶淑心性之具,与诗实同用。"其次,吟诗作画是传统精致生活方式的载体。大量以消闲、消暑、消寒为由的诗社、画会即如此,它们以娱乐遣兴为目的,是诗人画家们雅士般的生活情趣的依托。诗歌史上常有的唱和也是这种雅致生活的集体呈现,如寿苏雅集、周作人五十自寿诗唱和事件。而诗人画家间的艺术交往更集中地体现在题画诗。以诗画感怀交友、酬唱应对是不同于引车卖浆流的一种

---

① 朱良志:《中国艺术的生命精神》,安徽教育出版社 1995 年版,第 181 页。

高雅生活形式。以诗画为媒介,诗人画家开创了一种阳春白雪式的生活方式,为自己找到了身份认同,一种区别于大众、世俗的精英化姿态。再次,诗与画还营造出文人画家们的物理生活空间。那以旧体诗、中国画、书法装饰的厅堂尤其是书房,是中国艺术的综合呈现。在取有雅号的书房中,图书盈盈,罗列满墙,四时皆有清供,佳木异卉,奇香灵草,炉中焚香,香气氤氲,有的还有古彝名琴陈列左右,室外乔木修篁,蔚然深秀。在这之中,核心是挂于墙上的带有诗文题跋的中国画,它昭示了主人的审美修养,也形塑着书房的精神气韵。旧体诗与中国画代表着古典社会的一种雅致的消遣,一种特殊的生活方式,一种中国式的审美化的人生形式。

在传统的诗画一律之外,现代中国的旧体诗和中国画还发展出了另一种关系:外部相关。这是源于特殊事件的激发——民族解放战争。在抗战的时代背景下,旧体诗与中国画有了另一种共鸣,发展出不同于古典诗画人生的新的关联。旧体诗在主流的雅集结社、逍遥容与之外,还发展着批判现实一路。例如刊登抗战主题的旧体诗,此类刊物如有重庆的《民族诗坛》、孤岛上海的《万象》杂志、《中央日报》、《扫荡报》、《时事新报》,延安的《解放日报》副刊;出版抗战诗歌选集,如《抗战诗选》①于 1938 年 1 月由教育短波出版社出版;成立抗战诗社,如 1941 年在林伯渠主张下成立于延安的怀安诗社,1942 年在陈毅倡议下成立于盐城的湖海诗社,l943 年在晋察冀边区成立的燕赵诗社。而具有超逸品格的传统绘画也不再局限于山水、花鸟或人物,而迈出描绘现实、反映抗战的一步,如蒋兆和、黄少强、方人定、高剑父、关山月,他们都走了一条现实化、大众化的中国画之路。于此传统诗画关系解体,一种新的关系产生。在这种关系中,诗歌与绘画可以在主题题材、发展路径、精神意识上相关联,但无法在艺术形式上做到同源共生、互通互融,不能形塑诗人、画家的艺术人生,姑且称之为外部相关。这就是现实主义、现代主义、大众主义诗歌与绘

---

①　该诗选辑有冯玉祥、叶圣陶、何香凝、王统照、马君武、艾芜等人新旧体诗 56 首。

画的主要关系。

(二)现实主义①：主题型诗画关系

当以现实主义命名和分类的时候，便意味着不再是中国传统语境，现代情景和西方话语成为言说的背景。因此，本文所论的现实主义诗歌均为新诗，即以初期白话诗、文学研究会诗歌及七月派诗歌为代表的描写生活的真实化本质的诗歌。而写实主义绘画均指西画，即以油画为主，兼及水彩画、水粉画、色粉画、素描等画种的如实描绘现实物象的绘画，以徐悲鸿、颜文樑、李毅士、吕斯百、方君璧、张充仁等为代表。这两类创作之间本来直接关系不明显，但以平行的视角观之，仍会发现一些有意思的现象，这些现象在大众主义文艺中得到了更为突出的表现。其中，值得注意的是二者在题材主题、艺术家身份上的比较关系。

现实主义诗歌与写实主义绘画在主题题材上由分离到靠拢的过程中出现了诗画交流。从理论上看，现实主义在诗歌中强调艺术精神，忽视写作技巧，而在绘画中则刚好相反，突出创作方法和技巧，看轻内容和题材。②表现在创作中，现实主义诗歌在题材上多选择时代、社会、人生，更具有历史使命感和民族国家意识，更富有现实针对性和社会功利性；而写实主义绘画则在进行着西方样式移植与习作性创作，偏向于艺术探索，题材多是风景、静物、人物，由此显示出两者不同的价值定位和艺术追求。因此，当胡适、沈尹默以同题诗歌《人力车夫》表达对底层民众的人道主义同情，刘半农以《铁匠》、刘大白以《劳动节歌》歌颂劳工神圣，周作人以《小河》呼唤民主自由，黄琬以《自觉的女子》反对封建礼教的时候，徐悲鸿则在严格素描的基础上，描绘着人体写生和人物肖像，颜文樑画着《厨房》《画室》《巴黎凯旋门》等油画及《柳浪闻莺》《平湖秋

---

① 本部分主要论及主题内容，所以整体上采用"现实主义"一词，而绘画仍保留"写实主义"的指称。

② 这也是为何以"现实主义"命名诗歌，而以"写实主义"命名绘画的一个原因。

月》等水彩画,吕斯百画着《野味》《湖上》《水田》《鲇鱼》等具有个人趣味的油画,方君璧画着《吹笛女》,张充仁画着《比京街景一角》《遗民》《古堡夕照》。这时的诗歌与绘画仿佛两条平行线,没有什么交流,可谓诗画分离。

变革的契机来自民族革命战争。对于一开始便否弃了纯艺术观而张扬社会性与功利性的现实主义诗歌来说,救亡战争成为它迅速向左转的催化剂,七月诗派便是其蜕变后的成果。作为在硝烟炮火中诞生并成长的诗派,七月诗派有着自觉的革命意识,进一步把文学研究会朦胧的"为人生"的目标与具体的社会革命相联系。胡风、阿垅等理论家以高扬主体的现实主义为诗派奠定了坚实的理论基础。绿原、阿垅、鲁藜、孙钿、彭燕郊、方然、冀汸、曾卓、徐放、牛汉等七月诗人在现实主义战斗精神的指引下,"为祖国而歌",高扬反抗精神和"复仇的哲学",表达深广的忧患意识,把理性思考与主观战斗精神相结合,创作出崇高的诗歌与不朽的诗魂。在急速革命化的时代背景下,原本从艺术材质、观念、技法的探索开始,注重形式探索的写实主义绘画,也出现了描绘、反映现实之作。徐悲鸿与司徒乔创作同题油画《放下你的鞭子》,司徒乔绘画的特点正在于描画民间疾苦的社会现实,这正是他为鲁迅所看重的原因。唐一禾创作《七七的号角》,冯法祀以《开山》《饿死的兵》《捉虱子》《演剧队的晨会》《反饥饿反内战游行》,张充仁以《恻隐之心》《从废墟上建设起来》等油画弥补了油画写实主义创作的严重不足。吴作人画出了大量抗战作品,以炭笔画居多。此外,还有很多抗战宣传画,如唐一禾的《正义的战争》《还我河山》《敌军溃败丑态》《铲除汉奸》(今皆已不存,只留存目)。这一时期诗歌与绘画在一定程度上进行着同题歌唱,诗歌可谓咏画诗,绘画可谓诗题画。

不仅如此,艺术与艺术家的关系也因战争而改变。七月诗派的理论家胡风认为,"现实主义者底第一任务是参加战斗,用他的文艺活动,也用他的行动全部",只有先做"向前突击的精神战士"①,才能做一个真正的诗人。七月

---

① 胡风:《论战争时期一个战斗的文艺形式》,人民文学出版社1984年版,第23页。

诗人用行动实践胡风的理论,他们自觉参加了那个年代各种形式的斗争,"努力把诗和人联系起来,把诗所体现的美学上的斗争和人的社会职责和战斗任务联系起来"①,努力实践"诗人与战士""诗与真"②的结合。参与抗战宣传的画家也构成一份长长的名单:唐一禾、冯法祀、倪贻德、李可染、周多、段平右、王式廓、罗工柳、力群、赖少奇、王琦、丁正献、卢鸿基。③ "战地写生队"也是画家们走进抗战的重要形式,如吴作人、孙宗慰、陈晓南、林家旅、沙季同。怀着不同的艺术追求与人生理想,诗人画家们在救亡的旗帜下结集,彼此成为战友,以炽热的诗情、战斗的人格最大程度地"拥抱"生活,"突入"客观,把理性思考与感性经验相结合,把时代要求与个性特征相结合,创作出兼具社会价值与艺术价值的作品,以如花之笔铸就崇高的诗魂、画魂。这时创作对于他们来说与其说是一种艺术的选择,不如说是一种人生、政治的选择。他们把诗歌绘画和现实人生如此紧密地结合在一起,使创作本身已成为一种变革现实的人生形式。诗人与画家的身份得以奇妙地整合,统一到战士之中,由此实现了别样的艺术与人生的结合。

现实主义诗歌与写实主义绘画在主题题材上的分离与聚合,艺术与艺术家的关系由传统审美化人生向革命诗意的变化,反映出一种共同的时代思潮:以对现实主义的提倡致力于救亡图存的目的。由此可以解释这样一种颇具意味的现象:作为一种救国的方案、一种科学观引进来,实实在在地推进了中国诗歌绘画由古典向现代转型的现实主义思潮,无论在当时的西方诗歌界还是绘画界,都已是时过境迁的潮流。而正当其时的西方思潮可总称为现代主义。

(三)现代主义:技法型诗画关系

作为一种文艺运动的现代主义产生在 19 世纪西方社会的现代化达到一

---

① 绿原:《白色花·序》,载绿原、牛汉编:《白色花(二十人集)》,人民文学出版社 1981 年版。
② 《诗与真》是绿原的一首诗。
③ 其中有些画家不属于写实主义风格,如倪贻德、周多、段平右、李可染。

定程度以后,表达的是对现代资本主义社会价值观的质疑、批判和否定,是现代西方人在社会转型过程中"自我意识的危机"①的产物。不像写实主义、浪漫主义仅为一种单一的文艺思潮,现代主义包含了从内涵到形式均有联系又有差异的多种文艺流派。在文学上如象征主义、意象派诗歌、表现主义、未来主义、达达主义、超现实主义,在绘画上如印象主义、后期印象主义、野兽主义、立体主义、表现主义、象征主义、抽象主义、达达主义、未来主义、超现实主义等。可见,"现代主义"是一个包蕴丰富的概念,承载了人们对一个特定历史时期的感受和思考,具有特定的社会价值和美学价值。

中国的现代主义思潮是对西方现代主义的横向移植,或说是在西方现代主义的影响下产生的,并且它的出现也有着现代中国文化自身的需要,具有一定的历史必然性。现代主义构成了现代中国在现实主义、浪漫主义文艺之外的重要一翼。具体言之,中国的现代主义追求在诗歌领域主要集中于象征派、现代派、九叶诗派,部分存在于新月派,在油画领域则主要以林风眠为代表的国立杭州艺术院和艺术运动社为标志②,以及晚几年的上海的决澜社和摩社,广州的中华独立美术协会。虽然不同的派别与协会具有不同的艺术追求,但是以现代主义的眼光视之,它们都具有一些共同的特征,借用施蛰存对现代派诗歌的界说即是:"它们是现代人在现代生活中所感受到的现代情绪用现代的词藻排列成的现代的诗形。"③"现代情绪""现代的词藻""现代的诗形"道出了现代主义文艺在内容表达、艺术技巧与艺术形式几方面的独特品格。

"现代情绪"可谓现代主义诗歌绘画在主题表达上的相通点。"都市生活之颓废的享乐的陶醉与悲哀"④,以及由此抽象出的普遍的对人生的迷惘忧郁、感伤颓废之"现代情绪",在李金发、穆木天、戴望舒、卞之琳、徐迟、林庚、

---

① ［美］丹尼尔·贝尔:《资本主义文化矛盾》,赵一凡等译,生活·读书·新知三联书店1989年版,第94页。

② 李超:《决澜社研究》,《美术研究》2008年第1期。

③ 施蛰存:《又关于本刊的诗》,《现代》1933年第1期。

④ 穆木天:《王独清及其诗歌》,《现代》1934年第1期。

纪弦、王独清等人的诗歌中,在林风眠、庞薰琹等人的绘画中有着相似的回响。但更为重要的是,现代主义诗歌与绘画在"现代的词藻""现代的诗形"上相通相融。相对于主题题材来说,技法和形式上的沟通更具本质意义,因而本文认为这是现代主义诗歌绘画最重要的关联。

对现代主义诗歌绘画技巧影响最大的思潮首推立体主义,尤其是其解构重构的技法。解构重构本质上是一种破坏,破除艺术家对自然形的传统认识,打破焦点透视和空间法则,把物体和图像分解成一些构成性元素,如简化和概括成为几何图形,并进行重新组合,形成一个新的整体,创造出变化的、复杂的视觉效果,如毕加索的《亚维农的少女》。约翰·拉塞尔就把立体主义概括为"重构的现实"。这种分解出来的构成性元素就像诗歌中的意象,它们的重新组合就像诗歌意象的有意安排。庞德认为,好诗是一种"意象的复合体"。意象派诗歌采用的意象叠加的形式,就是把"一个思想放在另一个思想之上",即把两个意象不用任何连接词叠放在一起,其中一个表述另一个,它们之间是互文的隐喻的关系。① 从哲学角度看,意象的叠加表现了立体主义的多维时空观。以此观之,艾青的诗歌《巴黎》和庞薰琹的油画《如此巴黎》堪称现代主义诗画双璧。庞薰琹采用毕加索《格尔尼卡》的手法,将巴黎的一些基本元素进行提炼、简化而重组成《如此巴黎》的画面:红嘴唇的妖艳舞女、裸露的下体、礼帽、烟卷、扑克、白色框架的玻璃窗、卷曲纹的黑色铁艺栏杆、黑边玻璃路灯。它们错乱杂陈的布局折射出一个繁声杂色的巴黎印象。这种印象在艾青的诗歌中,则是一系列意象的跳跃性呈现:春药、拿破仑的铸像、酒精、凯旋门、铁塔、女性、卢佛尔博物馆、歌剧院、交易所、银行、白痴、赌徒、淫棍、酒徒、大腹贾、野心家、拳击师、空想者、投机者们等。有意思的是,评论家傅雷充分把握到艺术家的情感情绪,也以同样的意象叠加的方式进行评论:"在巴黎,破旧的、簇新的建筑,妖艳的魔女,杂色的人种,咖啡店,舞女,沙龙,jass,音乐会,

---

① 朱立元:《当代西方文艺理论》,华东师范大学出版社 2001 年版,第 22 页。

Cinema，Poule，俊俏的侍女，可恶的女房东，大学生，劳工，地道车，烟筒，铁塔，Montparnasse，Halle，市政厅，塞纳河畔的旧书铺，烟斗，啤酒，Porto，Comaedia，……一切新的，旧的，丑的，美的，看的，听的，古文化的遗迹，新文明的气焰，自普恩（Poineare）至 Josephine Baker，都在他脑中旋风似的打转，打转。"①诗人、评论家用词语、画家用视觉符号将纷繁的巴黎印象解构又重构，艺术地表达了弱国子民的青年游子对现代化的国际大都会的复杂感受，成为诗歌、绘画、评论联手的一段佳话。另如，庞薰琹的《如此上海》《压榨机》围绕主题将对象拆解为一系列相关意象，再依照艺术家的主观意图重新进行组合，形成具有视觉冲击力的艺术形象，突出地表现主题。这正如诗人穆旦的《诗八首》《赞美》、辛笛的《挽歌》等依据诗歌主题创造出一系列意象，再以跳跃性的思维将之组合在一起，营造出充满知性色彩的诗艺空间，巧妙地表现主题。

拼贴也是立体主义艺术家提出的一种创作方法。1912 年，毕加索和勃拉克引入真实的物体材料，利用多种素材组合成新的画面，如直接采用布、木棒、麻绳、报纸、画报等实物剪切粘贴在画布上，或者在绘画中加入字母、词汇、数字等，再施以一些绘画的要素，组装成一幅具有综合的立体效果的画幅，如毕加索的《小提琴与乐谱》、勃拉克的《曼陀铃》。后来作为一种文本（广义）创作技巧，拼贴被现代文学艺术广泛采纳。这种技巧的特征在于将原有的不同部分巧妙地整合在一个文本中，使其呈现出与原有面貌大不相同的气质。阳太阳的《烟囱与曼陀铃》即是一例，它采用立体主义的拼贴法，且运用到超现实主义的表现中。烟囱、曼陀铃与梨这几个远离"真实"的物体被组合在同一个画面中，它们彼此之间毫无任何关系，因此传统主题性绘画的意义索解完全失效。这种将完全与自然不相符或不合逻辑的事物组合在一起的做法，正是"拼贴"或者"照相蒙太奇"的方法。借助这种技法，《烟囱与曼陀铃》依托弗

---

① 　傅雷：《薰琹的梦》，《艺术旬刊》1932 年第 3 期。

洛伊德"潜意识"和梦的理论,表现的不是现实而是奇幻的"梦境"或幻觉。它大开艺术家的潜意识之门,让奇特的形象绝对自由地、不受任何控制地涌现出来,展示出一个玄奥莫测的无意识领域。此画表达了画家对现代绘画的大胆探索,流露出他厌恶一切旧形式和旧色彩,厌恶一切平凡的低级的技巧而试图用新的技法来表现新的时代精神的追求。① 卞之琳的诗歌善于表现立体主义式的多维空间,这常常得益于拼贴技法,如《白螺壳》《圆宝盒》《音尘》。《白螺壳》嫁接了看似没有什么关联的众多意象和数幅不连续的画面。朱自清所谓"不显示从感觉生想象的痕迹,看去只是想象中一些感觉,安排成功复杂的样式"。但这只是一种表象,意象间的关系实则隐藏在深处,诗人把自己的思想感情表述得很隐晦。精通诗歌的朱自清评价《白螺壳》:"这是理想的人生(爱情也在其中),蕴藏在一个微锁的白螺壳里。'空灵的白螺壳''却有一千种感情',象征着那理想的人生——'你'。"② 另如唐祈的《秋》、辛笛的《呼唤》也运用了拼贴技法,形成了一幅幅物象并置的拼贴画。由于对立体主义艺术特征的借鉴,诗歌从线形变为旋体,在四维空间里回环往复,因为直线的运动已不足以应付这个奇异的现代世界。

有学者指出,立体主义的解构、重构、拼贴技法是从诗歌获得的启示。法国立体主义诗人兼理论家皮埃尔·勒维迪(Pierre Reverdy,1889—1960)说道:"立体主义绘画的根源是立体主义画家接受了诗人的传统比拟方法……立体主义画家的创作是诗歌思想活动的具体表现。"③ 他进而把立体主义绘画称为"造型诗"。如此一来,诗歌与绘画的关系变得更加错综复杂,诗歌的比拟、意象手法启迪了绘画,立体主义绘画的成功又为现代主义诗歌提供了创作灵感,形成现代主义诗歌绘画的独特"互文"现象。

---

① 刘淳:《中国油画名作 100 讲》,百花文艺出版社 2006 年版,第 89 页。
② 朱自清:《新诗杂话》,生活·读书·新知三联书店 1984 年版,第 19、21—22 页。
③ [英]金·格兰特:《超现实主义与视觉艺术》,王升才译,江苏美术出版社 2007 年版,第 19 页。

（四）大众主义：综合型诗画关系

本文所谓的"大众主义"针对的是左翼诗歌、抗战诗歌与绘画中的木刻、漫画。这类创作不同于自由状态下的文艺，很大程度上受制于外在事功的目的，具有明显的文艺大众化的特征。在走进大众、动员大众、组织大众的旨归下，大众主义文艺既包含表现、象征的艺术观念与表现手法，也囊括了现实主义的精神与写实的方法，表现出多样综合的艺术特征。这种综合性也表现在诗歌与绘画的关系上：主题性关系依然存在，且表现得更加突出、强烈，在艺术技法上互相沟通，甚至传统诗画在文本形式层面的互配交融也有所体现，因此本文姑且将其称为综合型关系。

主题型关系集中体现在左翼、抗战诗歌与木刻间。由于抗战文艺是左翼文艺的进一步发展，以下仅以左翼文艺为例。在革命现实主义的艺术精神与创作倾向下，左翼诗歌与木刻在主题题材上互证阐释。根据左联关于《中国无产阶级革命文学的新任务》（1931 年 11 月）的要求，中国诗歌会于1933 年 2 月发表"意见"，提出"描写大众""推动大众""组织大众"三种要求，拟定了九个方面的写作题材，如"反帝国主义军阀压迫阶级的热情"，"天灾人祸（内战）、苛捐杂税所加与大众的苦况"，"当时的革命斗争和政治事变"，"农人、工人的生活"，"战争的惨状"。[1] 比中国诗歌会的宣言略早，左翼美术也规划了创作题材：描绘反对帝国主义、统治阶级、资本家、地主的斗争生活；表现革命政权下的集体生活片段；实写劳动者的痛苦生活与被压榨、被剥削的惨状；暴露资本主义垄断的罪恶与金钱恐慌等。[2] 左翼美术的题材规划与中国诗歌会的主张有着异曲同工之妙：左翼美术所谓的四大题材正是左翼诗歌歌唱的对象，左翼诗歌提出的三大要求也正是左翼美术的发展方向。二者在互证阐释中共谋共荣。理论上的"共谋"推动创作上的

---

① 《关于写作新诗歌的一点意见》，《新诗歌》（创刊号）1933 年 2 月 11 日。
② 《普罗美术作家与美术作品》，《文艺新闻》1932 年 6 月 26 日。

"共荣"。诗歌与木刻的同题创作不失为一个有意思的话题,可对勘而观。百灵的诗歌《码头工人歌》与江丰的木刻《码头工人》,童晴岚的诗歌《清道夫》与女木刻家夏朋的《清道夫》,柳倩的诗歌《舟子谣》与陈普之的木刻《船夫》、罗清桢的木刻《韩江舟子》《逆水行舟》,刘非的诗歌《洋车夫》、任钧的《车夫曲》与陈烟桥的木刻《休息》、陈普之的力作《黄包车夫》,江岳浪的诗歌《饥饿的咆哮》与胡一川的木刻《饥民》,任钧的诗歌《中国哟,你还不怒吼吗?》与李桦的木刻《怒吼吧!中国》,是一组组异曲同工的哀歌与战歌,它们互相阐释、互为支持。

在现实主义诗歌绘画中文艺与抗战、文艺家与战士的合一,在左翼诗歌木刻中达到了更高程度。文艺家们既是诗人画家又是革命斗士,到了解放区甚至演变成先是革命战士后是诗人画家。"胡风就评田间是第一个抛弃了知识分子灵魂的战争诗人。"[1]1940 年蒲风说道:"但愿诗人不要纯是诗人,同时更应是一个斗士。"[2]此话不仅真切地道出了蒲风对自身的定位,也是对既拿笔杆子又拿枪杆子的诗人的形象概括。这种现象从 20 世纪 30 年代即开始,到 20 世纪 40 年代蔚为大观,诸多左翼诗人都有如下经历:参加进步活动被捕如女诗人关露、辛劳、杜谈,参加新四军战地服务团如王亚平、辛劳、柳倩、曼晴,奔赴解放区工作如王亚平、曼晴、杜谈,参加文协如穆木天、任钧、柳倩、杨骚,加入中国共产党如辛劳、杜谈、曼晴。他们以自己的诗笔和行动,实现着九三学社成员任钧在《新诗话》中所表达的心曲:"真、善、美的诗篇,一定是由诗人用生命、和血、和泪去写出来的,决不是用'笔'去'做'出来的。"这样的情况同时出现在木刻中。新兴木刻的导师鲁迅曾说,"几乎所有(版画)爱好者都是'左翼'人物,倾向革命"[3]。江丰更明确地说,木刻家"大抵都是些共产党员,

---

① 陆耀东:《闻一多论新诗》,武汉大学出版社 1985 年版,第 132 页。
② 蒲风:《序林风的〈向战斗歌唱〉》,《前线日报·战地》1940 年 4 月 8 日。
③ 李允经:《鲁迅与中外美术》,书海出版社 2005 年版,第 78 页。

共青团员和共产党的同情者"①,如夏朋、胡一川、江丰、力群、曹白、沃渣、郭牧、段干青。美联成员多数都参加了街上的斗争,如散发传单,张贴标语,参与"飞行集会",示威游行。对此,鲁迅的评论一语中的:中国无产阶级革命文学"用我们的同志的鲜血写了第一篇文章"②,强调作家世界观的改造对文艺创作的重要性。左翼文艺家独特的身份和相似的革命经历使其创作与纯粹的知识分子创作迥然相异,形成了战斗的美学观念:革命现实主义的创作倾向、革命化的主题题材、浪漫表现的艺术手法、大众化的文艺形式与战鼓般的审美风格,并对艺术与生活、文艺与政治、诗人与大众的关系进行了新的阐释,丰富了已有的内涵。

　　技法型关系集中在抗战时期的讽刺诗与漫画中。同为"笑"的艺术,两者在制造"笑点"的技法上有诸多相通性。讽刺诗的基本手法——以丑入诗、夸张、变形、反语、对比、比喻、拟人、拟物,以及限制性使用的变形、颠倒、荒诞等手法,几乎可以对应于漫画中的写实、夸张、变形、拟人、物化、比喻、象征等手法。下面仅以两者的基本手法夸张为例。"具有漫画式的夸张"便道出了漫画最突出的艺术手法——夸张。夸张是运用想象与变形的手法,在客观现实的基础上有目的地放大或缩小事物的形象特征,以增强表达效果的艺术手法。夸张可以突出对象的特征,更深刻、更单纯地揭示其本质。夸张往往带来幽默感和哲理性,可以加强作者的感情,使读者得到鲜明而强烈的印象,引起读者的联想和共鸣。袁水拍的讽刺诗便擅长运用夸张手法。《张百万》兼采夸张与变形手法:"张百万,张百万,/只吃条子不吃饭。/进进出出小汽车,/上车下车要人搀","上海有地产,/四川买座山","只要他高兴,/死囚活转来"。这个骄奢淫逸、神通广大的张百万形象的塑造即得益于夸张手法的成功运用。丁聪的漫画《四海无闲田》中,公务员模

---

　　①　江丰:《鲁迅先生与"一八艺社"》,《美术》1979 年第 1 期。

　　②　鲁迅:《中国无产阶级革命文学和前驱的血》,载《鲁迅全集》第 4 卷,人民文学出版社2005 年版,第 289 页。

样的人伸出数只手,只只都直逼农民索要税款,而农民则饿得腰肢欲断,苛捐猛于虎的主题表现得淋漓尽致。夸张依赖于想象和变形,极度的变形则成了颠倒,袁水拍创作了大量此类优秀诗作。《这个世界倒了颠》可谓此类诗歌的宣言:"这个世界倒了颠,万元大钞不值钱,/呼吁和平要流血,/保障人权坐牢监。/这个世界倒了颠,/'自由分子'抹下脸,/言论自由封报馆,/民主宪法变戒严。""倒了颠"即是"颠倒"一词的颠倒,诗歌通过一系列颠三倒四的怪现状,揭示国民党打着"民主宪法"的招牌实则推行法西斯独裁政治的阴谋。而《人咬狗》则直接将语言进行了颠倒:"忽听门外人咬狗/拿起门来开开手/拾起狗来打砖头/反被砖头咬一口//忽见脑袋打木棍,/木棍打伤几十根,/抓住脑袋上法庭,/气得木棍发了昏!"本应该是狗咬人,手开门,砖打狗,被狗咬,棍打头,人被打,但在诗歌中,一切都倒了个。在这荒诞的语言组合中反映出的却是本质的真实——国民党统治的黑白颠倒、是非混淆。米谷的漫画《元旦蒋介石大阅兵》中,趾高气扬、一本正经的蒋介石正在大阅兵,而他阅的兵居然全是十字架!画家将生与死的表现颠倒了,或者说做了预言性的表现:这些兵的前途就是十字架。

诗配画、画配诗,更是直接在文本上实现了互相交通。丁聪为《马凡陀山歌》配漫画数幅,这可谓丁聪与袁水拍两位讽刺艺术大师的杰出合作,如《珍馐逼人》《民国万"税"》《送旧迎新》。《大人物狂欢曲》高唱凯歌:"让我们欢呼,跳舞,/让我们痛饮三杯!"画面则形象地展示了大发国难财的人踩在穷人身上跳舞畅饮。丁聪的《现象图》则有丁易为之配诗一首《现象图歌》:"画末伏案乃学子,/口封目语无吟呻","道上战士亦复冻且馁,/却看官持霉布鼠食粮","募金赈费争夺耳脸赤,/谁念湘桂军民多死伤","精研学术如自戕,/请看教授手提篮",这不啻活脱脱一幅人间地狱的景象。

讽刺诗与漫画通过各种制造"笑点"的手法,达到了幽默、滑稽、诙谐、反讽的喜剧风格,显示出大众艺术的特征,实现了艺术功能的批判性、战斗性和宣传性,并由主题功能推衍至艺术价值。在抗战的时代背景下,讽刺诗与漫画以革命战斗的激情完成了对一个特定历史时期的记载,产生了一种革命诗意的特殊魅力,在艺术形式上也构成了诗歌绘画共鸣的新形态。

二、 诗画融合的效度和限度

诗歌和绘画作为两门不同的艺术,具有自身的特质,同时两者又可以互相影响甚至融通,一方面这种融通具有可能性及有效性,另一方面诗画交融又须保持一定的限度,诗画分离独立具有本质性的意义。波德莱尔已经注意到了这个问题,认为艺术既要"自足"又可以"跨界":"任何艺术都应该是自足的,同时应停留在天意的范围内。然而,人具有一种特权,可以在一种虚假的体裁中或者在侵犯艺术的自然肌体时不断地发展巨大的才能。"①

从艺术的发展史来看,在原初的时代,原始人在祭祀庆典的时候,一面有节奏地唱着歌,一面手舞足蹈,脸上及身上还装饰有纹饰,这是艺术的原始自然状态,诗乐舞画等多种艺术交融为一、彼此不分,共同致力于原始人表达内心的需要。这也为后来艺术在文明时代再次走向"联手"提供了原始依据。随着文明的推进,各门艺术逐渐开始独立,其自身的特质才逐步得以充实而完善,文学(诗歌)、绘画成为独立的门类。而它们摆脱政教的附庸、历史的注脚、宗教的仆人的地位又经过了一个长期的过程。在不断追求自律性的过程中,诗歌、绘画的界限更加明确,它们更加清楚地成为自身。因此,作为两门不同的艺术,诗歌与绘画各有独特的规定性,保持这种本质的稳定是该门艺术得以存在的根据,守护自身的边界具有本质性的意义,如果诗歌最终丧失了语言,绘画最终放弃了形色,它们也将终将走向解体。有学者就指出:"尽管艺术在最后表现了它的统一性,但是每一种艺术形式都有其独特的表达可能性。同时,必须在艺术的每一个部门之中来探索这些表达的可能性本身所独具的

① [法]波德莱尔:《1846 年的沙龙》,郭宏安译,广西师范大学出版社 2002 年版,第 342 页。

性格,并且应该保住这种性格。"①在西方绘画史上,"康定斯基和蒙德里安已经把绘画走到了极限,再往前走就有取消绘画的危险"②。因此,诗歌与绘画的融通应在保持各自独立性的基础上进行。诗画的互相借鉴、取长补短也是为了发展自身、丰富自身而不是消解自身。任何形式的借用都只有在坚持自身独特性的基础上才有意义,否则便成了自身的反对力量。

诗与画的交融是偶然的而非必然的,是部分的而非全部的。因此中西艺术史上普遍存在的这一现象:从古典的诗画合璧到现代的诗画分离,再到当代对艺术融通的重新倡扬,只是一种非主流的趋向。迈克尔·弗雷德(Michael Fried)就说:"各门类艺术之间的藩篱正在崩溃……各门类艺术自身最终滑向某种不可逆转的、内爆的和非常理想的融合,这是一种错觉。"③并且,艺术的跨界借鉴并不是"剪切+拼贴",所有外在形式的结合都应作用于最内在的精神。诗歌与绘画的融合最终走向的是诗性,诗向画借力以增强视觉性,最终增强诗性,画向诗借力则直接增强诗意,诗成为诗画融合之心。

三、 几点说明

对于现代中国诗歌与绘画的关系这个宏大论题,本文仅仅做了一个梗概性的梳理,难免挂一漏万,有一些问题需要补充说明。

其一,文艺学意义上的"诗画关系"是一个专有命题,且基本上是影响研究,这适合于传统主义部分,而其他三种文艺思潮则应另当别论。现代中国的写实主义、现代主义和大众主义三种诗歌绘画,均是直接受到国外思潮的引发,在中国的土壤上发展起来的,彼此之间的直接影响很隐微。因此本文主要

---

① [法]米歇尔·瑟福:《抽象派绘画史》,王昭仁译,广西师范大学出版社 2002 年版,第161 页。

② 刘剑:《西方诗画关系研究:从 19 世纪初至 20 世纪中叶》,中国文联出版社 2016 年版,第 260 页。

③ [美]罗伯特·威廉姆斯:《艺术理论》,许春阳等译,北京大学出版社 2009 年版,第217 页。

运用平行研究的视角,分别比较不同思潮下的诗歌与绘画,讨论二者的整体关系,发现二者的关联,由此透视当时的文艺状况。对于现代中国文学与绘画的影响关系,较清楚的有两次。一次是中国新文艺的肇始阶段。关于这点,也许置身于中国现代文艺运动之外的苏立文看得更清楚。作为英国东方艺术史专家,苏立文敏锐地发现,"由胡适1917年发起的白话文运动,从另外一方面对美术产生了强有力的刺激。……文学作品中作家对自我的发现是热情洋溢而真挚的,并很快感染到美术界。白话文运动的意义及其对其他艺术界的影响在于,虽然艺术界使用的某些形式和技术是从西方引进的,如油画和十四行诗,但它确是一场中国人的运动,表达的是纯粹的中国人的真实感情"①。新文学以革古更新的姿态成为文艺界的引领,它主要在精神层面上唤醒了美术及其他艺术样式,使之纷纷开始弃旧图新的变革,共同汇成中国文艺的现代化大潮。文学这种先锋的姿态几乎一直保持了下去。在20世纪20年代中期当诗歌已经开始向"左"转时,油画尚处于习作性的静物、风景、人物等客观性题材的创作阶段。而到了左翼文艺时期,文学的引领作用更加突出,左翼文学直接引发了左翼绘画。这就是文学对绘画的第二次影响。美术领域的左翼思想萌发于杭州的一八艺社和上海的时代美术社。江丰在回忆"一八艺社"时说道:"到1930年,受到以上海为中心的左翼文艺思潮的影响,这个社团的性质发生了变化,成了许多思想激进和倾向进步学生的活动场所,他们三五成群在一起谈论'普罗'艺术问题,发泄对现实不满的情绪,互相介绍进步书籍,举办作品观摩会等。"②1930年夏,胡一川、姚馥(夏朋)等"一八艺社"成员到上海参加了左联的暑期文艺补习班,在政治立场上更加倾向共产党,随即参加了美联。时代美术社由许幸之、沈西苓等于1930年创立,而许幸之在1929年就加

---

① [英]迈克尔·苏立文:《东西方艺术的交汇》,赵潇译,上海人民出版社2014年版,第192页。

② 江丰:《鲁迅先生与"一八艺社"》,载李桦、李树声、马克编:《中国新兴版画运动五十年》,辽宁美术出版社1981年版,第187页。

入了左联,因此时代美术社一开始就处于左翼思想的指导下。许幸之还是1930 年 7 月成立的"美联"的主席,因此"美联"自成立起也是由左联组织领导的。正是左联骨干引导着这批激进的年轻艺术家由不满现实的反抗情绪朝着明确的政治立场转变。由此可见,在中国现代文艺史上,文学对时代的反应速度、敏锐度、紧密度都"先"于绘画、"高"于绘画且"敏"于绘画,文学往往得时代风气之先,充当了排头兵的角色,对绘画形成某种引领。

其二,本文主要是讨论现代中国诗歌与绘画的整体关系,力图发现一些共同的特征,因而具体的文学艺术家及其作品的个案研究不是讨论重点。例如,纵观现代中国诗歌绘画的长河,其中不乏主张诗画沟通之人,如那些既是诗人作家也是画家的多面手,如闻一多、艾青、丰子恺、凌叔华、叶灵凤、倪贻德、李金发(李是雕塑家)。在这种直接的影响之外,诗中具有画意和画中带有诗情在诗歌、绘画中尤其是以景物为对象的诗与画中普遍存在,不论传统主义、写实主义、现代主义皆如是,且古今皆然,中外如此。这是一般意义上的诗与画的关系,不构成现代中国诗歌绘画的独特之处,因此也不作为本文探讨的重点。并且,在整体上探讨现代中国诗歌与绘画的关系的目标下,本文设立了四大思潮的分类,意在删繁就简,将目光聚焦在同一思潮下的诗歌与绘画的关系,但在实际创作中存在一些跨界的情况。如艾青的诗歌基本上归属于现实主义,但他早年习画遵循的却是现代派作风,其诗作也流露出印象派的画意。李金发在诗歌上走象征主义一路,但在绘画、雕塑等造型艺术上却主张写实。也许正是这些"不合常理"之例使得文学艺术不是死板的程式,而是丰富鲜活的个案集。这些"个案"都存在于现代中国诗歌与绘画的关系的总体布局中。

其三,四大思潮的诗歌绘画异同交错,从总体上勾画出现代中国诗歌绘画的概貌。传统主义针对中国特有的旧体诗和中国画而言,它们是在特殊独立的环境下生长起来的艺术,具有独特的艺术规则。从它们在现代时段对传统的保守和变革,可折射出传统艺术的古今中西的理论问题。另外三种思潮则是欧风美雨的直接产物,其运行机制截然不同于传统艺术,它们反映出外来文艺思潮的本土化演进的问题。比较而言，现实主义诗歌与绘画的关系最远，它们仅在主题题材、艺术目的、发展策略等艺术的"外在"方面存在共性，可见写实性艺术更多处于二分或说是外部相关之态。而表现性艺术更趋于融合，如现代主义诗歌、绘画可以在艺术技法上互相借鉴，二者之间的关系更加"内在"。并且，从影响的流向来看，如果说在现实主义艺术中，是诗歌影响了绘画，如白话诗触发了画家对自身情感的发现，那么在现代主义艺术中，则是绘画影响了诗歌，如立体主义的解构重构、拼贴技法对诗歌意象营构的启发（当然此处所谓的影响源自毕加索等立体主义"原创艺术家"而非中国的庞薰琹等画家，这是中国等后发国家的特点）。大众主义则是一个特殊的类别。不像另三种诗歌绘画是自律性的自由文艺，大众主义把文艺的功利性推向了高峰，且这种功利性不同于西方文艺大众化的商业化特征，而突出了政治诉求，可说是现实主义文艺的"极致"发展。

在借鉴西方资源，传承传统艺术的基础上，中国现代诗歌绘画走出了自己的道路。无论是注重内容意义，歌吟现实人生和革命战斗，还是在艺术形式上探索出新，抑或继承与变革传统，都是在西方价值观的冲击下中国先进的知识分子仓促应战、主动思考的应对之策。在特殊的时代背景下，中国现代诗歌绘画或以文字或以图像的方式记录下了一段历史，成为珍贵的诗画文献，它们以自己的方式推进了中国文艺的现代化进程。

参考文献

一、文学及美学类著作

艾青:《艾青全集》,花山文艺出版社 1991 年版。

艾青:《诗论》,复旦大学出版社 2005 年版。

卞之琳:《雕虫纪历(1930—1958 增订版)》,香港三联书店 1982 年版。

卞之琳:《卞之琳文集》,安徽教育出版社 2002 年版。

蔡元培:《蔡元培美学文选》,北京大学出版社 1983 年版。

蔡元培等:《中国新文学大系导论集》,上海书店出版社 1982 年版。

蔡清富等:《穆木天诗文集》,时代文艺出版社 1985 年版。

曹顺庆:《中西比较诗学(修订版)》,中国人民大学出版社 2010 年版。

常丽洁:《早期新文学作家旧体诗写作》,社会科学文献出版社 2014 年版。

陈邦彦:《历代题画诗》,上海古籍出版社 1993 年版。

戴望舒:《望舒草》,现代书局 1933 年版。

戴望舒:《戴望舒作品集》,现代出版社 2016 年版。

邓晓芒:《西方美学史纲》,武汉大学出版社 1987 年版。

杜运燮等:《一个民族已经起来:怀念诗人、翻译家穆旦》,江苏人民出版社 1987 年版。

冯友兰:《中国哲学史》,华东师范大学出版社 2000 年版。

冯至:《冯至选集》,四川文艺出版社 1985 年版。

傅璇琮:《中国诗学大辞典》,浙江教育出版社 1999 年版。

郭平英:《郭沫若题画诗存》,山西教育出版社 1997 年版。

韩丽梅:《袁水拍研究资料》,中国国际广播出版社 2003 年版。

何其芳:《何其芳选集》,四川人民出版社 1979 年版。

胡适:《胡适全集》,安徽教育出版社 2007 年版。

胡迎建:《民国旧体诗史稿》,江西人民出版社 2005 年版。

季镇淮:《闻朱年谱》,清华大学出版社 1986 年版。

江锡铨:《中国现实主义新诗艺术散论》,北京大学出版社 2005 年版。

蓝棣之:《现代派诗选》,人民文学出版社 1986 年版。

蓝棣之:《九叶派诗选》,人民文学出版社 1992 年版。

乐齐:《俞平伯》,人民文学出版社 1992 年版。

李怡:《中国现代新诗与古典诗歌传统》,北京大学出版社 2008 年版。

李泽厚等:《中国美学史》,安徽教育出版社 1999 年版。

梁启超著、舒芜校点:《饮冰室诗话》,人民文学出版社 1998 年版。

梁宗岱:《诗与真·诗与真二集》,外国文学出版社 1984 年版。

林毓生:《中国传统的创造性转化》,生活·读书·新知三联书店 1988 年版。

林志宏:《民国乃敌国也:政治文化转型下的清遗民》,台湾联经出版事业股份有限公司 2009 年版。

凌继尧:《西方美学史》,北京大学出版社 2004 年版。

刘小枫:《现代性社会理论绪论》,上海三联书店 1998 年版。

龙泉明:《中国新诗流变论》,人民文学出版社 1999 年版。

鲁迅:《鲁迅全集》,人民文学出版社 2005 年版。

绿原:《白色花》,人民文学出版社 1981 年版。

马凡陀:《马凡陀的山歌》,生活书店 1950 年版。

马奇:《西方美学史资料选编》,上海人民出版社 1987 年版。

穆旦:《穆旦诗全集》,中国文学出版社 1996 年版。

南江涛:《清末民国旧体诗词结社文献汇编》,国家图书馆出版社 2013 年版。

潘颂德:《中国现代诗论 40 家》,重庆人民出版社 1991 年版。

潘颂德:《中国现代新诗理论批评史》,学林出版社 2002 年版。

钱理群:《返观与重构——文学史的研究与写作》,上海教育出版社 2000 年版。

钱理群等:《中国现代文学三十年》,北京大学出版社 1998 年版。

钱锺书:《谈艺录(补订本)》,中华书局 1998 年版。

秦维红:《陈独秀学术文化随笔》,中国青年出版社 1999 年版。

时国炎:《现代意识与20世纪上半期新文学家旧体诗》,华中师范大学出版社2015年版。

孙玉石:《中国现代主义诗潮史论》,北京大学出版社1999年版。

孙志军:《现代旧体诗的文化认同与写作空间》,华中师范大学出版社2015年版。

唐湜:《新意度集》,生活·读书·新知三联书店1990年版。

唐湜:《九叶诗人:中国新诗的中兴》,上海教育出版社2003年版。

田汉等:《三叶集》,上海亚东图书馆1920年版。

王独清:《王独清诗歌代表作》,上海亚东图书馆1935年版。

王晓明:《二十世纪中国文学史论》,东方出版中心2003年版。

王泽龙:《中国现代主义诗潮论》,华中师范大学出版社2008年版。

王仲三:《周作人诗全编笺注》,学林出版社1995年版。

温儒敏:《新文学现实主义的流变》,北京大学出版社2007年版。

闻一多:《闻一多全集》,生活·读书·新知三联书店1982年版。

吴奔星等:《胡适诗话》,四川文艺出版社1991年版。

吴宓:《吴宓诗及其诗话》,陕西人民出版社1992年版。

伍蠡甫:《西方文论选》,上海译文出版社1979年版。

徐迺翔:《中国新文艺大系:1937—1949理论史料集》,中国文联出版公司1998年版。

谢冕:《新世纪的太阳:20世纪中国诗潮》,中国人民大学出版社2009年版。

徐行言等:《表现主义与20世纪中国文学》,安徽教育出版社2000年版。

杨匡汉等:《西方现代诗论》,花城出版社1988年版。

杨匡汉等:《中国现代诗论》,花城出版社1986年版。

杨乃乔:《悖立与整合——东方儒道诗学与西方诗学的本体论、语言论比较》,文化艺术出版社1998年版。

叶朗:《现代美学体系》,北京大学出版社1999年版。

叶朗:《中国美学史大纲》,上海人民出版社2005年版。

叶至善:《叶圣陶集》,江苏教育出版社2004年版。

游友基等:《中国现代诗潮与诗派》,广西师范大学出版社1993年版。

袁可嘉:《九叶集》,江苏人民出版社1981年版。

袁可嘉:《论新诗现代化》,生活·读书·新知三联书店1988年版。

袁行霈:《中国文学史》,高等教育出版社1999年版。

俞平伯:《俞平伯全集》,花山文艺出版社1997年版。

张法:《中国美学史》,上海人民出版社 2000 年版。

张岩泉:《20 世纪 40 年代中国现代主义诗歌研究——九叶诗派综论》,华中师范大学出版社 2012 年版。

赵家璧主编:《中国新文学大系》,上海良友图书印刷公司 1935 年版。

赵义山等:《中国分体文学史(诗歌卷)》,上海古籍出版社 2001 年版。

郑敏:《诗歌与哲学是近邻——结构——解构诗论》,北京大学出版社 1999 年版。

周作人:《老虎桥杂诗》,河北教育出版社 2002 年版。

周作人:《艺术与生活》,河北教育出版社 2002 年版。

朱光潜:《西方美学史》,人民文学出版社 1979 年版。

朱光潜:《朱光潜美学文集》,上海文艺出版社 1982 年版。

朱光潜:《诗论》,生活·读书·新知三联书店 1998 年版。

朱立元:《西方美学通史》,上海文艺出版社 1999 年版。

朱立元:《当代西方文艺理论》,华东师范大学出版社 2001 年版。

朱乔森:《朱自清全集》,江苏教育出版社 1988 年版。

朱文华:《风骚余韵论:中国现代文学背景下的旧体诗》,复旦大学出版社 1998 年版。

朱自清:《新诗杂话》,作家书屋 1947 年版。

宗白华:《美学散步》,上海人民出版社 2005 年版。

[法]波德莱尔:《波德莱尔美学论文选》,郭宏安译,人民文学出版社 2008 年版。

[英]查尔斯·查德威克:《象征主义》,周发祥译,昆仑出版社 1989 年版。

[德]海德格尔:《诗·语言·思》,彭富春译,文化艺术出版社 1991 年版。

[德]莱辛:《拉奥孔》,朱光潜译,安徽教育出版社 2006 年版。

[美]乔治·桑塔耶纳:《美感》,缪灵珠译,中国社会科学出版社 1982 年版。

[英]R.S.弗内斯:《表现主义》,艾晓明译,昆仑出版社 1989 年版。

[美]叶维廉:《中国诗学》,人民文学出版社 2006 年版。

二、绘画类著作

边平恕:《中国书画名家画语图解·吴昌硕》,中国人民大学出版社 2003 年版。

蔡星仪:《高剑父——中国名画家全集》,河北教育出版社 2002 年版。

曹贵:《20 世纪上半叶中国美术史学理论与方法》,西南师范大学出版社 2018

年版。

曹意强:《艺术与历史》,中国美术学院出版社2001年版。

陈传席:《徐悲鸿》,河北教育出版社2003年版。

陈师曾:《中国绘画史》,中国人民大学出版社2004年版。

邓乔彬:《有声画与无声诗》,上海社会科学院出版社1993年版。

董希文:《董希文画集》,人民美术出版社1996年版。

樊波:《中国书画美学史纲》,吉林美术出版社1998年版。

高剑父:《高剑父画集》,岭南美术出版社1991年版。

高剑父:《高剑父新国画要义》,上海人民美术出版社2016年版。

谷流等:《林风眠谈艺录》,河南美术出版社1999年版。

故宫博物院:《故宫博物院藏画》,上海人民美术出版社1993年版。

顾森等:《百年中国美术经典文库·美术思潮与外来美术(1896—1949)》,海天出版社1998年版。

鹤坪等:《百年望云:中国画大师赵望云述评》,陕西人民美术出版社2007年版。

洪再辛:《海外中国画研究文选》,上海人民出版社1992年版。

黄般若:《黄般若美术文集》,人民美术出版社1997年版。

黄宾虹:《黄宾虹自述》,文化艺术出版社2006年版。

黄宾虹:《黄宾虹画集》,中国美术出版社2003年版。

黄少强等:《走向民间》,人民美术出版社2001年版。

蒋孔阳:《中国古代美学艺术论文集》,上海古籍出版社1981年版。

金梅:《傅雷艺术随笔》,上海文艺出版社1999年版。

柯文辉:《艺术大师刘海粟传》,山东美术出版社1986年版。

孔令伟:《中国现当代美术史文献》,中国青年出版社2014年版。

孔新苗等:《中西美术比较》,山东画报出版社2002年版。

郎绍君:《林风眠——中国名画家全集》,河北教育出版社2002年版。

郎绍君:《齐白石研究》,人民美术出版社2014年版。

郎绍君等:《二十世纪中国美术文选(上下)》,上海书画出版社1999年版。

李超:《中国早期油画史》,上海书画出版社2004年版。

李超:《欧画东渐——中国留欧西画家的艺术活动》,上海锦绣文章出版社2009年版。

李桦等:《中国新兴版画运动五十年》,辽宁美术出版社1982年版。

李彦锋:《中国美术史中的语图关系研究》,人民出版社2014年版。

李铸晋等:《中国现代绘画史》,浙江大学出版社 2012 年版。

梁江:《方人定纪念文集》,中国美术出版社 2011 年版。

林风眠等:《林风眠之路》,中国美术学院出版社 1999 年版。

林文霞:《倪贻德美术论集》,浙江美术学院出版社 1993 年版。

刘淳:《中国油画名作 100 讲》,百花文艺出版社 2006 年版。

刘海粟美术馆:《刘海粟研究》,上海画报出版社 2000 年版。

刘剑:《西方诗画关系研究:从 19 世纪初至 20 世纪中叶》,中国文联出版社 2016 年版。

刘曦和:《蒋兆和作品全集》,天津人民美术出版社 1993 年版。

刘曦林:《中国现代美术理论批评文丛　刘曦林卷》,人民美术出版社 2008 年版。

刘曦林:《二十世纪中国画史》,上海人民美术出版社 2012 年版。

吕澎:《20 世纪中国艺术史》,北京大学出版社 2006 年版。

吕澎:《中国现代美术史》,中国美术学院出版社 2013 年版。

吕斯百:《吕斯百绘画作品集》,岭南美术出版社 1997 年版。

倪贻德:《艺苑交游记》,上海良友图书印刷公司 1936 年版。

倪贻德:《倪贻德画集》,上海人民美术出版社 1981 年版。

潘公凯:《潘天寿谈艺录》,浙江人民美术出版社 1985 年版。

潘公凯:《中国现代美术之路》,北京大学出版社 2012 年版。

潘天寿:《听天阁画谈随笔》,上海人民美术出版社 1980 年版。

潘天寿:《潘天寿论画笔录》,上海人民美术出版社 1984 年版。

潘天寿:《潘天寿画集》,人民美术出版社 2004 年版。

潘耀昌:《中国近现代美术史》,百家出版社 2004 年版。

庞薰琹:《庞薰琹画集》,人民美术出版社 1998 年版。

庞薰琹:《就是这样走过来的》,生活·读书·新知三联书店 2005 年版。

庞薰琹美术馆等:《艺术赤子的求索——庞薰琹研究文集》,上海社会科学院出版社 2003 年版。

彭修银等:《中国的绘画:谱系与鉴赏》,北京师范大学出版社 2014 年版。

齐璜等:《白石老人自传》,人民美术出版社 1962 年版。

乔志强:《20 世纪中国美术史学史研究》,广东人民出版社 2016 年版。

阮荣春等:《中华民国美术史》,四川美术出版社 1992 年版。

上海油画雕塑院:《吴大羽》,上海教育出版社 2003 年版。

沈建中:《抗战漫画》,上海社会科学院出版社 2005 年版。

司徒乔:《司徒乔画集》,人民美术出版社 1980 年版。

孙家祥:《现代主义绘画解读》,上海教育出版社 2010 年版。

唐培勇等:《徐悲鸿绘画鉴赏》,中国轻工业出版社 2010 年版。

唐一禾:《唐一禾画集》,人民美术出版社 1958 年版。

汪洋:《艺术与时代的选择——从美术革命到革命美术》,浙江大学出版社 2011 年版。

王伯敏:《中国美术通史》,山东教育出版社 1987 年版。

王林:《美术形态学》,西南师范大学出版社 2004 年版。

王骁:《二十世纪中国西画文献·颜文樑》,文化艺术出版社 2009 年版。

王岳川:《西方艺术精神》,高等教育出版社 2005 年版。

王震等:《徐悲鸿文集》,宁夏人民出版社 1994 年版。

吴晓明:《民国画论精选》,西泠印社 2013 年版。

吴作人:《吴作人画集》,人民美术出版社 1978 年版。

吴作人:《吴作人文选》,安徽美术出版社 1988 年版。

香港市政局:《传统与创新:20 世纪中国绘画》,香港艺术馆出版 1995 年版。

徐复观:《中国艺术精神》,广西师范大学出版社 2007 年版。

徐庆平:《徐悲鸿绘画述稿》,上海人民美术出版社 2016 年版。

徐书城:《绘画美学》,人民出版社 1991 年版。

颜文樑:《颜文樑》,上海人民美术出版社 1985 年版。

杨身源:《西方画论辑要》,江苏美术出版社 1990 年版。

俞剑华:《陈师曾》,上海人民美术出版社 1981 年版。

俞剑华:《中国绘画史》,台湾华正书局 1984 年版。

俞剑华:《中国画论类编(上下册)》,人民美术出版社 1986 年版。

曾景初:《中国诗画》,国际文化出版公司 1994 年版。

曾颖:《中国近现代美术史发展研究》,中国水利水电出版社 2018 年版。

张大千:《大风堂中的龙门阵》,上海书画出版社 2005 年版。

郑朝:《林风眠研究文集》,中国美术学院出版社 1995 年版。

郑朝等:《林风眠论》,浙江美术学院出版社 1990 年版。

郑胜天:《方干民》,加拿大亚太国际艺术顾问公司 1996 年版。

中国历代名画集编辑委员会:《中国历代名画集》,北京人民美术出版社 1989 年版。

周积寅:《中国画论辑要》,江苏美术出版社 2005 年版。

周积寅等:《刘海粟谈艺录》,河南美术出版社 2000 年版。

朱伯雄等:《中国西画五十年(1898—1949)》,人民美术出版社 1989 年版。

朱金楼等:《刘海粟艺术文选》,人民美术出版社 1987 年版。

朱良志:《中国艺术的生命精神》,安徽教育出版社 1995 年版。

朱朴:《林风眠》,学林出版社 1988 年版。

朱朴:《现代美术家画论·作品·生平——林风眠》,学林出版社 1996 年版。

朱志荣:《中国艺术哲学——古代中国人审美意识的哲学根源》,东北师范大学出版社 1998 年版。

邹禹:《齐白石的乡土与烂漫》,东方出版社 2009 年版。

邹跃进等:《百年中国美术史 1900—2000》,岳麓书社 2015 年版。

[法]程抱一:《中国诗画语言研究》,涂卫群译,江苏人民出版社 2006 年版。

[英]贡布里西:《图像与眼睛》,范景中译,浙江摄影出版社 1989 年版。

[美]H.安娜·苏:《梵高手稿》,北京联合出版公司 2015 年版。

[美]琳达·诺克林:《现代生活的英雄——论现实主义》,刁筱华译,广西师范大学出版社 2005 年版。

[英]迈克尔·苏立文:《20 世纪中国艺术与艺术家》,陈卫和等译,上海人民出版社 2013 年版。

[英]迈克尔·苏立文:《东西方艺术的交会》,赵潇译,上海人民出版社 2014 年版。

[美]欧文·斯通等:《凡·高自传——凡·高书信选》,湖南文艺出版社 1991 年版。

[美]欧文·斯通:《梵高传——对生活的渴求》,常涛译,北京出版社 1995 年版。

[美]潘诺夫斯基:《视觉艺术的含义》,傅志强译,辽宁人民出版社 1987 年版。

[美]苏珊·朗格:《艺术问题》,滕守尧等译,中国社会科学出版社 1983 年版。

[美]约翰·拉塞尔:《现代艺术的意义》,常宁生译,中国人民大学出版社 2003 年版。

三、文学类期刊论文

曹辛华:《晚清民国旧体诗词结社文献的类型、特点及其价值》,《复旦学报》(社会科学版)2015 年第 1 期。

陈婧祾:《冯至的诗 梵高的画》,《当代作家评论》2007 年第 1 期。

丁立群:《中西古今之争的前提批判》,《哲学动态》2019年第8期。

冯至:《外来的养分》,《外国文学评论》1987年第2期。

蒋霞:《闻一多的新诗理论"绘画的美"新探》,《武汉理工大学学报》(社会科学版)2016年第5期。

蒋霞:《寂寞:生命体验与哲理沉思的凝聚——冯志〈蛇〉赏析》,《语文建设》2018年第5期。

焦宝:《论晚清民国报刊诗词中的东坡生日雅集》,《社会科学研究》2016年第4期。

李怡:《重审中国新诗发展的启端——初期白话诗研究综述》,《中国现代文学研究丛刊》1996年第2期。

刘纳:《旧形式的诱惑——郭沫若抗战时期的旧体诗》,《中国现代文学研究丛刊》1991年第3期。

陆耀东:《王独清:欲推倒诗、画、音乐墙的诗人》,《文艺研究》2005年第11期。

默弓(陈敬容):《真诚的声音——略论郑敏、穆旦、杜运燮》,《诗创造》1948年第12期。

孙绍振:《新诗的民族传统和外国影响问题》,《新文学论丛》1981年第1期。

孙玉石:《论刘半农诗艺现实主义的丰富性》,《北京大学学报》(哲学社会科学版)1991年第5期。

文贵良:《大众话语:生成之史——三四十年代的文艺大众化描述之一》,《中国现代文学研究丛刊》2002年第3期。

殷国明:《再论中国新文学中的"现实主义情结"》,《文艺理论研究》1994年第6期。

袁可嘉:《新诗现代化——新传统的寻求》,《大公报·星期文艺》1947年3月30日。

袁可嘉:《略论卞之琳对新诗艺术的贡献》,《文艺研究》1990年第1期。

张传敏:《中国左翼现实主义观念之发生》,《文学评论》2008年第1期。

张国风:《诗歌的文体强势地位》,《中国人民大学学报》2014年第3期。

章辉:《论文艺与政治》,《社会科学辑刊》2015年第4期。

章亚昕:《新诗运动与现代美学思潮》,《社会科学战线》1989年第2期。

郑焕钊:《"诗教"传统的历史中介:梁启超与中国现代文学启蒙话语的发生》,博士学位论文,暨南大学,2012年。

周宪:《艺术理论的三个问题》,《文艺理论研究》2014年第3期。

四、绘画类期刊论文

曹意强:《写实主义的概念与历史》,《文艺研究》2006 年第 7 期。

宫力:《何必低首求同群——刍议陈师曾在北京画坛的特殊性表现》,《美术学报》2014 年第 5 期。

郎绍君:《近现代的传统派大师——论吴昌硕、齐白石、黄宾虹、潘天寿》,《新美术》1989 年第 3 期。

郎绍君:《齐白石绘画的形式与风格》,《文艺研究》1993 年第 4 期。

李超:《决澜社研究》,《美术研究》2008 年第 1 期。

刘石:《"画"与"诗"在何处"一律"》,《装饰》2005 年第 6 期。

刘石:《"诗画一律"的内涵》,《文学遗产》2008 年第 6 期。

刘石:《西方诗画关系与莱辛的诗画观》,《中国社会科学》2008 年第 6 期。

刘石:《诗画平等观中的诗画关系——围绕"诗中有画"说的若干问题》,《文艺研究》2009 年第 9 期。

刘石:《中国古代的诗画优劣论》,《文学评论》2010 年第 5 期。

刘石:《从"诗画一律"论潘天寿诗歌》,《清华大学学报》(哲学社会科学版)2011 年第 5 期。

鲁明军:《20 世纪三四十年代的文人艺术与中国革命——以黄宾虹、郎静山及费穆为例》,《文艺研究》2019 年第 9 期。

吕作用:《文学斐然　旁通绘事——近代新建籍文化名人夏敬观其人其画》,《江西日报》2015 年 4 月 10 日。

秦瑞丽:《沉着忍默　不尚空谈:默社展览研究》,《南京艺术学院学报》(美术与设计版)2014 年第 4 期。

万青力:《从"三绝"到"四全":齐白石的艺术成就与近世画学之变》,《美术研究》2011 年第 1 期。

张蔚星:《中西合璧　和而不同——刘海粟国画创作的三个阶段》,《荣宝斋》2007 年第 1 期。

赵寒春:《庞薰琹油画装饰语言特质解读》,硕士学位论文,安徽师范大学,2014 年。

郑磊:《中国现代绘画的先驱者——庞薰琹及其绘画艺术研究》,硕士学位论文,南京师范大学,2006 年。

　　钟国胜:《陈师曾中国画价值的历史观研究》,《美苑》2008 年第 3 期。

　　邹涛:《诗书画印"四绝"的世界——吴昌硕艺术的历史定位》,《中国书画》2014 年第 3 期。

　　[美]乔纳森·海:《齐白石:三个问题》,王燕飞译,《美术》2011 年第 1 期。

五、外文著作及期刊论文

　　Baur, John I. H., *Revolution and Tradition in Modern American Art*, Cambridge, Mass: Harvard University Press, 1951.

　　Chen, Jerome, *China and the West: Society and Culture*, 1815—1937, Indiana University Press, 1979.

　　Hapgood, Hutchins, *A Victorian in the Modern World*, New York: Harcourt, Brace, and Company, 1939.

　　Hartley, Marsden, *Adventures in the Arts*, New York: Boni and Liveright, 1921.

　　Hunter, Sam, *Modern American Painting and Sculpture*, New York: Dell, 1951.

　　Mitchell, W.J.T., *Picture Theory: Essays on Verbal and Visual Representation*, The University of Chicago Press, 1994.

　　Moak, Huyden, PVD., *Cubism and the New World: The Influence of Cubism on American Painting 1910—1920*, Ph.D.dissertation, University of Pennsylvania, 1970.

　　Parks, Peggy J., *Impressionism*, Thomson Gale, 2007.

　　Ray, Man, *The Rigour of Imagination*, New York: Rizzoli, 1977.

　　Richter, Hans, *Dada: Art and Anti Art*, New York: McGraw-Hill, 1968.

　　Ritchie, Andrew C., *Abstract Painting and Sculpture in America*, New York: Museum of Modem Art, 1951.

　　Rubin, William S., *Dada Surrealism, and Their Heritage*, New York: Museum of Modern Art, 1968.

　　Rudge, W.E., *Essays on Art. 1916. Primitives*, New York: Spiral Press, 1926.

　　Some Early American Cubists, Futurists, and Surrealists, *Their Paintings, Their Writings, and Their Critics*, Ph.D.dissertation, Columbia University, 1965.

　　Turner, Jane, *The Dictionary of Art*, London: Macmillan Publishers, 1996.

Weber, Max, *Cubist Poems*, London: Elkin Matthews, 1914.

Abraham A, Davidson, "Cubism and the Early American Modernist", *Art Journal*, No.26 (Winter 1966–67), pp.122–129, 173.

"Art and the Personal Life", *Creative Art*, No.31(June 1928), pp.31–37.

"Modern Art: Themes and Representations", *Forum*, No.54(August 1915), pp.221–230.

"John Covert's 'Time': Cubism, Duchamp, Einstein A Quasi-Scientific Fantasy", *Art Journal*, Vol.33 No.4(Summer 1974), pp.314–320.

后　记

　　当在电脑上敲下"后记"两字的时候,心里充满一种复杂的感情:欣喜、回忆、感慨,五年来的喜怒哀乐如泛黄的照片一帧一帧打开。

　　这是我的第一个国家社科基金课题。我深知自己既非才华横溢也不是学术达人,这次申报成功真是印证了天道酬勤的古训,因此怀着敬畏之心,开始兢兢业业地啃书本、想问题。正如圈外人士所认为的那样,沉迷于故纸堆的生活是单调而枯燥的,常常为理不清思路而苦恼,为没写出满意的文字而烦躁,为花了一年时间拟定的初稿被推翻而垂头丧气。然而为外人所不知的是,这样的书斋生活却异常平静、祥和,外界的纷纷扰扰与我无涉。在这里时间流淌得很慢,"乃不知有汉,无论魏晋",在这里时间又跑得飞快,一坐就是一天,一晃就是一年。

　　一个夏天的午后,我陪女儿去练琴,正值一点多钟,琴行别无他人,万籁俱寂。这是一间旧琴房,女儿在窗边的黑色钢琴前坐下,悠闲地弹起刚学的奏鸣曲,我则靠在圈椅上翻看《西方现代绘画》。窗外明亮的阳光洒在树上、窗台上,显出斑驳的光影,清澈、舒缓的乐声淌过,世界安静了下来,我想岁月静好也不过就是这般模样吧。

　　有人说,哪有什么岁月静好,不过是有人为你负重前行。的确如此,在这艰难又平和的研究路途中,诸多的手为我撑起了一片晴天。博导王本朝教授一直以来既是我的学业导师，又是我的人生导师，这次项目研究从选题申报、书稿写作到专著出版，都受到了他悉心的指导和关怀，在此献上学生最诚挚的谢意和最崇高的敬意。恩师和师母是我生命中的贵人，每每想到他们对我的教诲与关爱，就常常为自己的不成材而感到羞愧，也暗自决心要继续努力，愿恩师和师母一直幸福。丈夫杨晓河作为学业同窗和生活伴侣，既给了我学术思想上的启发，也给予了我生活上的关照，执子之手、与子偕老将是最浪漫的情话。女儿杨紫函的成长伴随了项目研究的全程，她是我心里最柔软的部分，愿命运温柔待她。母亲最让我愧疚，她在日常起居上照顾了我们一家，而我却没有专门抽出时间陪陪她。自父亲去世后，她总是默默地做事、默默地看电视，她那如父亲般的山一样的深沉既给了我安心，也让我赧颜，愿她安享晚年。父亲是我最不愿提起的话题，一说就情不能自已，他没能看见此书的成长，谨以此书献给他在天之灵。他心里要强，希望孩子出人头地，我没能给他满意的答案，他的离世让我看透了世间的荒诞……笔已至此，不觉已是泪流满面，需要感谢的人太多，需要报答的情太重，唯有继续前行。

在卷帙浩繁的书海中，小小一部书只是沧海一粟，可这一粟于我却如此厚重，它承载了那么多的关心和帮助、那么多的希望和企盼。愿此书成为一个路标，记载我曾经走过的路，也指引我将要走的路，在这路标上，草拟拙诗一首……

2021 年 4 月 29 日

孩子与琴

——写给孩子，也写给自己

当提笔作诗以记的时候
一阵钢琴乐声飘过

冷不丁被激灵了一下

这不就是我苦苦寻觅的诗吗?

酝酿多日的诗歌蓝图顿时消散

音乐即诗

诗即音乐

庞大的钢琴犹如一头巨兽

黑亮的大嘴露出白亮的牙齿

威视着才及琴高半身的孩子

想征服我?!

哼……

孩子不也是一只怪兽吗?

娇弱的身躯里跳动着不安的灵魂

也许是人神间的精灵

或是人类原初的精神?

在驯兽师的调教下

鸿蒙之音 Do 从巨兽之嘴流出

征服之旅由此开启……

多少回欢愉于音律间

复又黯然神伤

多少次愤然罢琴而去

复又重归琴房

戴着镣铐跳舞

只有征服镣铐方能复归自由

所谓的昆山玉碎凤凰叫,芙蓉泣露香兰笑

所谓的笙箫吹断水云间,重按霓裳歌遍彻

所谓的浮云柳絮无根蒂,天地阔远随飞扬

是艰苦征战后的祥和

还是途中偶遇的美景?

时光无言

从垂髫到总角

孩子终于明白

琴不是敌手而是盟友

这不是一场战争

而是一场朝圣

我就是那个孩子

领受着神的谕旨

携带着心爱的琴

走在朝拜音乐圣殿的路上……

2021 年 7 月 20 日又记

责任编辑：宰艳红
封面设计：石笑梦
版式设计：胡欣欣
责任校对：陈艳华

图书在版编目（CIP）数据

诗画歌吟：现代中国诗歌创作与绘画关系研究/蒋霞 著. —北京：人民出版社，
　　2022.4
ISBN 978 - 7 - 01 - 023919 - 4

Ⅰ.①诗…　Ⅱ.①蒋…　Ⅲ.①诗歌创作-关系-绘画研究-中国　Ⅳ.①I207.21
②J205.2

中国版本图书馆 CIP 数据核字（2021）第 219949 号

诗 画 歌 吟
SHI HUA GE YIN
——现代中国诗歌创作与绘画关系研究

蒋　霞　著

人 民 出 版 社 出版发行
（100706　北京市东城区隆福寺街 99 号）

北京汇林印务有限公司印刷　新华书店经销

2022 年 4 月第 1 版　2022 年 4 月北京第 1 次印刷
开本：710 毫米×1000 毫米 1/16　印张：35
字数：480 千字

ISBN 978 - 7 - 01 - 023919 - 4　定价：120.00 元

邮购地址　100706　北京市东城区隆福寺街 99 号
人民东方图书销售中心　电话（010）65250042　65289539